OETINGER TASCHENBUCH

Diese Ausgabe enthält die Einzelbände
Gretchen Sackmeier
Gretchen hat Hänschen-Kummer
Gretchen mein Mädchen

Christine Nöstlinger wurde am 13. Oktober 1936 in Wien geboren und wuchs im Arbeitermilieu der Wiener Vorstadt auf. Nach dem Abitur studierte sie zunächst Gebrauchsgrafik, bevor sie sich der Schriftstellerei zuwandte und 1970 ihr erstes Kinderbuch veröffentlichte, das auf Anhieb ein Erfolg wurde. Seitdem sind mehr als hundert Bilder-, Kinder- und Jugendbücher von ihr erschienen, von denen viele in andere Sprachen übersetzt und mit bedeutenden Preisen ausgezeichnet wurden. Für ihr Gesamtwerk erhielt Christine Nöstlinger, die neben ihrer Tätigkeit als Kinder- und Jugendbuchautorin auch für Presse, Funk und Fernsehen arbeitet, den Internationalen Jugendbuchpreis, die Hans-Christian-Andersen-Medaille. Ebenfalls für ihr Gesamtwerk erhielt sie 2003 den hoch dotierten Astrid-Lindgren-Gedächtnispreis.

Christine Nöstlinger

Gretchen Sackmeier

Alle drei Gretchen-Bücher
in einem Band

Oetinger Taschenbuch

MIX
Papier aus verantwortungsvollen Quellen
FSC® C014496

1. Auflage 2011
Oetinger Taschenbuch GmbH, Hamburg
Oktober 2011

Umschlaggestaltung: Kathrin Schüler
Druck: GGP Media GmbH, Pößneck
ISBN 978-3-8415-0141-7

www.oetinger-taschenbuch.de

Inhalt

Gretchen hat Hänschen-Kummer

Gretchen mein Mädchen

Gretchen Sackmeier

1. Kapitel

welches noch keine gröberen Ansätze zur Handlung zeigt, sondern nur fünf Säcke eingehend – und dieses auch aus der Sicht der Nachbarn – beschreibt.

Margarethe Maria Sackmeier, Gretchen genannt, war vierzehn Jahre alt und hatte donaukieselgraue Augen, spanielbraune Haare und eine winzige Babynase. Sie war einen Meter und sechzig Zentimeter groß und wog vierundsechzig Kilo und dreihundert Gramm. Ob sie dick war, kann man schwer sagen, denn dick sein ist, wie vieles andere im Leben auch, eine ziemlich relative Angelegenheit. Im Turnunterricht, zwischen der stangendürren Evelyn und der zaundürren Sabine in ihren 36er-Gymnastikanzügen, kam sich Gretchen unheimlich fett vor; fetter als ein Kübel voll Gänseschmalz. Zu Hause, bei Papa, Mama, Hänschen und Mädi, fühlte sich Gretchen eher als ranke und schlanke Person. Denn gegen Papas Bauch, Mamas Hüften, Hänschens Fettbusen und Mädis Hamsterbacken war Gretchens gleichmäßig über den ganzen Körper verteiltes Übergewicht ein Klacks! Und die Zwettler-Oma, die so hieß, weil sie in Zwettl wohnte, und die Papas Bauch, Mamas Hüften, Hänschens Fettbusen und Mädis Hamsterbacken harmonisch in ihrer Person und Figur vereinte, behauptete sogar, Gretchen wirke richtig hager, schaue fatal nach hungrigem Kriegsende aus und gehöre ordentlich aufgefüttert.
Kein Mensch ist mit Begeisterung dick. Da machte auch Gretchen keine Ausnahme und deshalb fuhr sie leidenschaftlich gern nach Zwettl zur Zwettler-Oma, war gern zu

Hause, mochte die Schule nicht besonders und hasste den Turnsaal inständig. Jahrelang hatte Gretchen zweimal die Woche, immer wenn »Turnen« auf dem Stundenplan gestanden hatte, am Morgen gar nicht aufstehen wollen. Ein Dutzend Englisch-Vokabel-Prüfungen hätte sie lieber über sich ergehen lassen als eine Stunde im Turnsaal! Als dann Gretchens Turnlehrerin vor einem Jahr ein Baby bekommen hatte und deshalb in Karenzurlaub gegangen war, begannen bessere Zeiten für Gretchen, denn die Ersatz-Turnlehrerin war eine naive und gutmütige Dame, die Entschuldigungen willig annahm. Gretchen ging da auch sehr schlau vor. Sie hatte erkannt, dass es nicht gut war, sich einmal wegen Schnupfen, einmal wegen Bauchstechen, dann wieder wegen Halsweh und das vierte Mal wegen der »Tage« vor dem Turnen zu drücken. Ein Bündel Leiden an einem so rosigen, strammen Mädchen wie Gretchen hätte auch die naivste, gutmütigste Turndame stutzig gemacht. Da war es schon vernünftiger, ein Leiden, nämlich die »Tage«, ordentlich auszubauen. Regelschmerzen, Regelstörungen, Regelverzögerungen, sogar eine leichte Eierstockentzündung über vier Wochen hin erfand Gretchen als Turnverhinderung. Natürlich funktioniert so etwas nur, wenn man zu Hause eine Mutter hat, die mitspielt. Gretchen hatte so eine Mutter. Gretchens Mama schrieb ohne Zaudern pro Woche zwei nette Entschuldigungsbriefe und wurde nicht einmal schamrot, wenn die Turndame am Sprechtag mit ihr Gretchens komplizierten und gestörten Unterleib besprach.
Zu Hause dann, wenn sie Gretchens Papa vom Sprechtag erzählte, entschuldigte sie den Schwindel damit: »Unsereiner weiß ja schließlich, wie das ist! Wir Fülligen haben eben Minderwertigkeitskomplexe! Und da sind wir nicht selber dran schuld! Eine schöne Mutter wäre ich, wenn ich da mei-

ner Tochter nicht beistehen würde!« Und dann zog sie seufzend ihren langen Pullover die Hüften abwärts. Das war ein ewiger Tick von ihr. Hundertmal am Tag zog sie am Pullover. Darum waren die Pullover von Gretchens Mama an den Seitennähten auch gut zwei Handbreit länger als über dem Bauch und über dem Hintern.

»Speck verstecken!«, nannte Gretchens Papa grinsend diesen Pullover-Tick. Er versteckte seinen dicken Bauch nicht. Er trug ihn stolz über der Hose und gab kleine Stücke von ihm – zwischen den Hemdknöpfen – zur Besichtigung frei. Dafür hatte Gretchens Papa den Schnurrbart-Tick. Der Schnurrbart von Gretchens Papa war dick und kohlrabenschwarz und glänzend. Und der Tick war, dass ihn der Papa dauernd zwirbelte.

Gretchens Bruder, das Hänschen, war zwölf Jahre alt und hatte auch einen Tick. Er fühlte sich nur wohl, wenn er den linken Zeigefinger im rechten Nasenloch hatte. Nicht einmal die hartnäckigste aller Volksschullehrerinnen hatte ihm diesen Tick abgewöhnen können. Dabei bohrte Hänschen gar nicht echt Nase, denn er holte nie irgendetwas heraus. Er bewegte den Finger in der Nase überhaupt nicht. Es war eher so, als wollte er das Nasenloch zustoppeln.

Mädi hatte keinen besonderen Tick. Es sei denn, man zählt Raunzen und Quengeln und Jammern zu den Ticks; aber da handelt es sich doch eher um Charaktereigenschaften. Wahrscheinlich war Mädi für einen echten Tick noch zu klein. Sie war erst sechs Jahre alt.

Gretchen selber hatte gleich mehrere Ticks. Sie liebte es, an ihren spanielbraunen Haarsträhnen herumzukauen. Sie drehte, vor allem während langweiliger Schulstunden, aus ihren Stirnfransen kleine Zöpfchen. Sie zog an den Fingern, so lange, bis die Finger knackten. Und sie kratzte sich am

Bauch, obwohl der nicht juckte. Außerdem bemalte sie ihren linken Unterarm ständig mit Kugelschreiber, dass er aussah wie ein Skikurs-Gipsverband. Und sie schnüffelte. Das merkte sie selber gar nicht. Wenn sie jemandem aufmerksam zuhörte, zog sie die winzige Babynase kraus und schnupperte, als ob sie hinter einem verdächtigen und äußerst unanständigen Geruch her wäre.
Im Haus, in dem Gretchen wohnte, redete man von ihr und ihrer Familie nicht sehr liebenswürdig. Man sagte nicht: Die Familie Sackmeier. Oder: Die Sackmeiers. Man sagte: Die Säcke! Der Konni, der Sohn von den Sackmeier-Nachbarn, hatte das aufgebracht. Der Konni war unheimlich mager und fand dicke Menschen komischer als den lustigsten Witz.
Jeden Sonntag, Punkt neun Uhr, stand der Konni am Fenster, das auf den Parkplatz hinausging, weil er wusste, dass die »Säcke« Punkt neun die Sonntagsfahrt nach Zwettl, zur Oma, antraten.
Kamen Gretchen, Hänschen, Mädi, Mama und Papa aus dem Haustor, rief er: »Schnell, schnell, sonst versäumt ihr die Säcke!« Und winkte seine Eltern zum Fenster her. Die kamen dann auch prompt und zu dritt bestaunten sie kichernd, wie Gretchen, Hänschen und Mädi in den kleinen Mini krochen, wie sich Papa und Mama vorn ins Auto zwängten, wie sich die Mini-Karosserie dabei senkte und senkte, und sie versicherten einander glucksend, dass so ein Mini ein Wunderauto sei, innen doppelt so groß wie außen.
Jedes Mal rief Konnis Vater: »Wetten, dass die Sackfrau heute nicht durch das Mini-Türl reinkommt!« Und die Mutter vom Konni rief: »Sie steckt schon, sie steckt schon! Ihr Hintern ist breiter geworden!« Richtig traurig waren

die drei, wenn der kleine blaue Mini zum Hoftor hinausfuhr.
Außer dem Übergewicht und den diversen kleinen Ticks sollte man von den Sackmeier-Säcken vielleicht noch erwähnen, dass sie sehr freundlich und lieb miteinander umgingen.
Sogar die ewige Raunzerei und Quengelei vom Mädi ertrugen sie ohne viel Murren. Dass der Papa Egon hieß und im Büro einer Nudelfabrik angestellt war, ist vielleicht auch wichtig, und dass die Mama Elisabeth hieß und keinen Beruf hatte; wenn man »Hausfrau« nicht als Beruf nimmt.
Ja, und dann sammelte Hänschen noch Vogelfedern. Drei riesige Alben mit allerlei gefundenen Hühner-Tauben-Fasan-Wellensittich-Federn hatte er schon voll geklebt.
Das Mädi ging seit sechs Wochen in die Schule. Gern ging sie dort nicht hin. Und einen unerfüllten Wunsch hatte sie. Sie wünschte sich seit Jahren schon eine schwarze Katze.
Gretchen las 60-Seiten-Romane mit Schicksalen aus dem Hochadel, aber in aller Heimlichkeit, weil sie sich deshalb genierte.
Und die Mama kochte schrecklich gern. »Mein Hobby ist Kochen«, sagte sie immer. Manchmal machte sie eine Torte aus drei verschiedenen Teigarten und füllte sie mit zwei verschiedenen Cremesorten und verzierte sie mit Marzipan und kandierten Kirschen. Ganz ohne irgendeinen Anlass machte sie das. Der Papa erschrak jedes Mal, wenn er so eine Torte sah, weil er dachte, er habe einen Geburtstag vergessen. Oder gar den Hochzeitstag. Was noch schlimmer gewesen wäre. Doch die Mutter beruhigte ihn dann: »Ich hab bloß unheimliche Lust aufs Tortenbacken gehabt«, erklärte sie. Und dann machten sich sämtliche Sackmeiers über die

Torte her, als hätten sie seit Tagen keine Nahrung bekommen.
Sonst, glaube ich, muss man von Gretchen und ihrer Familie nichts wissen, bevor die Geschichte richtig beginnt.

2. Kapitel

in dem Gretchens Mama mehrere ungewöhnliche Ticks entwickelt und Gretchen fassungslos der Wahrheit ins nackte Auge blicken muss.

Wann eine Geschichte richtig beginnt und wo eine Geschichte richtig beginnt, ist schwer festzulegen. Denn immer gehört zu einer Geschichte auch etwas dazu, was schon vorher beginnt und was ganz wichtig ist. Vielleicht ist der kunsthonigsüße Blick, mit dem Tante Emma oft in Gretchens Kinderwagen hineingeschielt hat, wichtig. Vielleicht ist sogar der Blick, mit dem Onkel August seinerzeit in den Kinderwagen von Gretchens Mama geglotzt hatte, wichtig. Wahrscheinlich ist überhaupt alles wichtig! Aber einmal muss man ja irgendwo anfangen. Also fangen wir am Montagmorgen an. An dem Montag, wo am Tag vorher das Maturatreffen von Gretchens Mama gewesen ist. Das fünfzehnte Maturatreffen.

An diesem Montag, als Gretchen zum Frühstück in die Küche kam, tafelte die Mama nicht, wie sonst immer, mit Toast und Butter und Kaffee und Schinken und Käse. Sie hatte eine große Schale Tee vor sich auf dem Tisch stehen und schaute traurig in die Teetasse hinein, fast so, als läge auf dem Grund der Tasse ein kleiner toter Goldfisch, den sie sehr lieb gehabt hatte.

Gretchen beschmierte sich drei Semmeln mit Butter und Honig und rührte sich im Halbliter-Krügel Kakao an. Der Papa stand am Herd und schlug drei Eier in die Pfanne, in der sein Frühstücksspeck brutzelte. Die Frühstückseier briet

sich der Papa immer selber. Er behauptete: »Die Mama kann das leider nicht. Bei ihr wird der Speck nie richtig knusprig. Speckeier sind das Einzige, was sie nicht kann!«
Hänschen und Mädi waren noch im Badezimmer. Man hörte sie laut um den besseren Platz am Waschbecken streiten. Der bessere Platz war der, wo die Badewanne stand. Da konnte man beim Waschen und Zähneputzen bequem auf dem Wannenrand sitzen.
Der Papa schaute auf die Teeschale von der Mama. Er fragte: »Hast du dir den Magen verdorben, Mama?« Aber die Mama gab bloß »Hmpf!« zur Antwort.
Wäre es Nachmittag oder Abend oder Sonntag gewesen, hätte sich der Papa sicher erkundigt, warum die Mama bloß »Hmpf« und sonst nichts sagte. Aber an einem Morgen, einem ganz gewöhnlichen Arbeitsmorgen, blieb dem Papa dafür leider keine Zeit. Er verschlang hurtig seine Speckeier, wischte sich den fettglänzenden Mund am Gläsertuch, schlüpfte in den Sakko und rief: »Tschüs dann, bis zum Abend!«, und lief aus der Wohnung.
»Hmpf«, murmelte die Mama hinter ihm her.
Gretchen hatte auch keine Zeit sich über die hmpfige Einsilbigkeit der Mama richtig zu wundern. Sie musste Mädi und Hänschen vom Waschbecken vertreiben und Schulzeug einräumen musste sie auch noch. Nicht einmal mehr Zeit blieb ihr den Christusdorn zu gießen. Das tat sie sonst jeden Morgen. So spät dran war Gretchen, dass sie mit offenen Schuhbändern aus der Wohnung lief und mit lose wallenden Spanielhaaren. Die waren sonst zu zwei Affenschwänzen vor den Ohren gebunden. So spät dran war Gretchen sonst nie. So spät dran war sie an diesem Morgen nur, weil sie gestern, ohne Mama, mit Hänschen, Papa und Mädi bei der Zwettler-Oma gewesen war. Die Mama war es immer, die recht-

zeitig zur Abfahrt mahnte. Und weil die Mama gestern auf dem Maturatreffen gewesen war, hatte den Papa niemand gemahnt. Bis gegen zehn Uhr am Abend hatte der Papa bei der Oma und beim Onkel Emil gehockt und mit dem Onkel Emil das Leben beredet. Nach Mitternacht erst waren sie nach Hause gekommen. Gretchen war zwar im Auto eingeschlafen, aber ein Autoschlaf auf einer löchrigen Landstraße ist kein erholsamer, friedlicher Schlaf, so ein Schlaf ist eine Qual. Noch dazu, wo Mädi vom Rücksitz her dauernd quengelte und raunzte.

Gretchen lief die Straße hinunter, der Straßenbahnhaltestelle zu. Gretchen lief nicht gern. Nicht, weil sie dazu zu dick war; so dick war sie nun beileibe nicht! Wegen ihrem Busen lief Gretchen nicht gern. Der wackelte und schwabbelte beim Laufen auf eine Art und Weise, die Gretchen unangenehm war. Das heißt: Sie spürte ihn. Sie merkte, dass er da war! Und ein Körper soll, fand Gretchen, so sein, dass man ihn gar nicht spürt. Die Mama hatte Gretchen gegen dieses Busengefühl einen Büstenhalter angeraten. Doch für Gretchen gab es keinen Büstenhalter! Weil Büstenhalter schrecklich simpel und einfallslos gebaut sind. Es gibt kleine mit winzigen Körbchen. Und es gibt große mit großen Körbchen. Bis zu Handballgröße kann man die Körbchen haben. Aber immer gilt da der Grundsatz: je breiter, desto tiefer. Für Gretchen-Brüste, sehr breit, aber ziemlich flach, war in den Geschäften nichts zu holen. Und Gretchen hatte es auch satt, an der Hand der Mama von Miederwarenverkäuferinnen kopfschüttelnd besichtigt zu werden. Da hielt sie lieber noch das Busen-Schwabbeln aus. Und lief eben so wenig wie möglich.
An der Straßenbahnhaltestelle merkte Gretchen, dass sie einen Kniestrumpf verkehrt herum anhatte. Die Kniestrümpfe

waren grünblau geringelt. Das waren sie zwar auf der Innenseite auch, aber da, wo die Farbe wechselte, hingen zwei fransige Fäden aus dem Gestrick, und das sah hässlich aus. Außerdem merkte Gretchen noch, dass es später sein musste, als sie befürchtet hatte, weil die Straßenbahn, die gerade kam, fast leer war. Und leer wurden die Straßenbahnen immer erst ein paar Minuten vor acht Uhr, wenn keine Kinder mehr zur Schule fuhren.

Zuspätkommen war für Gretchen fast so schrecklich wie im Turnsaal herumhopsen. Weil es beim Zuspätkommen in der Klasse mucksmäuschenstill war und einen alle hoch interessiert anschauten. Und Gretchen wurde nicht gern angeschaut! Schon gar nicht dann, wenn sie einen Kniestrumpf verkehrt herum anhatte.

Aber das Kniestrumpf-Problem wenigstens, das war aus der Welt zu schaffen. Gretchen schlüpfte aus dem linken Schuh, zog den Kniestrumpf aus und drehte ihn um. Gerade als sie damit fertig war, blieb die Straßenbahn an einer Haltestelle stehen, die Türen schnappten auf und durch die vordere Tür, gleich neben Gretchens Sitzplatz, kam der Florian Kalb hereingekeucht. Gretchen ließ vor Schreck den Kniestrumpf fallen, mit nacktem, hochgehobenem Beinchen saß sie da und starrte den Florian Kalb an. Der Florian Kalb ging mit Gretchen in die Klasse. Er war ziemlich groß und ziemlich hübsch und konnte oft ziemlich gemein sein. Und was wohlbeleibte Menschen betraf, hatte er ungefähr dieselbe Einstellung wie Konni, der Nachbarsknabe; er fand sie komischer als den lustigsten Witz.

Die Wagentür schnappte zu, die Straßenbahn fuhr los, der Florian Kalb verschnaufte zuerst, dann lachte er los wie eine tollwütige Hyäne und zeigte mit ausgestrecktem Arm auf Gretchens nacktes, rosiges, rundes Bein.

»Das ist ja einsame Spitze!«, kreischte er. »Sie zieht sich erst in der Bimbim an! Das find ich, ha, ja irre schick! Kommt mit der Gewandung überm Arm in die Bimbim und zieht sich im Fahren an! Das nenn ich Zeitplanung!«

Gretchen hob den Kniestrumpf auf. Schwarze Dreckflecken hatte er jetzt und Gretchen war ganz rot im Gesicht. »Aber nein, Florian«, protestierte sie und zog den Kniestrumpf hastig über den Fuß. »Ich hab ihn bloß umgedreht, weil er verkehrt herum war!« Gretchen schlüpfte in den Schuh. Sie redete nicht weiter, weil die Straßenbahn so laut in eine Kurve hineinkreischte und der Florian schon wieder so hyänenlaut lachte, dass er sie ohnehin nicht verstanden hätte.

Hinter der Kurve war die letzte Station vor der Schule und da stiegen noch die Uschi Meier und die Uschi Kohl zu. Der Florian erzählte ihnen gleich, dass er eine ganz tolle Neuigkeit habe, dass sich das Gretchen erst in der Straßenbahn bekleide! Beim Anziehen habe er sie überrascht! Ohne Socken, mit offenem Zippverschluss im Rock habe sie dagesessen und sich gerade die Bluse zugeknöpft.

Gretchen protestierte wieder. »Er lügt, Uschi, Uschi, er lügt!«, sagte sie zu den beiden Uschis. Aber der Florian Kalb zeigte auf Gretchens Schuhe. »Und die Schuhbänder hat sie ja jetzt noch offen!«

Gretchens Schuhbänder hingen ja nun wirklich ungeknüpft aus den Ösen und Uschi und Uschi fanden, das sei Beweis genug für die Behauptung vom Florian Kalb. Also lachten auch sie über Gretchen. Und wenn man es genau nimmt, lachten der Florian und die zwei Uschis deshalb, weil sie gern lachten. Schulwege ohne Gelächter, fanden sie, seien nur der halbe Spaß. Und wenn es einen Anlass für Gelächter gab, sollte man nicht wählerisch sein, denn schrecklich viel Erheiterndes findet am Morgen im Straßenbahnwagen

nicht statt. Wenn man da warten müsste, bis etwas wirklich Komisches passierte, käme man ja nie zum Kichern!
Die Straßenbahn hielt genau vor dem Schultor. Die Uschi schaute auf die Uhr und sagte zur Uschi: »Menschenskind, genau fünf Minuten nach acht!« Und die Uschi sagte zur Uschi: »Und dazu noch erste Stunde Mathe! Wo der Kerl immer so grantig ist!« Der Florian zuckte bloß gelangweilt mit den Schultern. Er war ein gewohnheitsmäßiger Zuspätkommer.
Gretchen befand sich in einem argen Zwiespalt. Einerseits wollte sie zusammen mit den beiden Uschis und Florian die Klasse betreten. Da fiel sie weniger auf. Da mussten die anderen ihr interessiertes Geglupsche auf vier Personen verteilen. Und von der Rüge des Mathe-Lehrers fiel dann auch nur ein Viertel auf sie. Andererseits wollte Gretchen aber nicht neben drei Personen der Klasse zukeuchen, die gerade so gemein über sie gelacht hatten! Gretchen löste das Problem so: Die Treppe zum dritten Stock hinauf und den langen, stillen Gang hinunter hielt sie Abstand zu Florian und den Uschis. Fünf Schritte hinter ihnen her lief sie. Als der Florian die Hand auf die Klassentürklinke legte, spurtete Gretchen los, und bevor die zweite Uschi zur Tür hinein war, hatte sie aufgeholt.
Der Mathe-Lehrer schaute sehr vergrämt. »Na, die Herrschaften?«, fragte er. »Haben verschlafen? Oder haben wieder einmal eine kranke Taube ins Tierschutzheim tragen müssen?« (Diese Kranke-Tauben-Ausrede hatte der Florian Kalb einmal benutzt.)
Der Florian erklärte entrüstet, das sei eine böse Unterstellung, gegen die er sich ernstlich verwahren müsse. In Wirklichkeit habe die Oberleitung der Straßenbahn einen Defekt gehabt. Möglich, dass der Defekt auch im Straßenbahnbü-

gel gelegen habe. So genau könne er das nicht sagen, denn Straßenbahnen und ihr Funktionieren seien in Physik leider noch nicht dran gewesen. Jedenfalls habe die Straßenbahn zehn Minuten lang stillgestanden. Als Beweis für die Richtigkeit seiner Aussage führte der Florian an, dass ja auch Gretchen Sackmeier zu spät gekommen sei, und die sei doch sonst pünktlicher als die Zeitansage im Telefon.
Dieses Argument beeindruckte den Mathe-Lehrer: »Stimmt es tatsächlich, Gretchen?«, fragte er.
Ein großer Gedanke fuhr durch Gretchens Hirn, der hieß: Das ist der Augenblick der Rache für sein idiotisches Gelächter! Und für seine Lügen! Ich sag die Wahrheit und er ist aufgeschmissen! Aber noch während der große Gedanke sich in Gretchens Hirn breit machen wollte, sagte Gretchens Mund schon:
»Jawohl, Herr Professor, es war die Straßenbahn!«
Der Mathe-Lehrer nickte und winkte die vier Zuspätgekommenen huldvoll an ihre Plätze. Gretchen marschierte zu ihrem Pult, setzte sich, holte das Mathe-Zeug aus der Schultasche und dachte: Ich hab mich deswegen am Florian nicht gerächt, weil es dann eine große Aufregung gegeben hätte und weil mich dann alle angeschaut hätten, und das mag ich nicht!
Doch dann, während Gretchen die Zirkelmine an der Schuhsohle scharf machte, dachte sie: Aber ganz stimmt das doch nicht! Ich will mich am Florian überhaupt nicht rächen. Weil Rache von Wut herkommt. Und wenn er über mich spottet, dann werde ich gar nicht wütend, sondern traurig!
Gretchen legte, ob dieser Erkenntnis sehr erstaunt, den Zirkel auf das Pult, nahm den Kugelschreiber und malte auf das Löschblatt: WARUM? Auch auf ihren linken Unterarm

malte sie ein WARUM?. Das wischte sie dann aber schnell wieder mit Spucke weg.
Nach der Schule fuhr Gretchen nicht mit der Straßenbahn nach Hause. Zu Fuß, neben der Sabine, wanderte sie den langen Weg einher. Sabine war so etwas Ähnliches wie Gretchens Freundin. Aber eine richtige Freundin war sie nicht. Denn oft, und Gretchen hatte keine Ahnung, warum, wollte Sabine von ihr plötzlich nichts mehr wissen, redete kaum mit ihr, suchte sich für den Heimweg eine andere Begleitung aus, schenkte einer anderen ihr Pausenbrot, bat eine andere, die Hausübung abschreiben zu dürfen, und erzählte einer anderen, was sie am vergangenen Nachmittag Tolles erlebt hatte. Und dann, ungefähr zwei Wochen später, schenkte sie Gretchen wieder ihr Brot, erbat sich Gretchens Hausübung zum Abschreiben, erzählte drauflos, dass Gretchen die Ohren wackelten, und schaute die, der sie zwei Wochen lang den Vorzug gegeben hatte, überhaupt nicht mehr an. Sabine hatte Freundinnen, wie andere Leute Bilder im Wechselrahmen haben. Zum Austauschen. Einmal war Gretchen im Rahmen, einmal die beiden Uschis, dann kam Kathi an die Reihe, dann Sophie und schließlich wieder Gretchen. Und heute war der erste Tag, an dem Gretchen im Wechselrahmen steckte. Bis zu Gretchens Haustor begleitete Sabine sie und gut eine halbe Stunde quatschte sie vor dem Haustor noch auf Gretchen los. Von einem Cousin erzählte sie, der ihr einen Liebesantrag gemacht hatte. Und ob das nun Inzest wäre, wenn sie diesen Antrag annähme, fragte sie Gretchen.
Gretchen hatte keine Meinung zu Liebesbeziehungen zwischen Cousins und Cousinen. Das heißt: zu Liebesbeziehungen zu Cousins in der Wirklichkeit. In den Hochadels-Schicksalen – natürlich –, da kam so ein Liebes-Sachverhalt

oft vor! Und Inzest war er dort meistens nicht. Dort musste man nur herausfinden, ob die Zuneigung, die man für den Cousin empfand, »echte Liebe« oder »die Stimme des Blutes« war. Aber mit Weisheiten aus Adels-Schicksalen wollte Gretchen Sabine nun doch nicht beraten. Außerdem knurrte ihr der Magen schon sehr laut und hoffte auf Schinkenfleckerln und Tomatensalat. Schinkenfleckerl gab es meistens am Montag zum Mittagessen. Ganz im Geheimen hoffte Gretchens Magen auch noch darauf, dass die Mama am Vormittag Backlust bekommen haben könnte. Vielleicht Cremeschnittenlust oder Schaumrollenlust. Cremeschnitten und Schaumrollen, wenn sie selber gemacht sind, sind nämlich überhaupt das Höchste! Ein armer Wurm, der diese Sachen nur beim Bäcker kaufen kann, hat keine Ahnung, wie »echte« Cremeschnitten und »echte« Schaumrollen schmecken! Gretchens Magen hoffte vergebens. Es gab zum Mittagessen Blumenkohl mit Butter und Brösel. Die ganze Wohnung roch nach dem Blumenkohl. Mädi – und Hänschen auch – jammerten wegen dem Blumenkohl und verlangten hinterher Schmalzbrote.

Mädi konnte sich gar nicht beruhigen. »Wieso hast du Blumenkohl gekocht?«, fragte sie an die hundert Mal. »Montag ist Schinkenfleckerltag!«

Die Mama gab ihr bloß »Hmpf« zur Antwort und schmierte ihr ein Schmalzbrot. Die Mama – übrigens – hatte keinen Blumenkohl gegessen. Einen traurigen Tee hatte sie wieder angestarrt, in den sie zwei kleine Tabletten geworfen hatte. Da Gretchen der Meinung war, die Mama habe vom Maturaschmaus einen verdorbenen Magen, wunderte sie sich nicht. Sie hielt die Tabletten für Bauchwehpulver. Erstaunt war Gretchen allerdings darüber, dass die Mama unentwegt Kaugummi kaute. Gretchen sagte zur Mama: »Ich hab im-

mer geglaubt, du magst Kaugummi nicht, dir graust vor Kaugummi!«
Gretchen ging ins Kinderzimmer und setzte sich an die Mathe-Hausübung. Gleich danach kam Hänschen herein, setzte sich auf Gretchens Schreibtischkante und sagte: »Weißt du, was die Mama im Schlafzimmer tut?«
»Hingelegt wird sie sich haben!«, sagte Gretchen. »Weil ihr nicht gut im Magen ist!«
Hänschen schüttelte den Kopf. »Hingelegt hat sie sich schon«, sagte er. »Aber auf den Fußboden! Sie turnt. Lauter Liegestütze macht sie!«
Gretchen erschrak dermaßen, dass ihr der Zirkel, mit dem sie gerade einen Winkel halbieren wollte, aus den Fingern fiel.
Hänschen packte Gretchen an der Schulter. »Was soll denn das heißen?«, rief er. »Sie sagt nur noch Hmpf, süffelt Tee mit Pillen, kaut Kaugummi und turnt!« Er schaute Gretchen ratlos, sogar ein bisschen ängstlich an. »Spinnt sie plötzlich, Gretchen?«
»Fragen wir sie!«, sagte Gretchen und hob den Hintern vom Sessel.
»Hab ich ja schon! Gerade vorher!«
»Und was hat sie gesagt?«
»Hmpf hat sie gesagt! Was denn sonst!«
Da ließ Gretchen den Hintern wieder auf den Sessel sinken und sagte: »Warten wir ab, bis der Papa kommt, der klärt das schon auf!«
Hänschen ging zu seinem Stockbett, hievte sich die Leiter zum oberen Bett hinauf, warf sich auf die Matratze, dass sie laut quietschte, verstoppelte das rechte Nasenloch mit dem linken Zeigefinger, schloss die Augen und entschlummerte. Dem Hänschen war sein Mittagsschlaf heilig!

Gretchen halbierte noch sieben Winkel und verfertigte drei Dreiecke samt ihren Winkelsymmetralen, wobei sich leider nur bei einem der Dreiecke alle drei Symmetralen haarscharf in einem Punkt trafen. Dann zog sie die unterste Schreibtischlade auf und holte »Ein erregendes Schicksal aus dem Hochadel« heraus. Sie schlug es bei einer eselsohrigen Seite auf. Zur Tarnung nahm sie das Matheheftlöschblatt und legte es halb über den aufgeschlagenen Fürsten-Schund. Damit die Mama, falls sie mit dem Turnen aufhörte und Gretchen im Kinderzimmer aufsuchte, den Fürsten-Schund nicht entdeckte. Sicher, kein Mensch verbot Gretchen diese 60-Seiten-Lektüre. Aber Eltern brauchen gewisse Dinge gar nicht zu verbieten. Bei einem Papa und einer Mama, die seit Jahren darüber lachten, dass Tante Emma Herz-Schmerz-Schund liest, traut man sich einfach nicht, auch diese Laster zu haben. Gretchen klappte das große Eselsohr hoch und las:

Tiefe Trauer überschattete Astrid von Hohenlohes ebenmäßige Züge, als sich Graf Bodo von Esselfing höhnisch lachend von ihr abwandte. Mit einem Male durchfuhr es ihr bebendes Herz: Er ist ein Schuft und dennoch bin ich ganz sein! Ich liebe ihn!

Gretchen schob entsetzt das Löschblatt über die Schund-Doppelseite. Entsetzt war sie deshalb, weil ihr plötzlich klar geworden war, dass sie beim Versuch, sich Bodo Graf Esselfing vorzustellen, haarscharf den Florian Kalb, etwas gealtert, vorgestellt hatte.

Gretchen sprang auf, so schnell, wie das sonst gar nicht ihre Art war, und stellte sich vor den Wandspiegel zwischen den Fenstern. Dort stand sie selten. Spiegelschauen gehörte nicht zu ihren Angewohnheiten. Gretchen betrachtete eingehend ihre Kieselsteinaugen, ihre Babynase und die offenen Spanielhaare. Sie fand ihr Gesicht tatsächlich ziemlich

ebenmäßig und voll der »Züge« und unerhört trauerüberschattet. Der logische Schluss aus alledem war für sie zwingend! Ihr ganzes Herz gehörte also dem Florian Kalb! Und sie liebte ihn! Statt Wut auf ihn: Trauer. Und seine Züge in denen vom Bodo von Esselfing! Und ein überschattetes Gesicht. Klar wie Würfelsuppe war das!
Gretchens Gesicht wurde noch um etliche Schattierungen schattiger. Unglücklich murmelte sie in den Spiegel hinein: »Verdammt – habt Acht!« Das sagte die Zwettler-Oma oft und das war die größte Unmutsäußerung, die Gretchen kannte. Sie war eben ein sanftes, ziemlich mildes Mädchen.

3. Kapitel

in welchem der Papa die neuen Ticks der Mama nicht genügend ernst nimmt und Gretchen eine abwegige Begegnung mit Florian Kalb hat und Mädi etwas berichtet, was niemand für wahr halten mag.

Gretchens Mama änderte ihr sonderbares Benehmen auch nicht, als der Papa von der Nudelfabrik nach Hause kam. Sie sagte »Hmpf« statt »Guten Abend, mein Schatz«, und auf die Frage, ob sie den Tag gut verbracht habe, machte sie auch bloß »Hmpf«.

Der Papa zwirbelte erstaunt seinen Schnurrbart. Richtige Fragezeichen drehte er in die Enden hinein.

»So ist sie schon den ganzen Tag«, raunzte Mädi. »Nicht einmal schwarzer Peter hat sie mit mir gespielt. Dabei hab ich alle Sätze geschrieben und alle Kugeln zusammengezählt!«

Mädi ging ja erst seit ein paar Wochen in die Schule und fand, vier Stunden dort still herumsitzen reiche bei weitem. Dass sie dann auch noch zu Hause Mama-und-Mimi-Sätze schreiben und blaue und rote Kugeln zusammenzählen sollte, schien ihr übertrieben. Darum hatte die Mama mit ihr ein Abkommen geschlossen. Für jeden erledigten Hausübungssatz und für jede gelöste Kugelrechnung gab es hinterher eine Partie schwarzer Peter. Bisher hatte sich die Mama immer an dieses Abkommen gehalten.

Der Papa zwirbelte die Schnurrbartfragezeichen in eine andere Richtung, nahm Mädi auf den Schoß, drückte ihr

einen Schmatzkuss auf den Mittelscheitel und rief: »Hunger!«
Die Mama trug vier Teller und Besteck zum Wohnzimmertisch, dann holte sie den Topf mit dem Schweinsgulasch und die Schüssel mit den Nockerln und schließlich brachte sie noch vier Gläser, eine Flasche Bier, eine Flasche Orangensaft – und eine Schale mit Tee. Der Papa schnupperte erfreut über Gulasch und Nudeln hin und schöpfte sich den Teller randvoll. Mit Kummerfalten auf der Stirn fragte er die Mama: »Dein verdorbener Magen ist noch nicht in Ordnung?«
Das »Hmpf« der Mama nahm er als Zustimmung. Er schaufelte Nockerln und Fleisch auf die Gabel, balancierte das weit überladene Esswerkzeug zum Mund, entlud es und kaute. Ungläubiges Staunen machte sich über seinem Schnurrbart breit. Der Papa schluckte und sagte: »Mama, den Nockerln fehlt das Salz und das Gulasch ist verpfeffert!«
Ein derartiger Sachverhalt kam ansonsten in der Familie Sackmeier nicht vor.
»Wieso kommt das, Mama?«, fragte der Papa. Und in dem Augenblick brüllte Mädi los. »Brennt! Das brennt!«, brüllte sie und wachelte mit einer Hand vor dem offenen Mund herum. Dann spuckte sie angewidert einen Fleischbrocken auf den Teller zurück. Auch Gretchen und Hänschen verzogen die Gesichter.
In dieser Situation kam die Mama mit ihrem »Hmpf« nicht mehr aus. Sie sagte: »Tut mir Leid, ich konnte nicht abschmecken, weil ich nichts esse!«
»Also Mama!« Der Papa drehte den Schnurrbart auf Rufzeichen. »Ein Zungenspitzerl voll Soße hätte deinen verdorbenen Magen schon nicht umgebracht!«

Die Mama nahm den Kaugummi aus dem Mund. Sie rollte ihn auf der Tischplatte zu einer Kugel. Fast pingpongballgroß war die Kugel. »Ich habe überhaupt keinen verdorbenen Magen«, rief sie. »Was redest du dauernd von meinem verdorbenen Magen? Ich magere ab!«
»Oh Gottchen, oh Gottchen!« Der Papa stocherte im Gulasch herum, versuchte noch einen Fleischbrocken und Schweiß brach ihm auf der Stirn aus. Er nahm das Bierglas und trank, schwemmte den Fleischbrocken in den Magen hinunter und trank weiter, bis das Glas leer war.
»Wie lange dauert es denn dieses Mal?«, schnaufte er.
»So lange, bis ich wieder in einen 40er-Rock hineinpasse«, sagte die Mama. Ihre Stimme klang fest entschlossen.
Gretchen konnte sich noch gut an die letzte Abmagerungskur der Mama erinnern. Zwei Jahre war das jetzt her. Eine fürchterliche Woche war das gewesen.
»Welche Kleidergröße hast du denn jetzt?«, erkundigte sich Hänschen besorgt. Weil er außer »Hmpf« keine Antwort bekam, riet er: »Sechzig?«
Die Mama warf ihm einen bitteren Blick zu.
Gretchen schätzte: »Obenherum achtundvierzig, untenherum vierundfünfzig, stimmt's?«
Die Mama hmpfte zustimmend und traurig zugleich.
»Ich finde dich so recht schnuckelig«, sagte der Papa und drehte freundliche Sechser in den Schnurrbart. Die Mama rief: »Du, du, du! Als ob's nur auf dich ankäme! Ich will schlank sein! Ich! Und zwar für mich! Und nicht für dich!«
»Aber Mama …«, sagte der Papa. Weiter kam er nicht. Die Mama schlug mit der flachen Hand auf die Kaugummikugel, dass die zu einem Pizza-Fladen wurde. »Und hör auf mich dauernd ›Mama‹ zu nennen«, rief sie. »Ganz verrückt

machst du mich damit! Ich bin nicht deine Mama! Ich bin deine Frau und heiße Elisabeth!«
Mädi kreischte: »Elisabeth, ich hab Hunger! Ich kann das aber nicht essen! Es brennt, Elisabeth!«
Gretchen stand auf und ging ins Kinderzimmer. Sie war verwirrt. Schließlich war sie nur an allerfriedlichstes Zusammenleben gewöhnt. Noch nie hatte die Mama den Papa so angebrüllt. Auch während der verjährten Abmagerungskur nicht. Da war sie bloß einsilbig und ein bisschen grantig gewesen. Und ein paar Mal hatte sie auch geweint. Aus Scham und Reue. Weil sie nach vierundzwanzig Stunden des qualvollen Hungerns dann doch unterlegen war und den Eisschrank leer gegessen hatte.
Als Gretchen später im Badezimmer stand und die Zähne putzte, kam der Papa zu ihr. Er war schon im geringelten Pyjama. Er setzte sich auf den Badewannenrand. Er schaute drein, als suche er Trost.
»Spätestens in einer Woche gibt sie auf«, murmelte Gretchen und spuckte weißen Schaum mit grünen Pünktchen.
»Das blöde Maturatreffen ist schuld«, sagte der Papa. »Gerade hat sie es zugegeben!« Der Papa schüttelte bekümmert den Kopf. »Sie ist angeblich die Dickste dort gewesen. Und da war auch eine Marie-Luise, die war früher Mamas Freundin. Und die war auch dick. Und jetzt ist sie dünn. Und die hat der Mama erklärt, dass es ihr genauso ergangen ist wie der Mama und dass sie jetzt der Mama …«
Gretchen hörte dem Papa gar nicht mehr richtig zu, sondern dachte: Er sagt tatsächlich ziemlich oft ›Mama‹. Und das ist tatsächlich komisch! Zu seiner Mama sagt er Oma. Zu seiner Frau sagt er Mama.
Gretchen kicherte Zahnpastaschaum spuckend, weil sie

gerade den Gedankengang so fortsetzte: Dann müsste er eigentlich zu mir ›liebe Frau‹ statt ›liebes Kind‹ sagen!
»Du hast leicht lachen«, rief der Papa. Gretchen hörte zu kichern auf. Ihr fiel ein, dass sie eigentlich gar nicht »leicht lachen« hatte, dass sie unglücklich verliebt und trauerüberschattet war. Sie spuckte den letzten weißen Schaum aus dem Mund, spülte nach, schnüffelte ihrem Spiegelbild mit krauser Nase zu und sprach, im Tonfall ganz Burgtheater und Grillparzer-Ahnfrau: »Schön wäre es! So ist es aber bei Gott nicht!«
»Hast du am End auch Probleme?« Der Papa fragte so, dass deutlich wurde, er zog bloß aus väterlichem Pflichtgefühl Erkundigungen ein. Es klang ganz nach: Um Himmels willen, zwei Problemfälle in der Familie sind zu viel!
»Hast du ein Nicht genügend bekommen? Oder gar zwei?«, fragte der Papa.
Gretchen zog sich an den Fingern, dass sie knackten. Das war ja nun wieder typisch! Immer dachten die Erwachsenen zuerst an die Schulnoten! Gretchen holte sich eine Haarsträhne in den Mund und kaute daran herum.
»Mit den Noten ist alles in Ordnung«, murmelte sie. »Aber ich habe mich verliebt!«
Der Papa nahm die Finger vom Schnurrbart und ließ die Hände auf die geringelten Pyjamaknie sinken.
»In der Tat?«, fragte er und hatte neugierig glänzende Kulleraugen.
»Aber unglücklich verliebt«, sagte Gretchen. Sie ließ die Haarsträhne aus dem Mund gleiten. Schnüffelnd wartete sie auf die Antwort vom Papa. Doch der Papa hockte auf dem Badewannenrand, hielt sich an seinen Knien fest und sagte gar nichts. Gretchen tat es Leid, dass sie ihm ihre unglückliche Liebe offenbart hatte. Die anderen in der Klasse hatten

schon Recht! Mit Eltern konnte man über solche Probleme nicht reden! Genau wie Sabine immer sagte: Die Alten haben keine Antenne für so was, denen ist ja nur ihr eigener Kram wichtig!
Gretchen seufzte und dachte: Und ich war immer der Meinung, meine Eltern seien da anders!
Da ließ der Papa endlich seine geringelten Knie los, rieb die Handflächen aneinander, als wäre ihm kalt, und fragte: »Na und? Mag er dich nicht mehr?«
Gretchen sagte: »Er hat mich noch nie gemocht!«
»Wer ist es denn überhaupt? Kenn ich ihn?«
Natürlich kannte der Papa den Florian Kalb. Gretchen war mit dem Florian ja schon in den Kindergarten gegangen. Sie schüttelte trotzdem den Kopf.
»Du kennst ihn nicht!«, sagte sie.
Gretchen schwindelte aus mehreren Gründen. Erstens, weil ihr eingefallen war, dass der Papa den Florian Kalb immer schon als »unguten Knaben« bezeichnet hatte. Der zweite Grund war, dass sie deutlich sah, wie der Papa mühselig gegen ein erheitertes Grinsen ankämpfte. Die Schnurrbartspitzen zitterten verdächtig. Und drittens konnte ihr der Papa ja auch überhaupt nicht helfen! Und viertens war das alles dermaßen kompliziert, dass man kaum darüber reden konnte.
»Ich hab bloß Spaß gemacht«, sagte Gretchen. »Ich bin gar nicht unglücklich verliebt!«
»Umso besser«, murmelte der Papa und gähnte. Aus seinem geringelten Kugelbauch kamen dumpfe Geräusche und dann ein erbittertes Knurren. »Weil er total leer ist«, entschuldigte sich der Papa und stand auf. Er marschierte aus dem Badezimmer und wanderte der Küche zu.
Gretchen ging zu Bett. Über ihr schnarchte das Hänschen,

von der gegenüberliegenden Zimmerseite her, von Mädis Bett, kam zufriedenes Traumgemurmel.
Gretchen wollte einschlafen. Müde genug war sie auch gewesen, aber in ihrem Bauch knurrte und ächzte es auf einmal fast so heftig wie vorher in Papas Bauch. Nicht auszuhalten war das! Sie stieg wieder aus dem Bett.
Der Papa war noch in der Küche. Er saß am Tisch und säbelte Scheiben von einem großen, schwarz geräucherten Speckstück. Gretchen setzte sich zum Papa.
»Iss, mein Mädchen, iss«, murmelte der Papa mit vollen Backen. »Wenn der Magen leer ist, bekommt die Seele Schüttelfrost!« Der Papa legte Speckscheibe um Speckscheibe vor Gretchen hin. Und Gretchen mampfte.
»Ich war früher oft unglücklich verliebt«, sagte der Papa.
Gretchen murmelte grämig: »Ich hab doch schon gesagt, dass ich gar nicht unglücklich verliebt bin, dass es nur Spaß war!«
»Na und?« Der Papa wischte sich mit dem Pyjamaärmel über das Fettkinn. »Ich wollt ja von *meinen* unglücklichen Lieben reden. Aber wenn es dich stört …«
Diesen Eindruck wollte Gretchen nun auch wieder nicht hinterlassen. Sie fragte: »Was war mit deinen unglücklichen Lieben?«
»Furchtbar waren sie!« Der Papa zog den Schnurrbart kinnwärts. »Einfach schrecklich!«
»Wieso?«
Der Papa rülpste. Er zuckte mit den Schultern. »Das hat die unglückliche Liebe eben so an sich.«
Eben! Gretchen stand auf. Wenn der gute Mann nicht mehr zu diesem Problem zu sagen hatte, war es besser, ins Bett zu gehen.

Am nächsten Tag war Geburtstagsparty bei Gabriele. Gabriele ging mit Gretchen in die Klasse und ihre Geburtstags- und sonstigen Partys waren berühmt, galten als absolute Partyspitze. Jeder – sogar die Kinder aus anderen Klassen – riss sich um Einladungen. Gretchen war jedes Jahr eingeladen. Aber nicht deswegen, weil sie mit Gabriele so dick befreundet war. Gretchen wurde auf Wunsch von Gabrieles Mama eingeladen, weil Gabrieles Vater in derselben Nudelfabrik wie Gretchens Vater angestellt war und weil Gabrieles Mutter und Gretchens Mutter ein bisschen befreundet waren. Außerdem hielt Gabrieles Mutter Gretchen für ein unerhört liebes und prächtiges Kind. »Warum nimmst du dir denn nicht Gretchen zur Freundin?«, löcherte Gabrieles Mama ihre Tochter täglich. »Gretchen hätte sicher einen besseren Einfluss auf dich als diese entsetzlichen Typen, mit denen du herumziehst!«
Entsetzlich waren die Freunde, die sich Gabriele selber aussuchte, nun gerade nicht, aber »Typen« waren sie schon. Einer, ein schmaler blasser Knabe, hatte einen lebensgroßen Kohlweißling auf die rechte Wange tätowiert. Einer hatte den Kopf ratzekahl geschoren und eine hatte eine Frisur, die schaute aus wie eine Perücke aus lauter Schnauzbärten. Irre Haarspraymengen musste dieses Mädchen täglich verbrauchen. Und einer von Gabrieles Freunden war seit zwei Jahren eingegipst. Gipsarm, Gipsbein, Gipsbrustkorb, alles hatte Gretchen an dem schon gesehen. Auf dieser Geburtstagsparty trug der Gipsknabe eine weiße Halsmanschette. Der Gipsknabe war vor vierzehn Tagen vom Moped gestürzt. Und angeblich war die Fehlkonstruktion von einem Sturzhelm daran schuld, dass er sich einen Halswirbel gebrochen hatte.
Der Schnurrbartkopf, der Glatzkopf und der Schmetter-

lingskopf waren auch auf der Party. Und zwei Mädchen, die sowohl einander als auch Nina Hagen zum Verwechseln ähnlich sahen. Der Florian Kalb war auch da. Und er war ebenfalls eine Zwangseinladung. Gabrieles Bruder war ein Freund vom Florian.
Gretchen hatte das neue indische Reinseidenkleid an, das ihr die Mama zum Geburtstag geschenkt hatte. Es reichte ihr bis zu den Knöcheln, war himmelblau, hatte eine goldbestickte Passe und einen gekrausten Rock daran und hätte leicht als Umstandskleid getragen werden können.
»Todschick, Gretchen«, versicherte Gabrieles Mutter und rollte anerkennend die Augen. Gretchen hätte lieber die Ausrüstung vom Schnurrbartkopf am Leib getragen, aber sie war objektiv genug sich zu sagen, dass ihr Leib dafür leider nicht geeignet war. Der Schnurrbartkopf trug strumpfhosenenge Lastexhosen in Babyrosa und darüber ein gelbbraungrün gemustertes T-Shirt in Knielänge und wieder darüber einen fliederfarbenen taillenkurzen Spenzer mit einer riesigen Mickymaus auf dem Rücken. Der mit dem Kohlweißling auf der Wange war total in schwarzes Leder gehüllt und eine der zwei Nina Hagens steckte im Leopardentrikot.
Gabrieles Mutter pflegte zu Gretchens Mutter oft zu sagen: »Magenkrämpfe bekomme ich, wenn ich diese Typen im Haus habe! Aber was soll man machen! Man hat ja keinen Einfluss mehr auf die Kinder!«
Gretchen bekam wegen der »Typen« keine Magenkrämpfe. Sie mochte Gabrieles Freunde. Die »Typen« hatten nämlich einen enormen Vorteil: Sie ließen einen in Frieden! Sie rauchten zwar wie die Schlote, aber sie drängten einem keine Zigarette auf. Sie tranken zwar, aber sie hielten einem kein Weinglas unter die Nase. Und es war ihnen

schnurzpiepe, ob man Untergewicht oder Übergewicht hatte.
So ein Verhalten war für Gretchen nicht selbstverständlich. Bei Sabines Partys – zum Beispiel – wurde geraucht, und wenn man nicht mitrauchen wollte, hieß es gleich: »Das Baby traut sich nicht!« Bei Otti Hornecks Partys wurde gesoffen. Doppelliterweise schmuggelten da die männlichen Partyknaben Alkohol ins streng alkoholfreie Horneck-Haus. Dann mischten sie Cola mit Wodka und Apfelsaft mit Gin, und bestand Gretchen auf Cola-pur und Apfelsaft-ohne, dann galt sie auch dort als »Baby« und spielverderberischer Außenseiter und »langweiliges Stück« und »abstinente Kugel«.
Zu tanzen wagte Gretchen auch nur auf Gabrieles Partys. Mit dem Kahlkopf konnte sie es besonders gut. Der sagte anerkennend zu ihr: »Alles an dir swingt! Durch und durch swingst du!« Auf anderen Partys hatte Gretchen schon flüstern hören: »Mensch, wenn die tanzt, dann rollt die Woge und der Teppichboden bebt!«
Sogar reden konnte man mit den »Typen«, wenn man sich erst einmal daran gewöhnt hatte, dass sie ein bisschen anders redeten; langsamer, mit viel englischen Wörtern dazwischen und wenig Veränderung im Tonfall.
Auch die Gabriele war in Ordnung. Gretchen hätte sie viel lieber zur Freundin gehabt als die Wechselrahmen-Sabine. Und wenn Gabrieles Mutter sie nicht andauernd als gutes Beispiel und wünschenswerte Freundin angepriesen hätte, wäre das vielleicht sogar möglich gewesen.
Der Florian Kalb kam mit Gabrieles »Typen« nicht so gut zurecht. Er erklärte, sie stinken und könnten sogar Läuse haben. Und sie seien angezogen, sagte er, dass »einer Sau graust!«. Der Florian Kalb ließ sich von Gabrieles Bruder

bloß deswegen einladen, weil zu den Partys auch Gabrieles Cousine Doris kam. Die verehrte er. Doris anscheinend verehrte den Florian nicht, denn Gretchen hatte erlauscht, wie sie zu Gabriele sagte: »Wieso ist denn der miese Kalbskopf schon wieder da?«
Gretchen tanzte viel mit dem Kahlkopf. Mit dem Gipshals hatte sie ein ausführliches Gespräch über Kinderheime und Pflegeeltern; da konnte der Gipshals aus eigener Erfahrung berichten. Mit der einen Nina Hagen stritt sie sich darüber, ob alle Eltern oder nur ganz bestimmte »auf den Mist« gehören, und mit Gabriele schmierte sie in der Küche ungeheure Mengen Brote. Zwischendurch beobachtete sie den Florian Kalb, der hinter Doris her war. Und da musste sie auch beobachten, dass der Florian seine Annäherungsversuche bei Doris mit Alkoholkonsum verband. Das ging so vor sich: Zuerst goss sich der Florian zwei Fingerbreit Whisky in sein Glas und tat einen Eiswürfel dazu, dann ging er mit dem Glas in der Hand auf Doris zu und sagte etwas zu ihr; den Eiswürfel ließ er dabei im Glas klingeln. Hierauf gab ihm Doris eine kurze Antwort und wandte sich ab; meistens einem Knaben zu, der Jonny genannt wurde und allerlockigste, allerliebste goldige Haare auf Kinn und Wangen hatte. Wenn der Florian dann so allein gelassen dastand, murmelte er etwas vor sich hin, hob das Whiskyglas und trank es in einem Zug leer. Gut achtmal, über die Stunden hin, beobachtete Gretchen diesen Vorgang. Sie hatte keine Ahnung, wie vieler Whiskyschlucke es bedarf, um so betrunken zu sein wie der Otti Horneck auf seiner letzten Party, aber sie befürchtete Schlimmes für den Florian. Sie vertraute ihre Befürchtung Gabriele an und die wurde fuchsteufelswild. »Wieso hat er denn überhaupt den Whisky?«, rief sie. »Der gehört meinem Vater! Den hab

ich doch weggeschlossen!« Sie nahm dem Florian die Flasche weg, aber die Flasche war schon halb leer. »So ein Trottel!«, sagte sie zu Gretchen. »Und du kannst wetten: Morgen behaupten die Alten, das wären meine Freunde gewesen, die den Whisky gesoffen haben!«

Gegen zweiundzwanzig Uhr kam Gabrieles Mutter in die Partyräume und erklärte das Fest für beendet. Einer nach dem anderen marschierte langsam ab. Gretchen blieb noch und half Gläser und Teller in die Küche tragen und zerknüllte Servietten einsammeln und Aschenbecher entleeren. Als sie dann von Gabriele zur Haustür gebracht wurde, war da ein Geräusch. Ein ziemlich merkwürdiges, schauriges Geräusch. Es röchelte.

»Direkt unheimlich«, sagte Gabriele und nahm Gretchens Hand und hielt sich an ihr fest.

»Wie unsere kaputte Fahrradpumpe«, sagte Gretchen. Sie ging dem schaurigen Röcheln nach. Es kam von der Kellertreppe her. Dort lag der Florian Kalb und schlief. Gabriele und Gretchen zogen ihn die Stufen hoch. Sie mussten ihn schütteln, damit er halbwegs munter wurde.

»Schnell raus mit ihm«, flehte Gabriele. »Wenn meine Mutter ihn sieht, erlaubt sie mir keine Party mehr!«

»Du bist doch nicht schuld daran«, sagte Gretchen.

»Ich bin immer an allem schuld«, sagte Gabriele, packte den Florian und schob ihn zur Haustür hinaus. »Die frische Luft wird ihm gut tun«, sagte sie zuversichtlich. Dann schob sie auch Gretchen aus dem Haus und schloss die Tür hinter ihr zu.

Die frische Luft ermunterte den Florian wirklich, er konnte wieder laufen. Allerdings nicht gerade, auch nicht zickzack, sondern nur im Kreis. Wie ein gut trainiertes Zirkuspferd. Hätte Gretchen ihm nicht stramm und kräftig den Weg ge-

wiesen, wäre er sicher noch stundenlang um Gretchens Vorgarten-Kirschbaum galoppiert. Doch Gretchen mühte sich wacker mit dem Florian ab. Sie hielt ihn fest am Arm und zog ihn geradeaus. Der Florian, mit seinem Dreh-Drall, kurvte zwar einmal nach vorne und dann wieder nach hinten weg, aber schön langsam kam Gretchen doch voran. Am unangenehmsten war, dass der Florian so sauer roch. Schnapsgeruch war das keiner.
Dreimal unterwegs fiel Florian Gretchen um den Hals. Ob das ein Zeichen von Zuneigung war oder ob er nur Halt suchte, war nicht zu erkennen.
An der letzten Ecke vor seinem Haus wollte der Florian nicht mehr. Er ließ sich zu Boden plumpsen und murmelte: »Ende der Ausbaustrecke!«
Gretchen wäre am liebsten davongerannt. Schließlich war es ja erst gegen elf Uhr und es waren noch eine Menge Leute unterwegs. Die schauten absolut böse auf sie und den Florian.
»Polizei verständigen«, hörte Gretchen. Und: »Eine Watschen gehört denen!« Sogar: »Unterm Hitler wäre das nicht passiert!« Die Liebe obsiegte in Gretchens Herz! Wie sagte doch Gräfin Hohenlohe auf Seite 13? Sie sagte: »Freud und Leid, Liebster, will ich mit dir teilen! Nie mehr sollst du allein den bösen Mächten trutzen müssen!«
Gretchen zog den Florian hoch und schulterte ihn. Keuchend schleppte sie ihn bis zu seinem Haustor und lud ihn ab. Der Florian rollte sich vor dem Haustor zu einer Kugel zusammen und wollte einschlafen. Gretchen durchsuchte seine Jackentaschen und seine Hosentaschen nach dem Hausschlüssel, aber sie fand ihn nicht. Also drückte sie auf den Klingelknopf neben dem Namen Kalb.
»Wer da?«, fragte eine Schnarrstimme aus dem Sprechanlagengitter.

Gretchen beugte sich zum Gitter. Sie sagte: »Der Florian, bitte, er hat keinen Schlüssel, glaub ich!«
»Florian!«, knorzte die Stimme. »Warum redest du nicht selber?«
»Ihm ist nicht gut, bitte!«, sagte Gretchen und aus dem Sprechgitter hallte es:
»Ich komme!«
Gretchen wollte weggehen. Sie hielt ihre Liebesarbeit für erledigt. Doch der Florian richtete sich auf, umfasste mit beiden Armen ihre Beine und stöhnte: »Dableiben! Dableiben!«
Also blieb Gretchen, bis das Haustor aufgesperrt wurde. Der Mann, der aus dem Haustor kam, war groß und gar nicht mehr jung und sah dem Florian ähnlich. Er hockte sich zum Florian.
»Was heißt, ihm ist nicht gut?«, fragte er. »Stockbesoffen ist er. Und total angekotzt! Pfui, wie er stinkt!«
Der Mann stand wieder auf. Er drückte auf den Klingelknopf. »Hedwig«, rief er, »komm runter! Hilf mir das besoffene Kind hochtragen!«

Der Florian fehlte am nächsten Tag in der Schule. »Wegen Angina entschuldigt«, sagte der Klassenvorstand. Gabriele grinste Gretchen zu. Gretchen grinste nicht zurück. Wenn sie an den Ausklang des gestrigen Abends dachte, fiel ihr kaum Erheiterndes ein. Sonst geschah in der Schule auch nichts speziell Erfreuliches. Angenehm war höchstens die Turnstunde, die Gretchen vor sich hin träumend auf dem Kasten verbrachte. Florian-Träume träumte sie. Dass der Florian sie ab jetzt nie mehr verspotten und auslachen wird! Schließlich hatte sie ihm ja in schwerer Stunde beigestanden. Ohne sie läge er jetzt vielleicht in ei-

nem Straßengraben. Oder wäre von der Polizei abgeführt worden.
Als Gretchen hungrig wie ein Löwe zu Hause ankam, war die Mama nicht da. Nur ein verschlafenes Hänschen hockte im Kinderzimmer und sagte: »Sie ist bei dieser Marie-Luise!« Hänschen verstoppelte sein Nasenloch. »Du sollst dir die Erbsensuppe wärmen und ein Käsebrot machen!«
Gretchen aß die Suppe kalt, und zwar aus dem Topf, damit sie hinterher keinen Teller abzuwaschen brauchte. »Und wo ist Mädi?«, rief sie zum Kinderzimmer hin.
Hänschen erklärte, die Mama habe Mädi mitgenommen, weil er sich geweigert habe auf das Mädi aufzupassen. »Ich bin ja keine Kinderfrau!«, rief Hänschen.
»Aber du passt doch sonst oft auf Mädi auf, wenn die Mama wo hinmuss!« Gretchen war erstaunt. Mädi und Hänschen vertrugen sich sonst recht gut.
»Aber nicht, wenn sie zu dieser Marie-Luise geht«, rief Hänschen. »Weil die schuld ist. Die hat die Mama verführt! Das sagt der Papa auch!«
»Wieso verführt? Wozu verführt?«
Hänschen kam zur Küchentür. »Zum Hungern hat sie sie verführt! Und überhaupt ist es blöd, dass die Mama eine Freundin hat!«
»Ist doch ihr gutes Recht!«, sagte Gretchen.
Hänschen, nun gar nicht mehr verschlafen, schüttelte den Kopf, ohne den Finger aus der Nase zu nehmen. »Nein! Blöd ist es. Dauernd telefoniert sie mit ihr. Siebenunddreißig Minuten hat sie gestern in den Hörer gequatscht! Und heut Mittag dreizehneinhalb! Und wenn ich eine Minute telefonier, dann sagt sie gleich, das kostet Geld. Und eine neue Badezimmerwaage hat sie gekauft. Und der Papa sagt auch, dass diese Marie-Luise ein Trampel ist!«

»Du kennst sie doch gar nicht!«, sagte Gretchen.
»Ja, du vielleicht?«, rief Hänschen.
»Nein!«
»Na eben!«, schrie Hänschen triumphierend und zog den Fingerstoppel aus der Nase.
Die Mama kam gegen sechs Uhr. Das Mädi war ungewöhnlich heiter und redete wie ein Wasserfall von einem Seppi und einem Pepi, wobei sich langsam herausstellte, dass der Pepi ein kleiner Bub war und der Seppi ein großer Kater. Und beide zusammen die Familie der Marie-Luise ausmachten.
Zum Nachtmahl gab es Aufschnitt und – diesmal für alle – Tee. Die Mama kaute Kaugummi und aß nichts. Aber das »Hmpf« hatte sie abgelegt. Sie redete normal und wirkte heiter.
Nach dem Nachtmahl sortierte Hänschen am großen Wohnzimmertisch seine Vogelfedernsammlung um, der Papa schaute Bier trinkend fern und Gretchen hörte fern, weil sie an einer Wollmütze mit Zopfmuster strickte. Mädi hockte unter dem Wohnzimmertisch und rollte ihrer Puppe Amanda Lockenwickler ins blonde Plastikhaar. Die Mama war in der Küche und bügelte an einem Berg Herrenhemden.
Mädi raunzte jetzt wieder ein bisschen, weil die Lockenwickler in den Amandahaaren nicht halten wollten.
»Mädimaus, raunz leiser«, mahnte der Papa. »Ich versteh sonst nichts!«
Mädi raunzte leiser weiter, aber plötzlich sagte sie laut und deutlich: »Vom nächsten Montag an ist die Mama Putzfrau!«
»Welche Mama?«, fragte Hänschen.
»Unsere!«, sagte Mädi.

Gretchen und Hänschen lachten.
»Wirklich«, rief Mädi. »Ich weiß es doch! Putzfrau wird sie. Beim Hofrat!«
Gretchen und Hänschen lachten noch lauter.
»Pscht, Kinder!«, bat der Papa.
Gretchen sagte kichernd zum Papa: »Hast du gehört, was das Mädi behauptet? Mädi behauptet, die Mama wird Putzfrau bei einem Hofrat!«
Da lachte auch der Papa. Auf die Idee, die Mama zu fragen, ob Mädi Recht habe, kam weder der Papa noch Gretchen, noch Hänschen. Putzfrau beim Hofrat! Das war einfach absurd!

4. Kapitel

in dem zwei Einkaufswagen randvoll gepackt werden und ein weißhaariger Pfeifenraucher den Papa aus der Fassung bringt und Gretchens Vorstellungen von wahrer Liebe ins Wanken geraten.

Florian kam die ganze Woche nicht mehr in die Schule und Gretchen überlegte, ob sie bei ihm zu Hause anrufen sollte. Sie war sehr besorgt um Florian. Sie hatte nämlich der Mama von Florians Trunkenheit erzählt und die Mama hatte gemeint, da könne es sich leicht um eine echte Alkoholvergiftung handeln und die sei bestimmt keine Kleinigkeit.

Die Mama sagte auch, sie finde es ganz normal, dass man sich nach dem Befinden eines kranken Schulfreundes erkundige, das gehöre sich eigentlich sogar. Gut ein Dutzend Mal pro Nachmittag ging Gretchen zum Telefon und nahm den Hörer ab – und ließ es dann doch sein.

Bis zum Samstag war bei Gretchen zu Hause alles friedlich. Die Mama aß jetzt sogar schon wieder ein bisschen. Knäckebrot und rohe Karotten und Salatgurkenscheiben. Ins Badezimmer, neben die Waage, hatte die Mama eine Tabelle gehängt. In die trug sie jeden Morgen ihr Gewicht ein. Die Tabelle belegte, dass das Gewicht der Mama im Sinken war. Zwei Kilo und dreihundert Gramm hatte sie diese Woche abgenommen. Allerdings sah man das der Mama nicht an. Ob ein Mensch 90,3 oder 88 Kilo wiegt, ist mit bloßem Auge kaum sichtbar.

Die Verstimmung in der Familie Sackmeier begann am Samstagvormittag beim großen Supermarkteinkauf. Jeden

Samstag fuhren der Papa und die Mama zu einem riesigen Cash-&-Carry-Laden am Stadtrand. An diesem Samstag kam Gretchen zum Einkaufen mit, weil die Doppelstunde Zeichnen wegen Zeichensaalrenovierung entfiel und Gretchen schon um zehn Uhr schulfrei hatte.

Der Cash-&-Carry-Trip, ansonsten ein Höhepunkt im sackmeierschen Familienleben, verlief diesmal nicht so heiter wie sonst. Lustlos schob die Mama den Einkaufswagen durch die Nahrungsmittelmauern und murmelte unentwegt: »Zum Grausen! So viel Futter auf einmal! Speiübel wird einem da ja!« Und sooft der Papa nach einer Dose, einem Beutel oder einer Packung griff, fragte die Mama stirngerunzelt: »Brauchen wir das wirklich?«

Der Papa wurde ziemlich sauer und erklärte, die Mama verleide ihm das Geldausgeben komplett. Und da sehe man deutlich, dass ihr verdammter Abmagerungsfimmel nicht nur – wie sie sage – ihre eigene private Angelegenheit sei, sondern negative Auswirkungen auf die ganze Familie habe.

»Okay«, sagte die Mama ruhig und gelassen, »dann geh ich in die Cafeteria Zeitung lesen und ihr macht euch euren Einkaufsspaß! Holt mich ab, wenn ihr fertig seid!«

Bevor der Papa noch protestieren konnte, war die Mama hurtig zwischen Käsemauern und Fischkonservenbarrikaden verschwunden.

»Na, dann los, mein Mädchen«, rief der Papa mit grimmiger Entschlossenheit, packte die Karre und rollte weiter und schaufelte ein wie noch nie! Sogar Nudeln legte er in den Wagen! Wo er doch als Nudelfabrik-Prokurist Nudeln waggonweise gratis haben konnte! Mit zwei randvollen Einkaufswagen kamen Papa und Gretchen zur Kasse. Der Papa musste einen Scheck ausstellen, weil er nicht so viel Bargeld bei sich hatte.

»Hol die Mama aus der Cafeteria!«, sagte der Papa, als alle Cash-&-Carry-Güter endlich im Mini waren. Dass er Gretchen nach der Mama schickte, war ein Alarmzeichen! Gretchen, um Familienfrieden bemüht, sagte: »Komm doch mit, Papa! Wir könnten auch was trinken!«
»Ich denke doch gar nicht daran!«, rief der Papa. »Die Mama geht Zeitung lesen und lässt mich schuften!«
Gretchen seufzte und ging in die Cafeteria.
Die Mama bekam einen starren Blick, als sie den prallvollen Kofferraum und den Plastiktütenberg auf den Rücksitzen sah, doch sie sagte nichts. Sie packte sich sogar zwei von den Tüten auf den Schoß und eine zwischen die Beine, auf dass Gretchen nicht total unter dem Zeug begraben wurde.
Die Heimfahrt vom Supermarkt dauerte sehr lange. Im Schritttempo, in einer langen Kolonne, fuhren sie dahin.
»Da muss wo ein Unfall passiert sein«, sagte die Mama.
Der Papa gab keine Antwort.
»Hoffentlich kommen wir heim, bevor Mädi von der Schule kommt«, sagte die Mama.
Der Papa gab keine Antwort.
»Sonst ist am Samstag doch nur stadtauswärts Gedränge«, sagte die Mama.
Der Papa gab wieder keine Antwort.
»Übrigens«, sagte die Mama, »ich fahre morgen nicht mit nach Zwettl. Der Mohnstrudel von deiner Mama würde mich zu sehr in Versuchung führen. Und der Schweinsbraten auch. Und sie zwingt einen ja direkt zum Essen!«
»Du warst schon vorige Woche nicht«, sagte der Papa.
»Na und?« Die Mama lachte. »Sag einfach, ich hab die Grippe!«
»Ist das dein letztes Wort?«, fragte der Papa.
»In dieser Sache schon«, sagte die Mama.

Die Mama fuhr tatsächlich am Sonntag nicht mit nach Zwettl und Mädi entschied sich auch fürs Zuhausebleiben. Papa, Hänschen und Gretchen brausten allein los und der Mini schaffte gut zehn Stundenkilometer mehr; ohne Mama und Mädi als Nutzlast.
Die Zwettler-Oma glaubte nicht an die Grippe der Mama. »Papperlapapp«, rief sie, »erzähl mir nichts! Letzte Woche Maturatreffen, diese Woche Grippe, das erzähl der Schmauswaberl!« Sie schnüffelte auf Gretchen-Art. »Was ist los? Habt ihr eine Ehekrise?«
Der Papa rückte mit der Wahrheit heraus und die Oma war maßlos empört. So eine empörte Oma hatte Gretchen noch nie erlebt. Die Oma fasste Mamas Abmagerungskur als Verrat an der gesamten Sackmeier-Sippe auf. »Wir sind alle rund und wohlgenährt! Das ist vererbt!«, rief sie schnüffelnd.
Gretchen machte die Oma darauf aufmerksam, dass die Mama kein Sackmeier-Erbteil in sich haben könne, da sie ja bloß einen Sackmeier geheiratet habe.
»Papperlapapp«, wischte die Oma den Einwand weg. »Jetzt ist sie eine Sackmeier und alle Sackmeiers sind rund!« Die Oma schnüffelte ganz heftig. »So wie sie früher ausgeschaut hat, war sie ja ein Witz! Jeder Wind hätte sie fast umgeblasen! Ein Stangel war sie vor ihrer Heirat!«
Die Oma wetterte noch lang gegen Abmagerungskuren und Schlankheitssucht und idiotische Weiber-Zeitschriften, die armen, dummen Frauen so einen miesen Plunder einredeten. Der Papa sagte, dass diesmal keine Zeitschrift, sondern eine Marie-Luise an der Sache schuld sei, eine unmögliche Person, dunkel könne er sich an diese Dame noch erinnern. Als er seinerzeit die Mama kennen gelernt habe, hatte sie dauernd mit dieser Marie-Luise zusammengesteckt. Gott

sei Dank sei die dann später nach England gegangen und habe dort geheiratet. Und drei Kinder bekommen. »Aber jetzt«, sagte der Papa seufzend, »ist sie wieder da. Geschieden und mit einem Kind! Die zwei anderen sind beim Vater geblieben. Und seit der Scheidung hat sie sich dreißig Kilo weggehungert!«
»Eine geschiedene Frau also!« Die Oma sagte das sehr abfällig. »Und zwei Kinder hat sie bei ihrem Mann gelassen! Na sauber, sauber! Mit so was soll sich deine Frau gar nicht abgeben! Ich an deiner Stelle würd das nicht zulassen!«
Der Papa erklärte der Oma, die Mama sei kein kleines Kind, dem er den Umgang mit einem anderen Kleinkind verbieten könne.
»Ein Mann kann seiner Frau was verbieten!«, sagte die Oma.
»Ich bin doch kein Haustyrann«, sagte der Papa.
»Leider«, sagte die Oma. Jetzt war sie nicht nur über ihre Schwiegertochter empört, sondern auch über ihren Sohn. »Mit einer Frau, die ihre Kinder beim Mann lässt, verkehrt man nicht«, rief sie. »Pfui Teufel, vor so was!«
Und Hänschen, Mohnstrudel mampfend, rief auch: »Pfui Teufel!«
Viel früher als sonst drängte der Papa zum Aufbruch, weil ihm das Gezeter der Oma auf die Nerven ging. Und die Oma war so grantig auf den Papa, dass sie gegen seine frühe Abfahrt keine Einwände machte. Sie gab ihm zum Abschied auch nicht die üblichen Wangenschmatzküsse, sondern murmelte bloß: »Ein bissl von meiner Durchschlagskraft tät dir gut!«
Im Auto dann, über lauter Schlaglöcher holpernd, sagte Gretchen: »Die Oma ist komisch.« Der Papa gab keine Antwort, doch Hänschen rief: »Gar nicht! Recht hat sie! Die Mama soll nicht mehr mit der Marie-Luise verkehren!«

»Das mein ich ja nicht«, sagte Gretchen. »Ich mein, dass sie sich aufregt, wenn die geschiedenen Kinder beim Vater bleiben. Das klingt, als ob Väter das Fürchterlichste auf der Welt wären!«
»So hat sie das nicht gemeint«, sagte Hänschen. »Sie hat gemeint, dass eine gute Mutter die Kinder nicht hergibt!«
»Davon red ich doch!«, sagte Gretchen. »Und wieso soll ein guter Vater seine Kinder hergeben?«
»Weil es angeblich einen Mutterinstinkt, aber keinen Vaterinstinkt gibt«, sagte der Papa.
»Hast du einen Vaterinstinkt?«, fragte Hänschen.
»Keine Ahnung«, sagte der Papa.
»Wenn du dich von der Mama scheiden lassen würdest …«
Hänschen kam nicht zum Weiterreden, denn der Papa unterbrach ihn: »Ich lasse mich nicht scheiden!«
»Aber wenn sich die Mama von *dir* scheiden lässt …«
Hänschen wurde schon wieder vom Papa unterbrochen. Der rief: »Sie lässt sich nicht scheiden!«
»Weiß ich doch«, sagte Hänschen. »Aber vorstellen kann man es sich ja!«
»So ungefähr«, sagte der Papa.
Hänschen nickte. »Na eben! Und wie wär das dann mit uns?«
Der Papa überholte hupend einen Milchtanker. Gretchen hielt den Atem an, denn es ist gar nicht so einfach, einen riesig langen Tankwagen auf einer schmalen, kurvigen Straße zu überholen, wenn man ein Auto hat, das nicht mehr als 95 km/h Spitze fährt.
»Zu wem kommen wir dann?«, fragte Hänschen, als der Papa endlich wieder auf der rechten Straßenseite war. Der Papa sagte, das wisse er nicht, darüber habe er noch nie nachgedacht.

»Würdest du uns nehmen?«, fragte Hänschen.
»Alle drei?« Die Stimme vom Papa klang einigermaßen irritiert.
»Ja, alle drei!«, sagte Hänschen.
»Die Mama würde euch gar nicht hergeben«, sagte der Papa ausweichend.
»Wenn sie uns aber doch hergibt!« Hänschen blieb stur.
»Würdet ihr denn zu mir wollen?«, fragte der Papa.
»Angenommen, wir wollen!«, sagte Gretchen.
»Dann würd ich's eben versuchen«, sagte der Papa. Es klang heldenhaft. Ein bisschen weniger heldenhaft fügte er hinzu: »Aber ob ich das Mädi schaffe, weiß ich nicht. Das wär sicher sehr, sehr schwer. Sie ist ja noch so klein!« Der Papa nahm eine Hand vom Lenkrad und zwirbelte eine Schnurrbarthälfte zu einem Fragezeichen und eine zu einem Rufzeichen.
»Na siehst du!« Gretchen drehte sich zu Hänschen um. »Und genauso kann das bei der Marie-Luise sein! Die zwei großen Kinder wollten in England beim Vater bleiben und das kleine Kind hat er nicht genommen!«
Hänschens Augen funkelten erbittert. Er rief: »Was nimmst du denn die blöde Kuh dauernd in Schutz! Wenn sie eine gute Mutter gewesen wäre, würden die Kinder nicht beim Vater sein wollen!«
»Wenn aber auch der Vater ein guter Vater gewesen ist?« Gretchen grinste Hänschen an.
»Red nicht so blöd!«, schrie Hänschen. Immer, wenn Hänschen nicht weiterwusste, schrie er: Red nicht so blöd! Gretchen war das gewohnt und nahm es nicht übel. Sie drehte sich bloß um, eingedenk Mamas Ermahnung, dass man einen Dümmeren seine geistige Überlegenheit nicht fühlen lassen dürfe. Aber der Papa, nun einmal auf dieses

Problem angesetzt, arbeitete daran weiter und überlegte, wie so ein Dreier-Leben, Hänschen & Gretchen & Papa, funktionieren würde. Er kam zu dem Schluss, dass alles bloß »Einteilung und Umstellung« sein würde. Tadellos, meinte er, würde das funktionieren. Gretchen lauschte Papas Dreier-Leben-Einteilung und stellte erstaunt fest, dass der Papa die Haushaltsarbeit im fiktiven Dreier-Haushalt gerecht zwischen Hänschen und Gretchen aufteilte und alle Kindern nicht zumutbaren Arbeiten an Wäschereien, Reinigungen, Restaurants und Hilfskräfte delegierte. Für ihn selber schien es bei der Einteilung keine Umstellung zu geben. Außer Geldverdienen und Speckeierbraten schien es auch im Dreier-Haushalt für den Papa recht angenehm zu werden.

Gretchen kam nicht mehr dazu, den Papa wegen dieser Einstellung zu rügen, weil sie bereits ihrem Haus zurollten und Hänschen gerade fragte: »Bist du noch böse mit der Mama, wenn wir zurückkommen?«

Vor der Abfahrt nach Zwettl nämlich hatten der Papa und die Mama kein Wort miteinander geredet und einander nur sehr unfreundlich angeschaut.

»Bin ich nicht mehr«, sagte der Papa und bog in die Einfahrt. »Ich hab mir das überlegt! Es hat keinen Sinn! Sie wird den Hungerfimmel schon aufgeben! Dauert halt länger diesmal!«

Gretchen mischte sich nicht gern in anderer Menschen Angelegenheiten. Doch als sie nun mit Hänschen und Papa zur Wohnung ging, sagte sie doch: »Und sag vielleicht nimmer ›Mama‹ zu ihr, das mag sie echt nicht. Und es klingt wirklich nicht gut!«

»Meinst du?«, fragte der Papa. Sie waren an der Wohnungstür angekommen. Der Papa schloss die Tür auf, nickte

Gretchen zu und rief in die stille Wohnung hinein: »Elisabeth, wir sind zurück! Elisabeth, wo bist du, Elisabeth?« Gefolgt von Hänschen und Gretchen, marschierte der Papa zum Wohnzimmer, blieb aber in der Wohnzimmertür stehen und starrte zur schwarzledernen Sitzgruppe hin. Dort saß die Mama und ihr gegenüber ein alter weißhaariger Herr, der rauchte Pfeife, und auf den Knien hatte er Mädi sitzen.
»Ihr seid schon da?«, fragte die Mama und schaute leicht verstört. »Wieso seid ihr denn schon da?«
»Sollen wir wieder weggehen?«, fragte der Papa mit Eiswürfelstimme. Mädi rutschte von den Knien des weißhaarigen Pfeifenrauchers und lief zum Papa. Die Mama sagte zum weißhaarigen Pfeifenraucher: »Darf ich Ihnen meinen Mann und meine zwei Großen vorstellen?«
Der Pfeifenraucher erhob sich und reichte dem Papa und Gretchen und Hänschen die Hand. Dabei murmelte er irgendetwas. Wahrscheinlich seinen Namen. Dann sagte er zur Mama: »Nun will ich aber nicht länger stören. Abgemacht haben wir ja alles. Dann bis morgen, gnädige Frau!«
Der Pfeifenraucher verbeugte sich noch vor dem Papa, dann hinkte er ins Vorzimmer und die Mama folgte ihm.
»Ihr Hut, Herr Hofrat, Ihr Stock, Herr Hofrat«, hörte Gretchen die Mama sagen. Und: »Allerschönsten Dank, gnädige Frau«, hörte sie den Pfeifenraucher sagen.
Mädi zog den Papa zum Esstisch. Auf dem stand ein riesiger gelber Rosenstrauß. »Riech«, verlangte Mädi, »die duften. Die hat der Hofrat gebracht!«
Der Papa wollte nicht riechen.
Draußen fiel die Wohnungstür ins Schloss.
Hänschen fragte Mädi: »Wer ist denn dieser Hofrat?«
Mädi sagte: »Na der, wo die Mama Putzfrau wird!«
»*Was* wird die Mama?« Der Papa packte Mädi so fest am

Oberarm, dass Mädi quietschend aufjaulte. »*Was* wird sie?«, rief er noch einmal.
»Hab ich doch schon gesagt«, jammerte Mädi. »Putzfrau beim Hofrat! Lass mich los! Du tust mir weh!«
Papa ließ Mädis Arm los. Die Mama kam ins Wohnzimmer zurück und setzte sich wieder in den Ledersessel. Mädi rannte zu ihr und zeigte ihr den Arm. »Der Papa hat mich ganz fest gepackt!« Die Mama streichelte Mädis Arm.
»Was hat der mickrige Pfeifengreis zu bedeuten?«, fragte der Papa, stellte sich vor der Mama auf und zerrte an seinem Schnurrbart, als sei der ein aufgeklebter Faschingsbart, der dringend entfernt werden müsse.
»Das war der Hofrat Meisengeier«, sagte die Mama. »Er ist allein stehend und sucht eine ordnende Hand. Und die werde ich ab morgen sein!«
»Spinnst du komplett?« So laut hatte Gretchen den Papa überhaupt noch nie schreien hören und Mädi erschrak dermaßen über das Geschrei, dass sie den Kopf in Mamas Schoß versteckte.
»Beruhige dich doch«, sagte die Mama. »Ich geh ja nur am Vormittag zu ihm. Wenn die Kinder von der Schule zurückkommen, bin ich längst wieder da!«
Der Papa beruhigte sich nicht. Er schrie zwar nicht mehr, aber er lief im Wohnzimmer auf und ab und erklärte der Mama, dass er erstens genug Geld verdiene und seine Frau daher nicht zu arbeiten brauche, dass er zweitens, wenn sich seine Frau nicht ausgelastet fühle, eine Menge Dinge wisse, die daheim zu erledigen seien, und dass die Mama, wenn sie schon unbedingt halbtägig arbeitsam werden wolle, wohl noch eine andere Beschäftigung finden werde als ausgerechnet Putzfrau zu sein. Ein Nudel-Prokurist, sagte der Papa, könne keine Putzfrau zur Frau haben!

Diese Rede erschöpfte den Papa. Er sank auf das Ledersofa und verschnaufte. Die Mama zog einen langen Kaugummifaden aus dem Mund, wickelte ihn um den Zeigefinger und sagte: »Erstens kannst du mir nichts verbieten, wir sind ja nicht im Mittelalter, und zweitens kommt es nicht darauf an, was *du* verdienst! *Ich* will verdienen! Und drittens ist das keine gewöhnliche Putzstelle! Eine Putzfrau hat er sowieso! Mädi gefällt dieses Wort bloß, darum sagt sie es! Das ist nämlich ein erstklassiger Job!« Und dann erklärte die Mama, dass ihr die Marie-Luise diesen Job verschafft habe, und erstklassig sei er deswegen, weil sie »unangemeldet« beim Hofrat arbeiten könne, sich also sämtliche Abgaben erspare und der Hofrat außerdem fürstlich zahle und dazu noch in der Nähe wohne. Und pünktlich, sagte die Mama, müsse sie auch nicht erscheinen. Und wenn sie einen Tag keine Zeit habe, spiele das auch keine Rolle. »Und die Arbeit passt mir«, sagte die Mama. »Ich koche für ihn und führe den Hund spazieren und komme viel an die frische Luft dadurch!«

»Seit wann schwärmst du für frische Luft?«, rief der Papa.

»Seit ich anders werden will!«, sagte die Mama. »Seit ich eingesehen habe, dass man sein Leben ändern muss, wenn man abnehmen will. Das hängt nämlich alles zusammen, weißt du! Hausfrau und Mutter sein ist ja ganz schön, aber mir ist das nicht Lebensaufgabe genug!«

Der Papa klatschte sich laut mit beiden Händen auf die Schenkel, er rief: »Ich schnapp über! Und da lachst du dir einen Tattergreis zum Pflegen an! Warum nicht gleich ein viertes Kind, das wär wenigstens appetitlicher!«

Die Mama richtete sich auf. Stocksteif saß sie da. »Nun werd nicht geschmacklos«, sagte sie. »Aber davon abgesehen bezahlt mir ein viertes Kind keinen fürstlichen Stundenlohn!«

»Na und?« Der Papa stand auf und wanderte wieder. »Wieso bist du plötzlich so auf Geld aus? Wir haben mehr auf der Bank, als andere Leute Schulden haben! Was willst du? Ein großes Auto? Kannst du haben! Neue Möbel? Kannst du haben! Einen Nerz? Kannst du auch haben!« Der Papa blieb, beeindruckt von seiner Großzügigkeit, stehen. »Du hast ja immer gesagt, die alten Möbel tun es auch und einen Pelz willst du nicht und ein Mini gehört ins Energiesparzeitalter!« Der Papa wanderte wieder. »Deine Idee war es, für das Bauernhaus zu sparen! Nimm das ganze ersparte Geld! Mach damit, was du willst!«

»Du kapierst absolut gar nichts!«, rief die Mama. »Es geht darum, dass ich eigenes Geld verdiene! *Mein* Geld!«

»Nun sag bloß, ich hätt dich merken lassen, dass das *mein* Geld ist, das du ausgibst!«

»Nicht besonders arg«, sagte die Mama. »Aber ich will trotzdem *mein* Geld haben!«

»Und was tust du dann mit *deinem* Geld?«

Die Mama zögerte. »Ich habe gewisse Pläne«, sagte sie dann. »Aber darüber möchte ich noch nicht reden, weil ich mir noch nicht sicher bin!«

Gretchen wollte nicht länger zuhören. Sie flüchtete aus dem Wohnzimmer. Lächerlich war das alles. Dass die Mama unbedingt *ihr* Geld haben wollte, war lächerlich, und dass der Papa so dagegen war, war auch lächerlich.

Im Vorzimmer klingelte das Telefon. Gretchen lief hin und hob den Hörer ab. Der Florian Kalb war es. Gretchen hatte noch nie mit ihm telefoniert. Der Hörer in ihrer Hand zitterte ein wenig, weil Gretchens Hand bebte.

»Entschuldige die Störung«, sagte Florian. »Aber ich hab's schon bei den anderen versucht, da ist noch niemand zu Hause. Ich komm nämlich morgen wieder in die Schule und

ich hab die Mathe-Aufgaben nicht. Die vom Dienstag auch nicht.« Die Stimme vom Florian wurde leise. Anscheinend wollte er nicht, dass seine Eltern mithören konnten. »Und meine Scheiß-Alten bestehen darauf, dass ich auch die Hausübung mache von den Tagen, wo ich gefehlt habe!« Dann sagte er wieder sehr laut: »Kannst du mir die Aufgaben durchgeben!«
Hierauf wurde die Stimme wieder leise. »Und schönen Dank fürs Heimbringen, ich muss ja dunkelblau gewesen sein!«
»War nicht so arg«, log Gretchen taktvoll. »Und wegen der Mathe-Hausübung ...« Gretchen zögerte. »Wir haben nämlich letzte Stunde was Neues gelernt, so blöde Gleichungen ...« Gretchen gab sich einen Ruck. »Soll ich zu dir kommen und dir mein Heft zum Abschreiben geben?«
»Das wär Spitze«, sagte der Florian leise und dann flüsterte er so leise, dass Gretchen Mühe hatte ihn zu verstehen: »Aber komm erst nach halb sieben, da sind meine Alten im Kino. Die dürfen nicht merken, dass ich abschreibe, die wollen, dass ich selber ...« Der Florian verstummte. Und Gretchen hörte die Knorzstimme. Der Knorzer musste neben Florian stehen. »Was telefonierst du so lange?«, sagte die Knorzstimme. Dann drang wieder Florians laute Stimme an ihr Ohr. »Also ich wiederhole«, rief Florian. »Von 1246 sowohl Beispiel a, b, c, d, e und f. Und von Seite 92 unten die letzten fünf Beispiele. Danke, Otti! Bis morgen!« Es machte »Klick«. Florian hatte aufgelegt.
Gretchen ging ins Badezimmer. Eine Stunde hatte sie noch Zeit und die wollte sie mit »Verschönerung« verbringen. Nur leider hatte Gretchen darin nicht viel Übung und wusste nicht, was sie an sich verschönern sollte. Ihre Haut war die gesunde, zarte Haut der Dicken, ihre Wimpern waren

schwarz und fliegenbeinlang, die Wängelchen rot und die Lippen ebenfalls. Mehr als zwei Tupfer himmelblauer Lidschatten fielen Gretchen nicht ein. Lidstriche, schwarze, hätte sie sich gern gezogen. Aber die hatte ihr die Mama einmal für einen Maskenball gemacht und da hatte der Papa behauptet, nun schaue sie aus wie eine Montafoner Preiskuh. Was nicht gestimmt hatte! Aber der Florian, dachte Gretchen, könnte ja unter Umständen ebenso abwegige Ansichten wie der Papa haben.
Gretchen zwängte sich in eine von Hänschens Jeans. Nur mit arger Mühe und großer Not gelang es ihr die Hose hochzuziehen. Und den Zippverschluss brachte sie erst zu, als sie sich auf den Boden, auf den Rücken, legte; da in dieser Lage etliches an Bauch nach innen sinkt. Aber Speck ist hinterhältig! Engt man ihn unten ein, quillt er oben. Um Gretchens Hosenbund herum, diesen komplett verdeckend, war nun eine salamidicke Hautwurst. Gretchen holte die schwarze Reinseidenbluse der Mama aus dem Schrank und zog sie an. Modisch völlig entsprechend, umhüllte Mamas 50er-Bluse Gretchen locker und faltenreich. Die Speckwurst war nicht zu erkennen.
Schließlich drehte sich Gretchen noch einen Knödel oben auf dem Haupt, weil sie einmal gelesen hatte, dass diese Frisur runde Gesichter »streckt«. Dann schlüpfte sie in den Trenchcoat, nahm das Mathe-Heft, ging bis zur Wohnzimmertür und rief: »Ich bring dem Florian das Mathe-Heft!«
Der Papa und die Mama im Wohnzimmer redeten noch immer laut und böse miteinander und Hänschen und Mädi hockten am Tisch und hörten ihnen so aufmerksam und artig zu, als säßen sie im Kindertheater. Ob einer der vier Gretchens Botschaft gehört hatte, war nicht ersichtlich. Gretchen sagte noch einmal: »Ich bring dem Florian das Heft!« Wie-

der nahm keiner Notiz. Da schloss Gretchen die Wohnzimmertür und verließ die Wohnung.
Fünf Minuten vor halb sieben war Gretchen vor Florians Haus und wagte nicht die Kalb-Klingel zu drücken, weil sie keine Ahnung hatte, ob der Knorzer und seine Frau zu den unpünktlichen oder den überpünktlichen Leuten zählten.
Gretchen bezog vor der einzigen erleuchteten Auslage im Kalb-Haus Wartestellung und bestaunte Spritzlackpistolen aller Sorten und Größen. Punkt halb sieben kamen der Knorzer und seine Frau aus dem Haus. Gretchen wartete, bis sie an der Kreuzung waren, dann lief sie zum Haustor und drückte die Kalb-Klingel. Surrend klickte die Haustür auf. 21 hatte als Türnummer am Kalb-Taferl gestanden. Gretchen schnaufte 144 Stufen hoch. Im sechsten Stock war eine Wohnungstür offen und Florian wartete in der offenen Tür. Er winkte Gretchen. »Schnell, komm rein«, sagte er. »Damit dich kein Nachbar sieht!« Er zog Gretchen ins Vorzimmer.
Gretchen wunderte sich ein bisschen. Schließlich war sie ja nicht der »leibhaftige Gottseibeiuns«. Vor Nachbarn brauchte man sie doch nicht zu verstecken. Denen war es sicher schnurzpiepe, ob der Florian seine Hausübung selber machte oder abschrieb! Und über das kalbsche Vorzimmer wunderte sich Gretchen auch.
Die Mama hätte es als »Tante Emmas Traum« eingestuft. So nannte die Mama alles, was kitschig und abscheulich und unnütz war, weil Tante Emma, Papas Schwester, hamsteremsig entsetzliche Gegenstände ansammelte. Das Kalb-Vorzimmer hatte eine goldrosa gestreifte Tapete und das Kalb-Telefon hatte eine Schmuckhülle aus rotem Samt und stand auf einem krummbeinigen Tisch. Ein Elefantenfuß, ein nachgemachter, war der Schirmständer und die Kleiderhaken

waren eindeutig irgendwelche Enden von irgendwelchem Wildgehörn. Sie waren auf gestepptes Plastik montiert, auf welches Van-Gogh-Sonnenblumen gedruckt waren. Und viele Lämpchen mit Glasklunkern ragten aus den Wänden. Außerdem hatte der Florian gelbbraun karierte Filzlatschen mit blechernem Karabinerverschluss an den Füßen; eine Sorte von Hausschuh, die sogar die Zwettler-Oma entrüstet als »altväterisch« von sich wies.

»Da ist das Mathe-Heft«, sagte Gretchen.

»Komm weiter«, sagte der Florian. Er führte Gretchen über einen klitschglatt gewachsten Linoleumboden in sein Zimmer. Florians Zimmer sah so aus, wie sich Gretchen Soldatenunterkünfte vorstellte. Ein Bett, ein Spind, ein Tisch, ein Stuhl, was braucht der Jungmann mehr?

Gretchen setzte sich auf Florians schmales Eisenbett.

»Soll ich diktieren?«, fragte sie. Der Florian nickte. Er setzte sich an den Tisch und schlug sein Mathe-Heft auf. Gretchen diktierte dem Florian drei Seiten lang allerlei a und b und c und x und y und z und dann versuchte sie ihm die Winkel und die Symmetralen und die Dreiecke zu erklären, aber ein Blitzkneißer war der Florian in Mathematik noch nie gewesen. Also kam Gretchen zum Tisch und beugte sich über den Florian und erklärte: »Da einstechen! Hier abschlagen! Und jetzt da einstechen! Und jetzt eine Linie durch groß A und den Schnittpunkt!« Dass Gretchens eine Brust bei dieser Anleitung auf Florians Schulter zu liegen kam, war von Gretchen wirklich nicht beabsichtigt. Ganz im Gegenteil, denn Gretchen hielt ihre Brüste weder für sehenswert noch für fühlenswert. Gretchen war bloß darauf bedacht, zwischen Florian und ihrer Bauchspeckwurst keinen Körperkontakt aufkommen zu lassen. Also zog sie den Bauch ein und »Bauch hinein – Brust heraus« ist ein Appell, den

sogar ein selten turnendes Kind von klein auf antrainiert bekommt.
Der Florian saß da, Gretchens linke Brust auf seiner rechten Schulter. Seine Ohren färbten sich dunkelrot und es sauste ein bisschen in ihnen. Gretchens »Da einstechen, hier abschlagen« drang kaum durch das Ohrensausen in sein Hirn. Daher rutschte Florian von der weichen Brust weg, rutschte so weit, dass er nur noch mit einer Pohälfte auf dem Sessel saß, deutete auf die freie Hälfte und sagte: »Da! Setz dich her!«
Gretchen setzte sich und der Sessel neigte sich. Er kippte nicht, sondern die zwei Beine unter Gretchens Pohälfte gaben ihren Dienst auf. Schön langsam rutschten sie aus dem Sitz. Florians Sessel war ein uraltes Stück! Gretchen suchte Halt und klammerte sich an Florian. Der versuchte auch redlich Gretchen Halt zu geben, aber schließlich lagen Florian und Gretchen, eng umarmt, auf dem Boden und über ihnen ein zweibeiniger Sessel.
»Hast du dir wehgetan?«, fragte Florian.
»Nein«, sagte Gretchen. Dabei lag sie auf den zwei losen Sesselbeinen und die stachen sie entsetzlich schmerzend in die Rippen.
»Du riechst gut«, sagte der Florian.
Was an Gretchen gut roch, war Mamas Bluse. Die duftete nach Miss Dior. »Wie staubige Weintrauben riechst du«, sagte der Florian und schnupperte an Gretchens Hals. Gretchen kicherte, weil Florians Nase sie kitzelte. Am Hals war Gretchen besonders kitzlig. »Hast du schon einmal geküsst?«, fragte der Florian an Gretchens Hals. Gretchen gab keine Antwort. Noch nie geküsst zu haben – abgesehen von Verwandtschaft als Kussobjekt – war zwar im 60-Seiten-Roman ein gutes Image, aber, soweit sie das aus Gesprächen

mit Sabine wusste, in Schülerkreisen galt Ungeküsstsein und Nicht-geküsst-Haben eher als Zeichen von non-up-to-date-iger Babyhaltung. Gretchen fand es hoch an der Zeit, sich aus Florians Umarmung zu lösen. Sie wälzte sich zur Seite. Der Florian rollte mit. »Lass mich los!«, sagte sie. Aber der Florian hielt sie fest und küsste sie. Gretchen hatte sich den »ersten Kuss« schon oft vorgestellt. Ob Florians Kuss ihren Vorstellungen entsprach, darüber konnte sie nicht mehr nachdenken, weil sie von einem kleinen, aber schrecklichen Geräusch total abgelenkt wurde. Ein Stück von Mamas Reinseidenbluse und eins der Stuhlbeine hatten sich ineinander verfangen, und als Gretchen, überrascht durch Florians Lippen auf den ihren, hochfuhr, machte es leise und bösartig: »Ratsch«. Reinseide ist Stuhlbeinen eben nicht gewachsen!

Der Riss in Mamas Bluse reichte vom Kragenansatz bis zur Hüfte, den Rücken hinunter. Gretchen war bedrückt. Aber Florian, der weder eine Ahnung davon hatte, dass die Bluse der Mama gehörte, noch dass sie ein kostbares Stück war, küsste Gretchen noch einmal. Dabei tastete er nach ihren Brüsten. Gretchen fand das ärgerlich. Sie ließ den zweiten Kuss über sich ergehen, nahm aber kaum Anteil an ihm. Als ihr Mund wieder frei war, mahnte sie: »Wir haben noch zwei ganze Dreiecke zu zeichnen!«

»Scheiß auf die Dreiecke«, murmelte der Florian und wollte einen dritten Kuss. Gretchen gewährte ihn und war tief enttäuscht, dass auch beim dritten Versuch kein tiefes, mächtiges Gefühl von ihr Besitz ergriff. Der Florian jedoch schien zufrieden zu sein. Er grinste von einem brandroten Ohr bis zum anderen und wollte Mamas Bluse aufknöpfen. Gretchen setzte sich zur Wehr. Florian sagte: »Jetzt bist du meine Freundin, ich hab ein Recht dich nackt zu sehen!«

Gretchen hielt die Bluse trotzdem mit beiden Händen fest zu. Kein Mensch hatte ein Recht darauf, ihre Salami-Bauchwurst über dem Hosenbund zu sehen!
»Hör auf, sonst schrei ich«, drohte Gretchen. Das wirkte. Der Florian ließ ab von der Mama-Bluse. Er holte zwei Küchenstühle und war bereit nach Gretchens Anweisungen die restlichen Dreiecke zu zeichnen. Während er einen Winkel halbierte, sagte er: »Aber dass du meine Freundin bist, bleibt geheim in der Schule, ja?«
»Warum?«, fragte Gretchen.
»Weil ich nicht mag, wenn sie reden«, sagte der Florian.
Das sah Gretchen ein.
Gegen acht Uhr waren sie mit den Dreiecken fertig. Zum Abschied küsste Florian Gretchen noch einmal. Gretchens Brüste ließ er dabei in Frieden.
Als Gretchen zu Hause ankam, war nur Hänschen in der Küche. Er aß Essiggurken und sagte: »Die Mama ist schon im Bett. Mädi schläft auch. Der Papa ist auf ein Gulasch ins Wirtshaus gegangen!«
Gretchen wollte zu Bett gehen, aber Hänschen überredete sie zum Kartenspielen. Sie spielten Siebzehnundvier. Um Maiskörner spielten sie. Und sie spielten in der Küche, um Mädis Schlaf nicht zu stören.
Beim Kartenspielen vergeht die Zeit hurtig. Genau Mitternacht war es, als die Wohnungstür aufging und der Papa heimkam.
»Wieso sind denn meine kleinen Hasen noch nicht in der Heia?«, fragte der Papa und lehnte sich in die offene Küchentür. Er hatte einen merkwürdigen Blick und tat sich beim Reden etwas schwer.
»Bist du betrunken?«, fragte Hänschen.
»Nur ein bisschen«, sagte der Papa.

»Kann ich etwas für dich tun?«, fragte Gretchen.
»Nichts, mein kleiner Hase, gar nichts kann man für den armen Papa tun!«, sagte der Papa und ging ins dunkle Wohnzimmer und ließ sich der Länge nach auf das Ledersofa fallen. Gretchen und Hänschen legten die Karten weg und eilten zum Papa.
»Geh doch ins Bett, Papa«, sagte Gretchen.
»Der Papa schläft hier«, murmelte der Papa. »Der Papa will nicht ins Ehebett! Es wäre schön, wenn mir meine kleinen Hasen meine Decke brächten!«
»Was will er?«, fragte Hänschen.
»*Seine* Decke!«, sagte Gretchen.
Nun war es aber so, dass der Papa gar keine eigene Decke hatte. Normalerweise schlief er mit der Mama in einem Doppelbett unter einer Doppeldecke.
»Die Mama wird die Decke aber nicht hergeben«, sagte Hänschen.
Der Papa richtete sich ein bisschen auf. »Halbieren!«, murmelte er. »In der Mitte durchschneiden! Die linke Hälfte ist meine!« Dann sank der Papa wieder auf das Ledersofa zurück.
Gretchen nahm das karierte Plaid, mit dem die Mama beim Fernsehen immer ihre Knie bedeckte, und wollte es über den Papa breiten.
»Das ist ihm doch viel zu klein«, rief Hänschen. Er lief ins Kinderzimmer und brachte seine eigene, dicke Decke und deckte damit den Papa zu.
»Für mich reicht das Plaid«, meinte er großzügig.
Der Papa zog sich Hänschens Decke über den Kopf. Hänschen und Gretchen blieben noch eine Zeit lang vor dem Deckenberg, mit dem Papa darunter, stehen. Als dann aus dem Deckenberg sanftes Schnarchen drang, marschierten

Hänschen und Gretchen ins Kinderzimmer. Sie gähnten. Schrecklich müde waren sie. So müde, dass sie sich nicht einmal »Gute Nacht« wünschten.

Am nächsten Tag, in der Schule, war Gretchen unausgeschlafen und kämpfte unentwegt gegen Gähnanfälle. In der großen Pause blieb Gretchen auf ihrem Platz. Sie hoffte auf einen Blick oder ein Zeichen vom Florian. So geheim, dass er sie nicht einmal anschaute, fand Gretchen, musste die »geheime Liebe« nun auch wieder nicht sein. Doch der Florian ging in der großen Pause mit dem Otti Horneck und ein paar anderen in den Hof hinunter. Als sie nach dem Läuten in die Klasse zurückkamen, grinsten sie alle unheimlich blöd.

Der Vormittag ging zu Ende, ohne dass Florian das geringste Zeichen, den winzigsten Blick an Gretchen verschwendet hatte. Und nach der Schule verließ er, im Gespräch mit Alexander Hüberl, die Klasse. Er drehte sich nicht einmal nach Gretchen um. Gretchen wanderte deprimiert neben Sabine nach Hause. Knapp vor Gretchens Haus sagte Sabine: »Du, stimmt das?« Sie kicherte.

»Ob was stimmt?«

»Die Kohl-Uschi hat zu mir gesagt, dass ihr die Meier-Uschi gesagt hat, dass der der Otti Horneck gesagt hat, dass ihm der Florian gesagt hat, dass er dich gestern geküsst hat. Und deinen Busen angefasst.«

Gretchen wurde blass. Schneeweiß wurde ihr Gesicht. Ihre Augen füllten sich mit Tränen.

»So heul doch nicht deswegen«, rief Sabine. Aber Gretchen konnte die Tränen nicht zurückhalten.

»Lasst mich doch alle in Ruhe«, rief sie und lief auf ihr Haus zu und die Tränen wurden immer mehr. Gar nicht mehr richtig sehen konnte sie. Am Haustor lief sie in den Herrn Swoboda hinein. Mit dem Kopf prallte sie gegen seine Brust.

»Ja, wer weint denn da?«, sagte der Herr Swoboda. »Wer wird denn da weinen! So hör doch auf, bis du heiratest, ist alles wieder gut!« Der Herr Swoboda schenkte Gretchen ein Papiertaschentuch und Gretchen schnäuzte Rotz und Tränen.

»Hast du einen Fünfer gekriegt?«, fragte der Herr Swoboda.

Gretchen schüttelte den Kopf und ging ins Haus.

Hänschen und Mädi saßen schon bei den Montags-Schinkenfleckerln.

»Gretchen, hast du Schnupfen oder hast du geweint?«, fragte die Mama.

Gretchen stocherte in den Schinkenfleckerln herum und gab keine Antwort. Sie wartete, bis Hänschen und Mädi gegessen hatten und ins Kinderzimmer gegangen waren, dann fing sie wieder zu weinen an und erzählte der Mama alles. Die Mama war über den Florian empört. Dass die Bluse kaputt war, machte ihr nichts aus. »Die war ohnehin ein Leichenhemd«, sagte sie. Aber andere Bedenken meldete die Mama an.

»Wieso eigentlich, Gretchen«, fragte sie, »magst du denn diesen widerlichen Bock von einem Kerl? Ist das nicht vielleicht ein Irrtum von dir?«

Gretchen versprach der Mama die Sachlage noch genau zu überdenken.

»Tu das, mein Schatz«, sagte die Mama. »Ich muss jetzt einkaufen, damit für morgen alles im Haus ist!«

Erst nachdem die Mama weg war, fiel Gretchen ein, dass die Mama heute zum ersten Mal beim Hofrat gewesen war. Ich hätte sie fragen sollen, wie es gewesen ist, dachte Gretchen. Aber wenn man voll eigenem Schmerz ist, dachte sie, dann vergisst man die Mitmenschen!

5. Kapitel

welches der Leser, der nur an spannenden Höhepunkten einer Geschichte interessiert ist, ruhig überblättern kann, da in selbigem nur von kontinuierlicher Entwicklung der Situation und beklemmender Zuspitzung der Lage berichtet wird.

Gretchen ging wirklich in sich und überdachte ihre Liebe zu Florian Kalb und überlegte, ob es sich dabei um »wahre« oder »irrtümliche« Zuneigung handelte. Fast war sie schon zu der Überzeugung gekommen, dass ihren Gefühlen ein größerer Irrtum unterlaufen war, da klingelte das Telefon und Hänschen, der den Hörer abhob, meldete: »Gretchen, ein junges Rind will dich sprechen!«

»Wer?«, fragte Gretchen.

»Kalb nennt sich das junge Rind!«, sagte Hänschen und überreichte Gretchen den Hörer. Gretchen drückte den Hörer ans Ohr und war fest überzeugt davon, dass sie dem Florian nun gleich mit kalter Stimme mitteilen werde, er solle sie gefälligst in Ruhe lassen, er sei für sie auf ewig und immer gestorben. Noch bevor der Florian eine Antwort stammeln kann, dachte Gretchen, werde ich schon aufgelegt haben! Da wird er schauen, der hundsgemeine Hundsschuft!

Leider war es dann aber so, dass Florian sofort zu sprechen begann, als Gretchen den Hörer am Ohr hatte. Und bevor Gretchen noch tief Luft geholt hatte, um Florian ihre ganze Verachtung entgegenzuschleudern, hatte Florian schon gesagt, dass er in dem Telefonhäuschen vor Gretchens Haus stehe, dass er keine passenden Münzen mehr habe, um

das Gespräch zu verlängern, und dass er erwarte, dass Gretchen sofort herunter zum Telefonhäuschen komme. Und dann machte es »klick«. Hinterher kam nur noch »tü tü tü«. Der Florian hatte aufgelegt. Oder die Telefonuhr war abgelaufen.
Gretchen lief zum Schlafzimmerfenster. Von dort konnte man zum Telefonhäuschen sehen. Der Florian Kalb lehnte an der Häuschentür und schaute zum Haustor. Gretchen konnte nicht umhin festzustellen, dass sich der Florian an der Häuschentür ausgesprochen attraktiv ausnahm. Groß und schlank, blond und braun gebrannt. Irgendwie verwegen, irgendwie hochinteressant, irgendwie außergewöhnlich. Ein sehr junger Marlboro-Typ, der meilenweit für eine Camel geht!
Hänschen war auch zum Schlafzimmerfenster gekommen.
»Ist unten was los?«, fragte er.
»Gar nichts ist«, murmelte Gretchen, doch Hänschen wollte selber sehen, ob es nichts zu sehen gab. Er schob den Vorhang zur Seite und lehnte sich aufs Fensterbrett. Außer Autodächern, Passantenhüten, einem Kinderwagen und einem alten Mann auf einem Fahrrad entdeckte Hänschen nichts. Er wollte schon wieder weggehen, da sah er den Florian Kalb am Telefonhäuschen.
»Einer aus deiner Klasse steht am Telefon«, sagte Hänschen.
Gretchen nickte. »Ja, der wartet auf mich!«
»Der doch nicht!«, sagte Hänschen voll tiefer Überzeugung. »Einen Besen fress ich, wenn der auf dich wartet!«
Gretchen schnüffelte und holte sich eine Haarsträhne in den Mund und kaute darauf rum. »Wetten, dass doch?«, fragte sie. »Um einen Zehner, wenn du willst?«
»Die Wette gilt!«, sagte Hänschen.
Gretchen lief ins Vorzimmer. Sie stieg in die Schuhe,

schlüpfte in den Trenchcoat und zupfte vor dem Spiegel die Stirnfransen zurecht. Sie wollte schon aus der Wohnung, doch Hänschen kam ins Vorzimmer und hielt sie zurück. Er fragte: »Und wie stelle ich fest, dass du nicht schwindelst?«

»Geh wieder ans Fenster!«, sagte Gretchen. »Dann wirst du ja sehen, dass ich zu ihm hingehe und mit ihm rede!«

»Na und? Das heißt noch überhaupt gar nichts!«, rief Hänschen, um seinen Zehner besorgt. Zu einem Schulkollegen hingehen und »Servus« sagen und ein bisschen mit ihm reden, behauptete Hänschen, könne schließlich jeder. Servus – was tust du denn da – hast du schon die Aufgabe gemacht? – und so, das sei noch lange kein Beweis. Wenn dieser Knabe tatsächlich auf Gretchen warte und mit ihr eine Verabredung habe, sagte Hänschen, dann erwarte er, dass Gretchen nach der Begrüßung mit dem Knaben zusammen entweder die Straße hinauf- oder die Straße hinuntergehe, Hand in Hand, oder Hand auf der Hüfte oder Arm über der Schulter! Sonst, sagte Hänschen, rücke er seinen letzten Zehner nicht heraus!

»Er hat doch eben angerufen«, rief Gretchen. »Du warst doch selbst am Apparat! Das ist doch eigentlich schon Beweis genug!«

»Überhaupt nicht! Das war ein anderer! Der am Häuschen ist nicht das Rind!«, beharrte Hänschen und tippte sich grinsend gegen die Stirn. »Warum sollte denn einer vom Telefonhäuschen vor unserem Haus bei uns anrufen? Der wär doch ein kompletter Depp! Telefone benutzt man, wenn man weit weg ist! Der wär doch heraufgekommen und hätt an der Tür geklingelt. Da erspart er sich den Schilling und klingeln geht schneller als wählen!«

»Depp!«, murmelte Gretchen und lief aus der Wohnung. Dem Hänschen würde sie es jetzt zeigen! Das war ja wirk-

lich eine bodenlose Frechheit! Der tat ja, als sei sie der letzte Dreck, mit dem sich kein vernünftiger Knabe verabreden könne. Und dem Florian, dachte Gretchen, dem werde ich es erst recht zeigen! Dem schleudere ich alles ins Gesicht, was ich ihm durchs Telefon gesagt hätte, wenn er mich hätte zu Wort kommen lassen! Das ist ohnehin viel wirkungsvoller! Da kommt zur Eiswürfelstimme noch mein Tiefkühlblick dazu! Das wird ihn völlig fertig machen!
Gretchen lief die Treppe hinunter. Vor der Haustür, bevor sie sie aufzog, holte sie tief Atem und legte sich den Anfangssatz für ihre Brandrede zurecht. Der lautete so:
»Ich bin heruntergekommen, um dir zu sagen, dass ich mit dir gar nichts mehr zu tun haben will, weil du ein ganz gemeines Schwein bist!«

Trotz wohl vorbereitetem Satz und angestauter Atemluft war der Florian schon wieder schneller. Bevor Gretchen noch richtig bei ihm war, rief er schon:
»Na endlich! Wo bleibst du denn so lange? Ich steh mir noch die Beine in den Bauch! Ich hab schon gedacht, du kommst überhaupt nicht mehr! Ich hätte nur noch bis hundert gezählt, dann wäre ich weggegangen!«
Gretchen ging ganz nah an den Florian heran. Sie war fast einen Kopf kleiner als der Florian. Es ärgerte sie, dass sie zu ihm hinaufschauen musste. Wenn man von oben auf jemanden herunterschauen kann, kann man viel mehr Verachtung in den Blick legen.
»Hast was?«, fragte der Florian und legte beide Hände auf Gretchens Schulter. Gretchen dachte: Das wird dem Hänschen ja jetzt wohl reichen! Der kann seinen Zehner schon auf den Tisch legen!
»Nimm deine Pfoten von meinen Schultern!«, fauchte Gret-

chen den Florian an. Florian nahm seine Hände von Gretchens Schultern und steckte sie in die Hosentaschen.

»Wegen deinen Alten?«, fragte er. »Können die uns sehen?«

Gretchen nahm sich nicht die Mühe dem Florian zu erklären, dass weder ihr Papa noch ihre Mama derart verknorzte, prüde Typen seien, die Schreikrämpfe bekommen, wenn ein junges Rind die Pfoten auf die Schultern der Tochter legt. Sie wollte endlich ihren Anfangssatz loswerden. Aber der war ihr auf einmal abhanden gekommen. Darum sagte sie das einzige Satzstück, an das sie sich noch erinnern konnte. »Du bist ein gemeines Schwein!«, sagte sie. Und dann fiel ihr der schöne Satz – allerdings verkehrt herum – wieder ein. »Ich will mit dir nichts mehr zu tun haben! Deswegen bin ich heruntergekommen!«

Der Florian schaute Gretchen entsetzt an. Mehr als ein gestammeltes »Wieso denn?« brachte er nicht zu Wege.

Gretchen wollte ins Haus zurückgehen. Das Wesentliche war schließlich gesagt! Und die Details der Verachtung behielt sie lieber bei sich, weil sie merkte, dass sich ihre Augen mit Tränen füllten. Und heulend vor dem Florian stehen war das Allerletzte, was sich Gretchen wünschte. Sie drehte sich also um und schritt auf das Haustor zu, doch der Florian kam hinter ihr her und packte sie am Arm.

»Sag mir doch wenigstens, warum ich ein gemeines Schwein bin!«, verlangte er. »Du kannst doch nicht einfach so etwas behaupten und dann davonrennen!«

Gretchen versuchte von Florian wegzukommen, doch Florian hielt sie mit aller Kraft fest und auf einmal war Gretchen frei und stand ohne Mantel da. Den hielt Florian am leeren Ärmel gepackt.

»Gib meinen Mantel her«, rief Gretchen.

Florian presste den Mantel gegen seinen Bauch. »Zuerst sag mir, warum ich ein gemeines Schwein bin!«
Gretchen war verzweifelt. Um dem Kerl den Mantel zu entwinden, reichte ihre Kraft nicht. Ohne Mantel ins Haus zu gehen ging auch nicht. Gretchen hatte bloß einen Mantel. Außerdem hatte Gretchen nun nur ein dünnes T-Shirt über dem Oberkörper. Und das wärmte sie kaum. Und durch das dünne T-Shirt konnte man auch sehr deutlich den Schwabbelbusen und die Speckwurst am Bauch sehen. Gretchen sagte: »Gib mir den Mantel, dann sag ich es dir!«
»Ehre, schwöre?«, fragte der Florian.
»Ehre, schwöre!«, versicherte Gretchen.
Der Florian reichte ihr den Trenchcoat, Gretchen schlüpfte hurtig hinein, schlug ihn vorne übereinander und verschränkte die Arme über der Brust.
»Und jetzt red!«, forderte der Florian.
Gretchen holte tief Luft und sagte: »Du bist ein gemeines Schwein, weil du allen in der Klasse erzählt hast, was gestern bei dir war!«
»Aber nein! Das hab ich nicht!«, rief der Florian. Er wurde ziemlich rosarot im Gesicht und seine Ohren färbten sich brandrot.
»Nicht allen«, verbesserte Gretchen. »Aber dem Otti und dem Alexander Hüberl und den anderen, mit denen du im Hof unten warst!«
»Hab ich nicht«, rief der Florian. »Wirklich nicht!«
Gretchen merkte, dass schon wieder Tränen in ihre Augen kamen, aber jetzt konnte sie nicht mehr zurück, jetzt musste sie weiterreden. »Doch«, rief sie und wischte die Tränen mit dem Handrücken aus den Augen. »Die Sabine hat es mir ja auf dem Heimweg erzählt!«
»Die hat gelogen, die lügt immer«, sagte der Florian.

»Aber hellsehen kann sie nicht!«, schluchzte Gretchen. »Woher hätt sie wissen sollen, dass ich bei dir war, ha? Ich bin doch nicht blöd! Ich weiß doch, wer die Wahrheit sagt und wer lügt!«
»Ich hab nur gesagt, dass du bei mir warst«, sagte der Florian. »Weil sie mich gefragt haben, wieso ich die Mathe-Hausübung habe. Ehrlich!«
»Lüg nicht!«, schrie Gretchen. »Sie hat alles gewusst!«
»Was alles?«
Gretchen hatte keine Lust dem Florian zu erklären, was sie mit »alles« gemeint hatte. Das konnte er sich ja denken!
Weil das Haustor aufging und der Konni, der Nachbarsknabe, herauskam, ging Gretchen einen Schritt zur Seite, zu der Seite, auf der Florian stand. Florian packte sie wieder am Arm und sagte: »Ich erklär dir das, es ist alles ganz anders, wirklich, echt! Ehre und schwöre! Komm, lass uns weggehen. Hier kann man ja nicht miteinander reden!« Der Florian zog Gretchen die Straße hinunter, dem Beserl-Park zu. Gretchen redete sich ein, dass sie nur deshalb willig mit dem Florian abmarschierte, weil sie gespannt auf seine dummen Ausreden war, weil sie hören wollte, welchen verlogenen Plunder er aufzutischen hatte. Aber ein ganz kleines bisschen hoffte sie auch darauf, dass wirklich »alles ganz anders« gewesen war. Denn eins musste man ja sagen: Missverständnisse in Liebesangelegenheiten können ganz abenteuerlich sein! Gretchens 60-Seiten-Hochadels-Schicksale zeugten davon! Dort waren schon die besten Ehen fast daran zerbrochen, dass irgendein Schurke oder ein elendes Schlangenweib Intrigen gesponnen und geflochten hatte. Intrigen, die ein ruhiges Gespräch zwischen den Liebenden himmelblau und wolkenlos geklärt hätte. Gretchen meinte, man müsse dem Florian eine Chance für so ein Gespräch

geben, damit sie sich hinterher keine Vorwürfe zu machen brauchte.
Der kleine Beserl-Park war leer. Es war ja auch wirklich kein Parkwetter. Grauer Himmel, kalter Wind. Und ein paar Regentropfen. »Willst du dich auf eine Bank setzen?«, fragte der Florian. Gretchen nickte. Der Florian schritt auf eine Bank zu, nahm sein Taschentuch aus der Hosentasche und putzte dürres Laub und Sandkörner von der Bank. Gretchen setzte sich und Florian setzte sich neben sie und legte einen Arm um ihre Schultern.
»Also?«, fragte Gretchen und legte so viel festen Ernst in ihre Stimme wie möglich.
»Ich habe nur dem Alexander Hüberl eine Andeutung gemacht. Sonst wirklich gar nichts!«, sagte der Florian. »Und es könnte ja sein, dass uns die anderen dabei belauscht haben. Das wäre die einzige Möglichkeit.«
»Ich glaube dir nicht!«, sagte Gretchen. »Du lügst!«
»Ich lüge nicht!«, rief der Florian. »Ich schwöre dir, dass ich die Wahrheit sage!« Der Florian hob zwei Finger der rechten Hand und sagte mit Inbrunst: »Vater, Mutter, Kind tot und blind!« Das war so ziemlich der heiligste und größte Schwur, den man in Gretchens Klassenkreisen tun konnte.
Gretchen seufzte. Sehr leise und sehr bekümmert seufzte sie, denn die ganze Rederei mit dem Florian war ihr viel zu verzwickt, weil sie ja nicht wirklich ehrlich mit ihm sprechen konnte. Ehrlich wäre es gewesen zu sagen: »Ich bin so traurig und so böse, weil du mich gar nicht liebst, und darum will ich versuchen dich auch nicht mehr zu lieben!« Aber so kann man nicht reden, wenn man vierzehn Jahre alt ist und zu dick ist und zum allerersten Mal verliebt ist. Gretchen fühlte sich nicht einmal in der Lage dem Florian seine Verlogenheit nachzuweisen und vorzuhalten, denn

da hätte sie jetzt sagen müssen: »Du lügst! Von einer bloßen Andeutung her kann der Hüberl nicht wissen, dass du mir an den Busen gegriffen hast!« Doch zum Florian von »Busen« zu reden, wenn es um ihren eigenen Busen ging, war ihr zu peinlich. Das schaffte sie nicht. Nicht deshalb, weil sie prüde oder verklemmt war, sondern weil sie ihren Busen nicht ausstehen konnte. Über die Brüste von anderen weiblichen Personen sprach sie, wenn es nötig war, ohne jegliche Scham.

Da Gretchen also nicht von ihren wirklichen Gefühlen und ihren wirklichen Beweisen reden konnte, zog sie sich auf eine ganz allgemein gehaltene Anklage zurück. Sie sagte: »Du hast gesagt, es muss alles geheim bleiben! Und dann redest du herum!«

Es wäre nun wirklich zu langweilig und zu mühselig, dem Leser die weitere Parkbankunterredung zwischen Florian und Gretchen detailliert wiederzugeben. Es genügt zu wissen, dass sie noch gut eine halbe Stunde währte und kein wirkliches Ergebnis brachte. Der Florian blieb dabei, einer einzigen Menschenseele, dem Alexander Hüberl, von seiner Beziehung zu Gretchen erzählt zu haben; und auch dem nur in Andeutungen winziger und diskreter Art. Und Gretchen blieb dabei, dass sie dem Florian nicht glaube, dass sie sich verraten und verkauft vorkomme und deshalb von einer weiteren Freundschaft mit Florian Abstand nehmen müsse.

Durch einen plötzlichen Wolkenbruch nahm die Unterredung ein jähes Ende. Dicht prasselte der Regen in riesigen Tropfen herunter. Gretchen schlüpfte aus dem Trenchcoat und zog ihn – wie ein Zelt – über den Kopf.

»Lass mich auch rein«, verlangte Florian und Gretchen fand, dass ein halbwegs trockener Platz unter dem Mantel Florian nicht abzuschlagen sei. Sie lüpfte das Trenchcoat-Dach und ließ Florian unterschlüpfen. Ganz dicht rückte Florian an Gretchen heran und Gretchen empfand das nicht als unangenehm. Winzig kurz war sogar ein fataler Gedanke in ihrem Kopf, der hieß: Egal, ob er lügt, Hauptsache, er ist jetzt bei mir!

Gretchen fühlte sich im Trenchcoat-Zelt von Minute zu Minute wohler. Es war warm und dunkel, denn der Florian hatte sich mit Gretchen in den Mantel richtig eingewickelt und umarmt hielt er sie auch. Ob aus liebender Zuneigung oder einfach deshalb, weil für seine Arme sonst kein Platz im Zelt gewesen wäre, ist nicht zu sagen. Gretchen jedenfalls war geneigt die Umarmung für Zuneigung zu halten.

»Sollen wir zu einem Haustor laufen oder sollen wir den Regen hier abwarten?«, fragte Florian. Gretchen, die Stirn an Florians Wange, die Babynase an Florians Hals, den Mund an Florians Schlüsselbeinknochen, murmelte: »Dableiben!«

»Ist dir kalt?«, fragte Florian. Er versuchte Gretchen noch ein bisschen enger an sich zu ziehen, und weil er das mit beiden Händen gleichzeitig versuchte, glitten ihm die Trenchcoatzipfel, die er mit einer Hand fest zusammengehalten hatte, aus den Fingern und der Mantel rutschte von seinem Kopf und der Kopf war dem Schnürlregen preisgegeben. Gretchens Kopf, weil tiefer unten, blieb im Mantel. Bloß ein paar Spaniellocken schauten, neben Florians Ohr, am Mantelkragen heraus und wurden nass.

»Komm doch wieder rein«, rief Gretchen. »Wirst noch waschelnass!«

Doch der Florian rief – und zu Gretchen ins regenbeprasselte Zelt drang es bloß wie fernes Gemurmel –: »Nein! Das ist so schön!«

»Was ist schön?«, fragte Gretchen und bohrte ihren Kopf aus dem Mantelzelt heraus.

»Wie der Regen auf den Schädel trommelt«, sagte der Florian. Mit geschlossenen Augen, den Kopf leicht gegen den Himmel gehoben, lächelte der Florian, und das sah nicht einmal blöde aus, sondern eher andächtig und feierlich. Auf alle Fälle sah es so aus, dass Gretchen Lust bekam es dem Florian nachzumachen. Stirn an Wange, Wange an Hals, um die Schultern das Trenchcoat-Zelt, blieben Gretchen und Florian auf der Bank sitzen, bis der Wolkenbruch vorüber war. Und da waren sie dann so nass, als wären sie eben von der Flusswacht aus dem Donaukanal gefischt worden.
»Schön war das«, sagte Gretchen. Florian nickte. Mit beiden Händen streifte er Wasser aus seinen Haaren, bis sie wie eine blonde, enge Mütze an seinem Kopf klebten. Gretchen schüttelte die Spanielhaare. Wassertropfen spritzten nach allen Seiten.
»Du hast schöne Haare«, sagte der Florian. »So schön wie die von der Vanessa Redgrave.«
Gretchen wurde total verlegen wegen diesem Kompliment, und weil sie fand, dass verlegen herumstehen immer noch besser wirkt als verlegen herumsitzen, sprang sie auf.
Nun haben es klatschnasse T-Shirts leider an sich, dass sie wie eine zweite Haut am Körper kleben. Jede Hautfalte, jede Speckwurst und die Brustwarzen natürlich auch zeichnen sich da ab, genauso, als ob man nackt wäre.
»Gib mir sofort meinen Mantel«, verlangte Gretchen.
Florian meinte, Gretchen solle den Mantel nicht anziehen, weil ein nasser Mantel über einem nassen Leiberl unangenehm zu tragen sei, der Körper beginne dann zu dampfen und das könne leicht zu einer Erkältung führen. Gretchen bestand trotzdem darauf, den Mantel überzuziehen. »Ich erfrier sonst«, schwindelte sie.

»Es ist doch überhaupt nicht kalt!« Der Florian wunderte sich und äußerte den Verdacht, dass Gretchen wahrscheinlich schon den Keim zur Verkühlung in sich trage, wenn sie die laue Frühlingstemperatur als zu kalt empfinde. Während er das sagte, schaute er Gretchen aufmerksam an, und dies in einer Art, die im Hochadels-Schicksal gern mit den Worten: ... MIT DEN BLICKEN ZOG ER SIE AUS ... umschrieben wird. Gretchen streckte eine Hand fordernd nach dem Mantel aus. Nur widerwillig reichte Florian ihn ihr.
»Wirst sehen«, sagte er, »richtig krank wirst du noch werden! Was bist denn gar so stur?«
Gretchen schlüpfte in den Mantel und fühlte sich wieder wesentlich sicherer.
»Gretchen, ich muss jetzt nach Hause«, murmelte der Florian. »Ich hab Englisch-Nachhilfe. Der alte Knacker kommt um vier!« Er schaute bekümmert auf die Uhr. Es war zehn Minuten vor vier Uhr. »Entschuldige«, sagte der Florian, »aber da muss ich rennen! Sonst komm ich zu spät. Und pro Minute, das rechnet mir mein Vater immer vor, kostet der alte Knacker drei Schilling!«
Gretchen nickte. »Dann renn los!«, sagte sie.
»Renn mit!«, schlug der Florian vor. »Da kannst dich trockenlaufen!«
Gretchen schüttelte den Kopf. Trockenlaufen! So ein Ansinnen betrachtete Gretchen als groben Unfug.
»Na, komm schon! Sei nicht fad!« Der Florian fasste Gretchen an der Hand und wollte mir ihr aus dem Park laufen. Gretchen entzog ihm die Hand. »Lass mich!«, sagte sie. »Ich mag nicht!«
»Dann tschüs«, rief der Florian und rannte los.
Gretchen schaute ihm nach. Sie verschränkte die Arme über der Brust und seufzte. Nun war wieder überhaupt nichts

klar! War er ein Lügner? War er keiner? Mochte er sie? Mochte er sie nicht? War die Liebe nun geheim oder nicht? Langsam ging Gretchen zum Parkausgang. Böse miteinander, dachte sie, sind wir jedenfalls nicht!

Die Mama war vom Einkaufen schon zurück, als das klatschnasse Gretchen heimkam. Sie bestand darauf, dass Gretchen sofort ein heißes Bad nehmen müsse. Sie ließ die Badewanne voll dampfend heißes Wasser laufen und versicherte ihr, dass das der einzige wirkliche Schutz gegen Verkühlung sei. Gretchen badete nie freiwillig. Baden gehörte nicht zu ihren Lieblingsbeschäftigungen, und wenn sie, auf Wunsch der Mama, schließlich doch in die Wanne stieg, verbrauchte sie eine ganze Flasche Badeschaum. Nur wenn eine Schicht von mindestens zehn Zentimeter Schaum sie des Anblicks ihres nackten Körpers enthob, war Gretchen halbwegs badewillig.

Gretchen goss auch diesmal gut einen Viertelliter blaues Öl ins dampfende Wasser. Kopfschüttelnd beklagte die Mama diese Verschwendung.

»Wo ist Hänschen?«, fragte Gretchen, während sie sich auszog.

»Zum Manfred gegangen«, sagte die Mama. »Und zwei Schilling und vierzig Groschen soll ich dir von ihm geben. Und sagen soll ich dir, dass er nicht mehr hat!«

»Der ist ja plemplem«, fauchte Gretchen. »Um einen Zehner haben wir gewettet!«

»Wettschulden sind nicht einklagbar«, sagte die Mama. Sie setzte sich auf den Schmutzwäschekorb. »Steig schon ins Wasser!«, verlangte sie.

Gottergeben stieg Gretchen in die Badewanne. Das heiße Wasser verschlug ihr die Sprache. Wie hunderttausend Stecknadeln pikte es gegen die Haut. Gretchen drehte den

Kaltwasserhahn auf und verteilte mit beiden Händen die zufließende, kühle Wohltat.
»Jetzt reicht's aber!«, rief die Mama. Gretchen drehte gehorsam das kalte Wasser ab. Sie streckte sich in der Badewanne aus. Ihr Blick fiel dabei auf die Gewichtsliste der Mama, die an der Kachelwand klebte. »Toll«, murmelte sie, »du hast ja schon sieben Kilo runter! Das hast du sonst nie geschafft!«
Gretchen hob den Kopf aus dem Schaumgebirge und sah die Mama aufmerksam an. »Man sieht auch schon echt was!«, stellte sie anerkennend fest. Das war nicht freundlich geschwindelt, das stimmte tatsächlich. Früher, wenn die Mama auf dem Weidenkorb gesessen hatte, war vom Korb überhaupt nichts mehr zu sehen gewesen. Jetzt waren rechts und links von Mamas Hüften schon gut zwei Fingerbreit Weidengeflecht zu sehen.
»Vom karierten Rock«, sagte die Mama stolz, »hab ich vier Karo breit eingenäht!«
»Das sind ja sechs Zentimeter!«, rief Gretchen.
»Sieben!«, sagte die Mama. »Und um den Busen herum sind es minus neun und um die Taille minus vier. Die ist am hartnäckigsten!«
Die Mama erhob sich vom Weidenkorb und wollte sich im großen Spiegel betrachten, aber der große Spiegel war undurchsichtig vom Wasserdampf. Die Mama wischte am Spiegel herum.
»Bevor ich in die verfressene Sackmeier-Familie eingeheiratet hab«, sagte sie, »hab ich fünfzig Kilo gewogen. Und die krieg ich wieder! Da kannst Gift drauf nehmen!«
Gretchen spielte Unterseeboot. Nur noch ihre Nase und ihr Mund waren über dem Schaumwasser. »Aber du isst doch so gern«, murmelte Gretchen.
»Was sagst du?« Die Mama rubbelte den Spiegel blank.

»Dass du gerne isst!« Gretchen fuhr hoch und spuckte und hustete. Seifiges Badewasser war ihr in den Mund gekommen.
»Nur weil mir sonst nichts zum Gerntun eingefallen ist«, sagte die Mama in den blank geputzten Spiegel hinein. »Und weil ich geglaubt hab, ich kann nur überleben, wenn ich mich der Sackmeier-Lebensart anpasse!«
Gretchen war Mamas Spiegel-Zwiesprache unangenehm. Einer Mutter, fand sie, standen derartige Probleme nicht. Mütter sollten möglichst problemlos sein, und wenn sie schon Probleme hatten, dann Wirtschaftsgeldprobleme oder Kinderschulprobleme oder Wohnungsputzprobleme. Wenn's unbedingt sein musste, dann auch Schlankheitsprobleme, aber die höchstens auf die Art: Damit ich wieder ins alte Frühjahrskostüm passe!
Anscheinend drückte Gretchens nasses, schaumbetupftes Gesicht ihre Ansichten über Mutterprobleme deutlich aus, denn die Mama seufzte und sagte: »Entschuldige, ich halt schon den Mund!« Dann sammelte sie Gretchens feuchte Kleider vom Kachelboden auf und wollte mit den nassen Klamotten aus dem Badezimmer gehen.
»Wie war es denn überhaupt beim Hofrat?«, fragte Gretchen.
Die Mama lehnte sich gegen die Badezimmertür. »Komisch war's«, sagte sie. »Für jeden Handgriff, den ich mach, bedankt er sich überschwänglich. Und außerdem hat er eigentlich gar keinen richtigen Dreck. Ist sowieso alles sauber. Mit dem Hund war ich spazieren, aber der ist der langsamste Hund, den's gibt. Da schläfst beim Gassigehn ein, mit dem!« Die Mama ging zum Schmutzwäschekorb zurück und setzte sich wieder.
»Aber ein leicht verdientes Geld ist es!«, sagte die Mama.

»Und was tust du dann mit dem Geld?«, fragte Gretchen. Die Mama zögerte. Es sah ganz so aus, als überlegte sie, ob man Gretchen in ein großes Geheimnis einweihen könne. Doch bevor die Mama mit dem Überlegen noch fertig war, kam vom Kinderzimmer her ein Schrei und der Schrei wurde immer lauter, weil sich das schreiende Mädi dem Badezimmer näherte. Dann wurde die Badezimmertür aufgerissen und Mädi, wutquietschend, stolperte herein und hielt der Mama zitternd eine kleine Hundehütte aus Plastik, mit einem Snoopy auf dem Dach, entgegen. Die Hundehütte war Mädis Sparkasse. Im Hüttenboden, ansonsten von einem Gummipfropfen verstopft, war ein rundes Loch. »Leer ist sie!«, schrie Mädi. »Zwei Schilling vierzig waren drin! Die hat mir wer gestohlen!«

Die Mama versuchte Mädi zu beruhigen. Aber Mädi ließ sich erst beruhigen, als ihr die Mama zum Trost einen Zwanziger versprach und eine Hänschen-Ausschimpfung außerdem; denn da sah Mädi klar: Wer anders als Hänschen kam für diesen infamen Anschlag nicht in Frage. Immer noch vor sich hin quengelnd, zog Mädi schließlich ab.

»Was war denn da heute überhaupt mit dem Kalb los?«, fragte die Mama. »Hänschen hat gesagt, du hast dich mit dem Kalb getroffen, damit er die Wette verliert?«

»Hmpf!«, machte Gretchen, setzte sich auf und griff nach dem Kopfwaschschampon, schraubte die Tube auf und drückte Schamponkleckse in die Spanielhaare.

»Ich hab gedacht, du willst ihn nicht mehr sehen?«

Gretchen massierte an ihrer Kopfhaut herum, als gelte es, ein Preiskopfwaschen zu gewinnen.

»Willst du nicht darüber reden?«, fragte die Mama.

Gretchen überlegte: Wollte sie? Wollte sie nicht?

Gretchen wischte Schaum von der Stirn, zuckte mit den runden Schultern, schnüffelte und sprach: »Ich weiß nicht recht!« Aber dann erzählte sie der Mama doch von Hänschen, der ihr den hübschen Kalb nicht geglaubt und sie gemein verhöhnt hatte. Und erklärte dieses zum einzigen und alleinigen Ausgangspunkt ihres Zusammentreffens mit dem Florian.

Die Mama fand Hänschens Verhalten ebenfalls empörend. »Der wird dir den Zehner herausrücken!«, rief sie. »Und wenn ich ihn von seinem Taschengeld abziehen muss!«

Gretchen tat das gut. Sie massierte weiter an ihrem Kopf herum und erzählte der Mama von Florians Ausreden und Florians Lügen. Haargenau erzählte sie alles. Bloß ihr äußerst wohliges Gefühl unter dem Mantelzelt verschwieg sie. Und vom Egal-ob-er-lügt-Gedanken erwähnte sie auch nichts.

»Und wie geht das nun weiter?«, fragte die Mama.

»Wir sind jedenfalls nicht als Feinde geschieden«, sagte Gretchen.

»Jetzt hör einmal gut zu, mein Kind!« Die Mama drehte aus Gretchens feuchtem T-Shirt einen dicken Strick. »Der Fall liegt doch klar! Der Kalb spielt falsch! Der mag dich zum Herumknutschen und Antapschen und Abschmusen. Aber du bist ihm nicht gut genug, dass er sich vor den anderen als dein Freund bekennt!«

»Aber er hat's doch den anderen erzählt!«, wandte Gretchen zaghaft ein.

Die Mama warf den T-Shirt-Strick ärgerlich zu Boden. »Was hat er erzählt?«, rief sie. »Dass er dein Freund ist? Dass er dich mag?« Sie schüttelte den Kopf. »Oh nein! Dass er dich geküsst und betapscht hat! Typisch! Wie die Jäger über abgeschossene Böcke reden, redet er über Mädchen! Merkst du denn den Unterschied nicht?«

Natürlich merkte Gretchen den Unterschied. Trotzdem sagte sie: »Aber irgendwie mag er mich. Das merk ich doch!«
»Eine Wut, eine brandrote Wut krieg ich«, rief die Mama, »wenn ich mir vorstell, wie da etliche blöde Knaben wie die Kikeriki-Hähne zusammenstehen und über dich und deinen Busen herziehen!«
Gretchen hockte tief beeindruckt und tief bedrückt in der Badewanne. So einen mütterlichen Gefühlsausbruch hatte sie überhaupt noch nicht erlebt. Beklommen fragte sie: »Was soll ich denn tun?«
Die Mama nahm die Haarbürste und klatschte sie so heftig auf das Waschbecken, dass nur rein zufällig kein Sprung im Becken entstand, dann ging sie aus dem Badezimmer und sagte, bevor sie die Tür hinter sich zuschlug: »Keinesfalls sollst du dich zum Lustobjekt erniedrigen lassen!«
Lange noch, bis das Wasser komplett kalt war, hockte Gretchen in der Wanne und bedachte den Abschiedssatz der Mama. Auch noch beim Duschen und Abfrottieren ging er ihr durch den Kopf. Sie vergaß ihn erst, als sie ihre Haare durchkämmen wollte und kein Balsam zu finden war. Ohne Haarbalsam, das wusste Gretchen, würde sie stundenlang dastehen und Strähne um Strähne mühsam durchackern müssen und sich dabei ein gamsbartdickes Haarbüschel ausreißen! Sie ging ins Vorzimmer und rief:
»Mädi! Mädi, ich brauch dich! Lauf in die Drogerie!«
Mädi gab keine Antwort, aber aus dem Wohnzimmer tönte die Kennmelodie vom »Kurier der Kaiserin«, einer uralten TV-Serie, die im Vorabendprogramm wiederholt wurde. Mädi war ein Fan vom Kurier der Kaiserin. Weder Feueralarm noch eine fauchende Riesenboa hätten sie jetzt von ihrem Patschenkinoplatz weggebracht, eine schwesterliche

Bitte nach Haarbalsam schon gar nicht. Gretchen probierte den sicheren Misserfolg erst gar nicht aus. Sie ging in die Küche zur Mama. Die Mama stopfte Wäsche in den Wäschetrockner. Gretchen erkundigte sich nach Hänschens Heimkehr. Die Mama sagte schulterzuckend, dass sie nicht wisse, wann; das komme ganz darauf an, was Manfreds Mutter zum Nachtmahl koche.

»Ich brauch nämlich einen Balsam!« Gretchen zeigte auf ihren verfilzten Haarschopf. »Es ist keiner mehr da!«

»Okay.« Die Mama seufzte. Sie marschierte ins Vorzimmer und wollte schon aus den Patschen und in die Schuhe schlüpfen, da ging die Wohnungstür auf und der Papa kam herein. Der Papa nickte Mama und Gretchen zu und knöpfte den Mantel auf.

»Lass ihn an«, sagte die Mama. »Sei so lieb und hol einen Haarbalsam für Gretchen.«

»Ich?« Der Papa schaute so konsterniert, als habe man ihm einen unsittlichen Antrag gestellt.

»Ich müsste mich erst anziehen! Und du bist angezogen!«, sagte die Mama. Sie lehnte sich an die Garderobenwand und verschränkte die Arme über der Brust. Gretchen merkte: Es geht ihr nicht ums Anziehen, es geht ihr ums Prinzip.

»Ich weiß gar nicht, was ein Haarbalsam ist«, sagte der Papa und öffnete den letzten Mantelknopf.

»Der Drogist weiß es, das genügt!«, sagte die Mama.

Der Papa schaute die Mama böse an, dann knöpfte er den Mantel wieder zu und ging aus der Wohnung. Die Tür schlug er hinter sich zu, dass die Vorzimmerlampe erbebte. Gretchen fühlte sich unbehaglich. Wenn schon zwischen Papa und Mama in letzter Zeit dauernd Streit und dicke Luft war, war das arg genug. Der Haarbalsam, fand sie, machte sie zur Beteiligten am Streit, brachte sie auf die

Mama-Seite und machte den Papa zum Gegner. Das wollte sie nicht.
»Wird ihm kein Stein aus der Krone fallen«, sagte die Mama. »Ist ja lachhaft! Wenn ich bei jedem Handgriff und jedem Weg so ein Gesicht machen würd!«
»Weil er es halt nicht gewohnt ist«, versuchte Gretchen den Papa zu entschuldigen.
»Und was folgt daraus?« Die Mama sah Gretchen an, als wäre sie eine Oberstudienrätin knapp vor der Pension und Gretchen ein Prüfling knapp vor dem Durchfallen.
»Daraus folgt, dass er sich daran gewöhnen muss!«, rief die Mama, bevor sich Gretchen noch eine Antwort zurechtgelegt hatte. Dann ging die Mama in die Küche zurück. Gretchen blieb im Vorzimmer und wartete auf den Papa. Sie dachte angestrengt über die Mama nach. Sie dachte – so ungefähr –: Das Schlankwerden scheint ja gar nicht ihr Hauptproblem zu sein! Ihr Hauptproblem muss was anderes sein! Was ganz anderes!
Der heranschnaufende Papa riss Gretchen aus ihren Gedanken. Schon vom Stiegenhaus her war er zu hören. Und ächzend und seufzend schloss er die Wohnungstür auf. »Hier, mein Schatz«, sagte er und warf ihr eine große weiße Flasche zu. »Lancôme de Paris« stand auf der Flasche. Einen derart sündteuren Haarbalsam hatte es im Sackmeier-Haushalt bisher noch nie gegeben.
»Danke, Papa«, sagte Gretchen und verschwand im Badezimmer. Beim Haarspülen dachte Gretchen weiter über die Mama nach. Vielleicht liebt sie den Papa nicht mehr, dachte sie. Viele Leute hören nach vielen Jahren auf einander zu lieben. Vielleicht hat sie ihn nie so besonders geliebt, dachte Gretchen. Schließlich haben sie ja geheiratet, weil die Mama mich bekommen hat. Vielleicht hätt sie einen ganz

anderen genommen, wenn ich nicht in ihrem Bauch gewesen wäre!
Gretchen föhnte ihre Haare und versuchte sie so glatt wie möglich zu bekommen. Gerade als sie sich über die letzte Haarsträhne hermachte, hörte sie lautes Papagebrüll aus der Küche. Gretchen stellte den Föhn ab und schlich zur Küche. Sie sah den Papa, der stand neben dem Wäschekorb, in jeder Hand hielt er zwei lange, weiße Unterhosen. Die Mama saß am Küchentisch.
»Ach so, ach so!«, brüllte der Papa. »Dem Hofrat seine Unterhosen sind das!« Er ließ die zwei mal zwei Unterhosen fallen, griff in den Wäschekorb und holte wieder zwei mal zwei lange weiße Unterhosen heraus. »Und da haben wir noch vier hofrätliche Unterhosen«, schrie er. »Das find ich ja schön!«
»Bemüh dich nicht weiter«, sagte die Mama mit zittriger Stimme, »insgesamt sind es elf. Ich hätte sie in die Wäscherei bringen sollen, aber wenn ich sie selber wasche, verdiene *ich* mir den Hunderter!«
Der Papa gab den Unterhosen am Boden einen Schubs mit dem Fuß und strebte zur Küchentür. Zu Gretchen sagte er: »Wahnsinnig ist sie geworden! Hat nix mehr als Geldhorten und Verhungern im Sinn!«
»Zieh das Kind nicht in unsere Angelegenheiten hinein«, rief die Mama.
Der Papa blieb stehen, er streckte einen Arm in Richtung Mama und schrie:
»Und wenn du schon Geld verdienst, dann verlange ich, dass du auch deinen Anteil zum Wirtschaftsgeld hergibst. Warum soll denn eigentlich *ich* für alles aufkommen? Und dein Geld dir *allein* gehören?«
»Und dann verlang ich«, rief die Mama, »dass du den hal-

ben Haushalt machst! Vorher geb ich keinen Groschen her!«
Sie holte mit zitternden Fingern ein Packerl Kaugummi aus der Rocktasche, wickelte unheimlich hurtig fünf Kaugummis aus dem Papier und stopfte sie in den Mund. Kauend und fast schluchzend rief sie: »Ich brauch mein Geld! Ich bin nicht geizig! Ich brauch's wirklich!«
»Und wofür?« Der Papa redete wieder normal laut. Die Sache schien ihn wirklich zu interessieren.
»Ich spar für den nächsten Herbst«, sagte die Mama. »Da brauch ich dann nämlich selber eine Bedienerin!«
Der Papa starrte die Mama an. Ganz langsam und sehr ungläubig fragte er: »Du gehst als Bedienerin, damit du dir eine Bedienerin halten kannst?«
Die Mama nickte. »Weil ich nämlich im Herbst nicht mehr viel zu Hause sein werde«, sagte sie. »Und Geld kann ich dann auch keins verdienen, weil ich im Herbst in die Schule geh. Ich werd Sozialarbeiterin!«
Vom Wohnzimmer tönte wieder die Kennmelodie des kaiserlichen Kuriers und Mädi kam, versonnen lächelnd, aus dem Wohnzimmer heraus. »Heut hätten sie ihn fast erschossen«, sagte sie.
Niemand gab Mädi eine Antwort und das mochte Mädi nun überhaupt nicht. »Was ist denn?«, jammerte sie. »Was habt ihr? Warum sagt denn keiner was?«
»Entschuldige, Mädi«, sagte der Papa, »aber deine Mama hat uns gerade eröffnet, dass sie ab nächsten Herbst in die Schule geht!«
»Na und?« Mädi ging in die Küche und nahm ein Salzstangerl von der Kredenz. Sie biss ins Salzstangerl und mampfte. »Dauert aber nur zwei Jahre, die Schule von der Mama«, sagte Mädi kauend. »Und dann hat sie einen rich-

tigen Beruf, zusammen mit der Marie-Luise. Und ich und der Seppi sind dann auch zusammen mit dem Pepi, bei der Wetti, die auf uns aufpasst!«

Der Papa wurde unheimlich wutrot im Gesicht. »Das find ich ja nett«, brüllte er, »dass ich von meiner sechsjährigen Tochter erfahren muss, was meine Frau für Pläne hat!«

»Ich red mit allen, die mir zuhören«, sagte die Mama.

»Ach, leck mich doch am Arsch!«, schrie der Papa und rannte ins Wohnzimmer.

Mädi schaute ihm verklärt nach. »Was hat er gesagt?«, fragte sie. »Hat er's wirklich gesagt?«, fragte sie.

»Hat er!«, sagte die Mama und fing zu weinen an.

Mädi hüpfte vor Freude auf einem Bein um die Mama und den Küchentisch herum. Sie kicherte: »Wenn er's sagen darf, dann darf ich's auch sagen! Gleiches Recht für alle!«

»Von mir aus, sag, was du willst!«, schluchzte die Mama und Mädi hopste weiter und brüllte in einem fort den ansonsten schwer verbotenen Satz; so lange, bis ihr Gretchen den Mund zuhielt.

6. Kapitel

in welchem Gretchen nicht nur schlechte Träume hat, sondern auch ein ziemlich übles Allgemeinbefinden, das ihren Tagesablauf total verändert.

Fürchterlich schlecht schlief Gretchen in der folgenden Nacht. Wüste Träume peinigten sie. In einem Traum war sie in einer sonderbaren Schule. Dort war die Mama ihre Sitznachbarin und die Lehrerin hieß Marie-Luise und der Papa war eine Art Schuldirektor und saß hinten in der Klasse, um den Unterricht zu beobachten. Die Mama-Sitznachbarin schoss dem Papa-Direktor mit Hilfe eines Gummiringerls ein U-Hakerl auf die Nase, aber der Papa-Direktor behauptete, Gretchen sei der Übeltäter gewesen, und brüllte auf sie ein. Und die Frau Marie-Luise-Lehrerin lachte sich darüber schief und krumm. Der Florian Kalb war ebenfalls Schüler in Gretchens Klasse und lachte mit der Lehrerin im Duett.
Und dann hatte Gretchen einen Traum, in dem war tiefer Winter und sie stand in einer total verschneiten Ebene. Rechts von ihr, am Horizont, war ein Baum, ein kahler. Und links von ihr, am Horizont war auch ein kahler Baum. Und aus irgendeinem merkwürdigen Grund, an den sie sich später nicht mehr erinnern konnte, waren in einem der beiden Baumstämme ihre Kleider versteckt. Doch sie hatte keine Ahnung, in welchem Baumstamm. So stand sie mitten in der Schnee-Ebene, nackend, mit Gänsehaut und Klapperzähnen, und war total verzweifelt. Und dann kam ein Fräulein auf einem Schimmel dahergeritten, ein Fräulein, das sichtlich dem Hochadel entstammte, denn sowohl

Pferd als auch Fräulein waren mit lauter neunzackigen Fürstenkronen über und über gestempelt. Das adelige Fräulein beugte sich im Vorbeireiten zu Gretchen. Mit hochmütigem Blick und steiler Falte über der Nase sprach es angewidert: »Bedecke deine Blößen, du erniedrigtes Lustobjekt!«
Dann hatte Gretchen noch einen Traum, in dem schäumende Waschlauge aus der Wohnzimmerlampe tropfte und die Mama mit einer hofrätlichen Unterhose unter der Lampe stand und den Schaum auf die Unterhose tropfen ließ, um mit ihm die Dreckflecken aus der Unterhose zu rubbeln. Dazu sang die Mama ein trauriges Lied, das sehr schön war. Gretchen aber lag in einer Badewanne, die unter dem Esstisch eingebaut war. Sie fühlte sich ziemlich beengt, denn der Papa war auch in der Wanne. Einen Arm hatte der Papa aus dem Seifenschaum gestreckt und in der Hand hielt er eine Pistole, mit der zielte er auf die Lampenschnur. Gretchen hätte die Mama gern gewarnt, doch leider konnte sie nicht sprechen, weil ihr Mund mit einer großen Kaugummiplatte verklebt war.
Bleich, mit dicken Lidern und Schattenringen unter den Augen, wankte Gretchen am Morgen aus dem Kinderzimmer. Direkt in den Papa hinein wankte sie, der auf dem Weg zum Klo war. Der Papa hielt sie an den Schultern fest, sonst wäre sie sicherlich gestolpert. Der Papa betrachtete Gretchen und rief: »Das Kind hat was! Das Kind ist krank! Das Kind ist ja ganz schwindlig!«
Die Mama kam aus der Küche gelaufen und Hänschen und Mädi rannten aus dem Badezimmer herbei. Besorgt schaute die Mama, neugierig schauten Hänschen und Mädi.
»Gretchen, geh ins Bett zurück«, sagte die Mama. »Du wirst dich verkühlt haben. Das heiße Bad gestern hat anscheinend doch nichts genützt.«

»Ich bin auch verkühlt, ich will auch ins Bett zurück«, greinte Mädi. Sie wollte der Kinderzimmertür zu, aber die Mama versperrte ihr den Weg und trieb sie ins Bad zurück. Der Papa packte Gretchen unter den Achseln und schob sie sanft durch das Vorzimmer. Als ob sie ein todkranker Mensch sei! Gretchen, unausgeschlafen und überrumpelt von so viel ungewohnter väterlicher Fürsorge, ließ sich widerspruchslos zu ihrem Bett führen.
»Komm, mein Schatzerl!«, murmelte der Papa. »Komm, lass dich zudecken, bald geht es dir wieder besser!«
Der Papa deckte Gretchen tatsächlich zu. Bis zur Nasenspitze zog er ihr die Decke, und über den Haarschopf, der oberhalb der Decke war, streichelte er sanft. Und dann sagte er zu Mama, die in der Tür stand und erstaunt auf den fürsorglichen Papa schaute: »Du siehst, dass Gretchen krank ist! Oder entgeht dir das auch?«
Die Mama gab keine Antwort und der Papa fuhr fort: »Dass das Kind Pflege braucht, wird dir wohl klar sein, oder?«
Die Mama gab wieder keine Antwort.
»Aber wenn dir dein Scheißhofrat wichtiger ist, dann geh halt zu ihm und lass das Kind allein hier liegen!«
»Ach so! Daher weht der Wind!« Die Mama verschränkte die Arme über der Brust. »Ich hab mich schon gewundert! Dass du zum treu sorgenden Krankenpfleger wirst, wär ja auch wirklich neu gewesen!« Die Mama schaute den Papa verächtlich an. »Sonst hast du ja nicht einmal mitgekriegt, ob dein Nachwuchs gerade Masern oder Windpocken hat!«
Der Papa zupfte an Gretchens Decke herum. »Fieber hat sie garantiert auch«, sagte er. »Das braucht man gar nicht zu messen, das erkennt man an ihrem glasigen Blick!«
»Soll ich die Rettung rufen?« Die Stimme der Mama war bitterböse.

»Umschläge sollst du ihr machen! Und einen Tee. Und was eine ordentliche Mutter in so einem Fall eben tut!« Der Papa streichelte noch einmal über Gretchens Decke, dann marschierte er aus dem Kinderzimmer. Die Mama kam zu Gretchens Bett. Sie setzte sich auf den Bettrand. »Geht's dir wirklich so schlecht, mein Schatz?«, fragte sie.
Gretchen schloss die Augen und sagte, dass sie nicht wisse, wie es ihr eigentlich gehe, dass sie unheimlich schlecht geschlafen und fürchterliche Träume gehabt habe. »Aber Fieber«, sagte sie, »hab ich sicher keins! Mir ist nicht kalt. Und heiß ist mir auch nicht. Ganz normal ist mir. Nur schlafen würd ich gern!«
»Dann schlaf, mein Schatz«, sagte die Mama leise. Sie stand auf, ging auf Zehenspitzen zur Tür und schloss die Tür leise hinter sich.
Gretchen drehte sich zur Wand. Wie von weit, sehr weit her drang Mädi-Gequengel an ihr Ohr, Papa-Gerede hörte sie auch und die Stimme von Hänschen. Dann war es ganz still. Still genug zum Einschlafen. Gleich bin ich weg, gleich schlaf ich tief und fest, dachte Gretchen. Und träumen, dachte sie, werde ich nichts Böses mehr. Schön werde ich träumen! Von Blumen und jungen Katzen und Hunden mit Kuschelfell und viel Sonne und lauwarmem Wind. Keine Schnee-Ebene und kein gestempeltes, adeliges Fräulein und keine Hofratsunterhosen werde ich träumen! Als Gretchen »Hofratsunterhosen« dachte, wurde sie wieder munter. Ziemlich munter sogar. Wo war denn die Mama? War sie zum Hofrat unterwegs? Oder war sie noch irgendwo in der Wohnung?
Gretchen schlug die Decke zurück und stieg aus dem Bett.
»Mama!«, rief sie ins Vorzimmer hinaus.
»Was ist denn? Brauchst etwas?« Die Stimme der Mama

kam aus dem Wohnzimmer. Gretchen lief ins Wohnzimmer. »Ich wollt nur wissen, ob du noch da bist!«, sagte Gretchen. »Ich hab gedacht, du bist vielleicht schon zum Hofrat gegangen.«
Die Mama saß am Couchtisch und blätterte in einer Illustrierten. »Du bist krank, ich bleib bei dir!«, sagte sie.
»Jetzt fang bloß nicht zu spinnen an!«, rief Gretchen. »Ich bin nicht krank, ich hab nur schlecht geschlafen. Ich könnt auch in die Schule gehen, aber lieber würd ich weiterschlafen. Deswegen brauchst du doch da nicht herumzusitzen! Ich kann allein schlafen!«
»Dein werter Vater ist anderer Ansicht!« Die Mama blätterte weiter in der Illustrierten. »Dein werter Vater meint, ich vernachlässige meine Mutterpflichten, wenn ich weggehe.«
»Aber Mama, ich bitt dich!« Mehr fiel Gretchen nicht ein.
Die Mama tat, als interessiere sie die Illustrierte mächtig. Ganz vertieft war sie. Gretchen setzte sich der Mama gegenüber. Sie fragte: »Soll ich in die Schule gehen? Dann ist belegt, dass ich gar nicht krank bin. Dann kannst du auch weggehen!«
»Kann ich trotzdem nicht«, sagte die Mama. »Dann wird nämlich dein werter Vater sagen, dass ich schon so entmenscht bin, dass ich meine todkranke Tochter in die Schule treibe, um meine Freiheit zu genießen!«
Gretchen holte eine Haarsträhne in den Mund und kaute daran herum. Dabei seufzte sie tief. Sie seufzte, weil sie merkte: Nun muss ich mich doch einmischen! Da hilft jetzt nichts mehr! Und zwar muss ich mich leider auf die Seite der Mama schlagen!
Gretchen drehte aus ihren Stirnfransen zwei feste Zöpfchen, schnüffelte vor sich hin und sagte dann: »Geh einfach zum

Hofrat und lass mich zu Hause! Und falls mich der Papa fragt, sag ich, du bist bei mir geblieben!«
Zuerst wollte die Mama auf Gretchens Vorschlag nicht eingehen. Das sei entwürdigend, erklärte sie. Sie sei ja schließlich kein Kleinkind, das den Erziehungsberechtigten bemogeln müsse. Das habe sie nicht nötig! Das sei doch dann genau die Situation, sagte sie, in der sich unmündige, unemanzipierte Hausfrauen seit eh und je befinden: Männer anschwindeln, hinter dem Rücken der Männer listig etwas tun, wogegen der Ehemann Verbote gesetzt hat!
»Aber einfacher wär's«, sagte Gretchen.
»Es geht mir doch ums Prinzip«, rief die Mama.
Gretchen fiel ihr altes Poesiealbum ein. Dort stand, von der Volksschul-Handarbeitslehrerin, in zierlichen Buchstaben gemalt: WER IM LEBEN ETWAS ERREICHEN WILL, MUSS SEINE PRINZIPIEN VERGESSEN KÖNNEN!
Gretchen zitierte den Handarbeitslehrerinnenspruch und die Mama war sichtlich beeindruckt. Zögernd fragte sie Gretchen: »Und du findest das nicht lächerlich?«
»Nein, absolut nicht!« Gretchen nickte der Mama aufmunternd zu. »Kein Mensch«, sagte sie, »ist verpflichtet sich das Leben so schwer wie nur möglich zu machen!« Dazu gähnte sie und fand, dass diese Wahrheit auch in Bezug auf sich selbst zu beachten sei. Sie stand auf. »Ich geh schlafen«, murmelte sie.
Die Mama legte die Illustrierte auf den Couchtisch.
»Recht hast!«, rief sie. Sie schaute auf die Uhr. »Und ich renn auch! Sonst komm ich zu spät!«
Gretchen marschierte ins Kinderzimmer, zog die Vorhänge vor die Fenster und legte sich ins Bett. Zufrieden seufzte sie, schloss die Augen und entschlummerte sanft.
Gegen zehn Uhr wurde sie munter. Kerngesund und total

ausgeschlafen fühlte sie sich. Nur kurz und nicht sehr heftig überlegte sie, ob sie vielleicht doch noch in die Schule gehen sollte. Sie entschied sich fürs Daheimbleiben und für ein Adels-Schicksal. Sie holte sich eins der rosenumrankten Heftchen ins Bett und las sich durch 64 schaurige Seiten, auf denen die große Liebe der Fürstin Westernberg abgehandelt wurde. Wer im Heftchenlesen so geübt ist wie Gretchen, schafft eine 64-Seiten-Lektüre im Nu. Nicht einmal elf Uhr war es, als die Fürstin Westernberg in die Arme eines rücksichtsvoll liebenden Fürsten sank. Traurig schaute Gretchen auf das gesperrt gedruckte *Ende*. Traurig deshalb, weil kein ungelesener Fürstenroman mehr im Haus war und das Bedürfnis in ihr, noch weitere 64 Seiten lebensferner Probleme zu lesen, enorm groß war. Gretchen beschloss sich anzuziehen und aus dem »Roman-Tausch« einen anderen Fürsten-Schund zu holen.

Als Gretchen vor der Roman-Tausch-Zentrale stand, hing dort an der Ladentür ein Zettel mit der Aufschrift: HEUTE VORMITTAG GESCHLOSSEN!

Gretchen kaufte sich einen riesengroßen, grasgrünen Apfel aus Argentinien. Sie ging in den kleinen Beserl-Park am unteren Marktende, setzte sich auf eine freie Parkbank, schloss die Augen, hielt ihr Gesicht der milden Vormittagssonne entgegen und biss in den Apfel. Richtig wohl fühlte sie sich. So ein Leben, dachte sie, würd ich mir jeden Tag gefallen lassen! Dafür würd ich sogar ein paar üble Träume in Kauf nehmen! Sie streckte die Beine aus und lehnte sich zurück. Was Schöneres als warme Sonne auf der Haut, dachte sie, gibt es gar nicht! Dann knackte die Bank ein bisschen, die Holzlatten unter ihrem Hintern erbebten leicht und sie öffnete die Augen, weil sie das Gefühl hatte: Da hat sich jemand neben mich gesetzt!

Gretchens Gefühl stimmte. Einer hatte sich auf der Bank niedergelassen, der war rundherum in schwarzes Leder gehüllt, und als sie den Schwarzledermann beinaufwärts betrachtete und beim Kopf angelangt war, merkte sie, dass der mit dem Kohlweißling auf der Wange neben ihr saß. Hätte er den tätowierten Kohlweißling nicht gehabt, wären ihr sicherlich Zweifel gekommen, ob sie den Knaben tatsächlich kannte, denn auf Gabrieles Party hatte er eine andere Frisur gehabt. Schulterlange, blonde Haare hatte er getragen. Jetzt war sein Kopf kurz geschoren und schwarzhaarig. Bloß ein längeres Haarbüschel war mitten auf dem Kopf. Wie ein ausrangierter Rasierpinsel standen diese Haare vom Kopf weg. Und die Rasierpinselborsten hatten rote Spitzen.

»Tag, Gretchen, mein Mädchen«, sagte der mit dem Kohlweißling auf der Wange und Gretchen überlegte, wie der bloß heißen konnte. Olaf, beschloss sie, hatten ihn die anderen auf den Gabriele-Partys genannt. »Tag, Olaf«, sagte sie.

»Der Olaf ist der Glatzkopf«, sagte der mit dem Kohlweißling auf der Wange. »Ich bin der Hinzel!« Er streckte die Hand verlangend nach Gretchens Apfel aus. Gretchen gab ihm den Apfel, der Hinzel biss in den Apfel und rief: »Oh, verdammt!« Er hielt eine Hand über den Kohlweißling an der Wange und stöhnte. »Meine Zähne sind im Arsch!«, murmelte er und reichte ihr den Apfel. Gretchen schaute ihren Apfel bekümmert an. Dort, wo Hinzel zugebissen hatte, waren orangerote Blutspuren.

»Parodontose«, sagte Gretchen. »Das musst behandeln lassen, sonst fallen dir die Zähne aus!«

Hinzel kaute an dem Apfelbissen herum. Er schüttelte den Kopf. »Zum Zahnarzt bringt mich keiner«, sagte er.

Gretchen schaute dem kauenden Hinzel auf den Mund. Sie

sah zwei hellbraune Schneidezähne. Der eine hatte dunkelbraune, ausgezackte Kanten.

»Hast so viel Angst vorm Zahnarzt?«, fragte Gretchen.

»Ich scheiß mich schon im Wartezimmer an«, sagte Hinzel und spuckte grasgrüne Apfelschale aus. Er zuckte mit den Schultern, zog eine kleine Mundharmonika aus der Lederjankertasche und spielte darauf. »Schlaf, Kindlein, schlaf«, spielte er. Es klang hübsch. Dann nahm er die Mundharmonika vom Mund, hielt sie Gretchen hin und fragte: »Magst auch?«

Zögernd nahm Gretchen die Harmonika. Die hellroten Blutspuren am Apfel fielen ihr ein und die ausgefransten Zahnkanten. Eigentlich grauste ihr vor einer Mundharmonika, die einer mit verfaulten Zähnen an den Lippen gehabt hatte. Doch Gretchen hatte Angst, dass Hinzel, wenn sie sein freundliches Angebot ablehnte, den Grund dafür ahnen würde, und beleidigen wollte sie ihn nun wirklich nicht.

Vorsichtig näherte Gretchen die Lippen der Mundharmonika. Erleichtert merkte sie, dass die Harmonika weder übel roch noch schlecht schmeckte.

Gretchen hatte früher oft Mundharmonika geblasen. Und da sie eine hochmusikalische Person war, konnte sie das auch sehr gut. Wesentlich besser noch als Hinzel. Gretchen probierte das Lied, das sie als Kind gern gespielt hatte: »When the Saints go Marching in«. Und dann: »Yellow Rose of Texas«. Und hinterher probierte sie Songs, die sie mochte, die sie aber noch nie gespielt hatte, wo sie sich die Melodie erst zusammensuchen musste. Das machte ihr keine Mühe. »Like a Bird on the Wire« hatte sie im Nu komplett.

»Du bist ja ein echter Hund auf der Geigen«, lobte der Hinzel sie. Er öffnete einen Zippverschluss am linken Hosen-

bein, unterhalb des Knies, und holte eine kleine Flöte heraus.
»Die mag ich lieber als die Mundharmonika«, sagte der Hinzel. »Soll ich dir was echt Indisches flöten?«
Gretchen nickte und Hinzel flötete eine ziemlich sonderbare Melodie; aber unangenehm war sie ihr nicht.
»Daran muss man sich erst gewöhnen«, sagte der Hinzel und spielte weiter.
Eine alte Frau kam in den Beserl-Park. Sie trug zwei prall gefüllte Einkaufstaschen, aus denen Grünzeug schaute. Als sie an Gretchen und Hinzel vorbeimarschierte, schaute sie Hinzel böse an und sagte:
»Verdreckter Rotzer! Gibt's ka Arbeit für dich? Verboten gehören die Tachinierer!«
»Halt dein Schlapfen, Frau Tant!«, rief Hinzel hinter der davonmarschierenden Alten her. Aber dann steckte er die Flöte in die Hosentasche zurück. »Da vergeht einem ja komplett alles, wenn einen so eine vertrocknete Schnitten anquatscht!«, sagte er zu Gretchen. »Da hab ich schon gefressen für den ganzen Tag, wenn ich so eine nur hör!« Der Hinzel stand auf. »Gehst mit?«, fragte er. »Ins Waxlberger?«
»Was ist das Waxlberger?«, fragte Gretchen.
»Ein Kaffeehaus! Kennst das nicht?« Der Hinzel staunte.
Gretchen sagte dem Hinzel, sie könne leider nicht ins Kaffeehaus mitkommen, weil sie nach dem Apfelkauf nur noch einen Schilling und dreißig Groschen besitze und dafür könne man sich nicht einmal ein Achtel Mineralwasser kaufen.
»Macht nichts, Gretchen«, sagte der Hinzel, »heut hab ich Marie! Bist eingeladen!«
Gretchen freute sich über die Einladung. Kaffeehaussitzen hatte für sie etwas von Erwachsensein.

»'s Waxlberger ist gleich um die Ecken«, sagte der Hinzel und nahm Gretchen an der Hand. Gretchen wollte Hinzel die Mundharmonika zurückgeben, aber Hinzel sagte: »Behalt sie, ich schenk sie dir! Bei dir wird es ihr besser taugen als bei mir!«

Gretchen steckte die Mundharmonika in die Manteltasche und ging neben Hinzel aus dem Park, über den Markt, bis zu einem kleinen Kaffeehaus mit ziemlich verdreckten, verstaubten Fenstern. In die Staubschicht auf den Fensterscheiben hatte jemand mit den Fingern große, fünfzackige Blätter gezeichnet. Und darunter hatte er geschrieben: SCHWEINE!

Gretchen schaute verwundert diese Blätter an.

»Des macht immer ein Trottel!«, sagte der Hinzel. »Aus Rache! Weil er Lokalverbot hat!«

»Warum malt er da Blätter?« Gretchen lachte.

»Kennst solche Blatteln nicht?« Der Hinzel schaute Gretchen erstaunt an. Gretchen fragte: »Sollen das Kastanienblätter sein?«

»Hanf!«, sagte der Hinzel.

»Hanf schaut anders aus«, sagte Gretchen. »Hinter dem Haus von meiner Oma steht einer. Der ist ganz anders!«

»Hasch, mein ich«, sagte der Hinzel. Er deutete auf die Blätter an den Fensterscheiben. »Der Trottel will damit sagen, dass man sich in dem Beisl einraucht, verstehst?«

Gretchen tat, als verstünde sie.

Im Kaffeehaus waren nur zwei Tische besetzt. An einem saßen zwei Jungen und ein Mädchen und drei Schultaschen lagen unter dem Tisch. Am anderen Tisch hockten zwei in Ledermonturen, ein Junge und ein Mädchen. Hinzel begrüßte kopfnickend sowohl die Ledernen als auch die drei

Schüler. Er führte Gretchen zu einem Tisch am Fenster. Mit dem Kopf zu den Schülern deutend sagte er: »Die sind mehr hier als in der Schul!«

Gretchen nickte. Das Mädchen kannte sie. Das ging in ihre Schule. Und einer der zwei Jungen hieß Manfred und war mit ihr in die Volksschule gegangen.

Der Manfred erkannte Gretchen auch. »Hallo, Greterl!«, rief er ihr zu.

»Den kennst?«, fragte Hinzel. »Ist das ein Haberer von dir?«

Gretchen klärte Hinzel über die Art ihrer Bekanntschaft auf und Hinzel nickte zufrieden. »Der ist nämlich ein Scheißer«, sagte er. »Gibt an wie ein Waggon voll Affen!«

Ein uralter Ober kam. Er hinkte, sein schwarzer Anzug war voll Dreckflecken und sein Kopf hätte jeden Horrorfilmproduzenten zu einem begeisterten Angebot für eine Hauptrolle veranlasst. Der Kopf vom Ober nämlich war unerhört gruselig. Teigige Haut bedeckte wabbelige Fettwangen, eine violette Unterlippe, bar aller Muskelkraft, hing auf ein Zitterkinn und entblößte die senfgelbe Zahnreihe im Unterkiefer. Am gruseligsten aber waren die Augen vom Ober. Eins war bloß ein kleiner Spalt mit trübgrauem Gelee dahinter, das andere war riesengroß, dunkelgrau und starrte basedowkrank.

»Wünschen?«, fragte der Ober mit krächzender Flüsterstimme und wischte mit einem drecksteifen Geschirrtuch über die kleine, fleckige Marmortischplatte.

»Wünschen?«, fragte Hinzel und lächelte Gretchen an.

»Einen Milchkaffee, bitte«, sagte Gretchen.

»Speisen auch gewünscht?«, fragte der Ober.

Gretchen hätte schrecklich gerne etwas zu essen gehabt. Schließlich war es gegen Mittag und in ihrem Magen befand sich nichts außer einem sauren argentinischen Apfel. Aber

Gretchen fand es unzulässig, ihren Magen auf Hinzels Kosten zu füllen, und schüttelte daher entsagungsvoll den Kopf. Hinzel bestellte sich Tee und Nusskipferln.
»Kommt sofort«, sagte der Ober und hinkte davon.
»Bist du oft hier?«, fragte Gretchen und kratzte sich den Bauch.
»Jeden Vormittag«, sagte Hinzel.
Dass Hinzel kein schulschwänzender Schüler war, nahm Gretchen an. Einer mit solchen Klamotten und so einer Frisur kommt einfach in Schulen nicht vor. Sein bloßer Anblick, fand sie, würde die Schulobrigkeit, vom Schulwart bis zum Direktor, in kreischende Panik versetzen. Auch ein Lehrling, überlegte Gretchen, konnte es sich nicht leisten, jeden Vormittag im Kaffeehaus zu sitzen. Da hätte ihn sein Lehrherr längst hinausgeworfen.
Als hätte Hinzel Gretchens Gedanken erraten, sagte er: »Im Moment mach ich nämlich gar nichts, das heißt …« Hinzel zögerte. »Die Maturaschule zahlen sie mir, aber …« Hinzel machte eine vage, matte Handbewegung. »Da können s' lange warten!«
»Wer kann lang warten?« Gretchen schnüffelte.
Der Horror-Ober kam mit einem Tablett und stellte Tee und Kaffee und ein Körbchen mit Nusskipferln auf den Tisch. Gretchens Kaffee hatte den Transport nicht gut überstanden. Die Untertasse war randvoll mit Kaffee. Zwei papierumhüllte Zuckerwürfel schwammen darin.
»Er hat einen Schlaganfall gehabt, er kann nimmer so recht«, entschuldigte Hinzel den Ober. Gretchen nickte, schaute dem Ober voll Mitgefühl beim Weghinken zu und fischte den Zucker aus dem Kaffeesee. »Wer kann lang warten?«, erkundigte sie sich noch einmal.
»Meine Alten, auf meine Matura!« Hinzel schwenkte den

Teebeutel in seiner Tasse und wartete auf Bräunung des Teewassers. Gretchen versuchte sich die »Alten« vom Hinzel vorzustellen. Was für Eltern hatte ein tätowierter, ledergewandeter Knabe mit einem hennagefärbten Rasierpinsel auf dem Kopf?

Gretchens Phantasie reichte bei weitem nicht für dieses Unterfangen. Alle Sorten und Arten von Papas und Mamas, die sie kannte, passten nicht zu einem Hinzel-Sohn. Die hätten wegen einem Nachwuchs à la Hinzel glatt Selbstmord verübt; oder den Nachwuchs à la Hinzel ermordet. Hinzel wischte mit einer Hand über die staubige Fensterscheibe und schaute sinnend durch ein Hasch-Blatt auf die Straße hinaus und murmelte dabei: »Aber solang die Alten zahlen und nichts überzuckern, ist mir das Wurscht!« Die Maturaschule, murmelte Hinzel, sei nämlich auch nichts anderes als die ganz normale Schule. Und wenn er fähig gewesen wäre den »Scheißdreck« auszuhalten, hätte er ja gleich im Gymnasium bleiben können. »Aber das kapiert ja mein alter Arsch nicht«, sagte der Hinzel. »Das Einzige nämlich, auf was es für den Kacker ankommt, ist ein Maturazeugnis. Auf das ist er fixiert. Dass einer ohne den Wisch auch leben kann, geht in sein Hirn nicht rein!« Tischler würde er gern werden, sagte der Hinzel. Aber ein richtiger Tischler. Einer, der Betten und Sessel und Tische macht. Doch so eine Lehrstelle, die sei rar, die könne man einfach nicht auftreiben, weil Tischler heutzutage auch nur bessere Hilfsarbeiter seien, die Tag für Tag in die gleichen Spanplatten an den gleichen Stellen Löcher bohren oder Schrauben einsetzen. Vielleicht, sagte der Hinzel, könne er sich auch dazu entschließen, Gärtner zu werden. Das würde ihm auch gefallen. »Aber auf alle Fälle«, sagte er, »probier ich jetzt einmal aus, ob man auch so leben kann!«

»Wie, so?« Gretchen verstand nicht, was der Hinzel meinte. »Na, einfach so!« Der Hinzel lachte. »Schau nicht so entsetzt!« Der Hinzel schob Gretchen ein Nusskipferl zu. »Iss und schau anders«, verlangte er. »Du schaust ja direkt wie meine alte Frau drein! Da ist doch nichts dabei, wenn man ausprobiert, ob man, ohne irgendetwas zu tun, auch leben kann!«

Gretchen biss ins Nusskipferl. »Kann man?«, fragte sie mampfend und kratzte sich den Bauch.

»Das werd ich erst sehen«, sagte der Hinzel. »Bis jetzt zahlt mein Alter ja noch. Aber wenn er demnächst seine Zahlungen einstellt, dann werd ich es schon merken.« Der Hinzel tauchte sein Nusskipferl in den Tee, steckte es wie einen Schnuller in den Mund und lutschte daran. »Eigentlich müsst es gehen«, sagte er und deutete zum Fenster hinaus, in Richtung Markt. »Von dem, was die Standler am Abend wegwerfen, von dem allein könntest leicht leben. Und es findet sich sicher auch immer wer, der dir einen Kaffee zahlt und ein Schmaucherl schenkt.«

»Aber du kannst doch nicht betteln und im Abfall wühlen!« Gretchen war wirklich entsetzt. Sie stopfte eine dicke Haarsträhne in den Mundwinkel und kaute so heftig darauf herum, dass es laut knirschte.

»Warum denn eigentlich nicht?«, fragte der Hinzel und kaute am Kipferl-Schnuller.

Gretchen fiel keine Warum-nicht-Erklärung ein. Aber etwas anderes fiel ihr ein. »Du musst auch wo wohnen! Und das kostet eine Menge Geld!«

»Wohnen kannst überall!« Der Hinzel legte den abgematschten Kipferlrest auf den Tisch. »Im Sommer schläfst im Park auf einer Wiesen. Und im Winter kriechst wo unter. Irgendein Haberer lässt dich schon übernachten. Einmal der

und einmal der. Und manchmal, wenn einer wegfährt, kannst ein paar Wochen seine Wohnung haben!«
Gretchen holte noch ein Nusskipferl aus dem Körbchen, verschlang es gierig und überlegte dabei, den Hinzel betrachtend, ob der das alles ernst meinte oder ob der bloß so daherredete. Ein »Daherredner«, beschloss Gretchen, war der Hinzel gewiss nicht. Der meint das echt so, dachte sie. Ehrlich und echt! Diese Überlegung erregte sie dermaßen, dass sie auch noch das letzte Kipferl aus dem Körbchen holte und auffraß.
Als die alte Pendeluhr im Kaffeehaus ein Uhr schlug und der Monster-Ober im hintersten Kaffeehauswinkel auf einem Sessel eingeschlafen war und die Schulschwänzer das Kaffeehaus verließen und das lederbekleidete Paar die Lektüre von Flash Gordon, Band 12, gerade beendet hatte, wusste Gretchen eine ganze und sehr erstaunliche Menge über das Leben von Hinzel, der laut Taufschein Heinrich Maria Zellander-Zellerhausen hieß. Und abgesehen davon, dass in Österreich der Adel seit mehr als einem halben Jahrhundert abgeschafft ist, hörte Gretchen am schmutzigen Kaffeehaustisch, hinter der staubigen Fensterscheibe, zum ersten Mal in ihrem Leben ein Adels-Schicksal der Art, wie es in ihrer lieben 64-Seiten-Lektüre noch nie vorgekommen war. Hinzels Großvater nämlich war seinerzeit noch als Baron Zellander zu Zellerhausen auf die Welt gekommen, was ihn aber keinesfalls davon abgehalten hatte, in kaum erwachsenem Alter ein illegaler und ausgewachsener Nazi zu werden. Sein Sohn dann, Hinzels Vater, aufrecht als Nazi-Knabe erzogen, bekam beim Zusammenbruch des Dritten Reiches – dies immer laut Hinzel – einen ordentlichen Knacks. Zu einem verqueren, verklemmten, verspießten Doktor der Chemie war er herangereift, als er Hinzels Mut-

ter, eine Studienkollegin, heiraten musste, weil sie schwanger war. Gut vertragen hatten sich die beiden von Anfang an nicht. Als der Hinzel dann sechs Jahre alt geworden war, ließen sie sich scheiden. Hinzels Mutter, die – wegen Hinzel im Bauch – mit dem Studium aufgehört hatte, wurde medizinische Laborfrau. »Was sie mir nie verziehen hat«, sagte Hinzel.

Hinzels Vater aber heiratete wieder und zog nach München. Hinzel lebte eine Zeit lang bei der Mutter, dann wieder eine Zeit lang beim Vater und zwischendurch immer ein bisschen in verschiedenen Internaten. »Lang nämlich«, sagte der Hinzel, »hat mich keiner ausgehalten!«

»Und bei wem bist du jetzt gerade?« Gretchen legte die rechte Hand auf den Tisch und zog mit der linken Hand an den Fingern, dass sie knackten.

»Mein Alter hat mir eine Wohnung gegeben«, sagte Hinzel. »Der hat ein paar Mietshäuser geerbt. Und weißt …« Der Hinzel legte eine Hand auf Gretchens Rechte. Anscheinend hatte er was gegen die knackende Fingerzieherei. »Und weißt, darum wird er wahrscheinlich noch eine Zeit lang Geld ausspucken. Weil die Leut im Haus wissen, dass ich sein Sohn bin. Und wenn ich verlotter und ganz verkomm, dann muss er sich genieren!« Der Hinzel grinste. »Er hat eh verlangt, dass ich im Haus verschweig, dass ich sein Sohn bin, aber …« Der Hinzel zuckte mit den Schultern. »Da war einmal eine Fete bei mir und da war die Musik zu laut und da haben sich nachher die Hausparteien beim Verwalter beschwert und da hat der denen gesagt, dass er leider gegen den Herrn Sohn vom alten Zellander-Zellerhausen persönlich nichts unternehmen kann. Und seither wissen sie eben Bescheid!« Der Hinzel nahm seine Hand von Gretchens Hand, griff sich an die Wange und streichelte seinen Kohl-

weißling. »Ich hätte es ihnen gern verschwiegen«, sagte er, »ist ja kein Renommee, wennst mit so einem Mietgeier erstgradig verwandt bist!«
Gretchen war unheimlich ergriffen von diesem Adels-Schicksal ganz anderer Art. Eine Menge Fragen an den Hinzel waren in ihr. Aber alle erschienen ihr zu plump, zu neugierig, zu aufdringlich, zu indiskret. So schwieg sie. Der Hinzel schwieg jetzt auch. Schwieg, als warte er auf etwas, was von Gretchen gesagt oder getan werden müsse. Gretchen beschloss zu seufzen. Tief und dreimal seufzte sie und fand, sie habe viel Verständnis und Zuneigung für Hinzel in diese Seufzer gepackt.
»Hast Sorgen?«, fragte der Hinzel.
»Wieso?«
»Weilst so abgrundtief geseufzt hast!«
Gretchen beschloss ehrlich zu sein. »Wegen dir hab ich geseufzt. Weil's dir so geht.«
Der Hinzel kratzte seinen Kohlweißling. »Gretchen, mein Mädchen, mir geht's doch recht gut«, sagte er. »Wenn ich an alle die angepassten Scheißer denk, die jungen und die alten, wie die leben müssen, dann bin ich doch komplett happy, oder?«
Gretchen nickte lahm.
Fast halb zwei Uhr war es jetzt schon. Gretchens Mama musste längst wieder zu Hause sein. Und Hänschen und Mädi auch.
»Ich muss gehen«, sagte Gretchen.
»Siehst? Ich muss gar nichts!«, sagte Hinzel. »Das ›müssen‹ hab ich komplett abgestellt. Mich zwingt kein Arsch mehr.«
»So ist das nicht bei mir.« Gretchen kratzte sich den Bauch und schnüffelte. »Meine Eltern verbieten mir nichts. Die sind nicht so.«

»Echt?« Der Hinzel schaute zweifelnd.
»Ich glaub's zumindest.« Gretchen flocht sich ein strammes Stirnfransenzöpfchen und fuhr fort: »Ich mein, bis jetzt hab ich nämlich noch nichts getan, was zu verbieten gewesen wäre.«
»Echt?« Der Hinzel staunte.
Gretchen nickte, flocht ein zweites Stirnfransenzöpfchen und sprach: »Und außerdem, mein Papa, vielleicht ist der gar nicht so super, wie ich immer geglaubt habe. Wenn ich mir anschau, was der jetzt aufführt wegen der Mama, krieg ich Bedenken.«
Der Hinzel wollte wissen, was ihr Papa wegen ihrer Mama »aufführte«. Gretchen erzählte es ihm. Haarklein und detailliert.
Zwei Uhr und zehn Minuten war es hinterher. Gretchen nahm es beklommen zur Kenntnis.
»Jetzt muss ich aber wirklich«, sagte sie.
»Reisende soll man nicht aufhalten!« Der Hinzel hob grüßend einen Arm. Gretchen stand auf und schlüpfte in den Mantel.
»Heut Abend«, sagte der Hinzel, »kommen ein paar Leut zu mir. Kommst auch? Hast Lust?«
Gretchen wusste nicht genau, ob sie Lust auf einen Abend bei Hinzel hatte, sie wusste auch nicht, ob ihr die Mama und der Papa einen richtigen Abendausgang, wenn es sich nicht um eine Party bei Klassenkollegen handelte, überhaupt gestatteten.
»Ich weiß noch nicht«, sagte Gretchen.
»Gschwandtnergasse sieben«, sagte der Hinzel. »Den Hausflur entlang und immer der Musik nach!«
Das Lederpaar war dazu übergegangen, sich zu küssen. Der Ober schlief noch immer im hintersten Winkel. Mit ge-

schlossenen Augen war er ein bisschen weniger Horror-Monster und ein bisschen mehr Dorf-Debiler.
Hänschen winkte hinter Gretchen her, als sie aus dem Kaffeehaus ging.
Gretchen eilte in einem für sie horrend hohen Tempo nach Hause. Sie dachte: Die Mama wird sich Sorgen um mich machen. Ich hätte sie anrufen sollen. Sie hat sowieso schon Sorgen genug!

7. Kapitel

in welchem sich die häusliche Lage der Familie Sackmeier ziemlich zuspitzt und Gretchen, ohne dieses im Sinne zu haben, die Lage noch wesentlich verzwickter gestaltet.

Ob sich die Mama an diesem Tag um Gretchen tatsächlich Sorgen gemacht hatte, wird ein Geheimnis bleiben, denn als Gretchen nach Hause kam, fand sie nur das Hänschen vor. Hänschen saß im Kinderzimmer, am Schreibtisch, dessen linke Hälfte die seine war, hatte seine Vogelfedernsammlung ausgebreitet – auch über Gretchens rechte Tischhälfte – und starrte trübsinnig auf die Vogelfedern. Dass er dabei den linken Zeigefinger im rechten Nasenloch hatte, wunderte Gretchen nicht. Aber dass er mit einem Pyjama bekleidet war, erstaunte sie enorm.

Gretchen erkundigte sich bei Hänschen nach dem Grund des Pyjamatragens, nach dem Verbleib von Mama und Mädi und nach Mittagessenresten. Hänschen muffelte herum und wollte keine rechten Antworten geben. Gretchen merkte: Da stimmt etwas nicht! Und da in der Familie Sackmeier in letzter Zeit ohnehin nichts »stimmte«, dachte sie: Da stimmt doch etwas ganz besonders nicht!

»Hänschen, jetzt red aber!«, verlangte Gretchen.

Hänschen nahm den Finger aus der Nase, zuckte mit den Schultern und sagte: »Die Scheiße ist am Dampfen, Gretchen!«

Gretchen, ganz gegen ihre übliche Charakterart, spürte Wut in sich hochsteigen. Sie packte Hänschen am Pyjamakragen und beutelte ihn. Hänschen, so eine Behandlung absolut nicht gewohnt, gab das Herummuffeln auf und berichtete, stockend und langsam zwar, aber immerhin zusammenhängend und schön der Reihe nach:

Hänschen war am Morgen zur Schule gegangen. Auf dem Schulweg schon hatte er sich nicht sehr wohl gefühlt. In seinem Bauch hatte es rumort. Und rülpsend war Fischgeschmack in ihm hochgestiegen. »Das müssen die Rollmöpse gewesen sein«, sagte Hänschen. »Die Mama hat eh gesagt, dass Müsli und Honigsemmeln und Rollmöpse nichts für ein Frühstück sind!«

In der Schule dann, gleich in der ersten Stunde, war dem Hänschen regelrecht kotzübel geworden. Die Rollmöpse weigerten sich im Bauch zu bleiben. Bis halb zehn hatte Hänschen tapfer gegen sie gekämpft, dann hatten die Rollmöpse den Kampf gewonnen. Hänschen war mit vor den Mund gehaltenen Händen aufs Klo galoppiert.

Leintuchbleich und sauer riechend war er in die Klasse zurückgekehrt. Der Englisch-Lehrer hatte ihn hierauf ins Sekretariat geschickt, wo er sich die in solchen Fällen üblichen zehn Kamillentropfen holen sollte.

Die Schulsekretärin jedoch hatte Hänschen die Tropfen verweigert. »Sackmeier«, hatte sie sinnend gesprochen, »deine Schwester ist doch seit heute krankgemeldet!« Hänschen hatte genickt. Die Sekretärin war fortgefahren: »Und in der Klasse deiner Schwester ist seit gestern ein Fall von beidseitigem Mumps!« Die Sekretärin hatte entschieden, dass Hänschen unter Mumpsverdacht stand! Den Direktor alarmierte sie und der wiederum entschied, dass Hänschen sofort nach Hause geschickt werden müsse, auf dass sich der beidseitige Mumps nicht seuchenartig in der Schule verbreite.

Hänschen beteuerte, dass er es nicht an den Halsdrüsen,

sondern im Bauch habe, aber man ließ seine Einwände nicht gelten. Alle schrecklichen Kinderkrankheiten, sagte der Direktor, nähmen mit Erbrechen ihren Anfang. Das kenne er von seinen eigenen Kindern.
Nun ist es aber leider so, dass die Schuldirektion kranke Kinder, auch wenn diese erklären den Heimweg allein zu schaffen, nicht allein nach Hause schicken darf. Die Schulsekretärin rief also bei Hänschen zu Hause an. Doch dort meldete sich niemand. Was die Sekretärin sehr erstaunte. Sie fragte stirngerunzelt: »Ist denn niemand bei deiner armen, kranken Schwester? Muss die ganz allein zu Hause liegen? Bei Mumps hat man doch hohes Fieber!«
Hänschen, um keine Antwort geben zu müssen, tat, als sei ihm sterbenselend. Er röchelte. Da rief die Sekretärin in der Nudelfabrik an und verlangte den Herrn Prokuristen Sackmeier. Sie erzählte dem Papa, dass er zwei todkranke Kinder habe, eins liege unbetreut daheim und sei zu krank, um ans Telefon zu wanken. Das andere sitze röchelnd bei ihr im Sekretariat.

Der Papa war eine Viertelstunde später in der Schule. Wie die Feuerwehr musste er gefahren sein. Er packte Hänschen unter den Achseln und schleppte ihn ab. Hänschens Hinweise, dass er sich pudelwohl fühle, seit die Rollmöpse ausgeschieden waren, ignorierte der Papa.
Mit der einen Hand aus dem Schnurrbart Rufzeichen zerrend, mit der anderen das Auto lenkend und kein Wort redend, brachte der Papa Hänschen nach Hause.
»Und dann, als wir zu Hause waren«, sagte Hänschen, »und als er dann gesehen hat, dass auch du nicht da bist, da ist er ganz wütend geworden. Sauerei und Schweinerei, hat er gebrüllt und das Tischtuch hat er vom Küchentisch gerissen.

Samt dem Frühstücksgeschirr!« Hänschen deutete in Richtung Küche. »Kannst dir's anschauen. Der Tatort ist unverändert!«

Gretchen ging in die Küche und starrte ergriffen auf den Küchenboden. Voll Porzellan und Glasscherben war der. Honigkleckse und Marmeladentupfen dazwischen. Brotkanten, Löffel, Eierschalen, ein Rollmops und Zuckerwürfel. Der Toaster lag mit abgebrochenem Griff vor dem Eisschrank. Das Tischtuch hing über dem Mülleimer, mit einem Zipfel in einer Milchpfütze.

Hänschen war hinter Gretchen hergekommen. »Und dann ist der Papa in der Wohnung herumgetigert. Ich hab mich gar nicht getraut ihn anzureden. Und dann hat er wissen wollen, wann Mädi Schule aushat. Um elf, hab ich gesagt. Und wie's dann halb zwölf und Mädi noch nicht da war, ist er sie suchen gegangen!«

»Warum hast du ihm denn nicht gesagt, dass sie nach der Schule zum Hofrat geht und dort wartet, bis die Mama mit der Arbeit fertig ist?« Gretchen fragte es rügend.

»Weil er zersprungen wäre, wenn ich ›Hofrat‹ gesagt hätte!« Hänschen verstoppelte seine Nase. »Und außerdem hab ich's gar nicht genau gewusst. Mit mir redet ja die Mama darüber nicht!« Hänschen schaute gekränkt.

»Natürlich«, rief Gretchen, »weilst auf der Seite vom Papa bist!«

Gretchen bückte sich, zog das Tischtuch vom Mülleimer, klappte ihn auf und warf Scherben hinein.

»Na, bist du vielleicht nicht auf der Seite vom Papa?« Hänschen fragte es empört.

»Nein!«, rief Gretchen. »Ich bin auf keiner Seite. Aber wenn es unbedingt sein muss, halt ich zur Mama. Weil die Mama mehr Recht hat!«

Hänschen murmelte: »Du spinnst ja!«, drehte sich um und wollte ins Kinderzimmer zurück. Gretchen packte ihn am Hosenboden und hielt ihn fest. »Zuerst erzähl fertig!«, forderte sie.
Hänschen fauchte: »Lass mich los, du Kuh, du! Mit dir red ich nimmer!«
Gretchen ließ Hänschen nicht los. Hänschen merkte, dass da keine Chance zu entkommen war.
»Dann ist halt die Mama mit Mädi gekommen«, sagte er grämig. »Und der Papa hat mit ihr geschrien. Ganz laut. Und sie hat auch geschrien. Noch lauter. Und dass sie sich scheiden lässt, hat sie gesagt. Und dann ist sie mit Mädi auf und davon!«
»Echt?« Gretchen ließ Hänschens Hosenboden los.
»Total echt!« Hänschen wollte anscheinend nicht mehr zum Kinderzimmer zurück. »Samt zwei Koffern mit Kleidern und so Sachen sind sie weg!«
»Du lügst!« Gretchen lief zur Abstellkammer und riss die Tür auf. Dort waren die Sackmeier-Koffer auf einer Stellage hoch gestapelt. Auf den ersten Blick sah sie, dass Hänschen nicht log. Die zwei großen, karierten Koffer fehlten.
Langsam ging Gretchen in die Küche zurück. Hänschen stand noch immer an der Küchentür.
»Und was hat die Mama wegen uns gesagt?«, fragte Gretchen.
»Wir bleiben natürlich hier«, rief Hänschen, »weil uns der Papa gar nicht hergibt! Einer wahnsinnig gewordenen Frau verweigert er seine Kinder, hat er gesagt!«
»Wahnsinnig geworden bist *du*!«, schrie Gretchen. Da fing Hänschen an zu weinen. Mit richtig großen, dicken Tränen weinte er. Und seine Unterlippe zitterte.
»Aber Hänschen«, sagte Gretchen. »So wein doch nicht!«

»Leck mich doch am Arsch«, schluchzte Hänschen, wischte mit einer Hand über die Augen und ging ins Kinderzimmer. Gretchen nahm den Besen und kehrte den Küchenboden auf. Der Mülleimer war zu klein für die Unmenge von Scherben. Sie suchte nach einem Plastiksack für den Scherbenmist und überlegte dabei, wo Mama und Mädi jetzt sein konnten. Bei dieser Marie-Luise werden sie sein, dachte sie. Und wenn sie nicht dort sind, wird diese Marie-Luise auf alle Fälle wissen, wo sie sind.

Gretchen verließ den Scherbenhaufen und lief zum Telefon. Das kleine blaue Telefonbuch der Mama war nicht auf dem Telefontischchen.

Sie suchte die ganze Wohnung nach dem kleinen Telefonbuch ab, aber sie fand es nicht. Sie ging zu Hänschen und fragte ihn, ob er nicht wisse, wo das kleine blaue Buch sei, doch Hänschen war nicht ansprechbar. Er hatte sich, oben auf seinem Bett, zu einer Kugel gerollt und unter der Decke verkrochen.

Gretchen setzte sich an den Schreibtisch und starrte auf Hänschens Vogelfedernsammlung. Prächtige Federnexemplare gab es da. Und an jeder Feder war mit einem Zwirnsfaden ein kleines Schild befestigt. KAKADU PAPAGEI AMSEL TAUBE SITTICH KANARI REBHUHN SPATZ HENNE PFAU HAHN las Gretchen auf den Schildern. Sie drehte sich zum Stockbett und sagte sehr laut zur Deckenkugel hinauf: »Du solltest die Federn nicht in Schachteln aufheben. Wir sollten eine Spanplatte kaufen und die dübeln wir an die Wand und streichen sie weiß an und stecken deine Federn drauf! Das wäre doch hübsch, oder?«

»Dann sieht man aber die weißen Federn nicht!«, schluchzte es aus der Decke.

»Dann streichen wir sie halt schwarz an!«

»Da sieht man dann die schwarzen Federn nicht!« Hänschen schluchzte schon ein bisschen weniger.
»Dann malen wir die eine Hälfte weiß an und tun die dunklen Federn drauf, und die andere Hälfte malen wir schwarz an und tun die hellen Federn drauf!«
Hänschen bohrte seinen Kopf aus dem Deckenberg. Hänschens Augen waren rot geweint. Er zog Rotz und Tränen durch die Nase hoch. Die Nase war auch rot geweint. Und viel dicker als sonst.
»Heißt das«, fragte Hänschen, »dass du bei uns bleibst?«
»Was? Wie meinst du das?«, fragte Gretchen.
»Na, dass du nicht zur Mama gehst!«
»Jetzt sei bloß kein Affe!«, sagte Gretchen und fand, das sei eine sehr diplomatische Antwort gewesen, aus der Hänschen, ohne dass sie sich irgendwie festgelegt hatte, heraushören konnte, was immer er wollte.
Hänschen wurstelte sich aus der Decke, fuhr sich mit einem Pyjamaärmel über Augen und Nase, hob eine Ecke der Matratze hoch und zog ein leicht verknautschtes Kuvert hervor. »Hier«, sagte er. »Das hat die Mama für dich dagelassen!«
Gretchen sprang auf und riss Hänschen das Kuvert aus der Hand.
»Ich wollt es dir nicht geben«, sagte Hänschen, »weil drinsteht, dass sie dich heute Abend abholen will!«
Gretchen machte das Kuvert auf und zog einen Briefbogen heraus.
»Du hast das schon gelesen?«, fragte sie.
Hänschen nickte. Gretchen verzichtete darauf, Hänschen vorzuhalten, dass man anderer Leute Briefe nicht so einfach lesen dürfe. Sie faltete den Briefbogen auf und las:

Liebes Gretchen,
mit dem Papa und mir geht das so einfach nicht weiter. Wie es weitergehen soll, ist mir im Moment auch nicht klar. Ein paar Tage zumindest werde ich jetzt bei der Marie-Luise wohnen. Aber auf alle Fälle komme ich heute Abend und berede alles mit dir.
Mama.

Gretchen faltete das Briefblatt wieder zusammen, steckte es ins Kuvert und sagte zu Hänschen: »Da steht überhaupt nicht, dass sie mich abholen will!«

»Aber das meint sie«, sagte Hänschen. »Mich hat sie ja auch gefragt, ob ich mit ihr gehen will!«

Gretchen legte den Brief auf den Schreibtisch. »Sie schreibt, dass sie ein paar Tage wegbleibt!«, sagte sie. »Und heut Abend kommt sie her. Da reden wir dann mit ihr. Da überreden wir sie einfach zum Hierbleiben!«

»Ich rede kein Wort mit ihr!«, rief Hänschen.

»Du spinnst ja!« Gretchen tippte sich gegen die Stirn. »Die Mama hat dir doch nichts getan!«

»Gemein ist sie!«, rief Hänschen und schaute Gretchen richtig feindselig an.

»Sie ist nicht gemein!« Jetzt wurde Gretchen auch laut. »Sie verträgt sich im Moment nicht mit dem Papa. Aber da ist der Papa der sture Bock. Wenn sie schlank sein will und Geld verdienen will und in die Schule gehen will, ist das doch ihre Sache. Deswegen ist sie ja nicht gemein zu dir!«

»Sie darf das aber nicht auf unsere Kosten machen!« Hänschen schaute Gretchen triumphierend an.

»Du bist vielleicht ein Idiot!« Gretchen schlug mit der flachen Hand auf den Schreibtisch, dass ein paar Federn durch die Luft wirbelten. »Was hat sie denn schon auf deine Kosten gemacht, he? Du redest den Unsinn doch nur dem Papa nach!«

»Niemandem red ich was nach! Du blöde Kuh, du!«, schrie Hänschen. »Und der Papa wird schon seine Gründe haben, dass er so was sagt!«
»Wo ist denn der Papa überhaupt?«, fragte Gretchen.
»Na, im Büro!« Hänschen kletterte vom Stockbett, kam zum Schreibtisch, nahm eine erstaunlich grasgrüne Feder mit der Aufschrift »Huhn eingefärbt« und rupfte an der Feder herum, bis er nur noch den Federkiel in den Fingern hatte.
»Wegen der Mama hat der Papa heute eh eine ganz wichtige Besprechung verpasst«, sagte Hänschen. »Weißt du, eine, wo es um Millionen Zentner Exportnudeln gegangen ist. Wenn die jetzt die Nudeln nicht kaufen, weil der Papa den Termin versäumt hat, dann ist die Mama schuld!«
»Du spinnst ja total!« Gretchen hielt ihren Bruder nicht mehr länger aus. Das war doch der Gipfel der Dummheit, den der Kerl da verzapfte. Wie kam er denn überhaupt zu solchen Ansichten?
Gretchen ging in die Küche. Seufzend machte sie sich über die Scherbenreste her. Sogar den Boden wischte sie auf und dabei fragte sie sich ratlos, was eigentlich in Hänschen gefahren sei. Er war doch sonst mit der Mama immer ein Herz und eine Seele gewesen. »Unser Hänschen, das Mama-Burli« hatte ihn der Papa oft genannt. Und noch gar nicht lange her war es, da hatte Hänschen einmal erklärt, er werde nie im Leben heiraten, weil er nur so eine herrliche Frau wie die Mama wolle und so eine gäbe es ganz gewiss kein zweites Mal.
Gretchen schüttelte den Kopf und murmelte: »Ein Irrsinn ist das alles, ein kompletter Irrsinn!« Sie betrachtete stirngerunzelt den klatschnassen Küchenboden und überlegte, ob man so einen Boden einfach trocknen lässt oder ob man ihn trockenwischen muss. Gretchen entschied sich dafür, dass

Trockenreiben auf gar keinen Fall schaden könne und dass das eine geeignete Beschäftigung für Hänschen sei.
»Hänschen, komm her!«, rief Gretchen.
Gretchen musste etliche Male rufen, bis Hänschen erschien, und als der Gretchens Ansinnen hörte, tippte er sich an die Stirn. »Bin ich eine Putzfrau?«, fragte er.
»Na, bin ich vielleicht eine?« Das sanfte, milde Gretchen bekam plötzlich so eine große Wut, eine knallrote heiße Wut, dass sie das Wischtuch packte und auf ihren Bruder schleuderte. Das Wischtuch, nass und schmutzig, landete knapp neben Hänschen an der Wand. Aber ein Wischtuchzipfel hatte im Vorbeiflitzen Hänschens Auge erwischt. Hänschen brüllte los wie am Spieß. Dass er sonderbarerweise »Mama-Mama« brüllte, ließ Gretchen laut loslachen, in einer Art und Weise, die man üblicherweise »hysterisches Gelächter« nennt.
Hänschen hielt sich eine Hand vor das getroffene Auge und wollte sich auf Gretchen stürzen, doch zwischen ihm und Gretchen stand der Eimer mit dem Wischwasser. Hänschen stolperte über den Eimer, der Eimer kippte, zehn Liter trübes Wasser schwappten über den Küchenboden, Hänschen rutschte aus, fiel der Länge nach ins Überflutete. Der gekippte Eimer kam unter Hänschens Bauch zu liegen und zersplitterte krachend, da er aus wenig widerstandsfähigem Plastik war.
Gretchen konnte mit dem Gelächter einfach nicht aufhören. Hänschen rappelte sich hoch, sein Pyjama – vorne – war klatschnass, sein vom Wischtuch malträtiertes Auge, schon gerötet vom Weinen, war jetzt brandrot. »Ich seh nichts mehr, ich bin auf einem Auge blind!«, brüllte Hänschen.
Da gelang es Gretchen, die Lacherei endlich einzustellen.

»Halt dir das andere Auge zu!«, sagte sie. »Und jetzt sag: Siehst was?«
»Nur ganz verschwommen«, klagte Hänschen.
»Das gibt sich wieder!«, beruhigte Gretchen ihn. »Leg dich ins Bett und mach die Augen zu!«
Hänschen tappte vorsichtig, wie ein echter Blinder, aus der Küche. Im Vorzimmer schluchzte er noch einmal laut auf. »Du bist auch gemein!«, schluchzte er. Dann verschwand er im Kinderzimmer.
Gretchen holte den Schmutzwäschekorb aus dem Bad. Sie nahm zwei Leintücher und etliche Kissen- und Deckenüberzüge und Handtücher heraus und breitete sie auf dem Küchenboden aus. Ziemlich stolz war sie auf diesen Einfall, denn im Nu hatten die Textilien die Küchenbodenüberschwemmung aufgesogen. Gretchen marschierte noch kreuz und quer über den Wäschebelag, um so, durch den Druck ihres Gewichts, auch noch die letzten Wischwasserreste vom Boden zu kriegen, da klingelte es an der Wohnungstür. Gretchen vermutete, der Klingler könnte der Papa sein, der zu faul war den Schlüssel aus der Tasche zu holen, und sie hoffte, der Klingler könnte die Mama sein, die vielleicht keinen Schlüssel bei sich hatte. Sie lief zur Tür und öffnete. Draußen stand die Zwettler-Oma.
»Was machst *du* denn hier?«, fragte Gretchen und die Oma fragte: »Na, was ist denn das für eine Begrüßung?« Die Zwettler-Oma hatte in jeder Hand eine große Reisetasche. Sie marschierte ins Vorzimmer, stellte die Taschen ab, zog den Mantel aus und hängte ihn an die Garderobe. Unter dem Mantel trug die Oma ein geblümtes Barchentkleid und eine gestreifte Schürze. In so einer Montur war sie noch nie zu Besuch gekommen. Und unangemeldet war sie auch noch nie gekommen.

»Wo werde ich schlafen?«, fragte die Zwettler-Oma.
Sonst, wenn die Oma zu Besuch war, was höchstens alle zwei Jahre einmal vorkam, schlief sie immer im Herrenzimmer. Das Herrenzimmer war ein dunkelbraun möblierter Raum neben dem Schlafzimmer, mit einem Riesenschreibtisch, den der Papa zum Briefmarkensortieren und Briefmarken-ins-Album-Stecken benutzte.
»Ich glaub, im Herrenzimmer«, sagte Gretchen zögernd.
»Dann trag, bitte, die Tasche rein!« Die Oma zeigte auf eine der zwei Reisetaschen. »In der anderen hab ich Essen mitgebracht«, fügte sie hinzu.
Gretchen wollte die Reisetasche der Oma ins Herrenzimmer tragen, aber die Oma, Richtung Küche blickend, hatte den sonderbaren Küchenbodenbelag entdeckt. Sie stieß einen Schrei aus. »Was soll denn das?«, rief sie.
Gretchen hatte keine Lust der Oma den Küchenbelag zu erklären. Sie stellte die Reisetasche ab und wollte die Bettwäsche und die Handtücher in den Wäschekorb zurückstopfen, aber damit kam sie bei der Oma schön an! Nasse Wäsche, in einen Korb gestopft, wurde ihr rügend erklärt, bekomme Stockflecken und verschimmele komplett! »Sofort in die Waschmaschine damit!«, befahl die Oma. Gehorsam schleppte Gretchen die nassen Stoffdinger ins Badezimmer und steckte sie in die Waschmaschine. Gretchen hatte noch nie in ihrem Leben Wäsche gewaschen. Die Waschmaschinentasten waren ihr ein Rätsel, und wie viel Waschpulver in welche Öffnung zu schütten war, wusste sie auch nicht. Sinnend stand sie vor dem vollelektronischen Monstrum und fragte sich, ob noch irgendwo in der Wohnung die Bedienungsanleitung für das Ungeheuer sein könne, da kam die Oma ins Bad. »Na, was ist los? Warum schaltest du nicht ein?«

Ungeduldig drückte die Oma der Maschine das Bullauge zu, schaufelte, Unwilliges murmelnd, Waschpulver ein und beäugte dann kurz Tasten und Knöpfe und drückte. Brummend setzte die Waschmaschine zur Arbeit an. »Mir scheint«, sagte die Oma und schaute dabei drein wie ein strenger Oberstudienrat, der eine nicht genügende Arbeit aushändigt, »mir scheint, du hast noch nie Wäsche gewaschen!« Gretchen nickte und wollte etwas sagen, aber die Oma griff ihr plötzlich mit beiden Händen an den Hals und Gretchen hatte für einen kurzen Augenblick die absurde Vorstellung, die Oma wolle sie erwürgen. Aber die Oma tastete bloß aufmerksam ihren Hals ab und sprach dabei: »Also geschwollen sind die Drüsen nicht! Mumps ohne geschwollene Drüsen kommt mir spanisch vor!«
»Ich hab doch keinen Mumps!«, rief Gretchen und wand sich aus Omas sanftem Würgegriff. »Das ist doch alles Blödsinn! Und Hänschen hat auch keinen Mumps!«
»Apropos Hänschen«, sagte die Oma. »Schläft der kleine Kerl?«
»Keine Ahnung!«, sagte Gretchen.
»Man muss ihn fragen, ob er Tee will. Und Fieber messen sollte man auch!« Die Oma stapfte aus dem Bad, Gretchen setzte sich auf den Badewannenrand. Sie hatte den Verdacht, dass sich Hänschen gleich bei der Oma über sie beschweren werde. Da wollte sie lieber nicht dabei sein. Gretchen drehte die Stirnfransen zu kleinen Zöpfchen und überlegte, wieso die Oma gekommen war. Der Papa musste sie angerufen haben, dachte sie. Anders kann das gar nicht sein! Wie lange aber, fragte sie sich, hatte denn die Oma die Absicht hier zu bleiben? Sollte das etwa heißen: Die Mama zieht aus – die Oma zieht ein?
Gretchen hielt es, dies denkend und befürchtend, nicht län-

ger auf dem Badewannenrand. Sie ging ins Vorzimmer. Aus dem Kinderzimmer hörte sie Hänschens Stimme. Er sagte: »Nein, nein, Oma, mir geht's schon wieder viel besser! Ehrlich! Seit du da bist!« Erleichtert stellte Gretchen fest, dass Hänschen keine Schluchzstimme mehr hatte, und an die offene Kinderzimmertür gekommen, sah sie etwas unerhört Kolossales: Die grandios dicke Oma saß auf Gretchens Bett und hatte das Hänschen auf dem Schoß und tätschelte Hänschen, als sei er ein Baby. Sie wiegte ihn sogar ein bisschen hin und her. Und Hänschen hatte seinen Kopf an den Riesenbusen der Oma gekuschelt und schien mit seiner Lage absolut zufrieden zu sein.
Gretchen beschloss die Frage nach dem weiteren Aufenthalt der Oma nicht hinterlistig und tastend, sondern ehrlich und brutal anzugehen, sie trat ins Kinderzimmer und fragte: »Oma, wie lange bleibst du bei uns?«
»Solange ich gebraucht werde«, sagte die Oma freundlich.
»Hat dich der Papa herbestellt?«, fragte Gretchen.
Die Oma nickte.
»Was hat er denn gesagt?«, fragte Gretchen und stellte sich vor dem leibhaftig gewordenen Denkmal der Großmütterlichkeit auf.
Die Oma zögerte. Sie schien zu überlegen, wie viel vom Telefongespräch mit dem Papa für Kinderohren geeignet sei und ob man die Familienlage schönfärberisch oder realistisch darlegen sollte. Sie entschied sich schließlich zu folgender Mitteilung:
»Der Papa hat mir gesagt, dass eure Mama ausgezogen ist und Mädi mitgenommen hat und dass ich kommen soll und den Haushalt führen!« Die Oma seufzte. »Der Onkel … muss halt jetzt im Gasthaus essen. Und der Miezekatze werde ich fehlen. Und wegen dem Garten, da mach

ich mir Sorgen. Jetzt, im Frühjahr, sollte jeden Tag was Wichtiges getan werden. Und der Onkel ... hat keine grünen Finger!«
»Was sind grüne Finger?« Hänschen hatte den Kopf noch immer babylike am Omabusen.
»*Ich* hab grüne Finger«, sagte die Oma. »Grüne Finger sind gesegnete Gartenhände. Mir geht nichts schief. Mir gedeiht fast alles. Sogar kleine Melonen, obwohl die in unserer Gegend sonst nie wachsen. Und meine Tomaten schmecken, als wenn sie unter griechischer Sonne gewachsen wären!« Die Oma schaute bekümmert. »Aber wenn ich jetzt weg bin, seh ich schwarz für den Garten!« Dann lächelte sie und streichelte Hänschen zart über die Haare und sagte: »Aber ihr seid schließlich wichtiger als ein paar Tomaten!«
Hänschen veranlasste dieser letzte Oma-Satz zu einem zufriedenen Grunzen. Gretchen sah keinen Grund zur Zufriedenheit. Sie hatte nichts gegen die Oma. Ganz im Gegenteil. Gretchen mochte die Oma. Als Sonntags-Oma in Zwettl. Aber nicht als Mama-Ersatz in Wien. Gretchen schaute auf die Uhr. Ziemlich spät war es schon. Bald musste der Papa aus der Nudelfabrik heimkommen. Und die Mama, falls sie mit »Abend« nicht den späten Abend gemeint hatte, konnte auch bald hier sein. Gretchen verließ die Oma samt angeschmiegtem Enkelsohn. Sie setzte sich ins Wohnzimmer und stellte den Fernsehapparat an. In dem einen Programm backte einer mit einer weißen Kochmütze Schinkenfleckerln, im anderen war ein Stummfilm mit Stan-and-Oli. Gretchen entschied sich für Stan Laurel und Oliver Hardy und war ganz erstaunt darüber, dass sie beim Zuschauen lachen konnte. Dass ein Mensch in einer so tristen Lebenssituation wie der ihren kicherte, weil Stans Zeigefinger im Spundloch eines Weinfasses stecken blieb und nicht heraus-

wollte, schien ihr befremdlich, entsetzte sie sogar ein bisschen. Der Verdacht, gefühlskalt und oberflächlich zu sein, beschlich sie. Sie kicherte trotzdem weiter.

Gretchens Gekicher wurde durch lautes Türenschlagen beendet. Der Papa war nach Hause gekommen. Er begrüßte die Oma und Hänschen und Gretchen und tat so, als begrüße er da eine vollkommen normale, intakte Kleinfamilie; ganz so, als hätte es im Haus nie eine Mama gegeben. Er fragte sogar: »Was gibt es zum Nachtmahl?« Und als ihm die Oma sagte, dass es eingefrorenen Hasenbraten mit Knödel und Preiselbeeren gäbe und dass der Hase in der Reisetasche auftaue, da schnalzte der Papa genüsslich mit der Zunge; ganz so, als fehle ihm zu seinem Glück nichts als Hase in Soße mit Knödel. Gretchen fand das empörend.

»Ich möchte mit dir reden, Papa«, sagte Gretchen.

»Aber gern, mein Schatz«, sagte der Papa.

»Aber allein möcht ich mit dir reden!«

»Okay, mein Schatz«, sagte der Papa und ging mit Gretchen ins Herrenzimmer. So ganz recht schien ihm ein Unter-vier-Augen-Gespräch nicht zu sein. Irgendwie schaute er ziemlich verunsichert drein. Und den Schnurrbart drehte er zu Fragezeichen.

Gretchen setzte sich auf einen der plüschenen Stühle, der Papa hockte sich ihr gegenüber.

Gretchen sagte: »Den verdammten Mumps haben wir alle schon im Kindergarten gehabt. Und zweimal kriegt man Mumps nicht! Ich war bloß unausgeschlafen und Hänschen hatte uralte Rollmöpse zum Frühstück gegessen.«

Der Papa zündete sich eine Zigarette an. »Das hab ich ja nicht wissen können«, sagte er. »Die Tante in der Schule hat es ja behauptet!«

»Wieso hast du nicht wissen können, dass wir schon Mumps gehabt haben?«, fragte Gretchen.
Der Papa zog aus dem Fragezeichenschnurrbart einen Rufzeichenschnurrbart. Ein bisschen ärgerlich sagte er: »Okay, okay. Ich merk mir so was halt nicht. Kinderkrankheiten kann ich nie auseinander halten.«
Gretchen zog ihre Finger knackend lang. »Jedenfalls sind wir beide nicht krank, Papa. Und die Mama hat uns nicht vernachlässigt. Das schiebst du ihr einfach in die Schuhe!«
»Sie ist ausgezogen«, sagte der Papa.
»Weil du gemein warst!«, rief Gretchen.
»Misch dich bloß nicht in was ein, wo du einen Schmarrn davon verstehst!«, rief der Papa. Er wurde ziemlich rot im Gesicht. Aber wütend kam er Gretchen nicht vor. Sie beschloss diesen dummen Einwand einfach zu ignorieren. Sie sagte: »Heute Abend kommt die Mama her, weil sie mit mir reden will. Und dann sei, bitte, so vernünftig und red ihr auch zu, dass sie dableibt!«
»*Sie* ist ausgezogen, nicht ich!«
Gretchen kratzte sich den Bauch. »Trotzdem! Sag ihr einfach, dass du nichts mehr gegen den Hofrat hast. Und dass es dir recht ist, wenn sie wieder in die Schule geht. Und dass du sie hübsch findest, wenn sie schlank wird. Und sag nicht ›Mama‹ zu ihr, sondern Elisabeth!«
Gretchen räusperte sich. »Und schick, bitte, die Oma jetzt gleich nach Zwettl zurück. Wenn die Oma da ist und die Mama kommt, dann kannst du nicht so gut mit der Mama reden.«
Der Papa schüttelte den Kopf. »Wie du dir das denkst«, sagte er. »Da sieht man, dass du noch ein Kind bist! Ich denke nicht daran, die Oma einfach heimzuschicken!« Der Papa drückte seine Zigarette im Aschenbecher aus und zün-

dete sich eine neue Zigarette an. »Und wenn deine Mama doch nicht zurückkommen will, dann hol ich vielleicht die Oma morgen wieder her oder was?« Der Papa stand auf und ging im Zimmer auf und ab. »Nein, mein Schatz«, sagte er, »deine Mama hat mich verlassen! Ich werde da nicht zu Kreuz kriechen. Sie soll tun, was sie nicht lassen kann! Aber eins sag ich dir! Mädi wird sie auch hergeben müssen! Da ist das Gesetz garantiert auf meiner Seite! Wenn ihr alles andere wichtiger ist als ihre Familie!«
Gretchen schaute dem Papa beim Hinundherrennen zu. Sie dachte: Was redet er denn? Der ist doch übergeschnappt! Der verdreht doch alles! Warum tut er denn das?
»Ich hab von Anfang an klargestellt«, rief der Papa und fuchtelte stehen bleibend mit einer Hand vor Gretchens Gesicht herum, »dass ich eine wirkliche Familie gründen will! Und dass ich keine berufstätige Frau mag! Das haben wir genau abgesprochen! Sie war damit einverstanden!« Der Papa wanderte wieder hin und her. »Schließlich hab ich mich die letzten fünfzehn Jahre weiß Gott wie abgerackert, damit ich einen Job krieg, der was einbringt. Damit ich meine Familie ordentlich ernähren kann!« Der Papa blieb wieder vor Gretchen stehen. »Oder ist euch etwas abgegangen? Oder ist es euch schlecht gegangen?«
Gretchen gab dem Papa keine Antwort. Der Papa hielt das für eine Zustimmung und nickte. »Na eben! Den Teil von meiner Abmachung hab ich gehalten! *Sie* hält den ihren nicht! Verstehst du das?«
Gretchen schüttelte den Kopf. Sie sagte: »Aber Papa! So eine Abmachung, die ist doch schon ewig her. Damals war doch alles ganz anders. Damals hat die Mama halt gedacht, sie will keinen Beruf haben. Und jetzt will sie eben einen!«
Der Papa wollte etwas erwidern, aber Gretchen ließ ihn

nicht zu Wort kommen. »Und darauf kommt es doch nicht an, Papa! Ein Beruf ist doch nichts Schlechtes! Und überhaupt nichts gegen dich! Warum tust du denn so, als wollte *dir* die Mama damit etwas antun! Und überhaupt: Zu mir sagst du doch auch immer, ich muss einmal, wenn ich die Schule fertig habe, einen ordentlichen Beruf lernen! Warum, bitte, gilt das für mich und nicht für die Mama?«

Der Papa starrte Gretchen erstaunt und nicht sehr freundlich an. Dann zog er die Schnurrbartenden kinnabwärts und sagte frostig:

»Ich sehe überhaupt keinen Anlass, mit dir meine Eheprobleme durchzudiskutieren.«

Gretchen stand auf und verließ das Herrenzimmer. Die Tür knallte sie laut hinter sich zu.

Beim Nachtmahl aß Gretchen fast keinen Bissen. Ziemlich verbittert beobachtete sie – lustlos im Hasenbraten stochernd – die emsig futternden Anverwandten, und als sie dann sah, wie die Oma dem Papa mitleidig zunickte und soßetropfenden Mundes sprach: »Essen tröstet!«, und wie darauf der Papa zustimmend nickte, einen Knödelbrocken mit Preiselbeeren bestrich und kauend »Was bleibt einem denn sonst noch?« seufzte, da hielt es Gretchen nicht länger an der Abendbrottafel. Sie sprang auf, stieß den Sessel so heftig zurück, dass er umkippte, und eilte, des gefallenen Sessels nicht achtend, aus dem Wohnzimmer. Als sie schon im Vorzimmer war, hörte sie die Stimme der Oma: »Hänschen, stell den Sessel auf!« Und dann: »Das arme Mädchen ist ja ganz durcheinander. Und seit ich sie das letzte Mal gesehen hab, ist sie ja nur noch ein Schatten ihrer selbst! Sie muss mindestens fünf Kilo abgenommen haben!«

Gretchen blieb vor dem Garderobenspiegel stehen. Hatte sie tatsächlich abgenommen? Irgendwie, das musste sie ihrem

Spiegelbild zugeben, wirkte sie weniger rund als gewohnt. »Das werden wir ja gleich merken«, murmelte Gretchen ihrem Spiegelbild zu und holte Hänschens alte Jeans, die, die sie zum Mathe-Nachhilfebesuch bei Florian Kalb angehabt hatte, aus dem Vorzimmerschrank. Sie schlüpfte aus dem Kleid und stieg in die Hose, die ihr vor einer Woche noch die dicke Speckwurst rund um den Hosenbund gemacht hatte. Ohne besondere Kraftanstrengung war die Hose über die Hüften zu zerren, ohne Baucheinziehen ließ sich der Zipp schließen. Und die Speckwurst über dem Hosenbund war längst nicht mehr so dick. Gretchen, von dieser Sachlage fasziniert, stand lange vor dem Spiegel und bestaunte den erwiesenen Gewichtsverlust. Erst als die Oma mit dem Tablett voll schmutzigem Geschirr das Vorzimmer, Richtung Küche, durchquerte, verließ Gretchen den Spiegelplatz, zog einen Pullover über den nackten Oberkörper und ging ins Kinderzimmer. Sie sortierte das Schulzeug für den nächsten Tag und räumte es in die Schultasche. Beim Schultascheeinräumen fiel ihr der Florian Kalb ein und die Frage, wie sie nun mit dem Florian stand; und er mit ihr. Dreimal Bleistiftspitzen lang und ohne viel Herzklopfen überlegte Gretchen die Sache und kam zu dem Schluss, dass man eine abgeklärte Einstellung zu Liebesaffären bekommt, wenn einem gerade die eigene Familie kaputtzugehen droht.

Später dann, da war es schon dämmrig vor den Fenstern, kam Hänschen und wollte Gretchen zum Kartenspielen ins Wohnzimmer holen. »Die Oma will Bauernschnapsen«, sagte Hänschen. Gretchen schickte ihn mit dem Hinweis, dass sie keine Lust zum Kartenspielen habe und die Restfamilie Dreier-Schnapsen möge, aus dem Kinderzimmer. Sie nahm einen dicken Stoß bereits gelesener Adels-Schicksale

aus dem Schreibtisch und machte sich über die Happyends her. Das heißt, sie schlug Heftchen um Heftchen bei Seite 62 auf und nahm sich bloß die letzten zwei Glück bringenden Seiten vor. Aber Gretchen war an diesem Abend sichtlich nicht in Fürsten-Lese-Laune. Die angehäuften Glückszustände der bebenden Baronessen und die gestöhnten Liebesschwüre-auf-ewig ließen sie kalt wie eine Knackwurst in Essig und Öl. Ihr ganzes Interesse galt einem Geräusch, das sie vom Vorzimmer her erhoffte. Auf Schlüssel-im-Schloss, auf Türzuschlagen, aufs Mama-Eintreffen wartete Gretchen. Sie war beim vorletzten Happyend angelangt, als sie das erhoffte Geräusch hörte. Sie warf das STOLZE HERZ VON REICHENBERG in weitem Bogen weg, lief ins Vorzimmer und war bei der Mama, bevor die Mama die Wohnungstür noch richtig aufgeschlossen hatte. Am liebsten wäre sie der Mama um den Hals gefallen, aber das erschien ihr dann als eine wesentlich zu dramatische Geste. Gretchen sagte bloß: »Die Oma ist gekommen!«
Die Mama schlüpfte aus dem Mantel, hängte den Mantel an die Garderobe und sagte: »Das habe ich ja erwartet. Geht der eine Diensttrampel, lässt er den anderen kommen.«
Die Mama lauschte auf die leisen, dumpfen Stimmen, die vom Wohnzimmer her zu hören waren. »Einen Bettler spiel ich!« Und: »Schnecken, ich sag einen Gang an!« Und: »Da kriegst einen Patzen Kontra!« Dann schaute die Mama zur Küche hin, sah durch die offene Küchentür in die blitzblanke Küche und fragte: »Hat der Papa die Sauerei weggeputzt?«
Gretchen schüttelte den Kopf. »Ich war's!«, sagte sie. Die Mama und Gretchen sprachen sehr leise miteinander. Gretchen kam das zwar ein bisschen lächerlich vor, aber sie hielt es für unumgänglich.

»Jetzt pass einmal auf, Gretchen«, sagte die Mama und ging in die Küche und setzte sich an den Küchentisch. »Du musst mir glauben, dass ich das alles nicht einfach tu, weil ich verrückt oder hysterisch bin oder was weiß ich!«
Gretchen war kopfnickend hinter der Mama in die Küche gekommen.
»Entweder der Papa wird vernünftig«, sagte die Mama, »oder er bleibt stur! Aber solang ich da weiterwurstel und mir alles gefallen lasse, hat er keinen Grund vernünftig zu werden!«
Gretchen nickte weiter.
»Kannst du das irgendwie verstehen, Gretchen?«, fragte die Mama. »Oder bist du mir böse? So böse wie Hänschen?«
Gretchen tat kopfschüttelnd kund, dass sie mit Hänschens Einstellung rein gar nichts gemein hatte.
»Ich wohne bei der Marie-Luise«, fuhr die Mama fort, »die hat Platz genug. Und mit dem Geld vom Hofrat komm ich die nächste Zeit schon durch. Wenn ich will, kann ich bei ihm auch mehr Stunden in der Woche arbeiten.« Die Mama lächelte ein kleines bisschen. »Der zahlt einfach dafür, dass ein freundlicher Mensch in seiner Wohnung ist. Und zwar einer, der noch nicht mit einem Fuß im Grab steht!«
»Wie lang wird denn der Papa brauchen, bis er wieder vernünftig ist?« Gretchen schnüffelte zur Mama hin und kratzte sich am Bauch. »Ich mein …« Gretchen kratzte den Bauch, als hätten dort sieben Mücken zugebissen. »Ich mein, wie lang, ich mein, die Oma und so …« Gretchen hörte zu kratzen auf, seufzte und schwieg. Was sie wissen wollte, war nicht so einfach abfragbar. Die Mama schien Gretchen trotzdem zu verstehen. »Wenn die Oma nicht da wäre«, sagte sie, »wenn er allein zurechtkommen müsste, würde es sicher nicht sehr lange dauern. Aber so …« Die

Mama schaute böse. »So hat er ja wieder alles, was er zu seinem schönen, ruhigen Leben braucht!«
Gretchen wollte der Mama sagen, dass man dann doch bloß alles daransetzen müsse, die Oma nach Zwettl abzuschieben, doch da stand plötzlich der Papa in der Küche. Ob er gemerkt hatte, dass die Mama gekommen war, oder ob er bloß ein Bier aus dem Eisschrank wollte, war Gretchen nicht klar. Jedenfalls holte sich der Papa ein Bier, dann suchte er nach dem Kapselheber, den fand er schließlich. Er öffnete die Bierflasche, nahm ein Glas, schüttete Bier hinein, wartete, bis der Bierschaum in sich zusammengesunken war, und goss wieder Bier nach. Schweigend schauten ihm die Mama und Gretchen zu. Dann war das Glas voll Bier, hatte auch eine entsprechende Schaumkrone. Langsam ging der Papa mit dem Bierglas zur Küchentür. Dort angekommen, mit Blick ins Vorzimmer, fragte er: »Hast du es dir überlegt oder holst du nur den Rest von deiner Kramuri?«
»Weder noch!«, sagte die Mama zum Paparücken. »Ich will mit Gretchen reden. Und wenn du willst, auch mit dir!« Die Stimme der Mama wurde lauter. »Aber mit deinem Buckel red ich garantiert nicht! Setz dich her und sei normal! Du bist doch kein kleiner Bub!«
Der Papa drehte sich um, kam zum Tisch zurück, setzte sich, nahm einen Schluck Bier, wischte den Bierschaum vom Mund und vom Schnurrbart.
Gretchen atmete erleichtert auf.
»Also, was hast du mir zu sagen?« Der Papa schaute ins Bierglas. Die Mama schaute er nicht an.
Gretchen seufzte lautlos. Grund zur Erleichterung sah sie nicht mehr.
»Red doch nicht so«, rief die Mama. »Das ist doch wirklich keine Basis für ein vernünftiges Gespräch!«

»Du wolltest mit mir reden!« Der Papa schaute weiter ins Bier.
»Okay, okay«, rief die Mama. »Also schön! Ich wollte dir sagen, dass ich bereit bin mit dir weiterzuleben, wenn du mir nicht mehr in meine Nahrungsaufnahme dreinquatschst und wenn du ab jetzt im Haushalt auch ein, zwei Fingerchen rührst und wenn du endlich einsiehst, dass es kein Verbrechen ist, einen Beruf zu lernen; auch wenn man schon ein ausgewachsener Mensch ist!« Die Mama wollte eine Hand auf den Arm vom Papa legen, aber der Papa zog den Arm weg. »Zum Hofrat, wenn du das so gar nicht aushältst«, fuhr sie fort, »muss ich ja nicht unbedingt weitergehen. Ich wollt ja bloß ein bisschen eigenes Geld haben, kannst du das nicht verstehen? Ich meine …« Die Mama redete nicht weiter, weil die Wohnzimmertür aufging und die Oma und Hänschen herauskamen.
»Guten Abend, Elisabeth«, sagte die Oma. Hänschen sagte gar nichts. Die Oma kam in die Küche. Hänschen blieb im Vorzimmer stehen.
»Störe ich?«, fragte die Oma. Eine Antwort schien sie nicht zu erwarten. Sie drehte das warme Wasser im Abwaschbecken auf und begann das bereits blanke Becken zu scheuern. Verstört schaute Gretchen zur Mama, verstört schaute die Mama zum Papa. Der Papa nahm wieder einen Schluck Bier und sagte zur Oma: »Du störst keineswegs!«
Da stand die Mama auf. Dass sie weggehen wollte, war ziemlich klar.
»Mama, deine Telefonnummer brauch ich«, sagte Gretchen leise.
Die Mama nickte, holte den Einkaufs-Notizblock aus der Tischlade und schrieb mit dem Kugelschreiber, der mit einer Schnur am Block befestigt war, MAMA auf den Block. Und

dann: 67. In diesem Augenblick klingelte es an der Wohnungstür. Es klingelte dermaßen laut, dass die Mama vor Schreck statt der nächsten Ziffer nichts als einen langen, zittrigen Strich quer über den Block schaffte.
»Wer kann denn das noch sein?«, fragte die Oma mit Blick auf die Küchenuhr, die fünf Minuten vor neun zeigte.
Hänschen lief zur Wohnungstür. Gretchen hörte Gemurmel. Und dann deutlich Hänschens Stimme. »Natürlich ist Gretchen zu Hause!« Richtig empört sagte Hänschen das.
»Wer ist es denn?«, rief der Papa und nahm wieder einen Schluck Bier.
Gretchen wollte ins Vorzimmer, um ihren späten Besuch zu besichtigen, aber da war der späte Besuch schon an der Küchentür.
»Guten Abend, Gretchen, mein Mädchen«, sagte der Hinzel lächelnd. Er nickte Mama und Papa und Oma zu. »Entschuldigen Sie bitte die späte Störung«, sagte er. »Aber Gretchen hat so halb und halb versprochen mich heut Abend noch zu besuchen. Und weil sie nicht gekommen ist, schau ich halt vorbei. Überredungshalber – sozusagen!«
Gretchen stand ziemlich angewurzelt am Küchentisch. Zu einer Antwort für den Hinzel fühlte sie sich nicht fähig. Sie konnte sich nicht einmal entscheiden, ob sie eher das entsetzte Gesicht vom Papa oder das noch entsetztere Gesicht der Oma anschauen sollte.
»Na, was ist, Gretchen, mein Mädchen?«, fragte der Hinzel. »Magst noch auf ein Stündchen?«
Gretchen stammelte: »Ich weiß nicht recht …« Sie stammelte so leise, dass es garantiert niemand gehört hatte. Außerdem brüllte der Papa in diesem Moment los. »Was meine Tochter mag, ist Wurscht!«, brüllte er. »Es ist neun Uhr, mein Knabe! Um diese Zeit geht meine Tochter nicht mehr aus dem Haus!

Und mit so einem wie dir geht sie überhaupt nicht aus dem Haus! Verstanden?«
»War ja laut genug«, sagte der Hinzel zum Papa. Und zu Gretchen sagte er: »Entschuldige, ich hab ja keine Ahnung gehabt, was du hier für einen Giftzwerg hocken hast!«
Der Papa sprang auf, streckte einen Arm in Richtung Hinzel, Richtung dahinter liegender Wohnungstür, und schrie: »Hinaus! Hinaus! Aber schnell!«
Der Hinzel schaute den Papa an. Irgendwie interessiert schaute er. Und auch ein bisschen mitleidig. »Geben Sie bloß auf Ihren Blutdruck Acht!«, sagte er, dann drehte er sich um und marschierte durchs Vorzimmer, der Wohnungstür zu. Gretchen schaute ihm nach. Als der Hinzel in der Tür stand, knapp bevor er sie langsam zuzog, winkte er ihr zu.
Gretchen blieb, der Küche den Rücken zukehrend, stehen. Sie dachte: Was passiert jetzt bloß weiter?
Lange musste sie nicht warten. Sie spürte Papas Hand auf ihrer Schulter. Die Hand packte fest zu und drehte sie um. Der Papa, hochrot im Gesicht, fragte: »Wer war das? Was will der von dir? Wieso kommt der her? Was hast du mit so einem Affen zu tun? So red schon!«
Und die Oma, kopfschüttelnd und mit einem Teller in den Händen, rief: »Dass es so einen überhaupt gibt, hätt ich nicht für möglich gehalten! So was gehört ja in einen Käfig! Das ist ja nicht normal!«
»Gretchen!« Die Papa-Hand packte noch fester zu. »Gretchen, sag mir sofort, wer dieser Abschaum war!« Der Papa brüllte so laut in Gretchens Ohr, dass für ihr Trommelfell Perforationsgefahr bestand und sie das Ohr durch Vorhalten einer Hand zu schützen versuchte. Der Papa, vielleicht, weil ihm tatsächlich danach zu Mute war, missdeutete Gretchens Ohrenschützergeste als Abwehrreaktion gegen eine

drohende Ohrfeige. Er ließ ihre Schulter los, trat einen Schritt zurück, stampfte unwillig mit einem Fuß auf und sagte: »Verdammt, tu nicht so! Ich hab dich noch nie geschlagen!« Dann wandte er sich an die Mama. »Kannst du mir vielleicht sagen, wer dieser irre Affe war?«
Die Mama riss den Zettel mit der fertig geschriebenen Telefonnummer vom Notizblock, reichte ihn Gretchen und sagte zum Papa: »Ich habe keinen Affen gesehen. Affen gibt es im Tiergarten. Und dort war ich schon lange nicht mehr.«
»Red nicht so saudumm!« Das Gesicht vom Papa wurde immer wutröter und wutröter. »Du weißt genau, dass ich diesen, diesen – diesen tätowierten Affen mit diesem, diesem – diesem entsetzlichen Dings auf dem Schädel meine!«
Die Oma, noch immer ein und denselben Teller haltend, mischte sich ein. »Nun sag bloß, Elisabeth, du hast den Kerl nicht abnormal gefunden!«
Die Mama zuckte mit den Schultern. »Normal, abnormal, was sagt das schon. Einer hat einen Pinsel auf dem Scheitel, einer einen Schnurrbart unter der Nase. Ich misch mich da nicht ein!«
»Aber schließlich wollte er deine Tochter abholen!« Ketschup-rot war das Papa-Gesicht schon. »Mischst du dich da auch nicht ein?«
»Du hast mir ja gar keine Chance gegeben mich einzumischen, oder?«, sagte die Mama und wollte aus der Küche hinaus.
Der Papa vertrat ihr den Weg. »Findest du es schick, gehört das zu deinen neuen Lebensformen, wenn sich deine Tochter mit Sandlern und Strottern und Gammlern und Giftlern herumtreibt?«, schrie er. Die Mama tippte sich gegen die Stirn, schüttelte den Kopf und versuchte sich zwischen Papa und Eisschrank durchzudrängen. Der Papa streckte einen

Arm, wie ein verkehrsregelnder Polizist, als Sperrschranke gegen die Mama aus. Die Mama packte den Verkehrspolizistenarm und versuchte ihn wegzudrücken, aber sie hatte nicht genug Kraft.
»Hier kommst du mir nicht raus!«, zischte ihr der Papa zu. Da trat die Mama dem Papa auf den Fuß. Gretchen beobachtete es genau. Ganz langsam hob die Mama ein Bein, stellte den Fuß schräg, damit der Stöckelschuhabsatz auf Papas Zehen zu stehen kam, und trat fest zu. Mit leicht drehender Bewegung des Schuhabsatzes. Der Papa brüllte auf, der Polizistenarm knickte im Ellbogen ein, die Polizistenhand klatschte auf die Wange der Mama, die Oma schrie: »Um Christi willen, ihr werdet doch nicht, was soll denn das unter normalen Menschen!«, die Mama stieß den Papa zur Seite und lief ins Vorzimmer hinaus.
Gretchen spürte ihr Herz schrecklich laut klopfen. Im Hals, in den Ohren, in den Fingerspitzen, einfach überall. Sie lief hinter der Mama her, sie stellte sich neben die Mama. Die Mama zog sich den Mantel an. »Es tut mir Leid, Gretchen«, sagte die Mama. »So weit dürfte man es nicht kommen lassen!«
Gretchen fasste die Mama am Mantelärmel. »Du, Mama?« Gretchen schnüffelte. »Hat die Marie-Luise noch ein Bett für mich frei?«
»Ein Bett ist schon noch frei, ein ganzes Zimmer sogar«, sagte die Mama zögernd, »aber Gretchen …«
Gretchen hörte gar nicht mehr richtig, was die Mama noch von »gut überlegen« und »vielleicht voreilig« und »nicht richtig« sagte. Sie lief ins Kinderzimmer, packte ihre Schultasche, riss ein paar T-Shirts, Unterhosen und Socken aus den Fächern und wickelte sie, weil sie nichts Besseres fand, in einen Faltenrock, packte das Faltenrockbündel unter den

Arm und lief wieder zur Mama. Aber die war inzwischen nicht mehr allein. Die Oma und der Papa standen bei ihr, genauer: zwischen ihr und der Eingangstür.
Der Papa sagte: »Du wirst das Kind nicht abschleppen!«
Die Oma sagte: »Nehmt doch Vernunft an!«
Der Papa sagte: »Sie hat ja Vernunft! Ist doch klar! Je mehr Kinder, desto mehr Alimente!«
Die Oma sagte: »Entwürdigt euch, bitte, nicht!«
Der Papa sagte: »Würde ist mir jetzt scheißegal!«
Die Oma griff mit einer Hand nach der Mama und mit der anderen nach dem Papa und sagte: »Kommt ins Wohnzimmer zurück! Reden wir doch darüber!«
Der Papa sagte: »Kein Wort red ich mehr ohne Anwalt!«
Gretchen fühlte sich dem nicht länger gewachsen. Sie schrie – und weil Gretchens Stimme im Schreien nicht geübt war, so quietschte sie:
»Ich will nichts wie weg! Und wenn ich nicht mit der Mama gehen darf, dann renn ich in der Nacht weg! Und komm nie wieder!«
Gretchens Drohung brachte sowohl den Papa als auch die Oma zum Schweigen. Sie gaben die Eingangstür frei. Gretchen lief auf den Gang hinaus, die Mama folgte ihr langsam. An der Treppe wartete Gretchen auf die Mama.
»Ich wollt noch mit Hänschen reden«, murmelte die Mama bekümmert.
»Mit dem kann man nicht reden«, sagte Gretchen. »Der muss auch erst vernünftig werden!«
»Von einem Kind kann man das nicht verlangen«, sagte die Mama.
»Doch«, sagte Gretchen und dann sagte sie »Guten Abend«, weil der Konni, der Nachbarssohn, zum Haustor hereinkam.

Der Konni grinste hinter den zwei »Sackmeier-Säcken« her, bis sich das Haustor hinter ihnen geschlossen hatte. Doch dann, die Treppe hinaufsteigend, hörte er plötzlich zu grinsen auf.
Verdutzt betrat er die elterliche Wohnung und sagte zu Papa und Mama: »Wenn mich nicht der weiße Affe laust, dann haben die Säcke an Gewicht verloren! Aber ganz enorm! Zumindest die zwei großen weiblichen Säcke!« Bekümmert schüttelte er den Kopf. »Die haben ja auf einmal nur noch Ärsche wie jedermann! Und vorn wabbelt auch nichts mehr!«
Papa und Mama versprachen ihrem Konni die zwei weiblichen »Säcke« auf diesen Umstand hin ab morgen zu beäugen; ein Versprechen, das sie leider nicht einlösen konnten, sosehr sie sich auch bemühten.

8. Kapitel

welches zwar das letzte, aber noch nicht das Ende der Geschichte ist, da das Leben immer weitergeht für die, die am Leben bleiben; und das sind, wie in dieser Geschichte auch nicht anders zu erwarten, alle Personen der vorangegangenen Handlung.

Ein kompletter Monat war nun schon seit Mamas und Gretchens Auszug aus der Sackmeier-Wohnung vergangen. Gretchens Leben hatte sich in diesen vier Wochen ziemlich verändert. Außer dem Umstand, dass Gretchen mit derselben Straßenbahnlinie in die Schule fuhr – allerdings in entgegengesetzter Richtung –, war eigentlich für sie alles anders geworden.

Gretchen wohnte bei Marie-Luise in einem eigenen, kleinen Zimmer, das hatte bloß ein Fenster zu einem düsteren Hinterhof hinaus, aber ein schöner dunkelroter Ohrensessel stand darin und ein uralter Schreibtisch, der ein »Geheimfach« hatte. Mädi und die Mama wohnten in einem großen Zimmer nebenan. Und wenn sich jemand tatsächlich »geändert« hatte in dieser Zeit, dann war das Mädi. Kugelrund und alles auffressend, was ihr in die Quere kam, war Mädi zwar immer noch, aber sie raunzte und quengelte nicht mehr. Dazu hatte sie keine Zeit. Seppi und Pepi beschäftigten sie viel zu sehr. Und wenn es zwischen ihr und Pepi zu einem Streit kam, meistens deshalb, weil Mädi den Seppi, den schwarzen Kater, als ihr Besitztum ausgab, dann raunzte Mädi nicht mehr leidend herum, sondern boxte Pepi in den Bauch und schimpfte ihn mit fester Stimme ein »egozentrisches Biest«. Diesen Ausdruck hatte sie von Ma-

rie-Luise übernommen. Die sagte das auch oft von ihrem Sohn. Die Mama war meistens bis um halb zwei oder halb drei Uhr beim Hofrat. Zwei aufregende Tage hatte die Mama auch schon hinter sich gebracht. Sie hatte die Aufnahmeprüfung für die Sozialakademie gemacht und bestanden. Und dreimal schon in diesem Monat war ein Mann am Abend bei der Mama gewesen. Ein entfernter Cousin der Mama. Ein Rechtsanwalt. Der hatte lang und breit mit der Mama und Marie-Luise über die »finanzielle Seite« gesprochen. Gretchen, die jedes Mal dabeigesessen hatte, hatte nicht alles von der »finanziellen Seite« verstanden. Aber so viel war ihr klar: Es gab da Meinungsverschiedenheiten. Der Rechtsanwalt behauptete, die Mama sei besser dran, wenn sie sich nicht scheiden ließ. Wenn sie verheiratet bliebe, sagte der Rechtsanwalt, habe sie mehr Geld zu erwarten. Das beruhigte Gretchen irgendwie. Marie-Luise hingegen plädierte auf »Scheidung«. Sie war der Ansicht, der Papa müsse nach der Scheidung, zumindest so lange, wie die Mama zur Schule ging, für den gesamten Unterhalt der Mama aufkommen. »Schließlich hast du nichts lernen können wegen ihm! Hast seine Kinder großgezogen, seine Socken gestopft und seinen Diensttrampel gespielt! Fünfzehn Jahre lang! Dafür kann er mindestens zwei Jahr lang für deine Ausbildung blechen, oder?«
Und die Mama, auch das merkte Gretchen, wollte das alles nicht. Sie wollte vom Papa überhaupt kein Geld. »Mir liegt es nicht, mit ihm um das Geld zu streiten!«, sagte sie immer wieder. Und wenn ihr der Rechtsanwalt-Cousin und Marie-Luise dann vereint vorhielten, dass sie mit so einer Einstellung samt Gretchen und Mädi verhungern werde, schaute die Mama zwar verzweifelt, wiederholte aber stur: »Mir liegt das nicht!«

Durch die vielen Gespräche über die Geld-Ansprüche, die die Mama an den Papa hatte oder nicht hatte, und durch die Aufzählung der diversen Gründe, warum die Mama derartige Ansprüche sehr wohl stellen könne, wurde Gretchen auch etwas klar, was sie eigentlich – als gute Rechnerin – hätte längst wissen müssen, was sie sich aber nie überlegt hatte: Die Mama war schon – mit Gretchen – schwanger gewesen, als sie noch in die Schule gegangen war. Mit Gretchen im Bauch hatte sie Matura gemacht! Gretchen fand das faszinierend.

»Menschenskind, das war nicht faszinierend, das war die komplette Scheiße«, sagte Marie-Luise. »Wenn ich dran denk!« Sie seufzte. »Zuerst ist deine Mama noch schnell aufs Häusel kotzen gegangen und dann ist sie rein zur Prüfungskommission!« Die Marie-Luise schüttelte bekümmert den Kopf. »Und dein zukünftiger Herr Vater hat in dem kleinen Park an der Schule gestanden und gewartet. Neben dem großen Fliederbusch!« Marie-Luise lachte. »Damals hab ich ihn ›Das dicke Buschgespenst‹ getauft!«

Gretchen konnte sich nicht recht entschließen die Marie-Luise zu mögen oder nicht zu mögen. Eigentlich war an ihr rein gar nichts auszusetzen. Lieb war sie, meistens auch lustig, hübsch war sie und freundlich war sie auch. Und sie behandelte Gretchen und Mädi ganz so, als hätte sie die beiden schon von Geburt an gekannt und gern gehabt.

Klug war die Marie-Luise sicher auch. Sogar bei den Latein-Vokabeln war sie noch ziemlich perfekt. Und Zeit zum Reden hatte sie, wenn sie zu Hause war, meistens auch.

Nein, nein, Gretchen musste immer wieder zugeben: An Marie-Luise war nichts auszusetzen. Außer: Marie-Luise betrachtete die Ehe von Papa und Mama für eine abgeschlossene Sache! Das war es, was Gretchen an ihr so störte.

Nicht einmal, dass Hänschen noch beim Papa war, schien sie sehr zu beeindrucken. Aber das war ja auch kein Wunder, sagte sich Gretchen. Schließlich hatte sie ja selber zwei Kinder bei einem ehemaligen Mann.
Mit der Mama redete Gretchen nicht über Hänschen. Ein einziges Mal hatte sie davon angefangen, aber da war die Mama bloß in Tränen ausgebrochen und hatte geschluchzt, dass sie ihr Hänschen haben wolle, ihr liebes, kleines Hänschen, und dass es keinen Weg zu Hänschen gäbe.
Seither sprach Gretchen nur noch mit Hinzel über Hänschen. (Abgesehen von ein paar Bemerkungen vom kleinen Pepi, der versessen darauf war, das Hänschen auch ins Haus zu bekommen. Oft, besonders wenn ihn wer ärgerte, sagte Pepi: »Nix wie Weiber! Ich möcht auch einen Mann haben!«)
Den Hinzel sah Gretchen oft. Sie brauchte bloß ins Waxlberger zu gehen, wenn sie Lust auf ihn hatte. Und der Monster-Ober hatte sich auch schon daran gewöhnt, dass Gretchen drei Stunden lang, bei nichts als einem Achtel Mineralwasser, im Lokal hockte.
Oft saß Gretchen auch mit Hinzel im Park beim Markt und blies mit ihm ein Duett; Mundharmonika und Flöte. Und manchmal, am Abend, besuchte sie Hinzel in seiner Wohnung. Hinzels Wohnung bestand aus einem Vorzimmer, einem Klo, einer Küche und einem Zimmer, und Hinzel hatte sämtliche Wände schwarz angestrichen. Die Fußböden auch. Wenn er dann, zu Ehren von Gretchen, im Zimmer zwei Kerzen anzündete und sie mit ihm Tee trinkend und plaudernd auf der schwarzweiß gestreiften Besuchermatratze im Türkensitz saß, kam sie sich vor wie zu Besuch in einer recht gemütlichen Familiengruft.
Vor solchen Gruftbesuchen hatte sich Gretchen ein paar Mal überlegt, was sie denn tun würde, wenn der Hinzel sie auf

der gestreiften Matratze küssen und umarmen wollte. Die braun geränderten Vorderzähne vom Hinzel waren dabei Höhepunkt der Überlegung. Sie standen hindernd gegen Hinzels freundliche, einsichtige Art und Hinzels Humor und Hinzels kluges Hirn. So kam Gretchen zu keinem rechten Denkergebnis in Bezug auf »mögliche Hinzel-Umarmung«, aber das war auch gar nicht nötig, weil Hinzel ohnehin keine Umarmungsversuche unternahm. Und seit ein paar Tagen hatte Gretchen diese Überlegungen eingestellt, denn Gabriele – die aus ihrer Klasse – und eine der zwei Nina Hagens hatten ihr, als sie mit ihnen, vom Waxlberger kommend, über den Markt schlenderte, anvertraut, dass der Hinzel leider »impotent« sei; was garantiert kein körperlicher Defekt, sondern ein psychischer sein müsse. Dass aber der Hinzel deshalb auch aufs Küssen und Schmusen, wozu er durchaus fähig sei, verzichte, weil er keine »Halbheiten« mochte.

Noch etwas hatte sich in Gretchens Leben verändert. Der Florian Kalb hatte sich in aller Öffentlichkeit für sie entschieden. Gleich am ersten Tag nach ihrem Auszug aus der Sackmeier-Wohnung hatte sie das festgestellt.

Gretchen war an diesem Morgen rechtzeitig in der Schule gewesen, weil sie sich mit der neuen Anfahrtszeit ziemlich verschätzt hatte. Zuerst war sie pflichtschuldigst zur Schulsekretärin gegangen und hatte sich und Hänschen vom Mumpsverdacht befreit. Dann, in die langsam sich füllende Klasse zurückgekehrt, hatte sie erwogen, ob sie der Wechselrahmen-Sabine, die ihr gerade zugetan war, von ihrer veränderten Lebenslage erzählen sollte. Das hatte sie bleiben lassen. Dann war Gabriele zu ihr gekommen und hatte gesagt, dass sie gestern am Abend noch den Hinzel gesehen habe und dass sie Gretchen vom Hinzel bestellen müsse, dass ihm der gestrige Auftritt schrecklich Leid tue und dass er jederzeit für sie, wenn sie das wünsche, im Waxlberger zu besichtigen sei. Gretchen hatte daraufhin Gabriele die veränderte Lebenslage anvertraut und sie schwören lassen, das Wissen um die »halbierten Sackmeiers« nicht an ihre Eltern weiterzugeben, da ihr Papa ja auch in der Nudelfabrik arbeitete und Gretchens Papa die Familienverhältnisse garantiert nicht in der Nudelfabrik breitgetreten haben wolle.

Als die Schulglocke an diesem Tag dann die erste Stunde eingeläutet hatte, war der Florian Kalb noch nicht anwesend gewesen. Viertel nach acht erst war er angekeucht. Etwas von einem Installateur und einem Wohnungsschlüssel hatte er gemurmelt und dabei Gretchen unentwegt angestarrt. Und kaum hatte er dann, milde beschimpft vom Englisch-Lehrer, auf seinem Platz gesessen, hatte er einen Zettel genommen, darauf herumgekritzelt, ihn gefaltet und via Uschi Kohl, Uschi Meier und Otti Horneck an Gretchen geschickt. Gretchen hatte den Zettel unter dem Pult auseinander gefaltet und gelesen:

WIESO BIST DU ÜBERHAUPT HIER? ICH HAB SEIT HALB ACHT VOR DEINEM HAUSTOR GEWARTET! ABER DU BIST NICHT RAUSGEKOMMEN!

Gretchen hatte dem Florian sofort einen Zettel mit der Mitteilung HABE AUSSER HAUS GESCHLAFEN zurückgeschickt. In der Klasse war dieser Briefwechsel natürlich wahrgenommen worden, und da in der Klasse seit eh und je briefwechselnde Knaben und Mädchen als »Liebespaar« eingestuft wurden, galt für die Klasse die »Zweierbeziehung Florian-Gretchen« als beschlossene Sache. Bloß Gretchen hatte da ihre Bedenken. Nicht, dass ihr der Florian nicht mehr gefiel. Sie fand ihn, rein optisch, noch immer sehr prächtig. Und dreimal hatte sie sich mit ihm inzwischen auch schon wieder im Park getroffen. Doch außer Herumschmusen war dem Florian leider überhaupt nichts Rechtes eingefallen. Und so ein schönes Schmusegefühl wie damals unter dem Trenchcoat-Zelt hatte sich bei Gretchen nicht mehr eingestellt. Da merkte sie deutlich, dass sie ihre Freizeit doch lieber ins Waxlberger investierte, in Hinzel, in ein Flöten-Mundharmonika-Duo und ein friedliches Gespräch über die »beschissenen Zustände«. Sogar ein kleiner Parkplausch mit einer der Nina Hagens und dem Kahlköpfigen oder dem Gipshals waren ihr noch lieber als Florians Tapsch-Grapsch-Sitzungen mit Küsschen. Gretchens Zuneigung zu Florian Kalb reichte gerade noch so weit, dass sie, wenn der Florian in der Schule zu jemand sagte: »Ich gehe mit Gretchen!«, nicht protestierte. Und die Mathe-Hausübungen ließ sie ihn natürlich auch noch regelmäßig abschreiben. Aber das hätte sie schließlich auch jedem anderen gestattet.

Dass der Schulvormittag eine tagtägliche Qual für Gretchen war, lag an ganz etwas anderem. Das lag daran, dass Hänschen in dieselbe Schule ging. Bloß drei Klassen weiter im selben Gang logierte er. Und redete nicht mit ihr. In den Pausen ging er ihr aus dem Weg. Wenn sie hinter ihm herlief und ihn packte, riss er sich los und rannte davon. Ein einziges Mal hatte sie ihn zu einem Zehner-Pausen-Gespräch zwingen können. In den hintersten Gangwinkel hatte sie ihn abgedrängt. »Hänschen, so sei doch nicht blöd!«, hatte sie ihm zugeflüstert. »Hänschen, ich hab dir doch nichts getan!«

Aber Hänschen hatte ihr gegen die Schienbeine getreten und gesagt: »Lass mich in Ruhe! Du Kuh, du blöde! Gesagt hast du, du bleibst bei uns! Für meine Federn hast du mir eine schwarzweiße Platte versprochen! Und dann bist du

weg!« Gretchen, des Schmerzes in ihren Schienbeinen nicht achtend, hatte gerufen: »Aber ich mach sie dir doch! Gleich heute Nachmittag komm ich. Und dann streichen wir eine Platte an. Im Keller ist noch eine!« Da hatte Hänschen gesagt: »Wenn du kommst, lass ich dich nicht rein!« Und dann hatte er Gretchen einfach in den Oberarm gebissen und sie hatte ihn losgelassen und Hänschen war weggelaufen.
Seither, und das war jetzt schon zwei Wochen her, hatten Hänschen und Gretchen kein Wort mehr miteinander geredet. Und wenn sie einander zufällig auf dem Schulgang begegneten, schauten sie einander nicht mehr an.

An einem Donnerstag dann, an einem strahlend blauen sonnigen Donnerstag nach der Schule, ließ sich Gretchen von Gabriele zu einem Eis einladen. Gretchen war im letzten Monat unheimlich sparsam geworden. Sie verlangte von der Mama kein Taschengeld mehr, sie verlangte überhaupt kein Geld mehr, weil sie nicht genau wusste, wie viel Geld die Mama hatte. Einmal war zwar zwischen Marie-Luise und der Mama von irgendeiner Überweisung auf irgendein Konto die Rede gewesen, von irgendeinem Betrag, den der Papa überwiesen hatte, von einem Betrag, der Marie-Luise entschieden zu gering erschienen war und den die Mama als ausreichend bezeichnet hatte, doch Gretchen hatte eine Scheu diesen »Gelddingen« nachzuforschen. Und Hinzel gab ihr da auch Recht. »Besser gar nicht reinriechen in den Geldscheiß der Alten«, sagte er.
Gabriele lud also Gretchen zu einem großen Eis ein, und als die beiden Eis schleckend aus dem Eissalon kamen, fasste Gabriele Gretchen erschrocken am Arm und rief: »Ist das nicht das Hänschen?«
»Wo?«, fragte das Eis mampfende Gretchen. Gabriele deu-

tete zur übernächsten Straßenecke. Gretchen schaute, ließ Eisbecher und Schultasche fallen und rannte los, denn an der Ecke, umringt von etlichen Schülern, kniete Hänschen auf dem Boden und unter ihm war einer, ein kleiner Dünner, und auf den drosch Hänschen ein. Während sich Gretchen, rennend wie noch nie, der Szene näherte, änderte sich das Bild. Einer, so groß und fast so breit wie Hänschen, löste sich von den Ringsumstehenden und warf sich auf Hänschen drauf. Und als Gretchen endlich an der Ecke war, waren schon drei kräftige Knaben über Hänschen.

»Nicht vier gegen einen!«, rief Gretchen, packte einen Cordsamthosenboden und versuchte den Knaben, der in der Cordhose steckte, von Hänschen wegzuzerren. Das wäre ihr auch gelungen, hätten sie nicht zwei Beobachter zurückgehalten. Der eine sagte: »Er hat ja angefangen!« Der andere sagte: »Geschieht ihm recht, auf so einen Kleinen geht man nicht los!«

Gretchen rief: »Das ist mein Bruder!«, und versuchte sich aus dem Griff der beiden zu befreien. Aber die ließen nicht locker. »Jetzt kriegt er zuerst einmal seine Plesch!«, sagte der eine. »Und dann kannst du deinen saubern Bruder heimrollen!«, sagte der andere.

Gretchen musste mit ansehen, wie Hänschen von dem mit der Cordhose und dem mit der Latzhose festgehalten wurde und von dem mit der Karohose geohrfeigt wurde. Der kleine Dünne war inzwischen freigekommen. Dicht neben dem zappelnden, um sich tretenden Gretchen stand er jetzt. Aus seiner Nase rann Blut, sein linkes Auge war verschwollen, in einer Hand hielt er eine total zerbrochene Brille. Einer von den Ringsumstehenden tupfte mit einem Papiertaschentuch erste-Hilfe-gebend an der blutenden Nase herum und rief: »Wenn die nicht gebrochen ist, heiß ich Wappel!«

Die beiden, die Gretchen festhielten, waren von dieser Meldung derart beeindruckt, dass sie Gretchens Arme nicht mehr ganz so fest hielten und Gretchen freikam.
»Aufhören! Endlich aufhören!«, schrie Gretchen. Den mit der karierten Hose packte sie am Hemd. Der Stoff riss, Gretchen bekam einen Unterleiberlrand zu fassen und zog an diesem den mit der karierten Hose von Hänschen weg. Mit einem Kraftaufwand, den sie sich nie zugetraut hätte, schleuderte sie ihn gegen die Ringsumstehenden, packte den mit der Latzhose an den Hosenträgern, und weil der Hänschen noch immer nicht loslassen wollte, biss sie ihn einfach – und dies nur deshalb, weil es in ihrer Mundnähe war – ins Ohr. Der Latzhosenknabe brüllte auf und sprang, das Ohr mit beiden Händen haltend, aus der Kampfarena. Und die Cordhose, dies gewahrend, flüchtete ebenfalls. Gretchen beugte sich über Hänschen und richtete ihn auf. Hänschen stöhnte und kippte nach hinten um.
»Hänschen«, flüsterte Gretchen und fing an zu weinen, weil sein Anblick tränenlos einfach nicht zu ertragen war. Hänschens Nase war zu einer dicken Knolle angeschwollen, seine Oberlippe zu einem brandroten Regenwurm mit bluttropfendem Spalt. Unter dem einen Auge und über dem anderen war ebenfalls Haut geplatzt. Und in Hänschens weit offenen Augen war bloß Weißes zu sehen. Nur ganz oben, verdeckt von den zuckenden Lidern, konnte man einen Hauch von Iris erahnen. Hänschen hatte – sozusagen – seine Augen nach oben-innen gekehrt und sich in eine Ohnmacht begeben.
Das schien sowohl die Schläger als auch die Zuschauer irgendwie zu verstören. Ihr erregtes Gemurmel verebbte und Gretchen sah – leicht tränenverschleiert – bald nur noch ein Paar Beine neben sich stehen. Sie schaute kurz hoch. Schlä-

ger und Zuschauer hatten das Weite gesucht. Der, der noch da stand, war der mit der zerbrochenen Brille und der angeblich gebrochenen Nase.
Gretchen schaute schnell wieder zu Hänschen hinunter. Nicht nur, weil sie Hänschen aus der Ohnmacht rütteln wollte, sondern weil sie sich vor dem kleinen Dünnen schämte.
»Gar nix getan hab ich ihm«, sagte der Kleine. »Nur geglaubt hab ich ihm nicht, dass seine Mutter nach Afrika gefahren ist, weil ich sie doch fast jeden Tag seh!«
Gretchen wischte sich Tränen aus den Augen und besser sehend merkte sie, dass Hänschen nicht mehr ohnmächtig war. Er stellte sich bloß so. Die Augen hatte er nun geschlossen, die Augenlider zuckten und seine Speckbrust zitterte.
»Wenn er so blöd lügt«, sagte der Kleine, »dann muss er damit rechnen, dass es rauskommt in der Klasse!«
Gretchen zog Hänschen mit aller Kraft hoch und stellte ihn auf. Hänschen versuchte in die Knie zu gehen.
»Er spinnt ja«, sagte der Kleine. »Andere haben auch geschiedene Eltern. Da braucht er sich nicht so aufpudeln, wenn man ihm das sagt!«
Gretchen hielt Hänschen mühsam senkrecht. Aber nach dem Kampf gegen die drei Schläger war nicht mehr allzu viel Kraft in ihr. Wie ein Zentner-Mehlsack hing Hänschen in ihren Armen.
»Und wehleidig ist er auch noch!«, sagte der Kleine. Er packte seine Schultasche, die an der Hausmauer lehnte, schaute Gretchen und Hänschen böse an und ging weg.
Gretchen fürchtete, dass sie den Mühlsack-Bruder gleich würde zu Boden plumpsen lassen müssen, und schaute sich Hilfe suchend um.

Wo war bloß Gabriele hingekommen? War die einfach nach Hause gegangen? Nein, Gabriele war nicht nach Hause gegangen. Unter dem einen Arm ihre eigene Schultasche, unter dem anderen die von Gretchen, kam sie langsam näher. »Mensch, die Keilerei war ja Western-Klasse!«, sagte sie lobend.

Gretchen schnaufte: »Wennst mir schon gegen die Arschgeier nicht geholfen hast, hilf mir jetzt wenigstens, ich schaff ihn nicht mehr!«

Gabriele lachte. »Aber Gretchen! Arschgeier. Wenn das meine Mama hören tät, wär sie nicht mehr glücklich darüber, dass wir jetzt Freundinnen sind!« Gabriele packte Hänschen unter der einen Achsel. Gretchen nahm ihn unter der anderen. »Und wo ist sein Schulpackel?« Gabriele schaute sich suchend um. Die grasgrüne Schultasche von Hänschen war nirgendwo zu sehen. »Die hat einer mitgehen lassen«, sagte Gabriele. »Das find ich aber pervers, echt pervers. Muss ein Masochist sein!«

Schön langsam, Schritt für Schritt, schleppten Gretchen und Gabriele Hänschen zur Straßenbahnhaltestelle. Dabei schaute Gretchen noch immer nach der Schultasche aus. An einen masochistischen Schultaschenklau mochte sie nicht glauben.

»Hänschen, mein Bester«, schnaufte Gabriele. »Könntest du vielleicht ein bisschen selber gehen?« Hänschen reagierte nicht. Als hätte er Gummiknochen, ließ er sich schleppen. Und die hundert Meter bis zur Haltestelle musste Gretchen dreimal die Frage von Passanten, ob man die Rettung anrufen solle, verneinen.

»Den Kerl hieven wir doch nie im Leben in die Bimbim«, keuchte Gabriele, an der Haltestelle angekommen. »Da wär ja ein Kran nötig!«

Gretchen nickte bekümmert.
»Hast Geld für ein Taxi?«, fragte Gabriele.
Gretchen hatte bloß einen einzigen Schilling. Den Not-Schilling. Den Mama-Anruf-Schilling. Der fiel Gretchen jetzt ein. Sie lehnte Hänschen an den Papierkorb an dem Haltestellenschild.
»Er spielt tot«, sagte Gabriele. »Das tun viele, wenn sie gar nicht mehr weiterwissen!«
Gretchen holte das Schillingstück aus der Jackentasche und den Zettel, auf dem sie die Hofratstelefonnummer notiert hatte, aus der Schultasche. Sie drückte Gabriele Zettel und Schilling in die Hand, zeigte auf das Telefonhäuschen auf der Straßenseite gegenüber. »Die Mama muss noch dort sein«, sagte sie. »Ruf an, sag, sie soll mit einem Taxi herkommen!«
Gretchen wollte nicht selber zum Telefon laufen. Sie hatte Angst, Gabriele könnte das tot spielende Hänschen nicht sorglich genug hüten.
Gabriele rannte über die Straße. Gretchen konnte nicht erkennen, ob Gabriele das Knöpfchen, das die Verbindung herstellte, überhaupt drückte, weil ein rundlicher Herr, der großes Interesse an Hänschens Zustand zeigte, ihr die Sicht auf das Telefonhäuschen verstellte. Erst als Gabriele wiederkam und verkündete: »In fünf Minuten ist sie da!«, seufzte Gretchen erleichtert auf.
Die nächsten fünf Minuten waren Höllenminuten. Der rundliche Herr nämlich, dem Gretchen die Auskunft erteilt hatte, Hänschen sei über die Schultreppe gefallen, erregte sich über den lotterhaften Direktor, der einen derart lädierten Schüler nicht der Rettung übergeben hatte. Er wollte den Namen vom Direktor und der Schule und die Adresse der Schule wissen, um den »sauberen Herrn« anzuzeigen. Da-

raufhin erklärte Gabriele den Direktor zum Dr. Dante, die Schule zum Mussolini-Lyzeum und die Adresse zum Medici-Platz 7. Gabriele war eben eine echte Italien-Verehrerin! Aber leider stand an der Haltestelle auch eine Dame und die sagte zum rundlichen Herrn: »Die Menscher pflanzen Ihnen! Ich hab's gesehen! Der fette Bub hat gerauft!« Da war der rundliche Herr erbost und schimpfte auf Gabriele los, und weil ihm die die Zunge rausstreckte, wurde er noch erboster und sagte, jetzt werde er erst recht mit dem Dr. Dante reden, damit dem klar werde, welche Brut er auf seinem Mussolini-Lyzeum großziehe! Gerade als sich die Dame anschickte dem rundlichen Herrn ihre Bedenken in Bezug auf Echtheit von Direktorsnamen und Schuladresse mitzuteilen, kam das Taxi mit der Mama. Die Mama wollte aussteigen, aber Gabriele stopfte Hänschen in den Wagen. Gretchen kroch hinterher und zog die Tür zu.

»Nix wie weg!«, sagte Gretchen zur Mama. Sie deutete zum rundlichen Herrn. »Der Kerl spinnt nämlich!«

»Und wohin geht's jetzt?«, fragte der Taxifahrer.

Die Mama hatte Gretchen nicht gehört und sie hörte auch den Taxifahrer nicht. Sie murmelte nur »Hänschen, armes Hänschen« und betupfte Hänschens Gesicht mit einem Taschentuch.

»Wohin wir wollen, will der Fahrer wissen!« Gretchen musste die Mama in die Rippen stupsen, damit die Mama kapierte, dass man eine Entscheidung über das Fahrziel von ihr forderte.

»Ja, wohin bloß?«, murmelte die Mama und tupfte weiter in Hänschens Gesicht herum.

»Nach Hause«, sagte Hänschen, ohne die Augen zu öffnen.

»Und wo ist das?« Der Fahrer klopfte ungeduldig auf das Lenkrad.

»Ja, wo ist das bloß?«, murmelte die Mama.
Der Fahrer drehte sich um und staunte die Mama an. Da schlug Hänschen ein Auge auf – das zweite war so verschwollen, dass es nicht aufging – und sagte zum Taxifahrer: »Grünedlgasse 11.« Und das war die Adresse der Sackmeier-Wohnung.
Der Taxifahrer nickte und fuhr los. Hänschen lehnte das geschundene Haupt an die Schulter der Mama und die Mama neigte den Kopf so, dass er auf Hänschens Scheitel zu liegen kam. Gretchen schaute aus dem Fenster.
»Passt es hier?« Der Taxifahrer hielt vor dem Sackmeier-Haus. »Es passt!«, sagte die Mama und zahlte.
Hänschen wehrte alle Hilfe beim Aussteigen ab. Er fühlte sich auch im Stande allein und ohne besondere Unterstützung die Treppe hochzusteigen.

»Hänschen, wo bleibst du denn?«, schallte es Gretchen und der Mama entgegen, als sie die Wohnungstür aufmachten. »Die Dampfnudeln werden doch kalt!« Die Stimme der Oma kam aus der Küche. »Ich hab dir doch gesagt, dass man Dampfnudeln …«
Die Oma verstummte, als sie Hänschen – zwischen Mama und Gretchen – erblickte. Die Oma saß am Küchentisch, vor ihr lag ein aufgeschlagener Adels-Roman. Gretchen erschnupperte Vanille, echte, feine Bourbonvanille, und das war für Gretchen so ziemlich der schönste Geruch der Welt. Die Oma schlug das Adels-Schicksal zu. »Gestürzt?«, fragte sie.
»Geprügelt«, sagte die Mama.
Die Oma erhob sich und inspizierte Hänschens Verletzungen. »Ganz dreckig ist er auch«, sagte sie. »Soll man ihn baden?«

»Verkrusten lassen ist besser«, sagte die Mama und deutete auf die aufgeplatzten Hautstellen. »Sonst eitert es nachher!«
»Dann nix wie ins Bett mit ihm!« Die Oma seufzte und wollte mit Hänschen zum Kinderzimmer.
»Ich mach das schon!« Die Mama schob Hänschen durch das Vorzimmer und die Oma wandte sich an Gretchen: »Willst Dampfnudeln mit Vanillesoße?«
Natürlich wollte Gretchen Dampfnudeln und Vanillesoße. Seit Wochen schon hatte sie derartige Gaumengenüsse entbehren müssen. Sie nickte begeistert, aber es entging ihr dabei keineswegs, dass Hänschen, mit der Mama gerade an der Kinderzimmertür angekommen, einen zwar einäugigen, aber doch recht sehnsuchtsvollen Blick riskierte. Einen echten Vanillesoßen-Dampfnudel-Blick. Schrecklich schlecht, dachte Gretchen, kann es ihm also nicht mehr gehen.
Gretchen bekam von der Oma einen Riesenteller voll Dampfnudeln und drei große Schöpfer Soße darüber und sie futterte drauflos wie schon lange nicht. Armes Hänschen, dachte Gretchen, während sie die Nudeln in die Soße tauchte und in den Mund stopfte. Armes Hänschen, verzichtet auf sein Lieblingsessen, um der Mama beizubringen, wie schlecht es um ihn steht.
Gretchen griff nach dem Adels-Schicksal. Aber das war eins von ihren alten. Sie kannte es schon. Gretchen schob das Adels-Schicksal und den Dampfnudelteller von sich. Etliche Nudeln waren noch drauf. So viel wie früher schaffte ihr Magen nicht mehr.
»Schon satt?« Die Oma nahm den Teller vom Tisch und Gretchen wunderte sich, dass sie von der Oma nicht zum Weiteressen aufgefordert wurde. Erstaunt schaute sie die Oma an und stellte fest, dass sie ein bisschen müde und ein bisschen krank aussah.

»Oma, geht's dir nicht gut?«, fragte sie.
»Gut geht es einem nie, wenn man alt ist«, sagte die Oma. »Neue Knie könnt ich brauchen.« Sie setzte sich zu Gretchen. »Das viele Stiegensteigen in der Stadt ist nichts für mich. Und das harte Straßenpflaster auch nicht.«
Gretchen schluckte, Gretchen atmete tief durch, Gretchen sagte: »Dann fahr nach Haus, Oma!«
Sehr absonderlich, sehr fremd, sehr falsch schien der Oma dieser Gedankengang nicht zu sein. Sie fragte bloß: »Und der Papa? Und Hänschen?«
Gretchen dachte: So eine alte Frau wie die Oma ist nicht mehr zu ändern. Die kann man nicht überzeugen. Der brauch ich gar nicht zu erklären, dass sich der Papa ändern muss. Und dass sie die Veränderung verhindert. Der Oma kann man nur gut zureden! Zu ihr selber muss man ihr zureden. Und das tat Gretchen dann auch. Sie redete nur noch von der Oma, sagte, die Oma habe ein Recht auf ein Leben in Zwettl, in ihrem Garten, bei den kleinen Melonen und den großen Erdbeeren und der Miezekatze. Und dass niemand der Oma das Leben wegnehmen dürfe, sagte sie. Denn so lange, sagte sie, werde die Oma ja auch nicht mehr leben. »Du bist hergekommen, weil die Scheiße am Dampfen war«, sagte Gretchen, »aber jetzt tröpfelt sie nur noch so dahin. Wenn *du* nicht sagst, dass du nicht mehr hier bleiben willst, kannst du ewig hier hocken! Dem Papa bist du recht! Bis du stirbst!«
»Eigentlich hast du sehr Recht«, sagte die Oma zögernd.
»Nicht nur eigentlich«, rief Gretchen, »ganz sicher! Heute Abend sagst du dem Papa, dass du heimwillst. Und zwar bald!«
»Aber der Papa wird bös sein.«
»Das kann dir scheißegal sein«, sagte Gretchen. »*Du* hast genug für ihn getan. Was hat denn er schon für *dich* getan?«

»Nichts!«, sagte die Oma. Ganz spontan, ohne nachzudenken, hatte sie das gesagt und jetzt schaute sie richtig erschrocken.
»Eben!«, rief Gretchen. »Nur Geld verdienen und sich hegen und pflegen lassen, das ist zu wenig!«
»Ich komm da einfach nicht mehr mit«, murmelte die Oma und Gretchen hatte das sichere Gefühl, dass die Oma auch gar nicht mehr »mitkommen« wollte, dass sie zwar noch am Tisch hier saß und vor sich hin seufzte, dass sie sich aber schon überlegte, wie die zwei Reisetaschen am besten zu packen seien und ob sie – dieses Jahr – für die allein gelassenen Erdbeeren noch etwas tun könne.
»Ruf den Onkel an und sag ihm, dass er dich holen soll!«, riet Gretchen. Sie fand, einmal laut ausgesprochen, würde sich die Heimkehr-Tendenz in der Oma festigen. »Soll ich für dich wählen?« Die Oma zögerte nur kurz, dann nickte sie. Gretchen ging zum Telefon. Die lange Zwettler-Nummer, inklusive Vorwahl, kannte Gretchen auswendig. Fünfmal musste sie die elf Ziffern wählen, bis die Verbindung klappte und der Onkel am Apparat war. Gretchen überreichte der Oma den Hörer und ging ins Kinderzimmer. Sie wollte die Oma beim Telefonieren nicht stören.
Gretchen hatte ein zu Bett liegendes Hänschen erwartet. Was sie vorfand, war ein Mutter-Kind-Denkmal, ähnlich dem, das sie vor etlichen Wochen gesehen hatte; nur war das damals ein Großmutter-Enkel-Denkmal gewesen. Und der Busen, an dem Hänschen damals seinen Kopf geborgen hatte, war wesentlich größer gewesen.
»Geht's wieder?«, fragte Gretchen.
Hänschen schnurrte irgendwas an Mamas Brust, die Mama nickte. Dann schaute die Mama auf die Uhr und sagte: »So, Hänschen, mein Schatz, jetzt muss ich gehen. Marie-Luise

muss zur Arbeit und Mädi und Pepi sind sonst ganz allein und stellen die Bude auf den Kopf!« Die Mama küsste Hänschen aufs Ohr. Hänschen kletterte von ihrem Schoß. Die Mama stand auf. »Bis morgen, Hänschen«, sagte sie. Und zu Gretchen, erklärend: »Ich hol ihn morgen von der Schule ab, dann machen wir zusammen etwas!«
Gretchen fiel die verlorene Schultasche ein. Die hat Hänschen komplett vergessen, dachte sie. Daran müsste ich ihn erinnern. Aber Gretchen hatte keine Lust dazu, weil sie fürchtete, dass Hänschen dann zusammenbrechen und die Lage dadurch wieder komplizieren könnte. Sie sagte also bloß: »Tschüs, Hänschen«, und verließ mit der Mama das Kinderzimmer.
Im Vorzimmer stand die Oma und schaute drein wie ein Kind, das Verbotenes getan hat. »Der Onkel holt mich schon morgen«, sagte sie. »Die Marie hat nämlich übermorgen Siebzigsten. Das hätt ich fast vergessen!« Die Marie war Omas Schwester.
»Du fährst übers Wochenende nach Zwettl?«, fragte die Mama.
»Ich bleib in Zwettl«, sagte die Oma und schaute wie ein Kind, das Verbote nicht als Gebote nehmen will.
Gretchen beobachtete die Mama. War die nun erleichtert oder erschrocken?
»Recht hast!«, sagte die Mama zur Oma und dem Gesicht der Mama war rein gar nichts zu entnehmen.
Gretchen und die Mama gingen zu Fuß zur Marie-Luise-Wohnung. Sie schauten Auslagen an, besprachen, ob Radieschen und Quark für ein Nachtmahl ausreichten und ob das Brot in der Brotdose nicht schon zu alt sei und dass Mädi neue Schuhe haben musste. Und dass stark gekrauste Dauerwellen hässlich aussehen. Und dass Gretchens Englisch-

Lehrer ein ungerechtes Biest war. Sie wussten beide, dass das eigentlich nicht die Sachen waren, über die zu reden nötig gewesen wäre.

Am nächsten Morgen, als Gretchen in die Klasse kam, sagte Gabriele ihr, dass die Schulsekretärin da gewesen sei und nach Gretchen verlangt habe; Gretchen solle sofort in die Kanzlei kommen. »Sicher wegen Hänschen gestern«, vermutete Gabriele.
Gretchen lief aus der Klasse und zu Hänschens Klasse. Dort, vor der Tür, standen ein paar Buben.
»Wenn du deinen Bruder suchst«, sagte einer, »der ist beim Direx!«
»Die wollen ihn nämlich rauswerfen!«, sagte ein anderer. Und ein Dritter rief: »Weil dem Meier seine Alten mit ihm beim Arzt waren. Und jetzt haben sie ein Attest!«
Gretchen tastete in der Jackentasche nach dem neuen Notschilling und lief, als sie ihn erfühlt hatte, den Gang entlang, die Treppen hinunter, an der Kanzlei vorbei, zum Telefonhäuschen hinter dem Schultor. Sie wählte die Hofratsnummer und hoffte inständig, es möge die richtige Nummer sein. Denn den Zettel mit der Hofratsnummer, den musste Gabriele noch haben.
Es war die richtige Nummer! Aber die Mama war noch nicht da. Gretchen flehte den Hofrat an die Mama sofort nach ihrem Erscheinen in die Schule zu schicken. Der Hofrat gelobte es, aber er meinte, die Mama könne auch um halb neun oder neun kommen. So genau, sagte er, sei das nicht eingeteilt.
Halb neun – neun, das war entschieden zu spät! Gretchen investierte den Rest der Sprechzeit in einen Anruf in der Nudelfabrik und der Papa, pünktlich wie immer, war auch

schon da. Bis sie jedoch von der Telefondame über die Sekretärin bis zum Papa vorgedrungen war, war der Zeiger auf der Telefonuhr nur noch eine Winzigkeit vor dem Ausklicken. Gretchen rief in den Hörer: »Komm sofort! Sie wollen Hänschen aus der Schule werfen!« Dann war der Schilling weg und die Verbindung unterbrochen.

Gretchen verließ die Telefonzelle, langsam ging sie zur Direktion.

»Na endlich«, sagte die Sekretärin, nahm Gretchen an der Schulter, öffnete die Polstertür zum Direktionszimmer und schubste sie hinein. Gretchen war auf den Anblick eines weinenden Hänschen vor einem strengen Direktor gefasst gewesen. Was sie nun sah, übertraf dieses bei weitem. Da war der Direktor, da waren Hänschen und der kleine Dünne, der mit der Cordhose, der mit der Latzhose und der mit der Karohose. Und zwei Damen und ein Herr waren auch noch da. Und hätte Gretchen nicht genau gewusst, dass sie sich in einer Schule befand, hätte sie meinen können, sie befände sich im Jugendambulatorium der Krankenkasse. Der kleine Dünne hatte einen total verpflasterten Kopf, der mit der Latzhose hatte eine Mütze aus Mull, die Cordhose trug den Arm in der Schlinge und die Karohose hatte zwei Finger dick und weiß eingewickelt. Gretchen hielt den Atem an und stellte sich zu Hänschen.

»Dann wären wir ja endlich versammelt«, sagte der Direktor. Angewidert ließ er seinen Blick reihum wandern. »Eine unerquickliche Angelegenheit«, murmelte er. Die zwei Damen und der Herr murmelten auch etwas.

Der Direktor nahm einen Zettel vom Schreibtisch. »Sackmeier«, sagte er, »da steht schwarz auf weiß vom Arzt, was du angestellt hast! Das war eine richtige Körperverletzung! Und du …«, der Direktor schaute auf Gretchen, »du als die

Große bist um nichts besser!« Der Direktor zeigte auf die Latzhose. »Ein eingerissenes, zerbissenes Ohr!« Er zeigte auf die Cordhose: »Schulterprellung!« Er zeigte auf die Karohose: »Fingerknöchel verstaucht!«

Verdattert starrte Gretchen. Langsam dämmerte ihr, dass sie nicht als des Bruders Beschützerin, sondern als Angeklagte hier stand.

»Ich hab nur meinem Bruder geholfen«, sagte Gretchen. »Drei waren auf ihm drauf!«

»Wir haben nur dem Meier geholfen«, riefen die Verbandsträger. »Der Sackmeier ist doch dreimal so dick wie der Meier.«

Der Meier sagte nichts. Sein total verpflasterter Schädel schien ihm genug Anklage zu sein.

»Und wie hat das alles angefangen?«, fragte der Direktor.

Die eine Dame rief: »Der Sackmeier hat ›unseren‹ ohne Grund überfallen!«

»Stimmt das?« Der Direktor schaute Hänschen an. Hänschen rührte sich nicht. Und seinem dicken Gesicht, sonst schon mimisch nicht sehr agil, jetzt noch entstellt durch Schwellungen, Blutkrusten und gelbgrüne Flecken, war keine Gemütsregung anzusehen.

»Sag was!«, flüsterte Gretchen.

»Na, Sackmeier?« Der Direktor wurde ungeduldig. Hänschen rührte sich noch immer nicht.

»Ich kann mir das gar nicht vorstellen«, sagte der Direktor zu der Dame, die den kleinen Meier ›unseren‹ genannt hatte. »Der Sackmeier war nämlich diesbezüglich noch nie auffällig. Er ist ein eher stilles, ruhiges Kind. Leicht lenkbar, wie mir der Klassenvorstand gesagt hat.«

Gretchen schielte nach der Pendeluhr hinter dem Schreibtisch. Viertel nach acht war es. Wenn der Papa überhaupt ka-

piert hatte, was von ihm erwartet wurde, musste er bald da sein. Und bis dahin, beschloss Gretchen, werde ich in die Hänschen-Haltung versinken! Was anderes hat keinen Sinn! Sie sind so viele und wir nur zwei! Was anderes ist gar nicht möglich. Was anderes fällt höchstens dem Papa ein!
Gretchen senkte das Kinn auf die Brust und schloss die Augen. Direktor-Sätze prasselten auf sie nieder. »Verstockte Geschwister«, von einer Frauenstimme gekeppelt, rauschte an ihren Ohren vorbei. »2 500 Schilling, allein die Brille«, keifte jemand, »gemeingefährlich und für die Klassengemeinschaft nicht tragbar«, jemand anderer. »Hemd total zerrissen!« Das war wieder eine Frauenstimme. »Hose und Jacke in die Reinigung.« Jetzt keppelte ein Mann. Nur nicht hinhören, sagte sich Gretchen. Einfach weghören und auf den Papa warten. So mies, wie die mich und Hänschen machen, sind wir nicht!
Genau sieben Minuten stand Gretchen gesenkten Hauptes vor dem Direktionstisch, dann ging die Tür auf und die Sekretärin sagte mit Zeremonienmeisterstimme: »Die Sackmeier-Eltern, bitte!«
Gretchen gab die Büßerhaltung auf, Hänschen verharrte weiter in ihr. Gretchen brachte sogar ein Lächeln für den Papa und eines für die Mama zu Wege.
Über eine Stunde noch dauerte die Kanzleiunterredung. Und ziemlich heiß ging es her. Der Papa und die Mama gaben zuerst zwar zu, dass Hänschens Angriff auf den kleinen Meier kein humaner Akt gewesen sei. Die unschöne Tat sahen sie aber schon gebüßt. Die Mama pries Hänschens Verletzungen an und der Papa rief, auf den Meier weisend: »Wenn wir unseren Sohn so verpflastert hätten, tät er noch ärger ausschauen!« Die Verletzungen der drei anderen Knaben wischte der Papa mit einer milden Handbewegung

weg. Ob denn die anwesenden Mütter und der anwesende Vater ihre Söhne für so mickrige Burschen hielten, fragte er, dass sie durch ein einziges, kleines Gretchen ernsthaften Schaden nehmen können? Was könne denn sein Gretchen dafür, dass sich »patscherte Buben« auf der Flucht Arme und Finger prellten? Und dieser Biss ins Ohr, versicherte die Mama, der müsse reine Notwehr gewesen sein. Sie kenne doch ihr mildes Gretchen! Ohne Not, rief der Papa, beiße sein Gretchen nicht! Und schon gar nicht in Bubenohren! Und überhaupt, sagten Papa und Mama im Chor, komme es hin und wieder unter Kindern zu Tätlichkeiten. Früher – heutzutage – und in Zukunft auch. Das solle man tunlichst nicht aufbauschen.

»Aber die Brille«, sagte die Mama, »die ersetzen wir natürlich!«

»Wir sind ja versichert!«, sagte der Papa.

Knapp vor zehn Uhr war der Direktor erschöpft. Von seiner Seite her, erklärte er, sei der Vorfall abgeschlossen. Über etwaige Betragensnoten für Sackmeier & Sackmeier sei die Lehrerkonferenz zuständig. Ihm selber, sagte er, seien weitere Maßnahmen in dieser Sache unlieb. Er halte sie nicht für nötig. Aber die Eltern der Verletzten könnten natürlich bei der Polizei Anzeige erstatten. Das stünde ihnen selbstverständlich frei.

»Aber dann erstatten wir auch«, riefen Papa und Mama, »unser Hänschen ist genauso arg zugerichtet worden!«

Der Herr und die zwei Damen Eltern motzten noch ein bisschen herum, schauten sauer und zogen dann ab. Der Direktor ersuchte die anwesenden Schüler durch Handschlag ihre Versöhnung kundzutun. Ein sechsfaches, lustloses Händeschütteln hob an, und als es erledigt war, marschierten die drei Schläger und der kleine Meier ab. Papa und

Mama reichten dem Direktor die Hand und flöteten etliches von »Dank für Verständnis« und »Kinderpsyche«. Dann mussten Hänschen und Gretchen dem Direktor noch geloben, dass sie nie wieder prügeln würden, weder offensiv noch defensiv, und dann war die Familie Sackmeier entlassen.

Auf dem Flur, vor der Direktion, war es still.
»Uff, wie ich Schulen hasse!«, sagte der Papa und wischte sich über die Stirn.
»Nicht mehr als ich!«, sagte die Mama.
»Für eine, die demnächst wieder in die Schule gehen will, eine traurige Einstellung, liebe Elisabeth«, sagte der Papa und grinste.
»Ich tu's ja nicht aus Jux und Tollerei, mein Lieber!«, sagte die Mama.
»Hast du Zeit für einen Kaffee, Elisabeth, oder fällt dir der Hofrat aus dem Rollstuhl?«, fragte der Papa.
»Ein Kaffee wäre jetzt wirklich gut.« Die Mama nickte dem Papa zu.
»Tschüs dann«, sagten Papa und Mama zu Hänschen und Gretchen und gingen eilig aus dem Schulhaus.
Hänschen und Gretchen stiegen in den zweiten Stock hinauf, zu ihren Klassen.
»Vertragen sie sich jetzt wieder?«, fragte Hänschen.
»Sicher nicht«, sagte Gretchen.
»Aber wo die Oma jetzt heimfährt …«
»Die Mama hat beim Frühstück gesagt, dass man sich da irgendwie arrangieren muss …«
»Was heißt das?« Hänschen versuchte das rechte Nasenloch mit dem linken Zeigefinger zu verstoppeln, zog den Finger aber blitzschnell wieder zurück. Anscheinend war die Nase

auch innen sehr mitgenommen. »Wie arrangiert man sich?«
»Ich bin kein Hellseher«, sagte Gretchen.
Hänschen seufzte, aber dann lächelte er plötzlich und sagte:
»Toll waren sie! Das musst du zugeben! Wie sie uns verteidigt haben, das war Spitze! So was täten nicht viele Eltern!«
»Genau!«, sagte Gretchen. Sie gab Hänschen die Hand und stieg mit ihm weiter die Treppe hoch.
»Die meisten Eltern sind nämlich sehr mies zu ihren Kindern«, sagte Hänschen. »Auch die, die sich vertragen!«
»Genau!«, sagte Gretchen. Sie lächelte Hänschen zu. Am liebsten hätte sie ihn gestreichelt. Aber es war nicht anzunehmen, dass Hänschen das mochte.
»Andere hätten schon wegen dem Meier seiner Brille getobt!«, sagte Hänschen. »Und überhaupt! Die meisten Eltern halten nicht zu ihren Kindern. Aber unsere ...« Hänschen blieb stehen. »Unsere halten zu uns!«
»Genau, Hänschen!« Gretchen zog Hänschen die letzten paar Stufen, in den zweiten Stock, hinauf. »Und jetzt geh in deine Klasse, Hänschen«, sagte Gretchen.
Hänschen nickte und watschelte los. Wie ein Mehlsack auf Beinen, dachte Gretchen, schaut er aus. Wie ein sehr trauriger Mehlsack. Und dabei kann ein Mehlsack gar nicht traurig sein!
Gretchen schaute hinter Hänschen her, bis er an seiner Klassentür war. Dann seufzte sie tief, schnüffelte bekümmert und marschierte in ihre Klasse.
»Da kommt ja die Karate-Meisterin endlich«, sagte der Deutsch-Lehrer, als Gretchen in die Klasse trat. Gretchen lächelte. »War's arg?«, fragte der Deutsch-Lehrer mitfühlend. Gretchen schüttelte den Kopf und ging zu ihrem Platz. Sie kam an Florian Kalb vorbei. Der küsste seinen rechten Zeigefinger und schnipste ihr dann mit dem Mittel-

finger den Kuss zu. Gretchen fing den Kuss in der Luft auf, machte eine Faust um ihn herum und steckte die Faust in die Hosentasche.

»Vorratsbussi!«, flüsterte der Otti Horneck ziemlich laut.

Gretchen ließ sich auf ihren Sessel plumpsen. Sie versuchte dem Deutsch-Lehrer zuzuhören. Der beklagte sich nun darüber, dass die meisten Aufsätze keinen richtigen »Schluss« hätten. Dass man nicht so einfach drauflosschreiben dürfe, fünfzig Minuten lang. Und dann beim Klingeln wahllos, irgendwo, einen Schlusspunkt setzen! Vorher, sagte er, bevor man mit dem Aufsatz beginne, müsse man sich das alles schon überlegt haben.

Die Uschi Kohl, schräg vor Gretchen sitzend, drehte sich zu Gretchen um. Sie flüsterte: »Heut sind wir Zwillinge!« Sie streckte ein Bein in den Mittelgang und deutete auf ihre Jeans und mit einer Hand zupfte sie am hellblauen T-Shirt, auf dessen Brust zwei winzige Engelsköpfe mit Flügeln gedruckt waren. Die Uschi Kohl hatte Recht. Gretchens Hose und Leiberl waren Zwillingsstücke zu Uschis Hose und Leiberl. Und Gretchen, die zwei Leiberl nach irgendwelchen, wenn auch winzigen Unterschieden anschauend, entdeckte etwas, das sie derart in Anspruch nahm, dass sie den Aufsatz-Ratschlägen des Deutsch-Lehrers nicht einmal mehr mit halbem Ohr folgen konnte: Nicht nur die T-Shirts waren echte Zwillinge! Auch die Busen unter den T-Shirts waren echte Zwillinge! Ziemlich groß, aber nicht breit. Und eher spitz als flach! Und hätte man Uschis linke Brust an Gretchen montiert und Gretchens linke Brust an Uschi, dann wäre das sicher niemandem aufgefallen. Sie hätten zusammen mit den rechten einen hübschen Gesamteindruck ergeben!

Gretchen war derart fasziniert von dieser Entdeckung, dass sie den ganzen Vormittag gesenkten Blickes verbrachte.

Wenn sich sogar, dachte sie, ein Busen derart verändern kann, dann kann sich vieles verändern, dann kann sich einfach alles verändern! Und das Gefühl, das Gretchen bei diesen Gedanken überkam, war weder ein besonders ängstliches noch ein besonders freudiges. »Neugier« wäre das Wort, das dafür am ehesten zutrifft.

Gretchen hat Hänschen-Kummer

1. Kapitel

in welchem die Handlung noch keinen Lauf nimmt, sondern bloß versucht wird dem geneigten Leser, der Band 1 der Geschichte nicht kennt, die Heldin der Handlung nahe zu bringen.

Margarethe Maria Sackmeier, Gretchen genannt, war fünfzehn Jahre alt und hatte donaukieselgraue Augen und spanielbraune Haare und eine winzige Babynase. Sie war einen Meter und sechundsechzig Zentimeter groß und wog dreiundfünfzig Kilo. Dass Uschi 1 und Uschi 2 (Uschi Meier und Uschi Kohl), die das Schulpult vor Gretchen bewohnten, trotzdem von Gretchen nur als dem »fetten Punkerl« sprachen, lag an der langsamen Auffassungsgabe der beiden Uschis. Vor einem Jahr nämlich war Gretchen tatsächlich noch ein fettes Punkerl gewesen; sechs Zentimeter kleiner als jetzt, dafür elf Kilo schwerer. »Dieses Jahr voll Kummer und Leid hat das arme Wurm vom Fleisch fallen lassen«, pflegte die Zwettler-Oma zu sagen und dabei schüttelte sie gleichermaßen bekümmert wie verbittert das pausbäckige Haupt und Gretchens Vater nickte dazu, seufzte, senkte das doppelte Doppelkinn auf die Speckbrust und klagte:
»Ja, ja, es ist ein Jammer! So dünn, wie das arme Mädchen geworden ist, muss man von Magersucht reden. Windstärke vier bläst unser Gretchen glatt um!«
»Dünnsein ist wesentlich gesünder als Dicksein! Das weiß heutzutage jeder halbwegs gescheite Mensch!«, verteidigte sich Gretchen wiederholt vor dem Vater und der Zwettler-Oma und sie sagte auch: »Tut doch nicht so affig! Wir leben ja nicht im vorigen Jahrhundert. Es gibt haufenweise Eltern,

die geschieden sind. Das ist normal. Und gegen das, was andere Alte aufführen, ist der Zirkus, den sich die Mama und der Papa liefern, ein Lapperl!«
Die Zwettler-Oma war von solchen Reden schockiert. Sowohl Aussage als auch Diktion missfielen ihr enorm.
»Aber Gretchen, sprich doch nicht so!«, jammerte sie. »Gretchen, so redet ein Mädchen nicht, das auf sich hält!« Und: »Gretchen, früher hast du nie so geredet, das kommt nur von diesem verrückten Leben, das du jetzt führen musst. Du verwahrlost dabei völlig, Gretchen!«
Der Streit und Hader waren entstanden, weil Gretchens Mutter wieder in die Schule gehen wollte. Sie wollte Sozialarbeiterin werden. Sie wollte nicht mehr Nurhausfrau sein. Aber als Grund für eine Trennung hätte das wohl kaum ausgereicht. Wenn Freunde Gretchen fragten, warum sich denn ihre Eltern getrennt hatten, sagte Gretchen, wenn sie einen ehrlichen Tag hatte: »Ich glaube, es war nicht mehr viel Liebe zwischen ihnen. Und wie sie dann so oft gestritten hatten, ist ihnen das aufgefallen!«
Nach einem besonders argen Streit jedenfalls war Gretchens Mutter zu ihrer Freundin Marie-Luise gezogen und hatte Gretchen und ihre kleine Schwester, das Mädi, mitgenommen. Gretchens Bruder, das Hänschen, war beim Vater geblieben.
Des Vaters Haushalt wurde seither von einer Frau Meier versorgt. Die amtierte viermal die Woche für vier Vormittagsstunden und schaffte Ordnung in allen Räumen und war enorm beleidigt, wenn die schöne Ordnung nicht bis zum nächsten Tag anhielt. Und jeden Freitag, in gottloser Frühe, kam die Zwettler-Oma und kochte und briet und backte und fror ein und fuhr dann am späten Abend wieder nach Zwettl zurück.

Gretchen und Gretchens Mutter und das Mädi und Marie-Luise und deren Sohn Pepi – so alt wie Mädi – mussten ohne eine Oma und ohne eine Frau Meier zurechtkommen. Die Marie-Luise arbeitete den ganzen Tag als Sozialarbeiterin und war hundemüde, wenn sie am Abend heimkam. Gretchens Mutter ging den ganzen Tag in die Schule und das ungewohnte Lernen erschöpfte sie auch ziemlich.
Viel Geld gab es in Gretchens neuem Haushalt, den die Zwettler-Oma eine »Wohngemeinschaft« nannte, auch nicht. Die Marie-Luise verdiente als Sozialarbeiterin nicht viel und Gretchens Mutter verdiente gar nichts. Sie bekam von Gretchens Vater Geld. Der Vater tat immer so, als gebe er enorme Summen ab. Gretchens Mutter tat immer so, als erhielte sie bloß Winzigkeiten.
Gretchen war eigentlich recht zufrieden. Der einzige wirkliche Kummer, den sie hatte, war der Zustand von Bruder Hänschen. Hänschen war dreizehn und fett wie eine Wabbelkugel. Und den Auszug von Mama, Gretchen und Mädi hatte er, wie Erwachsene das so schön glatt formulieren, »nicht verkraftet«. Er funktionierte zwar irgendwie, aß Unmengen, spülte sie mit Limonade herunter, ging zur Schule, fiel auch nicht durch und wirkte auch nicht richtig traurig. Aber für jemanden, der Hänschen so gut kannte und so sehr liebte wie Gretchen, war doch deutlich zu merken, dass es ihm überhaupt nicht gut ging.
Manchmal mitten in der Nacht, ohne irgendeinen ersichtlichen Grund, wurde Gretchen munter und konnte lange nicht mehr einschlafen. Dann dachte sie über Hänschen nach und fragte sich, wie sie ihm helfen könne, und fand keine Antwort. Und oft, in diesen schlaflosen Stunden, hatte sie den Verdacht, dass sie nur deswegen nicht einschlafen konnte, weil ihr Hänschens sanftes, gleichmäßiges Ge-

schnarche fehlte. Das hatte immer so beruhigend auf sie gewirkt. Und entspannender als ein Vollbad mit Melissengeist.

Außer dem Hänschen-Kummer hatte Gretchen natürlich auch noch ein paar andere Probleme. Aber keines davon war so bedrückend, dass es ihr in den schlaflosen Stunden eingefallen wäre.

2. Kapitel

in dem Gretchen nicht so sehr lieben kann, wie es von ihr gefordert wird, und eine Entdeckung macht, die mit Liebe überhaupt nichts zu tun hat.

An einem Freitag, am frühen Nachmittag, saß Gretchen im Café Waxlberger, ganz hinten, im Winkel neben dem riesigen Koksofen, und lernte Englischvokabeln. »Im Waxlberger geht doppelt so viel doppelt so schnell in mein Hirn als anderswo«, verteidigte Gretchen ihre Kaffeehauslernerei immer vor der Mutter. Gründe konnte sie dafür keine angeben, aber anscheinend hatte sie Recht mit dieser Behauptung, denn sie hatte in allen Unterrichtsfächern – bis auf Turnen und Zeichnen – sehr gute Noten, ohne allzu viel Zeit in das Erlernen des Schulkrams zu investieren. Sie hatte einen stolzen Notendurchschnitt von eins Komma sechs periodisch, und wenn man bedenkt, dass sie in Turnen ein Genügend und in Zeichnen ein Befriedigend hatte, war das schon eine sehr reife Leistung. Deshalb stuften einige von Gretchens Mitschülern Gretchen als »Streberin« ein; was sie nun wirklich nicht war. Gretchen waren Noten total gleichgültig. Eine lange Latte von »genügend« im Zeugnis hätte ihren Seelenfrieden kaum gestört. Es war Gretchens Mama, die von ihr einen erstklassigen Notendurchschnitt erflehte. Früher waren auch der Mama Noten gleichgültig gewesen. »Hauptsache, du kommst durch«, hatte sie früher gesagt. Jetzt sagte sie: »Gretchen, lass nicht nach! Ich fleh dich an! Sonst sagt er, du wirst in der Schule schlechter, weil ich mich zu wenig um dich kümmere! Und ich muss mir schon wegen Mädi genug anhören!«

»Er« war natürlich Gretchens Vater und der machte der Mama, sooft er sie traf, Vorwürfe, weil das Mädi in der Schule keine guten Noten hatte. Er erklärte, sowohl Hänschen als auch Gretchen hätten in der Volksschule nichts als Einer gehabt – bis auf Turnen – und das Mädi sei doch auch nicht dümmer als die beiden, also müsse Mädis übler Lernerfolg an den »Umständen« liegen.

Gerade als Gretchen erleichert die letzte beschriebene Vokabelheftseite umblätterte, ging die Kaffeehaustür auf und Hinzel kam herein. Gretchen ließ das Vokabelheft sinken und lächelte Hinzel zu. Hinzel kam zu Gretchen. »Gretchen, mein Mädchen, bist schon wieder im Training?«, fragte er, stellte sich zwischen Gretchen und den Bullerofen und setzte seine Rückseite der Strahlungswärme aus.

»Saukalt ist es draußen«, sagte er.

Gretchen nickte.

»Und ganz nass in der Luft.«

Gretchen nickte.

»Ich hass den Winter! Ich wander aus! Ich geh wohin, wo es immer warm ist!«

»Florida«, sagte Gretchen.

»Kuala Lumpur«, sagte Hinzel.

Gretchen klappte das Vokabelheft zu und steckte es in die Jute-statt-Plastik-Tasche, zupfte Hinzel am Mantelärmel und sagte: »In Kuala Lumpur dürfte jetzt Regenzeit sein!«

»Dann halt Guanabara«, sagte der Hinzel.

»Dort ist auch Regenzeit«, sagte Gretchen.

»Echt?«, fragte der Hinzel.

»Keine Ahnung«, sagte Gretchen und der Hinkebein-Ober, durch Hinzels Eintreten aus dem Schlummer gerissen, rief

vom Pult her: »Herr Hinzel, Sie werden sich den Hintern verbrennen!«
Hinzel trat einen Schritt vom Ofen weg, befühlte seine Hinterseite und murmelte: »In der Tat, in der Tat, brennheiß!«
Er setzte sich zu Gretchen an den Tisch, lehnte sich zurück, wippte auf dem Sessel, schloss die Augen und sagte: »Du! Das hätte der Anfang von einer Selbstverbrennung sein können.«
»Die übergießen sich mit Benzin«, sagte Gretchen.
»Weil sie es schnell hinter sich haben wollen!« Der Hinzel holte eine einzelne, ziemlich verknitterte Zigarette aus der Manteltasche und steckte sie zwischen die Lippen. Aber er zündete sie nicht an. »Schön langsam abbrennen find ich cooler. Du stellst dich Anfang Dezember zum Ofen und bleibst da! Und im April bist du nur noch ein Skelett. Alles Fleischige ist schön langsam verbrutzelt!«
Gretchen machte sich nicht die Mühe auf Hinzels Verbrennungsphantasien näher einzugehen. Sie murmelte bloß: »Depp«, und winkte dem Ober und rief: »Noch ein Mineralwasser, bitte, Herr Ober!«
»Hast keine Marie?«, fragte Hinzel.
»Doch«, sagte Gretchen. »Aber eigentlich mag ich überhaupt nichts. Nur kann ich ja nicht stundenlang dahocken und nichts konsumieren.«
Der Hinkebein-Ober kam und stellte ein Glas Mineralwasser auf die fleckige Marmortischplatte. Das Glas war randvoll gefüllt, viel Wasser schwappte über.
»Und für Sie, Herr Hinzel?«, fragte der Ober.
»Einen Lappen zum Aufwischen«, sagte der Hinzel.
Der Hinkebein-Ober starrte Hinzel böse an, und weil er ein kaputtes Auge hatte, ein unheimlich heftig vorquellendes,

zu vier Fünfteln von einem dicken Oberlid bedeckt, sah das sehr bedrohlich aus.
»Und einen großen Braunen und einen Käsetoast«, sagte der Hinzel schnell.
Er nahm die verknautschte Zigarette aus dem Mund und versuchte sie hinter ein Ohr zu stecken, aber die Zigarette wollte hinter dem Ohr nicht halten, weil Hinzels Ohren enorm klein waren und sehr vom Kopf abstanden. »Auf Teneriffa ist es jetzt auch warm«, sagte der Hinzel, »und das Wasser hat noch dreiundzwanzig Grad!« Der Hinzel gab das Bemühen, die Zigarette hinter dem Ohr zu fixieren, auf. Er steckte sie wieder in den Mund.
»Fliegst du mit mir nach Teneriffa?«, fragte er Gretchen.
»Logo!« Gretchen kicherte.
»Morgen? Oder nächsten Samstag?«, fragte der Hinzel. »Die Charterflüge gehen nur am Samstag. Um Mitternacht!«
Gretchen hörte zu kichern auf. Sie kannte den Hinzel ziemlich gut. So wie er schaute, so wie er redete, schien er die Sache ernst zu meinen.
»Meine verehrte Frau Großmutter hat was springen lassen.« Der Hinzel holte aus einer Tasche im Mantelfutter einen Scheck. Er hielt Gretchen den Scheck hin. »Das reicht für uns beide. Für gut einen Monat. Wenn wir sparsam sind, sogar für zwei!«
Gretchen schaute misstrauisch auf den Scheck. Dass die alte Zellander-Zellerhausen ihrem ausgeflippten Enkel eine derart hohe Summe spendiert hatte, schien ihr unmöglich. Die half ihm doch sonst nicht einmal mit einem Hunderter aus. Und zum Geburtstag hatte sie ihm eine Bonbonniere und zwei Unterhosen geschenkt!
»Sie wird senil«, sagte der Hinzel. »Sie ist schon so verkalkt, dass sie manchmal nicht mehr weiß, wie geizig sie in Wirk-

lichkeit ist!« Der Hinzel lachte. »Sie hat gesagt, sie will meinen Schmetterling nicht mehr sehen.« Der Hinzel streichelte zärtlich mit einem Zeigefinger über den originalgroßen Kohlweißling, der in seine linke Wange tätowiert war. »So was tragen Matrosen und Proleten, hat sie gesagt. Und da hab ich ihr gesagt, der Schmetterling ist nur durch eine kosmetische Operation zu entfernen. Und da hat sie gesagt, das muss ich machen lassen, sonst bin ich unmöglich und kann nie Rechtsanwalt oder Diplomat oder Primararzt werden. Und dann hat sie den Scheck rausgerückt. Damit meine Zukunft nicht im Arsch ist und die Familienschmach endlich ein Ende hat.«

Gretchen mochte den tätowierten Schmetterling auf Hinzels Wange auch nicht besonders gern. Sie hatte nie kapiert, was einen Menschen dazu bringen konnte, sich einer schmerzenden Tortur mit fast unwiderruflichen Folgen auszusetzen. Und sie hatte den Verdacht, dass dem Hinzel die absonderliche Wangenzier auch längst auf die Nerven ging, dass er es bloß nicht zugeben wollte. Vor mehr als einem Jahr, als Gretchen den Hinzel kennen gelernt hatte, hatte der Wangenschmetterling wenigstens zu seinem Outfit gepasst. Schwarzledern vom Hals bis zu den Stiefelspitzen war er dahergekommen, den Schädel voll struppiger schwarzer Borsten, gekrönt durch ein gamsbartdickes, an den Spitzen rot gefärbtes Haarbüschel. Doch seit ungefähr einem halben Jahr trug sich der Hinzel völlig anders. Er hatte einen Mittelscheitel im brillantinegeschniegelten Haar und einen dünnen Schnurrbart hatte er, der in Kringeln endete. Er hatte eine runde Nickelbrille und Urgroßvaterschnürschuhe und Hosenträger mit Lederschlaufen, die an eine Stresemannhose geknöpft waren. Er trug ein Jahrhundertwende-Herrennachthemd statt eines normalen Hemds. Eines mit roten

Bortenrändern und Zwirnknöpfen. Und darüber eine Strickweste, wie die Zwettler-Oma eine hatte. Und über dieser einen so genannten »Überzieher«, den Ahnherrn des allseits beliebten Trenchcoats. Der Wangenschmetterling, fand Gretchen, wirkte zu dieser Moderichtung absolut unpassend. Der war nicht stilecht. Der Wangenschmetterling zeugte davon, dass der Hinzel einmal ein ganz anderer gewesen war.
»Lass ihn dir echt abnehmen«, sagte Gretchen. »Ich hab in einem Magazin gelesen, dass man Tätowierungen wegschleifen kann. Das lassen sich jetzt viele machen!«
Der Hinzel war über dieses Ansinnen empört. Der gute Kohlweißling, erklärte er, werde dereinst, im Sarge noch, seine linke Wange zieren und er wäre doch übergeschnappt, sagte der Hinzel, würde er die einmalige, großzügige Gebergeste der Zellander-zu-Zellerhausen-Großmutter in solchen Unfug wie kosmetische Behandlung stecken. In zwei Tickets nach Teneriffa, sagte der Hinzel, sei das gute Geld weit besser angelegt.
Gretchen trank vom lauwarmen Mineralwasser und kratzte sich den Bauch.
»Hinzel, mein lieber Knabe, mein lockerer«, sagte sie, »dir scheint entfallen zu sein, dass ich nicht einfach wegfliegen kann, weil ich in die Schule gehen muss!« Gretchen lehnte sich im Sessel zurück, schnüffelte und seufzte dann. »Und selbst wenn Ferien wären, würde mein Papa das nie erlauben. Und meine Mama wäre wahrscheinlich auch dagegen.«
»Hau einfach ab«, sagte der Hinzel.
»Du spinnst ja«, rief Gretchen.
»*Du* spinnst«, sagte der Hinzel. Er nahm die verknitterte Zigarette aus dem Mund und zerbröselte sie zwischen den Fingern. »Was ist schon dabei, wenn du abhaust? Ich versteh dich nicht! Du rennst täglich in die Schule, du lernst wie ein

Dödel, du hockst im Waxlberger herum und schläfst deine sieben Stunden. Ist das ein Leben? Das ist ein Scheißleben! Mit so einem Leben gibt man sich nur zufrieden, wenn man muss!«

Gretchen zog die Babynase kraus und schnüffelte. Das tat sie oft, wenn sie von etwas sehr irritiert war. Gretchens Schnüffeln wiederum irritierte den Hinzel immer. Jedes Mal, wenn Gretchen schnüffelte, kam es ihm vor, als sei sie hinter einem unanständigen Geruch her und er könne diesen Geruch absondern; eine Überlegung, die nicht völlig absurd war, da Hinzel weder vom Zähneputzen noch vom Füßewaschen etwas hielt und seine Kleidungsstücke nie gereinigt wurden. Fand Hinzel sie allzu dreckig, kaufte er auf dem Flohmarkt Ersatzware und warf die alten Klamotten einfach weg. Bloß Socken und Unterhosen ließ er hin und wieder von einer alten Nachbarin waschen.

Gretchen schnüffelte also irritiert und der Hinzel fragte sich irritiert, ob er Mundgeruch, Fußschweiß oder Klamottenmief verströmte. Ganz deprimiert wurde er davon. Doch dann sagte Gretchen: »Du bist komplett hinüber, Hinzel! Ehrlich! Was tue ich denn nach den zwei Monaten in der Sonne? Komm ich dann reuig heim? Oder tramp ich weiter nach Bangladesch? Oder was?«

»Was denkst du denn schon jetzt daran«, sagte der Hinzel. »Zwei Monate, Gretchen, mein Mädchen, das ist die halbe Ewigkeit! Vielleicht ist in zwei Monaten alles anders. Vielleicht sind dann schon vier Kernkraftwerke explodiert und es gibt keine Schule mehr und keine Mama und keinen Papa!«

»Du hast ja eine Supermeise!« Gretchen schnaufte vor Empörung.

»Die hast *du*, Gretchen, mein Mädchen«, sagte der Hinzel.

»Ehrlich! Jetzt musst leben! Hic et nunc, wie der Lateiner so schön nuschelt. Wennst immer daran denkst, was das für Folgen haben könnte, kommst echt zu nix im Leben, das schwör ich dir!«

»Jetzt halt einmal das Lüfterl an«, fauchte Gretchen. »Du hast nämlich leicht daherreden. Erstens bist du gerade über achtzehn geworden und keiner schert sich viel um dich. Und zweitens kriegst du von deinem Alten jeden Ersten deinen Scheck, ganz egal, ob du für ein paar Wochen in den Süden abhaust oder nicht!«

Der Hinzel wollte etwas sagen, doch Gretchen dachte gar nicht daran, ihn zu Wort kommen zu lassen.

»Sei jetzt einmal still«, rief sie. »Ich weiß eh, was du sagen willst! Du brauchst es nicht zu sagen. Ich kenn nämlich die Masche schon! Kleinkariert bin ich, nichts riskier ich, ein Superspießer bin ich, maßangepasst dödel ich durch die Gegend! Und was mir meine Kleinbürgeralten vorgesagt haben, hab ich verinnerlicht!«

Der Hinzel widersprach nicht. Er nickte zustimmend. Das empörte Gretchen noch mehr. Giftig sagte sie:

»Das ist aber eh sehr logo und klaro, mein Lieber! Ich entstamme ja auch einer kleinkarierten Spießersippe! Mit einem Papa, der stolz drauf ist, dass er es bis zum Nudelfabrik-Prokuristen gebracht hat, und einer Mama, die mit dreiunddreißig in die Schule geht, damit sie einen kleinkarierten Beruf erlernt, ist man halt nicht anders! Damit müssen sich der Herr Baron Zellander zu Zellerhausen schon abfinden! Und wenn's dir nicht passt, mein Guter, dann such dir halt eine frustrierte Baroness! Die wird das alles besser verstehen.«

Und dann beschimpfte Gretchen den armen Hinzel, so gut sie konnte. Dass er den Ausgeflippten doch bloß spiele, warf sie ihm vor. Eine Saison lang mit Lederklamotten und rotem Rasierpinsel am Hirn. Ein Jahr mit Mittelscheitel und Brillantinewellen und Großvater-Look. Und für den, der in acht Zimmern, mit Dienstmädchen und Bedienerin dazu, aufgewachsen sei, seien ein paar Jährchen in Zimmer-Küche mit Häusel am Gang eben eine skurrile Abwechslung. So einer könne sich Nichtstun und Coolness und kein Geld gut leisten.

Aber dahinter, klagte Gretchen an, stehe die Sippe der Zellander zu Zellerhausen mit ihrem ganzen Wohlstand und nichts könne für den Hinzel schief gehen. »Meine Großmutter, ganz gleich, wie verkalkt sie wäre«, rief Gretchen, »könnte nie so einen Scheck rausrücken! Meine Großmutter hat gar kein Scheckbuch. Und kein Konto. Und kein Geld! Aber für deine ist das ein Lapperl! In Wirklichkeit bist du ein feudaler Pinkel! Bei den feinen jungen Herren war das schon immer so! Die haben alle ein paar Jahre versandelt! Das ist drin! Früher haben sie halt gespielt und Schulden gemacht und gesoffen und Weiber gehabt. Und jetzt flippen sie aus. Aber irgendwann werden sie dann doch vernünftig und die Familie drückt sie wieder ans Herz!«

Letztere Weisheit war eine Theorie von Marie-Luise, aber Gretchen war eigentlich keine Anhängerin dieser Theorie und wusste ziemlich genau, dass sie auf Hinzel nicht zutraf. Es stimmte zwar, dass Hinzel von seinem Vater jeden Monat einen Scheck bekam und dass Hinzel in einem der Häuser seines Vaters umsonst wohnte, aber dass irgendein Mitglied der Familie Zellander-Zellerhausen darauf wartete, den Hinzel wieder in die Arme zu schließen und liebevoll in den Familienverband aufzunehmen, war nicht zu erwarten. Gretchen argumentierte bloß aus Wut derart ungerecht. Sie wusste, dass der Hinzel seine Familie verabscheute und dass ihn nichts mehr traf als die Prophezeiung, er werde über kurz oder lang wieder ein angepasstes Mitglied dieser Sippe sein. »Und auf alle Fälle erbst du einmal«, legte Gretchen noch ein Schäuferl nach. »Schon dein Pflichtteil, den sie dir geben müssen, macht dich reich! Einer, der einmal reich erbt, kann leicht sagen, er pfeift auf Schulstress und Leistungsdruck und alle die miesen Sachen! An deiner Stelle tät ich das auch!«

Gretchen schwieg, ziemlich erschöpft von der langen Ansprache. So, dachte sie zufrieden, jetzt hat er was zum Daran-Beißen! Jetzt lässt er mich in Ruhe!

Der Hinzel schaute Gretchen an, streichelte mit einem Zeigefinger den Schmetterling und sagte: »Du liebst mich nicht!«

Da fing Gretchen wieder zu schnüffeln an. Und kratzte sich am Bauch. Und zog dann mit den Fingern der rechten an den Fingern der linken Hand, bis sie knackten, und starrte hierauf festen Blickes quer durch das Lokal an die gegenüberliegende Wand. Das hieß: Hinzel, lass dieses Thema fallen! Ich weigere mich das zu diskutieren!

»Du liebst mich einfach nicht, das ist der Punkt!«, sagte Hinzel.

Gretchen starrte weiter die Wand an. Sie kam sich hilflos vor. Dass der Hinzel von ihr geliebt werden wollte, war ihr seit längerer Zeit klar. Nur klar war ihr nicht, ob die Art von Zuneigung, die sie für ihn empfand, unter »Liebe« einzureihen war. Sie mochte den Hinzel. Er war ihr bester Freund. Aber Lust, den Hinzel zu küssen, von ihm umarmt zu werden, mit ihm zu schlafen, hatte sie absolut keine. Zu Beginn ihrer Freundschaft hatte Gretchen gemeint den Hinzel bloß wegen seiner Zähne nicht küssen zu wollen. Seine Schneidezähne waren braun verfärbt gewesen, mit ausgezackten, verfaulten Kanten. Davor, hatte Gretchen gedacht, grause ihr. Doch seit etlichen Monaten hatte Hinzel statt der braunen, verfaulten Hauer strahlend weiße Jacketkronen und Gretchen empfand noch immer kein Kussbedürfnis. Lange Zeit war das zwischen Hinzel und Gretchen auch kein Problem gewesen, denn Hinzel hatte keinerlei Annäherungsversuche körperlicher Art gemacht. Gabriele, die Hinzel schon ewig kannte, hatte dazu erklärt, das sei bei Hinzel immer so, er sei nämlich impotent, und dies aus psychischen Gründen, die tief in seinem Unterbewusstsein verborgen seien.

In den letzten Wochen jedoch hatte Hinzel sein Benehmen geändert. Nicht, dass er Gretchen bedrängte, umarmen oder küssen wollte. Aber fast bei jedem Zusammensein fragte er sie, ob sie ihn liebe, oder behauptete, sie liebe ihn nicht. Gretchen hätte ja gern die Zuneigung, die sie für ihn empfand, als Liebe ausgegeben, doch sie hatte die Befürchtung, Gabrieles Impotenzbehauptung könne vielleicht doch nicht stimmen und Hinzel könne nach positiver Antwort strahlend sagen:

»Fein, dann ist alles okay! Komm, gehen wir zu mir nach Hause, schlafen wir miteinander!« Dies jedoch hätte Gretchen entschieden ablehnen müssen. Also war es besser, keine positiven Erklärungen abzugeben.

Hinzel legte eine Hand auf Gretchens Schulter. »Warum kannst du nicht einfach dazu stehen, dass du mich nicht liebst?«

»Weil das nicht so einfach ist«, murmelte Gretchen. »Weil ich es selber nicht weiß!«

Hinzel nahm die Hand von Gretchens Schulter. Er lachte gehässig. »Oh Gotterl, oh Gotterl«, sagte er. »Sie weiß es selber nicht! Denk doch einfach an dein glorreiches Kalb, Gretchen! Das liebst du doch! Wenn du irgendwie ähnliche Gefühle für mich aufbringst, liebst du mich auch!«

»Ich liebe den Florian Kalb nicht«, sagte Gretchen. »Und überhaupt steh ich dich nicht mehr durch!« Gretchen stand auf, nahm die Jute-statt-Plastik-Tasche und ging zum Pult, zum dösenden Hinkebein-Ober, um drei Mineralwasser zu bezahlen. Gerade als ihr der Ober das Wechselgeld in die Hand drückte, kamen die Gabriele und die Ixi zur Tür herein. Sie begrüßten Gretchen und wollten sie nicht gehen lassen. Gretchen log ihnen vor, sie müsse schnell nach Hause, in die Vater-Wohnung. Hänschen schreibe morgen eine Mathe-Arbeit. Sie müsse mit Hänschen Mathe lernen. Das habe sie fest versprochen.

»Alte Schmähtandlerin«, sagte Ixi. »Dein Puddingbruder ist gerade in den 10a gestiegen. Richtung Gersthof. Wir haben ihn an der Haltestelle gesehen!«

»Hänschen?« Gretchen schnüffelte. »Das gibt es nicht! Da habt ihr ihn verwechselt!«

Gabriele und Ixi lachten. Einen wie Hänschen, sagten sie, könne man nicht verwechseln. Dazu sei er in seiner ganzen Breite zu einmalig.

»Was soll das Hänschen in Gersthof?«, beharrte Gretchen. »Da kennt er doch niemanden.«

»Vorgestern hab ich ihn auch an der 10a-Haltestelle gesehen«, sagte Gabriele. »Mit dem Bruder von der Freudenthaler. Vielleicht haben die zwei in Gersthof Bräute!«

Zögernd ging Gretchen mit Gabriele und Ixi zu Hinzels Tisch zurück. Hinzel lächelte ihr zu, und weil Gretchen sicher war, dass Hinzel vor Gabriele und Ixi nicht wieder mit dem unleidlichen Thema anfangen würde, setzte sie sich. Gretchen hörte allerdings der Unterhaltung gar nicht richtig zu. Sie dachte an Bruder Hänschen und fragte sich, wieso er

in den letzten Wochen andauernd in Straßenbahnen, Autobussen oder an Haltestellen von städtischen Verkehrsmitteln gesehen wurde. Mindestens ein Dutzend Leute hatten ihr schon vom fahrenden oder wartenden Hänschen berichtet. Und hatte sie Hänschen, rein zufällig, danach gefragt, hatte Hänschen bestritten gefahren zu sein oder gewartet zu haben.
Da stimmt doch etwas nicht, dachte Gretchen! Die, die ihn gesehen haben, lügen doch nicht. Die haben keinen Grund dazu. Hänschen lügt!
Morgen, wenn ich ihn sehe, nahm sich Gretchen vor, dann frage ich ihn eingehend! Dann muss er mir das erklären! Und wenn er sagt, das geht mich nichts an, dann gebe ich nicht nach. Denn das geht mich schon etwas an. Schließlich ist er mein Bruder!

3. Kapitel

in dem Gretchen einen frustrierenden Samstag verlebt und ihrer erstaunlichen Entdeckung vom Freitag ein paar erstaunliche Details hinzufügen kann.

Jeden Samstagmittag, das war ausgemacht, gingen Hänschen und Gretchen zusammen von der Schule zum Vater nach Hause. Samstag war für Gretchen Vatertag. Manchmal blieb sie auch bis zum Sonntagabend beim Vater und bei Hänschen. Und manchmal kam auch das Mädi. Aber die kam nur, wenn sie mit dem Pepi zerstritten war. War sie mit dem Pepi ein Herz und eine Seele, konnte sie auf den Pepi nicht verzichten. Und da es der Papa ablehnte, Marie-Luises »entsetzliches Kind« am Wochenende zu betreuen, musste er meistens auf sein Mädi verzichten.

Gretchen hatte an diesem Samstag vier öde Schulstunden hinter sich. Nach dem erlösenden Zwölfuhrläuten wollte Gretchen gleich zu Hänschens Klasse laufen, um ihn abzuholen, doch der Florian Kalb stellte sich ihr in den Weg.

»Baby, wie ist's mit einem Kinogang heut Nachmittag?«, fragte er.

Gretchen wehrte ab. »Heut hab ich Vatertag, das weißt du doch!«

Der Florian war bereit den Kinobesuch auf Sonntagnachmittag zu verschieben. Er legte einen Arm um Gretchens Schulter, zog Gretchen an sich und murmelte sanft: »Für dich, mein Schatz, mach ich mich immer frei!«

Gretchen wollte sich nicht festlegen. Sie sagte: »Ich hab noch keine Ahnung, was morgen ist. Vielleicht hab ich Lust auf

Kino, vielleicht auch nicht!« Sie erlaubte dem Florian huldvoll sie morgen früh anzurufen.
»Aber nicht vor halb zehn, bitte!«
»Dann Bussi aufs Bauchi, bis morgen«, sagte der Florian und ließ Gretchen los und verließ die Klasse. Gretchen ärgerte sich darüber. Florian hatte die verblödete Abschiedsfloskel absichtlich sehr laut gesagt; so laut, dass es alle, die noch in der Klasse waren, gehört hatten.
»Idiot«, sagte Gretchen so laut, dass es ebenfalls alle, die noch in der Klasse waren, hören konnten, packte ihre Jute-statt-Plastik-Tasche und ging aus der Klasse.
Als sie zu Hänschens Klasse kam, stand die Klassentür offen und im Klassenzimmer waren nur noch Hänschen und der Freudenthaler-Michi. Gretchen lehnte sich an die Wand neben der Tür und wartete. Sie hörte ihren Bruder sagen:
»Ich kann heute wirklich nicht. Gretchen kommt doch. Und der Papa will in eine Teppichausstellung!«
Dann sagte der Freudenthaler-Michi: »Wir müssen aber! Wir haben über seine Wochenenden noch keine Informationen! Ich kann das nicht allein machen!«
Gretchen rückte näher zur offenen Tür.
»Punkt drei bist du da!«, sagte der Freudenthaler. »Ich wart an der 10er-Haltestelle!«
Was Hänschen darauf antwortete, war nicht mehr zu verstehen, denn der Schulwart kam um die Flurecke. Laut pfiff er den River-Kwai-Marsch und zog ratternd einen zweirädrigen Karren hinter sich her, auf dem ein riesiger Abfalleimer montiert war. Er steuerte auf Hänschens Klasse zu, stellte den Karren ab und betrat die Klasse, um den Papierkorb zu holen.
»He, Sackmeier, deine Schwester wartet draußen!«, hörte Gretchen ihn sagen. Gleich darauf watschelte Hänschen

durch die Klassentür und fragte sie: »Wartest du schon länger?«
»Nein, ich bin gerade erst gekommen«, sagte Gretchen. Hänschen schien erleichtert.
Den ganzen Heimweg über wollte Gretchen den Bruder fragen, was er heute Nachmittag mit dem Freudenthaler vorhabe und warum er dauernd mit dem 10a-Bus unterwegs sei. Aber sie brachte es nicht übers Herz, es kam ihr zu taktlos, zu indiskret vor. Vielleicht hat er wirklich eine Braut, dachte sie. Doch diesen Gedanken verwarf sie gleich wieder, denn erstens hätte der Freudenthaler dann nicht von »Wochenendinformationen« – was immer die auch sein mochten – gesprochen und zweitens genügte ein objektiver Blick auf Bruder Hänschen, um sicher zu sein, dass er keine »Braut« haben konnte. Dreizehnjährige Knaben, die Anklang bei Mädchen finden, hatten sehr anders auszusehen!
Gretchen, dies bedenkend und Hänschen betrachtend, wurde von einem tieftraurigen Mitleidsgefühl gepackt. Dick war Hänschen ja immer gewesen, doch früher hatte er wenigstens eine feste, kernige Fettschicht gehabt, gleichmäßig über den ganzen Leib verteilt. Jetzt war Hänschen schwammig fett, mit Doppelkinn und Wabbelbauch. Sogar seine Ohren waren fett. Und wenn er ein bisschen mehr als üblich zu Fuß gehen musste, bekam er Seitenstechen und Keuchatem. Und wenn er noch ein bisschen länger gehen musste, wurden die Innenseiten seiner Oberschenkel rot und wund. Hänschens Beine waren im letzten Jahr so fett geworden, dass sich die Schenkel aneinander rieben. Und von Hänschens schönen blitzblauen Augen mit den langen schwarzen Wimpern war kaum mehr etwas zu sehen. Zwischen einer dicken Hängestirn und hochgewölbten Plusterbacken hatten sie keine Chance richtig zur Geltung zu kommen.

Gretchens Vater wartete in der offenen Wohnungstür. Wahrscheinlich hatte er Hänschens Treppengeschnaufe bis in die Küche gehört. Der Vater hatte eine rote Schürze umgebunden und die Hemdsärmel aufgekrempelt. »Das Essen steht bereit!«, rief er. Dann umarmte er Gretchen und drückte sie derart heftig an sein Vaterherz, dass Gretchen Atemnot bekam. Ganz tief steckten ihre Nase und ihr Mund in väterlichem Brustspeck, der nach Gulasch roch.
»Ich hab Hunger«, sagte das Hänschen. Der Vater entließ Gretchen aus der Umarmung und wieselte in die Küche. »Ich bin der beste Auftauer der Welt«, rief er. »Es gibt Spargelsuppe und Gulasch mit Nockerln und Germknödel!«
Grundgütiger im Kalorienhimmel, gib mir Kraft dazu, dachte Gretchen. Seit sie und die Mama abgemagert und weggezogen waren, schaffte sie die alten, heimischen Sackmeier-Menüs kaum mehr. Aber den »besten Auftauer der Welt« wollte Gretchen nicht enttäuschen. Tapfer machte sie sich ans Mampfen.
Der Papa futterte genüsslich, sein Kaier-Franz-Josef-Schnurrbart vibrierte im Rhythmus der Kaubewegungen, Winzigkeiten Spargel und Gulaschzwiebeln zierten ihn. Und als sich der Vater einen Germknödel auf den Teller holte und Zucker und Mohn darüber streute, tat er kleine, entzückte, andächtige Ausrufe, wie man sie sonst nur von Leuten hört, die einen besonders roten, besonders romantischen Sonnenuntergang besichtigen. Doch dann fiel des Papas Blick auf die Knödelplatte und er stellte seine Entzückensschreie ein und sprach zu Hänschen:
»Alles, was recht ist, mein Sohn! Fressen ist schön, aber so viel fressen wie du sollte man nicht!«
»Es ist mein zweiter Knödel«, raunzte Hänschen mampfend.

»Es ist dein vierter Knödel«, sagte der Papa.
»Nein! Mein zweiter, Ehrenwort!«, rief Hänschen und würgte einen Riesenbissen hinunter.
»Sechs Knödel waren es!«, rief der Papa. »Einen hab ich genommen, einen hat Gretchen genommen, und da keiner mehr da ist, hast du vier genommen!«
»Nein, nur zwei!«, sagte Hänschen stur.
Der Papa wurde wutrot im Gesicht. Er neigte zu raschem Wechsel der Stimmungslage. »Willst du mich für blöd verkaufen?«, brüllte er. »Ich weiß doch, dass es sechs Knödel waren, ich hab sie doch gekocht!« Zum Beweis deutete er auf die Knödelplatte, auf der sechs Teigtupfer klebten. »Eins, zwei, drei, vier, fünf, sechs!«, zählte der Papa die Teigtupfer ab.
»Aber ich hab erst den zweiten!«, beharrte Hänschen.
Da warf der Papa Messer und Gabel auf den Tisch. »Du machst mich wahnsinnig!«, schrie er.
Hänschen erhob sich, packte seinen Teller und marschierte aus dem Zimmer. »Es waren echt nur zwei!«, klagte er im Abgehen.
Der Papa schaute ihm nach und seufzte. Dann griff er wieder nach Messer und Gabel und machte sich über seinen Germknödel her. Kauend sagte er: »So ist er jetzt oft, er frisst und frisst und gibt es nicht zu. Am Montag, nach dem Büro, hab ich eine Salami gekauft und am Dienstag, als ich mir ein Brot machen will, ist keine Salami da. Und er sagt, er hat keine Salami gesehen, da war keine Salami. Er hat das derart überzeugend gesagt, dass ich richtig irre an mir geworden bin. Dass ich mir schon gedacht hab, vielleicht hab ich die Salami im Supermarkt liegen lassen. Sogar im Kofferraum vom Auto hab ich nachgeschaut.« Der Papa legte Messer und Gabel weg, fasste mit je einer Hand nach je einem

Schnurrbartzipfel und zwirbelte sie zu Kringeln. »Und am Donnerstag dann ruft mich die Meier im Büro an und sagt, sie kündigt, weil sie nur bereit ist eine normale Sauerei wegzuputzen, aber sie räumt keinen Augurenstall aus. Unter dem Bett vom Hänschen, sagt sie, waren zwei Salamizipfel und Unmengen Wursthaut und ein Haufen Brotrinden und acht leere Coladosen!«
Der Papa lehnte sich im Sessel zurück und schaute Gretchen an, als erwartete er von ihr zumindest eine Erklärung, wenn nicht gar Lösungsvorschläge.
»Hat die Meier wirklich gekündigt?«, fragte Gretchen.
»Aber nein, die wollte sich nur beschwichtigen lassen!« Der Papa tat diesen Aspekt der Sache mit einer vagen Handbewegung ab. »Und das wäre mir auch Wurscht! Meier gibt's genug! Mir geht es um das verdammte Hänschen, das ist doch nimmer normal!«
»Er ist süchtig«, sagte Gretchen. »Wie eine Droge muss das Fressen für ihn sein!«
Der Papa nickte. »Genau! Mit Entzugserscheinungen, wenn man es ihm verweigert!« Der Papa beugte sich zu Gretchen, er flüsterte fast. »Manchmal kommt er heim und frisst ein großes Marmeladenglas mit dem Löffel leer, ohne was dazu. Und da hab ich die Marmeladengläser in die Abstellkammer gestellt und abgesperrt. Es ist ja saublöd, aber ich hab mir keinen anderen Rat mehr gewusst!«
»Gar nicht blöd«, sagte Gretchen. »Hätt ich auch gemacht!«
Der Papa beugte sich noch näher zu Gretchen. »Er hat die Abstellkammertür aufgebrochen. Mit einem Stemmeisen!«
»Echt?«, staunte Gretchen.
»Echt!«, bestätigte der Papa.
»Verdammt!«, sagte Gretchen und der Papa seufzte. Doch gleich darauf bemühte er sich wieder um ein heiteres Ge-

sicht und rief, so laut, dass Hänschen es in seinem Zimmer hören musste: »Wir heben die Tafel auf und machen uns auf den Weg zur Kultur!«
Gretchen räumte den Tisch ab und stapelte das schmutzige Geschirr in die Spülmaschine. Der Papa zog die Schuhe an, krempelte die Ärmel herunter, legte die Schürze ab und schlüpfte in ein Sakko. Er band eine Krawatte um und rief, an die Tür von Hänschens Zimmer klopfend: »Komm, Knabe, wir gehen!« Weil Hänschen weder kam noch Antwort gab, wollte der Papa zu Hänschen ins Zimmer. Doch die Zimmertür war von innen versperrt.
Der Papa klopfte wieder und rief, Hänschen möge doch kommen. Eine Weile rührte sich im Zimmer nichts, dann war Hänschens klagende Stimme zu hören: »Ich geh nicht mit! Mir ist übel!«
»Sei kein Dödel, spiel nicht den Beleidigten, komm!«, rief der Papa.
Wieder war es eine Weile still, dann rief das Hänschen: »Lasst mich in Ruhe! Ich will niemanden sehen!«
»Na schön, okay, er will niemanden sehen«, murmelte der Papa. Zu Gretchen sagte er: »Gehen wir zwei beide eben alleine!« Gretchen hatte nichts dagegen.

Nach dem Auszug von Gretchen, Mama und Mädi hatte sich der Papa ein neues Auto gekauft. Einen großen, schwarzen Rover.
»Komisch ist das schon«, sagte Gretchen, als sie neben dem Papa im Rover saß und den Sicherheitsgurt festschnallte. »Als wir noch zu fünft waren, haben wir uns wie die Sardinen in den winzigen Mini quetschen müssen. Und jetzt, wo du mit Hänschen allein bist, hast so eine Riesenkutsche.«
»Deine Mutter hat auf dem Mini bestanden«, sagte der

Papa. »Deine Mutter wollte ein Energiesparauto. Deine Mutter hat erklärt, sie liebt den Mini und gibt ihn nicht her, bevor er Schrott ist!«

»Sag nicht immer ›deine Mutter‹. Das klingt saublöd«, sagte Gretchen.

»›Meine Frau‹ kann ich wohl nicht mehr sagen, oder?« Der Papa hupte hinter einem Auto her, das seiner Ansicht nach verkehrssünderisch abgebogen war.

»Elisabeth kannst du sagen«, schlug Gretchen vor. »Und außerdem ist sie noch deine Frau. Geschieden seid ihr ja nicht!«

Schweigend fuhren sie weiter, Richtung Museum für angewandte Kunst, der chinesischen Teppichausstellung zu. Erst beim Parkplatzsuchen fing der Papa wieder zu reden an. Zuerst über die Parkplatznot und über kleinliche Polizisten. Dann fragte er: »Glaubst du, dass dem Hänschen vielleicht wirklich übel war? Wenn einer so viel frisst …«

»Einen Schmarren!«, unterbrach Gretchen ihn. »Um drei wollt er sich mit dem Freudenthaler treffen. Ich hab es zufällig gehört!«

»Also das ist doch die Höhe!«, rief der Papa. »Dem werd ich das abgewöhnen, das garantier ich dir! Und überhaupt dieser Freudenthaler! Das ist der widerlichste Knabe, der mir je ins Haus gekommen ist, ein echter Abschaum!«

»Da ist ein Loch, Papa!« Gretchen zeigte auf eine ausreichend breite Parklücke zwischen den Autos am Straßenrand, aber der Papa beachtete den Hinweis überhaupt nicht. Er gab Gas und brauste davon, Richtung Vater-Wohnung.

Hänschen war nicht mehr daheim. Seine Zimmertür stand offen. Sein Bett war unberührt. Er hatte also nicht einmal seinen üblichen Mittagsschlaf gemacht. Ein Stündchen Mittagsruhe war dem Hänschen seit eh und je heilig. Nur am

Samstag, Gretchens Anwesenheit zuliebe, hatte er im letzten Jahr darauf verzichtet.
»Na und? Was ist jetzt?«, fragte Gretchen.
»Jetzt warte ich, bis er heimkommt, dann wird er mir ja wohl erklären, wieso ihm zuerst übel ist und wieso er dann den Freudenthaler trifft!«
»Was soll das denn bringen?«, fragte Gretchen.
Das wusste der Papa anscheinend auch nicht recht, denn er gab ihr keine Antwort und marschierte in das Zimmer, das er »Herrenzimmer« zu nennen pflegte.
Gretchen saß eine Zeit lang im Wohnzimmer herum und war sauer. Armes Hänschen hin, ratloser Papa her, dachte sie, aber so eine Samstaggestaltung ist eine Zumutung! Da wäre ich ja noch lieber mit dem Florian ins Kino gegangen!
Gretchen stand auf und ging in Hänschens Zimmer, das früher einmal auch ihr Zimmer gewesen war. Sie setzte sich auf ihr altes Bett und wartete, ob sich nostalgische Rührung in ihr breit machte. Sie wartete vergeblich. Sie merkte bloß, dass es im Zimmer muffelte. Also stand sie auf und öffnete das Fenster. Kalte Luft kam herein und wirbelte von Hänschens Schreibtisch Papiere hoch. Die Papiere segelten durchs Zimmer. Gretchen schloss das Fenster und sammelte die Papiere ein. Auf einigen waren Mathe-Beispiele, etliche waren unbeschrieben, aber auf den meisten Papieren, die sie einsammelte, stand äußerst Befremdliches. Sie waren von der linken Hand eines Rechtshänders geschrieben. Mit schiefen, unregelmäßigen Buchstaben stand auf einem:
WIR WISSEN GENAU, WO SIE AM MONTAG UM 18 UHR WAREN.
DAS SCHWARZE RACHEKREUZ
Auf einem anderen stand:
GEBEN SIE AUF! SIE SIND DURCHSCHAUT!

DAS SCHWARZE RACHEKREUZ
Und wieder auf einem anderen:
WENN SIE SO WEITERMACHEN, ERFÄHRT IHRE FRAU ALLES.
DAS SCHWARZE RACHEKREUZ
Gut ein Dutzend solcher Zettel fand Gretchen. Sie setzte sich mit den Zetteln auf ihr altes Bett und las sie immer und immer wieder. Richtiges Herzklopfen hatte sie dabei.
Schließlich stand Gretchen auf und legte die Zettel auf Hänschens Schreibtisch. Auf die Zettel stellte sie Hänschens gläsernen Briefbeschwerer. Dann ging sie ins Vorzimmer zum Telefon, rief den Florian Kalb an und sagte ihm, dass sich ihre Tagesplanung geändert und sie nun doch Zeit fürs Kino habe. Der Florian war hocherfreut. Ob sie mit »Casablanca« einverstanden sei, fragte er. Gretchen hatte »Casablanca« zwar schon fünfmal gesehen, aber bei einem Kinobesuch mit dem Florian kam man vor lauter Händchenhalten und Händchenwegschieben und Küssegeben und Küsseabwehren ohnehin nicht viel zum Schauen.
Gretchen war also mit »Casablanca« einverstanden. Zwei Stunden Humphrey Bogart und Florian, Zärtlichkeit und Play-it-again-Sam, fand Gretchen, waren jetzt lebenswichtig für sie.

4. Kapitel

in welchem dem Gretchen eine sehr aufreibende Woche beschert wird, weil sich ein Grippevirus im Haushalt enorm verbreitet.

Montag früh waren Mädi und Pepi kaum wach zu bekommen, und als Gretchen sie endlich aus dem Schlaf gerüttelt hatte, wankten sie matt und gähnend und quengelnd ins Badezimmer.

Da dies sonst nicht ihre Art war – die beiden waren ausgesprochen heitere Morgenkinder, die meistens schon um halb sechs Uhr Kissenschlachten veranstalteten und das Radio laut aufdrehten und sich mit für den Morgen ungeeigneter Nahrung versorgten und Gretchen, Marie-Luise und die Mama am Schlafen hinderten –, zeigte sich Gretchens Mama besorgt und klebte Pepi und Mädi Fieberpflaster auf die Stirnen. Die Pflaster verfärbten sich im Nu.

Mädi und Pepi wurden in die Betten zurückgeschickt. Marie-Luise steckte ihnen Fiebermesser unter die Achseln. Mädi brachte es auf 38,9. Pepi überbot sie mit 39,2.

»Und das schon am Morgen«, sagte die Mama bekümmert, »dann kriegen sie am Abend ja glatte vierzig!«

»Die Grippe geht um«, sagte Marie-Luise. »Es ist sicher die Grippe! Die haben jetzt viele!«

»Wer bleibt bei ihnen?«, fragte Gretchen.

Marie-Luise schaute entschuldigend. »Ich kann nicht«, sagte sie. »Bei uns im Amt sind schon zwei krankgemeldet. Wenn ich jetzt auch noch daheim bleibe, ist der Teufel los!«

Marie-Luise schaute Gretchen an und ihr Blick hieß: Bitte, gutes Kind, sei so nett!

»Aber wir schreiben heut eine Englischarbeit«, sagte Gretchen. »Das sieht dann so aus, als ob ich nicht kommen wollte.«
»Nein, nein«, seufzte Gretchens Mutter. »Du gehst in die Schule. Kommt gar nicht in Frage, dass du deswegen die Arbeit versäumst! Ich bleib schon bei ihnen. Heute habe ich keine wichtigen Stunden. Nur am Mittwoch, da kann ich nicht. Da muss ich ein Referat halten.«
»Okay, dann ist die Sache ja einfach«, sagte Marie-Luise. »Elisabeth bleibt heut und morgen bei den Kindern, am Mittwoch schwänzt Gretchen und ab Donnerstag melde ich mich krank!«
Gretchen fiel ein, dass sie am Mittwoch Biologietest hatte. Und dass sie den unbedingt machen musste! In Biologie stand sie zwischen »sehr gut« und »gut«. Da war der Test entscheidend.
Gretchen nickte trotzdem zustimmend. Es wäre ihr schäbig vorgekommen, sich auch noch vor einem Tag Kinderhüten zu drücken. Außerdem dachte sie optimistisch: Wer weiß, vielleicht sind Mädi und Pepi bis übermorgen schon wieder gesund!
Am Mittag jedoch, als Gretchen, relativ heiter wegen der gut erledigten Englischarbeit, nach Hause kam, fand sie nicht nur ein mattes Mädi und einen matten Pepi vor, sondern eine noch viel mattere Mama.
Die Mama saß im Schaukelstuhl und dämmerte vor sich hin: »Mich hat's auch erwischt«, klagte sie. Und am Abend kam Marie-Luise bleich und stöhnend von der Arbeit heim. »Ich hab geglaubt, ich schaff den Tag nicht mehr«, sagte sie. »Mir sind anscheinend alle Scharniere locker geworden.«
Am Dienstagmorgen brachte Gretchen viermal Lindenblü-

tentee an Krankenbetten, verteilte Fiebermesser und Grippepillen und meldete Marie-Luise und die Mutter krank. Ein bisschen komisch kam sie sich schon vor, als sie dem Sekretariat der Sozialakademie meldete: »Bitte, meine Mutter, Elisabeth Sackmeier, Schülerin des zweiten Jahrgangs, ist grippekrank und kann nicht in die Schule kommen!« Der Dame im Sekretariat kam das anscheinend aber gar nicht komisch vor, denn sie wünschte nur baldige Besserung und fragte noch mitfühlend, ob Gretchen irgendeiner Hilfe bedürfe. »Danke, nein«, sagte Gretchen, »ich schaff das schon!«

Gretchen kam erst gegen Viertel nach acht in der Schule an. Sie platzte in eine erregte Debatte zwischen Gabriele und der Geschichts-Lehrerin. Gabriele stand mit rotem Kopf neben dem Lehrertisch und behauptete, dass alles, was man in der Schule lernen müsse, abgestanden, fad, langweilig und der allerletzte lauwarme Mist sei. Von dem, was auf der Welt wirklich vorgehe, von dem, was die Welt tatsächlich zu diesem miesen Saustall mache, erfahre man in der Schule nichts!

Die Geschichts-Lehrerin war verschreckt. »Aber Gabriele«, sagte sie bloß, »aber Gabriele!«

»Mir ist doch völlig Wurscht«, rief Gabriele, »ob der alte Napoleon 1804 zum Kaiser gekrönt wurde und ob der Wiener Kongress 1812 oder ein Jahr früher zu tanzen angefangen hat! Das geht mich doch nichts an!«

In der Klasse war beifälliges Gemurmel.

»Ich würde gern wissen, was die Nord-Süd-Achse ist und ob ich mich mehr vor den Russen oder mehr vor den Amerikanern fürchten muss! Und ob die Mao-Witwe zu Recht oder zu Unrecht verurteilt worden ist. Und was die Amis in Südamerika machen, wüsste ich auch gern! Und was ein

Zionist ist! Und wo der Unterschied zwischen dem Arafat und dem Gaddhafi liegt! Warum erklären Sie uns das nicht?«

»Weil sie es doch selber nicht weiß«, kam ein gedämpfter Zwischenruf aus den hinteren Reihen.

»Ich muss mich an den Lehrplan halten«, verteidigte sich die Geschichts-Lehrerin.

»Lies Zeitungen, wenn du wissen willst, wie's auf der Welt zugeht«, rief der Otti Horneck.

»Ich pfeif drauf, dass mir die Alte die Welt erklärt«, rief der Florian Kalb.

Die Uschi 1 rief: »Politik ist ein dreckiges Geschäft, mich interessiert das nicht!«

Und die Uschi 2 rief: »Schreits doch nicht wie Deppen! Ich will meinen Dagobert Duck lesen!«

Und die Geschichts-Lehrerin fuchtelte mit den Armen und brüllte: »Ruhe! Absolute Ruhe, bitte! Alle auf einmal können doch nicht zu Wort kommen!«

Als endlich Ruhe eingetreten war – zwar nicht absolute, doch relative – und die Geschichts-Lehrerin gesagt hatte, nun habe man mit Gabrieles »unreifen Beschwerden« schon die halbe Unterrichtsstunde vertan, nun müsse man hurtig im Lehrstoff fortfahren, hatte es Gretchen bereits aufgegeben, ihre Verspätung zu erklären. Sie tat, als lausche sie andächtig der Schilderung der spanischen Kolonialpolitik zu Beginn der Neuzeit und als mache sie diesbezügliche Notizen. Auf Gretchens liniertem Block stand allerdings: Lindenblütentee, Kandiszucker, Knäckebrot, Katzenfleisch, Neoangin, Kirschkompott …

Gretchen erstellte eine Einkaufsliste.

In der vierten Stunde, Mathematik war dran, wurde Gretchen plötzlich sehr unruhig, weil ihr eingefallen war, dass die Lebensmittelgeschäfte um zwölf Uhr schließen, dass sie also nach Schulschluss nichts mehr einkaufen konnte. Aber Katzenfleisch muss ich haben, dachte Gretchen. Alles andere kann bis zum Nachmittag warten, nur das Katzenfleisch nicht. Wenn ich ohne Fleisch heimkomme, dachte Gretchen, macht mir der Seppi die Hölle heiß; so verfressen, wie er ist. Er hat in der Früh schon nicht genug gehabt. Wahrscheinlich sitzt er jetzt schon vor dem Bett von der Mama und jammert und kratzt die Politur von den Bettbeinen. Bis um drei Uhr, wenn die Läden wieder aufmachen, dachte Gretchen, kann der Seppi nicht warten!

In der Klasse war es ziemlich still. Der Mathe-Lehrer rechnete an der Tafel eine Gleichung mit drei Unbekannten vor. Die hatte er bereits so weit gelöst, dass zwei der Unbekannten weggefallen waren. Die Schüler der 5a – bis auf Sabine, die nasebohrend aus dem Fenster schaute – rechneten hinter dem Mathe-Lehrer her.

Gretchen stand auf und sagte: »Herr Professor, bitte!«

Der Mathe-Lehrer drehte sich um. »Ist dir etwas unklar, mein Kind?« Er fragte erstaunt, weil dem Gretchen Sackmeier in Mathe sonst immer alles klar war.

»Bitte, ich möchte kurz weggehen, um ein Rindsschnitzel zu kaufen«, sagte Gretchen.

Der Mathe-Lehrer fasste es nicht. »Was willst du, mein Kind?«

Gretchen wiederholte ihr Anliegen.

»Bist du nicht bei Trost?«, fragte der Mathe-Lehrer.

Die Belegschaft der 5a legte die Kugelschreiber weg. Sogar Sabine hörte mit dem Nasenbohren und Wolkenschauen auf. Die Sache schien spannend zu werden.

»Ich bin bei Trost«, sagte Gretchen. »Aber bei mir zu Hause

sind alle krank. Und der Kater braucht Futter. Und die Geschäfte sperren gleich zu. Und ich bin ja in ein paar Minuten wieder da!«
»Das ist völlig unmöglich«, sagte der Mathe-Lehrer. »Was glaubst du, wenn da jeder käme!«
»Es kommt ja nicht jeder«, sagte der Florian Kalb.
»Ich darf einen Schüler nicht beurlauben«, sagte der Mathe-Lehrer.
»Und so was nennt sich humane Schule«, rief Gabriele. »Jeder Kettenhund hat mehr Freiraum!«
»Genau«, sagte Gretchen, nickte Gabriele zu, holte die Geldbörse aus der Jute-statt-Plastik-Tasche und verließ die Klasse.
Dreizehn Minuten später kam Gretchen keuchend mit dem Rindsschnitzel zurück. Bewundernd und anerkennend wurde sie von den Kollegen betrachtet. Der Mathe-Lehrer ignorierte sie und tat, als hätte er ihr Eintreten gar nicht bemerkt.
Uschi 1 drehte sich um und flüsterte Gretchen zu: »Er hat gesagt, das wird noch Folgen haben!«
Uschi 2 drehte sich auch um und flüsterte: »Er wird dich sicher dem Hofrat melden!«
»Sie wird es überleben«, sagte Gabriele sehr laut.
Gretchen überlebte diesen Vorfall tatsächlich sehr prächtig, da das unerlaubte Rindsschnitzeleinholen überhaupt keine Folgen hatte. Sei es, dass der Mathe-Lehrer sie gar nicht beim Hofrat »gemeldet« hatte, sei es, dass der Hofrat aus Vergesslichkeit oder absichtlich das Delikt nicht weiterverfolgt hatte, Gretchen wurde jedenfalls weder zum Klassenvorstand noch in die Direktion zitiert und am Freitag sagte der Alexander Anderle gehässig zu ihr: »Da sieht man's wieder. Die Streber können sich einfach alles leisten! Möcht se-

hen, was passiert wär, wenn ich Katzenfutter holen gegangen wär!«

Gretchen war von der heimischen Krankenpflege derart ermattet und erschöpft, dass sie dem Alexander Anderle nicht einmal die Zunge zeigte oder ihn sonst wie zurechtwies. Sie hatte drei Nächte ohne viel Schlaf hinter sich. Jede Nacht, mindestens zehnmal, war sie von Pepi oder von Mädi geweckt worden. »Mir ist so heiß« und »Mir ist so kalt« und »Ich hab so einen Durst« und »Ich muss kotzen« und »Ich muss aufs Klo« und »Ich fürchte mich« waren die latenten nächtlichen Botschaften der beiden gewesen. Und Gretchen, darauf bedacht, Mamas und Marie-Luises fiebrigen Schlaf nicht zu stören, war jedes Mal hurtig zu Mädi und Pepi gewieselt und hatte zugedeckt und abgedeckt und aufs Klo geführt und Tee gebracht und beruhigt und gestreichelt und beteuert, dass es keine Gespenster gebe und das Angst machende Knacken seien bloß Heizungsrohrgeräusche.

Am Freitagnachmittag hatten dann Mädi und Pepi fast kein Fieber mehr und der Mama und Marie-Luise ging es auch schon wieder ein bisschen besser. Zumindest behaupteten sie es.

»Ach, Gretchen, wenn wir dich nicht hätten!«, lobte Marie-Luise vom Krankenlager aus.

»Mein Gretchen ist ein Engel!«, erklärte Gretchens Mama aus dem Nachbarbett. »Ich weiß gar nicht, wie ich zu einem solchen Goldstück von Tochter komme!«

Gretchen war gerührt und legte sich auch ins Bett. Sie hatte Kopfweh und Gänsehaut und Kniezittern und war unheimlich müde. Sie war so müde, dass sie sich nicht einmal auszog.

»Jetzt hat die Grippe auch das Goldstück erwischt«, hörte Gretchen Marie-Luise noch sagen, dann schlief sie mit dem

festen Vorsatz ein, um vier Uhr wieder aufzuwachen, weil sie fürs Wochenende einkaufen musste.
Gretchen erwachte erst um sieben Uhr, Kopfweh hatte sie immer noch, aber Gänsehaut hatte sie keine mehr. Unheimlich heiß war ihr. Sie wollte aus dem Bett springen, aber das schaffte sie nicht. Nur mühselig rappelte sie sich hoch.
»Scheiß mit Reis!«, murmelte sie und tappte mit kleinen, unsicheren Stiftsdamenschritten ins Wohnzimmer.
Dort bot sich ihr ein rührendes und sehr ungewohntes Bild. Die Mama saß im Schaukelstuhl, mit der Patchworkdecke über den Knien und einer Teetasse in den Händen. Marie-Luise saß im Fernsehstuhl, mit einer Wolldecke über den Knien und dem Kater Seppi in den Armen. Mädi und Pepi hockten auf der Couch. Alle vier lauschten dem Hinzel, der auf der Couchkante saß und das Märchen vom Katerlieschen vorlas.
»Goldschatz, wie geht es?«, fragte die Mama.
»Der Goldschatz fiebert, das sieht man«, sagte Marie-Luise.
»Ruhe«, rief das Mädi und der Pepi rief: »Weiterlesen!«
Gretchen setzte sich neben die Mama auf den Boden und stützte den Kopf an die Knie der Mama.
»Lies nur weiter, Hinzel«, sagte sie.
Die Mama streichelte Gretchens Locken.
Das Katerlieschen sagte mit Hinzelstimme: »Ich kann die Tür nicht mehr halten!« Der Kater sagte mit Hinzelstimme: »Dann lass sie fallen, Lieschen!« Und das Katerlieschen ließ die Tür fallen und die drei Räuber rannten vor Schreck davon und ließen den Geldtopf zurück.
Der Hinzel klappte das Märchenbuch zu.
»So was Blödes«, sagte das Mädi. »Eine Tür ist viel zu schwer, dass man mit ihr auf einen Baum klettern kann!«
»Aber nicht im Märchen«, widersprach der Pepi.

»Weil Märchen blöd sind«, rief das Mädi.
»Du bist blöd«, rief der Pepi.
Der Hinzel sagte: »Es war eine Tür aus Styropor, die war ganz leicht!«
»Styropor hat's damals nicht gegeben«, rief das Mädi.
»Im Märchen schon«, sagte der Hinzel.
»Nein, nein, nein«, kreischte das Mädi.
»Ja, ja, ja«, kreischte der Pepi.
Gretchen litt unter dem Gekreisch. Jedes Wort dröhnte ihr, wie mit einem Vorschlaghammer eingeschlagen, gegen die Schädeldecke. Und das Licht tat ihr in den Augen weh.
»Warum habt ihr mich denn nicht aufgeweckt?«, fragte Gretchen die Mama. »Ich wollte doch einkaufen gehen. Morgen ist Samstag. Wir brauchen etwas fürs Wochenende. Wenn ich morgen aus der Schule komme, sind die Geschäfte schon zu!«
»Du hast Grippe«, sagte die Mama. »Du kannst nicht einkaufen gehen. Und morgen gehst du auch nicht in die Schule. Der Hinzel war für uns einkaufen. Es ist alles im Haus!«
»Dann geh ich wieder ins Bett«, murmelte Gretchen. Sie wollte aufstehen, aber ihr war so schwindlig, dass sie es kaum schaffte. Der Hinzel half ihr vom Boden hoch.
»Gretchen, mein Mädchen«, sagte er, Gretchen stützend. »Du bist ja heiß wie ein Kachelofen zu Weihnachten!« Er wandte sich an die Mama. »Sollte man ihr nicht vielleicht einen Brustwickel machen, gegen das Fieber?« Gretchens Mama schüttelte den Kopf, doch Marie-Luise hielt das für eine ausgezeichnete Idee. Sie sagte, Brustwickel seien auf alle Fälle besser als Fieber senkende Mittel, und sie erklärte, wo Hinzel alte Leintücher für die Wickel finde.
Brustwickel waren für Gretchen das Allerletzte! Nichts auf

der Welt war schrecklicher für sie als kaltnasses Leintuch auf heißem Fieberleib!
Gretchen jammerte: »Nein, kein Brustwickel! Ich mag keinen Brustwickel! Echt! Ich lass mir keinen Brustwickel geben! Kommt doch nicht in Frage!«
»Aber Gretchen, mein Mädchen, jetzt sei doch keine Idiotin!« Der Hinzel führte Gretchen in ihr Zimmer zurück, setzte sie auf ihr Bett und wollte sie ausziehen.
Gretchen konnte sich nicht beruhigen.
»Hinzel, keinen Brustwickel«, rief sie. »Nur keinen Brustwickel! Ich sterbe, wenn ich einen Brustwickel bekomme, ehrlich, Hinzel!«
»Hände hoch«, sagte Hinzel. Er wollte Gretchen des Pullovers entledigen.
Gretchen hob beide Arme und klagte weiter. »Wirklich, Hinzel, ich halte einen Brustwickel nicht aus! Ehrenwort! Mich trifft der Herzschlag!«
»Hintern hoch«, kommandierte der Hinzel und zog Gretchen, nachdem sie der Aufforderung nachgekommen war, die Jeans aus.
»Und wo ist das Nachthemd?«, fragte der Hinzel. »Oder schlafen Euer Liebden nur mit Chanel 5?«
Gretchen stand der Sinn nicht nach Heiterkeit. Sie gab Hinzel keine Antwort, sondern schüttelte bloß den Kopf, was heißen sollte: Ich schlafe ohne Nachthemd und ohne Chanel 5. Hinzel verstand das nicht und suchte das Bett und das Zimmer nach einem Nachthemd ab. Bei dieser Tätigkeit öffnete er auch Gretchens Kleiderschrank. Auf der Innenseite der einen Schranktür klebte ein DIN-A4-großes Foto von Florian Kalb. Hinzel betrachtete Florians Colgate-Lächeln, Florians Palmolive-Locken und Florians Frischwärts-Näschen und Florians I-go-miles-for-a-Camel-

Blick, murmelte »Sauber, sauber« und schloss den Schrank wieder.
Wäre Gretchen nicht in ihrer Riesen-Brustwickelangst gefangen gewesen, hätte sie dem Hinzel erklärt, dass dieses Foto rein gar keine tiefere Bedeutung habe, sondern bloß von Gabriele aus Jux und Tollerei in den Schrank gehängt worden war. »Jeder Schichtarbeiter hat ein Glamourgirl im Schrank«, hatte Gabriele damals gesagt und den schönen Florian festgeklebt.
Gretchen fühlte sich jedoch im Moment nicht in der Lage dem Hinzel die Sache zu erklären. Sie kroch bloß unter die Bettdecke und zog sich die Decke bis übers Kinn. »Wenn du mir einen kalten Brustwickel machst, Hinzel«, drohte sie, »dann rede ich kein Wort mehr mit dir, mein Leben lang nicht mehr, ehrlich! Brustwickel sind das Gemeinste auf der Welt!«
»Hinzel, lass es bleiben«, rief die Mama vom Wohnzimmer her. »Das Goldstück hat einen Brustwickeltick! Von klein auf. Da ist nichts zu machen!«
Gretchen fing an zu weinen und schluchzte in ihr Kopfkissen. Sie kam sich ziemlich blöde vor. Warum sie weinte, hätte sie nicht sagen können. Aber irgendwie meinte sie ein gutes Anrecht auf Tränen zu haben.
Der Hinzel hockte sich zu ihr.
»Gretchen, mein Mädchen«, flüsterte er. »Hast du auch den Essigpatschentick?«
»Nein«, schluchzte Gretchen. »Essigpatschen sind mir Wurscht!«
»Dann ist ja alles okay.« Der Hinzel streichelte Gretchens unbedeckte Schulter. »Kriegst du eben Essigpatschen, die sind genauso gut, sagt meine großmütterliche Baronin immer.«

Eine halbe Stunde später lag Gretchen getröstet und mit sauer riechenden Klumpfüßen friedlich im Bett. Der Hinzel saß neben dem Bett. Er sagte: »Gretchen, mein Mädchen, du kannst ja ganz schön hysterisch werden. Das ist mir neu!«
»Nur bei Brustwickeln«, sagte Gretchen und lächelte. »Brustwickel sind für mich symbolisch. Immer haben sie mich dazu gezwungen und ich hab mich nicht wehren können. Sie drücken dich einfach auf das eiskalte Zeug und wickeln es dir um und du kannst schreien, wie du willst. Es nutzt nichts! Da hab ich immer gemerkt, wie mächtig sie sind!«
Der Hinzel reichte Gretchen ein großes Glas mit rosa Saft. »Trink«, sagte er. »Da sind alle Vitamine drin, von A 1 bis Zet 7. Und besonders viel Vitamin C!«
Gretchen nahm das Glas und trank gehorsam. Der rosa Saft schmeckte nach Chemie und Brausetabletten.
»Wieso bist du überhaupt da?«, fragte Gretchen. Hinzel war noch nie bei ihr zu Hause gewesen. Hätte Gretchen nicht einen fiebermatten, grippetrüben Kopf gehabt, hätte sie Hinzels Anwesenheit viel mehr gewundert.
»Weil ich doch nicht tagelang ohne dich auskommen kann«, sagte der Hinzel. »Die ganze Woche warst du nicht im Waxlberger. Das ist doch kein Leben. Da hab ich bei dir angerufen und deine Mutter hat mir gesagt, dass ihr alle krank seid. Und da bin ich halt angedampft. Ich hab gedacht, man könnte mich brauchen!«
»Hinzel, du bist ganz, ganz lieb«, sagte Gretchen, fasste nach Hinzels Hand, hielt sie fest und schlief ein.

5. Kapitel

in dem ein harmloses Vorkommnis zu einer unsittlichen Angelegenheit missdeutet wird und Gretchen merkt, dass bei Hänschen tatsächlich eine Schraube locker ist.

Gretchens Grippe war eine hartnäckige. Fünf Tage schon lag Gretchen im Bett und hatte Fieber und Kopfweh und alle Knochen taten ihr weh. Die Mama und Marie-Luise hatten sich auch noch nicht richtig erholt. Matt wie die Oktoberfliegen saßen sie in der Wohnung herum. Versuchten sie ein paar Schritte, sanken sie nachher erschöpft auf ihr Lager. Gretchens Mutter sagte: »Das muss ein Supervirus sein! Der echt asiatische oder so!« Und Marie-Luise sagte: »Ich glaub, ich werd nie wieder, ich kauf mir einen Rollstuhl!«

Jeden Morgen, Punkt acht, kam der Hinzel und machte Frühstück und ging einkaufen und räumte ein bisschen auf, wenn er zurückkam, und kochte sogar unter Anleitung von Gretchens Mutter. Und spielte mit Mädi und Pepi.

»Goldschatz, der Hinzel ist ein Goldschatz«, sagte Marie-Luise zu Gretchen.

»Ich hab gar nicht gewusst, welch häuslicher Kern in einem Flippie stecken kann«, sagte die Mama zu Gretchen. Und Hinzel sagte zu Gretchen: »Die zwei Tanten sind schwer in Ordnung, total lockere Typen!«

Von Mädi und Pepi war Hinzel weit weniger angetan. Seit er die zwei näher kenne, sagte er, sei ihm unautoritäre Erziehung suspekt. Dementsprechend verhielt er sich auch. Saß er an Gretchens Krankenlager und versuchte das fiebernde Gretchen durch sanftes Mundharmonikaspiel und

Flöteblasen zu erheitern, wurde er fuchsteufelswild, wenn Mädi und Pepi ins Zimmer kamen, und dies nicht auf Zehenspitzen und stumm, sondern stampfend und kreischend. »Verzieht euch, Baumaffen«, sagte er dann, »sonst beiß ich euch die Ohrwaschel ab!«
Mädi und Pepi mochten den Hinzel trotz solcher Androhungen sehr. Es sah fast so aus, als verehrten ihn die beiden. Jedenfalls taten sie meistens, was er von ihnen verlangte, schlichen stumm und reuig aus Gretchens Zimmer, hörten auf, das Lasso nach dem Kater zu werfen, und räumten die Unordnung, die sie quer durch die Wohnung hinterlassen hatten, so gut sie konnten, wieder weg. Außerdem wollten sie auch unbedingt einen Kohlweißling auf den Wangen haben. Mit Augenbrauenstift malten sie sich gegenseitig voll Getier.
Das kranke Gretchen bekam das alles gar nicht so richtig mit. Sie schlief viel. Wenn sie munter wurde, freute sie sich bloß, dass der Hinzel immer gleich zur Stelle war und Limonade brachte und Kissen aufschüttelte und ihr die schweißnasse Stirn abwischte und sie kein einziges Mal fragte, ob sie ihn liebe, und kein einziges Mal behauptete, sie liebe ihn nicht.

Eine Woche blieb die Grippe bei Gretchen. Am Freitag erwachte Gretchen fieberfrei und ohne Kopfweh. Mädi und Pepi waren an diesem Tag zum ersten Mal wieder von Marie-Luise in die Schule gefahren worden und Marie-Luise hatte sich danach seufzend zur Arbeit begeben.
Die Mama wollte erst am Montag mit der Wiederaufnahme des Schulbesuchs beginnen. Sie sagte: »Ich könnt zwar heut schon, aber der Freitag ist der ödeste Tag in dem Verein, ich hab gar keinen Bock drauf!«

Die Mama war mit ihrem Aussehen unzufrieden. Immer wieder ging sie ins Vorzimmer, betrachtete sich in dem großen Spiegel und klagte: »Schrecklich, wie ich ausschau! Wie die Henne unter dem Schwanz schau ich aus! Ich werd gleich wieder krank, wenn ich mich länger anschau!«
»Blass sind Sie bloß!«, sagte der Hinzel, der wie immer Punkt acht gekommen war. »Und Ihr Skalp ist aus der Fasson geraten. Sie sollten zum Frisör gehen.«
»That's it!«, sagte die Mama. »Genau, ich geh zum Frisör. Gleich jetzt. Nächste Woche komm ich sowieso nicht dazu!«
»Aber bitte, ich meine …« Der Hinzel zögerte, schluckte und sprach dann tapfer: »Wenn Sie sich vielleicht nicht so eine, so eine, ich meine, Sie haben so schöne Haare und sollten nicht so eine Handarbeitslehrerinfrisur tragen.«
»Tu ich das?«, fragte die Mama.
Der Hinzel nickte.
»Und wie sollte ich?«, fragte die Mama.
Der Hinzel betrachtete die Mama eingehend. »Der Hinterkopf muss mehr zur Geltung kommen, weil Sie einen edel geformten haben«, sagte er. »Und die Haare müssen ganz, ganz kurz geschnitten werden, millimeterkurz, weil Sie sich das leisten können, weil Sie so viele haben. Nur hinten, im Genick, da sollte eine Strähne ein bissl länger bleiben, eine ganz dünne Strähne aber nur.«
»Hinzel, mein Knabe«, rief die Mama. »Ich bin kein Teenager, sondern dreiunddreißig!«
»Ist doch kein Alter«, sagte der Hinzel.
»Für einen Elefanten nicht«, sagte die Mama. »Außerdem kann mein Frisör das gar nicht!«
»Der Wolsdorfer ist dafür Spezialist«, rief Gretchen, die das Haupthaargespräch vom Bett aus verfolgt hatte. »Der in der

Singerstraße, der die große Honda in der Auslage stehen hat!«
»Ich geh doch nicht zu einem Punk-Frisör«, rief die Mama. »Wie komm ich mir denn dort vor?«
»Rassistin«, rief Gretchen, stieg aus dem Bett und lief ins Vorzimmer, um den Hinzel in seinen Bemühungen zu unterstützen. Die Mama jagte Gretchen ins Bett zurück.
Dann ging sie weg. An welchen Frisör sie sich wenden wollte, ließ sie offen.
»Wirst sehen«, sagte Gretchen, »sie latscht doch wieder zu ihrem alten Haarschneider und kriegt einen 08/15-Helm verpasst, ich kenn sie doch!«
»Nein«, widersprach der Hinzel. »Die geht zum Wolsdorfer, hast nicht ihre Augen gesehen? Sie hat Heute-trau-ich-mich-was-Augen gehabt, echt!«
»Bis sie in der Stadt ist, hat sie wieder Aber-das-geht-doch-nicht-Augen«, beharrte Gretchen. Und sie wettete mit Hinzel um einen Zehner, dass die Mama nicht als modische Trendsetterin, sondern mit Einheitslöckchen retour kommen werde.
Dann holte der Hinzel für Gretchen etliche Zeitungen aus der Trafik und Gretchen studierte die Weltlage und die Innenpolitik und den Mord der Woche und die Frauenseite und Hinzel beschloss ein Bad zu nehmen. In der Woche, wo er bei Gretchen Krankenpfleger gewesen war, hatte er schon dreimal gebadet. Anscheinend hatte er gar nichts gegen reinigendes Wasser, anscheinend waren ihm nur die Säuberungsvorgänge in seinem Zimmer-Küche-Quartier ohne Bad und ohne fließendes Warmwasser zu beschwerlich.
Gretchen, Zeitung lesend, hörte viel Wasser rauschen und Hinzelgepruste und Geplätscher und Hinzelgesang. Als sie in den Zeitungen nur noch die Kleininserate zu lesen hatte

und sich die Sparte »Bekanntschaften« vornahm und darüber sinnierte, ob eine »strenge Lederlady« etwas Ähnliches wie eine »harte Domina« sein könne, begann im Badezimmer der Föhn zu surren. Und gerade als Gretchen aufstehen und ein Maßband suchen wollte um festzustellen, wie weit »Oberweite 140« aussehen müsste, klingelte es an der Wohnungstür. Gretchen schaute auf die Uhr. Es war knapp nach zwölf Uhr.

»Das wird der Briefträger sein«, rief Gretchen. »Mach auf, Hinzel!«

Gretchen hörte Schritte zur Wohnungstür hin, hörte die Tür aufklicken und den Hinzel »Schönen guten Tag« sagen. Ein paar Augenblicke war es ganz still. Gretchen dachte: Das ist doch nicht der Briefträger! Dann hörte sie die Stimme vom Papa. »Wo ist Gretchen?« Die Stimme klang empört.

»In ihrem Zimmer!«, sagte der Hinzel. Der Hinzel konnte ja nicht wissen, dass der Papa noch nie hier gewesen war und sich in der Wohnung nicht auskannte.

»Und wo ist ihr Zimmer?«

»Nur immer geradeaus«, sagte der Hinzel und da kam der Papa auch schon angestampft und marschierte durchs Wohnzimmer in Gretchens Zimmer ein. Er hatte einen Blumenstrauß und etliche schön eingewickelte Päckchen in den Armen. Und er schaute aufgeregt und bitterböse.

Was hat er denn, um Himmels willen, dachte Gretchen. Der Papa schleuderte die Blumen und Pakete auf Gretchens Bett und starrte aus wütenden Kulleraugen auf Gretchen. Er holte tief Luft und brüllte dann los: »So ist das also! So geht es hier zu! So sind hier die Zustände! Das ist ja sauber! Das ist ja fein!«

Gretchen bekam einen Riesenschreck. Jetzt ist er übergeschnappt, dachte sie. Jetzt dreht der arme Papa durch.

»Was ist denn los?«, fragte der Hinzel, der hinter Gretchens Vater ins Zimmer gekommen war.
»Ich weiß nicht«, sagte Gretchen leise.
»Ach, das weißt du nicht?«, brüllte der Papa. »Du findest das also bereits total normal?« Er ließ sich in Gretchens Polstersessel fallen, schnaufte, griff mit einer Patschhand zum Hals, riss den Schal weg und zerrte an der Krawatte, um sie zu lockern. »Du bist gerade erst fünfzehn, Gretchen! Das ist kein Alter, in dem man sich am Vormittag mit einem Kerl im Bett herumtreibt!«
Gretchen schaute entsetzt den Vater an, schaute entsetzt zum Hinzel und begriff ganz langsam. Der Hinzel war, bis auf ein um die Hüften gewickeltes Handtuch, nackt. Der Hinzel begriff auch. Aber ihn schien das eher zu unterhalten. Er grinste wie ein frisch lackiertes Kutschpferd, setzte sich auf Gretchens Bettkante und murmelte:
»Du mein liebes Herrgöttle von der Zeil! Die alten Knacker denken wirklich immer nur ans Bumsen!«
Ob der Papa das gehört hatte, konnte Gretchen nicht entscheiden.
»Und dazu noch mit so einem!« Der Papa schaute auf den Hinzel, als sehe er alles Übel der Welt auf der Bettkante hocken.
»Was bin ich denn für einer, lieber Mann?«, fragte der Hinzel und tat gelassen, aber Gretchen merkte, dass seine Stimme ein bisschen zitterte. Und seine Finger, die das Handtuch züchtig zusammenhielten, zitterten auch. Gretchen hätte die Hinzelfinger gern beruhigend gestreichelt; aber sie wusste nicht, ob das im Moment der Stimmung förderlich sein würde.
»Abgesehen von allem anderen, was du sonst noch bist, bist du ein Saukerl, weil du mit einer Minderjährigen schläfst«,

brüllte der Papa den Hinzel an und sprang auf. Gretchen fürchtete schon, der Papa könne sich auf Hinzel stürzen, doch der Papa tat dies nicht, sondern wanderte bloß im Zimmer auf und ab. Dabei sagte er, jetzt halbwegs in Zimmerlautstärke:

»Aber was schrei ich euch an! Ihr habt ja am wenigsten die Schuld, ihr seid jung und blöd und orientierungslos! Dumme, junge Affen seid ihr, sonst nichts! Und keiner passt auf euch auf!«

Der Papa blieb vor Gretchens Fenster stehen, schaute in den diesig grauen Herbsthimmel und fragte: »Wo ist deine Mutter, Gretchen?«

»Hier bin ich!« Gretchens Mama stand im Wohnzimmer, knapp hinter der offenen Tür. Wie lange sie schon dort stand, wusste Gretchen nicht. Sie hatte dem Papa beim Hinundherlaufen zugeschaut und auf sonst nichts geachtet.

»Ich krieg einen Zehner von dir«, sagte der Hinzel zu Gretchen. »Ich hab die Frisörwette gewonnen.«

Gretchens Mama hatte einen Kurzhaarschnitt, der garantiert der allerletzte Schrei war. Sie schaute allerliebst und unheimlich jung aus. Doch Gretchen hatte im Moment kein Auge dafür. »Mama!«, schrie sie, sprang aus dem Bett und stürzte auf die Mama zu und fiel ihr schluchzend um den Hals.

»Er ist so gemein«, heulte Gretchen, »so maßlos gemein ist er. Und er denkt so dreckig! Wieso denkt er so dreckig von mir und dem Hinzel?«

Die Mama hielt Gretchen fest. »Herr im Himmel, was ist denn los?«, fragte sie.

»Jetzt fragt sie auch noch!«, rief der Papa. »Jetzt findet sie es also auch total normal!«

»Hinzel, was ist denn? Red doch du wenigstens!«, verlangte die Mama.

»Ach, du grüner Dünnschiss«, sagte der Hinzel. »In Wirklichkeit ist nichts los. Ich hab gerade gebadet und mir die Haare geföhnt und da hat's geklingelt und Gretchen hat gemeint, das wird der Briefträger sein, und da bin ich raus, so wie ich war ...«, der Hinzel deutete auf seinen Handtuchkilt, »... und jetzt denkt der Herr Tugendwächter, ich wär glatterwegs aus Gretchens Bett gekommen!«

Die Mama schaute verdattert. »Ach, so ist das«, murmelte sie schließlich und brachte Gretchen zum Bett zurück. »Leg dich schön brav hin, Goldschatz«, sagte sie. »Und reg dich nicht auf!« Sie deckte Gretchen bis zur Nasenspitze zu.

An der Wohnungstür klingelte es wieder. Diesmal sehr laut.

»Ich geh nimmer hin«, sagte der Hinzel. »Am End ist es die Oma und die kriegt dann auch einen Anfall!«

»Das wird Hänschen sein«, sagte der Papa, »ich hab ihn herbestellt!«

»Das werden die Kinder sein«, sagte die Mama. »Sie haben heute früher aus. Die Mutter von Robbi hat sie mitgenommen!« Sie ging aus dem Zimmer, zur Wohnungstür. Der Hinzel folgte der Mama und knallte die Zimmertür hinter sich zu.

Gretchen lag still und starrte zur Zimmerdecke. Jetzt müsste er sich eigentlich bei mir entschuldigen, dachte sie und überlegte, ob sie die Entschuldigung huldvoll aufnehmen solle. Vom Vorzimmer her kamen Stimmen. Sowohl Mädi und Pepi wie auch Hänschen schienen eingetroffen zu sein. Gretchen hörte das Mädi sagen: »Beim Haustor haben wir Hänschen getroffen! Er sagt, der Papa ist schon hier! Wo ist mein Papa?« Von Hänschen hörte Gretchen bloß: »Was will denn der hier?« Wahrscheinlich hatte er den Hinzel, auf dem Weg zum Badezimmer, erblickt. Und dann war die Stimme der Mama zu hören: »Mädi«, sagte die Mama, »der Papa ist bei Gretchen, lass die beiden ein bisschen allein, mein Schatz!«

Dann hörte Gretchen keine Stimmen mehr. Die Mama musste mit Hänschen und Mädi und Pepi in die Küche gegangen sein. Gretchen blieb noch ein bisschen still liegen. Da aber vom Papa keine Entschuldigung kam, setzte sich Gretchen auf und sagte:

»Ja, glaubst du mir denn nicht? Er hat echt nur gebadet! Weil er zu Hause kein Badezimmer hat!«

»Verkauf mich doch nicht für blöd«, sagte der Papa. Aber so richtig empört klang das nicht mehr.

»Wüsste nicht, wem ich dich verkaufen sollte«, sagte Gretchen und versuchte die Wut, die in ihr war, an der Stimmlage nicht erkennen zu lassen. »Jeder normale Mensch hätte gesehen, dass er gerade aus der Badewanne kommt! Oder glaubst du, er hat sich beim Bumsen derart nass geschwitzt?« Gretchen gelang es doch nicht, emotionsfrei zu sprechen. Ihre Stimme wurde immer lauter.

»Und überhaupt ist das das Letzte! Wenn ich mit ihm geschlafen hätte, würde ich das zugeben! So vertuschungswürdig käme mir das gar nicht vor! Warum auch? Hast du mir Sex je verboten? Gar nie geredet hast du mit mir darüber! Oder geht es dir nur darum, dass ich es nicht mit einem Tätowierten tue? Das müsstest du mir eigentlich erklären, bevor du da stehst und herumbrüllst wie ein Irrer!«

Gretchen schaute den Papa an und ihre Wut schmolz wie die Butter auf heißen Erdäpfeln. Der Papa schaute so ratlos drein, dass er ihr bloß Leid tun konnte. Der schaut über-

haupt nicht mehr durch, dachte Gretchen, der ist ein armer Hund, ein ganz armer.
»Papa«, sagte Gretchen. »Ich hab dich lieb, sei nicht so. Das nutzt uns beiden nichts!«
Der Papa kam zu Gretchens Bett.
»Zieh doch den Mantel aus«, sagte Gretchen.
Der Papa schüttelte den Kopf und setzte sich auf Gretchens Bett. Das Bett quietschte entsetzlich in allen Fugen.
»Ich will das nicht«, sagte der Papa. »Ich will das alles nicht! Du bist krank und ich muss in eine Wohnung kommen, wo ich nicht einmal weiß, wo dein Bett steht. Und ein nackter Gammler macht mir die Tür auf. Und meine Frau kommt daher wie ein Rockband-Groupie. Vielleicht bin ich von vorgestern, aber das ist nichts für mich. Da komm ich nicht mit.« Der Papa fummelte an seinem Schnurrbart herum und drehte die Schnurrbartenden zu Fragezeichen.
»Brauchst ja bloß öfter herkommen«, sagte Gretchen milde. »Dann weißt, wo mein Bett steht. Und wenn du ein paar Mal mit dem Hinzel reden würdest, würdest du merken, dass der nicht so ist, wie du glaubst. Aber du redest ja mit ihm nicht, damit du es nicht merken brauchst. Und die neue Frisur von der Mama ist topig. Aber auch wenn sie der letzte Mist wär, Papa, wär das auch Wurscht und Blunzen! Auf Frisuren kommt's doch nicht an! Siehst du das nicht?«
»Ich seh nicht, wie das weitergehen soll«, sagte der Papa. »Hänschen ist auch so ein Problem, ich schaff das nicht, Gretchen. Das ist nicht gut, wie er jetzt ist. Es muss was geschehen mit ihm.«
»Willst du, dass er zu uns zieht?«, fragte Gretchen.
»Nein«, sagte der Papa. »Das wird er nicht!« Der Papa schüttelte den Kopf so heftig wie ein neurotischer Eisbär im

Käfig. »Den lass ich mir nicht auch noch wegnehmen. Und außerdem will er gar nicht. Er hasst die Marie-Luise und diesen Pepi. Und das Leben, das ihr führt.«

»Wir führen doch kein Leben«, sagte Gretchen. »Wir leben halt. So wie es geht. Anders geht es nicht.«

»Es ginge anders«, sagte der Papa. Er schaute Gretchen an und malträtierte wieder den armen Schnauzbart. »Wenn du zu mir kämst, Gretchen, und das Mädi auch, dann müsste deine Mutter auch wieder zurückkommen. So gut kenne ich sie noch. Wenn ihr alle drei bei mir wärt, kann sie nicht hier wohnen bleiben. Das schafft sie nicht. Von mir aus könnte sie ja auch in diese verdammte Schule gehen! Mir ist ohnehin schon alles Wurscht!«

Gretchen wusste nicht, was dem Vater antworten. Der ist ja wirr im Kopf, dachte sie, der kann doch nicht echt wollen, dass die Mama zwangsweise mit ihm zusammenlebt und dass ich ihm bei der Erpressung helfe?

»Das Mädi würde ich leicht dazu bringen«, fuhr der Papa fort. »Aber wenn du nicht mitmachst, hat es keinen Sinn.«

Er spinnt, dachte Gretchen. Mädi geht doch nie im Leben von der Mama weg! Wieso schätzt er das so falsch ein?

Bevor Gretchen noch die rechten Worte im Hirn zusammengestoppelt hatte, um dem Papa schonend, aber halbwegs ehrlich ihre Bedenken darzulegen, wurde die Zimmertür aufgerissen und Mädi lief herein. Sie kletterte dem Papa auf den Schoß und flötete: »Mein Papi, mein lieber Papi!«

Der Papa warf Gretchen einen Siegerblick zu, einen Na-was-habe-ich-gesagt-Blick, einen Ich-bin-ihr-Ein-und-Alles-Blick.

»Komm, Papi«, sagte das Mädi, »spiel mit dem Hinzel und mir Mensch-ärgere-dich-nicht!« Das Mädi schmiegte sich an den Papa. »Hänschen und Pepi sind so blöd, die mögen nicht!«

»Wir spielen mit Gretchen Mensch-ärgere-dich-nicht«, schlug der Papa vor. »Komm, hol das Spiel!«

»Nein«, rief das Mädi, »Gretchen spielt langweilig! Mit dem Hinzel ist es lustiger, der will immer mogeln und ich komm ihm dahinter!«

Der Papa weigerte sich mit dem Hinzel zu spielen.

»Du bist fad!«, raunzte das Mädi, rutschte von Papas Schoß und ging aus dem Zimmer. An der Tür drehte sie sich um und streckte die Zunge heraus.

»Ich verlange ja nicht, dass du dich gleich entscheidest«, sagte der Papa. »Nur überleg es dir bitte, sonst nämlich ...«

Weiter kam der Papa nicht, denn nun erschien Hänschen im Zimmer und nuschelte nasebohrend: »Die Mama sagt, ich muss mit ihr zum Schneider gehen, eine neue Hose anmessen!« Er schien darüber nicht sehr erfreut.

»Tu das, mein Sohn«, sagte der Papa.

»Aber sie will zu Fuß zum Schneider gehen«, klagte das Hänschen.

»Das wird dir auch nicht schaden, mein Sohn«, sagte der Papa.

»Warum kannst du uns nicht mit dem Auto hinfahren?«, fragte Hänschen. »Mir ist heute nicht gut im Bauch. Und ich bin schon hierher zu Fuß gegangen!«

»Ich weiß nicht, ob deine Mutter will, dass ich euch hinfahre«, sagte der Papa.

»Sie hat nichts dagegen«, sagte Hänschen.

Ein paar Minuten später waren die Mama und der Papa mit Hänschen abmarschiert. Hinzel kam zu Gretchen und brachte ihr Tee mit Honig und einen Schinkentoast und

Gretchen besprach mit ihm kauend und schlürfend die Vorkommnisse der letzten Stunde.
»Klar hat dein Alter einen Vogel in Geiergröße«, sagte der Hinzel. »Aber ehrlich, Gretchen, gegen meinen alten Herrn ist er ein Schnuckelchen, ein herztausiges! Dein Alter ist ja nicht echt mies, der leidet bloß unter Liebesentzug und Vorurteilen. Deshalb schlägt der Kerl so um sich. Der will geliebt werden, sonst gar nichts!«
Gretchen nickte, und weil schon von Liebe die Rede war, sagte sie zu Hinzel: »Übrigens, ich glaube, ich liebe dich!«
Hinzel griff nach Gretchens rechter Hand und hauchte einen zarten Kuss auf ihren Zeigefingernagel. Ob er noch mehr an zärtlicher Zuwendung beabsichtigt hatte, blieb ungewiss, da Mädi ins Zimmer kam und meldete: »Gretchen! Hinzel! Der Pepi hat Hänschens Schultasche ausgeräumt! Das darf er doch nicht! Und der Seppi sitzt im Schulzeug, der pinkelt gleich auf die Hefte!«
Gretchen sprang aus dem Bett. Sie kannte des Katers abwegige Neigung, seine Notdurft auf Heften in Spinnwebenpapiereinband zu verrichten. Gretchen lief ins Wohnzimmer. Über den Teppich verstreut lag Hänschens sämtlicher Schulkram. Aber der Kater hatte sich – gottlob – nicht zu seinem »Geschäft« darauf niedergelassen, sondern sprang herum und spielte mit Hänschens Buntstiften »Mäuschen«.
»Pepi, du bist ein echtes Miststück«, schimpfte Gretchen. Sie hockte sich auf den Teppich und sammelte den Schulkram ein und räumte ihn in Hänschens Tasche. Ein großes, dickes, glänzend schwarz eingebundenes Heft erstaunte Gretchen. Es hatte kein Schild aufgeklebt. Schaut ja aus wie die Buchhaltung von einer Leichenbestattung, dachte Gretchen und schlug das Heft auf. Mit rotem Filzschreiber, in großen Buchstaben stand auf der ersten Seite:

SPIONAGE BRODOKOLL vom 28. September.
Und darunter mit schwarzem Kugelschreiber: AN DER 10A HALTESTELLE 10 MINUTEN GEWARTET, XY UM 17,05 GEKOMMEN, UM 17,09 IN 10A GESTIEGEN. ZEITUNG GELESEN. AN HALTESTELLE GENTZGASSE AUSGESTIEGEN (17,25). BIS ZU SEINEM HAUS VERFOLGT. SCHICKSERLGASSE 12 (17,34). WEITERE AUSFORSCHUNG UNMÖGLICH, DA XY IN LIFT GESTIEGEN. VERMUTUNG: IM DRITTEN STOCK VERLASSEN! (DORT FÜNF TÜREN: SCHMID, BERGER, CERNY, SOBOTKA UND BRANDAUER)
Gretchen blätterte irritiert zur nächsten Seite. Dort war das »Brodokoll« vom 29. September. Es lautete: IM AUFTRAG VON CHEFAGENTEN NAMEN VON XY ZU ERFORSCHEN NACH SCHICKSERLGASSE 12. LAGE GÜNSTIG WEIL ÜBER DRITTEM STOCK NUR NOCH DACHBODEN! AB 17,20 DORT GEWARTET XY UM 17,35 EINGETROFFEN DRITTER STOCK WAR RICHTIG! XY HAT AN TÜR: SOBOTKA GEKLINGELT. FRAUENSTIMME HAT »SERVUS« GESAGT. GEWARTET BIS 20 UHR 30. DA UM 21 UHR HAUSTOR GESCHLOSSEN WIRD, GEGANGEN!
Gretchen blätterte wieder um und las: ÜBERWACHUNG FÜR 30.9. UND 1.10. VOM GROSSRITTER PERSÖNLICH ÜBERNOMMEN.
»Mich laust der schneeweiße Affe«, murmelte Gretchen, holte eine Haarsträhne in den Mund und kaute daran. Und blätterte wieder um. Und blätterte weiter. Sie las nicht mehr alles, was Hänschen – denn es war eindeutig Hänschens Schrift – geschrieben hatte. Sie überflog die Seiten bloß. Und entzifferte einzelne Sätze, wie: XY MUSS STENGELBERGER HEISSEN
Und: IM TELEFONBUCH SIEBEN STENGELBERGER:

ADOLF, GERHARD (2 MAL), HANS, MARTIN, ROBERT, THEO
Und: HABE STENGELBERGER BEIM UMSTEIGEN VERLOREN! WAR NICHT SCHNELL GENUG!
Und:
HEUTE IST DER ERSTE BRIEF ABGEGANGEN!
Das reichte Gretchen. Sie nahm das schwarze Heft und trug es in ihr Zimmer und legte es Hinzel in den Schoß. »Schau dir das an«, sagte sie. »Das war in Hänschens Schultasche!«
Hinzel blätterte im Heft. »Will er einen Krimi schreiben?«, fragte er, und weil er beim Blättern mehrmals »10a Bus« las, fügte er hinzu: »Mit dem Titel: Der Mord im 10a!«
»Er fährt auch oft 10a«, sagte Gretchen. »Etliche aus meiner Klasse haben ihn schon gesehen. Und letztes Mal, als ich beim Papa war, hab ich auf seinem Schreibtisch lauter linkshändige Drohbriefe gefunden!«
»Du meinst?«, fragte der Hinzel zögernd.
»Mir kommt der Verdacht«, sagte Gretchen.
»Nein, nein, nicht schon wieder!«, rief der Hinzel.
»Wieso nicht schon wieder?«, fragte Gretchen. »Ich hab noch nie einen Verdacht gegen Hänschen gehabt!«
»Müssen denn immer die hässlichen, armen Hunde, die unglücklichen Schweine die miesen Typen sein?« Hinzel klappte das schwarze Buch zu und reichte es Gretchen. »Forget it, sister«, sagte er. »Wenn sich da was abspielt, spielt es sich bloß im verfetteten Hirn vom Hänschen ab. Alles andere wäre doch absurd!« Gretchen steckte das schwarze Heft in die Schultasche zurück und nahm sich vor Hinzels Ansicht zu der ihren zu machen.
Kurz danach verabschiedete sich Hinzel. Er behauptete, er müsse ins Waxlberger, einen Freund treffen. »Soll ich morgen früh wieder kommen?«, fragte er.

»Unbedingt«, sagte Gretchen. Sie wusste ziemlich genau, dass der Hinzel im Waxlberger keine wichtige Verabredung hatte; er wollte bloß nicht mehr da sein, wenn Gretchens Vater und Hänschen vom Schneider zurückkommen würden. Sie verstand das sehr gut.
Gretchen küsste den Hinzel zum Abschied auf den Schmetterling. Der Hinzel befühlte die Kussstelle mit den Fingerspitzen, grinste und sagte: »Vater-Tochter-Konflikte haben überraschende Konsequenzen, Gretchen, mein Mädchen!«
Dann lief er hurtig die Treppe hinunter und pfiff dabei. Gretchen lauschte dem leiser werdenden, melodischen Pfeifen. Als es nicht mehr zu hören war, ging sie ins Wohnzimmer zurück und trieb Mädi und Pepi zur Hausübung.
Dann kamen die Mama und der Papa mit Hänschen zurück. Mädi sagte dem Hänschen, dass sich der Pepi an seiner Schultasche vergriffen habe. »Alles hat er rausgeräumt«, rief sie.
»Ich bring den Idioten um!«, schrie Hänschen und stürzte sich mit einer Behändigkeit, die Gretchen seinem plumpen Körper nie zugetraut hätte, auf seine Schultasche und kramte darin. Gretchen beobachtete ihn dabei sehr genau. Sie fand, Hänschens Erregung stehe in keinem Verhältnis zum Delikt, das Pepi begangen hatte.
Gretchen sagte so harmlos wie möglich: »Reg dich nicht auf, Hänschen, ich hab alles wieder sehr ordentlich eingeräumt!«
Hänschen schaute von der Schultasche hoch und seine Schwester an; mit einem sehr sonderbaren Blick schaute er.
»Auch das schwarze Heft!«, sagte Gretchen.
Da klappte Hänschen die Schultasche zu, stand auf, fing an zu heulen und rief: »Ich geh nach Hause, ich bleib nicht hier, alle sind blöd!«
Gretchens Papa, das sah man ihm an, wäre gern noch ge-

blieben, Hänschen hörte nicht zu greinen auf und da murmelte der Papa: »Oh Gott, wie ist das alles beschissen!«, und stand auf und ging zu seinem Sohn ins Vorzimmer.
»Das kannst du laut sagen!«, rief ihm Gretchens Mutter nach.
»Was auch nichts ändern würde«, rief der Papa zurück.
Er zog den Mantel an, wickelte den Schal um den Hals, nahm das Hänschen an der Hand und zog mit ihm ab.
Gretchens Mutter war deprimiert. Gretchen war es auch. Pepi schlich schuldbewusst herum. Als Marie-Luise heimkam, berichtete ihr Mädi: »Zuerst war alles ganz lustig und plötzlich war alles ganz mies. Wieso, weiß ich nicht!«
»That's life, Mädi«, sagte Marie-Luise.

6. Kapitel

in dem Gretchen die Erwartungshaltung mehrerer Bezugspersonen nicht befriedigen kann und von keiner Menschenseele Trost oder auch nur Rat erhält.

Es gibt Schulwochen, in denen wird von den Lehrern so wenig an neuer Weisheit verkündet, dass der, der diese Wochen gefehlt hat, mühelos den Anschluss findet. Gretchen hatte sich keine solche Woche für ihre Grippe ausgesucht. Gretchen, um ihren Notendurchschnitt von 1,6 periodisch besorgt, schrieb entsetzlich viele Seiten aus geborgten Heften ab und fluchte dabei wie ein Taxifahrer im Stau, weil die geborgten Hefte oft einen reichlich sonderbaren Inhalt hatten.

Das Mathe-Schulübungsheft vom Florian Kalb hatte es speziell in sich! Zwischen richtigen Angaben und richtigen Lösungen standen lauter falsche Zahlen. Aus dem, was der Florian da hingekritzelt, durchgestrichen und drübergeschrieben hatte, konnte Gretchen nicht einmal den Gang einer Rechenaufgabe nachvollziehen. So rief sie den Florian an und fragte nach. Der Florian erklärte, seine Rechnungen seien goldrichtig, bloß habe er die Hälfte im Kopf gerechnet und nicht zu Papier gebracht. Daher rühre Gretchens Unvermögen die Sache zu verstehen. Gretchen möge doch zu ihm kommen, sagte er, er werde ihr die Rechnungen erklären.

»Komm du zu mir«, schlug Gretchen vor, »ich bin noch so matt!«

»Bist du allein?«, fragte der Florian.

»Marie-Luise ist gerade mit den Kindern von der Schule gekommen«, sagte Gretchen. Da weigerte sich der Florian zu kommen. Das Kindergeschrei, erklärte er, würde ihn am Erklären hindern.
»Dann treffen wir uns im Waxlberger«, sagte Gretchen.
»Aber dein versandelter Schmetterlingskopf hockt garantiert dort herum. Und wenn ich den seh, reg ich mich auf und muss ihm eine schmieren!«, sagte der Florian.
»Okay, dann komm ich halt zu dir!« Gretchen legte den Hörer auf, schnüffelte, kratzte sich am Bauch und nahm sich vor mit dem Florian außer den neuen Rechenaufgaben endlich auch einmal ihre »Beziehung« durchzusprechen.
So geht das nämlich nicht weiter, dachte Gretchen, den Mantel anziehend, den Schal umwickelnd und die Mütze überstülpend. Er kann nicht dauernd so tun, als seien wir ein Liebespaar! Er kann nicht überall herumerzählen, dass wir »miteinander gehen«! Wir sind kein Liebespaar, wir waren nie eines, wir sind nie miteinander »gegangen« und wir »gehen auch jetzt nicht miteinander«!
Je näher Gretchen dem Kalb-Haus kam, umso klarer wurde ihr, dass sie ihr Verhältnis zum Florian selber nicht durchschaute. Gretchen dachte: Er wird mich fragen, warum ich mich von ihm küssen und abschmusen lasse, wenn wir nicht »miteinander gehen«. Er wird mich fragen, was wir denn sind, wenn wir kein »Liebespaar« sind. Weil wir ja wirklich irgendeine Beziehung zueinander haben. Schließlich bin ich ja keine, die mit jedem in der Klasse herumschmust!
Gretchen blieb vor der Auslage eines Schuhgeschäfts stehen und starrte auf Abendsandaletten in Silber und Gold, ohne an ihnen auch nur das allergeringste Interesse zu haben. Bevor ich an der Kalb-Tür klingle, dachte sie, muss ich mir klar werden, wie das mit mir und dem Florian ist! Sonst

kann ich ihm gar nichts erklären! Sonst rede ich nur blöd herum und dann bleibt alles beim Alten! Daher entschloss sich Gretchen, bei Florians Haus angekommen, dieses noch nicht zu betreten, sondern trotz üblem Wetter, kaltem Wind und Nieselregen noch eine Runde um den Häuserblock zu traben.

Nach dieser Runde wusste Gretchen:

Ich steh auf den Florian Kalb, seit er mit mir in die Klasse geht, weil er der hübscheste Knabe der Klasse ist.

Nach der zweiten nasskalten Häuserblockrunde hatte Gretchen noch etwas erkannt:

Ich sage immer, gestand sie sich ein, ich lasse mich von ihm küssen! Aber das ist nur die halbe Wahrheit! Ich küsse ihn ja auch aktiv! Und das tue ich nicht nur, weil er so hübsch ist, sondern weil er mir so vertraut ist. Schließlich küssen wir einander – mit Unterbrechungen – seit über einem Jahr. Die zärtlichen Nachmittage mit dem Florian sind mir zur lieben Gewohnheit geworden. Ich möchte sie nicht missen!

Gretchen beschloss, noch eine dritte Häuserblockrunde zu machen, und überlegte sich, ob sie das Bedachte dem Florian in aller Offenheit mitteilen solle! Irgendwie, fand Gretchen, klang das alles nicht sehr ansprechend. Und außerdem, dachte Gretchen und legte eine vierte Runde zu, wird der Florian behaupten, wenn man einen Knaben hübsch findet und gern mit ihm schmust, dann ist das die »Liebe« und dann »geht« man mit ihm! Und was ich darauf sage, überlegte Gretchen, ist schwierig. Warum, fragte sie sich, will ich denn eigentlich nicht mit ihm »gehen«?

Weil der Florian ein Obertrottel ist, will ich nicht mit ihm »gehen«, gestand sich Gretchen nach der fünften Häuserblockrunde ein. Weil er sich für rein gar nichts interessiert, weil er Ansichten hat wie der letzte Urspießer und Vorurteile wie die Zwettler-Oma. Man kann mit ihm nicht reden, man kann mit ihm nicht lachen und nicht traurig sein. Man kann ihn bloß anschauen und anfassen! Und das ist mir eben zu wenig, sagte sich Gretchen. Doch einsichtig, wie sie nun einmal war, gab sie sich – wieder beim Haustor angelangt – zu, dass dies eigentlich nur ihr Problem sei und nicht das vom Florian.

Sie drückte entschlossen den Klingelknopf neben dem kalbschen Namensschild.

»Na endlich, Baby«, kam die Stimme vom Florian aus dem Sprechgitter, summend klickte das Haustor auf und Gretchen lief die Treppen hinauf.

Der Florian wartete in der offenen Wohnungstür auf Gretchen. Er schloss sie in die Arme. Stocksteif ließ sie es über sich ergehen und sprach nach einigen Sekunden des Ausharrens: »Lass das! Ich bin wegen der Rechenaufgaben gekommen!«

»Jetzt scheiß ich auf die idiotischen Rechenaufgaben«, flüsterte der Florian dicht an Gretchens rechtem Ohr. »Ich hab doch selber keinen Dunst, wie die gehen!«

Ohne die Haltung seiner Arme auch nur irgendwie zu verändern, zog der Florian Gretchen in das Vorzimmer hinein und schloss die Wohnungstür mit einem Fußtritt.

Gretchen versuchte sich aus der Umarmung zu befreien. Es gelang ihr nicht. Der Florian hatte viel mehr Kraft als sie. Aber den Mund bekam Gretchen ein bisschen auf. Und sie biss zu. Mit aller Kraft biss sie in Florians Hals.

»Himmel, Arsch und Zwirn«, brüllte der Florian auf. Er ließ Gretchen los und hielt sich die gebissene Stelle. »Oh du Hölle«, fluchte er, »bist du übergeschnappt?«

»Keine Spur«, rief Gretchen. »Aber wenn ich sage, lass das, dann meine ich es auch so! Wenn ich nicht will, dann will ich

nicht! Nimm das gefälligst zur Kenntnis! Ich bin kein Teddybär!«
»Okay, okay, ist ja schon gut«, murmelte der Florian. Er ging ins Badezimmer, um sich im Spiegel die gebissene Stelle zu beschauen. »Scheiß mit Reis«, fluchte er, »das wird sicher ganz blau anlaufen. Und jeder sieht, dass das ein Biss ist! Pfui Spinne!«
Gretchen lehnte sich in die Badezimmertür und grinste. Eigentlich war ihr gar nicht nach Grinsen zu Mute, aber sie wusste, dass der Florian sie im Spiegel sehen konnte, und sie hielt ein cooles Grinsen für die einzige jetzt angebrachte Mimik. Der Florian sagte zu seinem Spiegelbild: »Das verdeckt nicht einmal ein Schal im Hemd!« Dann drehte er sich zu Gretchen, grinste auch und sprach: »Aber wenn sie mich in der Schule fragen, dann sage ich, das sind die Spuren deiner sadistischen Gelüste!«
»Tu das ja nicht!« Gretchen hörte zu grinsen auf. »Sonst bring ich dich um! Ehrenwort!«
»Durch Erschießen, Erdolchen oder mit Gift?« Der Florian legte die Hände auf Gretchens Schultern und hauchte einen Kuss auf ihre Babynasenspitze. »Wieso hat so ein Blödel wie du die schönste Nasenspitze der Welt?«, fragte er und küsste die Nasenspitze noch einmal. Üblicherweise schloss Gretchen, wurde sie geküsst, die Augen. Diesmal behielt sie die Augen offen. So meinte sie, sei sie leichter fähig sich ganz auf Ablehnung zu konzentrieren.
»Du, ich gehe jetzt«, sagte Gretchen und versuchte – von schräg unten – einen zwingenden Blick in Florians veilchenblaue Augen. Doch von schräg unten lässt sich nur sehr schwer richtig »zwingend« schauen. Der Florian jedenfalls ertrug Gretchens Blick mit ruhiger Gelassenheit und applizierte noch etliche Küsse auf die Babynasenspitze. Dabei

rutschten seine Hände von Gretchens Schultern auf Gretchens Brüste, wodurch in Gretchens Kopf Verwirrung entstand, weil zwei sehr verschiedene Gedanken miteinander nicht zurechtkamen. Gedanke eins war: Zärtlichkeit abstellen, Beziehung klären! Gedanke zwei war: Zärtlichkeit genießen, alles andere ist Wurscht! Bevor noch ein Gedanke in Gretchens Kopf den anderen überwältigt hatte, waren die Hände von Gretchens Brüsten weg – Gretchen spürte dies als Verlust –, der Florian hob Gretchen hoch, nahm sie auf die Arme und trug sie aus dem Badezimmer, durch das Vorzimmer, in seine Kammer. Gretchen war von dieser Spontanaktion derart beeindruckt, dass der Gedanke »Zärtlichkeit abstellen – Beziehung klären« keine Chance mehr hatte. Wie stark er ist, dachte Gretchen, er schnauft nicht einmal unter meiner Last! Wie im Roman ist das! Schön ist das!

In Florians Zimmer, das Gretchen bei sich immer »die eiserne Zelle« nannte, weil das Mobiliar sie in seiner schlichten Scheußlichkeit an eine Sträflingsunterkunft erinnerte, brannte kein Licht. Vor dem Fenster war Abenddämmerung.

Der Florian ging zu seinem Bett und sank auf dieses, samt seiner Traglast. Dann widmete er sich dem Gretchen auf eine derart intensive und wohltuende Art, dass Gretchen ohne spezielle Aufforderung aus dem Mantel schlüpfte und nach und nach noch etliche Kleidungsstücke, mit deren Verschlüssen der Florian nicht zurechtkam, freiwillig auszog.

Da man bei Beschäftigungen wie solchen, denen Florian und Gretchen frönten, leicht den Begriff für Zeit verliert, konnte Gretchen hinterher nicht sagen, wie viel Zeit sie schon auf Florians hartem Lager zugebracht hatte, als ein klickendes Geräusch den Florian erstarren ließ. »Oh du Hölle«, flüsterte der Florian und Gretchen, einen schmalen

Lichtstreifen unter der Zimmertür gewahrend, kapierte, dass ein Alt-Kalb gerade die Wohnung betreten und Licht gemacht hatte. Das Alt-Kalb, den stampfenden Schritten nach der Kalb-Vater, marschierte an Florians Tür vorbei, die Schritte wurden leiser, dann war es für ein paar Augenblicke ganz still und dann waren etliche Stimmen zu hören; typischer TV-Sound.

»Er weiß nicht, dass ich zu Hause bin«, flüsterte der Florian. »Er glaubt, ich bin im Handballtraining. Ich war ja fast schon auf dem Weg, als du angerufen hast.«

Gretchen richtete sich auf, um nach den vor dem Bett verstreuten Kleidern zu greifen.

»Bleib doch«, flüsterte der Florian. »Wenn er einmal fernschaut, rührt er sich nimmer vom Fleck!«

»Du spinnst ja«, zischelte Gretchen, stieg aus dem Bett, hockte sich auf den Boden und sortierte im Dunkeln ihre Oberbekleidung, fand den BH und die Kniestrümpfe und zog sie hurtig an. Nach dem Slip und der Bluse suchte sie vergeblich. Die mussten im Bett sein. Gretchen beugte sich über das Bett und tastete es ab. »Ich such meine Klamotten«, informierte sie flüsternd den Florian. Der Florian gab keine Antwort. »Dreh dich einmal um, ich glaub, du liegst drauf!« Der Florian rührte sich nicht einmal. »Sturer Bock«, flüsterte Gretchen und griff unter das Kissen, um dort nach Slip und Bluse zu fahnden. Sie merkte erstaunt, dass das Kissen feucht war. Es hatte nasse Flecken. Kissen, in die einer weint, fühlen sich so an, dachte Gretchen. Aber das gibt es ja nicht, dachte Gretchen. Ein weinender Florian war für sie unvorstellbar.

»Du, Florian?« Sie wollte Florians Wangen befühlen, um den unsinnigen Verdacht auf Florian-Tränen zu zerstreuen. Der Florian drehte den Kopf weg. Aber Gretchens Hand hatte eine Wange vom Florian gestreift. Die Wange war eindeutig nass gewesen.

»Warum weinst du?«, fragte Gretchen flüsternd.

»Aus Wut«, murmelte der Florian. »Nie haut es hin! Einmal ist nirgendwo eine Bude frei, dann willst du wieder nicht, und gerade dann, wenn du endlich so weit wärst, kommt der alte Scheißer zu früh zurück!«

Der Florian setzte sich auf und umklammerte Gretchen, als sei er ein Ersaufender und Gretchen eine Rettungsboje. Er legte seinen Kopf auf Gretchens Schulter und schluchzte: »Bitte, schlaf doch endlich richtig mit mir! Ich steh das nicht mehr durch. Ganz blöd und krank machst du mich, wenn du immer nur herumschmust mit mir!«

Gretchen riss sich vom Florian los, verzichtete auf Slip und Bluse, schlüpfte in den Pullover, in die Hose, in die Schuhe, griff nach Mantel, Schal und Mütze und sagte: »Lass mich raus, Florian, ich will nix wie weg!«

»Ich will mit dir schlafen!«, schluchzte der Florian. »Jetzt gleich! Sonst bring ich mich um!«

»Du spinnst ja echt!« Gretchen zog den Mantel an und setzte die Mütze auf. »Hol vielleicht gleich noch deinen Alten rein, damit er zuschaut, oder was?« Gretchen tapste im Dunkeln dem Lichtstreifen unter der Tür zu. So leise, wie sie nur konnte, öffnete sie die Tür. Aus dem Wohnzimmer kam – beruhigend für Gretchen – immer noch der TV-Sound. Einer referierte über Hobby-Imker und deren nervenberuhigende Freizeitbeschäftigung.

Gretchen schlich zur Wohnungstür. Die Tür hatte drei Schlösser. Das mittlere war eins mit einem Schnapper. Gretchen drehte den Schnapper, aber die Tür ging nicht auf. Gretchen ließ den Schnapper los, laut schnalzend klickte er in die Ausgangslage zurück.

Auf der Pseudo-Barock-Ablage gegenüber der Tür lag ein Schlüsselbund. Gretchen ergriff ihn klopfenden Herzens und probierte einen Schlüssel nach dem anderen am Schloss unter dem Schnapper. Sie fand den Schlüssel, der zum unteren Schloss gehörte, und stellte fest, dass das untere Schloss unversperrt war. Also machte sie sich an das obere Schloss. Der erste Schlüssel passte nicht. Der zweite ließ sich nicht einmal ins Schloss stecken. Der dritte ging ins Schloss hinein, drehte sich aber nicht. Gretchen wollte es gerade mit dem vierten Schlüssel – dem letzten – versuchen, da verstummte im Wohnzimmer die TV-Stimme, das Alt-Kalb sagte:
»Zum Einschlafen, dieses Programm!«
Er wird doch nicht ins Vorzimmer kommen, dachte Gretchen. Aber da stand Vater Kalb auch schon in der Wohnzimmertür und starrte verdattert auf Gretchen. Flucht schien Gretchen die einzige Möglichkeit. Nichts wie hinaus, solange es dem alten Kalb noch die Rede verschlagen hat, war ihr einziger Gedanke. Gretchen steckte den vierten Schlüssel ins obere Schloss. Artig machte der Schlüssel eine gut geölte Drehung. Gretchen griff zum Schnapper, die Tür ging auf. Gretchen rannte in den rettenden Flur hinaus, das Alt-Kalb, der Sprache noch immer nicht mächtig, aber durchaus gehfähig, jappelte hinter ihr her und erreichte sie am Treppenabsatz. Das Alt-Kalb wollte Gretchen packen, fasste aber bloß den Schal, den sie nur über die Schulter gelegt hatte. Gretchen überließ dem Alt-Kalb den Schal und hastete die Treppe hinunter und verlor dabei die Mütze.
Erst vor dem Haus, an der Straßenecke, wurde sie langsamer. Es regnete, ein eiskalter Wind wehte. Gretchen knöpfte den Mantel zu, steckte die Hände in die Manteltaschen und zog fröstelnd die Schultern hoch. »Oh du Hölle, so ein lausiger Schmarrn!«, murmelte sie vor sich hin.

Die Mama war längst zu Hause, als Gretchen kam. Und sie machte ihr Vorwürfe. »Du bist doch kein Baby«, rief sie. »Kaum bist du richtig gesund, rennst du ohne Mütze und ohne Schal im Regen herum!«
»Sie hat eine Mütze gehabt, als sie weggegangen ist«, sagte das Mädi.
»Und einen Schal auch«, sagte der Pepi.
»Nicht für drei Kreuzer Verstand hast du«, sagte die Mama. »Du kannst doch nicht Schal und Mütze einfach wo liegen lassen! Willst du gleich wieder krank werden? Haben wir nicht schon so Trouble genug?«
Gretchen fühlte sich ungeliebt. Es kam ihr vor, als sei die Mama nicht echt um ihr Wohl besorgt, sondern nur daran interessiert, dass ein pumperlgesundes Gretchen als Babysitter und Einholer und Aufräumer ordentlich funktioniere. Und als die Mama dann noch sagte: »Schließlich muss ich dich ja gesund pflegen, wenn du krank wirst!«, reichte es Gretchen. Sie rief:
»Du hast mich einen Schmarrn gesund gepflegt! Der Hinzel hat sich um mich gekümmert! Sonst niemand!«
Statt auf dieses Argument einzugehen und es reuig anzuerkennen, fragte die Mama: »Wieso trägst du den Pulli mit den Nähten nach außen? Ist das jetzt letzter Schrei?«
Gretchen zog wütend den Pullover über den Kopf, um ihn richtig herum anzuziehen.
»Und der BH ist auch total verwurstelt«, sagte die Mama.
Marie-Luise trat zu Gretchen. »Was ist denn das?« Sie griff nach dem Stoffzipfel, der aus Gretchens linkem BH-Körbchen lugte, und zog Gretchens Slip aus dem BH. Gretchen riss ihr den Slip aus der Hand.
»Ich meine, das bedarf einer Erklärung«, sagte die Mama und starrte auf den Slip.

»Wenn ich Gretchen wäre«, sagte Marie-Luise, »würde ich keine abgeben!«
»Wo warst du denn eigentlich, Gretchen?«, fragte die Mama.
»Misch dich nicht in ihre Intimsphäre«, sagte Marie-Luise.
Gretchen fand Marie-Luises Beistand lästig. Sie brauchte keine Verbündete gegen die Mama!
»Na, hör einmal, Marie-Luise«, rief die Mama, »ich werd mich doch noch erkundigen dürfen, wieso meine Tochter komplett verdreht in Schale ist!«
»Find ich aufdringlich«, sagte Marie-Luise.
Gretchen, noch immer gekränkt wegen der Mutter-Unterstellung, sie handle fahrlässig ihrer Gesundheit gegenüber, schnüffelte, zog an den Fingern, dass sie knackten, und sagte grimmig:
»Es ist aufdringlich, aber du kannst trotzdem fragen! Ich hab mich im Stockfinstern angezogen, in aller Eile!«
»Heut in der Früh warst du total richtig angezogen«, sagte die Mama.
»Dann wird sie sich halt wieder ausgezogen und dann verdreht angezogen haben!« Marie-Luise seufzte um anzuzeigen, dass das Gespräch ihrer Meinung nach komplett idiotisch verlief.
»Genau!«, sagte Gretchen.
»Warum?«, fragte die Mama.
»Oh Gotterl, oh Gotterl, so hör doch auf, Elisabeth!«, rief Marie-Luise.
Gretchen sagte: »Weil sein Vater in die Wohnung gekommen ist!« Sie versuchte, mit keiner Wimper zu zucken. »Und weil ich nicht wollte, dass der mich nackend sieht!«
Marie-Luise lachte. »Na?«, fragte sie die Mama. »Ist dir jetzt alles klar, alte Blitzkneißerin?«
»Total klar«, sagte die Mama ohne spezielle Emotion in der

Stimme. Sie stand auf, holte die Bourbonflasche und ein Glas aus dem Schrank, schenkte sich einen doppelten Bourbon ein und nippte daran.
»Prost!«, sagte Marie-Luise.
Die Mama nippte noch dreimal am Bourbon und sprach dann, mit etlichem Vorwurf in der Stimme: »Gretchen, wir haben doch ausgemacht, dass du vorher zu mir kommst, wegen der Pille!«
Die Mama nippte wieder dreimal, schaute dann in das Glas und murmelte sinnend: »Dem Hinzel wenigstens hätte ich doch mehr Verantwortungsbewusstsein zugetraut!«
»Wieso Hinzel?«, rief Gretchen. »Ich war beim Florian!«
»Was? Beim Florian?« Die Augen der Mutter wurden kugelrund. »Bei diesem Kalbskopf warst du?«
»Genau!«, sagte Gretchen.
»Bist du denn total blöd?« Die Mama sprang auf. »Warum denn mit diesem Kerl? Mit diesem Himbeerburli? Du hast doch schon vor einem Jahr eingesehen, dass der gar nichts wert ist! Der ist doch nichts wie ein Macho! Ein Chauvi ist der! Ein ganz mieser Typ!« Die Mama sank wieder auf den Sessel und goss sich Bourbon nach.
»Mama, du hast den Florian in deinem Leben vielleicht dreimal gesehen!«, rief Gretchen.
»Aber du hast mir reichlich von ihm erzählt!«, rief die Mama. »Ich weiß noch gut, wie du gelitten hast! In aller Heimlichkeit hat er dich abgeknutscht! Aber vor den anderen hat er sich für dich geschämt! Nur seinen Haberern hat er in Zotenmanier von dir erzählt! So was Mieses! Am liebsten hätt ich den damals windelweich geprügelt!«
»Das ist doch der Schnee von vorgestern«, rief Gretchen. »Damals war ich das dicke Gretchen Sackmeier! Jeder hätt sich für mich geniert!«

»Der Hinzel hat sich auch damals nicht für dich geniert«, rief die Mama.

»Sag einmal, Elisabeth!« Marie-Luise legte der Mama eine Hand auf die Schulter. »Willst du Gretchen partout mit dem Hinzel verkuppeln?«

Die Mama trank das Schnapsglas leer. »Nein, echt nicht!«, brüllte sie. »Aber ich finde es bodenlos gemein, dass die Weiber nie klüger werden! Dauernd fallen sie auf die Schönlinge herein! Auf die Glamourboys, auf die prächtigen! Und die lieben, netten Kerle, die sanften, die werden ignoriert!« Die Mama schwieg kurz, seufzte und murmelte dann: »Und dabei bleibt eh nix! Fünfzehn Jahre später sind sie verfettete Dödeln. Höchstens der Schnurrbart hat noch Format!«

7. Kapitel

in dem Gretchen zwar nicht ihre eigenen erotischen Probleme lösen, aber wenigstens dem Papa ein bisschen diesbezüglich behilflich sein kann.

Gretchen grübelte heftig über ihre verqueren Beziehungen zu Hinzel und Florian. Doch das einzige Ergebnis, zu dem sie kam, war die Erkenntnis, dass sie sich einen Freund wünschte, der so ausschaute und sich so anfühlte wie Florian, aber so dachte und redete und fühlte wie Hinzel. Doch ein derartiges Wesen, das sah Gretchen ein, war eine schlichte Unmöglichkeit.
Gretchen besprach ihre erotischen Konflikte natürlich auch mit Gabriele. Gabriele gab sich alle Mühe Gretchen zu verstehen, aber leicht fiel ihr das nicht, weil sie den Hinzel sehr gern mochte und den Florian überhaupt nicht ausstehen konnte.
Gabriele riet zu einer Art »Hinhalte-Taktik«. Sie sagte: »Bis du dir klar wirst, dass du den einen dem anderen vorziehst!«
»Ich halte doch schon ein Jahr lang hin«, sagte Gretchen. »Darum kommt die Scheiße ja langsam ans Dampfen!«
»Such dir einen Dritten! Einen ganz anderen!«, schlug Gabriele vor. Aber dagegen war Gretchen. Damit, meinte sie, werde die Sache ja noch komplizierter.
»Dann gibt's nur noch eine Lösung«, erklärte Gabriele. »Du musst oft mit dem Hinzel und dem Florian gemeinsam wo sein. Das wirkt! Das weiß ich von mir! Wenn du die Typen

nebeneinander erlebst, merkst du doch, zu wem es dich mehr hinzieht. Und diesem Gefühl folgst du einfach!«
So einfach, wie Gabriele sich das dachte, war das aber nun wahrlich nicht. Gretchen hatte schließlich den Hinzel und den Florian schon gemeinsam erlebt. Und dann kam es immer ganz auf die Situation an, zu wem sie sich mehr hingezogen fühlte.
Im Waxlberger, zwischen Gabriele und Ixi, dem Kahlkopf und der übrigen Waxlberger-Clique, fand sie den Florian reichlich komisch. Da war ihr der Hinzel viel lieber. Aber wartete der Hinzel vor der Schule auf sie und stand dort, absonderlich gewandet, bestaunt von den Unterklässlern, zog es Gretchen eher dem Florian nach, der seinen schwarzen Helm aufsetzte und sein Moped bestieg.
»Dann lass es einfach rennen, wie es rennt«, sagte Gabriele. »Schließlich kann man auch zwei Haberer haben!« Gretchen empfand den letzten Vorschlag als den einzig brauchbaren und kombinierte ihn mit Gabrieles erstem Vorschlag, der Hinhalte-Taktik. Sie vermied es, Hinzel oder Florian allein gegenüberzutreten. Gabriele stellte sich als Begleitschutz zur Verfügung, betreute Gretchen in den Pausen, verließ mit ihr das Schulhaus und saß im Waxlberger neben ihr.
Den Pausenschutz hätte Gretchen aber gar nicht nötig gehabt, weil der Florian beleidigt tat. Am ersten Tag nach der Sache bei ihm zu Hause hatte er Gretchen in der ersten Stunde ein Briefchen zugeworfen, darin hatte gestanden: Entscheide dich! Ich warte auf Antwort!
Gretchen hatte keine Antwort geschrieben und dem Florian auch mündlich keine mitgeteilt. Seither stellte sich der Florian demonstrativ als Wartender dar. Unentwegt trafen Gretchen seine Blicke, die besagten: Na, was ist?
Gretchen tat, als merke sie diese Blicke nicht. Aber sie rech-

nete dem Florian hoch an, dass er, von Kollegen nach der Halsbisswunde gefragt, schwindelte, die habe ihm sein Cousin bei einer Rauferei zugefügt. Außerdem stellte Gretchen fest, dass sie von Florians beleidigter Zurückhaltung irgendwie frustriert war. Seine kleinen Zärtlichkeitsgesten fehlten ihr. Der Schulalltag war öder ohne sie.
»Da laust mich doch dieser und jener«, sagte Gabriele, als ihr Gretchen davon Mitteilung machte. »Du hast doch immer gesagt, das geht dir auf die Nerven, er protzt nur erotisch herum. Wie ein Kikeriki, hast du immer gesagt! Und du stehst nicht drauf, dass er vor der ganzen Mannschaft Händchen hält!«
Gretchen zuckte ratlos mit den Schultern. Gabriele hatte ja Recht! Florians besitzergreifende Gesten à la Alles herschauen, das gute Stück gehört mir! waren wirklich entsetzlich.
»Das ist eben ein echter Zwiespalt der Gefühle«, sagte Gretchen und Gabriele nickte verstehend.
Mit dem Hinzel war die Sache noch komplizierter. Der saß jeden Nachmittag im Waxlberger und wartete auf Gretchen. Kam sie nicht, rief er bei ihr an und bat sie um ein Treffen. Wenn Gretchen dann log, sie habe keine Zeit, sie müsse lernen oder mit dem Vater eine Besorgung machen oder Mädi und Pepi hüten, murmelte der Hinzel ins Telefon: »Sag doch gleich, dass du nicht willst!«, und legte auf.
Kam Gretchen in Begleitung von Gabriele ins Waxlberger, war der Hinzel mundfaul und wirkte vergrämt. Wollte Gretchen gehen, hielt er sie am Arm fest und bat sie, noch zu bleiben. Weil er mit ihr reden müsse! Gretchen entzog sich dieser Bitte immer wieder durch Ausflüchte und kam sich dabei ziemlich schäbig vor und verfluchte den rekonvaleszenten Wangenkuss, weil Hinzel aus dem anschei-

nend irgendwelche Rechte ableitete. Und Gabriele erklärte, langsam werde sie des Begleitschutzes überdrüssig. Schließlich sei Hinzel auch ihr Freund. Es mache sie fertig, seine verbitterten Blicke ob ihrer dauernden Anwesenheit zu ertragen.

Gretchen versprach, bald eine Entscheidung zu treffen. Sie sagte: »Ich bin nämlich draufgekommen, dass das Problem darin liegt, dass ich nicht weiß, ob ich überhaupt richtig mit einem schlafen will. Nur darum, glaube ich, kann ich mich weder für den Hinzel noch für den Florian entscheiden!«

»Na und?« Gabriele sah nicht ein, wie diese neue Erkenntnis Gretchen helfen solle. »Jetzt hast du ja noch ein Problem mehr!«

»Nein«, sagte Gretchen. »Weil die Entscheidung, ob ich mit einem Burschen schlafen will, eine theoretische ist. Und die ist leicht zu fällen, weil das eine Sache der Weltanschauung ist. Und eine Weltanschauung habe ich ja. Ich muss nur richtig überlegen, wie meine Weltanschauung zum Geschlechtsverkehr steht!«

Gabriele war sichtlich sprachlos.

»Und über das Wochenende«, sagte Gretchen, »werd ich das überdenken!«

»Gott steh dir bei«, murmelte Gabriele. Nur aus Höflichkeit äußerte sie sich nicht näher. Aber ein kleines, diskretes Kopfschütteln gestattete sie sich schon.

»Verstehst du das nicht?«, fragte Gretchen.

»Gottlob nein«, sagte Gabriele. »Ob ich mit einem schlafen will, merk ich doch nicht an meiner Weltanschauung, sondern wenn ich ihn küsse und so!« Gabriele legte Gretchen eine Hand auf die Schulter und sagte milde: »Aber wahrscheinlich ist das nur eine Frage des Alters. Schließlich bin ich schon mehr als ein Jahr älter als du! Vor einem Jahr, glaube ich, habe ich auch noch anders gedacht!«

Wäre Gabriele nicht Gretchens beste Freundin gewesen, hätte Gretchen sich unheimlich über dieses Statement geärgert.

Am Samstag um zehn Uhr trug der sportive Teil der Mädchen aus Gretchens Klasse ein Handballmatch gegen die 5b aus und der sportive Knabenteil der Klasse ein Handballmatch gegen die 6a. Der unsportliche kleine Rest, der durch sein Mitspielen ein Debakel ausgelöst hätte, bekam schulfrei. So machte sich Gretchen nach der zweiten Schulstunde auf den Weg zur Vater-Wohnung. Sie war der festen Meinung, der Papa sei über ihren frühen Unterrichtsschluss informiert. Gretchen hatte Hänschen schon am Mittwoch in der großen Pause davon erzählt.

Sie wollte mit dem Papa einkaufen fahren. Das tat sie sehr gern. Der Papa war ein großzügiger Käufer. Und seit Gretchen getrennt von ihm lebte, kannte seine Großzügigkeit keine Grenzen. Sie brauchte bloß in einem Laden stehen zu bleiben und ein Ding in der Auslage anzuschauen, schon fragte der Papa: »Möchtest du es, Kind? Du kannst es haben!«

Gretchen beanspruchte nur in Ausnahmefällen des Vaters Großzügigkeit. Und so ein Ausnahmefall war der Mantel, den sie vor einigen Tagen in einem Secondhandshop gesehen hatte. Ein unheimlich irres Stück war der. Eine echte Jugendstil-Klamotte mit vielen Steppnähten und einem lang gezogenen schwarzen Fuchsfellkragen. Gretchen hatte den Mantel anprobiert. Wie ein Titelbild der »Gartenlaube« hatte sie darin ausgesehen.

Gretchen sperrte die Tür zur Vater-Wohnung auf und betrat das Vorzimmer. Kein »Gott zum Gruße, mein Kind« schallte

ihr entgegen. Der Papa war nicht im Bad, nicht in der Küche und im Wohnzimmer auch nicht.
Scheißhänschen, dachte Gretchen enttäuscht, hat er doch nicht ausgerichtet, dass ich früher komme! Jetzt ist er allein einkaufen gegangen. Gretchen schmiss die Jute-statt-Plastik-Tasche auf die Sitzgarnitur und überlegte voll Trauer, dass der schöne Jugendstilmantel bis nächsten Samstag garantiert verkauft sein würde. Das gute Stück beweinend, ging Gretchen zum Fenster und schöpfte wieder Hoffnung, denn unten auf der Straße stand der Rover. Dann konnte der Papa ja nicht weit sein. Vielleicht war er bloß bei der Milchfrau! Gretchen schaute die Straße hinunter, ob sie den Papa, vom Milchgeschäft kommend, auf das Haus zurollen sah. Und dabei, nach Papas blauem Mantel und Papas schwarzem Borsalino ausschauend, fiel ihr ein, dass sie den Mantel und den Hut im Vorzimmer an der Garderobe gesehen hatte. Oder hatte sie nicht?
Gretchen wollte ins Vorzimmer hinaus, um den väterlichen Kleiderbestand zu inspizieren, da hörte sie vom Schlafzimmer her ein Geräusch. Und dann ging die Schlafzimmertür auf und der Papa trat aus dem Schlafzimmer und zog die Tür blitzschnell hinter sich zu.
»Ja, Gretchen?«, fragte er und lehnte sich an die Schlafzimmertür. »Wieso bist du denn schon da?«
»Weil die anderen Handball spielen«, sagte Gretchen.
»Ach ja, richtig! Das hab ich doch total vergessen!« Der Papa griff nach seinen Schnurrbartspitzen und zog an ihnen.
Was hat er denn?, dachte Gretchen. Er schaut so komisch. Und wieso ist er um halb elf im Schlafrock? Und wieso hat er keinen Pyjama drunter an? Er schläft doch nie nackt! Vielleicht war er gestern Abend weg, dachte Gretchen, und hat lange gebechert und ist erst im Morgengrauen heimge-

kommen und hat nicht mehr in den Pyjama gefunden! Aber dann würde er verschlafen-verkatert ausschauen, gähnen, sich den Kopf halten und ins Bad um Alka-Seltzer traben!
Doch der Papa wirkte putzmunter und ausgeschlafen. Bloß sehr verwirrt schien er.
»Bist du krank?«, fragte Gretchen.
»Nein, nein, wieso?«, fragte der Papa und drehte aus den Schnurrbartzipfeln Sechserlöckchen.
»Willst du nicht einkaufen gehen?«, fragte Gretchen.
»War ich schon, ganz zeitig in der Früh«, sagte der Papa.
Gretchen fragte sich: Was steht er denn wie angewurzelt vor der Tür? Sonst kommt er doch zu mir und gibt mir Küsschen!
»Aber Zigaretten hab ich zu kaufen vergessen«, sagte der Papa. »Könntest du so gut sein und welche holen?«
»Okay«, sagte Gretchen. »Aber Geld brauch ich!«
»Ach ja, Geld«, murmelte der Papa und schaute sich ratlos um. Für gewöhnlich steckte die Brieftasche im Sakko vom Papa und für gewöhnlich hing der Sakko, wenn der Papa ihn nicht trug, an der Garderobe im Vorzimmer. Gretchen wollte hilfreich sein und die Brieftasche holen. Sie ging ins Vorzimmer. Papas Sakko war nicht an der Garderobe. Aber neben seinem blauen Mantel hing ein schwarzer Ledermantel, einer, der so schmal war, dass er Papas Leibesfülle nicht einmal zur Hälfte bedeckt hätte. Gretchen schätzte das Stück auf Damengröße 38. Ein zarter Duft, den Gretchen für Miss Dior hielt, entströmte der ledernen Kluft.
»Potzblitz und Eiderdaus«, murmelte Gretchen und es ging ihr blitzartig ein Licht auf. Als ihr Blick dann noch auf das Telefontischchen fiel und sie dort eine ganze Stange Zigaretten gewahrte, wurde das Licht strahlend hell. Gretchen

ging ins Wohnzimmer zurück. Der Papa stand noch immer wie ein Zinnsoldat vor der Schlafzimmertür Wache.
Gretchen lächelte dem Papa zu. »Deine Brieftasche ist im Sakko und dein Sakko ist sicher im Schlafzimmer«, sagte sie. »Und im Vorzimmer liegt eine Stange Zigaretten. Und ich geh jetzt wieder und komme zur üblichen Zeit zurück! Entschuldige die Störung, es tut mir Leid!«
Gretchen nickte dem Papa zu und lief aus der Wohnung. Sie kicherte vor sich hin und hüpfte die Treppen auf einem Bein hinunter.
Das ist ja irre, dachte Gretchen, er hat eine Samstagsvormittagsbraut und ich bin hineingeplatzt wie das Alt-Kalb in Person!
Die zwei Stunden, die ihr bis zur Rückkehr in die Vater-Wohnung blieben, waren zu kurz, um noch nach Hause zu fahren. Gretchen beschloss ins Waxlberger zu gehen. Gabriele, genauso wenig handballerisch engagiert wie Gretchen, saß im Waxlberger, zwei aus der 6a hockten bei ihr. Und die Freudenthaler-Anni.
Gretchen sagte zur Anni: »Mein Bruder und dein Bruder sind ja jetzt dicke Freunde!«
»Was?« Die Freudenthaler-Anni machte Kulleraugen. »Der Dicke, der mit dem Michi herumzieht, ist dein Bruder?«
Gretchen nickte.
»Ist dein Bruder genauso ein Schleimscheißer wie meiner?«, fragte die Anni.
Gretchen sagte, ihr Bruder sei ein netter Mensch.
»Gibt's nicht«, sagte die Anni. »Wenn er von meinem der Freund ist, muss er ein Widerling sein. Mein Bruder verkehrt nur mit Widerlingen. Weil normale Menschen mit ihm nichts zu tun haben wollen!«

»Red doch nicht so über deinen Bruder«, sagte Gretchen ehrlich entrüstet.

»Die Wahrheit muss man sagen«, erklärte die Anni und dann berichtete sie der staunenden Tischrunde, dass ihr Bruder nicht nur Fliegen die Flügel ausriss, um ihnen beim Krabbeln zuzuschauen, sondern sich auch beim Anblick großer Hunde in die Hose mache, aber Steine hinter ihnen herwerfe, kaum dass er vor ihnen in Sicherheit sei. Aber am widerlichsten sei sein Verhalten den Schwestern gegenüber.

»Wo er nur kann, vertratscht er uns«, sagte die Anni. »Vorgestern zum Beispiel ist meine Schwester statt in die Klavierstunde ins Espresso gegangen. Und gleich hat er es der Mama gesteckt! Und wie ich meinen Mathe-Fünfer verschwiegen hab, hat er mich beim Papa verpfiffen!«

»Warum erzählt ihr ihm denn alles, wenn er so ist?«, fragte der eine aus der 6a.

»Tun wir ja nicht«, sagte die Anni. »Das Biest kriegt das irgendwie raus! Den Mathe-Fünfer hat er gesehen, weil er in meiner Schultasche gekramt hat, ich hab ihn dabei erwischt!«

»Sagenhaft!«, sagte die Gabriele voll Abscheu.

»Und warum wehrt ihr euch nicht?«, fragte der aus der 6a.

Die Anni zuckte resigniert mit den Schultern. »Wir haben den Kerl schon verdroschen wie einen Haubenstock«, sagte sie. »Aber das nutzt nix! Dann rennt er nur zum Papa und dann kriegen wir die Watschen vom Papa! Weil wir so bös zu seinem Bussi-Burli waren!«

Gabriele stieß das vor sich hin starrende Gretchen in die Rippen. »Und so was hat das Hänschen zum Freund?«

Gretchen gab ihr keine Antwort.

»Er hat immer einen Dicken zum Freund«, sagte die Anni. »Er muss auf Dicke stehen. Vorher war der Schlickhofer sein Freund.«

»Was?«, rief der aus der 6a. »Mit dem Volltrottel? Dem geb ich Mathe-Nachhilfe. Der ist so dödelig, dass er nicht dividieren kann!«
Die Anni lachte. »Aber so gescheit, dass er meinem Bruder den Laufpass gegeben hat, ist er schon noch! Unlängst hab ich ihn im Supermarkt getroffen und hab ihn gefragt, warum er nimmer zu uns kommt, und da hat er gesagt, mit einem wie meinem Bruder will er nix mehr zu tun haben! Ich find das sympathisch!«
Gretchen fiel das »Schwarze Rachekreuz« ein und das »Brodokoll« und die linkshändigen Drohbriefe. Sie beteiligte sich nicht mehr am allgemeinen Gespräch, das bald vom Bruder-Ekel zu Schulnoten und widerlichen Lehrern überging. Als dann die Anni gegen drei viertel zwölf zahlte und sich auf den Heimweg machte, ging Gretchen mit ihr und erzählte ihr vom sonderbaren Schrifttum, das sie bei Hänschen gefunden hatte. Zuerst kapierte die Anni die Sache gar nicht. Als sie endlich dahinter kam, sagte sie bloß: »Kann schon sein! Bei dem Kerl ist alles möglich, der ist garantiert irgendwie verrückt!«
Gretchen rief: »Aber dann müssen wir doch etwas tun!«
»Warum?« Die Anni schüttelte den Kopf. »Irgendwann fliegt das garantiert auf! Das lässt sich doch kein Erwachsener gefallen! Und das gönn ich ihm! Und meinen Eltern auch. Dann sehen sie vielleicht, was sie an dem Bussi-Burli haben!«
»Bei mir ist das ganz anders«, sagte Gretchen. »Ich mag meinen Bruder! Ganz gleich, welchen Blödsinn er da tut! Ich muss ihn da herausholen. Und zwar so diskret wie möglich, verstehst du?«
»Von mir aus! Tu, was du nicht lassen kannst!«, sagte die Anni. »Aber was willst du denn tun? Wenn dein Verdacht

wirklich stimmt, dann spionieren die zwei Schweindeln hinter einem Herrn Stengelbergerbauerhuber oder wie der heißt her und kriegen was über ihn raus und schreiben ihm Drohbriefe!«

»So dürfte es sein«, sagte Gretchen.

»Steht was von Geldforderungen in den Wischen?«, fragte Anni.

»Kein Wort! Nur von Buße und Reue und Umkehr und so!«

»Was hat denn das dann für einen Sinn?«, fragte die Anni.

Aber das wusste Gretchen nun wahrlich nicht.

»Und wenn du deinen Bruder ausquetschst?«, fragte die Anni.

»Ich glaub, der sagt mir nichts«, seufzte Gretchen. »In letzter Zeit ist die Leitung zwischen uns tot!«

»Von meiner Bestie krieg ich sicher keinen Ton raus«, sagte die Anni. »Der lügt nur hinterfotzig!«

Vor Annis Haustor dann meinte die Anni, die einzige Chance, mehr zu erfahren, sei, den kleinen, dicken Schlickhofer auszufragen. Der scheine redewillig. Falls der etwas von der Sache wisse, könnte man ihn zum Reden bringen.

»Am Montag in der großen Pause können wir es ja gemeinsam versuchen«, sagte die Anni.

Gretchen war ihr unheimlich dankbar.

Den Samstagnachmittag verbrachte Gretchen in der Vater-Wohnung, weil es stark regnete und der Vater und Gretchen deshalb keine Lust auf außerhäusliche Umtriebe hatten. Hänschen ging um vierzehn Uhr weg. »Lernen zum Freudenthaler«, gab er an. Seine Zimmertür schloss er beim Weggehen zu.

Gretchen spielte mit dem Papa Schach. Der Papa spielte unkonzentriert und machte Fehler über Fehler.

»Aber Papa«, rügte Gretchen. »Wie spielst du denn heute?«
»Mir ist das alles so peinlich, mein Kind«, sagte der Papa.
»Dir braucht gar nichts peinlich sein«, sagte Gretchen. »Das ist doch normal. Nur find ich's nicht gut, dass du es so geheim und verschwiegen machst. Du bist doch kein untreuer Ehemann, der sich vor seiner Frau fürchten muss!«
Der Papa seufzte. So einfach, meinte er, sei das nicht. Hänschen sei in letzter Zeit so sonderbar. »Schau dir das einmal an«, sagte der Papa. Er stand auf, zog eine Schublade aus dem Schrank und holte ein Blatt Papier heraus. Er reichte es Gretchen. »Das hat die Zwettler-Oma unter seinem Bett gefunden!«
Auf dem Papier stand in großen Blockbuchstaben:
LETZTE WARNUNG! WER DIE EHE BRICHT, IST VERDAMMT AUF EWIG! MANN UND FRAU SIND EIN LEIB! DEN RUINIERT MAN NICHT FÜR SEX! PFUI TEUFEL!
DAS SCHWARZE RACHEKREUZ!
Gretchen starrte auf den lächerlichen Wisch. Auch noch, als sie die dummen Sätze schon längst gelesen hatte.
»Warum schreibt er mir so was?«, fragte der Papa.
»Du glaubst, das ist an dich gerichtet?« Gretchen gab dem Papa das Papier zurück und der Papa legte es wieder in die Schublade. »Wem soll er es denn sonst schreiben?«, fragte er.
Gretchen hätte dem Papa gern von den vielen Papieren, die sie bei Hänschen gefunden hatte, erzählt und davon, dass es in denen garantiert nicht um den Papa ging, aber der Papa wirkte jetzt schon so deprimiert und verunsichert, dass sie ihn nicht noch mit weiteren Hiobsbotschaften belasten wollte.
Sie sagte also bloß: »Ach geh, Papa! Das ist sicher nur so eine Spinnerei!« Hinzels Erklärung fiel ihr ein. »Vielleicht probiert er einen Krimi zu schreiben oder so was!«

»Wir wollen es hoffen«, sagte der Papa und setzte sich wieder zu Gretchen und konzentrierte sich auf seine Schachfiguren. Gretchen besiegte den Papa trotzdem.

Später rief dann das Hänschen an und fragte, ob er über Nacht beim Freudenthaler bleiben könne. Dem Papa war das nicht recht, aber nach längerem Hin und Her willigte er ein.

Am Abend fuhr Gretchen mit dem Papa in ein vornehmes italienisches Restaurant. »Dort haben sie die besten Hummerkrabben vom Grill«, behauptete der Papa.

Die Hummerkrabben schmeckten tatsächlich sehr gut, doch Gretchen litt Qualen, weil sie nicht wusste, wie den fetten Viechern den Panzer knacken. Und es kam ihr so vor, als ob der im Hintergrund lauernde Ober über ihre hilflosen Knackversuche grinste. Abgesehen von diesem Ärger war sie jedoch gerührt. Der Papa rührte sie. Essend und trinkend, dachte Gretchen, vergisst er allen Kummer und Ärger. Das ist schön, dachte Gretchen, wenn einer etwas hat, womit er sich so leicht trösten kann.

»Prost, Papa!«, sagte Gretchen, nahm Papas Frascatiglas und nippte daran.

»Zum Wohle, mein Kind«, sagte der Papa mit vollem Munde und knackte sehr geschickt das achte Hummerkrabben-Vieh. »Geht's dir gut, mein Kind?«, fragte er. »Mir geht's gut, mein Kind«, sagte er. Gretchen nickte ihm heftig zu. Am liebsten hätte sie den Papa gestreichelt. Doch in einem derart vornehmen Lokal wagte sie das nicht. Der lauernde Ober, meinte sie, würde das übel nehmen.

8. Kapitel

in dem Hinzel das Patentmuster erlernt und Gretchen beim Anhören des Schlickhofer-Berichtes das Grauen überkommt und der Florian zu einer partnerschaftlichen Aktion mit Hinzel gezwungen wird.

Gretchen erzählte der Mama von Papas Samstagvormittagsbraut und war über die Reaktion der Mama sehr erstaunt, denn die Mama war gierig nach Details. Über die »Braut« wollte sie informiert werden. Und weil Gretchen ja bloß deren Mantel gesehen hatte, fragte die Mama nach dem Mantel. Ob der ein teures oder ein billiges Stück gewesen sei, ein schickes oder ein scheußliches und ob man ihn eher einer jungen oder einer alten Person zuschreiben könne. Als sie erfuhr, dass Gretchen unter dem Aufhänger ein Schildchen mit dem eingewebten Wort ARMANI gesehen hatte, sagte die Mama enttäuscht: »Also doch nicht die Spitzigmann!«
Die Spitzigmann war des Papas Vorzimmerfrau. Eine hagere Person über dreißig, die immer so dreinschaute, als habe sie enormes Sodbrennen, dabei war ihr Magen angeblich in Ordnung.
Gretchen wunderte sich, wieso die Mama anhand eines Mantels, den sie nie gesehen hatte, zu der festen Ansicht kommen konnte, er gehöre nicht der Frau Spitzigmann. Und wieso die Mama über diesen Umstand enttäuscht war, wunderte Gretchen noch mehr.
»Nie im Leben«, sagte die Mama, »trägt die Spitzigmann Armani-Sachen. Wenn die schon so viel Geld ausgibt, dann

kauft sie eher Rodier! Oder sonst einen Tantenlook!«
»Nie im Leben«, sagte Gretchen, »fängt der Papa was mit der Spitzigmann an, er ist doch kein Masochist!«
»Aber wer kann es denn sonst sein?« Die Mama tat, als sei es von großer Bedeutung, die Personalien der Samstagvormittagsbraut zu ermitteln. Gretchen fand das kindisch.
»Wenn ich gewusst hätte, wie dich das interessiert«, sagte sie spitz, »wäre ich ins Schlafzimmer vorgedrungen!«
Das machte die Mama verlegen. »Aber das ist doch normal«, entschuldigte sie sich. »Wenn wir auch nicht mehr miteinander leben, habe ich doch noch ein gewisses Interesse daran, wie es ihm geht. Ich will ja, dass es ihm gut geht.«
»Und darum hättest du gern, dass er die Spitzigmann hat?« Gretchen tippte sich mit einem Zeigefinger gegen die Stirn. »Das erzähl der Frau Blaschek! Du gönnst ihm einfach kein gutes Stück!«
»Das ist doch absurd!«, rief die Mama.
»Find ich auch«, sagte Gretchen. »Wenn du eifersüchtig wärst, okay, das würd ich noch verstehen. Aber du bist ja nicht eifersüchtig. Du bist bloß kleinlich! Er soll eine miese, vertrocknete Freundin wie die Spitzigmann haben!«
»Das ist doch absurd!«, wiederholte die Mama.
»Sag ich ja!«, sagte Gretchen. Da brach die Mama das Gespräch ab. Gretchen sei noch zu unreif, erklärte sie, um solche Dinge zu verstehen.
Sonntagnachmittag kam – ohne telefonische Vorwarnung – der Hinzel zu Gretchen nach Hause. Die Mama und Marie-Luise begrüßten ihn wie den verlorenen Sohn. Und auch Mädi und Pepi waren gar nicht zu halten vor Freude. Sie turnten am Hinzel hoch und schmusten ihn ab und schlugen ein Dutzend Spiele vor, die er mit ihnen spielen sollte.

»Lasst den Hinzel in Frieden, verdammt noch mal«, rief Marie-Luise und holte das Mädi von Hinzels Schoß und den Pepi von Hinzels Schultern. »Er will ja nicht euch besuchen, sondern Gretchen!«
»Gar nicht wahr!«, kreischten der Pepi und das Mädi, aber dann ließen sie doch vom Hinzel ab und schauten Kinder-Nachmittags-TV.
Gretchen setzte sich zu Hinzel, schnüffelte nervös, kaute an einer Haarsträhne und zog mit den Fingern der rechten Hand an den Fingern der linken Hand, bis sie knackten. Jetzt kommt es, dachte Gretchen. Jetzt setzt er zu einem Grundsatzreferat an und erinnert mich an meine rekonvaleszente Liebeserklärung und will, dass ich praktische Konsequenzen daraus ziehe!
Doch da irrte sich Gretchen gewaltig. Der Hinzel verlangte zuerst einmal nicht mehr als eine Tasse Tee. Und als er die hatte, bekundete er Tee trinkend sein Wohlbehagen.
»Schön ist es bei dir, Gretchen, mein Mädchen«, sagte er. Und nach einer Weile dann: »Ich kann nur glatte Maschen stricken. Zeigst du mir das Patentmuster?«
Total verwirrt erhob sich Gretchen und holte zwei Stricknadeln und einen Knäuel Wolle.
»Ein echter Softie muss nämlich Muster stricken können«, sagte der Hinzel.
Gretchen schlug dreißig Maschen an.
»Und damit du kapierst, dass ich ein echter Softie bin«, sagte der Hinzel, »möchte ich das Patentmuster lernen!«
Gretchen ließ die Stricknadeln sinken.
»Sonst glaubst du nämlich weiter, dass ich unbedingt mit dir bumsen will«, sagte der Hinzel.
»Ich stricke zuerst zwei Reihen, eine glatt, eine verkehrt«, sagte Gretchen und beugte sich über die Nadeln.

»Von mir heißt's ja allgemein im Freundeskreis«, sagte der Hinzel, »dass ich impotent bin!«
Gretchen strickte – eins glatt, eins verkehrt – drauflos wie wild.
»Bin ich aber nicht!«, sagte der Hinzel. »Ich bring's nur nicht, einem Mädchen meine Bedürfnisse aufzudrängen! Das kommt mir mies vor!«
Der Hinzel nahm Gretchen das Strickzeug aus den Händen. »Vielleicht hab ich echt nicht so eine Potenz wie die anderen, dass ich es trotzdem aushalt!«
Gretchen sagte: »Die glatten Maschen musst du glatt abstricken, die verkehrten hebst du mit einem Umschlag ab, den Faden vor der Masche!«
»Was heißt: Umschlag?«, fragte der Hinzel.
Weil man Stricktechniken besser zeigt als mit unzulänglichen Wörtern erklärt, rückte Gretchen dicht an den Hinzel und legte ihre Hände über seine, um ihm die Nadelarbeit praktisch anzutrainieren.
»Falls du einmal das dringende Bedürfnis haben solltest mein Bett mit mir zu teilen, stehe ich natürlich gern zur Verfügung«, sagte der Hinzel. »Aber ansonsten reicht es mir, dass du mich echt gern hast. Das ist schließlich nicht wenig!«
»Ich hab dich wirklich sehr gern«, sagte Gretchen und wurde richtiggehend rot im Gesicht.
»Na eisern!«, sagte der Hinzel. »Und jetzt nimm deine Pfoten weg. Die nächste Reihe möcht ich allein probieren!«
Gretchen nahm ihre Hände von Hinzels Händen. »Hinzel, du bist ein ganz Lieber«, sagte sie und lehnte sich zurück und verschränkte die Arme hinter dem Kopf.
»Solche muss es ja auch geben«, sagte der Hinzel. Und dann fluchte er wie ein Donaumatrose vor sich hin, weil ihm eine Masche entglitten war.

Am Montag, in der zweiten Stunde, war in Gretchens Klasse der Bär los. Es war eine Lateinstunde und die Klassenarbeit, die sie vor zwei Wochen geschrieben hatten, wurde zurückgegeben. Die Arbeit war eine saumäßig schwere gewesen. Gut zwei Drittel der Klasse hatte mit einem »Nicht genügend« gerechnet und somit mit einer Wiederholung der Arbeit, wie es das Schulunterrichtsgesetz bei so vielen negativen Beurteilungen vorsieht. Dem Latein-Lehrer jedoch war dieser Vorgang anscheinend zu aufwändig erschienen. Er hatte einfach ein »Nicht genügend« weniger ausgeteilt, damit die Arbeit nicht wiederholt werden musste, und ein paar Arbeiten, die er normalerweise total negativ beurteilt hätte, mit »Noch genügend« unterschrieben.
Denen, die so ein »Noch genügend« erhalten hatten, war das sehr recht. Aber die, deren Arbeit mit einem »Nicht genügend« zensiert worden war, fühlten sich um die Wiederholungschance betrogen. Sie bezichtigten den Latein-Lehrer der Manipulation und die Noch-genügend-Kollegen des unsolidarischen Verhaltens, weil die gegen den Notenschwindel nicht protestierten. Der Latein-Lehrer verwahrte sich empört gegen den Ausdruck »Manipulation«. Die Gabriele hielt ihm vor, dass er bei der letzten Klassenarbeit ein »Nicht genügend« schon ab acht schweren Fehlern für unerlässlich gehalten habe, dass die jetzige Arbeit um nichts länger sei, und trotzdem gebe es Arbeiten mit zehn schweren Fehlern, unter denen »Befriedigend« stehe. Der Latein-Lehrer leugnete das und ein allgemeines Fehlerzählen und Feilschen um die Heftigkeit und Schwere der Fehler hub an.
Gretchen hatte ein »Gut« bekommen. Das einzige »Gut« in der Klasse. Und »Sehr gut« gab es überhaupt keines. Gretchen mischte sich nicht in den Streit, weil sie sowohl den Standpunkt der heilfrohen Noch-genügend-Besitzer als

auch den der erbosten Nicht-genügend-Besitzer verstand. Und noch etwas verstand sie: Sie konnte jetzt nicht gut die Klasse verlassen – obwohl es die Pause schon eingeläutet hatte –, um zur Anni Freudenthaler zu gehen. Das hätten ihr die Kollegen als Desinteresse ausgelegt. Dann hätte es geheißen: Weil sie das einzige »Gut« hat, ist ihr alles andere schnuppe!
Der Streit mit dem Latein-Lehrer dauerte bis zum nächsten Läuten an. Erst als der Mathe-Lehrer in die Klasse kam, wagte der Latein-Lehrer die Flucht.

Gretchen ging in der dritten Pause zur Freudenthaler-Anni. Die Anni stand vor der Klasse und aß einen Apfel. Gretchen erklärte ihr, warum sie in der großen Pause nicht hatte kommen können, und fragte, ob die Anni bereit sei morgen in der großen Pause mit ihr zum Schlickhofer zu gehen.
»Ich war schon bei ihm«, sagte die Anni. »Als du nicht gekommen bist, bin ich allein gegangen! Alles, was der Kerl weiß, weiß ich jetzt auch!« Die Anni betrachtete ihren Apfel. »Total mehlig«, murmelte sie. »Willst?«, fragte sie und hielt Gretchen den Apfel hin. Gretchen nahm den Apfel und biss hinein. Er war wirklich ganz mehlig und geschmacklos.
»Ungenießbar, gell?«, fragte die Anni.
Gretchen wurde ungeduldig. »Was hat er denn gesagt? So red doch endlich«, verlangte sie.
»Es ist dermaßen saublöd«, sagte die Anni, »dass es zum Himmel stinkt. So was Vertrotteltes hab ich noch nie gehört! Mein Herr Bruder hat einen Ritterorden gegründet, der soll die Unmoral aus der Welt schaffen!«
»Das Schwarze Rachekreuz«, sagte Gretchen.
»Genau!«, sagte die Anni. »Und der ganze Orden besteht aus dem Großritter, meinem Mistbruder, und dem Großknap-

pen, deinem Mistbruder! Vorher war der Schlickhofer der Großknappe!«

Die Schulglocke klingelte die Pause aus. Anni lauschte dem Glockengeschepper. Die Glocke hatte ausgebimmelt und die Anni fuhr fort: »Und der Schlickhofer ist ausgetreten aus dem Verein, weil ihm einer, den er beschattet hat, eine geschmiert hat. Und er sagt, der Großritter lässt alle gefährlichen Sachen den Großknappen tun und selber macht er nix! Typisch für meinen Mistbruder!«

Annis Deutsch-Lehrer wanderte, von der Treppe her, auf Annis Klasse zu. Anni zog Gretchen in die Fensternische, wo sie den Deutsch-Lehrer-Blicken entzogen waren. Leise sagte sie: »Und weißt du, wie sie ihre Opfer aussuchen? Sie fahren Straßenbahn, und wer in der Straßenbahn besonders verdächtig auf sie wirkt, den beschatten sie dann und spionieren alles von seinem Leben aus. So gut sie halt können.«

»Aber wenn der dann ein ganz normaler Mensch ist?«, fragte Gretchen. »Einer ohne Unmoral und so?«

»Keine Ahnung«, sagte die Anni. »Wahrscheinlich stürzen sie sich dann auf einen anderen. Aber bei den meisten Leuten stimmt ja irgendetwas nicht.«

Gretchen ging langsam zu ihrer Klasse. Sie fühlte sich benommen. Und so sah sie auch aus. Der Geografie-Lehrer nahm ihr die Verspätungserklärung »Bitte, ich war auf dem Klo, mir ist etwas übel« anstandslos ab.

»Ist dir wirklich übel?«, fragte Gabriele in der Taubstummensprache.

»Fast«, antwortete Gretchen genauso tonlos.

»Was ist los?«, formten Gabrieles Lippen.

Gretchen zuckte mit den Schultern und überlegte, ob sie Gabriele überhaupt davon erzählen sollte. Gabriele mochte das Hänschen doch nicht! Sicher würde sie bloß über Hänschen herziehen. Und Gretchen hatte diesmal keine Argumente zur Verteidigung, außer: Er muss verrückt geworden sein!

Gretchen blieb nach der Mathestunde dann doch nichts anderes übrig als Gabriele alles zu erzählen, denn Gabriele behauptete, sie sehe ja, dass Gretchen Kummer oder Sorgen habe.
Damit sonst niemand in der Klasse Gretchens Bericht hören konnte, gingen Gretchen und Gabriele aus der Klasse, auf den Flur. Doch dort war ein derartiges Gedrängel und Gebrüll, dass Gretchen sich nicht verständlich machen konnte. Neben Gretchens Klasse war der Zeichensaal. Die Tür zum Zeichensaal stand offen, der Zeichensaal war leer. Gabriele zog Gretchen hinein und schloss die Tür. Der Pausenlärm war ausgesperrt.
»Erzähl!«, sagte Gabriele. Sie zog eine zerknautschte Zigarette aus einer hinteren Hosentasche und ein Feuerzeug aus einer vorderen Hosentasche und holte vom Lehrertisch ein Malschüsserl, um es als Aschenbecher zu benutzen.
Gretchen deutete auf die Tür zum so genannten »Zeichen-Kabinett«, die halb offen stand. »Rauch nicht«, sagte Gretchen. »Wenn der Pinsel drinnen ist, riecht er es!« Der Pinsel war ein Zeichen-Lehrer, der meistens in dem Kammerl zwischen Papierstößen und Malkastenbergen und sonstigem Zeichenmaterial die Pausen verbrachte. Er war ein absoluter Nikotingegner und enorm hinter paffenden Schülern her.
Gabriele ging zur halb offenen Kammertür und rief ins Kammerl hinein: »Herr Professor, bitte! Bitte, Herr Professor!«
Der Pinsel war nicht zu sehen. Und da er auch keine Antwort gab, konnte er nicht im hinteren Kammerlteil sein, in den man von der Tür aus keinen Einblick hatte.

»Die Luft ist rein«, sagte Gabriele. Sie setzte sich auf den Lehrertisch und zündete die Zigarette an.
Gretchen setzte sich neben Gabriele auf den Tisch und lieh sich Gabrieles Zigarette für einen Zug.
»Berichte! Die Pause ist nicht ewig lang!«, verlangte Gabriele und Gretchen berichtete.
Gabriele verhielt sich genau so, wie Gretchen erwartet hatte. Sie zog unheimlich über Hänschen her. Sie sagte: »Jetzt ist er exakt der Widerling, der eh schon in ihm gesteckt hat!« Und: »Aber das passt ja haarscharf auf ihn!« Und: »Er schaut ja schon echt verschlagen aus!«
»Er schaut bloß fett aus«, widersprach Gretchen.
»Nein, auch verschlagen! Er kann einem nicht einmal in die Augen sehen!«, rief Gabriele.
»Jetzt werd nicht komisch!«, rief Gretchen. »Du quatschst ja daher wie der letzte alte Spießer! Wenn ich für jeden verschlagenen Typen, der mir, ohne mit der Wimper zu zucken, in die Augen schaut, einen Schilling hätt, wär ich wohlhabend!«
»Du willst den Tatsachen einfach nicht ins Glotzauge sehen«, rief Gabriele. »Du sagst, er ist kein Widerling, er ist kein Hinterfotz, er ist kein Schleimscheißer. Und verschlagen ist er auch nicht! Was bitte ist denn einer, der Leute ausspioniert und ihnen droht? Was ist einer, der sinnlosen Terror macht, he? Sag mir das, Darling!«
»Ach du! Lass mich doch in Frieden!«, rief Gretchen, sprang vom Tisch und lief aus dem Zeichensaal, in die Klasse zurück.

Nach der Schule ging Gretchen allein zur Straßenbahnhaltestelle. Gabriele begleitete sie nicht. Ein Hauch von Verstimmung war zwischen den beiden.

Gretchen lehnte sich an die Stange der Haltestellentafel, ließ die Jute-statt-Plastik-Tasche zu Boden plumpsen und überlegte, ob sie nicht in die Vater-Wohnung fahren und dort auf Hänschen warten solle.
Die Straßenbahn kam angefahren. Und aus der anderen Richtung, von der Schule her, kam der Florian gelaufen. Gretchen hob die Jute-statt-Plastik-Tasche vom Boden auf.
»Gretchen, warte! Warte doch!«, brüllte der Florian und rannte, so schnell er konnte; was nicht langsam war.
Die Straßenbahn hielt, Gretchen stand exakt vor einer offenen Tür und stieg ein. Der Wagen war ziemlich leer und mit Gretchen stieg niemand zu. Die meisten Schüler, die mit der Straßenbahn heimfuhren, fuhren in die entgegengesetzte Richtung. Gretchen setzte sich, holte Handkes »Wunschloses Unglück« aus der Tasche und schlug es irgendwo auf. Sie wollte nicht mehr an Hänschen denken. Sie meinte, lesen könne sie ablenken.
Hätte die Ampel nicht auf »Rot« geschaltet, hätte der Florian Gretchens Wagen sicher nicht mehr erreicht. So sprang er jedoch, knapp bevor die Tür wieder zuklappte, keuchend in den Wagen. Er setzte sich neben Gretchen.
»Puhhh! Das war ein neuer Streckenrekord«, sagte er.
Gretchen schaute stur ins »Wunschlose Unglück«.
Die Straßenbahn fuhr los. Der Florian sagte: »Ich muss dir etwas gestehen, Gretchen! Ich habe diebische Neigungen!«
Was soll denn das, dachte Gretchen, ohne den Blick vom Buch zu heben.
»Das sag ich nur dir, weil du es nicht weitersagst«, fuhr der Florian fort. »Ich stehle manchmal, wenn der Pinsel nicht im Zeichenkammerl ist, Buntstifte und Pinsel und Farben. Die setz ich bei meinen Cousinen ab, zwecks Aufbesserung des Taschengeldes!«

Gretchen klappte das »Wunschlose Unglück« zu.
»Darum habe ich mich natürlich auch nicht gemeldet, als die Gabriele ins Kammerl hineingerufen hat!«, sagte der Florian.
»Ach so.« Gretchen steckte ihr Buch in die Jute-statt-Plastik-Tasche. »Und?«, fragte sie. Es klang ablehnend.
»Nichts und«, sagte der Florian. »Ich wollte nur sagen, dass ich gehört habe, was du von deinem Bruder erzählt hast.«
Gretchen schaute den Florian giftig an. Auf neuerliche Hänschen-Vernichtungs-Statements war sie nicht neugierig.
»Ich mein nur«, sagte der Florian zögernd, »das ist doch nicht so furchtbar, wie du tust.«
Auf diese Aussage war Gretchen nun wahrlich nicht gefasst gewesen. Mauloffen starrte sie den Florian an.
»Ich denk mir«, sagte der Florian, »das ist, weil sich deine Alten getrennt haben …« Dann schwieg er.
»Was hat das damit zu tun?«, fragte Gretchen.
»Ich kann's nicht richtig ausdrücken«, sagte der Florian. »Ich weiß nicht, wie ich das sagen soll!«
»Sag's trotzdem«, sagte Gretchen. Jedes verteidigende Wort für Hänschen war ihr ein Labsal.
»Er wollte nicht, dass sie sich trennen«, sagte der Florian.
»Natürlich wollte er das nicht!«, sagte Gretchen.
»Und ich denk mir, dass er ganz wütend war, weil er keine Macht gehabt hat sie zum Zusammenbleiben zu zwingen. Und jetzt, glaubt er, hat er eine Macht!«
Gretchen holte eine Haarsträhne in den Mund und kaute daran.
»Aber nicht über den Papa und die Mama«, murmelte sie.
»Natürlich nicht!« Der Florian schüttelte den Kopf. »Eh nicht! Aber darauf kommt's ja nicht an. Vorher hat er sich ganz hilflos und ganz ohnmächtig gefühlt und jetzt ist er das

nimmer. Und sicher reden sich die zwei Trotteln ein, dass sie gute Taten tun und die Welt in Ordnung bringen.«

»Mit Ausspionieren und Drohbriefen und Angstmachen?« Gretchen ließ die Haarsträhne aus dem Mund gleiten. »Was geht es denn ihn an, ob irgendein Mädchen zwei Haberer hat? Und an welcher Tür ein Herr Stengelberger klingelt?«

»Die kommen sich vor wie der Sheriff und sein Adlatus auf dem Law-&-Order-Trip, kannst Gift drauf nehmen!«, sagte der Florian.

»Ich scheiß auf eine dicke John-Wayne-Ausgabe als Bruder«, sagte Gretchen.

»Das gibt sich ja wieder«, sagte der Florian und legte einen Arm um Gretchens Schultern. »Früher, wie ich noch klein war und mein Alter war gemein zu mir, und der war immer gemein, und ich hab mich nicht wehren können und wenn ich eine Wut bekommen hab und er dann noch gemeiner war, hab ich mir immer vorgestellt, ich hab ein Maschinengewehr und schieß damit, alle schieß ich tot!«

»Das ist doch ganz etwas anderes«, sagte Gretchen und lehnte sich an den Florian.

»Ich mein nur wegen der Macht!«, sagte der Florian. »Vielleicht, wenn einer gekommen wär und mich zum Großknappen gemacht hätte, vielleicht hätt ich das auch gemacht. Weil es ja auch aufregend ist. Und es passiert ja eh so wenig!«

Gretchen lehnte den Kopf an Florians Schulter und überlegte, ob er Recht haben könne. Eine Erklärung zumindest war es. Dafür war sie dem Florian dankbar. Weder der Hinzel noch Gabriele hatten ihr bisher dafür eine Erklärung gegeben. Hinzel hatte geraten das Ganze zu vergessen, Gabriele hatte bloß über das Hänschen geschimpft. Hinzel allerdings, das musste Gretchen zugeben, hatte ja noch nicht die gesamte Angelegenheit in ihrer ganzen Blödheit gewusst. Das schwarze Heft hätte ja tatsächlich ein idiotischer Krimiversuch sein können.

»Ich will, dass Hänschen damit aufhört!«, sagte Gretchen.

»Viel kann ihm ja nicht passieren«, sagte der Florian, »er ist ja noch strafunmündig.«

»Doch nicht deshalb«, sagte Gretchen. »Aber wenn einer lang Gemeinheiten macht …«

»… dann *wird* er auch gemein«, sagte der Florian.

Gretchen nickte. Genau das hatte sie sagen wollen. So dumm, dachte Gretchen, wie ich immer geglaubt habe, ist der Florian doch nicht. Wieso, fragte sie sich, habe ich denn bisher mit ihm nie so geredet. Wenn einer so über Hänschen reden kann, dann kann man mit ihm sicher auch über andere Sachen reden. Doch in der augenblicklichen Situation schien es ihr nicht angebracht, ihre eigenen Probleme zu überdenken. Hänschen war jetzt wichtiger.

»Was soll ich denn tun, Florian?«, fragte Gretchen. »Wenn ich es dem Papa erzähle, dreht der durch! Und mit der Mama ist es noch schwerer. Die kann ja gar nichts tun. Die sieht Hänschen bloß ein-, zweimal die Woche. Und dann sagt sie kein einziges unfreundliches Wort zu ihm, nur damit das Hänschen sie weiter gern hat!«

»Warum redest du nicht mit ihm? Schaden kann's doch nicht«, sagte der Florian. »Droh ihm! Droh ihm ganz stark. Mit Polizei und so. Und dass es die Schule erfährt. Einer, der selber droht, hat davor Angst!«

Gretchen griff nach Florians Hand und schaute ihn von schräg unten an. »Ich kann nicht drohen«, sagte sie, »und dem Hänschen schon gar nicht. Du kannst das sicher besser. Gehst du mit mir zu ihm?«

»Ich?« Dem Florian schien das nicht zu behagen.

»Bitte, Florian«, sagte Gretchen leise.

»Okay«, murmelte der Florian und drückte Gretchens Hand.

Aber dass er jetzt gleich, ohne vorher zu Mittag zu essen, zum Hänschen fahren sollte, dass musste ihm Gretchen noch zwei Stationen lang einreden. Schließlich gab der Florian nach. Sie stiegen aus, stellten sich an der gegenüberliegenden Haltestelle wieder auf und fuhren den ganzen Weg zurück, an der Schule vorbei, bis zur Wohnung von Gretchens Vater. Gretchen schaute auf die Uhr und meinte, in spätestens zehn Minuten müsse Hänschen von der Schule heimkommen.

Florian und Gretchen warteten über eine Stunde, ohne dass Hänschen auftauchte. Gretchen taute dem Florian Tiroler-Knödel mit Sauerkraut auf und schaute ihm beim Essen zu. Sie selber brachte keinen Bissen durch den Schlund. Dann spielten sie Karten. Sie spielten um die silbernen Zehner in der getupften Tasse. Der Florian gewann. Gretchen war maßlos gerührt, dass der Florian die Wartezeit nicht verschmusen und verkosen wollte. Das hätte sie nicht ausgehalten.

Als der Florian nach zwei Stunden langsam ungeduldig wurde, machte Gretchen mit ihm die Mathe-Aufgabe. Und als dann fast drei Stunden um waren, rief Gretchen bei der Freudenthaler-Anni an. Ob Hänschen bei ihnen sei, fragte Gretchen.

Nein, Hänschen sei nicht bei ihnen, sagte die Anni.

Gretchen hörte, wie sich die Anni bei jemandem erkundigte, ob der Sackmeier nach der Schule hier gewesen oder für den späten Nachmittag angekündigt sei. Und dann sagte die Anni ins Telefon: »Meine Mutter sagt, er muss bei euch sein.

Er schläft heute bei euch! Er ist angeblich gleich nach der Schule mit deinem Bruder zu euch gegangen!«
»Er schläft bei uns?«, fragte Gretchen verdutzt.
»Du, einen Moment«, sagte die Anni. »Meine Mutter will mit dir reden!« Und dann schnatterte die Stimme der Frau Freudenthaler durch die Leitung und bekundete, dass sie schon längst habe anrufen wollen um zu fragen, ob Hänschens Eltern die vielen Besuche vom Michi und die wöchentlichen Samstagsübernachtungen nicht lästig seien. Und sie würde, sagte die Frau Freudenthaler, das Hänschen ja auch gern bei sich schlafen lassen, aber leider sei ihre Wohnsituation eine sehr enge, ein Bett für ein Gastkind sei nicht vorhanden.
Gretchen stammelte, dass es ihren Eltern gewiss nichts ausmache, den Michi zu beherbergen, und versprach schöne Grüße zu bestellen. Am anderen Ende der Leitung hatte es längst »klick« gemacht und Gretchen hielt den Hörer noch immer total verdutzt in der Hand.
»Was ist denn?«, fragte der Florian.
»Angeblich schläft der Freudenthaler oft hier«, sagte Gretchen. »Aber das ist nicht wahr. Davon wüsste ich doch. Und die Freudenthalers haben kein Bett, in dem ein Besuch schlafen könnte. Aber Hänschen hat am Samstag nicht zu Hause geschlafen. Er schläft beim Freudenthaler, hat er gesagt!«
Gretchen schaute den Florian ratlos an. »Die können doch nicht die ganze Nacht spionieren?«
»Bei dem Wetter schon gar nicht«, sagte der Florian.
»Aber wenn sie nicht hier geschlafen haben! Und auch nicht beim Freudenthaler?« Gretchen schnüffelte und kratzte sich am Bauch.
»Dann haben sie woanders geschlafen!«, sagte der Florian. Und dann fragte er, ob in der Sackmeierfamilie ein Schrebergarten vorhanden sei. Gretchen verneinte. Ob die Freu-

denthaler einen Schrebergarten haben? Das wusste Gretchen nicht.
»Ruf die Anni an«, sagte der Florian.
Gretchen wählte.
»Sag ihr, sie soll auf einen Sprung ins Waxlberger kommen«, sagte der Florian. »Sonst kriegt ihre Mama mit, dass da was faul ist!«
Gretchen fragte also bei der Anni an, ob sie nicht auf einen Sprung ins Waxlberger kommen könne.
»Warum?«, fragte die Anni.
»Sag ich dir dort«, sagte Gretchen. »Aber es ist wichtig!«
Die Anni war bereit.
»Und sie soll«, rief der Florian, »falls sie einen Schrebergarten haben, den Schlüssel mitbringen! Aber unauffällig!«
Gretchen gab diesen Auftrag weiter. Die Anni wunderte sich ziemlich. Und ihren erstaunten Worten war zu entnehmen, dass die Familie Freudenthaler einen Schrebergarten hatte.
»In zehn Minuten bin ich dort«, versprach die Anni. Gretchen und Florian machten sich auf den Weg ins Waxlberger.
Die Anni saß schon da, als Gretchen und Florian kamen. Beim Hinzel am Tisch saß sie. Der Hinzel wirkte bekümmert, vergrämt.
»Herrschaften«, sagte die Anni zum Florian und zu Gretchen, »den Gartenhäuselschlüssel kann ich euch nicht geben! Der ist weg. Ich hab ihn überall gesucht, aber den hat einer verschmissen!« Die Anni grinste. »Aber für eine Liebeslaube ist das Hüttel jetzt eh schon viel zu kalt!«
Gretchen erzählte der Anni, was die Anni noch nicht wusste, und dem Hinzel, was der Hinzel alles noch nicht wusste.
»Und was tut ihr jetzt?«, fragte der Hinzel.
»Wir fahren in den verdammten Schrebergarten«, erklärte der Florian, »und je mehr wir sind, umso besser ist es!« Er

schaute den Hinzel auffordernd an. Zuerst weigerte sich der Hinzel mitzugehen. Hänschen, sagte er, habe ihn noch nie leiden können, seit eh und je nicht, der würde nicht auf ihn hören.
»Umso besser«, rief der Florian, »wir erscheinen ja nicht zum freundlich Zureden, sondern zum Drohen!« Und es sei jammerschade, sagte der Florian auch noch, dass der Hinzel nimmer im Rocker-Leder-Outfit stecke, denn davor, da sei er sicher, hätten der Großritter und sein Großknappe den meisten Respekt gehabt.
»Ich fühl mich nicht bei so einer Aktion«, klagte der Hinzel.
»Ich auch nicht«, sagte der Florian und fragte den Hinzel, ob er etwas Besseres wisse. Ernsthaft fragte er, nicht gehässig. Der Hinzel wusste nichts Besseres und war bereit mitzukommen.

Es dämmerte schon gewaltig, als Gretchen und Anni, Hinzel und Florian den Weg zum freudenthalerschen Schrebergarten hinunterwanderten. Sie wanderten stumm. Gretchen fragte sich, was zu tun sei, wenn Hänschen nicht im Schrebergarten war. Außerdem machte sie sich Vorwürfe, weil sie zu Hause nicht angerufen hatte. Die Mama musste jetzt schon zu Hause sein und niemand konnte ihr sagen, wo sich das sonst so pünktliche Gretchen herumtrieb.
»Du hast Recht gehabt«, sagte die Anni, als sie auf ein braunes Holzhäuschen zugingen. »Die sind hier!« Das Holzhäuschen stand in einem kleinen Garten, zwischen kahlen Obstbäumen und ebensolchen Sträuchern. Hinter der Glastür vom Holzhäuschen brannte Licht.
»Achtung, die Gartentür quietscht!«, warnte die Anni leise.
»Na und?«, sagte der Florian. »Wir spielen ja nicht Anschleichen!« Er lachte. »Bei dem Tempo, in dem das Häns-

chen flüchten kann, jappelt ihm ein Beinamputierter nach!«
Hinzel und Florian vorne, dahinter Gretchen und Anni, marschierten auf das Häuschen zu. Hinter der gläsernen Tür hing ein karierter Vorhang, der den Einblick verwehrte. Der Hinzel riss die Tür auf. Im Häuschen, auf einem Sofa, saß Hänschen. Er hatte eine graue Decke über den Schultern und eine über den Knien. Soweit sein fettes Gesicht Entsetzen ausdrücken konnte, tat es dies. Einen Fluchtversuch machte Hänschen nicht. Als ob er fest an das Sofa montiert wäre, saß er dort. Vor Hänschen, auf dem Boden, stand ein voll gepackter roter Rucksack. Und es roch schlecht im Häuschen, weil die zwei Flammen des Propangasrechauds ganz groß brannten. Anscheinend dienten sie dem Hänschen als Heizung.

»Wo ist der Michi?«, fragte die Anni.

Hänschen starrte und schwieg.

Der Hinzel drehte die Gasflammen ab. Der Florian riss dem Hänschen die Decke von den Schultern und packte ihn beim Hemdkragen.

»So, du Schleimer«, sagte er und dann schaute er Gretchen sehr ratlos an. Sichtlich wusste er nicht weiter.

Der Hinzel sprang ein. »Jetzt wollen wir einmal Klartext reden, Alter«, sagte er.

»Wo ist der Michi?«, fragte die Anni wieder.

»Ja, genau! Wo ist dein Großritter?«, rief der Florian und versuchte Hänschen am Hemdkragen hin- und herzubeuteln. Doch Hänschens Leibesfülle schien nicht beutelfähig. Hänschen rührte sich kaum. Er flüsterte bloß: »Der Michi ist zu mir nach Haus gegangen, meine Sachen holen! Weil wir wegmüssen!« Und dann schluchzte das Hänschen los, dass es ihn schupfte wie einen Presslufthammer; obwohl ihn der Florian gar nicht mehr beutelte.

»Ins Ausland untertauchen«, hörte Gretchen zwischen zwei Schluchzern. Und zwischen zwei anderen: »Polizei!« Und dann: »Weil ich alles verpatzt habe!«
Der Hinzel setzte sich neben Hänschen. »Ihr wollt abhauen?«, fragte er. »Ja wohin denn, Alter?«
»Wo sie uns nicht mehr erwischen«, schluchzte Hänschen.
Gretchen legte dem Bruder wieder die Decke um die Schultern.
»Aber Hänschen«, sagte sie, »deswegen haut man doch nicht ab! Das wird schon wieder!«
Da schluchzte Hänschen, dass »nichts mehr wird«, weil »die Polizei alles weiß«.
Es dauerte lange, bis Gretchen kapiert hatte, warum das Hänschen unbedingt abhauen wollte: Samstag, mitten in der Nacht, waren Hänschen und Michi vom Schrebergarten zu dem Haus gegangen, in welchem der beschattete Herr Stengelberger bei »Sobotka« Besuche zu machen pflegte. Sie hatten drei Steine mitgebracht, um die Briefe gewickelt und mit Schnur festgebunden waren. Der Michi hatte an der Ecke gewartet, Hänschen war mit den Steinen zum Haus geschlichen. Er hätte die Steine in Fenster werfen sollen. Nicht in die Fenster der Sobotka-Wohnung, die war ja im dritten Stock. So ein Hoch-Weit-Wurf wäre Hänschen nie geglückt. Bloß in irgendwelche Fenster des Hauses hätte er die Steine werfen sollen, denn auf den darumgewickelten Briefen stand geschrieben: ACHTUNG! DIE MIETERIN VON TÜR NUMMER 21 HAT EINE LIEBSCHAFT MIT EINEM VERHEIRATETEN MANN, DER ZWEI KINDER HAT! LASSEN SIE NICHT ZU, DASS EINE EHE ZERSTÖRT WIRD!
DAS SCHWARZE RACHEKREUZ!
Hänschen jedoch hatte den ersten Stein so ungeschickt geworfen, dass er bloß an der Hauswand gelandet war, und

den zweiten Stein hatte er gegen ein Fensterkreuz geknallt. Und als er gerade den dritten Stein hatte werfen wollen, war er an den Schultern gepackt worden. Ein Mann hatte ihn festgehalten und nicht mehr losgelassen. Der Mann hatte alles gesehen.

»Und der ist sicher zur Polizei gegangen«, schluchzte Hänschen. »Und die waren sicher schon beim Papa! Und darum müssen wir weg!«

»Hast du dem Mann denn deinen Namen gesagt?«, fragte Gretchen.

»War ja nicht notwendig«, schluchzte das Hänschen. »Es war der Bremsensteiger, der aus dem Milchgeschäft!«

Der Hinzel stand auf. Anscheinend wollte er nicht mehr neben Hänschen sitzen. Leise sagte er zu Gretchen: »Der ist total drüber! Völliger Realitätsverlust, sag ich dir!«

»Der ist geknickt wie ein Weberknechtbein«, sagte der Florian leise zu Gretchen. »Dem braucht keiner mehr drohen!«

Hänschen schluchzte weiter vor sich hin. Zwischen je drei Schluchzern heulte er laut auf.

Die Anni hatte die ganze Zeit über, ohne ein Wort zu sagen, an der Tür gestanden. Ganz plötzlich riss sie die Tür auf und raste in den Garten und fauchte dabei: »Wart, du entkommst mir nicht!« Sie galoppierte den Weg zur Gartentür hinunter, vor ihr rannte jemand. Der Größe nach konnte es der Michi sein. Weil es draußen jetzt aber schon fast ganz dunkel war, konnte man das nicht genau erkennen. Und neblig war es auch ein wenig. Die Anni verschwand in nebliger Finsternis. Kurz darauf hörte man sie laut aufbrüllen, dann brüllte eine andere Stimme noch lauter und dann tauchte die Anni aus der nebligen Finsternis wieder auf und schleppte den Michi hinter sich her und fluchte: »Das Hundsbiest hat mich gebissen!«

Der Michi ließ sich schleppen, als sei er eine Leiche. Er hatte sich zu Boden fallen lassen, wie ein Handwagerl ohne Räder zog ihn die Anni an einem Arm hinter sich her. Total eingedreckt war der Knabe, als die Anni an der Tür ankam. Sie bückte sich, hob ihn unter den Armen hoch, trug ihn in das Häuschen und schmiss ihn, keuchend und fluchend, in eine Ecke. Der Michi schlug mit dem Kopf an die Holzwand.

»Anni!«, rief der Hinzel entsetzt.

»Das Miststück hat's verdient!« Die Anni zeigte ihre gebissene Hand vor.

»Das Miststück ist auch nur ein armes!«, sagte der Hinzel.

»Dass ich nicht umkomm vor Mitleid!« Die Anni schaute voll Hass auf ihren Bruder. »Tut er dir vielleicht Leid?«

»Schon ein bissl«, sagte der Hinzel.

»Du spinnst ja!« Die Anni rieb sich die gebissene Stelle und betrachtete sie besorgt. »Krumm geschlagen gehört er!«

»Was soll denn das bringen?«, fragte der Hinzel.

»Was es bringt, ist mir Wurscht!«, rief die Anni.

Der Florian bat den Hinzel und die Anni ihr Streitgespräch über sanfte oder brutale Re-Education auf später zu verschieben und zu überlegen, wie man den Lauf der Dinge nun arrangiere.

»Na, wie schon?«, rief die Anni. »Wir schleppen die Brut nach Hause! Ich die meine, Gretchen die ihre! Dann sollen sich unsere Alten weiter darum scheren!« Die Anni trat auf ihren Bruder zu. »Aber ich brauch einen, der mir den Kerl heimschleppen hilft. Allein pack ich ihn nicht!«

Hinzel und Florian schauten Gretchen an. Ist das in deinem Sinn, hießen die Blicke. Gretchen nickte.

Die Anni und der Florian stellten den Michi auf die Beine.

»Wir reiten heim, Großritter«, sagte der Florian.

»Und wenn du wieder beißt«, sagte die Anni, »setzt es was Großritterliches!«
Doch der Michi schaute nicht mehr sehr nach Gegenwehr aus. Er klapperte mit den Zähnen, als sei er am Erfrieren, und wirkte noch viel kleiner und mickriger als sonst. Gehorsam marschierte er zwischen dem Florian und der Anni aus der Hütte. Gretchen und Hinzel zogen das Hänschen vom Sofa hoch. Kaum stand das Hänschen, plumpste es wieder aufs Sofa zurück.
»Geht voraus«, rief der Hinzel hinter Anni und Florian her. »Wir kommen nach! Er ist knieweich!«
Gretchen und Hinzel stellten das Hänschen wieder auf die Beine. Bis zur Hüttentür brachten sie das Hänschen. Dort sank es wieder zu Boden. »Gretchen, mein Mädchen, so geht's nicht«, sagte der Hinzel. »Das schaffen wir nie! Und zum Tragen ist er zu üppig!«
»Wir müssen aber!«, rief Gretchen verzweifelt.
Der Hinzel schüttelte den Kopf. »In dem Tempo, zwei Schritt gehen, hinfallen, aufhelfen und wieder zwei Schritte, sind wir erst nach Mitternacht an der Straßenbahn. Und dann fährt die nimmer!«
»Und wenn du ein Taxi holst?«, fragte Gretchen.
Der Hinzel überlegte: »Und wenn ich deine Mutter hole?«
Gretchen schüttelte den Kopf. »Hol den Papa«, sagte sie leise. »Ruf ihn an. Unten, wo wir von der Straße abgebogen sind, ist ein Telefonhäuschen!«
Der Hinzel murmelte, sich vergewissernd, ob sie stimme, die Telefonnummer von Gretchens Vater-Wohnung. Gretchen nickte und flüsterte: »Aber beeil dich, bitte!«
Der Hinzel lief los. Gretchen schloss die Tür und versuchte Hänschen zum Sofa zurückzubringen. »Komm, Hänschen, komm, der Boden ist doch kalt, sei lieb, Hänschen, komm!«,

flüsterte sie dicht an Hänschens Ohr, doch das Hänschen blieb auf dem Boden. Da half auch kein Zerren und Ziehen und Stoßen und Schubsen. Gretchen entlockte dem Hänschen bloß ein gestöhntes »Ich will tot sein«.

Also hockte sich Gretchen zu Hänschen. Die Decke drapierte sie ihm wieder über die Schultern.

»Jeder macht einmal Blödsinn, Hänschen!«, sagte sie und wollte dem Hänschen über die Haare streicheln, doch Hänschen zog den Kopf weg. »Hauptsache, du siehst ein, wie dumm das war!«, sagte Gretchen.

»Es war nicht dumm!«, sagte Hänschen. »Das behauptet nur ihr. Ganz richtig war's. Wir haben's denen gezeigt! Denen ist der Arsch bestimmt auf Grundeis gegangen!«

Und dann heulte das Hänschen wieder los. Gretchen hatte keine Streichellust mehr. Der deckenumhüllte schluchzende Haufen Wabbelfett kam ihr plötzlich ziemlich fremd vor. Mit ihrem Bruder Hänschen hatte das heulende Monstrum nichts gemein.

Gretchen trat vor das Häuschen, um nach Hinzel Ausschau zu halten. Nun war stockfinstere Nacht rundum. Gretchen bekam Angst, der Hinzel könne vielleicht nicht zurückfinden. Ein Schrebergartenweg, dachte Gretchen, schaut doch aus wie der andere. Sie ging ins Häuschen zurück und suchte nach Lichtschaltern, um es heller zu beleuchten, auf dass sich der Hinzel am Licht orientieren könne. Gretchen fand einen Schalter für das Deckenlicht und einen für die zwei Laternen, rechts und links der Tür.

»Mach das Licht aus«, greinte das Hänschen. »Es tut mir in den Augen weh!«

»Mach die Augen zu«, sagte Gretchen bloß. Sie lehnte sich in die offene Tür und wartete.

»Mach die Tür zu, mir ist kalt«, greinte Hänschen.

»Halt den Mund«, sagte Gretchen.
Gretchen hatte nicht auf die Uhr gesehen, als Hinzel losgerannt war. Aber seit sie in der offenen Tür stand und wartete, verfolgte sie den Sekundenzeiger ihrer Uhr. Und der hatte schon dreizehn Runden gedreht. Dreimal, dachte Gretchen voll Panik, kann man in dieser Zeit den Weg zum Telefon und zurück machen; auch wenn man langsamer als Hinzel läuft. Sogar, wenn er bis zum Wirtshaus, vier Gassen davor, gelaufen war, hätte er längst wieder da sein müssen.
»Kommt jetzt die Polizei?«, fragte das Hänschen leise. »Holt der Hinzel die Bullen?«
»Frag nicht so blöd!« Gretchen schaute in die Nacht hinaus.
»Auf was warten wir denn dann?«, fragte das Hänschen jetzt etwas lauter.
»Auf was sollen wir schon warten? Auf deinen Abtransport! Gehen kannst du ja anscheinend nicht!«
Ein paar Augenblicke blieb es still. Dann sagte das Hänschen: »Ich glaub, es geht schon wieder!«
Gretchen drehte sich um. »Was heißt, du glaubst? Kannst oder kannst nicht? Schau mich nicht so blöd an! Probier's halt!«
Hänschen tat, als wolle er vom Boden hochkommen und als sei das eine ungeheure Anstrengung.
»Spiel dich nicht auf, du batzweiche Birn«, rief Gretchen. »Dir fehlt nix! Los! Steh auf!«
Der Deckenberg rappelte sich tatsächlich hoch. Hänschen war in senkrechter Lage, soweit man bei einer Kugel von senkrecht sprechen kann.
Gretchen stellte fest, dass nach den dreizehn Minuten bereits wieder fünf Minuten vergangen waren. Dem Hinzel musste etwas passiert sein! Der kommt vielleicht nimmer zurück, sagte sie sich. Ich muss es allein schaffen!

»Dann komm jetzt.« Gretchen zog dem Hänschen die Decke vom Leib, packte ihn an einem Ellbogen und schob ihn zur Tür hinaus.
»Es ist stockfinster!«, sagte Hänschen.
»Na und?«, fragte Gretchen.
»Da stolpere ich«, sagte Hänschen.
»Da kann man auch nichts machen«, sagte Gretchen.
»Über dem Sofa hängt eine Taschenlampe«, sagte Hänschen.
Gretchen seufzte, holte die Taschenlampe vom Wandhaken, knipste sie an und schnappte den roten, voll gepackten Rucksack, der ziemlich schwer war. Sie wollte gerade die Lichtschalter im Häuschen ausknipsen, da hörte sie Stimmen, und als sie zur Gartentür hinschaute, sah sie, matt beleuchtet, hinter einem Taschenlampenlichtkegel, den Papa und den Hinzel den Garten betreten.
Im Eilschritt kamen die zwei herbei. Der Taschenlampenlichtkegel bestrahlte Hänschen. Hänschen stand mit gesenktem Haupt.
Hinzel erreichte Gretchen zuerst. »Ich hab beim Wirtshaus auf ihn gewartet«, sagte er. »Sonst hätt er vielleicht nicht hergefunden!«
»Ich hab geglaubt, er kann nicht gehen«, sagte der Papa.
»Er hat es sich überlegt«, sagte Gretchen.
»Schön von ihm«, sagte der Papa. »Dann können wir ja wohl! Oder hält es hier noch jemanden?«
Der Papa mit der Taschenlampe vorneweg, dahinter Hänschen und dahinter Hinzel und Gretchen – je einen Rucksackriemen haltend – marschierten aus dem Garten und den Weg zur Straße hinauf. Hänschen stolperte trotz Taschenlampenlicht etliche Male.
Auf der Straße oben parkte der Rover mit eingeschalteten

Scheinwerfern. Nicht einmal versperrt hatte der Papa den Wagen. Hinzel öffnete eine Fondtür und schubste Hänschen hinein. Hänschen plumpste auf den Rücksitz und kippte um.

»Spiel nicht tot, Alter«, sagte der Hinzel und zog ihn hoch, um neben ihm noch Platz zu finden.

Gretchen setzte sich vorne zum Papa. Der Rover rollte los. Sehr langsam. »Zigarette, bitte!«, sagte der Papa. Gretchen holte Zigaretten aus dem Handschuhfach und drückte den elektrischen Anzünder.

»Kommt ihr mit mir?«, fragte der Papa. »Oder lasst ihr mich mit dem Unglückshaufen allein?«

»Wir kommen natürlich mit«, sagte Gretchen. Und freute sich ein bisschen, dass dem Papa in seiner seelischen Verwirrung auch Hinzels Gesellschaft erträglich schien.

9. Kapitel

in welchem die Geschichte ein Ende und die Sackmeierfünfeinigkeit einen neuen – von Gretchen belachten – Anfang nimmt.

Nach einer ziemlich schweigsamen Heimfahrt und einer ungewöhnlichen Hänschen-Transportaktion – weil sich Hänschen wieder tot stellte und sich die Treppe hoch eher tragen ließ – schleppten Hinzel und Gretchen das Hänschen ins Wohnzimmer und platzierten es auf der Sitzbank. Gretchen ging in die Küche und kochte Kaffee. Sie hörte den Papa sagen: »Also, Hänschen, jetzt sei so gut und erklär mir das! Sonst dreh ich durch! Was mir der Hinzel erzählt hat, kann ja nicht wahr sein! Ich hab doch keinen Sohn, der im Bus auf Opfer aus ist und Drohbriefe schreibt und ausspioniert, ob einer zwei Geliebte hat! Das gibt's doch nicht! Sitz nicht da wie ein Schmalz-Buddha! Sag endlich, dass du kein so gemeines Stück bist!«
Gretchen starrte traurig in die Filtertüte und beobachtete die braune Brühe beim Durchsickern und dachte: Grundgütiger! Das ist doch total verkehrt! Wie soll denn Hänschen etwas zugeben, wenn der Papa so tut, als könne Hänschen das unmöglich getan haben, weil das viel zu schrecklich ist?
Gretchen löste den Blick von dem blubbernden, braunen Matsch in der Filtertüte, seufzte, schritt gesenkten Hauptes zur Wohnzimmertür, erhob dort das Haupt und sagte: »Papa! Was er getan hat, ist schwarz auf weiß bewiesen, da brauchst du nicht mehr nachfragen! Lass das doch!«
Der Papa zündete sich eine Zigarette an. Das ist schon die

zehnte, seit wir vom Schrebergarten weg sind, dachte Gretchen.
Der Papa zog an der Zigarette und starrte auf Hänschen. Gretchen missfiel der Papa-Blick. Sie vermisste Zuneigung in ihm und Freundlichkeit und – zumindest – ein Bemühen um Verständnis. Jetzt geht es ihm so wie mir im Gartenhüttel, dachte Gretchen. Hänschen kommt ihm fremd vor, er will mit Hänschen nichts zu tun haben!
Der Hinzel sagte: »Ich glaub, Herr Sackmeier, dem Hänschen kommt es gar nicht so gemein vor. Er sieht das anders!«
Gretchen sah, dass Hänschen gesenkten Kopfes misstrauisch zu Hinzel schielte.
Der Papa lehnte sich zurück, faltete die Hände über dem Bauch und streckte die Beine aus. Wie einer, der sich im Zug auf langer Fahrt zu einem Nickerchen zurechtsetzt, wirkte er. »Jedenfalls«, murmelte der Papa, »bin ich überfragt, wie Hänschen das sieht! Und wie es weitergehen soll, ist mir schleierhaft!«
»Man sollte mit dem Milchmenschen reden«, sagte der Hinzel.
»Mit welchem Milchmenschen?«, fragte der Papa.
»Mit dem, der Hänschen erwischt hat«, rief Gretchen.
»Ob der wirklich bei der Polizei war«, sagte Hinzel.
»Das ist doch nicht das Problem«, sagte der Papa. Er hob eine Hand vom Bauch und machte damit eine vage Bewegung. »Was schert mich die Polizei. Hänschen ist noch nicht vierzehn. Man kann ihm gar nichts tun. Und außerdem wär die Polizei schon längst hier gewesen, wenn der Kerl das angezeigt hätte!«
Hänschen hob den Kopf. Ein Hauch von Aufmerksamkeit war in seinem Gesicht. Gretchen sah eine Chance ihn zum Reden zu bringen.

»Was hat er denn gesagt, der Bremsensteiger?«, fragte sie.
»Hat er überhaupt gesagt, dass er zur Polizei geht?«, fragte der Hinzel.
»Geschimpft hat er«, murmelte Hänschen. »Und schlagen hat er mich wollen. Da bin ich weggerannt!«
»Und er ist dir nach?« Gretchen kam es reichlich seltsam vor, dass sich Hänschen jemandem durch Flucht entzogen haben könnte.
»Er ist ins Wirtshaus hinein«, sagte Hänschen.
Der Papa rief: »Jetzt lasst doch den Blödsinn! Er hat ja nicht einmal ein Fenster eingeschlagen. Der Polizei ist das doch Wurscht!«
»Aber Drohbriefe nimmt sie ernst«, sagte der Hinzel.
»Von denen weiß kein einziger Milchmensch in der Stadt«, sagte der Papa. Und dann sagte er wieder, das sei alles nicht sein Problem. Mehr als ein paar Scherereien, denen er sich absolut gewachsen fühle, würden da – schlimmstenfalls – nicht herausschauen. »Mein Problem«, rief der Papa, »ist es, so einen Sohn zu haben!« Näher konnte der Papa dann sein Problem nicht mehr erläutern, weil es an der Wohnungstür klingelte. Gretchen lief zur Tür. Der Florian war draußen.
»Oh du Hölle!«, stöhnte er. »Ich hab vielleicht was hinter mir!« Er ging mit Gretchen ins Wohnzimmer, ließ sich neben Hänschen auf die Couch fallen, nickte dem Papa und Hinzel zu und sagte: »Die Freudenthaler sind der dunkle Wahnsinn! So was hab ich noch nicht erlebt! Wir kommen mit dem Michi dort an und zuerst will der Alte die Anni hauen. Wo sie so lang war, schreit er. Und dass sie sich herumtreibt. Und wieso sie die Frechheit hat, dann noch mit mir aufzukreuzen. Und die Anni schreit, dass wir nur den Michi aus dem Schrebergarten geholt haben, weil der hat abhauen

wollen und weil der schon mehrere Male im Garten geschlafen hat und nicht beim Sackmeier, und da wechselt der Alte sein Opfer und drischt auf den Kleinen los. Und die Alte steht daneben und greint, er soll das Kind nicht umbringen. Und ich wollte dauernd gehen, aber die Anni hat mich nicht lassen. Ich bin ihr Zeuge, hat sie gesagt. Und der Kleine hat gebrüllt wie am Spieß und dauernd geheult, dass er unschuldig ist und vom Sackmeier verführt, der ist an allem schuld.«

»Das ist gelogen«, rief das Hänschen. »Nie hat das der Michi gesagt!«

»Reg dich ab, Alter«, sagte der Florian. »Sei froh, wenn ich dir die Details erspare!« Er wandte sich an Gretchen. »Das mit dem Schwarzen Rachekreuz hat den Alten gar nicht interessiert. Dem war nur das Abhauen und das Im-Garten-Schlafen wichtig! Genau wie die Anni gesagt hat! Er wird nicht straflos hintergangen, hat er dauernd gebrüllt beim Hindreschen!«

Gretchen ging in die Küche, den Kaffee holen. Als sie mit dem voll beladenen Tablett durch das Vorzimmer ging, läutete das Telefon. Gretchen ließ es läuten, sie befürchtete, dass der alte Freudenthaler der Anrufer sein könne. Und das war im Augenblick der letzte Mensch, mit dem sie etwas zu tun haben wollte.

»Papa, Telefon«, sagte Gretchen und stellte das Tablett auf den Couchtisch und verteilte die Tassen.

Der Papa murmelte auf dem Weg ins Vorzimmer: »Wenn mir der blöd kommt, dann kann er was erleben!« Anscheinend hegte er die gleichen Befürchtungen wie Gretchen.

Der Anrufer war aber gar nicht der Freudenthaler, sondern Gretchens Mama, die sich um Gretchen Sorgen gemacht hatte.

»Reg dich nicht auf«, sagte der Papa ins Telefon. »Sie ist hier! Es ist etwas vorgefallen!« Und dann: »Nein, Hänschen ist nicht krank!« Und schließlich: »Ich mag das am Telefon nicht besprechen! Komm her, wenn es dich wirklich interessiert!«
»Kommt sie?«, fragte Gretchen, als der Papa ins Wohnzimmer zurückkam. Der Papa nickte.
Hänschen stand auf. »Ich muss schlafen gehen, ich schreib morgen eine Englisch-Arbeit«, murmelte er und ging hinaus. Er verschwand in seinem Zimmer. Dass er den Zimmerschlüssel im Schloss drehte, war deutlich zu hören.
»Er geht einfach«, sagte der Papa.
»Was soll er denn sonst tun?«, fragte Hinzel.
»Ich geh jetzt auch«, sagte der Florian. »Ich wollt nur vorbeischauen um zu sagen, dass der Freudenthaler alles auf das Hänschen schiebt. Damit Sie vorbereitet sind, Herr Sackmeier!«
»Soll er ruhig«, sagte der Papa.
»Wegen der Leute und der Schule«, sagte der Florian. »Weil die Leute doch sagen werden, wenn es sich herumspricht, dass das kein Wunder ist, beim Hänschen, ich meine …« Der Florian seufzte ob seiner Schwierigkeiten beim Gedankenübermitteln. »Ich meine …«, probierte er wieder, »ich meine, dass es heißen wird, weil beim Hänschen keine Mutter im Haus ist und beim Freudenthaler schon, dass das Hänschen der Anstifter war!«
»Ist doch Wurscht, wer der Anstifter war«, sagte der Hinzel.
»Dir«, sagte der Florian, »aber unserem Direx nicht! Die sind doch immer nach Rädelsführern und Anstiftern aus, die Knacker! Und dann steht der arme Kerl da!«
»Ein armer Kerl steht auf alle Fälle da!«, sagte der Hinzel.

Gretchen holte den roten Rucksack ins Wohnzimmer. Die ganze Buchhaltung vom Schwarzen Rachekreuz war darin. Eine Menge schwarzer »Brodokoll«-Hefte und Entwürfe für Drohbriefe und Urkunden, besiegelt mit blutigen Daumenabdrücken, und Hänschens »Großknappen-Diplom« und allerhand mehr Wahnsinnskram. Gretchen hatte den Inhalt des Rucksacks gleich, nachdem sie heimgekommen waren, oberflächlich inspiziert. Sie stellte ihn neben Papas Sessel und sagte:

»Ich geh jetzt auch! Dadrinnen sind die Akten des Zwei-Mann-Unternehmens. Zeig sie der Mama. Dann kapiert sie am ehesten, was los ist!«

Der Papa zog ein schwarzes Heft aus dem Rucksack, schlug es auf und begann zu lesen.

»Tschüs dann«, sagte Gretchen zum Papa.

»Guten Abend dann«, sagte der Hinzel und erhob sich.

»Auf Wiedersehen dann«, sagte der Florian.

Der Papa nickte bloß. Er war so vertieft ins Rachekreuz-»Brodokoll«, dass er kaum hochschaute.

Auf der Straße war es kalt. Und es regnete. Gretchen ging, zwischen Florian und Hinzel, die Straße hinunter.

»Jetzt hat er es erreicht«, sagte Gretchen.

»Wer?«, fragte der Florian.

»Was?«, fragte der Hinzel.

»Die Mama muss zum Papa zurück«, sagte Gretchen.

Der Florian und der Hinzel sagten, das sei doch lächerlich. Wegen eines etwas schräg geratenen Nachwuchses, sagte der Hinzel, werde doch niemand eine kaputte Ehe wieder aufnehmen.

»Ihr kennt die Mama nicht«, sagte Gretchen. »Die hält das im Kopf nicht aus! Die fühlt sich schuld daran. Und der Papa will doch sowieso immer, dass sie zurückkommt! Er

wird ihr sagen, dass er die Hänschenaufzucht nicht schafft. Und er schafft sie ja wirklich nicht!«
Der Hinzel rief: »Ihr könnt sie doch nicht zwingen wieder auf heile Sackmeier-Family zu spielen!«
»Ich zwing überhaupt niemanden zu irgendwas«, sagte Gretchen und war den Tränen nahe. »Darum bin ich ja weggegangen! Weil ich nicht dabei sein will, wenn der ganze Scheiß verhandelt wird!«

Zwei Tage später, am Vormittag, parkte der Rover vor Marie-Luises Haus. Vier große Koffer, zwei kleine Koffer, etliche Schachteln und Binkeln schleppte der Papa von der Marie-Luise-Wohnung zum Auto. Die Mama war in der Schule. Mädi und Pepi waren auch in der Schule. Marie-Luise war bei ihrer Arbeit. Gretchen hatte die Schule geschwänzt, um dem Papa zu helfen. Hinter einem Notendurchschnitt von 1,6 periodisch, hatte sie sich gesagt, musste sie in Zukunft ja nicht mehr her sein.
Gretchen verstaute Koffer, Schachteln und Binkeln im Kofferraum und auf den Rücksitzen.
»Haben wir alles?«, fragte der Papa.
Gretchen sagte, sie wolle noch einmal nachschauen, und lief ins Haus zurück, obwohl sie ganz genau wusste, dass alles im Auto war. Die Mama hatte die Sachen ja am Morgen im Vorzimmer zusammengestellt.
Gretchen ging langsam durch die Wohnung. In ihrem Zimmer setzte sie sich auf den rotplüschenen Ohrensessel. Der Kater lag auf ihrem Bett und schaute sie an.
»Jetzt ärgert dich das Mädi nimmer«, sagte Gretchen. Der Seppi erhob sich, buckelte, gähnte, streckte sich und sprang auf Gretchens Schoß. Er stupste sie mit dem Maul in den Bauch. Gretchen streichelte dem Seppi über den Rücken.

»Ach, Alter«, sagte sie. »Du hast es leicht! Du kennst deine hundertzehn Kinder überhaupt nicht! Und deine hundertzehn Kinder kennen dich auch nicht!« Der Seppi schnurrte. Gretchen merkte, dass er die Absicht hatte sich in ihrem Schoß zu einem Vormittagsschläfchen zurechtzulegen. »Leider, mein Alter«, sagte Gretchen, stand auf und setzte den Kater auf das Bett zurück. Dann ging sie aus der Wohnung. Sie warf die Tür ins Schloss und legte den Schlüssel – wie mit Marie-Luise vereinbart – unter die Türmatte.

»Gretchen, wo bleibst du denn?«, rief der Papa vom Haustor her. Gretchen rannte die Treppe hinunter. Der Papa erwartete sie voll Ungeduld. Es sei noch so schrecklich viel zu erledigen, sagte er, bevor die Mama von der Schule heimkomme: Blumen müsse er noch kaufen und ein »schönes, kleines Essen« – Kaviar scheine ihm angebracht. Und zum Baumeister müsse er noch, wegen der Trennwände, die quer durch das Kinderzimmer und das so genannte »Herrenzimmer« zu errichten seien. »Dann haben wir vier kleine Zimmer und zwei große Zimmer«, sagte der Papa. »Da lässt's sich dann bequem hausen! War das keine gute Idee von mir?«

Gretchen nickte bloß. Dem Papa war das zu wenig. »Ja, freust du dich denn nicht, dass wir wieder zusammen sind?«

»Ich weiß nicht«, murmelte Gretchen.

Der Papa war ehrlich entrüstet. Und dann entwarf er ihr ein bilderbuchreifes zukünftiges Sackmeier-Leben. Eines, in dem es vor allem der Mama viel, viel besser gehen werde.

»Die Schule kann sie ruhig weiter besuchen, damit habe ich mich abgefunden«, sagte der Papa.

»Toll von dir«, murmelte Gretchen. Ob dem Papa der Hohn

in Gretchens Stimme gar nicht auffiel oder ob er ihn überging, war nicht zu merken.
»Und die Meier bleibt«, sagte der Papa. »Die macht ihr jeden Vormittag den Haushalt! Und ein Auto kriegt sie, damit sie nicht so einen langen Schulweg hat.«
»Ist ja prächtig, wie nobel du geworden bist!«
Diesmal reagierte der Papa auf den Hohn in Gretchens Stimme.
»Ja, Himmel, Arsch und Zwirn«, rief er. »Ich tu halt, was ich kann! Was ist denn daran falsch?«
Gretchen schwieg. Der Papa fuhr an den Straßenrand.
»Erklär mir, was dir nicht passt!«, verlangte er.
Gretchen schwieg weiter und zog mit den Fingern der rechten Hand an den Fingern der linken Hand, bis sie knackten.
Der Papa zerrte wie wild an seinem Schnurrbart. Er sagte: »Ich fahr nicht weiter, bevor du mir das erklärst!«
»Ich find es scheinheilig«, sagte Gretchen. »Hänschen ist eine Sache. Und eure Ehe eine andere. Du hast die Mama unter Druck gesetzt! Sie tut das nicht freiwillig!«
»Das ist nicht wahr«, rief der Papa. »Es war *ihr* Vorschlag! Sie hat gesagt, es geht nicht anders!«
»Fahren wir weiter«, sagte Gretchen. »Du stehst im Halteverbot!«
Dem Papa war das Halteverbot völlig gleichgültig. »Glaub mir«, sagte er, »ich hab kein Wort gesagt! Es ist von ihr ausgegangen, ehrlich, Gretchen!«
»Du stehst im Halteverbot«, wiederholte Gretchen.
Der Papa schaute Gretchen ziemlich verzweifelt an, dann fuhr er aus dem Halteverbot. Ohne ein Wort miteinander zu reden, durchquerten sie die halbe Stadt. Erst vor dem Haus vom Baumeister, der die Trennwände einziehen sollte, und bevor sie aus dem Auto stiegen, legte der Papa Gretchen

eine Hand auf das Knie und sagte: »Gretchen, du hast ja keinen Schimmer, wie ich mich freue euch wiederzuhaben!«
Gretchen konnte nicht umhin, über diesen Ausspruch gerührt zu sein.

Um sechzehn Uhr standen der Papa und Gretchen vor dem Tor von Mädis Schule, um das Mädi abzuholen. Das Mädi kam mit dem Pepi. Der Pepi schaute sich um und sagte: »Die Marie-Luise ist schon wieder zu spät! Immer ist sie die Letzte!«
»Wir bleiben bei dir, bis sie kommt«, sagte Gretchen.
Gut zehn Minuten warteten sie vor der Schule, bis Marie-Luises alter VW vor dem Schultor hielt. Marie-Luise sprang aus dem Uralt-Karren. »Entschuldige, Pepi«, sagte sie, »es war kein Durchkommen!« Zum Papa sagte sie: »Ich arbeite am anderen Ende der Stadt und um halb vier habe ich Arbeitsschluss, es ist einfach nicht zu schaffen!«
Der Papa sagte: »Ab jetzt hole ich immer das Mädi ab. Mein Büro ist in der Nähe. Wenn Sie mögen, kann ich den Pepi immer mitnehmen und vor dem Haus abliefern. Das ist überhaupt kein Umweg für mich, wirklich nicht!«
»Ist das ein echtes Angebot?«, fragte die Marie-Luise.
»Ich könnte ihn auch in der Früh abholen«, sagte der Papa.
Der Pepi war begeistert. Als Autofan war er vom großen Rover angetan. Marie-Luise war auch begeistert. Damit würden ihr, sagte sie, eineinhalb Stunden pro Tag geschenkt. »Es wäre ideal«, sagte sie und schaute den Papa, wohl zum ersten Mal im Leben, fast liebevoll an.
»Dann bis morgen, Punkt halb acht vor deinem Haustor«, sagte der Papa zum Pepi.
»Verlässlich?«, fragte die Marie-Luise.

»Eisern verlässlich«, sagte der Papa.
Gretchen, Mädi und der Papa stiegen in den Rover.
»Auch nicht leicht für so eine allein stehende Frau«, sagte der Papa. »Ist doch klar, dass man ihr etwas abnimmt, wenn's leicht geht!«
»Mann, oh Mann, brems dich!« Gretchen spürte, wie Wut in ihr hochkroch. »Von zu viel Einsicht kann man Krätze bekommen!«
»Was hab ich denn jetzt schon wieder falsch gemacht?«, fragte der Papa.
»Jetzt nicht«, rief Gretchen. »Aber dein Weg zum Büro geht seit eh und je zum Haus der Marie-Luise und an Mädis Schule vorbei! Wieso bist du denn bis jetzt nicht draufgekommen, dass du die zwei leicht in die Schule bringen könntest! Für einen, der allein stehenden Frauen gern etwas abnimmt, wär das doch ein nahe liegender Gedanke gewesen, oder?«
Der Papa gab keine Antwort. Er tat, als sei er vom Straßenverkehr allzu sehr in Anspruch genommen.
Gretchens Mama war schon in der Wohnung, als Gretchen und der Papa mit Mädi kamen. Die Mama saß im Kinderzimmer und erklärte dem Hänschen ein Mathe-Beispiel. Das Mädi hinderte sie am weiteren Erklären, weil es unbedingt wissen wollte, wie die Zwischenwand durch das Kinderzimmer verlaufen werde und welcher Zimmerteil dann der ihre sein werde. Zuerst wollte sie die rechte Zimmerhälfte, als Hänschen damit einverstanden war, änderte sie ihre Meinung und beanspruchte die linke Hälfte. Als Hänschen auch damit einverstanden war, erklärte sie, sie wolle überhaupt keine Hälfte vom Kinderzimmer, sie wolle vom »Herrenzimmer« die Hälfte.
»Halt endlich die Klappe«, sagte die Mama. »Welches Zim-

mer du bekommst, entscheide ich. Morgen gebe ich dir Bescheid!«
Die Mama ging aus dem Kinderzimmer und Mädi machte »bääh« hinter ihr her.
Gretchen setzte sich auf ihr altes Bett. »Geht's wieder, Hänschen?«, fragte sie. Hänschen lächelte zaghaft.
»Wau-a, Hänschen«, rief Mädi, »du wirst immer fetter! Du bist schon ein Luftballon!«
»Mädi, lass das Hänschen in Frieden!«, rief Gretchen.
»Wenn man ihn mit einer Stecknadel ansticht, dann platzt er sicher«, rief das Mädi. »Pfiff macht's und die Luft geht raus!«
»Ein Wort noch und ich hau dir eine runter«, rief Gretchen.
Mädi war beeindruckt. Sie ging zur Bücherstellage, zog eins ihrer alten Bilderbücher heraus und blätterte darin. Gretchen blieb noch eine Weile auf ihrem Bett sitzen, um ganz sicherzugehen, dass das Mädi nicht wieder auf Hänschen losgehen werde. Als sie sah, dass sich das Mädi in ein Buch vertieft hatte, verließ sie das Kinderzimmer. Sie wollte sich beim Papa erkundigen, ob sie etwas zur Nachtmahlzubereitung beitragen könne.
Der Papa und die Mama waren im Schlafzimmer. Gretchen hörte den Papa sagen: »Bis die Wände aufgestellt sind, wäre es am vernünftigsten, habe ich mir gedacht, du wohnst im Schlafzimmer und Gretchen kriegt das Herrenzimmer und ich schlafe im Wohnzimmer. Hänschen und Mädi werden im Kinderzimmer schon zurechtkommen, oder?«
»Wozu die Umstände?«, hörte Gretchen die Mama sagen. »Ich hab vierzehn Jahre mit dir in einem Doppelbett genächtigt. Ich schaff es auch die nächsten vierzehn Tage, es sei denn, dich stört es!«

»Ich bin davon ausgegangen, dass es *dich* stören würde«, sagte der Papa. »Ich wollte dir nicht zumuten mit einem fetten, abgelegten Ehemann das Lager zu teilen!«
»Geschenkt!«, sagte die Mama. »Früher warst du eher noch dicker!«
»Da hat dich aber die Zuneigung zu mir tolerant gemacht«, sagte der Papa.
»Toleranz ist keine Sache der Zuneigung, sondern der Gesinnung«, sagte die Mama.
Und Gretchen – vor der Schlafzimmertür – sagte zu sich selber: »Mann, oh Mann! Jetzt fängt die alte Leier von vorn wieder an!« Und dann rief Gretchen ganz laut: »Was ist mit dem Nachtmahl? Ich hab Hunger, Herrschaften!«
Der Papa kam aus dem Schlafzimmer gewieselt und eilte Richtung Küche. Gretchen setzte sich in den Fernsehstuhl und schloss die Augen.
Kurz überkam sie der Drang das neue – alte – traute Heim zu verlassen und ins Waxlberger zu flüchten. Gabi oder Hinzel oder Ixi oder sonst einer, der mit heiler Familie und Bettenaufteilung nichts zu schaffen hatte, würde schon dort sein! Doch Gretchen verdrängte diesen egozentrischen Drang pflichtschuldigst und verharrte mit geschlossenen Augen, bis sie Schritte hörte und der Mama-Geruch neben ihr war.
»Bist du müde?«, fragte die Mama.
»Fast gar nicht«, murmelte Gretchen.
»Bist du sauer?«, fragte die Mama.
»Aber nein!«, sagte Gretchen. »Ich bin doch flexibel. Und neuen Versuchen aufgeschlossen. Ist ja klar, dass Hänschen repariert werden muss!«
»Aber Gretchen«, sagte die Mama, »so darfst du das nicht sehen.«

»Oder machst du es, weil du jetzt in der besseren Position bist?«, fragte Gretchen und drehte, geschlossenen Auges, eine Runde auf dem Fernsehstuhl.
»Position? Wie meinst du das?«, fragte die Mama.
»Weil der Papa doch in allem nachgegeben hat«, sagte Gretchen und drehte wieder eine Runde. »Sogar ein Auto kauft er dir. Und überhaupt kriecht er zu Kreuze!«
»Er hat dazugelernt«, sagte die Mama. »Ich glaube, man kann mit ihm auskommen. Ist deine Frage damit beantwortet?«
»Nein!«, sagte Gretchen, stoppte den Fernsehstuhl ab und schaute die Mama an. »Ausgekommen sind wir auch ohne ihn! Recht gut sogar. Ich zumindest!«
Die Mama schaute Gretchen an und seufzte. Gretchen drehte wieder eine Runde auf dem Fernsehstuhl.
»Also schön!«, sagte die Mama. »In erster Linie ist es wegen Hänschen. Aber es ist mir trotzdem nicht unangenehm. Du hast ganz Recht. Ich bin in einer ausgezeichneten Position. Alles, was ich verlangt habe, als wir ausgezogen sind, habe ich jetzt. Meine Forderungen, sozusagen, sind erfüllt! Mehr kann ich nicht verlangen, oder?«
Der stumme Diener, voll mit Platten, Tellern, Gläsern und Flaschen, rollte ins Wohnzimmer. Dahinter der Papa und Mädi und Hänschen.
»Wir haben Sekt und der knallt gleich und ich krieg auch einen Schluck«, rief das Mädi.
»Fischeier mag ich nicht, auch wenn sie Kaviar heißen«, sagte das Hänschen.
»Es gibt auch Schinken und Salami und überhaupt alles«, sagte der Papa und stellte die Platten auf den Tisch und die Teller und die Sektflasche. Dann machte er sich daran, der Sektflasche den Korken zu entwinden. Hänschen und Mädi

schauten ihm gespannt zu. »Wenn man's richtig macht«, sagte der Papa, »dann knallt es gar nicht!«
»Es soll aber knallen«, rief das Mädi. »Bitte, Papa, lass es knallen!«
Der Sektkorken knallte gegen die Zimmerdecke, Mädi kreischte vor Begeisterung, Sekt schäumte über den Flaschenhals. »Gläser her, bitte!«, rief der Papa und die Mama schob ihm die Gläser unter die Flasche. Gretchen zog ein gefülltes Sektglas zu sich, hob es und sagte: »Prost, Mama, prost, Papa!« Und dann trank sie einen großen Schluck und dann lachte sie. Und dann trank sie noch einen großen Schluck und lachte weiter.
»Kitzelt der Sekt in der Nase?«, fragte der Papa.
»Keine Spur«, sagte Gretchen. »Ich hab bloß beschlossen das alles komisch zu finden! Echt! Irrsinnig komisch! Seht ihr nicht, wie komisch das ist?« Gretchen lachte weiter.
Der Papa schüttelte verwirrt den Kopf, die Mama lächelte matt, Hänschen starrte richtungslos, Mädi lachte mit Gretchen mit.
»Ihr habt halt keinen Sinn für Humor«, kicherte Gretchen und leerte das Sektglas.
»Gretchen, jetzt brems dich«, sagte der Papa.
»Gretchen, flipp nicht aus«, sagte die Mama.
Gretchen hörte zu lachen auf, wischte sich die Lachtränen von den Wangen, goss noch eine Winzigkeit Sekt in ihr Glas, erhob es und sagte zum Papa und zur Mama:
»Nein, nein, keine Angst! Ich bleibe schon das einsichtige Gretchen! Ich flipp nicht aus! Die Handbremse ist angezogen! Auf eine glückliche Zukunft, Herr und Frau Sackmeier!«

Gretchen mein Mädchen

1. Kapitel

das dem geneigten Leser, welcher Band 1 und 2 der Geschichte nicht kennt, die Heldin der Handlung nahe zu bringen versucht.

Margarethe Maria Sackmeier, Gretchen genannt, war siebzehn Jahre alt und hatte donaukieselgraue Augen und spanielbraune Haare und eine winzige Babynase. Sie war einen Meter und siebzig Zentimeter groß. Ihr Leib war, in voller Länge, wohlgeformt. Gretchen war – objektiv – als »sehr hübsch« zu bezeichnen und nahm sich – subjektiv – auch so wahr.

Gretchens Vater war gut entlohnter Prokurist in einer Nudelfabrik. Gretchens Mutter war schlecht entlohnte Sozialarbeiterin. Gretchens Bruder, das Hänschen, war ein großer Muffel mit jeder Menge Probleme und fünfzehn Jahre alt. Gretchens Schwester, das Mädi, war eine kleine Nervensäge ohne Probleme und neun Jahre alt.

Gretchen lebte mit ihren Eltern und den Geschwistern in solide gekitteter Familienharmonie. Gekittet war diese Harmonie deshalb, weil sie vor drei Jahren komplett zerbrochen war. Damals hatten sich Gretchens Eltern nach viel Streit getrennt. Die Mama war mit Gretchen und Mädi zu ihrer Freundin, der Marie-Luise, gezogen. Hänschen war beim Papa geblieben. Freiwillig. Und Gretchen war felsenfest davon überzeugt gewesen, dass die Ehe ihrer Eltern kaputt und jeder Reparaturversuch verschwendete Mühe sei.

Dass Gretchens Papa und Gretchens Mama dann doch wieder zusammengezogen waren und nun auf Familienharmonie spielten, daran war Hänschen schuld gewesen. Hänschen war kein pflegeleichter Knabe und der Papa hatte seine Betreuung, vor allem auf dem Seelensektor, nicht geschafft. Immer schwieriger und verquerer, verkorkster und auch fetter war das Hänschen geworden. Und immer mehr Schuldgefühle hatte die Mama bekommen, weil sie für die absonderliche Entwicklung des geliebten Sohnes ihren Abmarsch aus dem trauten Heim verantwortlich gemacht hatte.

Da gute Mütter nicht glücklich werden können, wenn es einem ihrer Kinder schlecht geht, hatte die Mama beschlossen ihre Ehe wieder zu flicken.

Wie intensiv die Eltern ihr Eheleben wieder aufgenommen hatten, wusste Gretchen nicht. Meistens neigte sie zur Annahme, dass Papa und Mama wie Bruder und Schwester, ausschließlich im Dienste an der Familie, miteinander lebten. Hin und wieder aber bezweifelte sie dies. Gewisse Indizien sprachen dann doch dagegen. Aber Gretchen rätselte über diese elterlichen Intimprobleme nicht allzu intensiv, denn erstens war sie von Natur aus eine diskrete Person und zweitens steckte sie selbst bis über beide Mauseohren in erotischen Troubles. Die deckten ihren Bedarf an Sexproblematik bei weitem ab.

Gretchens erotische Troubles rührten von einem Umstand her, der an und für sich ein sehr erfreulicher war. Gretchen war ein arg begehrtes Stück! Besonders zwei männliche Wesen warben seit Jahren um ihre Gunst. Der eine war Hinzel, ein lieber Twen der soften Sorte. Der andere war der Florian Kalb, ein Klassengenosse. Das Kalb war weniger soft, dafür aber weit mehr Gretchens ästhetischen Ansprüchen genügend. Er war der hübscheste Knabe in Gretchens Klasse. Laut Freundin Gabriele, und die hatte einen Blick für Männerschönheit, sogar der hübscheste Knabe der ganzen Schule. Gretchen hätte gar nichts dagegen einzuwenden gehabt, sowohl zum Hinzel als auch zum Florian eine nette Liebesbeziehung zu unterhalten. So viel aufrechte Liebesfähigkeit traute sie sich zu. Aber die beiden waren damit nicht einverstanden. Unentwegt meldete der Florian Besitzansprüche an, unentwegt tat der Hinzel Verlustängste kund. Weniger expertenhaft ausgedrückt: Die beiden waren saumäßig eifersüchtig!

Gretchen hatte unter dieser Eifersucht zu leiden und war zur bitteren Erkenntnis gelangt, dass einem zwiefache Liebe nicht unbedingt auch zwiefache Lust einbringen muss. Seit Jahren war sie darauf aus, sich Klarheit über ihre Gefühle zu verschaffen, um sich für einen der zwei Knaben zu entscheiden. Diese längst fällige Entscheidungsfindung hindernd war aber vor allem Gretchens fixe Idee, sie habe nach gefällter Entscheidung mit dem Knaben ihrer Wahl unausweichlich »ins Bett zu gehen«. Und dazu hatte sie keine Lust.

In der Schule ging es Gretchen gut. Sie lernte zwar nicht mehr sehr viel, aber sie war so viele Schuljahre lang Klassenbeste gewesen, dass den Lehrern ihre Wissenslücken nicht auffielen. Die hielten Gretchen noch immer für ein »lerneifriges Talent« und taten dies in den Zeugnissen kund. Konnte Gretchen Lehrerfragen nicht ausreichend beantworten, unterstellten ihr die Lehrer in alter Treue eine schlechte Tagesverfassung. Dass diese ungerechte Lehrergunst Gretchens Klassenkollegen nur mittelmäßig verbitterte und nicht gehässig gegen Gretchen stimmte, zeigt, welch allseits beliebte und geachtete Person Gretchen Sackmeier war.

Ansonsten ist aus Gretchens Lebenslauf nur mehr nachzuholen, dass Gretchen fette Jahre hinter sich hatte. Die ganze

Sackmeier-Familie war früher unheimlich dick gewesen. So dick, dass sie der Sohn der Nachbarn, ein gewisser Konni, stets bloß als »die Säcke« abgeurteilt hatte.
Doch Gretchen hatte, synchron mit der Mama, alles überschüssige Fett verloren, wobei sie, im Gegensatz zur Mama, überhaupt nicht entsagend gehungert hatte. Aus welchem geheimen Grund Gretchens Speck dahingeschmolzen war, darüber waren die diversen Mitglieder der Sackmeier-Familie uneinig. Die Mama meinte, Gretchens Babyspeck sei durch Gretchens träge Lebensweise festgewachsen und verschwunden, als sich Gretchen einen vitaleren und beweglicheren Lebenswandel zugelegt hatte. Der Papa meinte, Gretchen sei vom Schlankheitswahn der Mama angesteckt worden. Er mutmaßte im Geheimen: Wahrscheinlich kotzt sie das ganze gute Essen, das sie futtert, hinterher wieder heraus! Das soll ja jetzt groß in Mode sein bei den Weibern! Das kann man ja in jeder Illustrierten nachlesen!
Bruder Hänschen verdächtigte Gretchen ganz ähnlich und er nahm ihr die Schlankheit regelrecht übel! Hänschen war der Meinung: Als wir noch alle dick waren, waren wir eine rundherum glückliche Familie! Mit dem blöden Abmagern der Mama hat das ganze Unglück angefangen! Daraus folgerte Hänschen: Wer abmagert, ist gemein, weil er darauf aus ist, Familienglück zu zerstören! So sah Hänschen die ranke, schlanke Figur seiner Schwester als bösen Verrat am Familienglück und hatte Angst. Er merkte ja auch, dass die Familienharmonie nur mühselig gekittet war. Er fürchtete sich vor Sprüngen und Rissen im Kitt und hielt Speck für einen vorzüglichen Kleister. Jedes Kilo, das Gretchen oder die Mama wieder zugelegt hätten, hätte für Hänschen Sicherheit im Leben bedeutet. Aber diesen kleinen Gefallen taten ihm weder Gretchen noch die Mama. Die beiden hatten

nicht einmal eine Ahnung davon, dass für Hänschen Fett und Harmonie eine innige Verbindung eingegangen waren.

PS: Erwähnenswert mag noch sein, dass Gretchen ein paar kleine Ticks hatte. Sie kratzte oft an ihrem Bauch herum, ohne dass der juckte. Sie hatte oft eine Haarsträhne im Mund und kaute an der gedankenverloren herum. Sie zog mit Leidenschaft an ihren Fingern, bis die in den Gelenken knackten. Und sie schnüffelte! So als ob sie Schnupfen und kein Taschentuch hätte. Obwohl sie nie Schnupfen und immer ein Taschentuch hatte.

2. Kapitel

in dem Gabriele zwiefach frustriert wird und Gretchen aus traurigem Anlass Aushilfskellnerin spielt.

Gretchen stand bei der Straßenbahnhaltestelle, schleckte an einer Eistüte herum und schaute zum Himmel hinauf. In der Eistüte war Himbeereis, das klebrig tropfte, am Himmel waren Wolken, die hurtig dahintrieben.

Neben Gretchen stand Gabriele, schleckte auch an einem tropfenden Eis und schaute auch zu den hurtigen Wolken hinauf.

»Also, wenn die da oben so blöd weiterwerken«, sagte Gretchen, »dann wird es demnächst zu regnen anfangen.«

»Die Wolken ziehen nur vorüber«, widersprach Gabriele, »dort hinten wird es eh schon wieder viel lichter!«

Gretchen schleckte Eis vom Daumen und linste nach »dort hinten«. Dort hinten wurde es absolut nicht lichter, sondern drohte blauschwarz und schwefelgelb.

»Schnecken!«, murmelte Gretchen. »Seit wir hier stehen, hat jede Wolke ein Dutzend Junge bekommen!« Gretchen warf die matschige Eistüte samt Inhalt in den Papierkorb am Wartehäuschen und säuberte ihre klebrigen Finger am Hosenboden.

»Aber der Wetterbericht war sehr gut«, behauptete Gabriele. Gretchen widersprach nicht, obwohl der Wetterbericht, den sie nach der Schule im Radio gehört hatte, eine flink herannahende Schlechtwetterfront mit absoluter Sicherheit vorausgesagt hatte.

Gretchen war klar, dass es Gabriele mit aller Macht ins

Ottakringer-Bad zog. Vorgestern hatte Gabriele dort mit einem ansprechenden und ansprechbaren Anatol eine erste Kontaktaufnahme gehabt. Dieser Anatol hatte ihr angedeutet, dass er übermorgen bei den Holzpritschen links vom Schwimmbecken, wo sein Stammplatz sei, höchstwahrscheinlich anzutreffen sein werde. Seinen Familiennamen und seine Telefonnummer hatte er Gabriele vorenthalten. Die einzige reale Chance für Gabriele, diesen Anatol wiederzusehen, waren also die Holzpritschen links vom Schwimmbecken im Ottakringer-Bad. Bloß bezweifelte Gretchen sehr, dass dieser Anatol unter den gegebenen Wetterumständen dort vorzufinden sein würde. Doch diesen Zweifel konnte sie Gabriele nicht mitteilen. Das hätte Gabriele schwer beleidigt! Dass ein Jüngling, bloß wegen ein bisschen schlechtem Wetter, auf ein Treffen mit ihr verzichtete, schien ihr abwegig. Gabriele neigte dazu, ihren »Marktwert« beim anderen Geschlecht ein wenig zu überschätzen.

Gretchen selbst hatte ohnehin keine große Lust auf einen Badenachmittag. Außerdem war garantiert kein vernünftiger Mensch im Bad. Der Florian arbeitete heute in dem kleinen Delikatessengeschäft, wo er sich seinen Freizeit-Lebensunterhalt verdiente. Und der Hinzel war auch nicht dort, denn der hatte bis morgen eine brandeilige Arbeit zu erledigen. Und falls die Gabriele, was ja nicht völlig ausgeschlossen war, diesen Anatol doch im Bad antraf, dann war sie total fixiert auf den und Gretchen würde zwischen Uschi 1 und Uschi 2 und dem Otti Horneck und etlichen anderen Typen lagern, die alle mit verstoppelten Ohren ihren Walkman-Tönen lauschten und miteinander bloß Kontakt aufnahmen, wenn sie der Hilfe beim Einölen der Rückenpartie bedurften.

Als vorne bei der Kreuzung die Straßenbahn um die Kurve bog, platschte der erste große Regentropfen auf Gabrieles Himbeereis. Gabriele machte ein Gesicht wie ein kleines Kind, dem man zu Weihnachten den Christbaum vorenthalten hat.

»So eine Frechheit, so eine bodenlose Frechheit«, murmelte sie und starrte tief negativ bewegt auf den grauen Asphalt zu ihren Füßen, den Regentropfen schwarz sprenkelten.

»Keep smiling, Alte, morgen ist es sicher wieder blitzblau«, tröstete Gretchen.

»Was hab ich von morgen?«, murmelte Gabriele. Es klang, als ob sie morgen nicht mehr am Leben sein werde.

»Komm, Alte«, sagte Gretchen. »Blas nicht die Trübsaltrompete. Gehn wir ins Waxlberger rüber. Das Bad kannst sowieso für heut abschreiben.«

Im Café Waxlberger war keine Menschenseele außer Ixi. Die hockte hinter der Theke und besserte Lackschäden an ihren fliederfarbenen Fingernägeln aus. Sie hob beim Eintritt von Gabriele und Gretchen nur kurz den Kopf, sagte matt: »Grüß Gott, Schwestern«, und pinselte weiter.

Gretchen und Gabriele setzten sich zum Marmortischchen, das der Theke am nächsten stand. Gabriele holte ein Handtuch aus ihrem Badebeutel und rubbelte damit ihre nassen Haare trocken. Dann zog sie einen Kamm aus der Hosentasche und glättete sorgfältig die zerrubbelten Haare. Strähne um Strähne. Gabriele hielt viel von einer tadellosen Frisur. Sogar in der Schule benutzte sie zum Ärger der Lehrer den Kamm häufiger als den Kugelschreiber.

Gretchen schaute Gabrieles Handtuch an und konnte ein diskretes Grinsen nicht unterdrücken. Das himmelblaue

Handtuch hatte große, rostrote Flecken bekommen. Da hatte Schaumtönung abgefärbt!
Gabriele entging das Grinsen trotz seiner Diskretion nicht. Sie knüllte das Handtuch zusammen, warf Gretchen einen giftigen Blick zu, stopfte das Handtuch in den Badebeutel zurück, stand auf, versuchte ein arrogantes Naserümpfen und sprach: »Ich gehe heim. Ich hab keine Lust hier herumzuhocken, das ödet mich an!« Sie warf den Badebeutel über die Schulter und verließ türknallend das Waxlberger.
Ixi ließ den Nagellackpinsel sinken und schaute hinter Gabriele her.
»Das hält man ja im Kopf nicht aus«, sagte Gretchen. »So was von beleidigter Blunzen!«
»Was war denn?«, fragte Ixi. Es klang nicht so, als ob sie es wirklich wissen wollte.
Gretchen lachte. »Sie behauptet immer, dass ihre Haare echt rot sind. Obwohl sie früher ganz normal hundsbraune gehabt hat. Vom vielen Karottensafttrinken, erklärt sie, kommt das wahrscheinlich! Und jetzt habe ich gesehen, wie die rote Haarfarbe aufs Handtuch abgefärbt hat, und da hab ich mir ein Lächeln gestattet. Und da haut sie gleich ab!« Gretchen zuckte mit den Schultern. »In letzter Zeit leidet sie überhaupt unter verspäteten Pubertätsschüben.«
Ixi steckte den Pinsel in das Nagellackfläschchen zurück und wedelte mit den Fingern in der Luft herum, um das Auftrocknen des Lacks zu beschleunigen.
»Darf's was sein?«, fragte sie.
»Lass dir nur Zeit«, sagte Gretchen.
Ixi war früher in Gretchens Schule gegangen. Vergangenen Sommer hatte sie die Schule, mit sieben »Nicht genügend« im Zeugnis, verlassen. Sie hatte keine Lust gehabt die Klasse zu wiederholen. Dann hatte sie ein halbes Jahr lang gar

nichts getan, außer daheim die Krachs mit ihren Eltern durchzustehen. Und dann, im späten Herbst, war der uralte Ober vom Café Waxlberger in die Rente gegangen, und da Ixi sowieso immer mehr im Waxlberger als sonst wo gewesen war, hatte sie sich um den Job beworben, hatte ihn bekommen und war nun Serviererin im Waxlberger. Das war, geldmäßig gesehen, ein lausiger Job. Die Haupteinnahme von Serviererinnen ist schließlich reichliches Trinkgeld. Im Waxlberger jedoch verkehrten fast nur ehemalige Schulkollegen von Ixi und die fanden es abwegig, Ixi Trinkgeld zu geben. Nicht abwegig hingegen fanden sie es, bei Ixi anschreiben zu lassen, und zum erfolgreichen Eintreiben von Schulden war Ixi nicht die rechte Person. Sie hatte zwar in der Geldlade ein dickes Vokabelheft, in dem je eine Seite einem zahlungsunfähigen Stammgast und der langen Latte seiner offenen Rechnungen gewidmet war, aber mehr als »Sag, willst nicht endlich ein bissl was zahlen?« schaffte sie nie. Mit einem »Nächste Woche, Ixi-Schatz« ließ sie sich stets vertrösten.

Gretchen gehörte zu den raren Barzahlern unter Ixis Stammgästen. Gretchen hatte immer Geld. Nicht, dass sie vom Papa oder der Mama so enorm fürstlich mit Taschengeld versorgt worden wäre! Gretchen war ein Mensch, der gut haushalten konnte mit seiner Barschaft. Vom Papa oder der Mama hatte sie diesen grundseriösen Charakterzug garantiert nicht geerbt. Die beiden gingen wesentlich lockerer mit Geld um als Gretchen. Manchmal, wenn die Mama ihr Konto sehr überzogen hatte und »nicht schon wieder beim Papa betteln wollte«, machte sie sogar eine »Anleihe« bei Gretchen.

Der Ansicht der Mama nach »mendelte« sich da der Urgroßonkel Albert bei Gretchen durch. Der galt in der Sackmeier-Familie als der einzige Ahnherr, der eine gute Hand für Geld hatte. Und da er schon zweiundneunzig Jahre alt war, überlegten der Papa und die Mama oft, was zu unternehmen sei, um als Erbe vom Ahnherrn Albert wahrgenommen zu werden. Üblicherweise kamen sie dabei zum Ergebnis, Gretchen möge sich ein bisschen um den alten Herrn kümmern. Dann, meinten sie, würde er zu ihr Zuneigung fassen, die sich in entsprechender Hinterlassenschaft ausdrücken könnte. Aber Gretchen weigerte sich. Sie mochte den Urgroßonkel Albert überhaupt nicht leiden. Und sie war ja nicht hinter Geld her. Sie war bloß gut im Haushalten. Doch diesen feinen Unterschied nehmen Menschen, die mit ihrem Geld nicht zurechtkommen, kaum wahr.

Ixi hatte den Fliederlack trockengewedelt. Gretchen sagte zu ihr: »Ein Gingerale, bitte.«

»Ist alle«, murmelte Ixi. »Wird erst nächsten Montag geliefert. Aber auch nur, wenn der Herr Chef bis dahin die offene Brauereirechnung zahlt.«

»Dann ein normales Tonic«, sagte Gretchen.

»Auch alle«, murmelte Ixi.

»Kaffee hast noch?«, fragte Gretchen.

Ixi nickte. Sie stand auf, ging zur Espressomaschine, klopfte das Kaffeesieb von Sud frei und füllte frischen Kaffee ein.

»Der Kaffee ist auch bald alle«, murmelte sie.

»Und wie geht es sonst?«, fragte Gretchen.

»Lausig«, sagte Ixi.

»Wie üblich oder speziell?«, fragte Gretchen.

Ixi drückte den Hebel der Espressomaschine herunter. Schwarze Brühe tröpfelte in die Kaffeetasse. Die Espressomaschine gab außer dem normalen Brummton sonderbar scheppernde Geräusche von sich.

»Speziell lausig«, sagte Ixi. »Aber schon sehr speziell-speziell!«
»Und zwar?«, fragte Gretchen.
Ixi kam mit der Kaffeetasse um die Theke herum. Sie stellte die Tasse vor Gretchen hin. Zucker brachte sie keinen mit. Gretchen trank ihren Kaffee immer zuckerlos. Der Espresso hatte keine Creme obendrauf.
Ixi deutete zur Espressomaschine. »Die ist auch schon total im Arsch! Eine neue müsst her. Die geht nimmer zu reparieren, hat der Mechaniker gesagt. Aber der Herr Chef denkt gar nicht daran, eine neue zu kaufen. Bei dem Geschäftsgang ja auch kein Wunder.« Ixi setzte sich zu Gretchen. Sie stützte die Ellbogen auf der Tischplatte ab und legte das Kinn in die Handflächen.
»Ixi, was liegt denn an?« Gretchen war ehrlich besorgt. Ixi war eine coole Person. Wenn Ixi etwas speziell-speziell lausig auf dem Gemüt lag, konnte das keine Kleinigkeit sein. Offene Brauereirechnungen, eine kaputte Espressomaschine und schlechter Geschäftsgang bekümmerten Ixi garantiert nicht speziell-speziell.
»Panik auf der Titanic«, sagte Ixi. Sie kratzte mit den fliederfarbenen Fingernägeln an ihren Wangen herum und bekam rote Flecken davon.
Gretchen kostete was vom Kaffee. Er schmeckte abscheulich und war lauwarm. Die Espressomaschine hatte das Wasser garantiert nicht einmal zum Kochen, geschweige denn zum Dampfen gebracht. Aber nun, fand Gretchen, war nicht der rechte Augenblick das zu beklagen.
»Und wer macht Panik auf der Titanic?«, forschte Gretchen.
Ixi hörte auf zu kratzen. »Der Robert«, sagte sie, »war doch zu Weihnachten, wie wir zerstritten waren, mit dieser Andrea zusammen. Kannst dich erinnern? Dieser hennage-

färbte Trampel mit den schwarzlila Lippen und der grünen Wimperntusche. Im Kakadu sitzt sie immer!«
Gretchen nickte. Der Robert war im regelmäßigen Achtwochenturnus Ixis Freund. Je acht Wochen waren sie liebend vereint, je acht Wochen waren sie zerstritten und spinnefeind. Das ging nun schon seit über zwei Jahren so. Und der Henna-Trampel war eine bleiche Schönheit, die Gretchen nur flüchtig kannte. Ob sie tatsächlich ein Trampel war, konnte Gretchen nicht beurteilen. Für Ixi waren sämtliche Zwischendurch-Lieben von Robert Trampel.
»Und dieser Trampel«, sagte Ixi, »der war im vorigen Sommer mit so einem Typ aus Berlin zusammen. In Griechenland hat sie sich den aufgegabelt. Und dann ist er mit ihr nach Wien gekommen. Und zu Weihnachten, wie sich der Trampel den Robert angelacht hat, ist er wieder nach Hamburg verduftet!«
Gretchen nickte und dachte: Ich werde schon noch kapieren, wie diese Beziehungskette mit Ixis speziell-speziell lausiger Gemütsverfassung zusammenhängt.
»Und jetzt«, fuhr Ixi fort, »war der Herbert, der Galoschenherbert, kennst ihn ja, der, der auch im Sommer so komische Gummigaloschen anhat, in Hamburg. Und da hat er ein paar Brüder kennen gelernt, die den Typ kennen, den aus Berlin, mit dem der Trampel, diese Andrea, zusammen war …«
Ixi schwieg.
Gretchen kratzte sich den Bauch, schaute Ixi ratlos an und wartete auf die Fortsetzung der Story. Weil die aber nicht erfolgte, fragte sie: »Und?«
Ixi schluckte und blieb stumm.
»Und?«, wiederholte Gretchen, etwas dringlicher.
»Und der Typ ist angeblich HIV-positiv«, sagte Ixi.

Gretchen holte tief Luft und vergaß vor Schreck das Ausatmen.
»Gestern Abend war der Galoschenherbert da und hat es mir erzählt.« Ixi steckte einen Zeigefinger in den Mund, biss am Nagellack herum und spuckte fliederfarbene Nagellacksplitter. »Wenn ich positiv bin«, sagte sie leise, »du, ich weiß nicht, was ich dann tu, echt nicht!«
Gretchen atmete endlich aus. Ansonsten war Gretchen eine anerkannt gute Trösterin. Aber nun fiel ihr kein einziges aufmunterndes Wort ein.
»Und der Henna-Trampel«, sagte Ixi und machte sich kauend über einen Mittelfinger her, »der weigert sich angeblich einen Test machen zu lassen. Der Galoschenherbert hat schon mit ihr geredet gehabt, wie er da war. Sie will es gar nicht so genau wissen, hat sie ihm erklärt.«
»Und du?«, fragte Gretchen.
»Wieso ich? Wenn sie sich testen lässt, ist das eindeutig«, sagte Ixi. »Weil man weiß ja erst nach über einem halben Jahr richtig Bescheid. Und bei ihr ist es schon ein Jahr her, dass sie mit dem Typ zusammen war. Wenn sie negativ ist, dann sind wir es auch. Verstehst?« Ixis Augen waren voll Tränen. »Und wennst denkst, wie der Robert in der Gegend herumgebumst hat!« Ixis Unterkiefer zitterte. Sie biss sich auf die Unterlippe. »Der kriegt ja nicht einmal alle Tussis zusammen, mit denen er seit Weihnachten geschlafen hat.« Ixi wischte sich mit einer Hand die Tränen aus den Augen. Winzige Nagellacksplitter kamen ihr dabei unter die Lider. Ixi kniff die Augen zusammen, rieb an ihnen herum, ganz rot wurden die Augäpfel.
»Nicht so, das bringt nichts!«, sagte Gretchen. Sie holte ein Papiertaschentuch aus ihrem Badebeutel, drehte eine Taschentuchecke zu einem Zipfel, beugte sich über Ixi und

wollte mit dem Taschentuchzipfel die Lacksplitter wegtupfen. Sie zog Ixis Oberlider hoch und die Unterlider herunter. Die Nagellacksplitter ließen sich nicht einfangen. Sie waren immer dort, wo der Taschentuchzipfel gerade nicht war.
»Heul sie einfach heraus«, sagte Gretchen. »Das ist immer die beste Methode.«
Ixi senkte den Kopf und schluchzte laut los. Gretchen streichelte über Ixis zündholzkopfkurze, steif gesprayte, schwarze Haare. Lange stand Gretchen so und streichelte und hatte den Verdacht, dass die Tränen die Lacksplitter schon längst aus Ixis Augen geschwemmt hatten. Sie streichelte, bis die Kaffeehaustür aufging und eine tropfnasse Sechsergruppe laut grölend ins Waxlberger kam. Der Otti Horneck war sichtlich der Gruppenführer. Der Otti Horneck ging mit Gretchen in die Klasse. Früher hatte ihn Gretchen gemocht, aber im letzten Jahr hatte sich der Otti zu einem echten Ungustl entwickelt und Gretchen hatte jeden privaten Kontakt mit ihm abgebrochen. Die anderen Gruppenmitglieder waren Gretchen nicht bekannt.
»It's raining cats and dogs«, brüllte der Otti. Er zog sein rotes T-Shirt über den Kopf und drehte es zu einer festen Wurst auf. Aus der Wurst tropfte Wasser auf den Boden. Die zwei anderen männlichen Mitglieder der Gruppe taten es dem Otti nach. Die drei Mädchen kicherten. Ixi sprang auf und verschwand hinter der WC-Tür. Der Otti ließ die T-Shirt-Wurst sinken. »Hat die Ixi was?«
»So ungefähr«, sagte Gretchen vage.
»Soll man sie aufheitern?«, fragte der Otti.
»Nur nicht«, sagte Gretchen bestimmt.
»Was ist denn los?«, fragte eines der Mädchen. »Stehen wir der Serviererin nicht zu Gesicht? Oder hat sie gerade ihren Urlaub angetreten?«

Neugierig umstand die Sechsergruppe Gretchen. Gretchen fühlte sich nicht in der Lage irgendwelche Erklärungen abzugeben. Also sagte sie: »Hockt euch hin, ich vertrete die Ixi.«
Die Sechsergruppe setzte sich zu einem Tisch beim Fenster.
»Ein Bier, ein Bier, ein Bier«, brüllten die Knaben.
»Ein Cola, ein Cola, ein Cola«, kreischten die drei Mädchen.
Gretchen ging zum Eisschrank, hoffend, dass Bier und Cola noch nicht »alle« waren. Ihre Hoffnung wurde nicht enttäuscht. Sie holte drei Colaflaschen und drei Bierflaschen aus dem Eisschrank, suchte nach dem Kapselheber, fand ihn, entfernte die Kronenkorken, stellte die Flaschen auf ein Tablett und balancierte das Tablett zum Fenstertisch.
»Die Gläser kommen sofort nach.« Gretchen machte kehrt und brachte sechs Gläser.
Der Otti und die anderen zwei Knaben wetteiferten in Oberkörper-Muskelspielen. Der Otti protzte mit einem gewaltigen Bizeps herum. Die Mädchen forderte er auf, die eisenharte Struktur dieses Muskels zu befühlen. Kichernd kamen die Mädchen dieser Aufforderung nach. Die zwei anderen Knaben schoben ihre Bizepse zwischen den vom Otti und die Mädchen und behaupteten, ihre Muskulatur stünde der vom Otti in keiner Weise nach. Eines der Mädchen machte sich daran, mit einem Stück Schnur messend, diese Behauptung zu kontrollieren. Der Otti protestierte. Die Schnur, brüllte er, sei elastisch. Da könne man mogeln!
»Wenn ich gleich abkassieren dürfte?«, fragte Gretchen in allerhöflichster Kellnermanier.
Der Otti und die anderen zwei Knaben ließen die Eisen-Arme sinken. Die drei Mädchen schauten konsterniert.
»Was wären denn das für unorthodoxe Bräuche?«, fragte

der Otti. »Das widerspricht doch glatt dem Hausgebrauch und zeugt von argem Misstrauen!«
Das Mädchen, das mit der Schnur gemessen hatte, zeigte auf den Otti und sagte zu Gretchen: »Er hat uns eingeladen, er zahlt alles!«
»Sehr nett von ihm!«, sagte Gretchen zum Schnur-Mädchen und streckte dem Otti die offene Hand hin. »Drei Bier macht sechzig Schilling und drei Cola macht ebenfalls sechzig Schilling, das ergibt hundertzwanzig Schilling, werter Otti!«
»Ich zahl das morgen dann«, sagte der Otti ungerührt.
»Nicht bei mir!« Gretchen zog die offene Hand nicht zurück.
»Aber ich bin total pleite, ich kann echt nicht«, sagte der Otti.
»Bist einen Dreck!« Gretchen schüttelte den Kopf. »Heute nach der Schule, wie du dir Zigaretten gekauft hast, hast du mit einem Hunderter bezahlt. Und in deinem Geldbörsel war mindestens noch ein zweiter Hunderter. Ich bin hinter dir gestanden, ich habe es genau gesehen!«
»Das hab ich doch nicht mehr, ehrlich nicht«, rief der Otti. »Das hab ich gleich danach der Uschi 1 geborgt. Die hat es für Kinokarten gebraucht!«
»Red keinen Holler! Zeig einmal dein Geldbörsel her!«, verlangte Gretchen.
Da war der Otti hell empört. »Spinnst? Wo sind wir denn? Seit wann gibt es im Waxlberger Leibesvisitation! So weit kommt's noch!«
Das Schnur-Mädchen zog ein kleines Geldbörsel aus ihrer Handtasche. Anscheinend wollte sie ihr Cola zahlen. Da gab sich der Otti geschlagen. Seufzend holte er einen Hunderter und einen Zwanziger aus der Hosentasche und händigte sie Gretchen aus. Gretchen nahm die Geldscheine, sagte »Besten Dank«, ging zur Theke und tat das Geld in Ixis total leere

Geldlade. Mehr, meinte sie, war im Moment für Ixi nicht zu tun. Dann setzte sie sich wieder zu ihrem Tisch, starrte in den Katastrophen-Kaffee, rührte verloren in ihm herum und wartete auf Ixis Rückkehr vom Klo.
Ixi blieb im Klo, bis eines der Mädchen, heftig an der Klotür pochend, Einlass in das WC begehrte. Dann kam sie heraus, schenkte sich an der Theke einen doppelten Gin ein, zündete sich eine Zigarillo an und setzte sich wieder zu Gretchen.
Die Mitglieder der Sechsergruppe unterhielten sich nicht mehr mit Bizeps-Vergleichen, sondern stritten nun, kreischend und einander ins Wort fallend, über die Chancen, die man beim Pilotenspiel haben kann. Der Otti schwor, dass man dabei reich werden könne. Das Schnur-Mädchen versuchte ihn zu überzeugen, dass dies schwer möglich sei. Die anderen zwei Knaben waren der Meinung, dass man beim Pilotenspiel zwar reich werden könne, aber nur dann, wenn man früh genug in einen Flieger eingestiegen sei. Eines der Mädchen behauptete: »Weiter wie bis zum Copiloten bringst du es nie!« Und eines der Mädchen klagte unentwegt: »Wie geht denn das blöde Spiel überhaupt! Ich versteh das nicht! Wenn jeder zwanzigtausend Schilling einzahlt, kann doch auch jeder nur zwanzigtausend Schilling zurückkriegen!«
»Können sich die Deppen nicht schleichen?« Ixi starrte auf ihre Fingernägel, auf denen nur mehr ein paar fliederfarbene Lack-Oasen waren. »Wenn die Deppen so kreischen, dreh ich noch komplett durch, mein Kopf ist eh schon wie ein Wasserschaffel!«
»Du«, sagte Gretchen, »meine Mama kennt die Leute von der Aids-Beratung. Willst nicht hingehen?«
Ixi schüttelte heftig den Kopf.

»Ich mein nur«, sagte Gretchen. »Falls du es dir doch noch überlegst. Sie tät sicher mit dir hingehen. Dann wäre es nicht so unangenehm für dich.«
Ixi schüttelte wieder den Kopf. Noch heftiger.
»Aber Ixi …«, fing Gretchen an und sprach nicht weiter, weil die Kaffeehaustür aufging. Der Robert stand in der offenen Tür und kämpfte mit einem riesigen schwarzen Regenschirm herum. Aufgespannt ging der Schirm nicht durch die Tür und zuklappen ließ er sich nicht. Der Robert zog den Schirm mit brutaler Gewalt durch die Tür, zwei Schirmspeichen verbogen sich.
»Blödes Luder«, sagte der Robert zum Schirm, stellte das ramponierte Stück beim kalten Bullerofen ab, kam zu Gretchen und Ixi, setzte sich zwischen die beiden, nahm Ixi das Ginglas aus der Hand und trank es in einem Zug leer.
»Brauchst meinen Tschick auch?«, fragte Ixi giftig und hielt ihm die Zigarillo hin. Der Robert nahm die Zigarillo.
»Hast du mit der Andrea geredet?«, fragte Ixi.
Der Robert schüttelte den Kopf. »Keine Ahnung, wo sich die herumtreibt. Im Kakadu war sie nicht und im Tschernowitz auch nicht.«
»Warum warst du nicht bei ihr daheim?«, fragte Ixi.
»Bei ihr daheim?« Der Robert schaute kulleräugig. »Ich hab doch längst vergessen, wo die Andrea wohnt!«
»Auf der Hernalser Hauptstraße«, sagte Ixi. »Das weißt du sehr gut!«
»Die ist drei Kilometer lang!« Der Robert tippte sich mit einem Zeigefinger auf die Stirn. »Bist total hinüber? Glaubst, ich frag in fünfhundert Häusern nach? Ich hab sogar schon vergessen, ob sie Meierhofer oder Hofmeier heißt!« Der Robert zog heftig an der Zigarillo. »Jetzt werd bloß nicht hysterisch, nur weil der Galoschenherbert Plunder quatscht.«

Ixi nahm dem Robert das leere Glas weg und ging zur Theke, um es wieder zu füllen.
»Die Ixi hat keine Nerven!« Der Robert grinste Gretchen an. »Wegen jedem Furz in den Kies geht sie gleich auf den Wimpern!«
»Als ob das ein Furz in den Kies wär, du Trottel«, fauchte Gretchen.
»Ich bitt dich, Gretchen!« Der Robert lehnte sich zurück und versuchte einen Rauchring zu blasen. Es gelang ihm nicht. »Das sind doch alles nur Gerüchte. Die Sensationen vom Galoschenherbert sind üblicherweise weniger wert als die von der Bild-Zeitung.«
Gretchen nahm fünfzehn Schilling aus ihrem Geldbörsel und legte sie neben die Kaffeetasse. Sie hatte keine Lust länger neben dem Robert zu verweilen. Der Kerl war ihr noch nie sympathisch gewesen. Gretchen stand auf und rief Ixi zu: »Ich komme morgen nach der Schule auf einen Sprung.« Dann strebte sie zur Tür.
»Gretchen, es regnet«, rief ihr der Robert nach.
Gretchen drehte sich um, sagte: »Dir fällt aber auch schon alles auf, du Wappler!«, und verließ das Waxlberger.

Langsam ging Gretchen heimzu. Der Regen prasselte ihr auf den Schädel, klebte ihr das T-Shirt an den Leib, machte ihre Jeans bockig und schwer. Ich werde das Ixi-Problem mit der Mama besprechen, dachte sie. Die Mama kennt sich da aus. Dann fiel Gretchen ein, dass die Mama heute Abenddienst hatte. Und nachher, das hatte die Mama beim Frühstück erwähnt, wollte sie noch »für kurz« mit der Marie-Luise auf ein »Festerl«. Irgendein Kollege hatte Geburtstag.
Aber was, dachte Gretchen, kann denn die Mama eh schon viel tun? Gar nichts kann sie tun, sagte sich Gretchen. Außer

der Ixi zum Testen zureden. Aber wenn die Ixi nicht will, dann will sie nicht. Dann ist sie höchstens böse auf mich, dass ich es meiner Mutter erzählt habe.
Als Gretchen bei der Straßenbahnhaltestelle war, fuhr gerade ein Straßenbahnzug in die Station ein. Die automatischen Wagentüren klappten auf.
Ohne zu überlegen lief Gretchen zur Straßenbahn und sprang in den Wagen. Die Straßenbahn ratterte los und das tropfnasse Gretchen dachte: Da die Bim-Bim das nächste Mal genau vor Hinzels Haus hält, werde ich wohl eingestiegen sein, weil ich den Hinzel besuchen will!

3. Kapitel

in dem Gretchen dem Hinzel in allen Punkten widerspricht; woraus sich aber nicht schließen lässt, dass sie selbst besser Bescheid wüsste.

Der Hinzel hatte seit fast einem Jahr einen sehr florierenden Einmannbetrieb. Er war in BIRD ART tätig. So wenigstens stand es auf der Visitenkarte, die er sich zu Geschäftszwecken hatte drucken lassen:

BIRD ART
Hinrich Zellander-Zellerhausen
Gschwandtnergasse 7

(Seine Telefonnummer hatte der Hinzel nicht vornehm unerwähnt gelassen. Er hatte gar kein Telefon!)

Der Hinzel erzeugte modisches Zubehör für begüterte Damen der wagemutigen Sorte. BIRD ART nannte er seine freiberufliche Tätigkeit deshalb, weil er vorwiegend in Vogelfedern tätig war. Er beklebte und benähte und beklammerte modischen Schnickschnack auf das Kunstvollste und Verwegenste mit bunten Vogelfedern, winzigen und riesigen, seidig glatten und daunig geplusterten. Ganz nach Eingebung.

Sehr zufällig war der Hinzel zu diesem Job gekommen. Er hatte Gretchen vor über einem Jahr zum Geburtstag ein prächtiges Geschenk machen wollen. Eines, das den hohen Grad seiner Liebe zu ihr entsprechend auszudrücken fähig gewesen wäre. Weil er aber damals gerade absolut kein Geld für ein Geschenk gehabt hatte, war er auf den Einfall gekommen sein einziges Luxus-Besitztum, ein Erbstück von seinem Urgroßvater, einen pompös verzierten Kerzenleuchter aus bemaltem Porzellan, zu einem Trödler zu tragen, um ihn zu verscherbeln. Leicht war ihm das nicht gefallen, denn der Hinzel verabscheute zwar sämtliche seiner lebenden Verwandten, hing aber mit zärtlichen Gefühlen am Nachlass der Verblichenen.

Beim Trödler, zu dem Hinzel mit dem Kerzenleuchter gegangen war, hatte er einen großen Karton entdeckt, mit lauter kleinen Papiersäcken voll Vogelfedern darin. Dem Hinzel hatten die Vogelfedern auf den ersten Blick gefallen und er hatte sich beim Trödler erkundigt, wozu denn solche Vogelfedern zu gebrauchen seien.

Die seien zu rein gar nichts mehr zu gebrauchen, hatte ihm der Trödler erklärt. Die habe er bloß mit einer ganzen, ansonsten recht brauchbaren Verlassenschaft mitgekauft. Aber früher einmal, da habe man aus solchen Vogelfedern Damenhüte gemacht. Kleine Kappen aus dünnem, steifem Stoff habe man in mühseliger Arbeit mit solchen Federn beklebt. Federl neben Federl, Federl über Federl, dicht an dicht, bis die ganze Kappe ausgesehen habe wie ein prächtiger Vogel. Ohne Kopf und Schwanz freilich!

Richtig ins Schwärmen war der Trödler geraten, als er dem Hinzel diese Federn-Hüte beschrieben hatte. Und da hatte es beim Hinzel »geklickt«. Er hatte seinen Erb-Leuchter wieder eingepackt und dem Trödler den Federn-Karton abgekauft. Für den Gegenwert von einer Packung Zigaretten. Der Hinzel hatte die Federn heimgetragen, hatte einem alten Strohhut die Krempe abgeschnitten und den Hutkopf in tagelanger Arbeit mit Federn beklebt.

Ein Geschenk, das so viel und so heftig bewundert wurde wie diese Federn-Mütze, hatte Gretchen noch nie zum Geburtstag bekommen! Sogar wildfremde Mädchen und Frauen hatten sie auf der Straße oder in der Straßenbahn angesprochen und nachgefragt, wo man denn solch tolle Mützen zu kaufen bekomme, und waren todtraurig gewesen, wenn sie erfahren hatten, dass man so ein Prunkstück nicht käuflich erwerben könne. Und die Gabriele und die Ixi und die Anni Freudenthaler hatten natürlich auch gleich so ein »Wahnsinns-Käppi« haben wollen und der gutmütige Hinzel hatte ihren Bitten nicht widerstehen können. Und dann war Gretchen noch auf die Idee gekommen, dass Federn nicht nur Köpfe schmücken, sondern an jedem modischen Beiwerk ihre Reize entfalten können.

(Gretchen war übrigens fast eine Expertin für Vogelfedern, weil das Hänschen früher einmal Vogelfedern gesammelt hatte. Doch diese Leidenschaft hatte er schon lange abgelegt.)

Zuerst hatte der Hinzel bloß aus Freundschaft und für Gotteslohn geklebt. Das hatte Gretchen gestört.

»Ich sehe das nicht ein! Bist ja nicht die Caritas!«, hatte sie den Hinzel gerügt. »Hast doch selber nie eine Marie! Warum willst du für die Tussis, die mehr Geld haben als du, umsonst hakeln? Du hast eine Marktlücke entdeckt und die musst du nützen!«

Weil sich der Hinzel aber weiter geziert hatte zum Lohn-Kleber zu werden, hatte das praktische Gretchen den Verkauf und die Werbung für BIRD ART übernommen. Das war überhaupt nicht mühsam gewesen. Gretchen war bloß stets gefedert herumgewandert. Mit Federn-Kappe, Federn-Ohrclips, Federn-Gürtel, hin und wieder sogar mit Federn-Sandalen, Federn-Kragen, Federn-Brosche, Federn-Armreif und Federn-Kropfband. Und Gretchen, in ihrer ganzen Hübschheit, war schließlich ein wirkungsvolles Schaufens-

ter für die BIRD ART gewesen! Bereitwillig hatte Gretchen allen Bewunderinnen kundgetan, dass ihr Freund Hinzel für zweihundert Schilling dieses und für dreihundert Schilling jenes anfertige und dass sie gern bereit sei den Auftrag zu übermitteln.
Die Nachfrage war enorm gewesen. In jeder Pause war irgendein Mädchen aus irgendeiner Klasse vor Gretchens Pult gestanden und Gretchen hatte eine Auftragsbestätigung ausgestellt und eine Anzahlung einkassiert.
Inzwischen war der Hinzel mit Aufträgen derart eingedeckt, dass Gretchen oft bedauernd sagen musste: »Aber bitte, er hat acht Wochen Lieferzeit. Früher kannst du es wirklich nicht haben!« Und um zweihundert oder dreihundert Schilling war vom Hinzel auch nichts mehr zu bekommen. Das Billigste, was Gretchen noch anbot, waren »Gefiederte Clips auf Silbergespinst« um vierhundert Schilling. Die Nachfrage bestimmt schließlich den Preis!
Der Hinzel hatte sich daran gewöhnt, ein Lohn-Kleber zu sein. Es machte ihm sogar Spaß. Sowohl das Geldverdienen als auch die Arbeit. Die Zeit der Vogelfedern pur hatte er übrigens hinter sich. Er mischte nun die Federn mit Strass und Flitter, mit Leder und Perlen, mit Tüll und Spitzen. Manchmal auch mit Winzigkeiten von technischem Abfall, den er aus kaputten Fernsehgeräten, Radios und elektronischem Kram herausposselte. Sein allerletzter Gag war »Weiße Daune mit Teddybäraugen«. Und eine »In«-Boutique in der City belieferte er auch schon mit seiner BIRD ART. Dort wurden seine Kreationen zu wahren Spitzenpreisen verkauft. Was den Hinzel sehr empörte. Oft beschwerte er sich bei Gretchen: »Da spiel ich nicht mehr mit! Die verdienen am Einwickeln meiner Arbeit mehr als ich bei der ganzen Schufterei!«

Doch Gretchen bestand darauf, dass der Hinzel weiter diese »In«-Boutique belieferte, denn mit dem Hinweis »Schau einmal, was die im Geschäft dafür verlangen!« konnte sie die Kundschaft, der ihr Preisgebaren zu ausbeuterisch erschien, in die Schranken weisen.
Das BIRD-ART-Handwerk hatte den Hinzel – wieder einmal – total verändert. Gretchen kannte nun schon die dritte Hinzel-Ausgabe.
Hinzel 1, der, den sie vor mehr als drei Jahren kennen gelernt hatte, war ein schwarzlederner Knabe gewesen, mit fast kahl geschorenem Schädel, von welchem bloß ein rasierpinseldicker rot gefärbter Haarschopf hochgestanden war.
Hinzel 2, der, zu dem sich der Hinzel nach einjähriger Bekanntschaft gewandelt hatte, war im Opa-Look hergewandert. Schnürschuhe bis über die Knöchel, Hosenträger mit Lederschlaufen, Nachthemd mit bestickter Borte am kragenlosen Ausschnitt, gestreifte Hochwasserhosen und Uralt-Strickjacke mit Flicken am Ellbogen. Und runde Nickelbrille.
Hinzel 3, der neue Hinzel, hatte einen Bürstenhaarschnitt und eine Hornbrille, Schuhe mit mächtigen Profilsohlen, ein Knitterleinenjopperl mit aufgekrempelten Ärmeln und darunter ein Seiden-T-Shirt. Und eine pludrige Hose mit Knöpfen am Hosenschlitz.
Hinzel 3 duftete sogar teuer und schleppte seine schmutzigen Klamotten regelmäßig in den Waschsalon und bügelte sie hinterher sorgfältig. Und schnitt sich die Zehennägel! Und putzte sich die Zähne! (Was er früher nur sehr selten getan hatte.) »Leben ist Veränderung«, pflegte er zu sagen, wenn ihn jemand auf seine ungeheure Wandlungsfähigkeit ansprach. Das Einzige, was sich an Hinzels Outfit, seit ihn

Gretchen kannte, nicht verändert hatte, war sein Wangen-Schmetterling. In Schmetterlings-Lebensgröße zierte dieser seine linke Wange. Ob der Hinzel tatsächlich an diesem Relikt aus Flippie-Tagen so hing, wie er behauptete, oder ob er sich bloß vor dem Abschleifen der Tätowierung, die angeblich schmerzhaft sein soll, fürchtete, wusste Gretchen nicht genau. Lieb hatte der Hinzel den Schmetterling auf alle Fälle, denn er streichelte ihn oft zärtlich.
Auch Hinzels Wohnung war noch immer in dem Zustand, in dem Gretchen sie kennen gelernt hatte. Schwarz gestrichene Wände, schwarz lackierter Fußboden, darauf eine schwarzweiß gestreifte Riesenmatratze. Und ein bisschen Licht aus Reflektoren in schwarzen Gehäusen.
Zur Produktion von BIRD ART war diese anheimelnde Familiengruft wirklich nicht geeignet. Da ruinierte man sich die Augen beim Werken und konnte trotzdem nicht einmal die Farben exakt auseinander halten. Also hatte sich der Hinzel, als sein Geschäft zu florieren begonnen hatte, ein kleines Gassenlokal in dem Haus, in dem er wohnte, unter den Nagel gerissen. Das Haus gehörte seinem Vater, dem alten Zellander-Zellerhausen. Der hielt zwar nichts von BIRD ART und auch nichts von seinem Sohn, aber dass der »Untam« – so nannte der Alte den Hinzel – endlich auch einmal an den »Ernst des Lebens« dachte, hatte doch sein Gemüt bewegt. Er fand es zwar »indiskutabel«, dass sich ein Mann mit solch »weibischem Tand« abgab, aber er stimmte der Zellander-Zellerhausen-Großmutter insoweit zu, als dass er Hinzels Arbeitsamkeit als »einen Anfang« betrachtete. Und so hatte er dem »Untam« kostenlos einen sechzehn Quadratmeter großen Raum, früher eine Schusterei, überlassen. Der Entschluss war ihm vor allem deshalb leicht gefallen, weil der kleine Laden ohnehin seit fünf

Jahren leer gestanden war und als »nicht vermietbar« gegolten hatte. Die Gschwandtnergasse war keine Geschäftsstraße. Dort wohnten nur türkische und jugoslawische Gastarbeiter und alte Leute mit kleinen Renten. Dort war kein Geschäft zu machen. Gretchen hatte dem Hinzel geholfen den schauderbar desolaten Raum appetitlich herzurichten. Mit sehr viel Farbe war sie ans Werk gegangen. Glänzend und dottergelb hatte sie die Wände bemalt, violett die Ladentür und das Fenster, froschgrün die Fußbodenbretter.

»Gretchen, mein Mädchen, das haut mir ja das Auge aus«, hatte der Hinzel, gewöhnt an seine heimelige Familiengruft, gestöhnt.

Und als Gretchen dann noch ein altes Leintuch mit Stofffarben abstrakt in Flieder, Schweinsrosa und Himmelblau bemalt und als Gardine aufgehängt hatte, hatte sich der Hinzel krankgemeldet. Für drei Tage war er in seine Familiengruft emigriert. Dann war er wieder aufgetaucht. Mit einer Sonnenbrille vor den Augen.

Jetzt hielt der Hinzel seinen knallbunten Laden jedoch schon ohne Sonnenbrille aus. Er hatte nicht einmal mehr protestiert, als Gretchen vor ein paar Tagen einen riesigen alten Korbstuhl angeschleppt und ihn über und über mit Goldlack besprüht hatte. Sogar ein mattes »Irrer Thron« hatte er sich abgerungen.

Nun saß Gretchen auf diesem irren Thron. Im Türkensitz hockte sie im Goldenen und erzählte dem Hinzel, der auf dem Boden lag und Federchen sortierte, von Ixis speziellspeziell lausigem Problem.

»Oh, verdammt, oh, verdammt«, murmelte der Hinzel wiederholt, während Gretchen berichtete. Als Gretchen fertig erzählt hatte, schwieg der Hinzel. Gretchen, die sich eine

eingehende und einfühlsame Stellungnahme vom Hinzel erwartet hatte, fragte: »Na, wie siehst du das?«
Der Hinzel klaubte winzige himmelblaue Wellensittichfedern aus einem bunt gemischten Federnhaufen. »Wie soll ich das schon sehen?«, fragte er.
Gretchen holte eine Haarsträhne in den Mund und kaute an ihr herum. »So ein Trottel, der Robert!«, sagte sie.
»Warum schimpfst du gerade auf den Robert?«, fragte der Hinzel. »Bloß, weil du ihn noch nie hast leiden können?«
»Na, jetzt mach aber einen Punkt!« Gretchen ließ vor Erstaunen die Haarsträhne aus dem Mund gleiten. »Das hat doch damit nichts zu tun! Der Depp bringt die Ixi in diese Scheißlage und dann sagt er noch, sie soll nicht hysterisch werden, weil vielleicht eh alles nicht wahr ist!«
»Einer lebt seine Angst aus, einer verdrängt sie«, sagte der Hinzel seelenruhig.
Gretchen rief: »Der Trottel soll nicht verdrängen, der Depp soll diese Andrea dazu bringen, dass sie testen geht! So sehe ich das!«
»Dann siehst du das aber etwas zu eng, Gretchen, mein Mädchen.« Der Hinzel schüttelte milde den Kopf und ließ das Federnsortieren sein. »Grob geschätzt, nehme ich an, hat der Robert in den letzten Monaten pro Monat an die zehn Intimkontakte gesammelt. Das macht allein für ein halbes Jahr fünf Dutzend Tussis. Und das waren alles keine besonders prüden Maiden. Sonst hätten sie ja nicht mit ihm! Die können alle irgendwann einmal mit irgendwem unter einer Tuchent gesteckt sein, der sie angesteckt hat!«
Der Hinzel stand auf und trug die himmelblauen Wellensittichfedern zum Arbeitstisch beim Fenster. »So gesehen ist es also wirklich hysterisch von der Ixi, wenn sich ihr Groll auf diese arme Andrea konzentriert!« Der Hinzel schob sich den

Drehsessel unter den Hintern und breitete die himmelblauen Wellensittichfedern auf der Tischplatte aus. »Und wenn da wirklich etwas ist, dann könnte es ja auch Ixi-herself eingeschleppt haben!«

»Mir scheint, du hast nicht alle«, rief Gretchen. »Dem Robert rechnest du sechzig Tussis pro Halbjahr nach und die Ixi, die nie …«

Gretchen verstummte. Die Ixi war ein treues Mädchen. Aber heuer, so um Ostern herum, als der Robert und sie wieder einmal zerstritten gewesen waren, da hatte sie sich in einen Christian verknallt. Und hätte der nicht sowieso eine feste Freundin gehabt, hätte ihn die Ixi sicher gegen den Robert eingetauscht.

»Na, Gretchen, mein Mädchen?« Der Hinzel grinste Gretchen schief zu. Er schien ihre Gedanken erraten zu haben.

»Da war nur dieser Christian und sonst gar niemand!«, rief Gretchen.

Der Hinzel nickte. »Aber mit wem der wiederum hat, das weiß niemand!«

»Der ist grundsolide!«, rief Gretchen. »Der hat seit vier Jahren eine feste Freundin!«

»Und mit wem hat die sonst noch?«, fragte der Hinzel.

»Mit überhaupt keinem«, rief Gretchen. »Die ist noch grundsolider! Ehrlich!«

»Reg dich nicht so auf«, sagte der Hinzel. »Ich glaub dir's ja. Aber die grundsolidesten Typen können sich irgendwo angesteckt haben. Da geht es nämlich um eine Krankheit und nicht um ein moralisches Problem.«

Gretchen kratzte sich den Bauch und schnüffelte ratlos. Der Hinzel nahm einen Stoffstreifen, zwei Nägel und einen Hammer und nagelte den Stoffstreifen auf die Tischplatte.

»Der einzige Mensch, den ich kenne, der sich rückblickend überhaupt nicht fürchten muss«, sagte der Hinzel hämmernd, »bist du, Gretchen, mein Mädchen. Nur absolute Keuschheit ist absoluter Schutz! Das kann dir jeder Herr Pfarrer sagen!« Der Hinzel bestrich den aufgenagelten Stoffstreifen mit scheußlich stinkendem Klebstoff. Er lachte. »Es wird noch so weit kommen, dass einer das Total-Kondom erfindet. Das stülpt man sich dann über den Schädel, zieht es bis zu den Zehen runter und verschweißt es dort. Dann ist die Ansteckungsgefahr gebannt. Außer es kommt ein Schwein und sticht dir ein Loch in deinen Hygiene-Anzug!«

»Haha, sehr lustig!«, rief Gretchen vergrämt.

»Sowieso«, sagte der Hinzel. Er lehnte sich zurück und drehte eine Runde auf dem Drehstuhl. »Jedenfalls finde ich das Timing absolute Spitze!«

»Welches Timing?« Gretchen war verwirrt.

»Na, wie so ein Virus, Hokuspokus, auftaucht, wenn der Zeitgeist nach ihm schreit!« Der Hinzel drehte wieder eine Runde. »Oder umgekehrt. Wie der Zeitgeist schreit, wenn ein Virus auftaucht! Mir ist noch nicht klar, wer da die Henne und wer das Ei ist!« Der Hinzel bremste den Drehstuhl ein und tupfte mit einem Zeigefinger auf den Stoffstreifen, um zu prüfen, ob der Kleber schon ausreichend angetrocknet war. Der Kleber war ihm noch zu feucht. Der Hinzel drehte wieder eine Runde. »Jedenfalls passt es allen reaktionären Pupsärschen haarscharf in ihren Stinkkram. Mit Sitte und Anstand und Seelenreinheit und so Abartigkeiten war ja schon keine Christenseele mehr hinter dem Ofen hervorzulocken. Jetzt haben sie was zum Drohen. Gottesstrafe, die der Sünde auf den Pimmel folgt!«

»Du tust ja, als ob der Papst den Aids-Virus vom Heiligen Geist hätt einfliegen lassen!«, rief Gretchen.
»Würd passen«, murmelte der Hinzel.
»Du spinnst echt, aber wirklich!« Gretchen schlug sich mit der flachen Hand auf die Stirn. »Und überhaupt! Werd nicht immer so theoretisch! Der Ixi helfen Theorien einen Schmarrn! Wennst schon so gescheit bist, dann sag mir, was die Ixi tun soll!«
Der Hinzel tupfte wieder mit einem Zeigefinger auf den Stoffstreifen. Nun war der Kleber genau richtig angetrocknet. Der Hinzel machte sich ans Werk. Sorgfältig legte er eine dichte Reihe Federchen auf den Stoff und drückte sie fest.
»Na, was soll die Ixi nun tun?«, beharrte Gretchen.
»Keif mich nicht an«, sagte der Hinzel.
»Ich keif nicht!« Gretchen zog mit den Fingern der rechten Hand an den Fingern der linken Hand, bis sie knackten. Der kleine Finger wollte nicht. Zehnmal musste Gretchen an ihm ziehen, bis er einen Laut von sich gab.
»Doch, du keifst, Gretchen, mein Mädchen. Und wie!« Der Hinzel legte eine zweite Reihe Federn auf.
»Nein!«, rief Gretchen. »Nur weil du keine Antwort weißt, behauptest du, dass ich keife! Immer lenkst du ab, wenn wir auf den Punkt kommen!«
Der Hinzel drückte die Federn fest. »Warum soll gerade ich armer Wurm da eine Antwort wissen?«, fragte er. »Ich habe mich noch nie als Problemlöser angedient. Ich weiß nur eines: Falls du dich in absehbarer Zeit, bevor die Kapazunder einen Impfstoff entwickelt haben, dazu entschließen solltest, doch mit mir zu schlafen, dann werde ich dir kondomverhüllt entgegentreten. Für alle Fälle und ganz ohne Hysterie!«

Gretchen widerstrebte es, in die schwierige Debatte auch noch diesen Problemkreis einzubeziehen. »Von uns zwei ist jetzt wirklich nicht die Rede«, sagte sie eisig.

»Leider.« Der Hinzel seufzte. »Nur würde mich das wesentlich mehr interessieren.«

Gretchen stützte die Arme auf den Goldthronlehnen ab, stemmte den Popo hoch, befreite ihre Beine aus dem Türkensitz und sprang auf.

»Ich werde jetzt heimgehen«, sagte sie.

»Na logo und klaro«, rief der Hinzel. »Immer wenn das Gespräch auf den Punkt kommt, rennst du davon.«

»Weil das dein Punkt ist, aber nicht der meine«, rief Gretchen. »Und weil es fies und mies und gemein von dir ist! Einerseits erklärst du, du drängst mich nicht, du wartest auf meine freie Entscheidung, und andererseits drängst du dauernd!«

»Okay, okay!« Der Hinzel hob beide Arme, wie der Schurke im Westernfilm, wenn er sich dem Edelcowboy ergibt. »Ich bin ja schon ruhig, ich sage ja eh kein Sterbenswort mehr davon. Wenn es sein muss, dann warte ich bis zu deinem fünfzigsten Geburtstag und werde dann erst dringlich.«

»Ehre schwöre?«, fragte Gretchen.

»Schwöre Ehre«, sagte der Hinzel.

Gretchen schob den Goldthron zum Arbeitstisch, dicht an den Drehstuhl vom Hinzel. Der Hinzel ließ die Arme sinken.

»Uni blau?«, fragte Gretchen.

»Nur bis zur Mitte, dann grün«, sagte der Hinzel.

»Und wo Grün und Blau aufeinander treffen«, sagte Gretchen, »könnten wir ein Nerzschwanzerl aufnähen.«

»Da kommt ein Knopf von einer alten Schaffneruniform hin«, sagte der Hinzel. »Mit Tüllrüsche rundherum!«

Gretchen nickte, hockte sich wieder auf den Goldthron, zog einen Blechdeckel, mit grünen Federchen darauf, zu sich und befiederte den Stoffstreifen vom anderen Ende her grün.

Der Hinzel beugte sich zu Gretchen und hauchte ihr einen Kuss auf den Nacken. »Ich hab dich sehr lieb, du«, sagte er leise.

»Ich dich auch«, murmelte Gretchen.

»Sehr oder nur leicht?«, flüsterte der Hinzel.

»Sehr«, murmelte Gretchen, etwas unwillig.

»Wie sehr?« Der Hinzel benagte sanft Gretchens obersten Halswirbel.

»So sehr, dass ich dir beim blöden Federnpicken helfe«, sagte Gretchen.

»Ja, ja«, murrte der Hinzel. »Gemeinsame Arbeit ist wahrlich die höchste Lust!«

»Sowieso«, sagte Gretchen.

»Und da gibt es Idioten«, ätzte der Hinzel, »die schmusen und bumsen und ahnen gar nicht, dass zweisames Federlpicken die Erfüllung bringt!«

»Wahnsinnig witzig«, fauchte Gretchen.

»Ist wenigstens gemeinsame Nahrungsaufnahme in deiner Vorstellung von einem liebenden Paar inbegriffen? Oder ist das schon zu viel der verbotenen Lustbarkeit? Ich hab nämlich noch kein Mittagessen gehabt!«

»Ich kann doch wegen dir nicht zweimal am Tag Mittag essen!« Gretchen rubbelte Kleber von den Fingerspitzen. »Aber wennst magst, geh ich mit dir zum Griechen rüber und schau dir beim Essen zu. Gibt dir das was?«

»Berge gibt mir das.« Der Hinzel stand auf.

»Aber nachher arbeiten wir weiter!« Gretchen stand auch auf. »Weil wenn die Tussi aus der 6a den Gürtel nicht morgen kriegt, dann nimmt sie ihn nimmer! Hat sie gesagt. Und Recht hat sie! Sie wartet schon seit vier Wochen!«

»Okay, okay, Frau Vorarbeiter!« Der Hinzel nahm den Regenschirm und schob Gretchen zur Tür. »Wenn's sein muss, kleb ich bis Mitternacht! Nur damit du zufrieden mit mir bist!«

4. Kapitel

in dem Gretchen Papas Seelenschmerz nicht ernst nimmt und versehentlich Mädis ganzes Glück zerbricht.

Knapp vor Mitternacht erst kam Gretchen heim. Sie hatte einen ziehenden Schmerz im Kreuz und pochendes Kopfweh. Stundenlanges Federnkleben machte ihr immer Kreuzziehen. Und der Kleber, mit dem Hinzel arbeitete, war ein absoluter Chemie-Hammer. Der setzte einem auch zu, wenn man bei geöffnetem Fenster arbeitete.

Gretchen hatte gehofft daheim die Mama anzutreffen. Doch dem war nicht so. Die Mama war noch auf dem »Festerl«. Die Mama nahm sich stets vor zeitig nach Hause zu kommen und blieb dann doch immer lange weg.

Der Papa saß im Wohnzimmer und schaute fern. Dass er einen Western anschaute, hörte Gretchen schon im Vorzimmer. Aus dem Wohnzimmer knallte es nämlich laut.

Die Tür zum Mädi-Zimmer war geschlossen. Also schlief das Mädi schon.

Das Hänschen stand pyjamabekleidet in der Küche. Mit verdrossenem Gesicht kramte er in einem Küchenkastl herum. Wahrscheinlich war er auf Futtersuche. Hänschen fraß den ganzen Tag. Die Mama hatte es längst aufgegeben, Hänschen mit einer Schlankheitsdiät zu quälen. Das hatte keinen Sinn. Bekam Hänschen daheim kein Futter, setzte er sein gesamtes Taschengeld in Billignahrung um.

Gretchen gesellte sich zu Hänschen. Sie öffnete den Eisschrank. Eine Packung Butter, eine Packung Milch und ein Glas Essiggurken beleuchtete das Eisschranklämpchen.

Gretchen zog die Gemüselade heraus. Eine halbe Zitrone und etwas vergammelte Petersilie lagen da auf einem Bett aus verschrumpelten Karotten.
»Die Mama hat schon wieder überhaupt nichts eingekauft!«, klagte Hänschen.
»Der Papa hat schon wieder überhaupt nichts eingekauft!«, verbesserte Gretchen. »Heute wäre nämlich er dran gewesen!«
»Der Papa hat bis um sechs im Büro sein müssen!«, sagte Hänschen.
»Das muss er akkurat immer an den Tagen, wo er zum Einkaufen dran wäre«, murmelte Gretchen. »Sonst haut er regelmäßig schon vor vier Uhr ab.«
»Du bist gemein«, rief Hänschen. »Immer bist du gegen den Papa!« Gretchen nahm eine zähe Semmel aus der Brotdose, biss von der Semmel ab und dachte: Ruhig Blut! Nur auf keinen Streit einlassen, das bringt nichts! Der Knabe will dich doch nur provozieren!
»Der Papa verdient viermal so viel Geld wie die Mama«, rief Hänschen. »Da kann er doch nicht wie ein Maurer die Schaufel fallen lassen.«
»Erstens hast du wirklich keine Ahnung, wann und wo und wie ein Maurer die Schaufel fallen lässt«, sagte Gretchen. »Und zweitens: Wie wäre es, wenn du einmal – wo dir der Papa schon so Leid tut – deinen werten Arsch heben und was einkaufen gehen würdest?«
»Sei nicht so ordinär!«, rief das Hänschen.
»Wer ist da ordinär?« Gretchen war sich keiner Schuld bewusst.
»Du hast Arsch gesagt«, greinte Hänschen anklagend.
Kopfschüttelnd verließ Gretchen die Küche. Das Hänschen wurde ja immer sonderlicher! Jetzt regte er sich schon über

einen harmlosen Arsch auf. Das war echt nicht mehr normal!

Gretchen wanderte, an der zähen Semmel kauend, in das Wohnzimmer und setzte sich zum Papa auf die Sitzbank. Der Papa hatte eine Schale mit Aschantinüssen auf den Knien, bröselte Nüsse aus den Schalen, stopfte die Nusskerne in den Mund und starrte zum Bildschirm hin. Dort bedrohte ein glatzköpfiger Gun-Man einen blond gelockten Jüngling.

Der Papa schob, ohne den Blick vom Gun-Man zu wenden, Gretchen die Nussschale zu. Gretchen schob sie retour. Sie machte sich nichts aus Aschantinüssen.

Hinter dem Gun-Man tauchte ein zweiter blonder Jüngling auf, zog – vom Gun-Man unbemerkt – seinen Colt und forderte den Gun-Man auf seinerseits den Colt fallen zu lassen. Der Gun-Man kam mit stoischem Grinsen dieser Bitte nach.

Der Papa sagte: »Um halb vier habe ich das Hänschen angerufen, dass er Aufschnitt einkaufen geht. Und Brot und Bier. Und wie ich um sieben heimkomme, liegt er im Bett und schnarcht, und wie ich ihn wecke, sagt er, er geht eh gleich und wundert sich, dass die Geschäfte schon zuhaben!«

Gretchen legte die zähe Semmel auf dem Couchtisch ab, schaute dem tonlosen Westerntreiben zu und enthielt sich jeglicher Stellungnahme.

»Und dann sagt er noch«, fuhr der Papa fort, »dass das Mädi alt genug wäre, einkaufen zu gehen, und regt sich auf, dass ich gewagt habe ihm den Auftrag zu erteilen!«

»Warum seid ihr nicht essen gegangen?«, fragte Gretchen.

»Weil wir zuerst auf dich gewartet haben!« Ein Hauch von Vorwurf war in der Papa-Stimme. »Und weil es dann für das Mädi schon zu spät war. Ich kann ja nicht um neun mit der Kleinen in ein Lokal gehen.«

Gretchen ärgerte sich über den Vorwurf in der Papa-Stimme. Gretchen ärgerte die Unterstellung, wegen ihr müsse eine Familie hungrig zu Bett gehen. Gretchen ärgerte vor allem diese ewige, lächerliche Versorgungsproblematik! Das war doch ein Witz! Am Montag und Dienstag, wenn Gretchen für den Einkauf zuständig war, klappte die Sache. Am Freitag und Samstag, wenn das Einkaufen der Mama zufiel – und da war viel mehr einzukaufen als an den anderen Tagen –, klappte auch alles. Nur am Mittwoch und am Donnerstag, wenn dem Papa die Einkaufspflicht oblag, ging immer etwas schief! Und dass Hänschen, obwohl er doch am meisten fraß, an keinem einzigen Tag der Woche für den Einkauf zuständig war, war überhaupt nicht einzusehen! Der war ja kein Kind mehr! Aber Gretchen sah keinen Sinn darin, dem Papa das um Mitternacht darzulegen. Sie deutete auf die TV-Bedienung und bat: »Papa, bring die Heinis wieder zum Reden!«
Der Papa fummelte an der Fernbedienung herum, das TV-Bild verschwand, unischwarz war der Bildschirm. Gretchen glaubte, der Papa habe irrtümlich die falsche Taste erwischt, doch der Papa sagte: »Was brauchst einen Ton, kommst ja eh nicht mehr mit, der Scheißdreck rennt ja schon über eine Stunde!«
Gretchen unterdrückte ein Seufzen. Nicht dass sie den Western unbedingt hätte sehen wollen, aber nun, das war ihr klar, drohte ein Vater-Tochter-Gespräch. Dafür fühlte sich Gretchen zu matt. Der Papa wollte sich – zu gegebenem Anlass – stets bei ihr aussprechen und ausjammern. Trost von Gretchen wollte er, Zuspruch. Das Problem war nur, dass ihm Gretchen Trost und Zuspruch schwer geben konnte, weil sie das Los vom Papa nicht beklagenswert fand.
»Gretchen«, sagte der Papa, »könntest du der Mama nicht

beibringen, dass es besser wäre, wenn sie diese Abenddienste aufgeben würde. Man kann sie doch nicht dazu zwingen, wo sie Familie hat.«

»Der Abenddienst ist notwendig«, sagte Gretchen. »Die Leute, die untertags arbeiten, können nur am Abend in ihre Sprechstunde kommen. Ein Hakler kann sich nicht so einfach freinehmen, Papa.«

»Findest du das nicht sonderbar«, sagte der Papa, »wenn sich eine Frau mehr um Sandler und Freaks und Strotter und Gauner und Flippies kümmert als um ihre eigene ...?«

»Papa, ich bitt dich!«, unterbrach ihn Gretchen. Sie kannte diese ewige, alte Leier vom Papa auswendig.

»Na, weil es wahr ist!«, rief der Papa.

»Es ist nicht wahr«, sagte Gretchen. »Ich fühle mich nicht unterbetreut.«

»Aber ich«, sagte der Papa. »Montag und Donnerstag arbeitet sie am Abend. Am Dienstagabend hat sie diese blöde Psychogruppe und am Mittwoch macht sie die vertrottelte Zusatzausbildung. Und ich hocke immer allein da und kann Daumen drehen.«

»Die Mama macht das aber alles gern«, sagte Gretchen. »Sei froh, dass ihr das Leben Spaß macht.«

»Aber wir sind eine Familie«, rief der Papa.

Gretchen nickte ihm zu. »Und in Familien«, sagte sie, »ist es nicht unüblich, dass die Mutter einen Beruf hat und ein Sohn eine Klasse wiederholt.« Gretchen fand, dass es ihr eigentlich nicht zustehe dem Papa Lebenshilfe zu erteilen, aber sie sagte trotzdem: »Warum tust du denn nicht auch irgendwas, was dir Spaß macht? Zwingt dich doch niemand, dass du jeden Abend hier hockst und dir das Patschenkino gibst!«

Gretchen bremste ihren Redefluss ein. Sie war ja schließlich nicht die Trost-und-Rat-Tante von Zeitungsseite sieben.

»Ich bin halt ein Familienmensch!« Der Papa seufzte so tief, dass sein Speckbauch ins Zittern kam. »Und ich habe doch eh schon in allem und jedem nachgegeben und so weit zurückgesteckt, dass hinter mir überhaupt kein Platz mehr ist!« Mit leidgeprüfter Miene durchsuchte der Papa den Aschantinussschalenhaufen auf seinen Knien. Er fand keine volle Nuss mehr. Sein Gesicht wurde noch leidzerfurchter.

»Andere Frauen«, sagte er, »andere Frauen …«

»Was ist mit anderen Frauen?«, fragte Gretchen.

»Die wären froh …«, murmelte der Papa.

Gretchen wartete darauf zu erfahren, worüber andere Frauen froh wären, doch der Papa redete nicht weiter. So sagte Gretchen: »Die Mama ist aber keine andere Frau, die ist, wie sie ist. Und ich bin froh, dass sie so ist. Ich schwör dir, Papa, wenn ich mir so die Mütter von meinen Freunden anschau, dann kann ich nur sagen, dass ich muttermäßig einen Haupttreffer gemacht habe, ehrlich!«

»Ich brauche Wärme«, jammerte der Papa. »Und Zuwendung und Geborgenheit. Und Anerkennung. Liebe, mit einem Wort! Soll ich mir die vielleicht woanders holen?«

»Wenn du daheim nicht genug davon kriegst …« Gretchen zuckte mit den Schultern. »Warum nicht?«

Der Papa starrte Gretchen verstört an. »Ist das dein Ernst?«

Gretchen nickte.

»Du rätst echt deinem Vater dazu, dass er sich eine Geliebte zulegt?« Der Papa schüttelte empört den Kopf.

»Also das habe ich dir zwar nicht direkt geraten«, sagte Gretchen. »Aber wenn du deinen Bedarf nur so decken kannst, wäre es wahrscheinlich eine Lösung für dich.«

Gretchen gähnte wieder und erhob sich. »Ich muss ins Bett, Papa«, sagte sie. »Es ist schon halb eins und ich hab morgen Deutsch-Schularbeit.«

»Entschuldigung, dass ich dich aufgehalten habe.« Der Papa war zerknirscht.
Gretchen verließ das Wohnzimmer. Der Papa blieb sitzen und durchwühlte noch einmal erfolglos den Aschantischalenhaufen.
Gretchen latschte gähnend ins Badezimmer und dachte: Hat doch keinen Lack, dass er immer wie ein Mahnmal dahockt und auf die Heimkehr der Mama wartet. Damit verdirbt er ihr doch bloß – rückwirkend – den ganzen Spaß am Abend. Und sie reagiert sauer! Und er wird noch unglücklicher!

Gretchen war beim Zähneputzen, da kam das Hänschen angewatschelt.
»Du bist noch senkrecht?«, staunte ihn Gretchen an.
»Wenn ihr so laut im Wohnzimmer redet, kann ich ja nicht einschlafen«, raunzte Hänschen. Er machte das Allibert-Türl auf, hinter dem sich die sackmeiersche Hausapotheke befand.
»Und so Sodbrennen hab ich auch!«, jammerte er.
»Vom Schmalzfressen, werter Bruder!« Gretchen spuckte Zahnpastaschaum.
»Ganz schlecht ist mir«, stöhnte Hänschen.
In Gretchen wollte schon Mitleid aufkeimen, doch da stöhnte das Hänschen weiter:
»Und Fieber hab ich sicher auch. Morgen kann ich nicht in die Schule gehen.«
Mitleidslos sagte Gretchen: »Bitte verbräm deine Schulangst nicht mit Sodbrennen. Welche Schularbeit hast denn morgen?«
»Gar keine«, greinte Hänschen und zwinkerte nervös.
»Klar hast eine!« Gretchen hatte zwar nicht viel Kenntnis von Hänschens schulischen Angst-Terminen, dafür aber

umso mehr Kenntnis von Hänschens Psyche. Die sicher vorgetragene Behauptung wirkte!

»Nur einen Geschichte-Test«, gab Hänschen zu. »Und die Mama hat nicht mit mir gelernt. Und von allein kann ich das nicht!«

Hänschen setzte sich auf den Rand der Badewanne und Gretchen merkte beklommen, wie Abscheu und Ekel gegen den Bruder in ihr hochkrochen. Ganz so, als ob sie das Hänschen kein bisschen lieb hätte.

Gern hätte sie sich neben Hänschen auf den Badewannenrand gesetzt, ihm einen Arm um die dicken Schultern gelegt und ihm gut zugeredet. Aber das war ihr ganz unmöglich. Alles in ihr sträubte sich den Fettberg auf der Badewanne auch nur mit einer Fingerspitze anzutupfen. Und jetzt furzte der Fettberg auch noch ungeniert los. Die Badewanne wirkte wie ein Resonanzkasten für die Fürze und machte sie zu lautem Donnergegrolle. Schwefeliger Gestank breitete sich im Badezimmer aus. Gretchen bekam Halswürgen. So hurtig als nur möglich spülte sie den Mund von Zahnpasta frei. Hänschen furzte weiter.

»Siehst jetzt, dass ich wirklich was im Magen habe?«, fragte er vorwurfsvoll.

Gretchen wollte aus dem Badezimmer flüchten.

»So bleib doch da!«, rief Hänschen, grapschte nach Gretchens Arm und hielt ihn fest. Gretchen befreite den Arm mit allzu viel Schwung, der Arm schwang heftig nach hinten aus und stieß von unten her an das oberste Bord der Plexiglas-Stellage und hob es aus der Verankerung in den seitlichen Ständern.

Gretchen fing reaktionsschnell das Bord im Fluge auf, doch alles, was auf dem Bord gestanden war, lag nun auf dem Kachelboden. Die Tiegel, die Tuben, sogar die Rasierwasserflasche hatten den freien Fall heil überstanden. Nur die Mickymaus, und dabei war die aus Plastik, war zerbrochen. Die Mickymaus war eine elektrische Zahnbürste. Genauer gesagt: Die Mickymaus, etwa vierzig Zentimeter hoch, diente bloß dazu, die elektrische Zahnbürste zu halten. In einer Mickymauspfote war ein Loch, in das konnte man die Zahnbürste stecken. Und während man sich die Zähne putzte, wackelte die Mickymaus lobend-zustimmend mit dem Kopf. Das Mädi hatte diesen Kitschbrocken zum Geburtstag bekommen und liebte ihn aus ganzer Seele.

Nun lag der Kitschbrocken zu vier großen Scherben zerbrochen vor Hänschens fetten Zehen und das Hänschen rief: »Aber ich war's nicht!« Er steckte den rechten Zeigefinger in das linke Nasenloch und ließ wieder einen Donnerfurz fahren.

Gretchen schob das Plexiglasbord in die Verankerung zurück, stellte die Tiegel, die Tuben und das Rasierwasser wieder an ihre Plätze, sammelte die Plastikscherben der Mickymaus auf und legte sie auf das Stockerl.

»Das Mädi wird dich umbringen«, sagte Hänschen. Es klang zufrieden. Gretchen gab ihm keine Antwort. Sie ging zu Bett.

Am nächsten Morgen riss Gretchen Wahnsinnsgebrüll aus dem friedlichen Schlummer. Dreistimmiges Gebrüll. Gretchen zog sich die Decke über die Ohren, doch das Gebrüll durchdrang mühelos die Steppdecke. So stieg Gretchen aus dem Bett und wankte, gähnend und sich die Augen rubbelnd, ins Vorzimmer.

Das Wahnsinnsgebrüll kam aus dem Zimmer vom Hänschen. Gretchen wankte ins Hänschen-Zimmer.

Die Mama stand vor dem Bett vom Hänschen und brüllte: »Aufhören! Sofort aufhören! Was ist denn los? Seid ihr blöd geworden?«

Das Hänschen lag im Bett, hatte beide Arme schützend über dem Schädel und brüllte: »Ich war's doch gar nicht! Gretchen war's! Ehrlich!«

Das Mädi thronte auf Hänschens Kugelbauch, drosch mit beiden Fäusten relativ ziellos auf Hänschen ein und brüllte: »Du lügst! Du zerbrichst mir mein ganzes Glück und dann gibst du es nicht einmal zu!«

Gretchens schlaftrunkenes Hirn machte nur langsam die Ursache des Höllengebrülls aus. Als ihr Hirn endlich so weit war, brüllte sie, das dreistimmige Gebrüll um etliche Phon übertönend: »Mädi, lass ihn in Frieden! Er hat Recht! Ich war es!«

Das Mädi ließ im Nu vom Hänschen ab und kletterte von seinem Bauch herunter.

»Tut mir echt Leid, Mädi«, sagte Gretchen. »Ich kauf dir eine neue. Ich weiß, wo es eine gibt.«

»Ach, halb so wild!« Das Mädi lächelte Gretchen zu. »Ich versuch's zuerst mit dem Superkleber.«

Das Mädi lief aus dem Hänschen-Zimmer. Hänschen verkroch sich unter der Decke.

»Um was ist es denn gegangen?« Die Mama zog den Ausschnitt ihres Nachthemdes zusammen und trat von einem nackten Fuß auf den anderen. Es war ein kalter Morgen.

Gretchen informierte die Mama. Die Mama schlüpfte in Hänschens Bademantel und setzte sich auf Hänschens Bettkante. Sie klopfte behutsam auf den Deckenberg. »Hänschen«, lockte sie. »Komm, Hänschen! Das Mädi hat es doch nicht so gemeint! Kennst sie ja!«

Der Deckenberg wabberte. Die Mama streichelte ihn.

»Mich will die blöde Kuh hauen«, schluchzte es aus dem Deckenberg. »Und zu ihr – zu ihr – sagt sie – sagt sie – es ist halb – halb so schlimm!«
Die Mama bedeutete Gretchen das Zimmer zu verlassen.
Gretchen kam dieser Aufforderung willig nach.
Bei der Klotür traf Gretchen den Papa.
»Herr im Himmel, was hat der Bub denn nun schon wieder?«, fragte der Papa mit Kummerfaltenstirn. Gretchen informierte auch den Papa.
»Ja Himmel, Arsch und Zwirn«, fluchte der Papa. »Kann er denn nie aufhören sich wie ein Säugling zu benehmen! So ein Lackel von einem Kerl! Der wird doch noch alleine gegen dieses Fliegengewicht aufkommen!«
»Ich bin kein Fliegengewicht!«, rief das Mädi aus dem Badezimmer.
»Eine Laus bist du«, rief der Papa zum Badezimmer hinein. Es klang ziemlich liebevoll. Dann marschierte er in die Küche. Frühstück machen. Frühstück war Papa-Arbeit.
Gretchen besetzte das Klo. Kaum hatte sie sich auf der Klomuschel niedergelassen, ging die Tür auf und das Mädi kam herein.
Gretchen liebte es nicht, in Gesellschaft dem Klo-Geschäft nachzugehen.
»Mädi, hau ab«, murmelte sie, doch das Mädi ignorierte den Hinauswurf.
Das Mädi lehnte sich an die Klowand, neben die Klopapierrolle. Ein bisschen schuldbewusst linste sie und zupfte am Klopapier herum.
»Aber sonst ist es immer er«, sagte sie. »Und fest habe ich ihn ja eh nicht gehaut.«
Gretchen riss Klopapier ab. »Sag ihm, dass es dir Leid tut«, meinte sie.

»Tut es mir aber nicht.« Das Mädi grinste. »Ich könnte ihn dauernd dreschen.«
»Aber Mädi«, sagte Gretchen.
»Echt!« Das Mädi nickte. »Er geht mir auf den Wecker. In den Fingern juckt es mich, wenn ich ihn nur anschau.«
Mehr als »Aber Mädi« fiel Gretchen wieder nicht ein.
»Und jetzt«, murrte das Mädi, »muss ihn die Mama trösten. Und mir ist ein Knopf vom roten Kleid abgerissen. Und wenn sie den Deppen fertig getröstet hat, hat sie keine Zeit mehr mir den Knopf anzunähen.«
»Mädi, wenn du aus dem Häusel gehst und mich in Frieden fertig kacken lässt«, sagte Gretchen, »näh ich dir nachher den Knopf an!«
»Echt ehrlich?«, fragte das Mädi.
»Ehrlich echt!«, bestätigte Gretchen und das Mädi enteilte zufrieden.
Eine Viertelstunde später verließ das Mädi, gar nicht mehr zufrieden, sondern sehr verbittert, mit dem Papa die Wohnung.
Sie hatte das rote Kleid an. Der abgerissene Knopf war zwar wieder am Kleid, aber er war bloß mit einem einzigen Stich fixiert und eine Nähnadel, an einem langen roten Faden, baumelte von ihm herab.
Ein Hinzel-Anruf hatte Gretchen die Näharbeit unterbrechen lassen. Der Hinzel hatte Gretchen mitgeteilt, dass er auf BIRD ART heute überhaupt keine Lust habe, sich daher ins Ottakringer-Bad begebe und Gretchen dort nach der Schule sehnsüchtig erwarte.
Gretchen hatte lange dazu gebraucht, den Hinzel dazu zu überreden, nicht ins Ottakringer-Bad, sondern an die Alte Donau zu fahren. Im Ottakringer-Bad nämlich würde am Nachmittag die gesamte Klassenbelegschaft sein. Inklusive

Florian! Ein Badenachmittag mit Hinzel und Florian, das brachte nichts! Das gab nur Ärger und war eine arge Tortur! Gretchen hatte diese Tortur schon ein paar Mal hinter sich gebracht und keine Lust auf Wiederholung!

Das Mädi hatte nicht abwarten können, bis Gretchen den Hinzel zur Alten Donau überredet hatte. Das Mädi musste sich nach dem Papa richten. Der brachte sie im Auto zur Schule. Mädis Ganztagsschule war am anderen Ende der Stadt.

Im Auto versuchte das Mädi sich den Knopf selber anzunähen. Sie schaffte es. Allerdings so, dass der Faden etliche Male quer über den ganzen Knopf lief. Aber das Mädi war trotzdem stolz auf ihr Werk. Dass ihr der Papa statt eines Lobs bloß »Armes Kind« zumurmelte, verstand sie nicht. Doch das störte sie nicht weiter. Das Mädi hatte sich längst damit abgefunden, dass erwachsene Menschen unverständlich reden und handeln.

5. Kapitel

in dem Gretchen zuerst ein sorgloses Stündchen und dann noch ein sorgloses Stündlein zubringt.

Jeden Mittwoch trafen sich Gretchen und die Mama zu einem »Weiberplausch«. Gretchen fuhr gleich nach der Schule zur Dienststelle der Mama und holte die Mama ab. Am Mittwoch genehmigte sich die Mama zwei Stunden Mittagspause. Diese zwei Stunden verbrachte sie mit Gretchen beim »Kleinen Italiener«.

Kleiner Italiener nannten sie dieses Lokal im Gegensatz zum Großen Italiener, bei dem alles viel, viel teurer war. Zum Großen Italiener gingen sie nur in Papa-Begleitung, weil dann der Papa die Rechnung bezahlte.

Gretchen liebte diese zwei Mittwoch-Mittag-Stunden mit der Mama.

Daheim hatte sie ja nicht viel von der Mama. Daheim war die Mama unentwegt mit dem Mädi und mit dem Hänschen beschäftigt. Oder mit dem Papa. Da kam Gretchen bloß dazu, mit der Mama den Alltagskram kurz zu besprechen. Jedes ausführliche Gespräch endete daheim damit, dass sich irgendein Familienmitglied einmischte und lauthals Bedürfnisse anmeldete und darauf aus war, das Gretchen-Mama-Gespräch zu beenden.

Darum hatten sich die Mama und Gretchen für »Luxus-Gespräche« den Mittwoch-Mittag auserkoren. Marie-Luise, die Freundin der Mama, war am Mittwoch zu Mittag auch meistens beim Kleinen Italiener und kam immer für ein halbes Stündchen zum Tisch, um mit Gretchen zu plaudern.

Aber nie für länger! Sie wusste ja, dass Gretchen mit der Mama allerhand zu besprechen hatte.
An diesem Mittwoch jedoch war Marie-Luise gar nicht beim Kleinen Italiener und Gretchen brauchte keinerlei Nostalgie zu verscheuchen. Marie-Luise befand sich in gemogeltem Krankenzustand, weil den Pepi die heimtückische Sommergrippe überfallen hatte. Und die alte Nachbarin, die ihn ansonsten im Krankheitsfalle hütete, war selber grippekrank geworden.
»Es ist zum Wahnsinnigwerden«, sagte die Mama zu Gretchen. »Man könnt schon glauben, der Pepi macht das mit Absicht! Immer wenn die Marie-Luise etwas vorhat, wird er krank!«
»Was hätt sie denn vorgehabt?«, fragte Gretchen und dachte: Eh klar! Da die Marie-Luise immer etwas vorhat, dürfte ja der Pepi nie krank werden!
»Morgen und übermorgen«, sagte die Mama, »ist da so eine Tagung, auf die sie unbedingt hat gehen wollen. Die kann sie sich jetzt abschminken.«
»Welche Tagung?«, fragte Gretchen.
»Ach, wieder irgend so ein esoterischer Kram«, sagte die Mama.
»Dann ist es eh nicht schade drum«, sagte Gretchen.
»Ihr wäre es aber sehr wichtig gewesen!« Die Mama winkte dem Ober Mario. Der Ober Mario hieß in Wirklichkeit Rudi. Aber »Rudi« ist kein Ober-Name, der zu einem italienischen Restaurant passt. So hatte ihn der Chef umgetauft. Der Mario ignorierte den Wink der Mama.
»Ich hab die Meier angerufen«, sagte die Mama. »Ich hab sie gefragt, ob sie nicht morgen und übermorgen den Pepi hüten könnte!«
Die Meier war die Bedienerin im Sackmeier-Haushalt.

Zweimal die Woche, je fünf Stunden lang, erledigte sie »das Grobe«.
»Und?«, fragte Gretchen.
»Sie hat sich rausgeredet!« Die Mama seufzte. »Sie will sichtlich nicht.«
»Soll ich?«, fragte Gretchen.
»Du?« Die Mama zögerte. »Wie kommst du denn dazu? Das ist dir nicht zuzumuten, Gretchen.«
»Aber wenn sie doch so gern zu dieser Tagung will!« Gretchen kratzte sich den Bauch. »Ich mein, die Marie-Luise hat mir doch auch schon oft geholfen.«
»Kannst du es dir schulmäßig leisten?«, fragte die Mama.
Gretchen überlegte, ob sie es sich leisten könne, die übermorgige Mathe-Schularbeit zu versäumen. Es war die letzte Schularbeit in diesem Schuljahr. Aber sie hatte bisher keine einzige Schularbeit versäumt. Mathematik fiel Gretchen leicht. Fünf »Sehr gut« und zwei »Gut« hatte sie auf die Schularbeiten bekommen. Mehr, als dass ihr der Mathe-Mann eine mündliche Entscheidungsprüfung an der Tafel auferlegte oder ihr prüfungslos ein »Gut« ins Zeugnis schrieb, konnte ihr eigentlich nicht passieren.
»Klar kann ich mir das leisten«, sagte Gretchen.
»Die Ma-Lu wird dich in ihr Abendgebet einschließen!« Die Mama schaute Gretchen gerührt an.
»Ist sie schon so weit?«, fragte Gretchen besorgt.
Die Mama lachte. »Aber Gretchen, Esoteriker beten doch nicht.«
Gretchen schnüffelte. »Kannst du die arme Frau nicht runterholen von diesem blöden Eso-Trip?«, fragte sie.
Die Mama schüttelte den Kopf und winkte den Mario wieder heran. Diesmal kam er. Er bemächtigte sich der leeren Teller und nahm die zwei gewünschten Espressi zur Kenntnis.

Gretchen schnüffelte weiter. »Mir stinkt das«, sagte sie. »So eine gescheite Person wie die Ma-Lu kann doch nicht echt an die Wiedergeburt glauben! Und an die Astrologie noch dazu! Wie kommt sie denn auf einmal auf so einen verwurmten Scheiß?«
Die Mama zuckte mit den Schultern. »Das tun doch heutzutage viele, die es früher nicht getan haben. Nix wie Ratlosigkeit, nehme ich an.« Die Mama malte, sinnend, mit einem Zeigefinger unsichtbare Kringel auf das weiße Tischtuch. »Weißt du, ich spare dieses Thema immer aus. Was soll's? Sie weiß, dass ich von dem Zeug absolut nichts halte. Und ich will sie nicht kränken. Schließlich, was geht es mich auch an? Ich hab kein Recht irgendjemandem vorzuschreiben, woran er glauben darf!« Die Mama strich die unsichtbaren Kringel mit unsichtbaren Kreuzen durch. »Wenn es ihr dabei gut geht, soll es mir recht sein!«
Gretchen schüttelte den Kopf. Da war sie ganz anderer Ansicht. »Bei uns in der Schule«, sagte sie, »da ist auch so ein Freak. In die 8a geht der. Der hat mir erklärt, wenn man in seinem Leben gesündigt hat, wird man im nächsten Leben dafür bestraft!«
Gretchen unterbrach den Bericht, weil der Ober die zwei Espressi auf den Tisch stellte. Als der Ober abgewedelt war, setzte sie fort: »Und das heißt doch, dass alle die, denen es dreckig geht, selber daran schuld sind, oder? Und wenn man das glaubt, dann kann man ja seelenruhig zuschauen, wie die Leute verrecken, oder?«
Die Mama nickte. »Aber so verblödet«, sagte sie, »ist die Marie-Luise sicher nicht. Sonst müsste sie ja ihren Beruf aufgeben. Wenn du so denkst, kannst du die Sozialarbeit gleich an den Nagel hängen.«
»Hoffentlich!« Gretchen nahm sich vor Marie-Luise dem-

nächst eingehend über dieses Rebirthing-Problem zu verhören.
Die Mama trank ihren Espresso aus, schaute auf die Uhr und rief dem Mario »Zahlen, bitte« zu. Gretchen fiel ein, dass sie mit der Mama das speziell-speziell lausige Ixi-Problem hatte bereden wollen. Da musste irgendetwas geschehen! Der Robert hatte den Henna-Trampel noch immer nicht zum Testen gebracht und Ixi hockte seit einer Woche tatenlos-depressiv hinter der Theke vom Waxlberger. Aber dies alles der Mama zu erzählen, dazu war es nun zu spät. Der Mario kam, die Mama händigte ihm Geld aus, der Mario gab der Mama Geld zurück, die Mama legte den Münzenanteil vom Retourgeld auf den Tisch, stopfte die Scheine in die Handtasche, murmelte: »Gretchen, ich muss zu meinen Dilos zurück«, küsste Gretchen auf die Wange und wieselte ab.
Gretchen besah sich die Trinkgeldmünzen. Fünf Silberzehner als Schmattes erschienen ihr übertrieben. Sie nahm einen weg und steckte ihn in die Hosentasche. Dann trank sie ihren Espresso aus und grapschte sich noch einen Silberzehner. Zehn Prozent Trinkgeld, sagte der Papa immer und der kannte sich in solchen Fragen aus, seien angemessen. Wer weniger gibt, sei ein Knauser-Knacki, wer mehr gibt, ein Angeber!
Gretchen wollte noch ein Schillingstück vom Tisch nehmen, um exakt auf zehn Prozent zu kommen, doch da war der Mario schon herangewieselt und hatte die Münzen eingestreift.
Mit einem vergrämten Blick hatte er Gretchen dabei angeschaut. Anscheinend hatte er die rapide Reduzierung seines Zubrotes mitbekommen.
Gretchen war der vergrämte Ober-Blick äußerst unange-

nehm. Sie schnappte ihre Schultasche und stand auf. Ihren höflichen Abschiedsgruß ignorierte der Mario.

Vor dem Kleinen Italiener, beim Zeitungskiosk, wartete der Florian Kalb. Gretchen hatte sich nicht mit ihm verabredet, doch der Florian kannte ja Gretchens Lebenswandel genau. Er wusste, wo sie am Mittwoch gegen fünfzehn Uhr zu finden war.
Der Florian eilte auf Gretchen zu, nahm ihr die Schultasche ab, legte einen Arm um ihre Schultern, drückte ihr einen Kuss auf die Wange und fragte: »Gehen wir Eis essen, Baby?«
Gretchen wischte sich mit einer Hand die Wange trocken. Florian-Küsse fielen manchmal etwas feucht aus. Dann schlug sie sich mit der Handkante gegen den Hals. »Nur nicht«, sagte sie. »Ich bin voll bis hierher! Antipasta, Lasagne und Erdbeeren mit Schlag! Kein Fuzerl geht mehr in mich rein!«
»Was wär mit Kino?«, fragte der Florian.
Gretchen schnitt ein ablehnendes Gesicht. Kino am frühen Nachmittag, noch dazu, wenn die Sonne schien, das behagte ihr nicht. Außerdem waren Kinostunden für den Florian stets Schmusestunden. Und im Moment stand Gretchen der Sinn absolut nicht nach Austausch von heftigen Zärtlichkeiten.
»Und Park? Sonne sitzen?«, fragte der Florian.
Gretchen nickte. Sonne war immer gut. Von Sonne konnte Gretchen nie genug bekommen.
Sie gingen dem Stadtpark zu, blieben hin und wieder vor Schaufenstern stehen, bewunderten dieses und bekicherten jenes. Zwischendurch besprachen sie Schulkram. Der Florian hatte schulmäßig ein paar gröbere Probleme. In Latein

und in Mathematik stand er zwischen »Genügend« und »Nicht genügend«. In Mathematik sogar äußerst dicht beim »Nicht genügend«. Aber der Florian nahm das locker! In Schul-Troubles hatte er Übung. Jedes Jahr vor Schulschluss erging es ihm so. Und bisher hatte er es noch immer geschafft, nicht sitzen zu bleiben. Außerdem, behauptete er immer, würde es ihn auch nicht stören, wenn er eine Klasse wiederholen müsste. »Was ich nach der blöden Matura machen soll, weiß ich ja sowieso nicht«, sagte er. »Vielleicht fällt es mir ein, wenn ich ein Jahr länger in die Schule gehe!«
Gretchen bezweifelte zwar, dass der Florian das wirklich ernst meinte, aber sie nickte immer, wenn er so redete. Gretchen, im Besitze ihrer vorzüglichen und nicht ganz gerecht erworbenen Noten, war stets ein wenig von Schuldgefühlen befallen, wenn es um »Schulversagen« ging.
Vor einem »exklusiven« Tanten-Laden bekamen Gretchen und Florian einen Lachanfall mit Schnauben und Leibkrümmen.
Drinnen im Tanten-Laden, gut sichtbar durch das große Schaufenster, stand eine mächtig dicke Dame, hatte ein weißes Seidenkleid mit riesigen rosa Punkten an und musterte sich wohlgefällig in einem Spiegel. Eine spindeldürre Verkäuferin stand neben der groß getupften Kugel und tat, als sei sie ganz hingerissen.
Der groß getupften Kugel und der spindeldürren Verkäuferin entging der Lachanfall nicht. Böse verkniffen schaute die Verkäuferin zu Gretchen und Florian. Sie schien der beiden Heiterkeit für Geschäftsstörung zu halten. Die groß getupfte Kugel hob drohend eine Faust. Da mussten Florian und Gretchen noch heftiger lachen.
»Pass auf«, wieherte der Florian, »gleich kommt sie raus und schlägt uns k.o.!«

Gretchen hörte zu lachen auf. Sie packte den Florian an der Hand und zog ihn weiter. Der Florian sträubte sich.
»Aber Gretchen«, rief er. »Die Vettel kann uns doch nichts tun! Was hast denn Angst?«
»Doch nicht deswegen.« Gretchen hängte sich beim Florian ein und drückte ihren Kopf gegen seine Schulter.
»Ich hab mir nur gerade vorgestellt, dass unser Hänschen in so einem Laden steht und dass da zwei vor der Auslage stehen und lachen wie die Hyänen!«
»Euer Hänschen hätt doch kein getupftes Kleid an!« Der Florian lachte schon wieder. Anscheinend stellte er sich das Sackmeier-Hänschen in weißen Rüschen mit rosa Punkten vor.
»Wir haben ja nicht über das Kleid gelacht, sondern über die Dicke«, sagte Gretchen. »Und das ist gemein. Du hast ja gar keine Ahnung, wie gemein das ist. Aber ich kann mich daran noch gut erinnern. Gelitten hab ich wie ein Schwein, wenn wer über mich gelacht hat. Und jetzt lach ich selber!«
Der Florian überging Gretchens einsichtige Selbstkritik. »Apropos Hänschen«, sagte er. »Hat er daheim schon gesagt, dass ihn der Berti hinausgeschmissen hat?«
Der Berti war der Student, der sowohl dem Florian Kalb als auch dem Hänschen Nachhilfestunden in Mathematik erteilte. »Der Berti hat gesagt, beim Hänschen ist Hopfen und Malz verloren. So blöd wie der kann einer gar nicht sein. Dem sein Hirn ist zu wie eine gesunde Auster!«
Gretchen rieb ihre Wange an Florians Schulter. »Bitte, lass das Thema«, sagte sie. »Gönn mir ein sorgenfreies Stündchen. Wenn ich über meinen Bruder nachzudenken anfang, verfall ich!«
Der Florian ließ das Thema sein und marschierte mit Gretchen zielstrebig dem Stadtpark zu. Sie suchten sich ein

schattenfreies, einsames Bankerl bei den Rosenbeeten und saßen auf dem, die Gesichter zur Sonne gerichtet und die Augen geschlossen, das sorgenfreie Stündchen ab. Hin und wieder blinzelte Gretchen und nahm zufrieden wahr, dass sich der Sonne nicht das kleinste Wölkchen näherte. Hin und wieder küsste der Florian hauchzart Gretchens Ohr. Oder Gretchens Hals. Und dann seufzte Gretchen innig und zufrieden. Gretchen hätte nichts dagegen gehabt, dem Sonnenstündchen ein weiteres folgen zu lassen. Doch der Florian war kein ausdauernder Still-Sitzer. Und einen Sonnenbrand für sein hübsches Näschen befürchtete er auch.
»Die Haut spannt schon«, klagte er. Gretchen blinzelte zur Florian-Nase. »Ist noch gar nicht rot«, erklärte sie beruhigend.
»In einer Stunde renn ich mit einem Stopplicht im Gesicht herum! Ich kenn meine Nase!«, sagte der Florian. Der Florian war sehr bedacht auf seine Schönheit.
Gretchen deutete zu den Ahornbäumen hinter der Parkbank. »Hol dir ein Blattl und leg es dir auf die Nase«, schlug sie vor.
Der Florian lehnte das entrüstet ab. »Spinnst«, rief er, »ich sitz doch nicht mit einem Blattl auf der Nase herum!«
»Warum nicht?«, fragte Gretchen.
»Weil das blöd ausschaut«, sagte der Florian.
»Mensch, Florian, warum bist du bloß so ein eitles Stück?«, fragte Gretchen.
»Ich bin doch nicht eitel«, rief der Florian.
»Doch! Und wie! Du bist eitler als die Uschi 2!« Gretchen kicherte. Die Uschi 2 galt in der Klasse als Gipfel der Eitelkeit.
Der Florian war über diese Unterstellung so empört, dass er Gretchen in die Schulter biss. Gretchen quietschte auf und

wollte dem Florian eine Ohrfeige geben, doch der Florian packte blitzschnell Gretchens Hand und hielt sie fest. Und der Florian hatte viel mehr Kraft als Gretchen! Gretchen versuchte sich zu befreien, es gelang ihr aber nicht.

»Nimm das zurück!«, sagte der Florian.

Gretchen lachte. »Ich denk nicht daran«, kicherte sie. »Einer, der Angst vor einer roten Nase hat, ist eitel!«

Der Florian drückte Gretchen, ohne ihre Hände loszulassen, auf die Bank. »Sofort nimmst du das zurück«, fauchte er und Gretchen war sich nicht ganz klar, ob er noch Spaß machte oder ob er nun schon echt beleidigt war.

Sie strampelte mit den Beinen und rief: »Na hörst! Wenn du ein Wimmerl am Kinn kriegst, dann gehst in Krankenstand, nur damit dich keiner mit dieser Entstellung sehen kann!«

»Das war kein Wimmerl, das war ein Abszess, du gemeine Kuh du!«, rief der Florian und drückte Gretchen so fest auf die Bank, dass Gretchen vor Schmerz aufschrie.

Ein alter Mann, mit jungem Hund an der Leine, eilte auf das Florian-Gretchen-Gerangel zu. Der junge Hund bellte, der alte Mann brüllte:

»Lassen Sie sofort die Dame los! Sonst hole ich die Polizei!«

Total verdattert ließ der Florian von Gretchen ab. Gretchen richtete sich auf und rieb sich die Schultern.

»Was bilden Sie sich denn ein!«, brüllte der alte Mann den Florian an. »Und dazu noch am helllichten Tag! Schämen Sie sich denn gar nicht?«

Der alte Mann verneigte sich vor Gretchen. »Kommen Sie, mein Fräulein«, sagte er. »Der Herr wird Sie nicht weiter belästigen, das garantiere ich Ihnen!«

»Danke schön.« Gretchen lächelte dankbar. Sie stand auf,

zog ihr T-Shirt zurecht und sprach, zum alten Mann gerichtet: »Nicht einmal auf eine Parkbank kann man sich setzen, schon kommt einer daher und belästigt einen. Das sind Zeiten!«
Der Florian saß mauloffen auf der Bank. Sein Sinn für Humor war nicht besonders ausgeprägt.
Der alte Mann schaute den Florian angewidert an. Am liebsten, das war deutlich zu merken, hätte er den Florian am Kragen gepackt und zur nächsten Wachstube abgeschleppt. Doch diesen Gewaltakt schien er sich, rein körperlich, nicht recht zuzutrauen.
»Kommen Sie, mein Fräulein«, sagte er zu Gretchen. »Ich bringe Sie von hier weg!« Er bot Gretchen seinen Arm an, Gretchen nahm ihn. »Dort vorne«, der alte Mann deutete in Richtung Kinderspielplatz, »da sind Sie sicher. Da sind viele Mütter.«
Gretchen ging, am Arm des alten Mannes, schön langsam dem Kinderspielplatz zu. Der junge Hund wedelte neben ihnen her. Knapp vor dem Spielplatz blieb Gretchen stehen. »Ich gehe lieber nach Hause«, sagte sie zum alten Mann. »Ich bin nämlich total geschockt von diesem Erlebnis!«
Das verstand der alte Mann. Er riet Gretchen noch, sie möge, klug geworden durch dieses »Abenteuer«, nie mehr auf einsamen Bankerln allein Rast machen, dann zuckelte er mit seinem Hund ab. Gretchen schaute ihm grinsend nach.
Kaum waren Mann und Hund hinter den Fliederbüschen verschwunden, galoppierte der Florian, Gretchens Schultasche schwenkend, heran. Bevor er zu einer Wut-Rede ansetzen konnte, sagte Gretchen kichernd: »Ich wollt ja nur das Weltbild eines Greises nicht zerstören.«
Der Florian stellte die Schultasche auf dem Kiesweg ab, umarmte Gretchen und küsste sie innig. Als sich Gretchen nach

längerer Zeit aus der Umarmung löste, sah sie vorne beim Flieder wieder den alten Mann mit dem Hund stehen.
»Hoffentlich ist er kurzsichtig«, sagte Gretchen zum Florian, »sonst ist sein Weltbild jetzt total im Arsch!«
Der Florian nahm die Schultasche wieder auf, klemmte sie unter einen Arm, schlang den anderen um Gretchens Hüften und wanderte mit Gretchen dem Parkausgang zu.
»Auf ein Eis« wollte er gehen. Gretchen lehnte ab. Sie müsse jetzt heim, erklärte sie.
»Gar nicht wahr«, sagte der Florian. »Zum Hinzel gehst!«
»Zuerst geh ich einmal heim«, wich Gretchen aus.
»Aber dann gehst zum Hinzel!«, beharrte der Florian.
»Na und?« Gretchen blieb stehen. »So ist das eben!«
Der Florian ließ Gretchens Schultasche einfach fallen, drehte sich um und rannte davon. Gretchen hob die Tasche auf, putzte Straßendreck von ihr, seufzte und ging zur Straßenbahn, Richtung Gschwandtnergasse.

Der Hinzel war im Laden. »Silbergespinst« bog er aus hauchdünnem Silberdraht zurecht. Gretchen küsste ihn zur Begrüßung auf den Wangen-Schmetterling.
»Du riechst nach Kalb«, sagte der Hinzel. Was natürlich blanker Unsinn war. Erstens hatte der Florian keinen Geruch, der sich prägend auf Begleitpersonen auswirkte, und zweitens wäre der Hinzel wirklich der Allerletzte gewesen, der das erschnuppert hätte. Seine Nase war nicht sensibel.
Der Hinzel wusste bloß, dass es der Florian liebte, Gretchen vom Kleinen Italiener abzuholen. Dieses Wissen kam daher, dass er selbst auch schon einmal auf den Einfall gekommen war, Gretchen vom Mittwochs-Treff mit der Mama abzuholen, und dabei auf das wartende Kalb gestoßen war.

»Freu dich, dass ich hier bin, und gib Ruh«, sagte Gretchen ungerührt.

Der Hinzel fummelte gesenkten Hauptes am Silberdraht herum und traf keinerlei Anstalten sich zu freuen.

»Ich kann ja auch wieder gehen«, sagte Gretchen.

»Küss mich wenigstens«, sagte der Hinzel.

»Hab ich ja gerade«, sagte Gretchen.

»Den Schmetterling hast geküsst, nicht mich«, sagte der Hinzel. Er hob den Kopf und schloss die Augen. Gretchen kam seinem Ersuchen nach.

6. Kapitel

in dem Gretchen Kalb-Sorgen versteht, Marie-Luise-Gedanken jedoch nicht und sich der Papa als Engerling fühlt.

Auf dem Heimweg von der Schule fing der Florian wieder einmal mit der leidigen Urlaubsfrage an. Das war ihm nicht übel zu nehmen. Feriengestaltung ist schließlich eine wichtige Frage im Leben jedes Menschen. Gretchen sah das ein, doch sie fühlte sich trotzdem enorm belästigt.

»Jetzt drängel doch nicht immer so«, keppelte sie den Florian an und schüttelte seinen Arm von ihren Schultern. »So einfach ist das nicht! Ich muss erst meinen Papa herumkriechen, das braucht Zeit!«

Der Florian Kalb hatte die feste Absicht, mit Gretchen in den Ferien durch die Lande zu reisen. Für ganze acht Wochen und mit Interrail-Ticket. Mit Schlafsack und Zelt und Kochgeschirr. Mühsam erarbeitet und erkämpft hatte er sich diese Ferienmöglichkeit. Seit Monaten war er zweimal die Woche am Nachmittag Aushilfsverkäufer in einem Delikatessengeschäft, um Geld für die große Fahrt zu horten. Und zahllose Kämpfe mit den Alt-Kälbern hatte er durchgestanden, um die Erlaubnis für den Solo-Urlaub zu ergattern. Die Alt-Kälber hatten ihr Jung-Kalb nicht allein reisen lassen wollen. »Solange du nicht auf eigenen Füßen stehst, sondern selbige unter meinen Tisch streckst«, hatte das männliche Alt-Kalb stur erklärt, »wirst du auch gemeinsam mit Mutter und mir Urlaub machen!« Und die Alt-Kälbin hatte ebenso stur geklagt: »Keine ruhige Sekunde hätte ich, wenn ich dich so weit weg von mir weiß! Ganz mutterseelenallein!«

Dass er gar nicht mutterseelenallein, sondern seelisch wohl versorgt mit Gretchen zu reisen gedachte, hatte der Florian den Alt-Kälbern vorsorglich verschwiegen. Denn gegen alles, was auch nur im Entferntesten mit Sex zu tun haben könnte, waren die Alt-Kälber erst recht. Erotik hielt ihrer Meinung nach nur vom Lernen ab und schwächte die Konstitution von Heranwachsenden. Heranwachsende hatten in die Schule zu gehen und Sport zu betreiben und auf ihre Eltern zu hören und sonst gar nichts!
Jedenfalls hatte sie ausschließlich Florians Drohung, er werde die Schule bestreiken, falls er nicht Solo-Urlaub machen dürfe, zum Nachgeben gebracht. Und auch da hatte es noch eines fürchterlichen Auftritts bedurft, bis die Alt-Kälber den Ernst der Drohung erfasst hatten. Zuerst hatte das männliche Alt-Kalb gebrüllt: »Lächerlich! Natürlich wirst du weiter in die Schule gehen. Etwas anderes kommt gar nicht in Frage! Und wenn du nicht freiwillig hingehst, werde ich dich eben zwingen!«
»Und wie, bitte?«, hatte der Florian gefragt.
»Wenn es sein muss, führe ich dich jeden Tag hin!«, hatte das männliche Alt-Kalb gebrüllt.
Da hatte der Florian gelacht. Der Florian war immerhin einen Meter und fünfundachtzig Zentimeter groß und mit überdurchschnittlicher Muskelkraft ausgestattet, während das männliche Alt-Kalb ein kleines, eher dürres Männlein war.
»Wenn du nicht mehr in die Schule gehst«, hatte die Alt-Kälbin dem Alt-Kalb assistiert, »dann bist du nicht mehr unser Sohn! Dann kannst du schauen, wos bleibst, und in der Gosse verkommen!«
Worauf der Florian cool erklärt hatte, er würde es sich in der Gosse schon heimelig einrichten, als hauptberuflicher Rauschgiftdealer und nebenberuflicher Zuhälter.

Da hatten sich die Alt-Kälber zur Beratung zurückgezogen. Anscheinend trauten sie ihrem Nachwuchs tatsächlich eine gehobene Gossenkarriere zu. Nach einer getuschelten Besprechung im ehelichen Schlafgemach hatten sie dann total vergrämt das Okay zum Solo-Urlaub gegeben.
Der Florian Kalb hegte also kein Misstrauen, wenn ihm Gretchen vormogelte, sie müsse sich erst die Urlaubseinwilligung vom Papa erbetteln. In Wirklichkeit war die Sache aber viel, viel komplizierter. Der Papa hatte zwar Urlaubspläne, die Gretchen einschlossen. Er wollte für vier Wochen mit Frau und Kindern nach Portugal fliegen. Und für den Rest der Ferien wollte er seinen Nachwuchs nach Zwettl zur Oma verfrachten. Doch Papa-Pläne, egal, was sie betrafen, waren für Gretchen kein unüberwindbares Hindernis. Der Papa war keiner, der irgendjemanden zu irgendetwas zwang. Das hatte er sich längst abgewöhnt. Gretchens Problem war, dass auch der Hinzel mit ihr, ebenfalls für acht Wochen, verreisen wollte. Der wollte auf eine einsame jugoslawische Insel.
Zu diesem Problem kam aber noch ein weiteres! Die Mama wollte gar nicht nach Portugal. Das heißt: Sie wollte nicht mit Mann und Kindern nach Portugal. Sie wollte – endlich einmal – allein Urlaub machen. Ganz gleich, wo! Das wusste nur Gretchen. Dem Papa hatte die Mama bis jetzt noch nichts davon gesagt. Sie war sich noch nicht einmal ganz sicher, ob sie sich diesen Wunsch überhaupt gestatten sollte. Sie musste, hatte sie Gretchen erklärt, diesen Konflikt zwischen Pflicht und Neigung erst mit sich auskämpfen. Gretchen war klar, dass dem Papa ein Einzelurlaub der Mama Höllenqualen verursachen würde. Und dass er sich weigern würde allein mit Hänschen und Mädi nach Portugal zu reisen, das war ebenso gewiss. Noch dazu, wo Hänschen we-

gen Portugal sowieso schon motzte. Er mochte Sonnenschein nicht. Und Mittelmeerkost auch nicht. Das Mädi – übrigens – hielt auch nicht viel von Portugal. Sie wäre lieber in den Ferien mit ihrem Freund, dem Pepi, zusammen gewesen. Und der musste seine Ferien in Salzburg bei seiner Großmutter verbringen.
Urlaubsmäßig tickte da also eine Zeitbombe und Gretchen war nicht gewillt sie zu zünden. Sie sagte sich: Zuerst soll einmal die Mama ihren Pflicht-Neigungs-Konflikt lösen! Dann sehen wir weiter!
Denn das war Gretchen klar: Von der Entscheidung der Mama hing auch ihre Urlaubsgestaltung ab. Tat die Mama, was sie als »Pflicht« ansah, und verreiste samt Familie nach Portugal, konnte Gretchen einfach sagen: »Vergesst mich, ich bin anderwärtig verplant.« Und dann hatte sie nur mehr das Hinzel-Florian-Problem zu lösen.
Ging aber die Mama ihrer Neigung nach und nicht nach Portugal, dann war der Bär los! Was dann – im schaurigen Detail – passieren würde, konnte sich Gretchen gar nicht vorstellen. Aber dass sie dann irgendetwas tun müsste, um die gekittete Familienharmonie nicht zerbrechen zu lassen, war vorauszusehen. Dann konnte sie sich nicht einfach auf die Socken machen und den Papa mit Mädi und Hänschen im Regen stehen lassen. Dann würde sie wohl oder übel im Urlaub die Mama vertreten müssen. Und dann blieben für Florian-Hinzel nur mehr vier Ferienwochen. Die auch noch fifty-fifty zu teilen war unmöglich. Mit zwei Wochen würde weder der eine noch der andere zufrieden sein! Und mit der einzigen Person, mit der Gretchen solch schwierige Probleme erörtern konnte, nämlich mit der Mama, war diese gequirlte Urlaubskacke nicht zu besprechen. Hätte die Mama gemerkt, dass ihr Pflicht-Neigungs-Konflikt Gret-

chen in die Klemme brachte, hätte sie doch sofort die Neigung sein lassen und sich der Pflicht unterworfen. Und das wollte Gretchen nun auch wieder nicht!
Also konnte Gretchen das schöne Wort »Urlaub« schon gar nicht mehr hören und hätte nichts dagegen einzuwenden gehabt, wenn die Sommerferien dieses Jahr ausgefallen wären.

Den Donnerstag und den Freitag verbrachte Gretchen als Krankenpflegerin. Der Pepi war ein ziemlich pflegeleichter Patient. Er döste vor sich hin, schaute Bilderbücher an und fern, ließ sich Märchen vorlesen und bekam alle drei Stunden eine Pille, drei Zwieback und ein Häferl Kamillentee. Unter eintöniger Langeweile hatte Gretchen auch nicht zu leiden. Der Florian besuchte Gretchen am ersten Pflegetag, brachte ein Brathendl in Alufolie mit und ließ sich hernach Unterricht in Mathematik erteilen. Für die morgige Schularbeit. Gretchen rackerte sich mit ihm stundenlang ab. Mit langsam, aber stetig nachlassender Engelsgeduld. Als sie schließlich zum Florian sagte »Einer allein kann doch gar nicht so blöd sein!«, nahm der übel und wollte nicht mehr unterrichtet werden. Er drehte das Radio auf und suchte einen Sender, der Rockmusik spielte. Als ihm Gretchen nahe legte wegen dem dösenden Pepi das Radio leiser zu drehen, nahm er noch übler. Und als es Gretchen ablehnte, mit ihm das Zimmer vom Pepi zu verlassen, um im Wohnzimmer »ungestört« beieinander sein zu können, wurde er stocksauer.
»Wozu bin ich denn überhaupt hergekommen?«, fragte er.
»Frag ich mich auch«, sagte Gretchen.
»Fade Gurken«, rief der Florian und beendete damit seinen Besuch.

Den zweiten Pflegetag kam der Hinzel. Das freute nicht nur Gretchen, das freute auch den Pepi. Der Pepi mochte den Hinzel. »Wenn ich dich seh, bin ich gleich wieder gesund«, behauptete er. Er wollte unbedingt mit dem Hinzel aus Legosteinen einen Hubschrauber bauen. »Aber nicht im Bett! Im Wohnzimmer!«
Der Hinzel trug die Legosteinkiste in das Wohnzimmer und machte aus Sofakissen und Decken auf dem Teppich für den Pepi ein Notlager. Doch als er den Pepi ins Wohnzimmer hinübertragen wollte, war der Pepi schon wieder eingeschlafen. So baute Gretchen mit Hinzel den Hubschrauber. Voll Eifer bauten sie und stießen wilde Drohungen gegen den Kater Seppi aus, der sich in den bereitgelegten Legosteinen suhlte und »Mäuschen« mit ihnen spielen wollte.
»Wärst du manchmal noch gern klein?«, fragte der Hinzel Gretchen.
»Oft«, sagte Gretchen. »Und du?«
»Käm drauf an, wo«, sagte der Hinzel. »Bei meinen Alten jedenfalls nicht. Bei Sackmeiers vielleicht!«
Gretchen lachte. »Sackmeiers würden aber ein Hundertkilokind aus dir machen. Würdest ein Hänschen werden!«
Der Hinzel blies die Backen so dick auf, dass der Wangen-Schmetterling aus der Fasson geriet.
»Spott das Hänschen nicht aus!« Gretchen klatschte dem Hinzel beidseits auf die Wangen, dass denen die Luft entwich.
»Ich hab mich bloß in ihn hineingefühlt«, sagte der Hinzel. Er umarmte Gretchen und flüsterte ihr ins Ohr: »Ich steh doch auf Dicke. In dich hab ich mich doch verliebt, weil du fett warst. Wegen des Fetts! Jetzt liebe ich dich doch nur mehr aus alter Treue!«
Den Kater Seppi störte das eng umschlungene Paar auf den

Kissen. Er maunzte, sprang auf den Tisch und von dort auf Hinzels Schultern und schlug, um sich festzuhalten, dem Hinzel sämtliche Krallen ins Fleisch.

»Seppi, du Arsch, ich bin doch kein Baum«, brüllte der Hinzel. So laut, dass der Seppi erschrocken von der Schulter sprang und der Pepi aufwachte. Er kam ins Wohnzimmer getappt und fragte empört: »Wieso hast du ohne mich zu bauen angefangen?«

»Wir haben nur die Vorbereitungen getroffen«, sagte der Hinzel.

Der Pepi ließ sich auf den Kissen nieder, drängte Gretchen vom Hinzel weg. »Wir zwei«, sagte er zum Hinzel, »wir bauen! Und du …«, sagte er zu Gretchen, »… du suchst die Steine, die wir brauchen.«

»Ich bin doch nicht euer Hilfsarbeiter«, protestierte Gretchen.

»Doch«, rief der Pepi, »weil du ein Mädchen bist. Mädchen sind keine Hubschrauberbaumeister!«

»Ja, ja.« Der Hinzel lachte. »Das ist die Aufzucht in Feministinnenkreisen.«

Gretchen rappelte sich hoch und ging in die Küche.

»Okay«, sprach sie zu sich. »Geht das Mädchen eben an den Herd, wo sie hingehört!« Und dann machte sich Gretchen über die unaufgeräumte Küche her und dabei bekümmerte Gedanken über die merkwürdigen Ansichten von kleinen Buben.

Die Nächte nach den zwei Pflegetagen waren allerdings anstrengend. In denen diskutierte Gretchen heftig mit Marie-Luise. Voll der neuen Eindrücke, kam Marie-Luise sowohl am Donnerstag als auch am Freitag heim und wusste Gretchen Erstaunliches zu berichten. Auf der Tagung ging es gar nicht, wie die Mama vermutet hatte, um Esoterik. Den Trip hatte die Ma-Lu hinter sich! Nun war sie auf dem Mond-Trip. Die Mond-Religion wollte sie eingeführt haben. Mond nämlich, belehrte sie Gretchen, sei das weibliche Prinzip, Sonne das männliche. Und das gehöre abgeschafft. Auf das weibliche Prinzip habe man sich zu besinnen. Zuerst, informierte sie das staunende Gretchen, habe auf Erden Matriarchat geherrscht und Mondanbetung und alles sei gut gewesen. Dann sei das Patriarchat mit der Sonnenverehrung an die Macht gekommen und alles sei bös geworden!

Von »Göttin der kosmischen Nacht« referierte Ma-Lu und vom »Magischen im Weiblichen«. Gretchen, die nichts von Mondgöttinnen und dem Magischen hielt, widersprach, bestand auf Feminismus ohne Mond und Magie, wurde von Ma-Lu unterbrochen, verbat sich die Unterbrechung und versuchte Ma-Lu zu überzeugen, dass es auch mit simpler Partnerschaft gehen müsse, und bekam gesagt, dass sie alles »zu eng« sehe.

Den Kopf noch immer voller Mondweisheiten, kehrte Gretchen am Samstagvormittag nach Hause zurück und traf auf einen vergrämten Papa. Der gute Mann war derart vergrämt, dass sogar seine Schnurrbartzipfel, die ansonsten – zu niedlichen Sechserlocken gekringelt – hochstanden, triste kinnwärts baumelten.

Gretchen ahnte, dass den Papa ihre doppelte nächtliche Abwesenheit so frustriert hatte, doch sie stellte sich unwissend. In allerheiterster Tonlage fragte sie: »Hast schon gefrühstückt, Papa?«

»Natürlich«, antwortete der Papa eisig.

»Sind die Mama und das Mädi einkaufen?« Gretchen behielt die heitere Stimmlage bei.

»Ich nehme es an!« Der Papa weigerte sich aufzutauen.

»Sag, Papa, muffelst du?«, fragte Gretchen scheinheilig.

»Aber keine Spur«, sagte der Papa giftig. »Wie könnte ich denn? Dazu gibt es ja nicht den geringsten Anlass, oder?«
»Sowieso nicht, Papa«, gurrte Gretchen.
Da hielt es der Papa nicht länger aus!
»Mach dich vielleicht noch lustig über mich!«, rief er. »Gehst einfach nicht in die Schule, nur um dieses Balg zu hüten, und findest es nicht einmal der Mühe wert, am Abend heimzukommen.«
»Papa, wer ist da ein Balg!« Gretchen schüttelte rügend den Kopf.
»Entschuldigung«, sagte der Papa. »Das ist mir nur so rausgerutscht. Der arme Pepi kann ja wirklich nichts dafür!«
»Was hast denn dagegen, wenn ich bei der Marie-Luise schlafe?«, fragte Gretchen. »Irgendwie bin ich doch auch dort zu Hause. Es hat mir Spaß gemacht, in meinem alten Bett zu nächtigen.«
»Dein Bett ist hier!« Der Papa zeigte mit ausgestrecktem Wurst-Zeigefinger in Richtung Gretchen-Zimmer.
Nun wurde Gretchen eisig. »Was ich als mein Bett betrachte, werter Papa, ist wohl meine ureigene Angelegenheit, das bestimmst nicht du!«
»Ach so!« Der Papa bekam vor lauter Erregung viel zu viel Blut in den Kopf. Knallrot wurden seine Stirn und seine Wangen. »Ja, ja«, brüllte er. »Leg dir nur überall ein Bett zu! Auch noch eines beim Hinzel, und bei diesem Kalbs-Kopf vielleicht auch noch eines!«
»Aber Papa!« Gretchen musste lachen. Die Vorstellung, im Hause Kalb ein Bett zu haben, war zu komisch.
»Lach nicht!« Jetzt waren auch schon die Ohren vom Papa knallrot.
Gretchen bemühte sich um ein seriöses Gesicht. Es gelang ihr. Sie hockte sich auf die Sitzbank, legte brav die Hände

auf die Knie, schaute den Papa an und sprach: »Also, ich lach nicht mehr. Sprich dich aus mit Worten. Ich höre dir aufmerksam zu.«

Der Papa war irritiert. Ohne Gretchens Widerrede wusste er in seinem Text nicht weiter. »Also«, sagte er, »also …«

»Also was?«, forschte Gretchen.

»Also! Jeder Mensch hat Pflichten!« Der Papa hatte sich in seiner Rolle wieder halbwegs zurechtgefunden. »Und deine Pflicht ist die Schule. Dieser Pflicht hast du nachzukommen.«

Gretchen nickte. »Genau meine Absicht, Papa!«

»Tust du aber nicht! Das ist es ja!«, rief der Papa, fasste seine Schnurrbartzipfel zwischen Daumen und Zeigefinger und zerrte sie talwärts.

»Doch, doch«, sagte Gretchen. »In knappen vier Wochen, lieber Papa, werde ich dir ein Zeugnis mit einem Notendurchschnitt von, schätzonometrisch, einskommadrei überreichen. Das ist eine Rarität, das ist, finde ich, schon ein bisschen mehr als normale Pflichterfüllung.«

Der Papa ließ sich Gretchen gegenüber in einen Lehnstuhl plumpsen. »Zur Pflicht gehört auch das Hingehen!« Er zerrte so heftig am Schnurrbart, dass seine Oberlippe schon weit über die Unterlippe reichte. »Ich muss auch jeden Tag in die Firma gehen und kann nicht wegbleiben. Da hätt ich bald meinen Job verloren!«

»Wie bitte?« Gretchen beugte sich vor. Sie hatte den Papa nicht verstanden. Wenn einer die Oberlippe über die Unterlippe zieht, kommt er beim Reden ins Nuscheln.

Der Papa ließ den Schnurrbart los und wiederholte seine Meinung über Anwesenheitspflicht und Jobverlust.

Gretchen sagte: »Aber bei mir ist wirklich keine Gefahr, dass sie mich kündigen.«

»Das ist aber keine Arbeitsmoral«, sagte der Papa.
»Ach, Papa!« Gretchen stand auf, hockte sich auf eine Armlehne vom Papa-Stuhl und lehnte ihren Kopf an die schwarzen Ringellocken vom Papa. Die Ringellocken rochen nach Kamille und Zigarettenrauch. »Verzapf doch nicht so einen Scheibenkleister«, sagte sie leise in die Ringellocken hinein. »Arbeitsmoral und so, das ist ja nicht der Punkt, Papa!« Gretchen fuhr mit einer Hand in die Ringellocken und kraulte den Papa-Schädel. »Ich bin nicht der Maikäfer, den man in eine Zündholzschachtel sperren kann. Ich bin der Maikäfer, der fliegt!«
Der Papa seufzte. Kopfkraulen machte ihn immer hilflos. »Ja, ja«, murmelte er. »Ihr fliegt alle und ich bin der fette Engerling, der nicht einmal vom Fleck krabbeln kann!«
»Aber nein, Papa!« Gretchen hauchte einen Kuss auf die schwarzen Ringellocken. »Du bist der Maikäfer-Papa, der sich freut, weil seine Maikäfertochter so hübsch fliegen kann. Bist du doch, oder?«
»Nein«, murmelte der Papa.
Kurz danach kamen die Mama und das Mädi vom Einkaufen heim.
Das Mädi erkundigte sich nach dem Befinden vom Pepi und wollte wissen, ob er heute oder morgen besuchsfähig sei. Die Mama erkundigte sich nach dem Befinden vom Papa und wollte wissen, ob er Gretchen einen Skandal gemacht habe.
Gretchen teilte dem Mädi mit, dass der Pepi zwar bettlägrig, aber jederzeit besuchsfähig sei; falls sich das Mädi nicht vor Ansteckung fürchte. Und der Mama flüsterte sie zu: »Probiert hat er es schon.«
»Wer hat was probiert?«, wollte das Mädi, dem Geflüster nie entging, wissen. »Warum tuschelst du so, Gretchen? Was

soll ich denn schon wieder nicht mitkriegen?«
Gretchen ignorierte die Mädi-Beschwerde.
»I am him over«, sagte sie zur Mama. »Against me, he never comes up!«
Die Mama lachte.
Das Mädi brüllte: »Red nicht englisch, Gretchen, nur damit ich es nicht verstehen kann!«
Die Mama wollte das Mädi ablenken. Sie holte einen Sack Gummibärli aus einer der Einkaufstaschen. »Da, Mädi«, lockte sie. »Da sind deine Gummibären!«
Das Mädi scherte sich nicht um die Gummibärli. »Wenn du so gemein bist«, brüllte sie Gretchen an, »dann bin ich auch so gemein und richte dir nicht aus, was ich dir unbedingt ausrichten soll. Ätsch!«
»Do, what you not can let«, sagte Gretchen zum Mädi. Manchmal machte es Gretchen Spaß, das Mädi zu reizen.
»Ich sage es dir echt-echt-echt nicht«, kreischte das Mädi.
Gretchen half der Mama den üppigen Samstagseinkauf teils im Eisschrank, teils in den Schränken zu verstauen.
»One day, sister, I cut up your tongue!«, sagte sie zum Mädi. Sie nahm nicht an, dass ihr das Mädi tatsächlich von irgendjemandem irgendetwas auszurichten hatte.
»Und dabei ist es ganz wichtig! Und jetzt wirst du es nie erfahren!«, schrie das Mädi.
Die Mama legte sich die Hände über die Ohren. »Mädi, ich flehe dich an«, rief sie. »Das ist ja nicht auszuhalten, schrei doch etwas leiser!«
Die Stimme vom Mädi war schon in normaler Tonlage unhübsch-schrill, aber wenn das Mädi aufgeregt war und schrie, dann war das enervierend, dann kreischte sie wie eine Kreissäge ohne Schmieröl.
»Leise schreien geht nicht!«, schrie das Mädi, schnappte sich

den Gummibärli-Familienpackung-Sack, riss ihn auf, stopfte sich den Mund voll Gummibärli und lief aus der Küche.
Die Mama nahm die Hände von den Ohren.
»So ein Wahnsinnsweib«, sagte Gretchen.
»Was dir das Wahnsinnsweib ausrichten sollte«, sagte die Mama, »ist, dass der Konni da war und dich dringend sprechen wollte.«
»Der Nachbar-Konni?« Gretchen war höchst erstaunt. Der Nachbar-Konni hatte sie noch nie dringend sprechen wollen. An der Sackmeier-Tür hatte er bisher nur geklingelt, um sich einen Schraubenzieher, Zigaretten oder Eiswürfel zu borgen. Gretchens Kontakt zum Konni beschränkte sich auf Smalltalk im Treppenhaus oder bei der Straßenbahnhaltestelle. Und eine Zeit lang, aber das war schon lange her, hatte sie ihn ein paar Mal bei Gabriele getroffen. Damals war Gabriele mit einem Eberhard innig befreundet gewesen und dieser »längst verflossene« Eberhard war mit dem Konni in eine Klasse gegangen.
Der Konni war ein Jahr älter als Gretchen. Die Schule hatte er hinter sich. Vor ein paar Tagen hatte er die mündliche Matura bestanden.
»Was kann denn der wollen?«, sann Gretchen, an einer Haarsträhne kauend.
»Vielleicht ist er in Liebe zu dir entflammt!« Die Mama lachte.
»Das wär aber eine Spätzündung!« Gretchen lachte auch. »Vor zehn Jahren hätt er das tun sollen. Damals wär ich auf ihn gestanden.«
»Die meisten Dinge im Leben kriegt man, wenn man sie nicht mehr haben will«, sagte die Mama.
»Der Konni hat eh eine tolle Braut!« Gretchen spuckte die Haarsträhne aus. »Hast die noch nicht gesehen? So eine

schwarzhaarige Schöne. Dreimal die Woche kommt sie. Und zwölf Minuten vor Mitternacht haut sie immer ganz hektisch ab!«

Die Mama nickte. »Zur letzten Bim-Bim, nehme ich an!«

Der Papa kam in die Küche. Er inspizierte den Rest vom Einkauf, der noch nicht verstaut war. Gretchen stellte fest, dass seine Schnurrbartenden wieder hochstrebten und auf Sechser gekringelt waren.

Erfreut nahm der Papa einen Plastikbecher zur Kenntnis, in dem – in milchiger Flüssigkeit – eine braune Kugel schwamm.

»Geräucherter Mozzarella!«, rief er. »Schööööööön! Hast frisches Basilikum auch bekommen?«

Die Mama zog wortlos einen Topf Basilikum aus einer Tragetasche. Der Papa öffnete den Plastikbecher und beschnupperte genüsslich die braune Kugel. »Kriegen wir den heute oder morgen?«, fragte er.

Die Mama schwieg.

Der Papa stellte den Plastikbecher auf den Eisschrank. »Sprechen Gnädigste nicht mehr mit mir?«

Die Mama schwieg.

»Und wie lange werden Gnädigste im Redestreik sein?« Der Papa drückte den Deckel auf den Mozzarella-Becher.

Die Mama lehnte sich in die Küchentür und verschränkte die Arme über der Brust.

Und schwieg.

Der Papa wandte sich an Gretchen. »Sie ist böse auf mich. Nur weil ich es gewagt habe, meine Meinung zu äußern!«

»Er hat etwas sehr laut geäußert!« Die Mama wandte sich auch an Gretchen. »Herumgebrüllt hat er wie ein Irrer! Das ganze Haus, vom Parterre bis zum Dachboden, hat garantiert jedes Wort mitgekriegt!«

»Also bitte! Es tut mir Leid!« Nun sprach der Papa wieder die Mama an. »Was muss ich tun, um mir dein Wohlwollen zurückzuerobern?«
Gretchen huschte an der Mama vorbei aus der Küche. Sie wollte einer elterlichen Versöhnung nicht hindernd im Wege stehen. In ihrer Anwesenheit, das hatte Gretchen schon oft bemerkt, war die Mama wesentlich weniger kompromissbereit. Wahrscheinlich, vermutete Gretchen, wollte die Mama dann im Sinne von »Vorbildcharakter« nicht klein beigeben.
Im Vorzimmer wurde Gretchen von einem gröberen Gähnanfall heimgesucht. Eine – fast – schlaflose Nacht hat eben Folgen. Gretchen überlegte, ob sie sich ein Mittagsschläfchen gönnen solle. Sie beschloss sich diesen Luxus zu gestatten. Aber vorher, dachte sie, schau ich noch zum Konni hinüber. Sonst lässt mich die Neugier nicht friedlich einschlummern!

7. Kapitel

in dem aus zwei Traumhäusern eines wird und
die Mama deshalb der Neigung entsagt.

Die Nachbartür wurde von der Konni-Mutter geöffnet.
»Ach, das Gretchen«, rief sie, ließ Gretchen ein und geleitete sie in das Wohnzimmer. Gretchen war noch nie im Leben so tief in die Nachbarwohnung eingedrungen. Nur das Vorzimmer war ihr bekannt.
Gretchen setzte sich in den geblümten Polstersessel, den ihr die Konni-Mutter zuwies. Verstört ob der Wohnzimmerpracht, blinzelte sie. So viel an Mobiliar und Zierrat aller Art hatte Gretchen noch nie in einem Raum vereint gesehen. Sie dachte: Wie ein Trödler-Lager, nur nicht staubig, sondern hochglanzpoliert!
Die Konni-Mutter missdeutete Gretchens Blinzeln. Stolz tat sie kund: »Ich bin eben eine leidenschaftliche Sammlerin! Bloß ein bisschen eng wird es dadurch!«
Da hatte die Konni-Mutter wahrlich Recht! Mit dem, was in das Wohnzimmer gepfercht war, hätte man mühelos eine Fünfzimmerflucht komplett möblieren können. Gretchen erblinzelte außer einem Esstisch samt sechs Stühlen, Sitzgarnitur für acht Personen mit Couchtisch, Fernsehapparat und Bücherwand noch zwei Bauernschränke (einer abgebeizt, einer bemalt), eine Kinderwiege (mit Grünzeug statt Baby), zwei Betschemel (rosaseidig bespannt), einen Ladenkasten (biedermeierlich, mit einem Regiment Sabbatleuchtern obendrauf), einen Samowar (Messing mit Girlandenwülsten), ein Spinnrad (als Stehlampe verkleidet), eine

Holztruhe (eisenbeschlagen), ein Stehpult (zur Hausbar umgewidmet), ein Butterfass (das Zeitungsständer spielte), einen Sautrog (Granit und voll Kakteen) und eine riesige Monstranz, in der das »Allerheiligste« durch ein Foto vom Konni-Vater ersetzt war. Und an zwei Wänden hingen alte Spiegel, dicht an dicht, und vervielfältigten die ganze Pracht auf das Entsetzlichste.

»Der Konni kommt gleich, der ist nur in die Trafik gelaufen«, sagte die Konni-Mutter. »Ich mach uns einmal Kaffee.«

Gretchen war derart erschlagen von der Wohnzimmerpracht, dass sie gegen den Kaffee keinen Protest einlegte, obwohl sie befürchtete, der könnte ihren Mittagsschlaf beeinträchtigen. Die Konni-Mutter wieselte in die Küche, Gretchen lehnte sich im Sessel zurück. Über ihr, von der Decke herab, dräute ein riesiges Wagenrad, von roter Seidenrüsche umgeben, die Speichen mit unzähligen Glühlämpchen bestückt. Gretchen schloss die Augen.

Noch bevor die Konni-Mutter mit dem Kaffee kam, war der Konni da und rief: »He, Frau Nachbarin! Das haben wir ja gern! In der Nacht nicht heimkommen, sich herumtreiben und dann am hellen Tage Dornröschen spielen!«

Gretchen fuhr aus dem Dösen hoch. »Woher weißt du, was ich in der Nacht mache?«

Der Konni grinste. »Bevor deine Mutter die Fenster zugemacht hat, war es nicht zu überhören, und nachher war es noch immer gut zu erlauschen!« Er deutete auf seine Mutter, die mit dem Kaffee hereinkam. »Mein Muttertier hat heute extra das Staubsaugen bleiben lassen aus Angst, sie könnte im Staubsaugergebrumm die Fortsetzung vom Sackmeier-Streit verpassen!«

Die Konni-Mutter stellte Kaffee und Geschirr auf dem Couchtisch ab. Ungerührt sagte sie: »Ich nehme eben Anteil

an der Menschheit.« Sie schob eine Kaffeetasse zu Gretchen hin. »Art déco!«, erklärte sie.
Gretchen fühlte sich verpflichtet »Sehr schön« zu murmeln und die Tasse eingehend zu bestaunen. Die Tasse glich haarscharf den ausrangierten Tassen der Zwettler-Oma. Gretchen nahm sich vor beim nächsten Zwettl-Besuch so eine Tasse vom Dachboden zu holen, mit heimzunehmen und bei einem Antiquitätenhändler vorzuzeigen. Vielleicht, dachte sie, bringt das ungeahntes Zusatz-Taschengeld.
Die Konni-Mutter schenkte Kaffee ein und setzte sich neben Gretchen. Der Konni zog einen Betschemel heran und hockte sich auf den.
Die Konni-Mutter sagte: »Also, der Konni ist in einer blöden Lage, weil er immer so spontan ist. Und so voreilig! Und da zieht er dann immer den Kürzeren! Klar, dass man gleich was hat anzahlen müssen, aber warum immer er? Die anderen sind ja auch keine armen Schlucker! Die hätten …«
»Muttertier«, unterbrach der Konni den mütterlichen Redefluss, »dürfte ich vielleicht der Frau Nachbarin selbst sagen, worum es geht?«
»Aber natürlich, pardon!« Die Konni-Mutter lächelte ihrem Sohn zu.
»Meine Freundin und ich …«, begann der Konni, aber seine Mutter fiel ihm schon wieder ins Wort: »Die hast du sicher schon gesehen, Gretchen! Die ist ja oft bei uns!«
»Muttertier!«, brüllte der Konni.
»Ich bin eh schon still.« Die Konni-Mutter machte ein zerknirschtes Gesicht.
»Also die Martina und ich«, sagte der Konni zu Gretchen, »wir wollten heuer den ganzen Sommer nach Griechenland. Und seit vielen Jahren schon habe ich da ein Traumhaus! Jedes Jahr im Urlaub hab ich das bewundert. Und heuer hab

ich – rein zufällig – einen kennen gelernt, der den kennt, dem das Haus gehört. Und da habe ich das Haus gemietet!«
»Und gleich im März«, rief die Konni-Mutter, »hat das Unglückskind die ganze Miete bezahlt!«
»Sonst hätte es mir wer weggeschnappt«, rief der Konni. »Nach dem Haus stehen doch die Leute Schlange!«
»Aber der Papa meint, eine Anzahlung hätte auch genügt«, rief die Konni-Mutter, »und unser Papa …«
»Muttertier!«, brüllte der Konni. »Wenn du mich noch einmal unterbrichst, fließt Blut!«
Diese Drohung wirkte. Die Konni-Mutter ließ den Konni reden und Gretchen erfuhr, dass der Konni mit Freundin Martina, deren Schwestern Gabi und Ursi sowie mit Freund Andreas, dessen Freundin Bibi und deren Freundin Lotti in diesem griechischen Traumhaus den Sommer hatte verbringen wollen. Aber nun hatte die Martina, und das stand schon felsenfest, für den Herbst eine Nachprüfung zu erwarten. In Mathematik. Und ihr Vater erlaubte ihr nun den Griechenlandurlaub nicht mehr. Strafweise hatte er die Martina zu einem Sommer in Ischl bei der Großmutter verurteilt und zur Strafverschärfung drei Doppelstunden Nachhilfeunterricht pro Woche verordnet.
Die Schwestern Gabi und Ursi, die jünger als Martina waren, ließ er ohne große Schwester nun auch nicht allein verreisen. Und der Konni-Freund Andreas hatte vorgestern einen Mopedunfall gehabt und lag sehr eingegipst im Krankenhaus. Gestern hatte er erfahren, dass seine Beine sechs Wochen im Gips bleiben müssten, sein Rückgrat aber drei Monate in einem Gipsmieder stecken werde. Er war also griechenlandunfähig. Und seine Freundin Bibi wollte dem armen, vergipsten Luder beistehen. Und ihre Freundin Lotti wollte ohne Bibi nicht nach Griechenland. Wenn schon ohne

Bibi, dann gleich mit ihren Eltern, denn die flogen nach USA.
Jedenfalls hatte der Konni nun ein schönes Haus auf einer griechischen Insel für zwei Monate gemietet und kein Schwein, das dort zu urlauben gedachte.
»Alle meine anderen Haberer«, sagte der Konni, »haben die Ferien schon längst verplant, die können nicht mehr umbuchen!«
»Am liebsten wollte der Konni ja unter diesen Umständen auch daheim bleiben«, meldete sich die Konni-Mutter wieder zu Wort. »Aber er hat sich nach der Matura-Plackerei doch Ferien verdient. Und wenn die Martina in Ischl von diesem Speidrachen von einer Oma bewacht wird, hat er ja auch nichts davon, wenn er dableibt. Und überhaupt, ich finde, er sollte sich von dieser Schauderfamilie fern halten! Die Martina ist ja ganz lieb, aber diese Trottel-Familie schiebt unserem Konni die Schuld an der Nachprüfung in die Schuhe. Er hat sie angeblich vom Lernen abgehalten. Er sie! Er hat glänzend die Matura bestanden! Wenn er genug Zeit zum Lernen gehabt hat, wird es ihr daran wohl auch nicht gemangelt haben.«
»Ich wollte eigentlich im FALTER nach Untermietern inserieren«, sagte der Konni. »Aber da weiß man nie, welche Typen man sich letzten Endes einhandelt. Also hab ich gedacht, ich frag erst einmal die Frau Nachbarin. Oder bist du auch schon verplant?«
Der Konni holte die Brieftasche aus der Hose und entnahm ihr ein Foto. »Das wär's.« Er schob Gretchen das Foto zu. Auf dem Foto war ein weißes Haus, einstöckig, mit Flachdach, blitzblauen Fensterläden, blitzblauer Haustür und weißem Balkon über der Haustür. Zur Haustür führten zwei weiße Stufen. Auf denen saßen zwei rote Katzen. Rechts

und links von den Stufen war je ein Oleanderbäumchen in einer grünen Blechdose.
»Gleich dahinter ist das Meer«, erklärte der Konni. »Und gleich gegenüber ist das Café Klebestuhl, das heißt so, weil man mit dem Hintern auf den Plastiksesseln kleben bleibt! Und daneben ist eine alte Kapelle, aber die ist außer Gebetsbetrieb!«
»Der Konni ist jedes Jahr dort in dem Ort«, sagte die Konni-Mutter, »und es wär doch wirklich saudumm, wenn er endlich an sein Traumhaus kommt, und dann ist es wieder nichts.«
»Muttertier, willst nicht langsam Futter kochen?«, fragte der Konni.
Die Konni-Mutter erhob sich. »Ja, ja«, sagte sie ohne Anflug von Gram in der Stimme. »Ich habe den diskreten Wink verstanden!« Sie schenkte Gretchen und Konni Kaffee nach und ging aus dem Wohnzimmer.
Gretchen starrte das Foto an. Sie hatte das Haus sofort wieder erkannt. Es war nicht nur Konnis Traumhaus, es war auch das ihre.
Vergangenen Sommer waren die Sackmeiers in Griechenland auf Urlaub gewesen. Auf Naxos. Einmal hatten Gretchen, die Mama und das Mädi mit dem Schiff einen Ausflug gemacht. Der Papa und Hänschen hatten natürlich nicht daran teilgenommen. So stressige Sachen lagen ihnen nicht! Der Papa und Hänschen lagen im Urlaub bloß immer im dürftigen Schatten herum oder trieben auf Luftmatratzen im seichten Wasser. Dreimal hatte das Ausflugsschiff in Häfen von Nachbarinseln angelegt. Beim dritten Landurlaub, auf Paros, hatte Gretchen das Haus gesehen. Zwei Engländer mit Sonnenbrand, einer jung, einer wesentlich älter, waren auf den weißen Stufen vor der Haustür gesessen und

hatten Dosenbier getrunken. Sie hatten die Mama und Gretchen auf ein Bier einladen wollen. Aber das Mädi hatte das nicht zugelassen.

»Wenn die keinen für mich haben«, hatte sie empört gekreischt, »dann kommt das nicht in Frage! Immer quatscht ihr mit Leuten, die keine Kinder haben. Nie schaut ihr, dass ich auch einen zum Spielen krieg!«

Gretchen hatte sich auf den ersten Blick in das Haus verliebt. Immer wieder, auch nach dem Urlaub, war ihr das Haus eingefallen.

»Mitbringen kannst natürlich auch wen«, sagte der Konni. »Je mehr, je besser.« Er beugte sich zu Gretchen. »Die Hütte hat nämlich mehr gekostet, als ich dem Muttertier gesagt habe. Wenn da niemand mitzahlt, bin ich bankrott.«

In Gretchens Kopf flitzten die Gedanken kreuz und quer, wirbelten in Spiralen und pängten aufeinander. Der Hinzel will mit dir nach Jugoslawien! Der Florian will mit dir Europa-quer! Und wenn die Mama der Neigung nachgibt, dann droht auch Portugal! Sei vernünftig, mach nicht alles noch verzwickter!

Doch mit einem Male legte sich das Gedankenflitzen und Wirbeln in Gretchens Kopf und nur mehr ein einziger, sehr ruhiger Gedanke war da: Ich will in dieses Haus, und was die andern wollen, ist nicht meine Sache!

Gretchen legte das Foto auf den Couchtisch und nickte dem Konni zu.

»Verplant bin ich zwar mehrfach«, sagte sie, »aber mit mir kannst rechnen, ich bin den Sommer über deine Untermieterin!«

Nicht einmal nach Kosten für diese Untermiete fragte Gretchen. Für manche Wunscherfüllungen, sagte sie sich, hat man von haushalterischen Tugenden Abstand zu nehmen. Mit Handschlag fixierte Gretchen den Mietvertrag, aß noch zwei Teller vom griechischen Salat, den die Konni-Mutter brachte, erhielt, während sie futterte, von der Konni-Mutter noch weitere Informationen über den Wert des Wohnzimmermobiliars und begab sich hierauf, leise vor sich hin summend, in das traute Heim zurück und wunderte sich über ihre fröhliche Gelassenheit. Denn eigentlich, fand sie, wäre ihr panische Gemütslage weit eher zugestanden. Was ihr nun an Konflikten mit diversen Bezugspersonen drohte, war schließlich keine Kleinigkeit!

Gretchen überlegte, wem sie zuerst die neue Urlaubslage beibringen sollte. Da hatte sie ja reichlich Auswahl! Auf keinen Fall dem Hinzel, dachte sie. Der verfällt mir in Depression. Und da werde ich schwach. Der mag Paros nicht. Der hat gesagt, dass das eine Schickimicki-Insel ist! Der will in das jugoslawische Kaff! Ins Untermietzimmer vom dortigen Briefträger!

Zuerst rede ich mit dem Florian, dachte Gretchen. Der wird fluchen und schimpfen.

Da kann ich zurückfluchen und zurückschimpfen. Das fällt mir leichter!

Doch dann stand Gretchen im Wohnzimmer vor ihrer inzwischen durch Hänschen komplettierten Familie, die vom Mozzarella-Mampfen hochschaute und einstimmig fragte: »Na, was hat denn der Konni wollen?«

Wer zuerst fragt, bekommt zuerst Auskunft, dachte Gretchen, nahm zwischen der Mama und Mädi Platz und sprach, den Blick auf das Tischtuch gerichtet: »Wir haben ausgemacht, dass wir den ganzen Sommer über zusammen in Paros sein werden, in einem Haus, das zufällig unser beider Traumhaus ist!«

Nicht einmal Kaugeräusche waren mehr zu hören. Totenstill war es!
Gretchen hob den Blick vom Tischtuch und schaute in die Runde. Hänschen saß mauloffen da, Mädi nagte an der Unterlippe, die Mama lächelte. Der Papa hatte die Augen zugekniffen, als ob ihn die Sonne blendete, und zwirbelte seine Schnurrbartzipfel kinnwärts.
»Es tut mir Leid«, sagte Gretchen, »wenn ich dadurch irgendjemandes Absichten beeinträchtige.«
»Red nicht so saublöd geschwollen!« Der Papa ließ den Schnurrbart los, ballte die Hände und hieb mit beiden Fäusten auf den Tisch, dass etliche Teller erschrocken zu tanzen anfingen.
Das Mädi kreischte: »Dann fahr ich aber auch nicht nach Portugal! Dann fahr ich mit dem Pepi zu seiner Oma. Die nimmt mich, hat sie gesagt! Der Pepi hat sie schon gefragt!«
»Und ich bleib den ganzen Sommer bei unserer Oma!«, rief das Hänschen.
»Seid ihr alle verrückt geworden?« Der Papa sprang auf und galoppierte durch das Wohnzimmer, vom Fenster zur Tür, von der Tür zum Fenster. Und wieder zurück. Auf und ab, ab und auf. Wenn sich der Papa sehr erregte, konnte er nicht still sitzen.
»Sackmeier, hör zu rennen auf«, sagte die Mama. »Ich empfinde dein Herumgerenne als Psychoterror, es schüchtert mich ein.«
Der Papa ließ sich auf die Sitzbank fallen.
»Ich halte es nicht für sinnvoll«, sagte die Mama, »eine motzende Brut in den Flieger nach Portugal zu setzen.«
»Was habt ihr denn plötzlich gegen Portugal?«, rief der Papa.
»Sackmeier, es geht nicht um Portugal«, sagte die Mama

milde. »Es geht darum, dass in dieser Familie jeder seinen eigenen Urlaubsweg gehen will.«
»Und welcher Wege willst du gehen?« Der Papa starrte die Mama an. »Sag es nur ruhig, lass es raus.« Er sprang auf und galoppierte wieder zwischen Tür und Fenster hin und her. »Na? Wollen Gnädigste mit Marie-Luise zum Nordpol? Oder allein nach Nicaragua? Unterwegs macht eine schöne Frau ja sowieso ausreichend Bekanntschaften!«
Die Mama lehnte sich im Stuhl zurück und schaute dem Papa mit übertrieben gerunzelter Stirn beim Herumgaloppieren zu.
»Pardon! Das ist ja Psychoterror!« Der Papa plumpste wieder auf die Sitzbank.
»Danke, Sackmeier!« Die Stirn der Mama glättete sich, versonnen betrachtete die Mama den dicken Papa im Gepolsterten. »Wie wär's denn«, fragte sie, »wenn wir zwei beide, du und ich, zu zweit allein, irgendwohin fahren. Schottland vielleicht? Dort hast du doch immer schon hinwollen.«
»Du und ich, zu zweit allein?« Der Papa bekam Glitzerglupschaugen.
»Na, übel?« Die Mama lächelte dem Sackmeier-Berg wohlwollend zu. Das Lächeln schnitt Gretchen ins Herz. Es war nämlich nicht nur wohlwollend, sondern auch entsagend. Doch niemand außer Gretchen schien das zu merken. Außer Gretchen wusste ja auch niemand, dass sich die Mama einen Urlaub allein-allein und nicht zu-zweit-allein erträumt hatte.
Mädi und Hänschen kapierten, dass papaseits ihren intimsten Ferienwünschen kein Widerstand mehr entgegengesetzt wurde. Das Mädi stieß einen schrillen Kreisch-Quietscher aus und jappelte ins Vorzimmer zum Telefon, um Marie-Luise und den Pepi anzurufen.

Hänschen lächelte wie der gute Mond im Bilderbuch, grapschte sich blitzschnell die Mozzarella-Reste von den Tellern, stopfte sie in den Mund und sprach, winzige Käsebröckerl spuckend, mit verklärter Stimme: »Das wird ein Spitzensommer! Ich dreh durch vor Glück!«

Gretchen stapelte das schmutzige Geschirr und wollte es in die Küche tragen.

»Mach ich schon!« Hänschen nahm ihr den Tellerstoß ab. Gretchen stand wie Lots Weib und schaute dem abwatschelnden Hänschen nach. Das war ja nicht möglich! Hänschen bewegte sich freiwillig! Hänschen war hilfreich! Hänschen tat sogar, an den Scheppergeräuschen war das zu hören, das Geschirr in die Spülmaschine! Und dann kehrte das Hänschen zurück und fragte Gretchen:

»Gretchen, kannst du mir bei der Mathe-Hausübung was erklären?«

In Lots Weib kam wieder Bewegung. Gretchen nickte. »Na klar doch«, sagte sie und dachte: Da könnte ja glatt ein Wunder seinen Anfang nehmen, ein mittleres Hänschen-Wunder. Jetzt darf mir kein Fehler unterlaufen, sonst erstickt das Wunder im Keime!

Gretchen folgte dem Bruder in sein Zimmer. Hänschen holte den Mathe-Kram aus der Schultasche. »Den ganzen Sommer in Zwettl«, sagte er. »So viel Glück gibt's ja gar nicht!«

Gretchen konnte sich zwar absolut nicht vorstellen, wo in einem Zwettl-Sommer auch nur ein Tupferl Glück zu finden wäre, aber sie nickte Hänschen zu. Ein Hänschen, das sich freute, hatte sie schon lange nicht mehr erlebt. Den Verdacht, dass das Hänschen-Glück aus Faul-im-Birnbaumschatten-Liegen und Unmengen Oma-Futter zusammengesetzt sein werde, unterdrückte sie.

Hänschen schlug das Mathe-Buch auf. Seine Glücksmiene

umwölkte sich. Gretchen legte Zuversicht in ihre Stimme: »Wir zwei Blitzkneißer, wir haben das sicher gleich! Das schaukeln wir in null-Komma-Pepi!«
Hänschen zeigte auf eine Seite mit Schlussrechnungen. »Er hat gesagt, das ist eine Hausübung zum Ausruhen! Ein Kinderspiel! Aber ich kann das nicht, das geht nämlich mit zwei Unbekannten und das versteh ich nicht.«
Gretchen nahm Hänschen das Buch aus der Hand und schaute auf die angekreuzten Beispiele. Die Rechnungen waren nicht kinderleicht, sie waren babyleicht. Gretchen ließ sich das nicht anmerken. Sie tat, als müsse sie hart überlegen. Dem Hänschen schien das wohl zu tun.
Das erste Beispiel lautete: Fritz hat zwei Sparbüchsen. Tut er in die eine noch fünf Schilling, ist in ihr so viel wie in der zweiten. Tut er in die zweite noch zehn Schilling, ist in ihr doppelt so viel wie in der anderen. Wie viel ist in jeder?
»Du hast ganz Recht«, fing Gretchen an, »da haben wir zwei Unbekannte.«
Hänschen nickte stolz.
»Und was nennen wir Ix und was Ypsilon?«, fragte Gretchen.
Hoffnungsvoll antwortete Hänschen: »Den Fritz nennen wir Ix, oder?«
Gretchen unterdrückte jegliche Anzeichen von Verstörung. Sie sagte bloß: »Du, das wäre nicht ganz so gut. Der Fritz ist uns ja bekannt. Unbekannt ist uns das Geld in den Sparschweinen.«
»Genau«, rief Hänschen. »Das Geld in der einen Sau ist Ix, das Geld in der anderen Sau ist Ypsilon!«
Gretchen nickte begeistert.
»Und jetzt?« Hänschen schien nach dieser grandiosen Ein-

sicht, die Unbekannten betreffend, schon wieder erschöpft und ratlos.
»Da in einem Sparschwein um fünf Öschis mehr sind als im anderen«, dozierte Gretchen, »können wir also sagen, dass Ix und fünf Ypsilon ist. Und Ypsilon und zehn ist zweimal Ix.« Gretchen hörte zu dozieren auf. Das Hänschen schaute nicht so drein, als ob er ihrem Gedankengang gefolgt wäre. Gretchen merkte, dass Rechnen-Können und Erklären-Können zweierlei Talente sind. Und Geduld-Haben ein drittes.
»Hast du noch deine Murmelsammlung?«, fragte Gretchen.
Hänschen hatte sie noch und holte sie bereitwillig herbei. Gretchen suchte fünfzehn rote Murmeln und zwanzig grüne Murmeln aus der Murmelschachtel heraus. Sie legte die roten Murmeln in einen Schachteldeckel und die grünen Murmeln in einen anderen.
»Das sind jetzt unsere Sparschweine.« Gretchen zeigte auf die Schachteldeckel. »Die roten sind Ix, die grünen Ypsilon!«
Dann spielten Hänschen und Gretchen mit den Murmeln. So lange, bis das Hänschen endlich kapiert hatte. Und er hatte tatsächlich kapiert, denn die weiteren sieben Beispiele, in denen es um Mitschüler, Schiffe, Winterkohle zweier Sorten, Stundenkilometer, Kekse, Arbeitslohn und Kuhmilch ging, löste Hänschen tadellos und ohne Murmel-Hilfe.
Hänschen war nach getaner Arbeit sehr matt, aber auch sehr stolz auf sich. »Gretchen«, lobte er, »du bist die beste Nachhilfelehrerin der Welt. Bei dem blöden Berti habe ich nie etwas verstanden. Aber bei dir habe ich es gleich kapiert!«
»Eh klar, Hänschen«, sagte Gretchen und verließ den Bruder mit dem tristen Gefühl: Das arme Schwein braucht keinen Nachhilfelehrer, das arme Schwein braucht ein Bataillon von Entwicklungshelfern!

8. Kapitel

in dem Gretchen dem Florian einen Kotzbrocken aufhalst und dem Papa ein Hinzel-Malheur unterläuft.

Den Samstagabend verbrachte Gretchen im Connection, das eine Disco war. Gretchen schätzte Disco-Life nicht allzu sehr. Die Musik, die da wummerte, war ihr zu laut und gefiel ihr auch nicht besonders gut. Gretchen war – unter Hinzels Anleitung – zu einem Jazz-Fan geworden. Ein Mozart-Fan war sie aus eigenem Antrieb. Pop- und Rockmusik schätzte sie nur in Grenzen, und was der Discjockey vom Connection auf den Plattenteller schmiss, lag meistens außerhalb dieser Grenzen. Außerdem war Gretchen keine Selbstdarstellerin. Nur selten überkam sie in letzter Zeit das Bedürfnis auf der überfüllten Tanzfläche des Connection ihren Seelenzustand in Bewegung umzusetzen.
Meistens lehnte Gretchen bloß an der Theke, schaute den Tanzenden zu und ließ sich von irgendeinem Mit-Thekensteher etwas in die Ohren brüllen.
An diesem Samstagabend war auch Ixi im Connection. Sie hatte sich schon auf der Tanzfläche abgestrampelt, als Gretchen gekommen war. Nun stand Gretchen an der Theke, nippte von einem lauwarmen Cola und beobachtete Ixi. Ixi schien guter Verfassung zu ein. Richtig happy und »voll drauf« war sie. Sie winkte Gretchen zu und schickte ihr eine Kusshand. Dann kam sie total verschwitzt zur Theke und bestellte sich Giftgrünes mit rosa Schaum obendrauf.
»Wie geht's, Sister?«, brüllte sie Gretchen zu.
Gretchen inspizierte Ixi eingehend und misstrauisch. Sie

stellte fest, dass Ixi garantiert weder eingeraucht war noch unter der Einwirkung von sonstigen Drogen zu stehen schien. Aber was hatte dann aus dem Häufchen Elend, das Gretchen in den letzten zwei Wochen tagtäglich im Waxlberger angetroffen hatte, eine strahlende, sorglose Ixi gemacht?

Ixi legte einen Arm um Gretchens Schultern, zog Giftgrünes durch einen violetten Halm hoch, stellte das Giftgrüne auf der Theke ab und brüllte Gretchen ins Ohr: »Der Galoschenherbert ist ein Trottel. Der, von dem ihm diese Typen in Berlin erzählt haben, ist gar nicht der, mit dem der Henna-Trampel zusammen war, das ist ein ganz anderer. Der, mit dem der Henna-Trampel zusammen war, der lebt jetzt in Holland. Von dem können diese Typen gar nichts wissen!«

Ixi holte sich wieder das Giftgrüne und saugte es ein. »Ich sag dir …« Sie strahlte richtig. »So happy wie heut war ich schon lang nimmer!« Ixi leerte ihr Glas, drückte Gretchen einen Kuss auf die Wange und begab sich auf die Tanzfläche zurück.

Gretchen hätte sich gern mit Ixi gefreut, aber es gelang ihr nicht. Der Berliner des Henna-Trampels war also eine Falschmeldung gewesen! Na und? Aber wenn sich Gretchen die Bums-Pyramide vorstellte, an deren Spitze Ixi stand, bekam sie Gänsehaut. Ixi mit dem Robert, der Robert mit den vielen Tussis, die vielen Tussis ihrerseits wieder mit vielen Typen und die vielen Typen … Eine nächste Panik-auf-der-Titanic schien da in greifbarer Nähe zu sein.

Während Gretchen diesen düsteren Gedanken nachging, kam der Florian Kalb zur Theke. Und mit ihm ein blondes Mädchen, das Gretchen noch nie gesehen hatte. Das blonde Mädchen schaute Gretchens Ansicht nach verboten aus. Hätte man es entkleidet und unter der Dusche von jeg-

lichem Kosmetikum befreit, hätte man eine etwas übergewichtige Maid erhalten, die mühelos in jedem Heimatfilm die Jung-Dirn vom Staller-Bauern hätte mimen können. Doch die Jung-Dirn hatte sich verkleidet. Über ihre Stirn herab bis zu den wasserblauen Augen baumelten Glasperlenfransen, die die Kulleraugen schielen machten. Was vom Haupthaar nicht mit Glasperlen bestückt war, stand steif und rosa gesprayt in Struwwelpeterlänge vom Kopf ab. Von den Ohrläppchen baumelten der Jung-Dirn links ein Plastikmond und rechts ein Plastikstern in Christbaumkeksgröße. Der Mond violett, der Stern grün. Um den Hals hatte das Wahnsinnsweib eine Kette aus Plastiktigerzähnen, ihre üppige Oberweite war in ein weißes Rüschenmieder gepackt, um ihre Hüften bauschte sich ein Miniballonrock, bunt groß kariert, aus dem zwei sehr stramme, sehr kurze Beinchen wuchsen, deren Füße in knallroten Lackschühchen mit 12-Zentimeter-Absätzen steckten. Der Florian schmatzte ein Küsschen auf das Mond-Ohr der Jung-Dirn und linste dabei verstohlen zu Gretchen. Als er sah, dass er im Blickfeld von Gretchen war, schmatzte er einen Kuss auf das Stern-Ohr der Jung-Dirn.
Gretchen verzog keine Miene. Sie kannte diese Florian-Taktik zur Genüge. Das sollte heißen: Schau her, Gretchen! Ich kann an jedem Finger zehn Bräute haben! Ich komme in die Disco, schau mich um und hab schon ein Beutestück an Land gezogen! Ich könnte jetzt gleich mit dieser Braut abdampfen und sexmäßig meinen Bedarf decken! Sei also so klug und decke du, wertes Gretchen, sexmäßig meinen Bedarf ab, sonst bin ich anderweitig vergeben und dir tut es dann Leid! Nun küsste der Florian zwischen den Glasperlenfransen herum.
Gretchen reichte es! Sie drehte sich vom Florian und der

Jung-Dirn weg und entdeckte weiter hinten, im Bauch der Disco, an einem Tisch im letzten Winkel, die Gabriele. Gretchen nahm ihr Colaglas und wurstelte sich zur Gabriele durch.

Im letzten Winkel war die Musik nicht ganz so laut. Da konnte man sich ohne Gebrüll verständigen.

Am Tisch bei der Gabriele saß die Anni Freudenthaler.

»Störe ich?«, fragte Gretchen.

Die Gabriele und die Anni versicherten, dass Gretchen absolut nicht störe. Gretchen holte sich von einem anderen Tisch einen freien Hocker und setzte sich zur Gabriele und zur Anni und erkundigte sich, ob es in der Schule irgendetwas gegeben habe, was sie wissen sollte.

»Die Mathe-Schularbeit war eine Sauerei«, sagte Gabriele. »Lauter Beispiele, die wir nie geübt haben, hat er gegeben. Wahrscheinlich gibt's eine Nachschularbeit. Bist also umsonst ferngeblieben, Alte!«

Gretchen machte sich nicht die Mühe den wirklichen Grund ihrer schulischen Abwesenheit zu erklären. Die Gabriele hätte ihr sowieso nicht geglaubt.

Die Anni schaute auf die Uhr und stieß einen kleinen Schreckensschrei aus. Es war schon elf Uhr vorbei. Und die Anni hatte immer nur bis elf Uhr Ausgang.

»Schwestern, ich muss!« Die Anni erhob sich. Bevor sie abmarschierte, sagte sie noch: »Eines schwör ich euch, wenn ich nicht mehr unter der Fuchtel von meinem Hausdrachen stehe, dann gehe ich ein Jahr lang überhaupt nicht mehr ins Bett!«

Kaum war die Anni weg, legte Gretchen Gabriele die neueste Entwicklung in der Urlaubsfrage vor. Gretchen hatte mit diesem Problem nicht vor der Anni herausrücken wollen. Die Anni führte, was Freiheit betraf, ein Kettenhund-Leben.

Nicht einmal über ein Wochenende durfte sie ohne elterliche Bewachung wegfahren. An einen papamamalosen Urlaub konnte sie höchstens in Zukunftsträumen denken. Gretchen fand es ungehörig, vor so einem armen Wurm ihre Luxus-Urlaubsproblematik darzulegen.
»Willst nicht mitkommen?«, lockte Gretchen.
»Kann ich mir nicht leisten«, sagte Gabriele betrübt.
»Geh!«, rief Gretchen. »Wenn ich den Hinzel zum Mitkommen überrede, wären wir zu viert für die Miete und kochen können wir selber, das kann ja nicht so teuer sein!«
»Ich kann mir nicht einmal Kritzendorf leisten«, sagte die Gabriele. »Heuer gibt's überhaupt keinen Urlaub bei uns!«
Gabriele holte einen Kamm aus der Hosentasche. »Und was ist mit dem Florian?«, fragte sie. »Willst, dass der auch mitkommt?«
Gretchen schnüffelte und kratzte sich den Bauch.
»Was sagst?« Gabriele beugte sich zu Gretchen.
Gretchen brüllte ihr ins Ohr. »Ich weiß nur, dass ich in das Haus will! Und wer mit mir mitfahren will, der soll!«
Gabriele scheitelte ihr Haupthaar und glättete es, Strähnchen um Strähnchen. »Na gratuliere«, sagte sie, »wennst mit zwei Beziehungskisten verreist, das kann ja hübsch werden! Übrigens: Ich glaub, die Ixi sucht noch was für den Urlaub. Nur weiß sie es noch nicht. Aber ich hab was läuten hören, dass der Robert mit einer anderen in die Türkei will.«
»Schwein«, sagte Gretchen.
»Das heißt«, sagte Gabriele, »wenn die Ixi überhaupt noch einmal zu irgendwas eine Lust kriegt. Die kannst ja über den Zaun hängen in letzter Zeit.«
Gretchen deutete zur Tanzfläche. »Das hat sie hinter sich. Die ist wieder total high und rackert sich seit Stunden ab!«
Die Gabriele stand auf, um einen Blick auf die wiederbe-

lebte Ixi zu erhaschen, doch zwischen ihr und der Tanzfläche waren zu viele Menschenleiber. Sie entdeckte Ixi nicht, setzte sich wieder und gab sich der Strähnchenglätterei hin. »Was hat sie denn gehabt?«

Gretchen fühlte sich zur Auskunft nicht autorisiert. »Weiß auch nicht«, murmelte sie und fragte dann, um das Thema zu wechseln: »Hast deinen Anatol gesichtet?«

Gabriele schüttelte bekümmert den Kopf. »Vielleicht morgen im Bad. Aber wenn es morgen wieder regnet, dann geb ich mir die Kugel!« Gabriele schnitt ein gequältes Gesicht. Nicht wegen der Selbstmordabsicht, sondern wegen eines Haarknotens im Strähnchen, das sie gerade bearbeitete. »Wahrscheinlich ist er irgendwo in einer Disco. Aber ich kann doch nicht von Disco zu Disco jappeln und nach ihm suchen. Ohne Eintritt zu zahlen, komm ich doch nirgendwo rein!«

Gretchen fand auch, dass Gabriele das nicht konnte. Selbst dann nicht, wenn in jeder Disco der Eintritt frei gewesen wäre.

»Aber ich steh halt so irre auf ihn«, jammerte Gabriele. »Jede Nacht träum ich von ihm. Und geschlafen haben wir auch schon miteinander!« Gabriele steckte den Kamm wieder in die Hosentasche. »Im Traum, meine ich. Ganz irre war das. Hinter der Schule, bei den abgestellten Fahrrädern. Und der Mathe-Lehrer hat uns zugeschaut. Ganz dicht bei uns ist er gestanden.« Gabriele kicherte. »Mit dem Tafelzirkel und dem großen Holzdreieck in den Armen!«

»Ein Horror-Traum«, sagte Gretchen.

»Überhaupt nicht«, widersprach Gabriele. »Das war ja das Komische. Mich hat das nicht gestört. Und jetzt frag ich mich ehrlich, ob ich nicht in Wirklichkeit auf den Mathe-Lehrer stehe! Träume haben ja ihre Bedeutung!«

Der Mathe-Lehrer von Gretchen und Gabriele unterrichtete erst seit Weihnachten in der Klasse. Seit der alte Mathe-Lehrer im Langzeit-Krankenstand war. Der neue Mathe-Lehrer war jung und sowohl was sein Aussehen als auch seine Lehrfähigkeit betraf, gehobener Durchschnitt.
»Glaubst, dass man unterbewusst in einen verknallt sein kann?«, fragte Gabriele.
Bevor Gretchen darauf antworten konnte, hatte der Discjockey Gabrieles Lieblingsplatte aufgelegt.
»Die steh ich sitzend nicht durch«, rief Gabriele, sprang auf und drängte der Tanzfläche zu.
Gretchen beschloss, für heute genug Disco-Life konsumiert zu haben. Sie wurstelte sich zum Ausgang durch, vorbei an der Theke, wo noch immer der Florian und die Jung-Dirn lehnten und grenzdebilen Blickes ineinander verschmolzen.

Beim Haustor angekommen, merkte Gretchen, dass in der Sackmeier-Wohnung noch Licht brannte. Das war ungewöhnlich. Nach Mitternacht brannte üblicherweise höchstens im Mama-Zimmer die Nachttischlampe. Die Mama hatte Schlafstörungen. Oft wurde sie mitten in der Nacht munter und konnte nicht mehr einschlafen und vertrieb sich die Zeit lesend. Manchmal las sie bis zum Weckerrasseln. Aber diesmal war das Wohnzimmer hell erleuchtet!
Gretchen sperrte das Haustor auf, erklomm die heimische Etage, sperrte die Wohnungstür auf und hörte Stimmen vom Wohnzimmer her. Eine Stimme klang schrill. Kreischend schrill. Wie die Mädi-Stimme auf erwachsen! Das war eindeutig die Stimme von Tante Isolde. Gretchen seufzte. Die Isolde war eine Cousine vom Papa. Zwei-, dreimal im Jahr kam sie zu Besuch. Jedes Mal ohne Vorwarnung.

Sie kam nämlich nur dann, wenn sie mit dem Eberhard, ihrem Lebensgefährten, gestritten hatte. Und da sie die Krachs mit dem Eberhard nicht vorausplante, konnte sie ihre Visiten nicht vorher ankündigen. Was ein Glück für sie war, denn hätte sie sich vorangekündigt, hätten der Papa und die Mama garantiert eine Ausrede gefunden, um sich das Wahnsinnsweib vom Leib zu halten.
Die Mama war in der Küche und sägte mit dem Elektromesser dünne Scheiben von einem beinharten, tiefgekühlten Brocken Rollschinken und legte die brettlharten Schinkenscheiben auf eine Platte.
Gretchen deutete zum Wohnzimmer. »Bleibt die Kuh, bis der Schinken aufgetaut ist?«, fragte sie entsetzt.
Die Mama murmelte: »Da sei Gott davor«, schob die Schinkenplatte ins Backrohr und drehte den Grill auf.
Gretchen überlegte, ob sie verpflichtet sei die Tante Isolde zu begrüßen. Sie entschied, dass so viel verwandtschaftliche Höflichkeit übertrieben wäre. »Ich geh schlafen«, sagte sie. »Ich hab noch immer Nachholbedarf.«
Gretchen wollte die Küche verlassen, aber da sagte die Mama: »Du, Gretchen?«
»Ja?« Gretchen blieb bei der Küchentür stehen.
»Ich glaub, der Papa hat Unheil angerichtet«, sagte die Mama.
»Bezüglich was und wem?«, fragte Gretchen.
»Der Hinzel war nämlich da. Gleich, nachdem du weg bist«, sagte die Mama.
»Der Hinzel? Der ist doch in Salzburg!« Der Hinzel fuhr oft nach Salzburg. In Federn-Angelegenheiten. So viele schöne Federn, wie sie der Hinzel für seine florierende BIRD ART brauchte, waren schwer aufzutreiben. In Salzburg hatte er einen seiner Federn-Lieferanten. Und einen alten Schul-

freund hatte er auch in Salzburg. Wenn er nach Salzburg um Federn fuhr, blieb er immer über Nacht.

»Er hat kein Hotelzimmer bekommen«, sagte die Mama. »Und bei seinem Freund hat er nicht schlafen können, weil der Besuch aus Frankreich einquartiert hatte. Da ist er zurückgefahren. Und hergekommen.«

»Hast ihm gesagt, dass ich im Connection bin?«, fragte Gretchen; was eine überflüssige Frage war, weil der Hinzel ja ohnehin wusste, dass Gretchen jeden Samstag dort war.

»Dazu bin ich gar nicht mehr gekommen«, sagte die Mama, »weil eben der Papa – aber wirklich nicht aus böser Absicht – er steht halt manchmal auf der Leitung – kennst ihn ja ...«

Gretchen ließ sich auf dem Küchenstockerl nieder. Wenn die Mama so zögerlich herumredete, musste etwas Gröberes vorgefallen sein. Aber was konnte denn der Papa dem Hinzel angetan haben?

»Also was war denn?«, fragte Gretchen ungeduldig.

Die Mama holte die Schinkenplatte unter dem Grill hervor. Schön schaute der Schinken nicht aus. Die Scheiben hatten sich hässlich gewölbt und gebläht und waren an den Rändern dunkel verkrustet.

Die Mama betrachtete angewidert den hässlichen Schinken. »Wie der Hinzel gekommen ist«, fuhr sie fort, »hat der Papa der Isolde gerade erzählt, dass er mit mir nach Schottland fliegen wird. Ich wollt ihn ja einbremsen, weil ich den Verdacht gehabt hab, dass das ein heikles Thema ist, ich meine – wegen dem Hinzel und dir und so –, aber der Papa hat das nicht kapiert ...«

Gretchen ließ ihre Fingergelenke knacken. Sie ahnte, wie der Mama-Bericht weitergehen würde.

»Und wie der Papa der Isolde erzählt hat, dass du mit dem Konni nach Griechenland fährst«, sagte die Mama, »da ist der Hinzel komplett verfallen. Dagehockt hat er wie einer, der keinen einzigen Knochen mehr im Leib hat.« Die Mama öffnete eine Dose Ananas, holte die Ananasringe heraus und deckte mit ihnen die hässlichen Blähstellen vom Schinken ab. »Und dann ist er gleich gegangen. Richtig auf gebrochener Mann! Ich bin hinter ihm her, aber erstens hat er sich sowieso nicht trösten lassen wollen und zweitens hab ich auch nicht gewusst, was ich ihm sagen soll. Du hast mich ja nicht informiert, ich weiß ja nicht, was da gelaufen ist.« Die Mama wollte die Platte nehmen, die Platte war noch immer sehr heiß. Die Mama suchte nach zwei Topflappen. »Sag, Gretchen, hast du dem Hinzel versprochen gehabt, dass du mit ihm wegfährst?«

Gretchen nickte.

»Oh du gelbe Kacke«, murmelte die Mama. Sie hatte bloß einen Topflappen gefunden und versuchte die Platte mit einer Hand hochzuheben, doch dazu war die Platte zu schwer.

Gretchen hatte das Gefühl sich verteidigen zu müssen.

»Er soll doch eh mitfahren!«, rief sie. »Kann ihm doch scheißegal sein, ob er auf eine jugoslawische oder auf eine griechische Insel fährt!«

»Wenn du meinst!« Die Mama nahm an Stelle eines zweiten Topflappens ein Geschirrtuch. »So gewirkt, als ob es ihm scheißegal wäre, hat er jedenfalls nicht!« Die Mama packte die Platte und ging ins Wohnzimmer.

Gretchen blieb auf dem Küchenstockerl sitzen und wartete auf die Rückkehr der Mama. Aber die Mama kam nicht zurück. Gretchen hörte aus dem Wohnzimmer Isolde-Gekreisch und Papa-Gebrumm. »Na, dann eben nicht«, murmelte Gretchen, verzichtete auf die Abendhygiene und latschte in ihr Zimmer. Nicht einmal Licht knipste sie dort an! Bloß aus den Sandalen und der Hose schlüpfte sie und kroch ins Bett und ringelte sich unter der Decke auf eine Schnecke. Ihr letzter Gedanke vor dem Einschlafen war: Wenn ich einmal, ein einziges Mal, etwas wirklich will, ganz richtig will, dann wird mich niemand, aber auch schon gar niemand daran hindern!

9. Kapitel

in dem Gretchen einerseits verärgert und andrerseits von Sorgen gepeinigt wird, also beiderseits kein gutes Leben hat.

Am Sonntag schlief Gretchen bis zum Wummern der Mittags-Kirchenglocken. Ihre erste Tat an diesem strahlenden Tage war, dass sie mit dickem Filzschreiber auf ein Stück Karton malte:

GRETCHEN IST NICHT DAHEIM, ICH WEISS NICHT, WO SIE IST UND WANN SIE ZURÜCKKOMMEN WIRD!

Das Stück Karton klebte sie mit Tixoband an die Wand im Vorzimmer hinter dem Telefon. Dann frühstückte sie üppig mit Orangensaft und Ei im Glas, Toast und Espresso, Jam und Kiwi und beantwortete die Frage vom Papa, warum sie denn auf »Tauchstation« gehe, mit einem ruppigen: »Ich hab heut Ruhetag!«

»Und wenn der Hinzel anruft?«, fragte die Mama.

»Dann erst recht«, murrte Gretchen.

»Und für die Gabriele?«, fragte das Mädi.

»Für die auch!«, rief Gretchen ungeduldig. Vor einem Gabriele-Anruf hatte sie zwar keine Angst, aber sie sagte sich: Wenn schon Verweigerung, dann gleich komplett!

Den Nachmittag verbrachte Gretchen strickend. Und fluchend. Sie versuchte aus Garn in zwölf verschiedenen Farbtönen ein sehr geblümtes Pullover-Kunstwerk zu erzeugen, doch die zwölf Garnknäuel verhedderten sich auf das Heftigste und Gretchen musste unentwegt Garn entwirren. Die Mama half ihr dabei. Für solche Tätigkeit hatte die Mama

wesentlich mehr Geduld. Und spitze Fingernägel, zum Knotenlösen vortrefflich geeignet, hatte sie auch.
Über einen bunten verwurstelten Garnstrick gebeugt, sagte die Mama zu Gretchen: »Ich an deiner Stelle, ich würde zum Hinzel gehen und ihm alles erklären.«
»Ich denke nicht daran«, sagte Gretchen.
»Warum nicht?«, fragte die Mama.
Gretchen zuckte mit den Schultern. »Ich hab keine Lust auf sein Gejammer und seine Greinerei!«
Die Mama nahm eine Schere und schnitt den bunten Garnstrick durch. »Das war die gordische Knoten-Lösung«, sagte sie.
Gretchen legte die Strickerei weg. »Mir hängt das alles zum Hals heraus«, sagte sie. »Ich hab nämlich auch dem Florian versprochen, dass ich mit ihm wegfahr! Ich seh mich da überhaupt nicht mehr raus!«
Die Mama lachte. »Kind, Kind, bei dir geht's rund!« Die Mama hatte seit eh und je schon Vorurteile gegen den Florian. Sie hielt ihn für einen »Kalbskopf«, für ein »unterbelichtetes Himbeerburli«. Versprechen, die ihre Tochter dem Florian gegeben hatte, lagen ihr nicht am Herzen.
»Und was willst du jetzt eigentlich?«, fragte die Mama. »Willst du, dass alle beide mit nach Paros kommen? Oder nur der Florian? Oder nur der Hinzel? Oder gar keiner?«
»Wenn ich das bloß wüsste, Mama!«, seufzte Gretchen und kratzte sich den Bauch.

Am Montag auf dem Schulweg nahm sich Gretchen vor, in der großen Pause dem Florian Bescheid zu sagen. Um sich zu diesem unangenehmen Gespräch zu zwingen, erlegte sie sich für den Fall des Kneifens eine Strafe auf. Wenn ich es ihm nicht sage, schwor sie sich, muss ich heute Nachmittag mit dem Hänschen drei Stunden Mathematik lernen! Doch in der Klasse angekommen, fiel Gretchen ein, dass der Florian heute in der fünften Stunde, in Latein, seine mündliche Hopp-oder-Drop-Prüfung hatte. Ihn vor dieser Prüfung derart seelisch zu belasten, das ging einfach nicht!

Bleich und elend hockte der Florian bei seinem Pult, starrte in das Vokabelheft und murmelte Lateinisches. Als Gretchen an ihm vorbeiging, hob er matt den Kopf und fragte: »Bist bös? Wegen dem Mops?«

»Aber nein«, sagte Gretchen milde.

»Ich hab einen sitzen gehabt. Nur deswegen«, sagte der Florian.

Wäre der Florian nicht im Zustand der erbarmungswürdigen Prüfungsangst gewesen, hätte ihm Gretchen gesagt, er möge nicht ein Mädchen, das ihm zum Schmusen gut genug war, als »Mops« bezeichnen, denn das sei unfair!

So aber nickte sie bloß und ließ den Florian weiter Vokabeln memorieren.

Der Florian beschäftigte sich quer durch die Stunden und die Pausen mit dem Vokabelheft. Und nach der Prüfungsstunde, in der der Florian mit Ach und Krach bestanden hatte, war er so glückselig, dass Gretchen fand, sie dürfe ihm dieses Glücksgefühl nicht gleich wieder rauben. Sie verschob die »Aussprache« auf den Heimweg.

Gretchen schaffte es, auf dem Weg von der Klasse zum Schultor zum Florian zu sagen: »Du, ich muss mit dir reden!« Was der Florian wohlwollend zur Kenntnis nahm. Doch vor der Schule, an sein geparktes Auto gelehnt, stand die dralle Jung-Dirn.

»Was will denn der Mops hier«, murmelte der Florian und wollte wieder ins Schulhaus zurück. Anscheinend dachte er an einen Fluchtweg über den Hof, den Turnsaal und den

Fahrradabstellraum. Gretchen hielt ihn an der Hand fest. »Die Dame wartet auf dich!«, sagte sie. »Wirst sie doch nicht im Regen stehen lassen!«
»Ich habe den Mops nicht herbestellt«, zischelte der Florian.
»Du bist vielleicht ein Arschloch«, sagte Gretchen. »Zuerst knutschen auf Tausend und dann den toten Mann spielen!«
Der Florian riss sich von Gretchen los, rannte ins Schulhaus zurück und den Flur, der zum Hof führte, hinunter.
Am Nachmittag dann lernte Gretchen – denn geschworen ist geschworen – mit dem willigen Hänschen Mathematik. Das Hänschen war schon überwillig. Gar nicht mehr aufhören mit der Lernerei wollte er. Er vertraute Gretchen an: »Vielleicht schaff ich die Prüfung nächsten Freitag doch noch. Dann müsst ich in den Ferien nur mehr Englisch lernen und hätt einen Spitzensommer!«
Den Abend verbrachte Gretchen daheim und fernschauend. Jedes Mal, wenn das Telefon klingelte, zuckte sie zusammen. Aus Angst, es könnte der Hinzel sein. Die Angst war unbegründet, der Hinzel rief nicht an.
Am Dienstag in der großen Pause sagte Gretchen zum Florian: »Komm raus mit mir auf den Gang, ich muss mit dir reden!«
»Okay«, sagte der Florian und trottete hinter Gretchen her aus der Klasse.
Gretchen hielt sich nicht lange mit Einführungsfloskeln auf. »Florian«, sagte sie, »ich habe mich jetzt entschieden. Ich fahre nicht Europa-quer!«
Der Florian ließ Gretchen nicht weiterreden. »Jetzt spinn doch nicht«, sagte er und umarmte sie, obwohl der Professor Hübner, die Gangaufsicht, nur ein paar Meter von ihnen entfernt, das Pausentreiben bewachte. »Was soll denn das?

Der Mops war doch echt nur ein Ausrutscher! Kein Fuzerl interessiert mich der!«
»Es geht doch nicht darum«, sagte Gretchen und schob Florians Hände von ihren Schultern. »Ich will einfach lieber nach Griechenland. Das ist nämlich ein Haus …«
»Aber ich schwöre dir«, unterbrach sie der Florian. »Ich mag den Mops nicht! Das Girl kann mir gestohlen werden!« Felsenfest war der Florian davon überzeugt, Gretchen sei wegen der Jung-Dirn böse auf ihn und wolle ihm mit Urlaubsentzug drohen. Bis die Schulglocke die Pause ausklingelte, versuchte Gretchen ihm das auszureden. Erst als ihm Gretchen darlegte, dass ihr Griechenland-Urlaub schon mit dem Nachbar-Konni abgemacht sei, erfasste er, dass ihm da kein »Eifersuchts-Auftritt« geliefert wurde, sondern dass es Gretchen ernst war. Worauf er wie ein Bierkutscher zu fluchen anfing. Er ließ sich sogar hinreißen Gretchen als das »blödeste Stück unter der Sonne« zu bezeichnen.
In der folgenden Stunde, Englisch war, warf der Florian Gretchen ein Brieferl zu. Darin stand: BLEIBST DU DABEI?
Gretchen las das Brieferl, zerknüllte es und nickte dem Florian zu. Ein paar Minuten später kam wieder ein Brieferl geflogen. Diesmal hatte der Florian geschrieben: WENN DU DABEI BLEIBST, DANN IST ES AUS!
Das AUS hatte er dreimal unterstrichen.
Gretchen riss ein Blatt von ihrem Notizblock, schrieb WAS IST DANN AUS? darauf, faltete es und warf es zum Florian. Der Florian las Gretchens Frage, riss wütend das Mittelblatt aus dem Vokabelheft und schrieb etwas darauf. Dass sich ihm die Englisch-Lehrerin hinterrücks näherte, merkte er nicht. Gerade als er seine Botschaft falten wollte, grapschte die Englisch-Lehrerin über seine Schulter nach dem Papier und las laut und grinsend vor: UNSERE LIEBE,

DU BLÖDE KUH! Sie schüttelte missbilligend den Kopf: »Das ist aber kein vollständiger Satz, werter Herr Kalb!« Wenn der Florian einmal wütend war, unterschied er nicht mehr, wer als Objekt der Aggression geeignet war und wer nicht.
»Das geht Sie einen Dreck an«, fauchte er und riss der Englisch-Lehrerin das Papierl aus der Hand und zu kleinen Fetzen.
Die Englisch-Lehrerin wurde knallrot im Gesicht. Empörtes Funkeln leuchtete in ihren blitzblauen Augen auf.
»So was tut man auch nicht«, sprach der Otti Horneck wie ein strenger, aber gütiger Vater zu ihr. »Liebesangelegenheiten unterliegen dem Datenschutz!«
»Genau«, murrte es an diversen Pulten.
»Kein Wunder, wenn man da ordinär wird«, sagte die Uschi 1.
»Und von hinten anschleichen ist überhaupt das Letzte«, sagte die Uschi 2.
Die Englisch-Lehrerin nahm die Rügen wortlos zur Kenntnis. Sie schritt zum Lehrertisch, holte einen Packen Zettel heraus, auf die ein englischer Zeitungsartikel kopiert war, warf den Packen auf das erstbeste Pult und kommandierte: »Austeilen!«
»Jawohl, Frau General«, sagte die Judith, der der Packen zugefallen war.
»Die letzten paar Wochen vor Schulschluss seid ihr einfach widerlich«, rief die Englisch-Lehrerin.
»Sie auch«, sagte ganz hinten in der Klasse einer. Die Englisch-Lehrerin tat, als habe sie es nicht gehört.

Nach der Englischstunde kam der Florian zu Gretchen und knallte eine rote Füllfeder und eine grüne Swatch auf ihr

Pult. Die Füllfeder hatte ihm Gretchen zu Weihnachten geschenkt, die Swatch zum Geburtstag.
»Hier«, rief er, »da hast deinen Schmarrn zurück! Von dir brauch ich nichts mehr!« Dann drehte er sich um, kehrte zu seinem Platz zurück, holte eine Mickymaus aus der Schultasche und tat, als habe er an nichts größeres Interesse als an Onkel Dagobert und seinen Neffen.
»Womit die Scheidung rechtskräftig wäre«, sagte der Otti Horneck.
»So ein Trottel«, sagte die Gabriele.
Gretchen tat Füllfeder und Swatch in die Schultasche und bemühte sich um eine emotionsfreie Miene. Das gelang ihr sichtlich, denn die Uschi 1 sagte anerkennend zu ihr: »Gretchen, meine Hochachtung. Du bist kalt wie eine Hundeschnauze! Das möcht ich können!«

Die Gabriele wollte nach der Schule wie üblich noch ins Waxlberger. Gretchen lehnte ab. Sie hatte keine Lust mit Gabriele die ganze miese Angelegenheit lang und breit zu bereden. Und darauf war Gabriele garantiert aus.
»Bist du down, Alte?«, fragte Gabriele mitfühlend.
Gretchen nickte, obwohl sie sich gar nicht so besonders »down« fühlte. Und das erstaunte sie. Schließlich war ja eben eine dreijährige Beziehung in die Brüche gegangen! Trotzdem war ihr Seelenzustand – insgesamt – bloß als »grob verärgert« zu bezeichnen.
»Wirst sehen«, sagte die Gabriele, als sie sich an der Ecke vor dem Waxlberger von Gretchen verabschiedete: »Morgen kommt er wieder angekrochen!«
»Das soll er bloß bleiben lassen«, sagte Gretchen. »Mir reicht es endgültig!«
Gabriele ging dem Waxlberger zu, Gretchen wanderte

heimzu. Die Mama hat Recht, sagte sie. Er ist ein Kalbskopf! Nur was er will, das gilt! Nicht einmal gefragt hat er, warum ich nach Griechenland will! Nicht einmal dazu gekommen bin ich, ihm von meinem Traumhaus zu erzählen! Ist eh Wurscht! Er hätte es sowieso nicht verstanden! Aber einer, der mich angeblich heiß liebt, müsste verstehen, warum ich etwas unbedingt will! Und selbst wenn er es nicht versteht, müsste er es mir gönnen! So sollte Liebe sein! Und wenn sie nicht so ist, dann kann ich drauf pfeifen!

Gretchen kam zur großen Kreuzung. Unschlüssig stand sie beim Fußgängerübergang. Dreimal wurde die Ampel – in Richtung Heimweg – grün und wieder rot. Als die Ampel zum vierten Mal grün aufleuchtete, hatte Gretchen einen Entschluss gefasst. Sie machte kehrt und marschierte zielstrebig der Gschwandtnergasse zu. Jetzt bringe ich auch das noch hinter mich, dachte sie. Jetzt will ich es wissen! Und wenn der Hinzel genauso ein Depp ist wie der Florian, dann weiß ich wenigstens Bescheid!

Gretchen hatte erwartet den Hinzel im Laden vorzufinden, aber der Laden war zugesperrt. Gretchen sah durch die Glasscheibe der Eingangstür, dass auf dem Arbeitstisch kein Werkstück lag. Total aufgeräumt war alles! Also war der Hinzel nicht bloß »auf einen Sprung« irgendwohin gegangen. Der hatte sein Tagwerk noch gar nicht begonnen!

Gretchen lief ins Haus und die Treppen zur Hinzel-Wohnung hinauf. Türklingel hatte der Hinzel keine. Gretchen pochte an die Wohnungstür. Gretchen pochte laut und lange, doch in der Wohnung rührte sich nichts. Nur die Nachbartür ging auf und die uralte Nachbarin vom Hinzel schaute heraus.

»Der ist nicht daheim, Fräulein«, sagte sie. »Ich glaub, schon tagelang nicht. Weil keine Musik zu hören ist, weil eine heilige Ruh herrscht!«

Dann machte sie ihre Tür wieder zu.

Gretchen holte ihren Notizblock aus der Schultasche und schrieb darauf: RUF MICH BITTE AN. DRINGEND! GRETCHEN! Sie riss das Blatt vom Block und schob es hinter das Gitter vor der Glasscheibe der Hinzel-Tür. Dann lief sie die Treppe hinunter aus dem Haus und schrieb noch einen Zettel gleichen Inhalts. In den bohrte sie mit dem Zeigefinger ein Loch und schob ihn durch das Loch über die Türklinke. Dann ging sie heim, wartete auf einen Hinzel-Anruf und vertrieb sich die Wartezeit, indem sie mit Hänschen Mathematik lernte. Sie war – diesmal – eine schlechte Erklärerin! Und ungeduldig war sie auch. Einmal brüllte sie sogar das Hänschen an. »Eine Funktion ist eine Zuordnung, geht das in deinen Schädel nicht rein? Eine Zuordnung, die jedem Element der Urmenge genau ein Element der Bildmenge zuordnet! Das ist doch klar wie Würfelsuppe!«

Gleich hinterher entschuldigte sich Gretchen dafür. »Ich bin heut nicht richtig, Hänschen«, sagte sie.

»Hast Kummer?«, fragte Hänschen. »Wegen dem Florian?« Er beugte sich zu Gretchen. »Ich hab gehört, dass es aus ist mit euch.«

»Von wem?« Gretchen war erstaunt.

»Auf dem Heimweg«, sagte Hänschen. »Vom Freudenthaler. Der hat's von seiner Schwester. Und die hat's von einer aus eurer Klasse.«

»Die stille Post funktioniert ja prächtig«, sagte Gretchen grimmig.

Hänschen rutschte ganz dicht an Gretchen. »Er hat gesagt, der Kalbskopf hat dir die Uhr und die Füllfeder zurückgegeben.«

Gretchen nickte.
»Gibst mir die Uhr?«, fragte das Hänschen. »Die ist nämlich viel schöner als meine!«
Gretchen holte die Uhr und die Füllfeder. »Die Feder kannst auch haben!« Gretchen legte Feder und Uhr auf Hänschens Schreibtisch. Hänschen war gerührt. »Du bist lieb«, sagte er.
»Schön, dass das wenigstens einer findet.« Gretchen setzte sich wieder neben Hänschen und überlegte, wie sie dem begriffsstutzigen Knaben eine Funktion erklären könne, ohne dabei so abstrakte Wörter wie Urmenge und Bildmenge und Element zu benutzen. Doch das Hänschen hatte vom Mathelernen ohnehin schon genug. Mit »Das fragt er eh nicht bei der Prüfung« beendete er die Sitzung, band sich die Swatch um, steckte die Füllfeder in die Brusttasche vom Hemd und legte sich aufs Bett.
»Ich hab nämlich heut den Mittagsschlaf versäumt«, erklärte er Gretchen gähnend.
»Dann schlaf eine Runde!« Gretchen verließ das Hänschen-Zimmer, trug das Telefon ins Wohnzimmer und hockte sich, strickend und Garn entwirrend, neben das Telefon. So saß sie noch, als das Mädi von der Ganztagsschule heimkam. So saß sie noch, als der Papa vom Büro heimkam. Sie trug dem Papa auf das Telefon weiter zu bewachen und dem Hinzel, falls der anrufen sollte, auszurichten, Gretchen stehe ihm jederzeit zur Verfügung. Dann ging sie einkaufen, schleppte Bier und Mineralwasser, Brot und Käse, Butter und Schinken, Steaks und Salat heim und musste erfahren, dass der Hinzel noch immer nicht angerufen hatte.
Der Hinzel rief auch am Abend nicht an. Bis Mitternacht hoffte Gretchen auf seinen Anruf. Dann erst ging sie zu Bett und verbrachte die Nacht mit wirren Träumen.

10. Kapitel

in dem Gretchen vor Angst Kniezittern bekommt und
die Mama selbiges beheben soll;
was einer guten Mutter auch ansteht.

Eine Stunde früher als üblich stand Gretchen auf, duschte ausführlich, frühstückte karg und verließ, als die anderen Sackmeier gerade gähnend aus den Betten stiegen, das Haus. Sie lief hinter einer Straßenbahn her, erreichte sie – weil der Straßenbahnfahrer auf das heranjappelnde Gretchen wartete – bei der Haltestelle und fuhr mit der Straßenbahn zwei Stationen.
Beim Hinzel-Haus sprang sie aus der Bim-Bim, voll der Hoffnung, dass ihre Botschaft nicht mehr an der Türklinke vom Hinzel-Laden sein werde. Der karierte Notizblockzettel war noch immer an der Tür!
Gretchen lief ins Haus, die Treppen hinauf, zur Wohnung vom Hinzel. Auch dort steckte ihre Botschaft noch hinter dem Türgitter. Und die uralte Nachbarin öffnete wieder die Tür. »Er ist noch nicht heimgekommen«, sagte sie zu Gretchen. »Es ist immer noch eine heilige Ruh!«
Sehr beunruhigt fuhr Gretchen in die Schule, überstand fünf langweilige Schulstunden und vier Pausen und war so besorgt um den Hinzel, dass sie gar nicht bemerkte, wie intensiv der Florian mit der Judith herumturtelte. Was die Gabriele und die Uschi 1 sehr empörte! Erstaunlicherweise waren sie jedoch weniger über den Florian empört als über die Judith.
»So ein Luder«, flüsterte Gabriele Gretchen zu. Und Uschi 1

meinte: »Eh klar! Auf diese Situation hat die Schlange schon lange gewartet! Sie steht ja seit Jahren auf ihn!«
»Tatsächlich?«, fragte Gretchen.
Uschi 1 wollte Gretchen ausführliche Indizien für ihre Behauptung erzählen, aber Gretchen hatte daran kein Interesse. Bloß »Ich wünsch ihr alles Gute!« murmelte sie.

Nach der Schule fuhr Gretchen wieder mit der Bim-Bim zum Hinzel-Haus. Ihre Botschaften waren noch immer an den Türen. Gretchen marschierte vom Hinzel-Haus ins Waxlberger. Dort waren nur Ixi und Gabriele. An sonnigen Sommertagen hockten die Waxlberger-Stammgäste lieber im Schani-Garten der Konditorei oder im Eis-Salon. Wenn die Sonne schien, war das Waxlberger wirklich schwer auszuhalten. Dann fiel viel zu viel Licht durch die dreckigen Fensterscheiben und die Schäbigkeit und Ungepflegtheit des Lokals wurde superdeutlich.
»Ixi, wann war denn der Hinzel das letzte Mal da?«, fragte Gretchen statt einer Begrüßung.
Ixi dachte nach. »Heut nicht, Sister«, sagte sie. »Gestern auch nicht – am Montag, nein, da auch nicht. Der war diese Woche überhaupt noch nicht da!« Ixi war ob dieser Erkenntnis sehr erstaunt. Dass der Hinzel mehrere Tage lang im Waxlberger nicht aufgetaucht war, war noch nie vorgekommen!
»Was ist denn mit ihm?«, fragte Gabriele.
Gretchen erstattete Bericht.
»Vielleicht ist er eh daheim und hält einen Dauerschlaf«, sagte Gabriele. »Wenn ich down bin, tät ich auch am liebsten rund um die Uhr nichts wie schlafen. Und er hat ja keine Vorvorderen, die ihn daran hindern!«
»Ich hab doch an die Tür gepumpert wie eine Blöde!«, rief Gretchen.

»Und wenn er sich total eingeraucht hat?«, fragte Ixi.
»Er raucht sich nicht ein!«, rief Gretchen.
»Und wenn er um Federn gefahren ist?«, fragte Gabriele.
»War er doch schon am Samstag!«, rief Gretchen.
»Jetzt werd nicht panisch, Alte«, sagte Gabriele.
»Bin ich aber«, rief Gretchen und fing zu weinen an.
Die Gabriele streichelte Gretchens linke Schulter, die Ixi streichelte Gretchens rechte Schulter.
»Manchmal träum ich von einer Welt ohne Männer«, sagte Ixi. »Zu was anderem wie Troubles sind die nämlich echt nicht gut!«
»Kannst einen mit dem anderen erschlagen«, sagte Gabriele.
Gretchen schnäuzte sich und wischte Tränen aus den Augen. Sie schaute auf die Uhr. »Ich sollte schon bei der Mama sein«, sagte sie. »Heut ist ja Mittwoch!«
»Ruf sie an, Alte!« Gabrieles Düstermiene erhellte sich. »Sag ihr, was los ist!« Gabriele hielt große Stücke auf Gretchens Mutter.
Ixi schob Gretchen das Telefon hin.
»Was kann denn die Mama da schon tun«, murmelte Gretchen, hob aber brav den Hörer ab und wählte.
»Hallo, Mama!«, schluchzte sie in den Hörer.
»Was ist denn passiert, Gretchen?«, fragte die Mama.
Gretchen schluchzte ihre Sorgen in den Hörer.
»Und was schließt du daraus, dass die Wische noch immer an den Türen stecken?«, fragte die Mama.
Gretchen schluchzte statt einer Antwort. Was sie daraus schloss, wagte sie nicht auszusprechen.
»Du hast doch einen Wohnungsschlüssel vom Hinzel, oder?«, fragte die Mama.
»Nein, nur einen Schlüssel vom Laden«, schluchzte Gret-

chen. »Aber dass er nicht im Laden ist, seh ich ja durch die Tür!«
»Gar niemand hat einen Reserveschlüssel?«, fragte die Mama.
Da fiel Gretchen ein, dass im Laden, am Haken neben dem Fenster, ein Reserve-Wohnungsschlüssel hing.
»Dann geh in den Laden und hol den Schlüssel«, sagte die Mama.
»Ich trau mich nicht«, flüsterte Gretchen.
»Was sagst du?« Die Mama hatte das Geflüster nicht verstanden.
»Ich trau mich nicht«, wiederholte Gretchen noch leiser.
Gabriele nahm Gretchen den Hörer aus der Hand. »Sie traut sich nicht, Frau Sackmeier«, brüllte sie. »Ich würd ja mit ihr hingehen, aber was tun wir denn, wenn er – wenn er – also, ich meine, wenn er …« Auch Gabriele wagte nicht auszusprechen, was Gretchen befürchtete. Die Mama verstand sie trotzdem. »Wo seid ihr denn jetzt überhaupt?«, fragte sie.
»Im Waxlberger!«, sagte Gabriele.
»Okay«, sagte Mama. »Dann geht jetzt in den Laden und nehmt den Schlüssel. Ich komme hin. In einer Viertelstunde bin ich dort!«
Gabriele legte den Hörer auf. »Sie kommt hin!«, sagte sie. Gretchen sprang auf, schnäuzte sich wieder und wischte Tränen.
»Eure Schulpackerln könnts ja dalassen«, sagte Ixi. Sie umarmte Gretchen. »Wirst sehen, Sister«, sagte sie. »Er liegt auf seiner Matratze im Tiefschlaf. Total drüber. Der ist doch keiner, der wegen so was über den großen Jordan geht! Der nicht!«
Als Gretchen und Gabriele beim Hinzel-Haus ankeuchten, parkte die Mama gerade vor dem Haustor ein.

Gretchen sperrte den Laden auf, holte den Reserveschlüssel vom Haken und händigte ihn der Mama aus.
Hinter der Mama und Gabriele stieg Gretchen die Treppen hoch.
»Na, dann wollen wir einmal!« Die Mama drehte den Schlüssel zweimal im Schloss. Die Wohnungstür sprang auf. Die Mama ging in die Wohnung hinein, Gabriele wieselte hinter ihr her. Gretchen blieb auf dem Gang stehen. Sie hatte Herzrasen und Bauchziehen und Kniezittern und Ohrensausen. Ihre Angst, dass aus der – sprichwörtlichen – Familiengruft eine tatsächliche geworden sein könnte, war riesengroß und ihr Hirn hatte diese Angst bereits mit Bildern illustriert. Auf der gestreiften Matratze, zu beiden Seiten von längst abgebrannten Kerzen flankiert, sah sie einen leichenbleichen Hinzel liegen, sah die Mama seinen Arm ergreifen, nach dem Puls fühlen und hierauf den Arm resigniert wieder fallen lassen. Und Gabriele stand daneben und hob ein leeres Glasröhrchen vom lackschwarzen Fußboden auf.
Diese Horrorbilder standen so deutlich vor Gretchens Augen, dass sie die uralte Nachbarin, die bei ihrer Tür stand und versicherte, dass noch immer »heilige Ruh herrsche«, gar nicht ausnahm. Erst als die Mama – mit heiterer Stimme – rief: »Gretchen, komm rein!«, verschwanden die abscheulichen Kopfillustrationen und Gretchen wankte durch das winzige Vorzimmer in Hinzels rabenschwarze Heimstätte.
Die Mama hatte die schwarzen Rollos hochgezogen und die Fenster geöffnet.
»Der Knabe ist abgedampft!«, sagte sie. »Genau, wie ich vermutet hatte!«
Auf dem Fußboden lagen allerhand Klamotten herum. Da hatte einer in aller Eile seinen Koffer gepackt und »Übergewicht« aussortiert.

»Und da«, die Mama ging in der Familiengruft herum und sammelte hellgraue Briefbögen vom Boden auf, »da sind lauter angefangene Briefe an dich!« Sie überreichte Gretchen einen ganzen Packen Briefpapier. »Vielleicht kannst du daraus ersehen, was er vorhat!«
Gretchen legte den Papierpacken auf die Matratze. Sie wollte nicht vor Gabriele und der Mama zu lesen anfangen.
Die Mama verstand das. »Auf den Kleinen Italiener hast du wahrscheinlich jetzt keine Lust«, sagte sie.
Gretchen nickte.
»Dann geh ich, mein Schatz«, sagte die Mama.
Gretchen nickte.
»Na, dann komm, Schöne, dann gehen wir«, sagte die Mama zu Gabriele. »Lassen wir das Gretchen allein!«
Gabriele schaute nicht so drein, als ob ihr die Aufbruchsaufforderung angenehm wäre. Aber sie hielt ja große Stücke auf Gretchens Mama! Ohne Widerrede, bloß dezent seufzend, verließ sie mit der Mama die Hinzel-Wohnung.
Gretchen streckte sich auf der gestreiften Matratze aus, rollte sich auf den Rücken, schloss die Augen und fragte sich, ob sie diese Briefversuche überhaupt lesen sollte. Die Mama schien das für »normal« gehalten zu haben. Sonst hätte sie Gretchen den Papierpacken ja nicht übergeben! Aber dem Hinzel, dachte Gretchen, ist das ganz gewiss nicht recht. Hätte der Hinzel gewollt, dass ich das lese, hätte er es in ein dickes Kuvert gesteckt und in den Postkasten geworfen! Und dass wir in seine Familiengruft eindringen, hat er ja nicht ahnen können! Ich würde es auch nicht wollen, dass jemand Briefversuche von mir liest. Sehr, sehr peinlich wäre mir das. Wenn ich ein ehrenwerter Mensch wäre, dachte Gretchen, würde ich weggehen, ohne auch nur eine einzige Zeile zu lesen!

Aber so ein ehrenwerter Mensch war Gretchen nicht. Sie rollte sich auf den Bauch, öffnete die Augen und las, Zeile für Zeile, Briefversuch um Briefversuch. Und alles gleich dreimal hintereinander.
Dreizehn Briefversuche waren es. Jeder fing mit GRETCHEN, MEIN MÄDCHEN an. Nach der Anrede jedoch hatten die Briefversuche kaum mehr viel Ähnlichkeit miteinander. Gretchen versuchte sie zu ordnen. Dem Zeitpunkt ihrer Anfertigung nach. Aber sie bekam nicht einmal heraus, welchen Brief der Hinzel als ersten und welchen er als letzten geschrieben hatte. Die Briefversuche, wahllos gruppiert, lauteten:

– da du deine Urlaubspläne so überraschend (wenigstens für mich) geändert hast, ändere ich auch die meinen. Wohin es mich treibt, weiß ich im Moment noch nicht, jedenfalls bleibe ich so lange weg, wie die Eurocheques reichen –

– mir reicht es! Ich bin ja nicht dein wertes Schasquastel, dass du –

– ich bin down wie noch nie, ich –

– ich wünsche dir hübsche Ferien. Klug, wie du nun einmal bist, wirst du dich schon richtig entschieden haben, auch wenn ich –

– das war wieder einmal ein liebes Witzchen von dir! Sei mir nicht böse, dass ich dir die Pointe versaue und abhaue und du mein zerquältes Gesicht nicht – face to face – genießen kannst –

– so was von blödem Trottel wie mich gibt es kein zweites Mal. Da glaube ich, zu einem Kalb in Konkurrenz zu stehen, und bange, dass dir Kalbskopf mehr mundet als ich, und dabei –

– warum kannst du mir denn nicht sagen, dass du dich in deinen werten Herrn Nachbarn verschaut hast? Ich bin doch ein Kummer gewohnter Steher, der gretchenmäßig sowieso alles verzeiht. Darin habe ich doch schon Übung –

– Viel Spaß für einen langen Sommer mit einer neuen Liebe wünscht dir –

– sei so nett und liefere die fertigen Aufträge (sie liegen alle in der Stellage oben links) aus und vertröste die, die noch auf ihren Federn-Scheiß warten. Ich jedenfalls habe im Moment zu nichts mehr einen Nerv. Falls jemand nicht warten will und bös ist und seine Anzahlung retour haben will: Der Robert ist mir noch zwei Blaue schuldig. Treib sie ein und zahl davon die Anzahlungen zurück. Wenn dir das zu mühsam ist, macht es auch nichts. Mir ist sowieso alles schon scheißegal –

– ich bin nicht böse auf dich, aber ich glaube, ich könnte es schwer aushalten, dich jetzt noch zu sehen, denn auch meine Gutmütigkeit – eh schon dehnbar wie Kaugummi allerbester Sorte – hat ihre Grenzen, die du ziemlich überschritten hast. Das muss ja speziell ulkig für dich gewesen sein! Da schwärmt dir der Hinzel-Trottel von der Briefträger-Insel vor und vom Hammel am Grill und der kleinen Kipfel-Bucht und dem Oleander-Schani-Garten, wo sich der Wirt schon in der Früh ansäuft und traurige Lieder singt, und du nickst und nickst und weißt, dass du das alles gar nicht mit mir erleben wirst, weil du mit Nachbars Nachwuchs ins Griechische reist –

– so traurig, wie ich bin, sollst du mich nicht zu Gesicht kriegen. Ich haue ab. Leb wohler, Gretchen, mein Mädchen –

– ich hab dich trotzdem so wahnsinnig lieb, ich glaube, ich hab einen Sprung quer durchs Herz, der nie mehr total verheilt –

Und der dreizehnte Briefversuch hatte hinter der Anrede überhaupt nur mehr ein paar schillinggroße farblose, leicht aufgewölbte Flecken, die Gretchen als aufgetrocknete Tränenspuren deuten musste. Das rührte sie derart, dass ihr auch Tränen in die donaukieselgrauen Augen traten. Gretchen neigte den Kopf über den Tränen-Brief und betropfte das hellgraue Blatt. Neben jede Hinzel-Träne platschte eine Gretchen-Träne. Schluchzend tupfte Gretchen mit einem Zeigefinger auf die Tränen-Zwillinge und verrieb ihre Tränen mit den aufgetrockneten Hinzel-Tränen. Hundeelend war ihr zu Mute. Dass der Hinzel wegen ihr so leiden musste, war ja fürchterlich! Und dass sie wegen dem Hinzel-Leid so leiden musste, war auch fürchterlich!
Schluchzend erhob sich Gretchen vom gestreiften Lager. Sie zog ihre Hose und ihr T-Shirt aus, suchte aus den zurückgelassenen Klamotten vom Hinzel eine karierte Leinenhose und ein gestreiftes Seiden-T-Shirt heraus, stieg in die Hose und zog das T-Shirt über. Die Hosenbeine krempelte sie dreimal um. Den Hosenbund brachte sie mit einem breiten Ledergürtel auf Taillenweite. Dann schlüpfte sie noch in einen Hinzel-Pulli und hockte sich wieder auf die Matratze. Die Hinzel-Klamotten am Leibe trösteten Gretchen ein bisschen. Sie rochen nach Hinzel, sie fühlten sich wie Hinzel an. Sie steckte in einer Hinzel-Haut und das tat wohl.
Gut zwei Stunden hockte Gretchen auf dem gestreiften Lager. Sie fühlte sich nicht gewachsen den Alltag wieder aufzunehmen. Einfach nach Hause zu gehen schien ihr unmöglich! Ins Waxlberger zu gehen war ebenso unmöglich!

Und in der Gegend herumzulaufen hatte auch keinen Sinn! Gar nichts war möglich!
Schließlich beschloss Gretchen dem Hinzel – für alle Fälle – einen Brief zu schreiben. Es könnte, dachte sie, ja auch sein, dass der Hinzel zurückkommen würde. Heute schon! Oder morgen Vormittag! Eine kleine Chance, dass der Kerl vernünftig werden könnte, war doch drin!
Gretchen holte sich den letzten unbeschriebenen Briefbogen vom schwarzen Obst-Steigerl, das dem Hinzel als Nachttisch diente. Das einzige Schreibgerät, das zu finden war, war ein dicker roter Filzstift. Mit dem schrieb sie auf den Briefbogen:

Lieber Hinzel,
ich weiß nicht viel, aber dass ich den Nachbar-Konni nicht liebe, weiß ich ganz genau. Es geht um ein Traumhaus und nicht um Liebe. Und darum, dass ich kein Pingpongball, hin- und hergeschupft, zwischen den Bedürfnissen der anderen bin. Und wenn du nicht abgehaut wärst, hätte ich dir das alles erklärt. Und dich gefragt, ob du in mein Traumhaus mitkommen willst. Dass ich in mein Traumhaus fahren kann, habe ich ja selber erst am Samstag zu Mittag erfahren. Ob du es glaubst oder nicht!
Und wenn du zurückkommst und nicht dein erster Weg zu mir führt, dann rede ich kein Wort mehr mit dir. Ein Lebtag lang nicht.
Dein Gretchen
PS: Komm bitte bald!

Gretchen klopfte Hinzels kleines schwarzes Kopfkissen glatt und legte den Brief auf das Kopfkissen. Dann stand sie auf, schloss die Fenster, zog die schwarzen Rollos herunter, verließ die Hinzel-Wohnung, entfernte die Botschaft von der Wohnungstür und sperrte die Tür zu.

Die uralte Nachbarin lauerte wieder auf dem Gang.
»Sind Sie da jetzt eingezogen, Fräulein?«, fragte sie.
Gretchen schüttelte den Kopf.
»Weil, wenn Sie jetzt einzogen sind, möcht ich schon bitten, dass Sie net so laut Musik spielen«, sagte die uralte Nachbarin.
»Ich bin ja nicht eingezogen!«, sagte Gretchen.
»Weil, gegen ihn kann man ja nix machen, weil er der Sohn vom Hausherrn ist«, sagte die uralte Nachbarin. »Aber Ihnen möcht ich warnen, wenn's wieder so laut wird, hol ich die Funkstreife!«
»Ich bin ja nicht eingezogen!«, brüllte Gretchen und lief die Treppe hinunter. Hinter ihr sagte die uralte Nachbarin grantig: »Ich seh's schon! Neben der wird's auch net ruhiger!«
Gretchen brachte den Wohnungsschlüssel in den Laden zurück, hängte ihn an den Haken und schaute sich nach den Werkstücken um, die auszuliefern waren. Sie fand einen Federngürtel, drei Paar Ohrclips und ein pagageienbuntes »Gehänge«, dafür bestimmt, von einem Gürtel bauchabwärts zu baumeln. Dieser Kram, das wusste Gretchen, war an die In-Boutique in der City zu liefern. Aber das konnte ja wohl nicht gut alles sein, was der Hinzel an vollbrachter Arbeit zurückgelassen hatte! Ohne im »Auftragsbuch« nachzusehen, fielen Gretchen fünf Bestellungen ein, die sie in der Schule aufgenommen hatte und die noch nicht ausgeliefert waren.
Gretchen setzte sich auf Hinzels Arbeitsstuhl und blätterte im Auftragsbuch. Ein Armreif, vier Paar Ohrgehänge, zwei Gürtel, ein Bananenhütchen und ein Bubikrägelchen waren »bindend« bis Schulschluss versprochen. Von Gretchen versprochen! Die Bestellerinnen würden Gretchen die Hölle heiß machen, wenn sie leer ausgingen. Sie auf den Herbst zu

vertrösten war lächerlich! Und die Anzahlung zurückgeben? Dieser Gedanke widerstrebte Gretchen. Sie fühlte sich zwar fähig vom Robert die zwei »Blauen« einzutreiben, um zu Barschaft für diese Aktion zu kommen, doch einmal kassiertes Geld wieder herauszurücken stand Gretchens haushalterischem Gemüt fern. Und Reklame war das auch keine! Von einem Unternehmen dürfen sich die Kunden schließlich Verlässlichkeit erwarten!
Gretchen seufzte tief und gedachte der Superweisheit der Zwettler-Oma, die besagte, dass nur harte Arbeit über schweren Kummer hinweghelfe. Also studierte Gretchen die Hinzel-Skizzen im Auftragsbuch und machte sich ans Werk. Getreu nach den Skizzen fertigte sie vier Paar Ohrgehänge und einen halben Armreif an, bekam davon Kreuzziehen und Kopfweh. Und übles Magendrücken auch. Doch das kam nicht vom Kleber, das war ganz normaler Riesenhunger. Gretchen beschloss die BIRD ART für diesen Tag sein und ihrem Magen schleunigst etwas Nahrung zukommen zu lassen. Bloß hatte Gretchen keinen einzigen Schilling bei sich. Ihre Geldbörse steckte in der Schultasche und die Schultasche war bei Ixi im Waxlberger. Also machte sie sich auf den Weg zum Waxlberger. An der Ecke vor dem Waxlberger kam ihr die Anni Freudenthaler entgegen. Die Anni hatte eine Familienpackung Kartoffelchips in den Händen. Gretchen nahm der Anni die Chipstüte ab und mampfte drauflos.
»He«, protestierte die Anni, »lass mir vielleicht noch was über! Das ist mein Nachtmahl!«
»Denkste«, sprach Gretchen mit vollen Backen. »Das ist mein Mittagessen!«
Die Anni sah ein, dass Gretchens Nachholbedarf befriedigt werden musste. Ohne weiteres Murren überließ sie Gret-

chen die Rascheltüte. Gretchen fraß sie in erstaunlich schnellem Tempo leer, schüttete den Bodensatz von Chipsbröseln in den Mund und sagte ächzend: »So! Und jetzt hab ich Durst wie eine Kuh!«
Den Durst gedachte sie im Waxlberger mit Cola zu löschen, doch als sie dies der Anni mitteilte, bekam die Anni ein dezent bekümmertes Gesicht und meinte: »Gretchen, geh lieber nicht hin.«
»Warum?«, forschte Gretchen.
»Weil der Florian dort ist«, sagte die Anni.
Gretchen leckte ihre salzigen Lippen. »Na und?«
»Die Kuh mit den Glasperlen am Hirn ist bei ihm«, sagte die Anni. »Und die zwei führen sich auf!«
»Wie?« Gretchen wischte die geleckten Lippen trocken.
»So«, sagte die Anni, »dass der Otti die Ixi gefragt hat, ob sie neuerdings auch eine Puff-Konzession hat.«
Gretchen zerknüllte die leere Chipstüte und warf sie ins Rinnsal. »Darauf kann ich keine Rücksicht nehmen«, sagte sie. »Ich hab meinen Schulkram bei der Ixi. Und mein Geld. Und den Schulkram brauch ich für morgen.«
Gretchen marschierte ins Waxlberger ein, auf die Theke zu, ohne nach rechts oder links zu schauen. Dass der Florian, mit der Jung-Dirn zu einem Schmuse-Klumpen verschmolzen, bei einem Fenstertischchen saß, musste sie trotzdem wahrnehmen, weil hinter der Theke ein riesiger Spiegel hing, der zwar ziemlich trüb war, ihr das liebende Pärchen aber dennoch tadellos widerspiegelte. Gretchen ließ sich von Ixi ein doppeltes Cola und die Schultasche geben. Ixi war bereits von Gabriele über das Hinzelgeschehen informiert. »Na siehst, Sister«, sagte sie, »ich hab ja gleich gesagt, dass nix passiert ist!«
Gretchen trank hurtig die Doppel-Cola in Riesenschlucken.

»Nix passiert?«, fragte sie zwischen zwei Schlucken. »Du bist gut! Hast schon einmal jemanden gesehen, der so schnell wie ich zur zweifachen Witwe geworden ist?«

Die Ixi lachte.

»Lach nicht, mir ist wund ums Herz«, murmelte Gretchen zwischen zwei weiteren Schlucken.

»Pardon, Sister.« Ixi hörte zu lachen auf. »Aber du wirkst so überhaupt nicht wund.«

Gretchen trank den letzten Cola-Schluck. »Fein, wenn ich nicht so wirke«, sagte sie. »Ich steh echt nicht drauf, dass es alle merken.«

»Da kannst sicher sein«, sagte Ixi. »Cool wie ein Eisschrank wirkst, ehrlich!«

Gretchen nickte. »Bin ich auch! Die heiße Abluft steigt an der Rückwand hoch!«

Ixi lachte wieder. »Übrigens«, sie deutete zum Tisch vom Florian, »diese Witwenschaft kannst du im Nu rückgängig machen. Bevor der Perlenvorhang reingekommen ist, hat er mir sein Herz ausgeschüttet. Er vertreibt sich mit dem Girl bloß den Frust wegen dir.«

Gretchen legte Cola-Geld auf die Theke, nahm die Schultasche unter den Arm und sagte: »Ich hab gar nichts rückgängig zu machen, weil ich auch nichts in die Wege geleitet habe. Er hat den Vertrag aufgekündigt.« Hierauf rülpste Gretchen heftig, ließ Kohlensäure dem Magen entweichen, nickte Ixi zu und schritt, wieder weder nach rechts oder links schauend, aus dem Lokal.

Heimzu eilend überlegte Gretchen, ob sie sich eine Versöhnung mit dem Florian überhaupt noch wünschte. Ganz sicher war sie sich da nicht. Nein, eigentlich war sie sich da überhaupt und ganz und gar nicht sicher! Gretchen fiel ein, was die Marie-Luise einmal – damals zu Gretchens großer

Empörung – behauptet hatte. Sie hatte gesagt: »Ich habe den Verdacht, du bist in dieses Kalb nicht verliebt. Du bist bloß in die Liebe zu ihm verliebt. Und wenn man in die Liebe verliebt ist, dann ist das Kalb ja wirklich ein prächtiges Objekt!«

Gretchen blieb vor dem Schaufenster eines Frisörladens stehen. Im Schaufenster war ein Mauerpfeiler, verkleidet mit Spiegeln. Gretchen betrachtete sich im Spiegel, zupfte ein paar Spaniellocken zurecht und murmelte mit gerunzelter Stirn und Schnüffelnase ihrem Spiegelbild zu: »Dieser Lebensabschnitt wird unter ›erledigt‹ dem Archiv einverleibt!«

11. Kapitel

in dem Gretchen an einer von zwei Zahnlücken wesentlich heftiger leidet als an der anderen, ein Angebot auf Zahnersatz jedoch ausschlägt.

Gretchen widmete die nächsten Tage und das gesamte Wochenende harter Pflichterfüllung im Sinne der Kummer-Reduzierung nach Oma-Rezept.
Jeden Nachmittag war sie an Hinzels Arbeitstisch emsig und verbissen in BIRD ART tätig, trug Hinzels ganzen zurückgelassenen Arbeitsberg ab und erledigte sogar noch ein paar kleine neue Aufträge. Sie lieferte aus, kassierte Geld, stapelte es daheim in ihrem Zimmer in der eisernen Handkassa, zählte es jeden Abend und dachte dabei bitter: Wenn er zurückkommt, dann wird er sehen, was er an mir hat! So viel, wie ich für ihn in ein paar Tagen verdient habe, hat er nicht einmal in zwei Wochen geschafft!
Gretchen lernte mit Hänschen Mathematik. Jeden Abend gut zwei Stunden lang. Ein echter Blitzkneißer wurde das Hänschen davon nicht, aber – wenigstens hin und wieder – schien es Gretchen doch so, als sei Hänschen schön langsam fähig seine kleinen grauen Zellen für mathematische Gedankengänge zu aktivieren.
Gretchen machte Großputz in ihrem Zimmer. So heftig und so intensiv, dass das Mädi, als es Gretchens Zimmer betrat, auf dem ungewohnt spiegelglatt gewienerten Fußboden zu Sturz kam und sich das Steißbein prellte.
Und Gretchen strickte den Pullover, den mit dem Blumenmuster in zwölf verschiedenen Farben, fertig. Sie schenkte

ihn der Mama. Selber in so einem Kunstwerk von Pullover zu prunken, danach stand Gretchen im Moment der Sinn gar nicht.
Doch abgesehen von diesem übertriebenen Arbeitseifer benahm sich Gretchen recht normal. Sogar einfühlsame Beobachter entdeckten an ihr keinerlei Anzeichen, die auf enorm unglückliche Seelenlage hätten schließen lassen. So richtig kreuzunglücklich fühlte sich Gretchen auch gar nicht. So richtig kreuzunglücklich hatte sie sich eigentlich nur auf der Hinzel-Matratze beim Lesen der Briefversuche gefühlt. Nun war Gretchen bloß »sehr komisch« zu Mute. Sie hatte ein blödes »Zahnlückengefühl«. So, als ob man ihr zwei dicke Backenzähne gezogen hätte, kam sich Gretchen vor. Und dort, wo die dicken Backenzähne gewesen waren, waren nun irritierende Lücken. Die eine Lücke, die, wo der Florian-Zahn fehlte, war aber nicht mehr allzu druckempfindlich. Sie tat nur sachte weh, war nur lästig und deprimierend. Lästig und deprimierend war, dass sich das Kalb pubertär, wenn nicht gar kindisch benahm. Ein halbwegs reifer Knabe, fand Gretchen, hatte den Bruch einer Liebesbeziehung mit Anstand hinter sich zu bringen. Der Florian, fand Gretchen, brachte nicht einmal ein Minimum an Anstand auf. Dass er wie der Ober-Kikeriki-Hahn unterwegs war und hinter jedem Mädchen her, ohne die kleinste Trauerpause einzulegen, das war ja noch hinzunehmen. Auch in den guten Zeiten ihrer Beziehung hatte es der Florian nicht völlig bleiben lassen können, auf den »Aufriss« zu gehen. Ein Mädchen zu »erobern« war für den Florian eine Sportart, die sein Selbstwertgefühl aufbaute.
Dass der Florian aber nun bei allen Freunden und Schulkollegen über Gretchen herzog und sie als »falsches Luder« und »eifersüchtige Blunzen« und »hinterhältiges Biest« in

Verruf zu bringen versuchte, war traurig. In jeder Pause bekam Gretchen von Kollegen Mitteilungen darüber, wie sich der Florian über Gretchen wieder »ausgelassen« hatte. Sein Hass hatte sogar Sippenhaftungs-Dimension! Die ganze Sackmeier-Familie machte er schlecht. Anekdötchen vom »Fettsack« erzählte er. Was der alles fraß und wie blöd er war. Vom Mädi berichtete er wahre Horrorgeschichten. Dass sie nur quengele und raunze. Und Bettnässerin sei. Was überhaupt nicht den Tatsachen entsprach. Das Mädi konnte bloß das Wasser nicht halten, wenn sie jemand sehr kitzelte. Und manchmal, wenn der Papa gut aufgelegt war, dann kitzelte er das Mädi. Und dann machte das Mädi – kreischend – in die Hose.

Ganz besonders aber nahm der Florian Gretchens Mama aufs Korn. Die sei, erzählte er in den Pausen herum, eine wahre Superemanze, schere sich nicht um Mann und Kinder und habe jedes Vierteljahr einen anderen Geliebten! Und Gretchens Papa sei zu blöd das zu merken!

Die Gabriele war über dieses Florian-Betragen noch wesentlich empörter als Gretchen. »So was von gemein!«, sagte sie zu Gretchen. »Jetzt geh doch zu ihm hin und hau ihm eine runter! Oder noch besser, tritt ihm in die Hoden, dem Schwein!«

Gretchen erwog weder das eine noch das andere. Sie würdigte bloß den Florian keines Blickes mehr und dachte traurig: Der kann mich nie echt gern gehabt haben, wenn er jetzt so über mich redet! Und überhaupt kann er niemanden richtig gern haben. Die Mama und der Papa haben ihm doch gar nichts angetan! Die haben es schon überhaupt nicht verdient, dass er auf sie schimpft! Aber Gretchen stellte auch selbstkritisch fest, dass ihre Liebe zum Florian ebenfalls nicht gar so unermesslich groß gewesen sein konnte, wenn

die Florian-Zahnlücke nach so kurzer Zeit schon so wenig druckempfindlich war, ihr keine schlaflosen, tränenreichen Nächte brachte, ihr weder den gesunden Appetit noch die Wangenröte raubte.
Mit der anderen Zahnlücke, mit der, die der Hinzel hinterlassen hatte, kam Gretchen weit schlechter zurecht. Die war unerhört druckempfindlich und dachte gar nicht daran zu verheilen. Die schmerzte von Tag zu Tag mehr, weil die Hoffnung, der Hinzel könnte postwendend zurückkehren und zerknirscht um Versöhnung bitten, mit jedem Tag kleiner wurde.
Traurig war auch, dass weder die Mama noch Gabriele viel Verständnis für Gretchens Zahnlückenschmerz aufbrachten. Gabriele sagte bloß immer, total unsensibel: »Brauchst nur mit einem Finger zu schnippen und hast sieben andere!« Und die Mama saß überhaupt auf dem falschen Dampfer! Stur erklärte sie: »Das kommt, weil du so entscheidungsschwach bist!«
Das war ja totaler Plunder! Genau in dem Augenblick, in dem sich Gretchen entschieden hatte, hatte sie sich doch die beiden Zahnlücken zugezogen! Einmal, ein einziges Mal, sagte sich Gretchen nicht ohne Selbstmitleid, habe ich meine Bedürfnisse angemeldet und schon war ich abserviert! Im Grunde genommen, sagte sich Gretchen nicht ohne Verbitterung, ist gar kein Unterschied zwischen meinem Softie-Hinzel und meinem Macho-Florian. Sie häkeln mit verschiedenem Garn die gleiche Masche! Und das Ergebnis wären Zwangsjackerln für mich! Zwischen den Wünschen der beiden Herren hätte ich mich entscheiden müssen, mein Traumhaus war beiden nicht der Diskussion wert. Der eine hat mir hurtig lodernde Eifersucht unterstellt, der andere lodernde Liebe!

Dem Kalb trug Gretchen das nicht weiter nach, doch die Erkenntnis, dass auch der Hinzel ein uneinsichtig selbstsüchtiger Liebender war, die schmerzte. Daran änderten die hinterbliebenen Briefversuche, die Gretchen zu Tränen gerührt hatten, nichts! Mochten sie noch so sehr von Herzensnot und Seelenpein zeugen! Sie strotzten, fand Gretchen nun, mit einigem Abstand zur ersten Rührung, von Unverständnis und Mangel an Vertrauen. Wie konnte ihr denn der Hinzel so mir-nix-dir-nix eine lodernde Liebe zum Konni unterjubeln? Tagtäglich war sie mit dem Hinzel zusammen gewesen! Was glaubte denn der Hornochse? Dass sie, von ihm heimgekehrt, gleich hurtig auf ein Tête-à-Tête in die Nachbarwohnung geeilt war? So was von Wahnwitz! Sie hatte schließlich genug damit zu tun gehabt, ihre Freizeit auf Florian-Beziehung und Hinzel-Beziehung aufzuteilen. Sich da noch eine dritte Beziehung aufzuhalsen hätte ihr Koordinierungstalent bei weitem überschritten! Und überhaupt! Sie war schließlich eine ehrliche Person! Sie hatte dem Hinzel ja auch nie den Florian verschwiegen! Und dem Florian nie den Hinzel! Bloß in Sachen Urlaub hatte sie die beiden hingehalten. Aber das war doch verständlich!

Und Recht damit habe ich außerdem gehabt, sagte sich Gretchen. Da ich mich letzten Endes für mein Traumhaus entschieden habe, war es ja nicht nötig, mich vorher für Europaquer oder Insel-einsam zu entscheiden! Dass gerade die Mama das nicht einsehen wollte und darauf beharrte, Gretchens »Entscheidungsschwäche« und die dadurch verursachte »Zweigleisigkeit bei der Urlaubsplanung« seien schuld an Gretchens doppelter Zahnlücke, machte Gretchen wütend.

Am Mittwoch beim Kleinen Italiener, als die Mama wieder

ihre diesbezüglichen Ansichten äußerte, fauchte Gretchen: »Du spinnst ja! Komm mir nicht dauernd mit deinem zweitklassigen Psycho-Schmarrn!«
Dann sprang sie auf, warf dabei das Colaglas um und rannte aus dem Lokal. Bei der Tür angekommen, war ihre Wut auf die Mama schon wieder verflogen, aber nun zerknirscht umzukehren fand Gretchen wenig stilvoll. Außerdem war die Mittagspause der Mama ohnehin fast zu Ende.
Gretchen beschloss heimzufahren und dem Konni einen Besuch abzustatten. Sie musste endlich mit ihm ihren Mietkostenanteil klären. Bis jetzt hatte der Konni bloß immer gesagt: »Das werden wir schon sehen! Da werden wir uns schon einigen!«
Aber der Papa wollte von Gretchen schließlich wissen, wie viel Geld er für ihren Urlaub abzugeben hatte.

Gretchen klingelte lang an der Nachbartür, bis ihr der Konni öffnete. Er war mit nichts als einer Unterhose bekleidet, seine Haare waren total zerstruwwelt, verschlafen blinzelte er Gretchen an. »Oh du meine Güte«, sagte er gähnend, »ist der Vormittag schon vorüber?«
»Bald ist der Nachmittag vorüber, Herr Nachbar«, sagte Gretchen und marschierte ins nachbarliche Wohnzimmer ein.
»Ich bin erst in der Früh ins Bett gekommen.« Der Konni glättete sich mit den Fingern das Haupthaar. »War eine lange Nacht. Ich hab allerhand hinter mir.«
Gretchen setzte sich auf ihren Stammsessel unter dem Wagenradluster.
»Gehn wir lieber in mein Zimmer rüber«, sagte der Konni. »Ich vertrag das Ambiente vom Muttertier auf nüchternen Magen nur schwer!«

»Aber ich bin geil drauf!« Gretchen blieb sitzen. »So was hab ich nicht alle Tage!«
»Du bist ein mitleidsloser Mensch.« Der Konni hockte sich auf die Sitzbank neben Gretchen. »Liegt was an?«, fragte er. »Oder kommst nur so?«
»Ich muss langsam wissen, was ich dir an Untermiete zu zahlen habe«, sagte Gretchen. »Der Papa muss das ja einplanen.«
»Ist mir ganz Wurscht.« Der Konni gähnte wieder. »Was Sie halt gern geben, Frau Nachbarin. Aber ich nehm dich auch gratis mit!«
»Spinnst?«, fragte Gretchen. »Ich hab geglaubt, du bist quadrat-pleite und suchst zahlende Untermieter?«
»Das ist der Schnee von gestern!« Der Konni grinste. »Ich hab ja nicht geahnt, wie einträglich es ist zu maturieren. Ich hab in der letzten Woche einkassiert wie eine Brummhummel! Zweimal von je einem Opa, zweimal von je einer Oma, zuzüglich noch drei Tanten und vier Onkel. Ich bin hoch weiß. Und alles, was ich gespart habe, kann ich auf den Schädel hauen, weil mir das Muttertier die Fahrschule schenkt, und der alte Herr verehrt mir sein Auto, weil er sich eine neue Kutsche zulegt! Nema problema, also, Frau Nachbarin!«
»Trotzdem«, sagte Gretchen, »ich muss wissen, wie du dir das vorstellst mit der Miete.«
»Lädst mich halt jeden Abend auf einen Campari-Orange ein«, sagte der Konni.
»Nein«, protestierte Gretchen. »So geht das nicht!«
Der Konni stand auf. »Ich muss mir einen Kaffee machen, sonst schlaf ich wieder ein!«
Gretchen folgte dem Konni in die Küche. Auch die Nachbarküche zeugte von der Sammelleidenschaft der Hausfrau.

Allerlei antiker Hausrat in Kupfer und Messing, Holz und Porzellan zierte die Wände. Abgebeiztes Bauernmobiliar drängte sich in dem kleinen Raum. Gretchen setzte sich aufs Fensterbrett.

»Auch Kaffee?«, fragte der Konni.

Gretchen nickte.

»Espresso oder Nonnen-Lulle?«, fragte der Konni.

»Egal«, sagte Gretchen.

»Dann Nonnen-Lulle«, entschied der Konni. »Ich brauch nämlich gut einen Liter. Und ein Liter Espresso drückt aufs Herz.« Der Konni schüttete Wasser in die Filtermaschine und füllte Kaffee ein.

»Was hab ich für zwei Monate Bett und Tisch zu zahlen?«, beharrte Gretchen.

»Was hast dir denn vorgestellt?«, fragte der Konni.

»Nichts«, sagte Gretchen.

»Na, dann zahlst eben nichts«, sagte der Konni.

»Ich hab nicht nichts gemeint«, rief Gretchen, »nur dass ich mir nichts ...«

Der Konni unterbrach Gretchen: »Frau Nachbarin, du verhedderst dich im Nichts!«

»Weil du es drauf anlegst!«, rief Gretchen. »Und einen Mitmieter bring ich auch nicht! Da kommt also auch nichts rein.«

»Jetzt mach da kein Problem draus«, sagte der Konni. »Viel mehr interessiert mich, warum du so vergrantelt dreinschaust. Man könnte ja meinen, du schaust den Ferien ohne Freude entgegen!«

»Gar nicht wahr!« Gretchen schnüffelte. »Ich freu mich. Echt. Irre freu ich mich sogar!«

Der Konni nahm die Brille der Konni-Mutter vom Jogl-Tisch. Er setzte sie auf, trat dicht an Gretchen heran und be-

trachtete ihr Gesicht durch die Brille, als studiere er eine Wanderkarte. »Dass eine, die sich irre freut, so dreinschauen kann wie du, ist mir neu«, sagte er.
Gretchen wandte das Gesicht vom Konni weg. »Das machen nur gewisse unleidige Begleitumstände«, murmelte sie.
Der Konni nahm die Brille ab. »Die hab ich auch«, sagte er.
»Und zwar?«, fragte Gretchen.
»Meinem Herzblatt bist du zu schön«, sagte der Konni. »Mein Herzblatt hat nichts dagegen gehabt, dass ich ohne sie verreise. Aber seit sie weiß, dass du mitkommst, brennt der Hut. Sie glaubt, ich könnte deinen Reizen erliegen.«
Der Konni stellte die Filtermaschine ab und holte zwei Kaffeetassen aus der Bauernkredenz.
»So ein Unsinn!«, sagte Gretchen.
»Na, gar so ein Unsinn ist das nun auch wieder nicht!«
Der Konni zog die Kanne aus der Filtermaschine, füllte die Tassen mit Kaffee und überreichte eine Tasse Gretchen. »Reize hast du schließlich jede Menge und ich bin einer, der zum Erliegen neigt!«
Gretchen wurde unbehaglich zu Mute. Sie kratzte sich den Bauch.
»Zucker, Milch?«, fragte der Konni.
»Danke, nein«, sagte Gretchen.
»Wenn ich es mir recht überlege, ist es ja sowieso ein Wahnsinn, dass man so ein Prachtexemplar wie dich Tür an Tür hat und sich außer Haus eindeckt!« Der Konni setzte sich zum Jogl-Tisch und trank seinen Kaffee in großen Schlucken.
»Red nicht so!«, rief Gretchen. »Das ist unfair gegen deine Freundin!«
Der Konni lachte. »Brav, brav, Frau Nachbarin! Ich liebe Frauensolidarität. Nur bist du in diesem Fall mit einer Dame

solidarisch, die nichts von Frauensolidarität versteht. Sie hält dich nämlich für ein Glamour-Pin-up-Biest, dem sie allerhand Übles zutraut.«

»Ich werde mit ihr reden«, sagte Gretchen und schnüffelte.

»Wenn du meinst?« Der Konni zuckte mit den Schultern.

»Wann kommt sie denn heute?«, fragte Gretchen.

»Gar nicht!« Der Konni stand auf und schenkte sich Kaffee nach.

»Na, dann halt morgen«, sagte Gretchen.

»Frau Nachbarin«, sagte der Konni, »mein Herzblatt kommt überhaupt nicht mehr. Sie hat mir die Minne aufgekündigt! Gestern um Mitternacht bei der Straßenbahnhaltestelle! Sela – Psalmende! Fini!«

»Wegen mir?« Gretchen war so beeindruckt, dass sie zu schnüffeln vergaß.

»Wegen mir!«, sagte der Konni. »Weil ich zugegeben habe, dass du mir gefällst. Weil ich gesagt habe, dass du super bist. Und nicht nur äußerlich. Dass du auch ein ansprechendes Wesen hast!« Der Konni knallte sein Kaffeehäferl so fest auf den Tisch, dass Kaffee überschwappte. »Da sagt die Dame immer, sie sei für Offenheit und Ehrlichkeit. Und dann ist man offen und ehrlich und sie heult und nimmt übel!«

»Sie wird halt mit den Nerven runter sein«, sagte Gretchen. »Nachprüfung, Urlaub gestrichen, Mensch, das ist doch kein Honiglecken, das musst du doch verstehen!«

Der Konni starrte auf den übergeschwappten Kaffee, tunkte einen Zeigefinger in die Kaffeepfütze und schrieb mit der braunen Brühe SCHEISSE auf die helle Tischplatte. Gar nicht mehr auf »cool« sagte er dabei: »Ich versteh allerhand, Frau Nachbarin. Aber was mir das Herzblatt gestern alles an den Kopf geworfen hat, das übersteigt mein Fassungsvermögen. Ehrlich! Da waren ein paar Hämmer dabei, die waren nicht ohne! Losgegangen ist es wegen dir, aber weitergegangen ist es dann ohne dich!« Der Konni schüttelte sich erinnernd den Kopf. »Ich sag dir, Nachbarin, ich sag dir …«

»Was sagst mir?«, forschte Gretchen.

»Ach, gar nichts!« Der Konni winkte vage mit einer Hand. »Da kannst nur mehr ba-ba und ade sagen!«

»Das renkt sich wieder ein«, sagte Gretchen.

Der Konni schüttelte den Kopf. »Sie hat gesagt, dass ich im Bett eine Niete bin. Nie, nie, hat sie gesagt, hat ihr das mit mir gefallen. Und davon abgesehen bin ich auch kein Gentleman und hab keine Manieren. Und keine musischen Ambitionen, weil ich nicht in die Oper geh und ins Burgtheater auch nicht. Und meine Freunde sind Trottel und unser Gesprächsniveau ist unter ihrem Level. Mit einem Wort, ich bin der letzte Dreck!«

»Im Streit sagt man viel«, murmelte Gretchen lahm.

Das nasse, braune SCHEISSE war aufgetrocknet. Der Konni versuchte mit dem Rest der Kaffeepfütze diese Unmutsäußerung zu restaurieren. Der Kaffeerest reichte nicht. Bloß SCHEI schaffte er.

»Und was sind deine Begleitumstände, die dich hindern ein liebes Lächeln auf deine Lippen zu zaubern?«, fragte er.

Gretchen sah keinen Grund dem Konni von ihren Zahnlücken nicht zu berichten. Ganz im Gegenteil! Von einem verlassenen Liebhaber konnte sie sich Verständnis erwarten!

Gretchen hatte Recht! Der Konni verstand sie. Der Konni gab ihr auch nicht das kleinste bisschen Schuld an den Zahnlücken. Er setzte sich zu Gretchen aufs Fensterbrett, legte einen Arm um ihre Schultern und tröstete: »Das wird schon wieder, Frau Nachbarin, das dauert nicht ewig. Sogar der größte Schmerz ist nach zwei Jahren weg!«

»Wieso gerade nach zwei Jahren?«, fragte Gretchen.
Der Konni zuckte mit den Schultern. »Behauptet mein Muttertier immer«, sagte er. »Und die muss es wissen, weil die hat oft großen Schmerz.«
Gretchen lehnte sich an den Konni. »Du tust mir gut«, murmelte sie.
»Das ist fein«, murmelte der Konni.
So saßen die beiden auf dem Küchenfensterbrett, bis Geräusche im Vorzimmer kundtaten, dass jemand die Wohnung betreten hatte.
»Das ist das Muttertier.« Der Konni nahm den Arm von Gretchens Schulter. »Die braucht uns nicht so zu sehen.« Er rutschte vom Fensterbrett. »Sonst posaunt sie uns gleich in der Gegend als Verlobte aus!« Der Konni versuchte ein heiteres Grinsen. Es fiel recht matt aus. »Obwohl ich dagegen eigentlich nichts einzuwenden hätte!«
Gretchen schüttelte sehr freundlich, aber auch sehr bestimmt den Kopf.
»War ja nur ein Angebot«, sagte der Konni.
»Danke schön!« Gretchens Stimme war ohne Hohn. »Ist lieb von dir. Haut aber im Moment echt nicht hin!«
»Hab ich mir eh gedacht«, sagte der Konni. Er schenkte sich eine dritte Tasse Kaffee ein. »Macht auch nichts! Wir zwei beide sind ja noch jung! Jetzt fahren wir einmal ins Blitzblaue und Sonnige und Sandige und hegen und pflegen uns und lecken uns gegenseitig unsere Wunden.«
Gretchen musste lachen.
Der Konni lachte auch. »Na siehst, Frau Nachbarin«, sagte er, »dein Leid und mein Leid auf ein Packel gehaut und dann wieder halbiert schaut sich schon nicht mehr so schrecklich an, oder?«
Gretchen antwortete dem Konni nicht, weil die Konni-Mut-

ter in die Küche einmarschierte und hurtig drauflosredete. Sie hatte Ärger beim Fleischhauer gehabt. Empört wickelte sie ein Stück Rindfleisch aus dem Wickelpapier, hielt es Gretchen und Konni unter die Nasen und wollte bezeugt haben, dass dieses Stück zu fett und zu flaxig sei! Und dass der Fleischhauer ein Gauner sei, wenn er es als 1a-Qualität anpreise! Und dass er sich das nur leisten könne, weil er – weit und breit – der einzige Fleischhauer in der Gegend sei! Weil er ein Monopol habe!

12. Kapitel

in dem sich Gretchen überwindet und eine gescheiterte Liebesbeziehung mit zwischenmenschlicher Freundlichkeit belebt.

Mit einem total verregneten Montag fing die letzte Schulwoche an. Als Gretchen erwachte und blinzelnd feststellte, dass der Himmel vor dem offenen Fenster dunkelgrau war und Regen in Brausebaddichte fallen ließ, beschloss sie sich diesem Tag zu verweigern. Was sollte sie denn senkrecht? In der Schule war alles gelaufen! Keine Prüfungen mehr, auch kein neuer Lernstoff mehr und die Notenkonferenz war vorüber! In der Schule saß man in der letzten Schulwoche herum wie im Wartesaal eines Bahnhofes, von dem kein Zug mehr abgeht. Das wäre ja noch hinzunehmen gewesen. Aber in dem Wartesaal saß schließlich auch das Kalb! Und Gretchen war es leid, unter Anspannung aller Willenskraft fünf Vormittagsstunden lang zu tun, als sei der Kerl Luft! Dünnste glasklare Luft! Es war harte Arbeit, nie in seine Richtung zu sehen, ihm nie – auf dem Weg zum Papierkorb oder sonst wohin – in die Quere zu kommen, um sein Pult einen Haken zu schlagen, in der Tür nicht mit ihm zusammenzuprallen. Diese harte Arbeit, fand Gretchen, konnte sie sich wenigstens für einen Tag schenken.

Gretchen stieg aus dem Bett, tappte zum Fenster, schloss es und ließ die Jalousie herunter, begab sich wieder ins Bett und zog sich die Decke über den Kopf, um den Morgenlärm der Anverwandten von ihren Ohren fern zu halten.

Kaum war Gretchen am sanften Einschlummern, kam die

Mama zu ihr ins Zimmer, zog ihr die Decke vom Kopf und sagte: »Gretchen, aufstehen, es ist längst an der Zeit!«
»Ich bleib heute im Bett«, murmelte Gretchen, ohne die Augen zu öffnen.
»Bist krank, Gretchen?«, fragte die Mama besorgt.
»Nur lustlos«, murmelte Gretchen.
»Bin ich auch«, sagte die Mama.
»Dann geh auch wieder ins Bett«, murmelte Gretchen.
»Schön wär's«, sagte die Mama. »Aber ich habe einen Beruf.«
»Das ist nicht meine Schuld«, murmelte Gretchen und zog sich die Decke wieder über den Kopf. Die Mama verließ Gretchens Zimmer. Trotz der Decken-Isolierung hörte Gretchen die Mama im Vorzimmer draußen verkünden: »Gretchen fühlt sich nicht wohl, wahrscheinlich wird das eine Sommergrippe.« Hinterher hörte Gretchen das Mädi kreischen: »Ich bin auch sommergrippekrank.« Worauf der Papa rief: »Mach dich nicht lächerlich!« Und das Hänschen sagte: »Also ich, ich merke nichts von einer Grippe an mir!« Gretchen lächelte und legte sich das Kissen über den Kopf. Nun war sie wirklich schalldicht isoliert. Bevor sie wieder einschlief, dachte sie: Fein! Mit unserem Hänschen geht es tatsächlich bergauf! Der wird wieder! Der hat schon wieder ein bisschen Lebenslust!
Hänschens neu erwachte Lebenslust rührte nicht zuletzt von dem Umstand her, dass ihm Gretchen alle beiden Nachprüfungen erspart hatte. Sie war, knapp vor der Notenkonferenz, zu den zwei Lehrern gepilgert, die Hänschen mit »Nicht genügend« bedroht hatten, und hatte denen mit beredter Engelszunge, überzeugender als jeder Diplompsychologe, erklärt, dass es pädagogisch gesehen total falsch wäre, Hänschen durchfallen zu lassen; jetzt, wo er sich end-

lich ans Lernen gemacht habe und strebsam geworden sei. »Er muss doch einen Erfolg für seine Mühe sehen«, hatte sie gepredigt. »Wenn er keinen Erfolg sieht, gibt er doch wieder auf!«

Zuerst waren die Lehrer von diesem Argument nicht recht überzeugt gewesen, doch Gretchen hatte nicht lockergelassen, hatte in bewegten und bewegenden Worten Hänschens Psyche dargelegt und hatte zusätzlich geschworen Hänschen im nächsten Schuljahr effizient zu betreuen. »Ich gebe mein Wort dafür, dass er im nächsten Schuljahr nicht nachlassen wird«, hatte sie versichert und dabei mit donaukieselgrauem Hypnose-Blick tief in Lehreraugen gestarrt.

Zuerst hatte der Mathe-Lehrer nachgegeben. Eher Gretchen als Hänschen zuliebe. Dann hatte sich der Englisch-Lehrer auch noch weich reden lassen. Und schließlich hatte der Klassenvorstand diesem »Experiment« seinen Segen erteilt. Gretchen hatte die Lehrer-Bittgänge Hänschen verschwiegen. Hänschen sollte ruhig im Glauben bleiben, seine verbesserten Leistungen hätten das positive Zeugnis verursacht. Nur so, fand Gretchen, sei der Bruder psychisch zu sanieren. Das Wissen, dass seine große Schwester die Sache »geschaukelt« hatte, fand Gretchen, würde Hänschen nicht viel helfen.

Gegen Mittag erwachte Gretchen schweißgebadet. Heiß und stickig war es im Zimmer. Gretchen zog die Jalousie hoch und öffnete das Fenster. Der große Regen war vorüber, nur mehr ein paar dunkle Wolkenfetzen zogen hurtig über einen blitzblauen Himmel.

Gretchen spürte Lust auf Kaffee mit Gesellschaft. Sie duschte im Eilzugstempo und schlüpfte – wie immer in den letzten Tagen – in Hinzel-Klamotten und klingelte, um zu Kaffee mit Gesellschaft zu kommen, an die Tür der Nach-

barwohnung. Leider war nur die Konni-Mutter daheim. Gut eine Stunde musste Gretchen im Antiquitäten-Salon dem Redebedürfnis der Konni-Mutter ein williges Ohr zuwenden. Die Frau ließ Gretchen einfach nicht weggehen, bevor sie ihr ihre ganze Entrüstung über die Freundin des Sohnes dargelegt hatte. Deren Benehmen, fand sie, war ja wohl der Gipfel! Da war man so »lieb« und so »echt reizend« zu so einer »Schnepfe«, nahm ihre zickige Art »total gelassen« hin, verzieh ihr sogar das »kleinkarierte« Elternhaus! Und dann war diese »Urschel« mit dem Prachtexemplar von Sohn gar nicht zufrieden! So war das eben im Leben! Ein Glücksfall war es wenigstens, dass der »arme Bub« das noch rechtzeitig mitgekriegt hatte! Nicht auszudenken, wenn er diese »Schnitte« vielleicht noch geheiratet hätte und dann erst, wenn schon ein, zwei oder gar drei Kinder da gewesen wären, draufgekommen wäre! Der ein, zwei oder gar drei armen Würmer hätte sich die Konni-Mutter natürlich angenommen! Aber was weiß man denn? Hätte sie die auch bekommen? Hätte ja auch so kommen können, dass die Schnepfen-Urschel-Schnitte der besten aller Großmütter die Enkel vorenthalten hätte! Zuzutrauen wäre es der! Bei dem Gedanken an die zukünftigen, vorenthaltenen Enkel fing die Konni-Mutter fast zu weinen an. Erstaunlich an dem, was sich Gretchen von der Konni-Mutter anhören musste, fand Gretchen vor allem, dass die gute Frau so total Bescheid wusste! Der Konni hatte ihr entweder den Streit mit der Martina haarklein erzählt oder die Konni-Mutter hatte hinterhältig gelauscht! Sogar, dass die Martina »im Bett« mit dem Konni nicht viel Freude gehabt hatte, wusste sie.
»Also bitte«, rief sie funkelnden Auges. »In ihrem Alter hat eine Frau nie etwas davon! Das kommt erst, wenn man über dreißig ist! Oder bist du da anderer Ansicht, Gretchen?«

Gretchen sah keinen Anlass der Konni-Mutter mitzuteilen, dass sie keine diesbezüglichen Ansichten haben könne, weil sie bar aller diesbezüglichen Erfahrungen sei. Sie murmelte bloß vage »Mag sein« und wollte das Thema wechseln. Doch die Konni-Mutter hatte Gefallen an diesem Thema und versuchte stur eine Diskussion über weibliche Orgasmusfähigkeit, die körperlich-geografische Lage, deren Auslöser und mögliche Verhinderungen dieser zu veranstalten. Das ergab statt eines Dialogs einen Monolog, dem Gretchen mit dem gelogenen Hinweis, sie müsse für ihren Bruder Mittagessen richten, entfloh.

Im Waxlberger fand Gretchen die halbe Belegschaft der Klasse vor. Rund um etliche zusammengerückte Tische hockten die Kollegen. Neben Gabriele waren zwei leere Stühle. Gretchen setzte sich auf einen und versuchte zu kapieren, worüber die Runde so erregt und lautstark debattierte. Über Geld und Schulden wurde geredet! Das Schulende war schließlich ein Termin zum Schuldenzahlen. Und verborgtes Geld, das man bis zum Ferienanfang nicht zurückbekommen hatte, war uneinbringbar! Forderte man im Herbst Schulden vom vorigen Schuljahr zurück, wurde man bloß ausgelacht. »Ist doch längst verjährt!«, hieß es dann.

Nun stritt die Runde gerade darüber, ob man Schulden delegieren dürfe. Die Gabriele etwa war dem Stefan fünfzig Schilling schuldig, während der Otti Horneck der Gabriele fünfzig Schilling schuldig war. Die Gabriele meinte deshalb schuldenfrei zu sein. Der Stefan, erklärte sie, möge das Geld nicht von ihr, sondern vom Otti verlangen. Was der Stefan jedoch ablehnte, weil er keine Chancen sah »die Marie« vom Otti je zu bekommen.

»Dem hätt ich doch nie Geld geborgt!«, argumentierte er. »Ich bin doch nicht mein eigener Feind!«
Gretchen wollte sich gerade zu Wort melden, um Stefans Ansicht zu unterstützen, auch wenn sie dadurch gegen die gebotene Solidarität mit Gabriele verstieß, da kam vom WC her der Florian auf die Runde zu und merkte erst, als er sich den Sessel, den er vor ein paar Minuten verlassen hatte, wieder unter den Hintern schob, dass er nun neben Gretchen saß. Gretchen war vom unerwarteten Nahkontakt mit dem Florian so verwirrt, dass sie ihren Diskussionsbeitrag über Schuldverschreibungen sein ließ. Und die anderen in der Runde verloren mit einem Schlag auch das Interesse an der Sache. Gespannt schauten sie auf Gretchen und Florian. Das war ja nun eine Spitzeneinlage! Das total zerstrittene Liebespaar irrtümlich wieder ganz auf Tuchfühlung!
In Gretchen kroch Wut hoch! Diese Schweine, dachte sie. Keiner hat mir gesagt, neben wen ich mich da setze! Alle haben sich darauf gefreut, wie ich blöd schauen werde, wenn ich es merke! Die ganze Zeit, in der Schule, lauern sie doch schon darauf, dass ich den Florian zur Rede stelle, dass ich mit ihm zu streiten anfange, dass es einen Riesenkrach gibt! Darum erzählen sie mir ja auch immer haarklein, was er gerade wieder über mich geschimpft hat! Jetzt, glauben sie, ist es so weit! Jetzt, denken sie, findet gleich der Superknall im Beisein von Zeitzeugen statt!
Gretchen lag nichts ferner als dieses Kollegen-Interesse zu befriedigen. So locker als nur immer möglich fläzte sie sich im Sessel zurück und tat, als bringe ihr die Tuchfühlung mit dem Florian keinerlei Probleme. Der Florian aber war absolut nicht locker. Er schien sich scheußlich zu fühlen. Ferkelrot war er im Gesicht, nervös drehte er sein Colaglas in den

Händen, angestrengt vermied er, dass auch nur das geringste Stück Gretchen in sein Blickfeld kam. Ganz so, als ob er nicht bemerkt hätte, dass der Sessel neben ihm besetzt sei, tat er. Blödsinnig laut und hektisch erzählte er dem Otti Horneck eine »irre Story«, die er angeblich gestern Abend erlebt hatte. In dieser »irren Story« ging es um eine versoffene Nacht und trunkene »Heldentaten«, die darin gipfelten, dass der Florian – angeblich – auf einen Laternenmast im Park geklettert war und von dort einem Passanten auf den Strohhut gekotzt hatte. Die Geschichte war nicht nur Gretchen unheimlich peinlich, sondern verstörte die ganze Runde. Trüb glotzten die Kollegen in ihre Biergläser, Kaffeetassen und Colagläser. Sogar der Otti, trainiert unsensibel, verhielt sich distanziert und zollte dem Florian kein bisschen Beifall. Der Florian war nicht in der Lage diese Kollegen-Reaktionen einsichtig zur Kenntnis zu nehmen und seine »irre Story« sanft ausklingen zu lassen. Ganz im Gegenteil. Er steigerte sich, sowohl in Lautstärke als auch in Redegeschwindigkeit, machte Andeutungen über sexuelle Ausschweifungen und verbotenen Drogenkonsum, welche der Laternenbesteigung gefolgt waren, und lachte, sich erinnernd, vehement und wiehernd. Und weil niemand mit ihm lachte, glich er dieses Manko an Beifall durch Potenzierung des eigenen Gelächters aus.
Gretchen fing zu leiden an. Die Kontrolle über ihr eigenes Benehmen war ihr mit einem Male nicht mehr sehr wichtig. Der Florian durfte sich hier nicht so entsetzlich lächerlich machen!
Gretchen legte eine Hand auf Florians Oberschenkel. Mit festem Druck. Leise sagte sie: »Jetzt hör doch auf, bitte!«
Ob sie der Florian gehört hatte, war nicht zu erkennen. Jedenfalls wurde die Schilderung der »irren« Nacht stockend

und immer stockender und versiegte nach einem lahmen »So einen Wahnsinn gibt's kein zweites Mal« ganz.
Erleichtert ging die Kollegenschaft wieder zur Schulden-Debatte über. Gretchen ließ die Hand auf Florians Schenkel liegen. Ohne Druck auszuüben.
»Du, Flori«, sagte sie, so leise, dass es nur der Florian hören konnte, »ist doch echt beschissen, wenn du bös auf mich bist. Irgendwie müssen wir doch zurechtkommen miteinander.«
»Sowieso«, sagte der Florian. Mit starrem Blick auf sein Colaglas.
»Wir können nämlich alle zwei nichts dafür, dass es so gekommen ist«, sagte Gretchen.
»Sowieso«, sagte der Florian. Und starrte weiter auf das Colaglas.
»Irgendwann wäre es auf alle Fälle zu Ende gegangen«, sagte Gretchen.
»Sowieso«, sagte der Florian. Und zündete sich eine Zigarette an und hielt Gretchen die Zigarettenpackung hin. Gretchen schüttelte den Kopf. »Und wir zwei, wir tragen uns nichts nach«, sagte sie.
»Sowieso«, sagte der Florian. Und warf die Zigarettenpackung dem Otti Horneck zu, der bittend die Hände gefaltet hatte.
Gretchen entging nicht, dass die Kollegen, trotz angeregter Schulden-Debatte, ihre Zwiesprache mit dem Florian diskret verfolgt hatten und nun ziemlich enttäuscht dreinschauten. Nichts, was die armen Anteil-Nehmer hinterher viel hätten bereden können, war vorgefallen! Das war Betrug! Sogar die Gabriele schien so zu denken, denn sie zischte Gretchen bitter zu: »Was ist, Alte? Feierst Versöhnung mit dem Arsch, oder was?«

»Nur auf christlich zwischenmenschlicher Basis«, zischte Gretchen retour.
»So eine hat der Arsch doch gar nicht«, sagte Gabriele.
»Aber ich«, sagte Gretchen. »Und das reicht!«
»Da bist du aber sehr im Irrtum, Alte«, sagte Gabriele und warf dem Florian einen vernichtenden Blick zu. »Kannst deine Hand drauf ins Feuer legen, dass er nachher herumerzählen wird, du hättest wieder mit ihm anfangen wollen, aber er hat dich abblitzen lassen!«
»Wird er nicht«, sagte Gretchen.
Gabriele seufzte und wandte sich von Gretchen ab. Ganz so wie eine milde und lebenserfahrene Oma, die eingesehen hat, dass die Jugend ihre eigenen Erfahrungen machen muss.
Gretchen stand auf und begab sich zur Theke, zur Ixi. Ixi spülte Biergläser und schimpfte auf den Chef. Eine Geschirrspülmaschine, meinte sie, würde zur Grundausstattung eines Kaffeehauses gehören. »Der Trottel glaubt, dass ich sechs Hände hab! Zwei zum Bedienen, zwei zum Kaffeekochen und zwei zum Dreckputzen!«
»Und was liegt sonst an?«, fragte Gretchen.
Wenn Ixi so wütend auf ihren Chef schimpfte, musste sie auch noch anderen Kummer haben. Bloß der Umstand, Gläser spülen zu müssen, brachte die coole Ixi noch lange nicht in Rage.
»Nichts!«, sagte Ixi. »Absolut nichts!«
»Echt?« Gretchen schaute ungläubig.
»Echt nichts«, sagte Ixi. »Weil, dass sich der Robert wieder einmal eine Tussi angelacht hat und gar nicht mehr weiß, dass es mich gibt, das zählt ja nicht, das bin ich ja schon gewohnt, das bringt mich ja nicht mehr aus der Ruhe!«
Gretchen zog und zerrte an ihren Fingern herum. Kein ein-

ziger wollte knacken. »Wer ist es denn diesmal?«, fragte sie. Ixi knallte ein gespültes Glas so heftig auf das Abtropfblech, dass es zu Scherben ging. »So ein feines Mädi«, sagte sie und klaubte die Glasscherben vom Blech, »mit Mittelscheitel und Flitterengellöckchen. So eine, die hinter dem her ist, was Papi und Mami verboten haben! Raucht sich bei ihm ein und glaubt, sie kriegt den Durchblick davon! So à la: Huch, in was für ein verruchtes Milieu bin ich geraten!«
»Wird ihm bald über sein«, sagte Gretchen.
Ixi steckte einen Daumen in den Mund und saugte Blut. Sie hatte sich an einem Glasscherben geschnitten. »Davon hab ich gar nichts«, sagte sie. »Weil er gestern mit ihr abgehaut ist, in die Türkei, nehm ich an.«
Endlich waren Gretchens Finger zum Knacken bereit.
»Willst nicht mit mir in mein Traumhaus fahren?«, fragte Gretchen. »Auf die griechische Insel?«
Ixi schüttelte den Kopf.
»Ich bin pleite«, sagte Ixi. »Der Robert hat alles, was ich mir für den Urlaub gespart habe, mitgenommen. Ohne etwas davon zu sagen. Sogar das Geld, das ich für die Miete weggelegt habe, hat er genommen. Nichts als einen matten Hunderter hat er in der Blechdose gelassen. Und einen Zettel, dass er mir im Herbst alles zurückgeben wird!«
Gretchen überschlug im Kopf ihre Ersparnisse, rechnete zusammen, was ihr der Papa spendieren würde, was die Mama drauflegen würde, was auf Sparbuch 1 und Sparbuch 2 lagerte und was im Sparschwein gehortet war. »Ixi«, sagte sie, als sie sich ihrer Finanzen klar war. »Ich hab genug für uns beide, glaub ich. Und ich brauche es im Moment wirklich nicht.«
»Lieb von dir, Schwester!« Ixi beugte sich über die Theke und hauchte Gretchen einen Kuss auf die Wange. »Aber das

geht nicht. Du bist nicht die Caritas. Und überhaupt! Ich hau den Hut drauf!«
»Wie?«, fragte Gretchen besorgt.
»Ich gehe nicht nur auf Urlaub«, sagte Ixi, »ich kündige. Und gehe nach England. Au pair. Auf Babys steh ich sowieso. Und eine andere Umgebung kann mir auch nichts schaden. Ist schon alles in die Wege geleitet. Meine Schwester macht das für mich. Und was die macht, haut hin.« Ixi schaute sich im Lokal um. »Außer dir wird mir keiner abgehen, ehrlich!«
»Wie lang willst denn bleiben?«, fragte Gretchen.
»Zwischen einem Jahr und ewig«, antwortete Ixi.
Gretchen bekam Kehlkopfdrücken und Bauchziehen. Bald keine Ixi-Schwester mehr zu haben war eine trostlose Aussicht. Ganz so, als ob die Rettungsinsel, die man üblicherweise anzuschwimmen pflegt, plötzlich untergegangen war. Mit einem Male war Gretchen klar, dass ihre »beste« Freundin gar nicht Gabriele, sondern Ixi war. Sicher, Gretchen verbrachte mit Gabriele viel mehr Zeit, kannte Gabriele auch schon viel länger, besprach mit Gabriele viel öfter das Leben und seine maßlosen Tücken und seine kargen Freuden. Aber hätte ihr Gabriele gerade die bevorstehende Emigration nach England mitgeteilt, hätte Gretchen garantiert weder Kehlkopfdrücken noch Bauchziehen bekommen. Bloß aus ganzer Seele hätte sie ihr viel Glück gewünscht!
»Ich schreib dir jede Woche einmal, Schwester«, sagte Ixi. »Und wenn ich richtig sesshaft geworden bin, dann besuchst du mich!«
Gretchen nickte.
Von der Kollegenrunde her brüllte einer nach Bier. Ixi überhörte den Bier-Ruf. »Außer dir weiß es keiner«, sagte sie.

»Sag's auch du ihnen nicht, Sister. Ich hab keine Lust mit den Zombies darüber zu reden.«
Das Gebrüll nach Bier verstummte nicht. Ixi holte eine Flasche Bier aus dem Eisschrank. »Dass ich die Deppen bald nicht mehr sehen muss, ist ein Trost«, sagte sie.
»Kassier aber, bevor du gehst, deine Außenstände ein«, sagte Gretchen.
Ixi schüttelte den Kopf. »Da kriegst ja eher von einem toten Ziegenbock Milch als von der Bagage einen Schilling«, sagte sie, stellte die Bierflasche auf ein Tablett und ging zur Kollegenrunde. Gretchen wartete, ob Ixi gleich wieder kehrtmachen würde. Als sie sah, dass sich Ixi auf ein Gespräch mit Gabriele einließ, verließ sie das Waxlberger.
»He, Alte, bleib doch noch!«, rief Gabriele hinter ihr her.
Gretchen tat, als hörte sie diesen Zuruf nicht mehr. Ihr war triste und traurig zu Mute. Sie wollte allein sein. Ziellos marschierte sie durch die Straßen, überlegte, ob sie in der Geschwandtnergasse vorbeischauen sollte, entschied, dass sie das besser bleiben ließ. Warum sollte der Hinzel gerade heute zurückgekommen sein? Und selbst wenn er zurückgekommen wäre, Gretchens Brief lag ja auf seinem Kopfkissen! Wenn er nach Lektüre dieses Briefes nicht sofort hinter ihr her war, dann konnte sie ihn sowieso vergessen! Gretchen marschierte auf die City zu. Betätigung auf dem Konsumsektor, beschloss sie, würde ihrem Seelenzustand gut tun. Und einen Bikini und Sandalen brauchte sie sowieso. Vor vielen Schaufenstern blieb Gretchen stehen, beäugte Bikinis und Sandalen und konnte sich nicht entschließen einen Laden zu betreten. Sie war Solo-Einkauf nicht gewohnt. In den letzten Jahren hatte sie immer nur in beratender Begleitung von Hinzel Klamotten gekauft. Der Hinzel war Experte in der Frage: Was kleidet Gretchen?

Frustriert vom erfolglosen Schaufensterglotzen, machte Gretchen in einem kleinen Eissalon Rast und verschlang eine Riesenportion Schoko-Himbeer-Malaga und bekam enormes Bauchgrimmen, weil ihr armer Magen dagegen protestierte, nichts als bitteren Kaffee und eiskaltes Gefrorenes zugeführt zu bekommen.

Das Bauchgrimmen verlagerte sich vom Magen hurtig in die Gedärme. Gretchen brauchte ein Klo! Der kleine Eissalon war klolos. Gretchen bezahlte an der Theke, raste aus dem Eissalon und hielt Ausschau nach einem öffentlichen WC. Ein paar Straßen weiter, fiel ihr ein, war eines. Mit zusammengekniffenen Popobacken wieselte Gretchen dieser »Öffentlichen Toiletten-Anstalt« zu. Dort angekommen, las sie vom Schild an der WC-Tür ab: »Vorübergehend geschlossen«. Panik überkam Gretchen. In ihrem Bauch rumorte es so heftig, dass sie sich ganz sicher war: Wenn ich nicht gleich auf ein Klohäusel komme, dann mach ich in die Hose!

Schweißperlen traten auf Gretchens Stirn. War da wo ein Kaffeehaus? Oder ein Amt? Ämter hatten für die Behördengänger ja auch frei zugängige WCs! Oder konnte man einfach in irgendein Geschäft gehen und um Klo-Erlaubnis bitten? Angeblich durfte man das! Aber das war ja schrecklich peinlich! Noch peinlicher freilich war es, sich mitten in der City anzuscheißen!

Gerade als sich Gretchen mit der schrecklichen Tatsache, in null-Komma-Josef total beschissen dazustehen, abfinden wollte, durchzuckte eine rettende Idee ihr armes, gequältes Hirn: Ganz in der Nähe, nur zweimal um eine Ecke herum, war die Dienststelle der Mama! Wie hatte der Hinzel oft gesagt: »Aus der Not erwächst das Rettende!« Jawohl, genauso war es! Im sicheren Wissen, dass hinter der Eingangstür zur

Dienststelle der Mama vier Klotüren nebeneinander rettend bereitstanden, wurde Gretchen der Not Herr. Zügig und immer noch mit Schweißperlen auf der Stirn, aber nicht mehr panisch, eilte Gretchen die Straße hinan, um die Ecke, wieder die Straße hinan, wieder um eine Ecke, öffnete, während sie durch den Hausflur ging, den Hosenknopf, zog, während sie die Treppe hinaufeilte, den Hosenzipp herunter und sank, erleichtert wie selten im Leben, auf die Klomuschel des ersten WCs hinter der Eingangstür. Weit länger als nötig blieb Gretchen im Klo und genoss ihre »Rettung« und wartete, bis alle Schweißperlen auf der Stirn abgetrocknet waren. Dann verließ sie, wie neugeboren, das WC und suchte das Zimmer der Mama auf. Die Mama war nicht in ihrem Zimmer. Aber die Handtasche der Mama stand auf dem Schreibtisch. Und der Terminkalender der Mama und ein volles Kaffeehäferl waren auch auf dem Schreibtisch. Also war die Mama im Hause! Im Zimmer nebenan logierte Marie-Luise. Zwischen den beiden Zimmern gab es eine Verbindungstür. Die Tür stand offen. Gretchen schaute in Marie-Luises Zimmer. Auch dort war der Schreibtisch verwaist. Gretchen setzte sich auf den Mama-Stuhl und schaute auf den Terminkalender. Fünfzehn Uhr Schober, stand da. In zehn Minuten war es fünfzehn Uhr. In zehn Minuten würde also der Herr Schober kommen. Von dem hatte die Mama Gretchen schon erzählt. Fünfundzwanzig Jahre alt war der Schober. Neun von den fünfundzwanzig Jahren hatte er im Gefängnis verbracht. Und nun mühte sich die Mama ab, dass er nicht bald wieder dort landete. Viel Hoffnung auf Erfolg hatte sie nicht. Gretchen versuchte sich vorzustellen, wie die Mama mit dem Schober wohl redete. Gretchen konnte sich das nicht recht vorstellen. Daheim sprach die Mama nie viel über ihre Arbeit, weil es immer, wenn sie davon zu reden angefangen hatte, Streit mit dem Papa gegeben hatte. Den Papa »widerten« die Menschen, die die Mama betreute, »an«. Seine Meinungen über die »Probanden« der Mama brachten die Mama zum Toben. »Einmal straffällig, immer straffällig«, sagte er. Und: »Komm mir doch nicht immer mit den ›Umständen‹ daher, niemand muss kriminell werden in unserer Gesellschaft!«

Gretchen überlegte, ob die Mama, in Anbetracht der geringen Erfolgsquote, die man bei der Resozialisierung von »Kriminellen« nun einmal hat, eigentlich mit ihrem Beruf zufrieden war, da kamen die Mama und Marie-Luise ins Nebenzimmer. Vom Schreibtischsessel aus konnte Gretchen die beiden nicht sehen, aber sie hörte die Marie-Luise fragen: »Hast du es ihm gesagt?« Und die Mama antwortete: »Gestern schon. Er ist stinksauer! Eh klar!«

Gretchen wollte »He, Mama« rufen, doch da sagte die Mama: »Er hat wieder einmal Schluss gemacht. Langsam wird das zur Routine bei ihm. Aber mir reicht es bald. Er hat ja gewusst, dass ich verheiratet bin und Kinder habe! Und dass mir meine Kinder wichtiger sind als er, muss ihm doch klar sein!«

»Scheißmänner! Jeder ein Egoist!«, sagte die Marie-Luise. Und dann: »Wie geht es dir dabei? Sehr mies?«

Gretchen wartete die Antwort der Mama nicht ab. So leise als nur möglich erhob sie sich vom Mama-Sessel, schlich auf Zehenspitzen zur Tür und enteilte, innig hoffend, die Mama möge ihre Anwesenheit nicht bemerkt haben.

13. Kapitel

in dem sich Gretchen über die Hinterseite eines Felsbrockens grämt und eine Nacht lang Telefondienst macht.

Am Dienstag saß Gretchen den Vormittag wieder brav in der Schule ab und döste fünf Stunden unbehelligt vor sich hin. Unbehelligt auch von Kollegen-Mitteilungen über das, was der Florian wieder einmal in Sachen Gretchen von sich gegeben hatte. Der Florian gab in Sachen Gretchen nichts mehr von sich! Gretchens christlich zwischenmenschliche Annäherung im Waxlberger hatte gewirkt.
Das sah sogar Gabriele ein. »Alle Achtung, Alte«, sagte sie in der großen Pause zu Gretchen. »Du hast wieder einmal Recht gehabt!«
Für ein Uhr hatte Gretchen den Papa zur Schule bestellt. Er sollte mit ihr Bikini und Sandalen kaufen. Der Papa war zwar gemessen an Hinzels erlesenem Geschmack nur zweite Wahl in Kleiderfragen, dafür hatte er aber den Vorteil, dass ihm das Scheckbuch sehr locker saß. Freilich wunderte er sich, wenn er für die winzigen vier »Stoffeckerln«, die einen Bikini ausmachten, mehr zu bezahlen hatte als für ein riesengroßes T-Shirt, doch er beschrieb die Schecks willig. Und wenn ihm die Schecks ausgingen, hatte er noch immer die American Express Card oder die Diners Club Card als Zahlungsmittel parat. Und nie musste Gretchen bitten: »Papa, kaufst du mir auch noch …«
Wäre Gretchen nicht ein grundbescheidenes Mädchen gewesen, wäre sie mit zwei Dutzend Tragetaschen voll modi-

schem Zeug vom Bikini-Sandalen-Einkauf zurückgekehrt. Ohne auch nur mit der Wimper zu zucken, hätte der Papa in einer verlängerten Mittagspause so viel Geld ausgegeben, wie andere Menschen in einem Monat nicht verdienen. Doch abgesehen davon, dass Gretchen hinter Unmengen neuer Klamotten gar nicht her war, bezweifelte sie auch, ob sich der Papa solche Ausgaben guten Gewissens hätte leisten können. Von Geld wurde in der Sackmeier-Familie nie viel geredet; außer dass der Papa »gut« verdiene und die Mama »schlecht«. Und dass das zusammen so viel ausmache, dass man absolut nicht zu knausern habe. Doch hin und wieder besah sich Gretchen auf dem Schreibtisch vom Papa die Kontoauszüge, die die Bank geschickt hatte, und oft musste sie dann feststellen, dass sämtliche Konten vom Papa überzogen waren. Fragte das haushälterisch veranlagte Gretchen den Papa dann besorgt nach der Familien-Finanzlage, lachte der Papa bloß und erklärte ihr, sein »Minus« sei ein »Klacks«, denn sein »Überzugsrahmen« sei ein gewaltiger und jeder »bessere« Mensch habe heutzutage Schulden, das sei man der einheimischen Wirtschaft, im Sinne der Erhaltung von Arbeitsplätzen, schuldig. Die Wirtschaft müsse florieren und das könne sie nur, wenn man sein verdientes Geld nicht horte, sondern fröhlich ausgebe!

Gretchen verstand ja nun wahrlich nicht viel von »Wirtschaft«, aber dass die einheimische Wirtschaft zum Florieren gebracht werde, wenn der Papa französischen Wein, italienische Schuhe, ein deutsches Auto, Schweizer Uhren, einen japanischen Fernsehapparat und holländische Rosen kaufte, bezweifelte sie sehr. Sie war sich sicher, dass der Papa einfach mit Geld nicht umgehen konnte, zumindest nicht mit seinem eigenen. Mit dem Geld des Nudelfabrikbesitzers etwa schien er vernünftiger umzugehen. Sonst hätte er es ja im »Nudel-Haus« nicht bis zum obersten Prokuristen gebracht!

Gretchen entstieg nach vollbrachtem Konsum-Trip vor dem Sackmeier-Haus dem Papa-Auto mit bloß sechs Tragetaschen. Der Papa fuhr weiter, seinem »Nudel-Haus« zu.

Zwei Bikinis, zwei Paar Sandalen, vier T-Shirts, ein Minikleidchen, eine Leinenhose und allerlei Kosmetika waren in den Tragetaschen. Gretchen betrat, zufrieden die Tragetaschen schlenkernd, den Hausflur und stieß auf den Konni. Der stand bei den Briefkästen und holte Post heraus.

»Frau Nachbarin hat zugeschlagen?« Der Konni deutete auf die Tragetaschen. Gretchen nickte. Der Konni inspizierte die Aufdrucke auf den Tragetaschen. »Frau Nachbarin kleiden sich in Topläden ein«, stellte er fest. Gretchen wusste nicht, ob das lobend oder rügend gemeint war. Für den Fall, dass es rügend gemeint war, sagte sie: »Ich war mit dem Papa einkaufen, der steht auf solche Geschäfte.«

»Braver Papa«, sagte der Konni. Dann deutete er auf das sackmeiersche Briefkastenabteil. »Bei euch ist es auch bummvoll!«

Gretchen holte den Schlüsselbund aus der Tasche, öffnete den Briefkasten und zog einen dicken Packen Post heraus.

»Eh nur Scheißwerbung«, murmelte sie und schaute den Packen durch. Zwischen den Prospekten von Supermärkten, die neu eröffnet hatten, den Lotterielos-Angeboten, den Möbelfirmen-Sonderangeboten und den Versandhaus-Billig-Offerten war eine bunte Ansichtskarte. Auf der Vorderseite der Ansichtskarte dräute ein Felsbrocken, meerumspült, auf der Hinterseite stand: *In alter und unverminderter Liebe, Hinzel!*

Dass Gretchens Herzschlag beim Lesen dieser Botschaft

nicht freudig und pulsschlagerhöhend zu pochen begann, lag daran, dass die Karte an »Frau Elisabeth Sackmeier« adressiert war. Das Wissen, dass Hinzel die Mama unvermindert liebte, erfüllte Gretchen nicht im Geringsten mit Freude. Gretchen durchsuchte den Postpacken noch einmal, aber da war keine bunte Karte für »Gretchen Sackmeier«.

»Das kann ja auch an der Post liegen«, sagte der Konni. Sensibel, wie er war, hatte er die Problematik mitbekommen.

»Schnecken«, fauchte Gretchen. »Das liegt ausschließlich und allein an dem Idioten selber!«

»Aber wenigstens hat er sich gemeldet!«, sagte der Konni.

»Echt toll von ihm!«, murmelte Gretchen bitter.

»Wennst mich Laienpsychologen fragst«, sagte der Konni, »dann hat er sich im Grunde genommen eh bei dir gemeldet, nur via Frau Mutter. Damit er sich nix vergibt!«

Gretchen ließ die Ansichtskarte in eine Tragetasche fallen, stopfte das Werbematerial in den Altpapier-Container und schüttelte den Kopf.

»Gar nicht«, sagte sie. »Der Hinzel liebt meine Mama wirklich. Und sie ihn auch. War Liebe auf den ersten Blick bei denen!«

»Hast was Spezielles vor?«, fragte der Konni beim Treppensteigen.

»Kaum«, sagte Gretchen.

»Dann geselle ich mich zu dir«, sagte der Konni. »Ich muss nämlich mit dir gewisse flugmäßige Probleme bereden.«

Gretchen sperrte die Wohnungstür auf. »Und zwar?«

»Also, die Tickets nach Athen gehen okay«, sagte der Konni und betrat das Vorzimmer und ließ die sechs Tragetaschen, die er für Gretchen hochgeschleppt hatte, fallen. »Aber bei

den Flügen Athen–Paros hat was nicht geklappt. Da stehen wir nach wie vor auf der Warteliste.«
Der Konni marschierte ins sackmeiersche Wohnzimmer ein, ließ sich auf die Lederbank fallen, schaute sich in Ruhe um und sprach: »Ihr habt hierorts eine äußerst ansprechende Leere, die meiner Netzhaut gut tut!«
Gretchen setzte sich zum Konni. »Und was bedeutet das?«, fragte sie.
»Dass ich mich gern bei euch einmieten würde«, sagte der Konni. »Ich leide nämlich Höllenqualen im heimischen, voll gepferchten Antiken!«
»Was das mit der Warteliste bedeutet!«, rief Gretchen ungeduldig.
»Das bedeutet, dass wir im letzten Moment erst erfahren, ob sie uns mitfliegen lassen. Am Domestic Airport in Athen unter Umständen erst.«
»Scheiße«, murmelte Gretchen.
»Genau«, sagte der Konni. »Drum denk ich, es wäre klüger, wir buchen gleich fürs Schiff. Da fahren wir allerdings gute acht Stunden. Oder wird dir speiübel auf stürmischem Meere? Weil, stürmisch kann so eine Überfahrt werden!«
Gretchen war noch nie auf stürmischem Meere gewesen, konnte daher also auch keine Angaben über ihre Seetüchtigkeit machen.
»Also viel mehr, als dass du spuckst wie ein Reiher, kann dir ja nicht passieren«, sagte der Konni. »Und für diesen Eventualfall hast du ja einen bei dir, der dir den Schweiß von der Stirn wischt und das Händchen hält.«
Gretchen gab dem Konni ihr Okay für die Schiffskartenbuchung, machte ihm einen Campari-Orange, fragte ihn, ob er sich mit Freundin Martina versöhnt habe, bekam die Auskunft, dass an Versöhnung nicht mehr zu denken sei,

und wurde dann vom Konni verlassen, weil dem plötzlich einfiel, dass er dringend eine »Besorgung« zu machen habe. Gretchen war klar, dass der Konni gar keine eilige Besorgung zu erledigen hatte. Der Konni war geflüchtet, weil Hänschen ins Wohnzimmer gekommen war. Hänschen hatte seine längst eingemottete Vogelfedernsammlung hervorgeholt. »Ich glaub, ich werd wieder zu sammeln anfangen«, hatte er Gretchen und Konni mitgeteilt. Und dann hatte er dem Konni die besten Stücke der Sammlung vorführen wollen. Aber anscheinend hatte der Konni kein Interesse über den Unterschied zwischen Wellensittichfedern und Kanarienfedern aufgeklärt zu werden.

Gretchen hatte zwar auch kein Interesse an dieser Aufklärung, ließ sie aber, dem Bruder zuliebe, über sich ergehen. Damit diese Aufklärungs-Tortur nicht nur für Hänschen lustbetont war, sondern auch für Gretchen positiven Sinn machte, bettelte Gretchen dem Bruder alle »Dubletten« ab. Ein erkleckliches Häufchen wunderschöner, bunter Vogelfedern bekam sie zusammen. Echte Prachtstücke für Hinzels BIRD ART! Gretchen tat das großzügige Geschenk in eine Schuhschachtel, schaute traurig auf die bunten Federchen und dachte melancholisch: Ich glaub, ich spinn! Er lässt mich sitzen und ich sammle für ihn Federn! Das ist ja nicht mehr normal!

Erstaunlicherweise kam die Mama gleich nach Dienstschluss heim. Kopfweh, sagte sie, habe sie. Deshalb fühle sie sich nicht in der Lage ihre Psycho-Gruppe durchzustehen. Und auf Nachtmahl, erklärte sie, habe sie auch keine Lust.

Sie ging mit zwei Zeitungen in ihr Zimmer und machte die

Tür zu. Das hieß: Ich wünsche Ruhe und will nur im Notfall gestört werden.
Hänschen und Gretchen achteten diesen Mama-Wunsch, doch das Mädi, als es von der Ganztagsschule heimkam, scherte sich darum überhaupt nicht. Sie erstürmte das Mama-Zimmer, legte sich zur Mama ins Bett und referierte der Mama mit wütender Kreischstimme vom großen Streit, den sie am Nachmittag mit einer »blöd-blöder-am-blödesten« Klassenkollegin gehabt hatte.
Gretchen versuchte das Mädi aus dem Zimmer der Mama zu locken. »Komm, ich spiel schwarzer Peter mit dir«, sagte sie.
»Spinnst?«, kreischte das Mädi. »Glaubst, ich bin ein Baby? Wennst unbedingt mit mir Karten spielen willst, dann tarockieren wir!«
Da Gretchen des komplizierten Tarockspiels nicht mächtig war, musste sie das Angebot ausschlagen und versuchte es mit: »Komm, kochen wir zusammen was, was dir schmeckt!«
»Spinnst?«, kreischte das Mädi. »Mir schmecken nur kleine Maiskolben in Essig! Die kann man nicht kochen!«
»Lass das Mädi nur bei mir«, sagte die Mama. »Sie lenkt mich ab, das tut mir gut!«
»Drum bin ich ja da«, kreischte das Mädi und boxte die Mama freundlich in den Bauch.
Gretchen fand es etwas befremdlich, dass ein kreischendes Mädi den Kopfschmerz der Mama »ablenkte«, doch sie nahm es widerspruchslos zur Kenntnis und ging in die Küche, um allein Nachtmahl zu kochen. Für Gulasch entschied sich Gretchen. Gulasch liebten sowohl der Papa als auch Hänschen!
Während Gretchen Zwiebeln schnitt, klingelte das Telefon.

Gretchen lief ins Vorzimmer, hob den Hörer ab, sagte »Sackmeier«, wiederholte »Sackmeier«, fragte etliche Male »Hallo, wer ist dran?«, aber niemand meldete sich. So legte sie den Hörer wieder auf und machte sich weiter über die Zwiebeln her. Als Gretchen beim Fleischschneiden war, klingelte das Telefon wieder. Und wieder meldete sich niemand. Der dritte Anruf kam, als Gretchen die Zwiebeln röstete. Insgesamt siebenmal, während Gretchen Gulasch kochte, klingelte das Telefon, ohne dass sich jemand meldete. Doch dass jemand am anderen Ende der Leitung war, dessen war sich Gretchen sicher. Jedes Mal hatte sie deutlich gehört, wie der stumme Anrufer aufgelegt hatte.
Die nächsten zwei Anrufe nahm Hänschen entgegen. Er behauptete hinterher leise Musik vernommen zu haben. Und ein komisches Räuspern.
Als der zehnte Anruf kam, war Gretchen gerade beim Tischdecken und Hänschen war in seinem Zimmer, Vogelfedern sortierend. »Jetzt leck mich doch am Arsch«, murmelte Gretchen und legte Bestecke neben die Teller. Der blöde Kerl wird schon aufgeben, dachte sie, wenn niemand rangeht! Nach dem zehnten Klingeln hörte Gretchen die Mama »Sackmeier hier« sagen. Da sich Gretchen ganz sicher war, der »Telefonidiot« werde auch mit der Mama nicht in Kontakt treten, lauschte sie nicht besonders aufmerksam zum Vorzimmer hin, bis das Mädi angejappelt kam und sagte: »Die Mama schimpft ihn! Und wie!«
»Wird auch nix nützen«, sagte Gretchen. »Solche Typen freuen sich nur, wenn sie merken, dass sich die Leute ärgern!«
»Die Mama kennt ihn doch«, sagte das Mädi.
»Spinnst?« Gretchen schüttelte den Kopf.
»Doch«, sagte das Mädi. »Sie will nur nicht, dass wir es

wissen.« Das Mädi zupfte Gretchen am T-Shirt. »Wenn die Mama zu ihm sagt, er soll ihr das morgen erzählen und er soll keinen Unfug reden, dann kennt sie ihn doch. Und dann ist er auch nicht stumm, oder?«

Gretchen ging ins Vorzimmer. Nicht gerade auf Zehenspitzen, aber doch jegliches unnötige Geräusch vermeidend. Von der Mama war nichts zu sehen. Und das Telefon war nicht auf dem kleinen Tischchen, wo es seinen fixen Standort hatte. Gretchen verfolgte das straff gespannte Telefonkabel vom Wandauslass, die Wand entlang, um die Ecke, zur Klotür. Das Telefonkabel verschwand unter der Klotür. Die Klotür war geschlossen. Die Mama hatte sich so weit als nur möglich, und das war so weit, wie es das zehn Meter lange Telefonkabel zuließ, von ihrem Nachwuchs entfernt. Sie hockte mit dem Telefon auf dem Klo!

Das Mädi war hinter Gretchen hergekommen, deutete auf die Klotür und flüsterte: »Wir sollen nicht hören, was sie zu ihm sagt!«

Gretchen spürte, dass es nun richtig gehandelt wäre, das Mädi zu packen und abzuschleppen. Die Mama hatte ein Recht darauf, ungestört und unbelauscht zu telefonieren. Ganz gleich, mit wem. Doch auch Gretchen handelte nicht immer ihren moralischen Grundsätzen gemäß. Besonders dann nicht, wenn sie verunsichert und auf Klarheit aus war. Sie blieb neben dem Mädi stehen und hörte die Mama deutlich sagen: »Leg dich ins Bett und hör zu saufen auf. Morgen in der Früh schau ich bei dir vorbei. Aber nur, wenn du jetzt mit der Anruferei aufhörst!«

Das Mädi grinste und zog Gretchen zur Küche hin. »Ich weiß auch, wer das ist«, flüsterte sie. »Das ist der Max!«

Gretchen setzte sich zum Küchentisch. »Wer ist der Max?«, fragte sie.

»Der Max ist der, der bis Weihnachten mit der Ma-Lu zusammen war«, sagte das Mädi. Jetzt, wo sie außer Hörweite der Mama war, kreischte sie wieder. »Der, dem die Ma-Lu aus Wut ein Kaffeehäferl an den Kopf geschmissen hat!«
»Und warum ruft der bei uns an?« Gretchen kaute an einer dicken Haarsträhne herum.
»Na, weil er die Mama jetzt liebt.« Das Mädi sprach wieder leise und hockte sich neben Gretchen. »Und er ist so labil, der Max!«
»Red nicht so altklug daher!« Gretchen wischte sich ein abgenagtes Haar von den Lippen. »Was weißt du denn, was labil ist!«
»Klar weiß ich das«, sagte das Mädi. »Wenn einer wegen jedem Furz in den Kies gleich durchdreht und ihm alles auf den Wecker fällt, dann ist er labil. Der Pepi hat mir das erklärt. Und der weiß es, weil er zugehört hat, wie die Ma-Lu mit der Lotti das besprochen hat!« Das Mädi lehnte sich an Gretchen. »Nur, ob sich die Mama auch in den Max verliebt hat, das wissen wir nicht!« Das Mädi flüsterte wieder. »Aber wir nehmen es an. Bloß, Gretchen, sag es niemandem weiter. Und schon gar nicht dem Papa. Weil, der ist auch labil!«
Gretchen starrte ihre kleine Schwester an. »Mädi«, stammelte sie. »Mädi, wie redest du denn?«
»Na, leise halt«, flüsterte das Mädi, »damit es die Mama nicht hört!« Auf die Idee, dass der Inhalt ihrer Rede Gretchen verstört haben könnte, kam das Mädi gar nicht und Gretchen sah keinen Anlass dieses Missverständnis aufzuklären. »Und eines ist klar«, sagte das Mädi und rutschte von der Eckbank. »Die Psycho-Gruppe, in die die Mama angeblich jeden Dienstag geht, die gibt es seit zwei Monaten

gar nicht mehr!« Dann hopste das Mädi frohgemut aus der Küche.
Gretchen begab sich zum Herd und rührte im Gulasch herum. Glasige Zwiebelfäden schwammen auf dem Gulasch herum. Der Papa war der festen Ansicht, dass sich Zwiebeln im Gulasch völlig aufzulösen hatten! Gretchen schaute auf die Uhr. In einer halben Stunde würde der Papa heimkommen und »Hunger-Hunger-Hunger« schreien. Gretchen hatte den Verdacht, dass die glasigen Zwiebelfäden in der nächsten halben Stunde nicht zu Brei zerkochen würden. Gretchen drehte das Gas unter dem Gulasch ab, fischte die Fleischbrocken aus der roten, fädigen Soße und holte das Passiersieb aus der Kredenz.
Die Mama kam vom Klo her an der offenen Küchentür vorbei. Sie ging ihrem Zimmer zu.
»Isst du mit uns?«, rief Gretchen.
»Danke, nein, ich bin satt«, sagte die Mama. »So satt, wie du dir das gar nicht vorstellen kannst!«
»Doch, doch, ich ahne es«, murmelte Gretchen, schüttete den fädigen Gulaschsaft in das Passiersieb und kurbelte verbissen drauflos.

Der Papa kam pünktlich, heiter und »Hunger-Hunger-Hunger« rufend nach Hause. Schrecklich besorgt wurde er, als er erfuhr, dass die Mama kopfwehkrank zu Bett lag. Er wollte sie mit Tee, kalten Kompressen, Aspirin und guten Worten versorgen, doch Gretchen legte ihm nahe das Zimmer der Mama gar nicht zu betreten. »Ich glaube, sie schläft jetzt«, sagte Gretchen. »Schlafen ist da immer das Beste!«
Das sah der Papa ein und versagte sich die Samariter-Dienste. Vom Gulasch war der Papa begeistert. Er lobte es nicht

aus bloßer Höflichkeit, was daran zu erkennen war, dass er drei Portionen futterte.
Nach dem Nachtmahl, als Gretchen, Hänschen und der Papa die Küche sauber machten, klingelte wieder das Telefon.
»Eh nur falscher Alarm«, sagte Hänschen und wollte in das Vorzimmer watscheln, doch das Mädi war schon zum Telefon gerannt, brüllte: »Noch immer Sackmeier hier«, und legte den Hörer wieder auf.
»Da belästigt uns ein Depp nämlich seit Stunden«, informierte Hänschen den Papa. »Ruft dauernd an und sagt nicht einmal muh!«
Der Papa meinte, solchen Telefonterror müsse man sich nicht bieten lassen. Er werde das dem Telefonamt melden. Die könnten eine »Fangschaltung« legen. Dann sei der Terrorist bald entlarvt. Er legte das Geschirrtuch weg, marschierte ins Vorzimmer, schnappte sich das Telefonbuch und wollte nachschauen, unter welcher Nummer man um so eine »Fangschaltung« einkommen könne.
»Die haben doch jetzt keine Amtsstunden mehr«, sagte Gretchen.
»Vielleicht doch«, sagte der Papa. Darauf wollte es Gretchen nicht ankommen lassen! Sie nahm dem Papa das Telefonbuch weg. »Du, Papa«, sagte sie, »ich bin mir ganz sicher, dass das einer aus meiner Klasse ist! Weil, gestern hat es bei der Gabriele dauernd geklingelt und vorgestern beim Stefan und vorvorgestern bei der Uschi Meier!«
Einen Klassenkollegen von Gretchen wollte der Papa natürlich nicht mit der »Fangschaltung« dingfest machen. Er war ja kein Unmensch, er hatte Verständnis für jugendlichen Irrsinn. Ihm fiel sogar ein, dass er seinerzeit in Jugendtagen auch solch idiotische Späßchen getrieben hatte.

»Nur war ich da jünger«, sagte er, »in eurem Alter war ich nimmer so blöd!« Der Papa machte sich wieder ans Geschirrabtrocknen. »Aber heut braucht der Mensch ja wesentlich länger, um erwachsen zu werden!«

Knapp vor Mitternacht, Hänschen und Mädi schliefen bereits und Gretchen war im Bad und putzte Zähne, fing das Telefon wieder zu ratschen an. Bevor Gretchen noch die Zahnbürste weggelegt hatte, war der Papa schon beim Telefon.

»Hier Sackmeier«, hörte ihn Gretchen sagen und nach etlichen Sekunden in sehr mildem Tonfall: »Mein guter Knabe, wenn du deine dummen Aktivitäten nicht sofort einstellst, werde ich leider mit deinen Eltern reden müssen!« Dann knallte der Papa den Hörer auf die Gabel und rief: »Gretchen, ich denke, das hat gewirkt!«

Gretchen ließ sich auf den Badewannenrand sinken, hustete und spuckte Zahnpastaschaum. Wenn man, das Maul voll Zahnpasta, das Kichern unterdrücken will, verschluckt man sich leicht! Aber zum Kichern war das ja wohl, wenn ein Ehemann dem Geliebten seiner Ehefrau mit Papa und Mama droht.

Als sich Gretchen schließlich ins Bett begab, nahm sie, um weitere Telefon-Absonderlichkeiten zu verhindern, den Telefonapparat mit in ihr Zimmer. Sie stellte ihn vor ihr Bett auf ein Sofakissen, legte zwei weitere Sofakissen über ihn und breitete eine Wolldecke über den Kissen-Mugel. Am Morgen erinnerte sich Gretchen dunkel und vage, dass sie in der Nacht durch gedämpftes, aber anhaltendes Telefongeklingel munter geworden war, zwischen den Kissen nach dem Telefonhörer gesucht, ihn gefunden und gähnend in den Hörer gesprochen hatte: »Lass mich doch schlafen, lieber Max!« Worauf eine tiefe, ziemlich trunkene Stimme geklagt hatte: »Aber ich habe dich doch so lieb!« Und sie gesagt hatte: »Ich dich auch, Max!« Und dann hatte es aus dem Telefonhörer vehement geschluchzt. Und sie hatte den schluchzenden Hörer unter die Kissen gestopft.

Ob sich das tatsächlich zugetragen hatte oder ob sie das nur geträumt hatte, war Gretchen nicht ganz klar. Jedenfalls lag der Hörer unter den Kissen neben dem Telefon und tütete sanft vor sich hin.

14. Kapitel

in dem die Mama von Gretchen guten Rat annimmt, Gretchen guten Rat der Mama ausschlägt und unter zu viel Bowle-Konsum zu leiden hat.

Gretchen hätte den Mittwoch-Mittags-Treff mit der Mama am liebsten geschwänzt. Der »Max« machte Gretchen zu schaffen! Sie war ratlos. Musste sie der Mama erzählen, dass sie Bescheid wusste? Oder durfte sie so tun, als glaubte sie an einen unbekannten Telefonidioten, über den kein weiteres Wort zu verlieren war? Im Zweifelsfalle, sagte die Mama immer, möge man sich so verhalten, wie einem »spontan« ums Herz sei. Wenn das so ist, dachte Gretchen, dem Kleinen Italiener zustrebend, dann vergesse ich die Sache einfach. Was haben mich die »Beziehungskisten« der Mama denn auch anzugehen? Ich kenne keine einzige Tochter, die ihrer Mutter Beraterin in Liebesangelegenheiten ist! Obwohl die Mama sicher nicht die einzige Mutter ist, die Liebesangelegenheiten hat! Mütter sind erwachsen und weise und wissen selbst, was sie zu tun haben, sagte sich Gretchen. Aber, widersprach sich Gretchen, wenn sich Mütter mit dem Telefonapparat ins Klo flüchten müssen, dann wissen sie eigentlich nicht, was sie zu tun haben. Und sind gar nicht weise!

Den Kleinen Italiener betretend, beschloss Gretchen der Mama die Entscheidung zu überlassen. Falls die Mama das Bedürfnis hatte über den Max zu reden, würde sie es ja wohl tun! Und wenn sie es nicht tat, dann hatte sie eben kein Bedürfnis!

Die Mama hatte kein Bedürfnis über den Max zu reden. Sie hatte ein Bedürfnis über den Hinzel zu reden. Der Hinzel hatte sie am Vormittag im Büro angerufen.
»Die Verbindung war nicht gut«, sagte die Mama und säbelte an ihrer Pizza herum. »Wir haben unheimlich brüllen müssen. Von so kleinen Inseln funktioniert das nie gut!« Die Mama stopfte Pizza in den Mund. »Wahrscheinlich«, sagte sie mit vollen Backen und unschuldigem Augenaufschlag, »wahrscheinlich war das gestern Abend auch der Hinzel, der dauernd angerufen hat und nicht durchgekommen ist!«
Gretchen ließ Messer und Gabel sinken und starrte die Mama mauloffen an. Das war ja nun wahrlich unerhört!
»Jedenfalls hab ich heute wenigstens die Telefonnummer verstanden, unter der er zu erreichen ist!« Die Mama kramte in ihrer Handtasche, holte einen Zettel heraus und schob ihn Gretchen zu. Gretchen nahm den Zettel nicht.
»Ruf ihn heute Abend an«, sagte die Mama. »Am Abend, hat er gesagt, ist er immer dort anzutreffen. Er wartet auf deinen Anruf, wirklich!«
»Wenn er mit mir reden will«, sagte Gretchen, »kann er mich ja anrufen!«
»Hat er doch gestern stundenlang probiert!« Die Mama säbelte wieder an der Pizza herum. »Er hat heut nur bei mir angerufen, weil er gestern nicht durchgekommen ist!«
»Mama, jetzt mach aber einen Punkt«, rief Gretchen. »Spiel da nicht Ehe-Anbahnungs-Institut. Einen Schmarrn hat er gestern angerufen. Er heißt ja nicht Max!«
»Ich hab gedacht, so schlag ich zwei Fliegen mit einer Klappe«, sagte die Mama zerknirscht.
»Welche zwei Fliegen?«, fragte Gretchen.
Die Mama schob ihren Pizza-Teller an den Tischrand. Der

Appetit war ihr anscheinend vergangen. »Fliege eins«, sagte sie, »wär gewesen, dass ich die blöden Anrufe erklär, und Fliege zwei, dass ich dich mit dem Hinzel versöhne.«
»Fliege eins nimmt dir nicht einmal das Mädi ab«, sagte Gretchen hämisch. »Die hat mich nämlich über den Max informiert.« Gretchen sah, wie sich Entsetzen auf dem Gesicht der Mama ausbreitete, und fügte schnell hinzu: »Aber das Kind nimmt das cool! Sie hat mich bloß gebeten dem Papa nichts zu sagen, weil der labil ist!«
»Das ist ja schrecklich«, murmelte die Mama.
»Was ist da so schrecklich?«, fragte Gretchen.
»Meine kleine Tochter kann nicht Komplize bei meinen außerehelichen Affären sein«, sagte die Mama. Sie seufzte. »Da werde ich wohl dem Sackmeier Bericht erstatten müssen!«
»Nur ja nicht!«, rief Gretchen so laut, dass die Marie-Luise, die ein paar Tische weiter saß, erstaunt zu Gretchen schaute.
»Das kannst du dem armen Mann nicht antun«, fuhr Gretchen wesentlich leiser, aber sehr eindringlich fort. »Jetzt, wo er sich so auf Schottland mit dir freut und vor Glück schwebt wie ein Luftballon!«
»Aber es ist doch unmöglich, dass meine Kinder über meine Intimitäten besser Bescheid wissen als der Sackmeier …«
»Nur deine Töchter«, unterbrach Gretchen die Mama. »Sagen wir halt, das sind Frauensachen. Und in ein paar Tagen ist das Mädi mit dem Pepi in Salzburg und bis zum Herbst ist das alles der Schnee von vorgestern. Und was geht den Papa der Schnee von vorgestern an? Gar nichts!«
»Wenn du meinst«, murmelte die Mama.
»Und ob ich meine«, sagte Gretchen und winkte dem Mario. Sie hatte Lust auf einen Espresso. Der Mario kam, Gretchen

bestellte zwei Espressi bei ihm. »Sonst noch was?«, fragte der Mario.

Die Mama schüttelte den Kopf und sagte zu Gretchen: »Wenn ich altes Stück auf deinen Rat höre, dann hör du Jungtier auch auf meinen! Ruf den Hinzel an! Du hast ihn doch lieb!«

Gretchen schüttelte den Kopf.

»Sei nicht stur«, sagte die Mama. »Jeder dreht einmal durch!«

Gretchen zuckte mit den Schultern, ganz so, als ob das Thema für sie total ohne Interesse wäre.

»Du bist verbohrt!«, sagte die Mama.

Der Mario brachte die Espressi.

»Einen Grappa hätt ich noch gern«, sagte die Mama zu ihm.

»Ja, ja«, keppelte der Mario. »Immer schön eine Bestellung nach der anderen, damit meine Senkfüß das Rennen nicht verlernen!«

Gretchen wartete, bis der Mario mit dem Schnaps kam, ihn der Mama hinknallte und wieder abwieselte, dann sagte sie: »Ich will doch nur eine Beziehung, in der meine Bedürfnisse respektiert werden.«

»Red nicht wie die Lektion 1 für Eheberater«, rief die Mama.

Gretchen schaute auf die Uhr, trank ihren Kaffee aus und sagte: »Mama, das bringt nichts. Außerdem muss ich eh rennen. Ich treff mich mit dem Konni, wir holen die Tickets ab!«

»Dann bis zum Abend«, sagte die Mama.

»Du bist am Abend zu Hause?« Gretchen war erstaunt.

»Was dagegen?«, fragte die Mama.

»Aber nein!« Gretchen stand auf. »Bloß, ich bin nicht daheim, die Gabriele macht ein Festerl!«

»Dann viel Vergnügen.« Die Mama nahm ihr Schnapsglas

und ihre Handtasche und ging zum Tisch von Marie-Luise, wo sie freudig aufgenommen wurde.
Betrübt marschierte Gretchen aus dem Kleinen Italiener. Missstimmung zwischen ihr und der Mama vertrug Gretchen nie gut.

Bevor Gretchen am Abend zum »Festerl« aufbrach, regelte sie mit dem Papa die Urlaubsfinanzen. Der Papa war wesentlich gebefreudiger, als Gretchen erwartet hatte.
»Ich bin ja toll dran«, erklärte er. »Hänschen bring ich übermorgen zur Oma, Mädi fährt am Montag mit dem Pepi weg und dem Pepi seine Oma lässt sich fürs Mädi auch nichts zahlen. Da spar ich doch Eckhäuser ein. Was glaubst, was mich die zwei Fresssäcke in Portugal gekostet hätten!« Der Papa war total »high«. Gretchen schrieb das weniger seiner »rosigen« Finanzlage zu, sondern dem Umstand, dass sein geliebtes Eheweib nun schon den zweiten Abend daheim weilte.
»Und wir zwei beide«, sagte der Papa und setzte sich neben die strickende Mama auf die Lederbank, »wir werden einen prächtigen Urlaub mit allem Drum und Dran verbringen. Da werde ich doch mein Gretchen nicht darben lassen! Gleiches Recht für jedes Familienmitglied!« Der Papa beugte sich zur Mama und schmatzte ihr einen Kuss auf den Hals. Die Mama schaute drein, als sei sie von plötzlichem Zahnschmerz befallen.
»Lachs und Hummer werden wir futtern«, sagte der Papa, »einen dicken Mietwagen werden wir nehmen und nur in Fünfsterneherbergen werden wir logieren!« Der Papa schmatzte wieder auf den Mama-Hals. »Und erster Klasse fliegen wir!«
»Also Sackmeier!« Die Mama legte die Strickerei in den

Schoß und drückte den Papa-Kopf von ihrer Schulter weg. »Erster Klasse fliegen? Bist du wahnsinnig? Was soll denn diese Angeberei?«
»Zum Spezialtarif«, sagte der Papa.
»Trotzdem!«, rief die Mama. »Mach das rückgängig!«
»Ist schon fix gebucht«, sagte der Papa. »Lässt sich nicht mehr ändern.«
Die Mama nahm die Strickerei wieder auf.
»Sei nicht vergrämt, schöne Frau!« Der Papa schmatzte wieder, aber die Mama wich ihm aus und der Papa schmatzte in die Luft.
»Wann fliegt ihr eigentlich?«, fragte Gretchen.
»Am ersten August«, sagte die Mama. Es klang nicht so, als ob sie diesem Datum entgegenfiebere.
»Nein«, rief der Papa strahlend. »Am zweiten August!« Er schmatzte wieder, diesmal traf er sein Ziel. »Das ist nämlich unser Hochzeitstag. Und das wird unsere Hochzeitsreise. Wie wir geheiratet haben, haben wir die Hochzeitsreise am dritten Tag abbrechen müssen. Weil die Mama von wegen Schwangerschaft indisponiert war.« Der Papa lächelte, sich erinnernd. »Nicht einmal eine Gondelfahrt hat sie durchgestanden. Zehnmal am Tag hat die gekotzt. Arm war sie!«
Gretchen stand das einseitige Geturtel nicht länger durch. Sie zog sich ins Badezimmer zurück und bemalte mit allerhand Kosmetika ihr Gesicht, umrandete die Augen schwarz, tuschte die Wimpern blau, färbte die Oberlider violett, tupfte Rosarot auf die Wangen und Purpurrot auf die Lippen und sprayte Goldspray in die Haare.
»Schaust ja aus wie ein Filmstar«, staunte Hänschen, als Gretchen aus dem Bad kam.
Aufgebaut durch das brüderliche Kompliment, begab sich Gretchen zum »Festerl«, das ein Gartenfesterl mit Lampions

und Windlichtern und Pfirsichbowle war. Inklusive Gastgeberin Gabriele gab es zwölf Festteilnehmer, die jedoch – abgesehen von Gabriele und Gretchen – paarweise auftraten: Uschi 1 mit einem Knaben aus der 7c, der Stefan mit einer Irmi, die Anni Freudenthaler mit einem aus ihrer Klasse, die Uschi 2 mit einem, den sie im Bad kennen gelernt hatte. Und der Otti Horneck – erstaunlicherweise – mit der Jung-Dirn vom Florian.

Die fünf Paare übten sich im Austausch von Zärtlichkeiten bei Musik, die wegen der Anrainer leise zu sein hatte. Und die Gabriele jammerte Gretchen die Mauseohren voll, weil der Anatol nicht erschienen war. Gabriele hatte den Anatol »endlich-endlich« und vor ein paar Tagen im Bad wieder getroffen und er hatte fest versprochen zu ihrem Fest zu kommen.

Aus lauter Kummer und Gram, dass er nicht gekommen war, betrank sich Gabriele mit Pfirsichbowle. Glas um Glas leerte sie. »Prost, Alte«, murmelte sie bei jedem großen Schluck Gretchen zu und wollte, dass auch Gretchen ihr Glas prostend erhebe. Gretchen tat ihr den Gefallen, prostete und trank und merkte, weil die Pfirsichbowle so picksüß war, gar nicht, dass sie da Unmengen Alkohol schluckte. Als der Stefan und die Irmi einander dicht vor Gabriele umarmten und küssten, bekam Gabriele das große Heulen. »Jede hat einen, nur ich bin einsam«, schluchzte sie. »Alle schmusen, nur ich muss saufen! Nie klappt es bei mir! Keiner liebt mich! Keiner-keiner-keiner!«

Gabriele legte den Kopf auf die Knie und schniefte und stöhnte. Gretchen tätschelte ihr den Rücken. »Nimm's nicht so schwer, Alte«, sagte sie. »Mir geht es doch auch nicht besser!« Kaum hatte sie das gesagt, spürte sie, dass ihr das große Schluchzen auch schon in der Kehle steckte. Seelen-

schmerz ist eben ansteckend! Aber auf einem Festerl im Beisein von fünf liebenden Paaren loszuschluchzen, das war ja wohl wirklich das Allerletzte!
Gretchen zog die tätschelnde Hand von Gabrieles Rücken, stand – etwas wankend – auf und begab sich klammheimlich, ohne Abschiedsgruß und auf dem kürzesten Weg – über den Gartenzaun – von dannen. Sie schritt, übertrieben aufrecht, den matt erleuchteten Weg zur Hauptstraße hinunter. Arme Gabriele, dachte sie. Arme-arme-Gabriele! Aber ich, dachte sie, ich bin ja noch viel ärmer-ärmer-ärmer! Bei mir klappt ja auch nichts! Mich liebt ja auch keiner!
Auf halber Wegstrecke wurde Gretchen vom Schluckauf befallen. Sehr unpassend erschien Gretchens umnebeltem Hirn dieses Hick-Hick-Bedürfnis. Hick-Hick machen zu müssen war lächerlich! War witzblattreif! Bodenloser Schmerz dürfte doch nicht mit witzblattreifem, lächerlichem Hick-Hick einhergehen! Das war schon wieder so eine Gemeinheit, die das Leben dem armen Gretchen antat! Andere Menschen durften edel und bleich leiden, Gretchens Leiden wurde durch kindisches »Schnackerl« entwertet!
Daheim fand Gretchen bloß Hänschen und Mädi vor. Das Mädi friedlich schnarchend, das Hänschen in der Küche vor einem »Mitternachtshappen«, bestehend aus einem Riesenglas Rollmöpsen.
»Der Papa und die Mama sind weggegangen«, sagte Hänschen mampfend, »auf ein Bier in einen Biergarten, weil's so lind in der Luft ist.«
Gretchen hockte sich zu Hänschen.
»War's nett?«, fragte Hänschen.
Ein gewaltiger Anfall von Schluckauf hinderte Gretchen am Antwortgeben.
»Iss was«, riet Hänschen, »da vergeht das Schnackerl!«

Gretchen griff ins Rollmopsglas, fischte sich einen Rollmops heraus und verschlang ihn. Kaum war der Mops in ihrem Magen, wurde ihr abscheulich elend. Die Bowle und der Mops vertrugen sich miteinander nicht. Mit Müh und Not schaffte Gretchen den Weg zum Klo und erbrach dort vehement. Dann wankte sie ins Bett, ließ sich von Hänschen entkleiden und zudecken und schlief so blitzschnell, wie das nur sehr betrunkene Menschen schaffen, ein.

Beim Frühstück fühlte sich Gretchen noch immer hundeelend. Kopfweh hatte sie und wahnsinnigen Durst, und als der Papa Speck in die Pfanne legte und Eier darüber schlug, war ihr gleich wieder zum Kotzen.
»Ganz normaler Hang-over«, stellte der Papa ungerührt fest.
»Eh klar! Kein vernünftiger Mensch trinkt Bowle! Bowle ist Mord!« Gut, meinte der Papa, täte Gretchen ein Bier! Bier sei das Beste gegen Kater! Dagegen protestierte die Mama. Bier am hellen Morgen, meinte sie, sei auch Mord! Schwarzen Kaffee mit Essiggurken, meinte die Mama, möge Gretchen verzehren!
Gretchen verließ die Küche. Aus Angst, das Mädi könnte ihr noch ein Schmalzbrot anbieten oder das Hänschen einen Eislutscher! Sie trank im Badezimmer vier Zahnputzbecher voll Wasser leer und trottete in die Schule. Dort erlebte sie eine vor lauter Glückseligkeit fast »ausgezuckte« Gabriele. Der Anatol war doch noch gekommen! Nach Mitternacht! Und mit einem Freund! Und der Freund war zauberhaft! Der würde unheimlich gut zu Gretchen passen! Aber schon wie! »Ganz dein Typ«, sagte Gabriele.
»Ich hab überhaupt keinen Typ«, murmelte Gretchen gesenkten Hauptes, weil dieses in dieser Position am wenigsten schmerzte. Auch Gabrieles Vorschlag, den Nachmittag

»versuchsweise« mit dem Zauberhaften zu verbringen, schlug sie aus.
Sie verbrachte den Nachmittag bei Ixi im Waxlberger. Es war Ixis letzter Arbeitstag. In trister, trauter Zweisamkeit hockten Gretchen und Ixi an einem Tischchen. Gästeleer war das Waxlberger. Die Kundschaft trieb sich wohl im Bad oder sonst wo in freier Natur herum. Ixi bemühte sich um positive Sicht ihrer Zukunft. »Ein ganz neues Leben« werde sie anfangen, sagte sie. Und froh sei sie, dass sie den ganzen »Scheiß« hinter sich lasse. Sehr froh klang das allerdings nicht.
Beim endgültigen Abschiednehmen dann heulte Ixi Gretchens linke Schulter waschelnass und schluchzte: »Wenn ich dich wenigstens mitnehmen könnte!«
Gretchen erbat sich von Ixi das dicke Vokabelheft mit den »Außenständen«. Gretchen hielt mehr von guten Taten als von guten Worten. Sie nahm sich vor im Herbst Ixis Schulden einzutreiben. »Und falls du doch wiederkommst«, sagte sie, »hast du dann ein Startkapital!«

Am Abend packte Gretchen. Zuerst packte sie drei Koffer und zwei Reisetaschen voll, dann warf sie alle Klamotten wieder aufs Bett und packte nur eine Reisetasche voll, dann leerte sie auch die Reisetasche wieder und rief die Mama zu Hilfe. »Ich kann das nicht«, klagte sie. »Mach du das für mich!« Gretchen war nicht geübt im Kofferpacken. Sie war ja auch noch nie alleine auf große Fahrt gegangen. Bisher hatte immer die Mama die Koffer gepackt und Gretchen hatte sich dann, im Urlaubsort angekommen, darüber beschweren können, dass die Mama »das Allerwichtigste« vergessen hatte.
Die Mama weigerte sich Gretchens Koffer zu packen.

»Wozu denn heute schon?«, fragte sie. »Wenn du erst übermorgen fährst! Wird doch alles nur verdrückt und verschrumpelt!«
Gretchen nahm diesen vernünftigen Hinweis als Beweis von mütterlicher Lieblosigkeit und fauchte: »Bitte, wenn du keine Lust hast, dann eben nicht!« Und trat nach der leeren Reisetasche.
»Aber Gretchen«, sagte die Mama, »was ist denn mit dir? Wie führt sich denn mein sanftes Gretchen auf? Geht es meinem Gretchen so schlecht?«
»Ja«, brüllte Gretchen und trat wieder nach der Reisetasche. Der eine Reisetaschenhenkel blieb an Gretchens Sandale hängen. Gretchen zog das Bein zurück. Samt der Reisetasche. »Verdammte Tasche!«, brüllte sie, griff nach der Tasche und riss sie vom Bein! Samt der Sandale!
»Ruf den Hinzel an, dann wird es dir besser gehen«, sagte die Mama.
»Raus«, brüllte Gretchen, »sofort raus!«
»Aber Gretchen«, sagte die Mama milde und legte sich auf Gretchens Bett, »brüll doch mit deiner gütigen Mutter nicht so herum.«
»Wenn du nicht gehst, dann geh eben ich«, brüllte Gretchen und verließ türknallend ihr Zimmer und prallte mit dem Papa zusammen. Der hatte sich anscheinend lauschend dem Gretchen-Zimmer genähert.
»Aber Gretchen«, sagte er und versuchte Gretchen an seine gewaltige Brust zu drücken, »was hat mein Schätzchen denn? So kenne ich meinen friedfertigen Engel ja gar nicht.«
Gretchen befreite sich aus den Armen vom Papa. Sie wollte zum Bad hin. Die Badezimmertür hatte einen Riegel. Der konnte ihr die Familie fern halten! In der Badewanne, in viel hellblauem Schaum, saß das Mädi. Gretchen machte kehrt,

wobei sie wieder auf den Papa prallte, und wandte sich dem Klo zu. Das hatte auch einen Riegel! »Besetzt«, rief das Hänschen, als Gretchen an der Klotür rüttelte.
»Ihr fallt mir alle schwer auf den Wecker«, brüllte Gretchen und stampfte wieder türknallend aus der Wohnung.
Gretchen setzte sich auf das Fensterbrett des Gangfensters. Wohnungsschlüssel hatte sie keinen bei sich. Um wieder in die Wohnung zu gelangen, war es notwendig, die Klingel zu drücken. Und wenn sie das tat, würde ein Mitglied der Familie Sackmeier die Tür öffnen. Und garantiert hämisch grinsen! Und irgend so einen Blödsinn à la »Na, hat unser Gretchen schon ausgetrutzt« sagen. Mit milder Stimme. Und voll Verständnis! Das, fand Gretchen, konnte sie im Moment so gut gebrauchen wie eine Kröte in der Bohnensuppe. Das, beschloss Gretchen, konnte sie sich ersparen!
Gretchen rutschte vom Fensterbrett und drückte die Türklingel der Nachbartür.
»Na, Frau Nachbarin? Größere Meinungsverschiedenheiten?«, fragte der Konni, als er die Tür öffnete. »Dein Gekreisch hat sich ja bedrohlich angehört!«
»Ich hab meine Laune nur ihren Lauf nehmen lassen«, sagte Gretchen. Sie wollte den Antiquitäten-Salon anpeilen.
Der Konni hielt sie zurück. »Da geh nur rein, wennst neugierig auf drei Stück Tanten und zwei Stück Onkel bist«, sagte er.
»Gott behüte«, sagte Gretchen und folgte dem Konni in sein Zimmer.
Im Konni-Zimmer standen zwei voll gepackte! Reisetaschen, dick wie Zuchtschweine.
»Du hast schon gepackt?«, fragte Gretchen.
»Ich doch nicht, das Muttertier hat gepackt!« Der Konni bot Gretchen auf seinem Bett einen Sitzplatz an. Die zwei

Stühle, die im Zimmer standen, waren mit Bücherstapeln belegt.
»Eh ein Wahnsinn!« Der Konni deutete auf die Reisetaschen-Schweine. »Jetzt liegt der Kram zwei Tage drinnen. Bis ich ihn auspacke, sind die Klamotten plissiert!«
Gretchen nahm das Konni-Bett nicht als Sitzplatz, sondern als Liegestätte. Sie hätte gar nichts dagegen gehabt, wenn sich der Konni zu ihr gelegt hätte. Sie erwartete das sogar! Warum, zum Teufel, sollte sie noch länger mit der blöden »Zahnlücke« leben? Der Konni war ein absolut tauglicher Stiftzahn!
Leider kapierte der Konni Gretchens Sinneswandel nicht. Tugendsam brav nahm er zu Gretchens Füßen Platz und unternahm nicht den klitzekleinsten Annäherungsversuch. Von einer langen Liste las er ab, was das Muttertier in die Reiseschweine gepackt hatte. »Nähzeug und Scheißereipulver hab ich, brauchst also nicht einpacken«, sagte er. »Eine Luftmatratze führe ich auch mit! Aber du könntest dafür einen Haarföhn beisteuern. Und wenn's geht, ein scharfes Messer. Scharfes Messer ist immer gut!«
Gretchen legte ihre hübschen, nackten Beine quer über Konnis Oberschenkel. Der Konni nahm es gelassen hin. Mehr als »Du bist schon ziemlich braun« entlockte ihm diese Aktion nicht.
Gretchen resignierte. Kein Talent zur Verführerin, dachte sie. Und: So dringend brauche ich schließlich ja auch keinen Stiftzahn!

15. Kapitel

in dem Gretchen sehr müde wird und die Mama Birds und Butterflys nicht auseinander halten kann; was erfreuliche Folgen hat.

Am Abend des »Zeugnistages« führte der Papa seine Familie zum Großen Italiener. Das war Familientradition. Gefeiert wurde dieses Jahr allerdings nicht Gretchens vorzügliches Zeugnis, mit dem artigen Notendurchschnitt von 1,2, sondern Hänschens positives Zertifikat, von dem der Notendurchschnitt – er lag um 3,8 herum – nicht erwähnt wurde. Gretchen nahm das nicht übel, doch das Mädi ereiferte sich. Das Mädi hatte ja auch ein Zeugnis bekommen. Eines mit lauter »Sehr gut«, abgesehen von je einem »Gut« in Singen und Turnen.

Als der Papa und die Mama ihre Weingläser erhoben und dem Hänschen gratulierend zuprosteten, wummerte das Mädi beide Pfoten auf den Tisch und kreischte: »Wieso gratuliert ihr ihm und nicht mir?«

»Kommt ja sofort!«, wollte sie der Papa beruhigen.

»Wieso hinter ihm?«, fragte das Mädi.

»Weil er sich mehr Mühe gegeben hat als du«, sagte der Papa.

»Wieso hat er sich für seine Vierer mehr Mühe gegeben als ich für die Einser?« Das Mädi schaute fragend in die Runde.

»Iss, Mädi«, sagte die Mama. »Kalte Ravioli schmecken nicht gut!«

»Willst noch eine Aranciata?«, fragte der Papa.

»Eine Antwort will ich haben!«, kreischte das Mädi.

»Sei nicht kleinlich«, flüsterte Gretchen dem Mädi zu.
»Wenn er für die Vierer fleißiger war als ich für die Einser«, sagte das Mädi triumphierend, »dann ist er viel blöder als ich!«
»In der Volksschule habe ich auch lauter Einser gehabt«, fauchte Hänschen. »Sogar in Singen!«
Das Mädi streckte dem Hänschen die Zunge heraus.
»Blöde Kuh«, rief das Hänschen.
Das Mädi griff nach der Pfeffermühle. »Gleich hast die am dicken Schädel«, drohte sie.
Die Mama entwand dem Mädi die Pfeffermühle. Der Papa sagte: »Zum nächsten Zeugnis führ ich euch zum Würstelstand, da passt ihr besser hin!«
»Wär eh lieber beim Würstelstand«, motzte das Mädi, machte dabei mit einem Arm eine weit ausholende, diese Willenskundgebung unterstreichende Geste und warf Hänschens Glas um.
»Das hat ja kommen müssen«, schnaubte der Papa, beugte sich über den Tisch, wollte die Pfützen mit einer Stoffserviette aufsaugen und stieß die kleine Blumenvase mit den drei rosa Röschen um. Das Blumenwasser vereinigte sich mit Hänschens Getränk zu einer marmorierten Pfütze.
»So was Patschertes wie dich gibt's kein zweites Mal«, sagte das Hänschen zu Mädi.
»Doch, den Papa!«, kreischte das Mädi.
Gretchen schaute die Mama an. Die Mama saß mit im Schoß gefalteten Händen da. Ihr Blick war etwas abwesend, ohne Anteilnahme am akuten Geschehen. Gretchen dachte: Die gute Frau wäre wahrscheinlich lieber bei ihrem Max!
Der schwarz befrackte Ober wies einen weiß bejackten Knaben an, dem Papa die Arbeit der Tisch-Trockenlegung abzunehmen. Der weiß bejackte Knabe eilte mit drei kleinen

weißen Tischtüchlein heran, breitete sie über die nassen Stellen und beteuerte, dass solche kleinen Missgeschicke »nema problema« seien.

»Wann kommt denn endlich das Fleisch?«, fragte Hänschen.

»Bist doch gerade erst mit der zweiten Vorspeise fertig«, tadelte der Papa. »Wir genießen hier, wir wollen ja nicht wegen Schnellfressens ins Buch der Rekorde kommen!«

»Riesige Teller und nix drauf«, maulte Hänschen.

»Aber dieses bisschen ist ein Kunstwerk«, belehrte ihn der Papa.

»Ein Schweinsbraten wär mir lieber als ein Kunstwerk«, murmelte Hänschen.

»Dann geh heim und leg dich in die Tiefkühltruhe«, kreischte das Mädi.

»Gib Acht, dass ich dich nicht demnächst einfrier«, rief das Hänschen.

»Demnächst bist in Zwettl!«, kreischte das Mädi. »Demnächst kannst mir überhaupt nix tun!«

»Versaut mir doch mein Essen nicht durch Streit und Zank«, sagte der Papa. »Schaut doch nur, was da kommt!« Mit Glitzeraugen blickte der Papa auf den Schwarzbefrackten, der einen Rollwagen heranschob. Auf dem Rollwagen waren in zwei Etagen, unter großen silbernen Halbkugeln mit Henkeln, die »Fleischgang-Teller«.

Der Papa dirigierte: »Die Gamberi für meine Frau, das Kaninchen für die Kleine, das Vitello für den Knaben …«

Gretchen lehnte sich zurück. Gleich, dachte sie, wird das Mädi jammern, dass um ihr Kaninchen herum Soße sei und dass sie doch Soße nicht ausstehen könne. Und der Papa wird erklären, dass Soße die Krönung der Kochkunst sei. Und das Mädi wird kreischen, dass sie lieber einen

Teller voll Pommes frites statt der Krone der Kochkunst hätte!
Gretchens Mutmaßung traf prompt ein. Viel Genugtuung empfand Gretchen darüber nicht. Wie pflegte der Hinzel zu sagen? Familie ist das Wort, das ich aus meinem Wörterbuch herausgeschnitten habe, pflegte er zu sagen.

Am Samstag in aller Herrgottsfrühe kam der Papa zu Gretchen ins Zimmer, weckte sie auf und hielt ihr eine gewaltige Ansprache. Gar nicht wohl, sagte er, sei ihm in seiner Haut, wenn er bedenke, dass sich heute seine geliebte Tochter für acht Wochen allein in die Fremde begebe. Vor allen drohenden Gefahren warnte er das verschlafene Gretchen. Ihr Geld möge sie in einem Schließfach der örtlichen Urlaubsbank deponieren, den täglichen Geldbedarf solle sie in einem kleinen Beutelchen um den Hals herum tragen. Vom schützenden Konni möge sie sich nie allzu weit entfernen, Sex mit fremden Herren möge sie auf alle Fälle vermeiden, rohes Obst dürfe sie nur geschält genießen, beim Schwimmen habe sie auf Rufweite zum Ufer zu bleiben, verkleckerte Klobrillen solle sie mit Klopapier abdecken, nach je einer Stunde Sonnenbestrahlung müsse sie sich in den Schatten begeben und beim Spazierengehen dürfe sie auf keine großen Steine treten, weil unter diesen gern Giftschlangen lauerten. Das Schamgefühl der Ureinwohner sei nicht durch Nacktbaden zu verletzen und eine tägliche Briefbotschaft an die Eltern sei angebracht! Für den Fall, dass trotz aller väterlichen Ratschläge etwas schief gehen sollte: »Sofort anrufen! Wir schaukeln das schon!« Und falls etwas schief gehen sollte, während die Eltern in Schottland weilten: »Sofort mein Sekretariat anrufen! Die schaukeln das schon!«
Hätte Hänschen nicht zum Aufbruch nach Zwettl gedrängt,

wären dem Papa garantiert noch hundert Urlaubsgefahren und Abwehrmaßnahmen gegen sie eingefallen.

Als der Papa mit Hänschen abgefahren war, setzten sich die Mama und Gretchen zum Frühstück. Die Mama trank bloß Kaffee. Das achtgängige Menü von gestern Abend lag ihr noch immer schwer im Magen.
»Hab's schön, Gretchen«, sagte die Mama.
»Werd mich bemühen«, sagte Gretchen und lehnte den Kopf an die Schulter der Mama. »Ich war nicht sehr nett zu dir in den letzten Tagen«, murmelte sie.
»War auszuhalten«, sagte die Mama.
»Wär aber nicht nötig gewesen«, sagte Gretchen.
»Na, verfall mir vielleicht in Zerknirschung!« Die Mama lachte, stand auf und machte sich ans Packen für Gretchen. Dreimal musste sie wieder auspacken und umpacken, weil der Konni kam und wichtiges Hab und Gut, das sein Muttertier nicht in die Reiseschweine getan hatte, in Gretchens Gepäck zur Untermiete gab.
Beim dritten Besuch vom Konni pirschte sich das Mädi heran, machte unschuldige Kleinkinderaugen und fragte den Konni: »Gehst du jetzt mit meiner großen Schwester?«
»Ich gehe nicht mit ihr, ich fliege mit ihr«, antwortete der Konni.
»Du fliegst auf sie, heißt das«, belehrte ihn das Mädi. Und fügte hinzu: »Gefällst mir eh besser als der Florian. Aber so einen schönen Schmetterling auf der Wange wie der Hinzel hast du nicht!« Dann hopste das Mädi wieder aus dem Gretchen-Zimmer.
»So was von saublödem Kind«, sagte Gretchen.
Aber da tat sie dem Mädi unrecht. Das Mädi war nicht

»saublöd«. Und auch nicht so naiv, wie sie tat. Die »kindliche Masche« hatte sie sich zugelegt, um ihre Meinung risikolos äußern zu können. Der sprichwörtliche Kindermund, der Wahrheit kundtat, war dem Mädi kein spontanes Bedürfnis. Sie benutzte ihn nur so schlau und so hinterhältig als möglich. Diesmal hatte sie ihn benutzt, um Hinzels Interessen, die ihr am Herzen lagen, zu wahren.

Der Konni weigerte sich unter elterlichem Geleitschutz zum Flughafen aufzubrechen. Gretchen hätte nichts gegen eine winkende Mama gehabt, aber sie gab sich solidarisch mit dem Konni. Hätte sie die Mama zum Flughafen mitkommen lassen, hätte Konnis Muttertier nicht den Trost gehabt, dass »alle Jungen« nun einmal so sind und die Fürsorge der Eltern in den Wind schlagen. Und das wollte Gretchen der armen Frau ersparen.
Mit eineinhalb Stunden Verspätung hob der Charterflieger von der Piste ab und kreiste zwei Stunden später endlos lang über Athen herum, weil er wegen der Verspätung keine Landeerlaubnis bekam. Und dann war das eine Reiseschwein vom Konni nicht auf dem Gepäckband.
»We look after!«, beruhigten zwei Uniformierte den Konni. Jede Viertelstunde einmal taten sie dieses kund. Und hielten ihr Versprechen auch. Zwei Stunden nach der Landung des Fliegers schleppten sie Konnis Reiseschwein ziemlich klebrig verkleckert an.
Als Gretchen und Konni aus dem Flughafen traten, war es nicht, wie geplant, später Mittag, sondern früher Abend. Ihr Schiff schwamm bereits weit draußen auf dem Meer. Gretchen stellte Koffer und Reisetasche ab, setzte sich auf die Tasche und fragte: »Und wie geht es weiter?«
»Ein Schiff kriegen wir erst morgen wieder«, sagte der

Konni. »Und dass wir ein Hotel finden, wo wir ein Zimmer kriegen, bezweifle ich sehr. Die sind alle voll.«
Gretchen hob ein Bein und zupfte weiche Asphaltbröckchen von der Sohle ihres Tennisschuhs. »Gleich fängt der Straßenbelag zu kochen an«, murmelte sie.
»Einundvierzig Grad hat es«, sagte der Konni.
»Können wir nicht wo in einem Park oder so schlafen?«, fragte Gretchen.
»Nur nicht.« Der Konni schüttelte den Kopf. »Da haben wir morgen kein Gepäck mehr und können darüber gar nicht jammern, weil uns wilde Hunde die Gurgel durchgebissen haben.«
Gretchen fand diese Horrorvision etwas übertrieben, aber die Wahnsinnshitze, die vom Asphalt hochstieg, machte sie so schlaff, dass sie nicht widersprach. Sie sagte bloß: »Wenn unser Gepäck länger da steht, klebt es im Asphalt fest!«
»Ich komm gleich wieder!« Ohne zu erklären, was er vorhabe, lief der Konni ins Flughafengebäude zurück.
Rechts von Gretchen keuchte eine Autobusladung Touristen dem Flughafen zu. Links von Gretchen keuchte eine Fliegerladung Touristen einem Autobus zu. Gretchen kam sich verlassen vor. Wie eine halbe Ewigkeit erschienen ihr die paar Minuten, bis der Konni wiederkam.
»Auf, auf, Frau Nachbarin«, rief er, schnappte seine Reiseschweine und lief der langen Taxischlange zu. Gretchen packte ihr Hab und Gut und keuchte hinter ihm her, zum vordersten Taxi.
»Domestic Airport«, wies der Konni den Fahrer an. Gretchen ließ ihr Gepäck vor dem Kofferraum fallen. Die Hitze machte ihr immer mehr zu schaffen. Wie in einem Backrohr, das auf Plätzchen-Temperatur geschaltet war, kam sie sich vor. Sie ließ sich auf den Rücksitz des Taxis plumpsen und

schrie auf. Die Polsterung war auf Roastbeef-Brattemperatur aufgeheizt. Der Konni nahm sehr zögerlich, ganz wie einer, der arge Hämorrhoiden hat, auf der heißen Polsterung Platz.

»Wir fliegen?«, fragte Gretchen.

»Sie haben einen Flieger eingeschoben«, sagte der Konni. »In dem gibt's noch zwei Plätze. Wenn wir Glück haben und jetzt kein Stau dazwischenkommt, dann erreichen wir den.«

Gretchen und Konni hatten Glück. Es gab keinen Stau. Sie erreichten den Flieger. Sie hätten den Flieger auch noch erreicht, wenn ein riesiger Stau den Verkehr für Stunden total lahm gelegt hätte. Aus Gründen, die ihnen verborgen blieben, hockten sie bis knapp vor Mitternacht beim Gate.

»Soon, soon«, versprach eine Stewardess den Wartenden, sooft sich einer erkundigte, wann der »verdammte Flieger« endlich komme.

Durch stockfinstere Nacht flog schließlich der Flieger doch noch der Insel zu und landete um zwei Uhr des Morgens. Weil Gretchen darauf bestand, beim Buffet ein Cola zu trinken – sie war dem Verdursten nahe –, war kein Taxi mehr auf dem Standplatz, als Konni und Gretchen aus dem Flughafengebäude kamen.

Gretchen hockte auf ihrer Reisetasche wieder fast ein Stündchen, bevor das Taxi, um das der Konni bei irgendeinem Uniformierten eingekommen war, daherkam.

Während der Taxifahrt quer über die Insel versuchte Gretchen an Konnis Schulter ein Nickerchen zu machen, was ihr aber nicht gelang, weil die ruckartige Fahrweise des Taxlers ihren Kopf immer wieder von Konnis Schulter weg gegen das Seitenfenster schleuderte. Erst als das Taxi ganz langsam fuhr, weil es sich durch enge Gässchen den Weg bahnen musste, schlief Gretchen ein. Mehr als drei Minuten Schlaf waren ihr jedoch nicht gegönnt.

»Aufwachen, Frau Nachbarin, wir sind am Ziel der Träume«, brüllte ihr der Konni ins Ohr und zog sie aus dem Wagen.

Gretchen stolperte vom Auto weg, das Taxi fuhr im Retourgang die enge Gasse zurück, Gretchen sank auf Konnis Reiseschweine, die an einer Hausmauer abgestellt waren, und wollte weiterschlafen. Das ließ der Konni nicht zu. »Sind ja nur mehr ein paar Schritterln«, sagte er aufmunternd. »Kommst ja gleich in die Heia!«

Gretchen schaute sich gähnend und blinzelnd um. Zwei matte Laternen erleuchteten den kleinen Platz, auf dessen einem Ende sie hockte. In der Mitte des Platzes war ein kleiner Plätscherbrunnen. Gretchen schnupperte. Diesmal nicht grundlos. »Ich rieche das Meer«, sagte sie.

»Wenn's ein Häuchlein heller wäre, dann könntest es auch sehen!« Der Konni wies mit ausgestrecktem Arm nach vorne. »Da ruht es! Glatt und wellenlos! Und wovon es zur linken Seite flankiert wird, das ist dein Traumhaus, Frau Nachbarin!«

Gretchen erhob sich, der Konni nahm die zwei Reiseschweine in die eine Hand und Gretchens Koffer und Tasche in die andere. Unter der zwiefachen Last schwankend, schritt er auf das Traumhaus zu. »Die Schlüssel hast du«, rief er dem nachstolpernden Gretchen zu. Gretchen kramte in ihrer Schultertasche nach den Schlüsseln. »Hab ich«, murmelte sie und holte den großen Hausschlüssel heraus.

Das Traumhaus bekam vom Laternenlicht kein bisschen ab. Als grau-grauen Klotz nahm es Gretchen wahr. Erst als sie ganz dicht davor stand, konnte sie – ebenfalls grau in grau – die Stufen zur Haustür hin ausnehmen und als dicke

Schattenungeheuer die Oleanderbäumchen beidseits der Stufen. Und auf den Stufen war auch etwas! Etwas, das sich bewegte!

»Ja, wen haben wir denn da?«, fragte der Konni und stellte die zwiefache Last ab.

»Mich haben wir da!«, sprach das, was sich auf den Stufen bewegte. »Seit Stunden harre ich hier aus. Ich hab schon geglaubt, ich bin am falschen Orte!«

Gretchen stand wie erstarrt. Der Konni nahm ihr den Hausschlüssel aus der Hand.

»Das ist der Hinzel«, sagte Gretchen zum Konni.

»Hab ich mir fast gedacht«, sagte der Konni, stieg die Stufen hoch und sperrte die Haustür auf. Im Raum hinter der Haustür wurde es hell. Licht fiel auf die Stufen. Der Hinzel erhob sich.

»Hier soll es nämlich eine Menge Vögel geben«, sagte er. »Und da könnte ich ja Federn sammeln!«

»Bruder, du hast was verwechselt!« Der Konni lehnte sich in die offene Haustür. »Hier gibt's jede Menge Schmetterlinge, hier gibt's sogar ein ganzes Butterfly-Valley, aber die Birds schauen nur wie Spatzen aus.«

»Da bin ich einer Fehlinformation aufgesessen«, sagte der Hinzel.

Gretchen schlang die Arme um Hinzels Hals, bettete ihren Kopf an Hinzels Schlüsselbein und murmelte: »Birds or butterflys, das ist doch Jacke wie Hose. Die Mama hat keine Ahnung von der Zoologie!«

»Sind Frau Nachbarin schon wieder eingeschlafen?«, fragte der Konni.

»Gretchen, mein Mädchen, schläfst du?«, fragte der Hinzel.

»Ja, ganz fest«, murmelte Gretchen.

Der Hinzel ging in die Hocke, wodurch Gretchen auf die

oberste Stufe zu sitzen kam, und zog seinen Kopf aus Gretchens Armen. »Sie muss ins Bett«, sagte er zum Konni.

»Mit dir?«, fragte der Konni.

»Die Sterne, in denen das geschrieben steht, werden gerade von der Morgendämmerung aufgefressen«, sagte der Hinzel.

»So genau will ich es gar nicht wissen«, sagte der Konni, »bloß, ob ihr ein Doppelzimmer nehmt!«

»Dieses gewiss«, sagte der Hinzel.

»Dann wähl dir eine Kammer«, sagte der Konni. »Im Stock ist die Aussicht schöner, unten sind die Nächte kühler. Und irgendwo muss ein Schrank sein, in dem Bettwäsche liegt. Ich gehe jetzt dem Sonnenaufgang meine Reverenz erweisen!«

Der Hinzel entschied sich für das kühlere Erdgeschoss, für das Zimmer, das ein Fenster zum Meer hatte. Er suchte nach Bettwäsche, wurde fündig und bezog das Doppelbett. Gerade als er die kleinen, harten Kissen in die Bezüge gestopft hatte, wankte Gretchen mauloffen, weil gähnend, ins Zimmer, warf sich aufs frisch bezogene Lager, schloss die Augen, flüsterte: »Gut, dass du da bist«, und zog sich ein Leintuch über den Leib.

»Geschieht ja immer, was Gretchen wünscht«, sagte der Hinzel.

»Weil das der Sieg der Vernunft ist«, murmelte Gretchen.

»Schnecken. Bloß der Sieg der Zuneigung«, sagte der Hinzel.

Aber Gretchen war schon eingeschlafen und schnarchte auf das Allerlieblichste drauflos. Zumindest kam das dem Hinzel so vor.